El guardián de espadas

EL ORFANATO
PLAZA ESCARLATA
LA MADRIGUERA
LA MANSI
NEGR
EL LABERINTO
MERCADO DE LA CARNE
EL SAULT
EL ARRECIFE
RUTA MAGNA
TYNDARIS
CALLE DE LAS CANTANTES
RÍO DE
DISTRITO DEL TEMPLO
MUELLES REALES
CALLE
CALLES DE PLATA
EL TRUCO
PALACIO DE MARIVENT

LA ARENA
LA COLINA DEL POETA
CASTELANA
LA ACADEMIA
BARRIO DE LOS ACADÉMICOS
EL CADALSO
RUTA
MAGNA
RUTA MAGNA
EL PASO ESTRECHO
PLAZA VALERIAN
THE CONVOCAT
LA JUSTICIA
CAMINO YULAN
Barrio de la Fuente
TEMPLO MAYOR
TA TAUR
LA COLINA

Biografía

Cassandra Clare es autora de *Cazadores de sombras*, la serie más vendida según *The New York Times*, *USA Today*, *Wall Street Journal* y *Publishers Weekly* y adaptada a película y serie de televisión. Es, también, coautora con Holly Black de la saga de fantasía Magisterium. Sus libros han vendido más de 50 millones de copias en todo el mundo y se han traducido a más de 35 idiomas. Cassandra Clare vive en Massachusetts con su esposo y tres aterradores gatos.

CassandraClare.com

@cassieclare

@cassieclare1

CASSANDRA CLARE

EL GUARDIÁN DE ESPADAS

CROSS BOOKS

PEFC Certificado

Este libro procede de bosques gestionados de forma sostenible

PEFC

PEFC/14-38-00305 www.pefc.es

Título original: *Sword Catcher*

Adaptación de la cubierta: Booket / Área Editorial Grupo Planeta a partir de la idea original de Jim Tierney y David G. Stevenson
Ilustración de la cubierta: © Jim Tierney
Primera edición en Colección Booket: junio de 2025

Depósito legal: B. 8.722-2025
ISBN: 978-84-08-30445-6
Impreso en España

Para Josh

Quien gobierna Castelana, gobierna el mundo entero.

PROVERBIO

Prólogo

Prólogo

Empezó con un crimen. El robo de un niño.

No se presentó como un crimen. De hecho, el hombre a cargo de dicha empresa era un soldado, el capitán del Escuadrón de la Flecha, encargado de proteger al rey de Castelana y vigilar que se cumplieran las leyes promulgadas por él.

Tenía una exagerada aversión a los criminales.

Se llamaba Aristide Jolivet, y mientras alzaba la mano para llamar con fuerza a la puerta del orfanato, la gran amatista cuadrada que llevaba en uno de los dedos brilló a la luz de la luna. Grabado en ella había un león, el símbolo de la ciudad. Parecía rugir.

No hubo respuesta. Jolivet frunció el ceño. No era el tipo de persona a la que le gustara esperar o estuviera acostumbrado a ello. Miró tras él, donde el estrecho camino que recorría el borde del acantilado descendía hacia el mar. Siempre había pensado que ese era un lugar extraño para un orfanato. Los acantilados que se alzaban sobre la bahía norte de Castelana eran escarpados, marcados por cicatrices como las del rostro de un superviviente de la viruela, y cubiertos de una fina capa de gravilla suelta. Era fácil resbalar; cada año le ocurría a una docena de personas: se despeñaban por los acantilados hasta el mar verde que se extendía abajo. Tras la caída, nadie conseguía llegar a la orilla, porque aunque se sobreviviera al impacto, los cocodrilos que acechaban bajo la superficie del agua sabían bien lo que significaba un grito y el posterior chapoteo.

Pero de algún modo, el Hogar de los Huérfanos de Aigon había conseguido evitar que la mayoría de sus pupilos, si no todos, fueran devorados. Considerando la suerte que solían correr los niños sin padres en las calles de la ciudad, las estadísticas eran halagüeñas. Las plazas en el orfanato eran muy codiciadas.

Jolivet frunció el ceño y llamó de nuevo. Se oyó el eco de sus golpes, como si las propias piedras repicaran. La fachada de granito del hogar surgía de la pared del acantilado, flanqueada por un único muro gris verdoso. El orfanato no se situaba en lo alto de los acantilados sino que formaba parte de ellos. Había sido una especie de fortaleza, en los días del antiguo Imperio. De hecho, la puerta a la que estaba llamando tenía grabadas palabras en el antiguo lenguaje de Magna Callatis. Él no las comprendía. Nunca había entendido para qué podía servir aprender un idioma que ya nadie hablaba.

La puerta se abrió. La mujer que apareció en el umbral, vestida con el azul y blanco reglamentario de las Hermanas de Aigon, echó una mirada recelosa a Jolivet.

—Mis disculpas por la demora, legado —dijo—. No sabía que fuerais a volver hoy mismo.

Jolivet hizo una educada inclinación de cabeza.

—Hermana Bonafilia —saludó—, ¿me permitís entrar?

Ella dudó, aunque Jolivet no entendió por qué. La pregunta no era más que una formalidad. Si quería entrar al orfanato, no había nada que ella o cualquiera de las hermanas pudieran hacer para impedírselo.

—Creía —aclaró ella—, que, como habéis venido y os habéis ido, no habíais encontrado lo que buscabais.

Él la miró con detenimiento. La hermana Bonafilia era una mujer menuda de aspecto pulcro, rasgos huesudos y manos toscas. Sus ropas eran sencillas, lavadas y relavadas cien veces.

—Vine para ver lo que había —contestó—. He informado a Palacio de lo que he visto. Estoy de vuelta por orden suya. Por orden del rey.

Ella vaciló un momento, con la mano apoyada en el marco de la puerta. El sol ya había empezado a ponerse: después de todo, era invierno, la estación seca. Las nubes que se agolpaban en el horizonte habían empezado a colorearse de rosa y oro. Jolivet volvió a fruncir el ceño; había contado con dejar hecho el encargo antes de que oscureciera.

La hermana Bonafilia inclinó la cabeza.

—De acuerdo.

Se apartó para dejar entrar a Jolivet. Dentro había un vestíbulo tallado en el mismo granito, con el techo decorado con desvaídos azulejos verdes y dorados, los colores del antiguo Imperio, caído hacía mil años. Varias Hermanas Sagradas, con sus vestimentas de lino, rondaban cerca de las paredes, observando. El suelo de piedra había perdido todo su pulimento con el paso de los años; ahora parecía ondularse como la superficie del océano. Unos escalones de piedra conducían al piso superior, sin duda, el lugar donde se encontraban los dormitorios de los niños.

Varias niñas, que no tendrían más de once o doce años, estaban bajando por la escalera. Se detuvieron sorprendidas al ver a Jolivet con su brillante uniforme rojo y dorado, y su espada ceremonial.

Las niñas se apresuraron a retroceder, silenciosas como ratones bajo la atenta mirada de un gato. Por primera vez, la hermana Bonafilia perdió un poco de su compostura habitual.

—¡Por favor! —exclamó—. Presentaros así... Vais a asustar a los niños.

Jolivet esbozó una pequeña sonrisa.

—Si cooperáis con las órdenes del rey, no tendré que quedarme mucho.

—¿Y qué órdenes son esas?

Kel y Cas estaban en el suelo, jugando a batallas de piratas. Era un juego que se habían inventado ellos, y no requería más que palos y algunas preciadas canicas que Kel les había ganado a las cartas a algunos de los chicos mayores. Kel estaba haciendo trampa, como de costumbre, pero a Cas no parecía importarle. Centraba toda su atención en el juego, con algunos mechones de pelo castaño claro revoloteando alrededor de su pecoso rostro mientras fruncía el ceño y planeaba el siguiente movimiento de sus barcos.

Solo hacía unos minutos que la hermana Jenova los había llevado al jardín, junto con la mayoría de los demás chicos de su dormitorio. La mujer no les había explicado el porqué de esa salida, solo les había dicho que se pusieran a jugar. Kel no había preguntado más. Normalmente, a esa hora solía estar en el lavabo, frotándose bien la cara y las manos con aquel jabón áspero, para prepararse antes de la cena. «Un alma limpia en un cuerpo limpio —solía decir la hermana Bonafilia—. La salud es riqueza, y yo deseo que todos seáis ricos.»

Kel se retiró el pelo de la cara. Lo tenía ya largo; pronto la hermana Bonafilia se daría cuenta, lo cogería y se lo cortaría con las tijeras de la cocina, mientras murmuraba para sí. A Kel le daba igual. Sabía que ella lo apreciaba especialmente, pues muchas veces le conseguía tartas de la cocina, y solo le gritaba un poco cuando lo pillaba subiéndose a las rocas más peligrosas, las que se asomaban al océano.

—Está anocheciendo —comentó Cas, entrecerrando los ojos para mirar al cielo, que estaba tornándose violeta. Kel deseó poder ver el océano desde donde estaba. Era algo que jamás le aburría, mirar el mar. Había intentado explicárselo a Cas: cómo cambiaba constantemente y era de un color diferente cada día, dependiendo de las ligeras alteraciones de la luz; pero Cas se limitaba a encogerse de hombros con una sonrisa. No le hacía falta entender por qué Kel hacía lo que hacía. Kel era su amigo, así que todo estaba bien—. ¿Por qué crees que quieren que estemos aquí fuera?

Antes de que Kel tuviera tiempo de contestar, aparecieron dos siluetas bajo la arcada que conectaba el jardín amurallado con la fortaleza principal. (Kel siempre la llamaba *fortaleza*, no *orfanato*. Era mucho más emocionante vivir en una fortaleza que en un lugar al que ibas cuando nadie te quería.)

Una de ellas era la hermana Bonafilia. La otra era conocida por la mayoría de los habitantes de Castelana. Un hombre alto, enfundado en un abrigo de botones dorados con la insignia de las dos flechas enfrentadas sobre el pecho. Las botas y los brazales estaban tachonados de clavos. Cabalgaba por la ciudad a la cabeza del Escuadrón de la Flecha, los soldados más diestros del rey, en los desfiles de los días festivos o las celebraciones. La gente de la ciudad lo llamaba el Águila de Otoño, y la verdad era que sí que parecía algún tipo de ave de rapiña. Era alto y delgado, con la angulosa cara llena de cicatrices, que resaltaban blancas sobre la piel de color oliva.

Se trataba del legado Aristide Jolivet, y era la segunda vez que Kel lo veía en el orfanato. Resultaba extraño. Que él supiera, los jefes militares no iban a los orfanatos. Pero hacía menos de un mes, mientras los niños jugaban en el jardín, igual que en ese momento, a Kel le pareció ver un destello de rojo y oro al mirar hacia la fortaleza.

Jolivet siempre lo había fascinado, y casi siempre era uno de los villanos de sus juegos con Cas: un pirata cazarrecompensas que, en cuanto capturaba a un criminal inocente, lo encerraba en prisión en el Cadalso y lo torturaba hasta sacarle toda la información. Ni Kel ni Cas hubieran cantado, por supuesto; un soplón era lo peor que se podía ser.

En cualquier caso, aquel día, Kel había reconocido a Jolivet inmediatamente y había corrido a ponerse en pie. Pero en el tiempo que había tardado en llegar a la fortaleza, Jolivet había desaparecido, y cuando le había preguntado a la hermana Bonafilia si el legado había estado allí, esta le había dicho que no fuera ridículo y que dejara de inventarse cosas.

En ese momento, se hizo el silencio en el jardín mientras Jolivet, inmóvil, observaba la escena con sus pálidos ojos, dejando caer la vista primero en un niño (Jacme, entretenido en arrancar astillas de un eucalipto), luego en otro (Bertran, el mayor del grupo de diez). Pasó la vista por Cas y se detuvo en Kel.

Tras un largo e incómodo momento, sonrió.

—Ahí está —dijo—. Es ese.

Kel y Cas intercambiaron una mirada sorprendida.

—¿Cuál? —vocalizó Cas, pero no hubo tiempo para nada más, porque una mano se posó en el brazo de Kel y lo hizo levantarse.

—Debes venir. —Era la hermana Bonafilia, y lo sujetaba con fuerza—. No te portes mal, Kel, por favor.

Las palabras molestaron a Kel. Él no se portaba mal. Bueno, excepto aquella historia con el polvo explosivo y la torre norte; y aquella otra vez que había hecho que Bertran caminara la plancha desde el muro del jardín y el muy idiota se había roto un hueso del pie. Pero eso podía haberle pasado a cualquiera.

Aun así, la expresión de la hermana Bonafilia parecía preocupantemente seria. Con un suspiro, Kel le dio su canica a Cas.

—Guárdamela hasta que vuelva.

Cas asintió y se metió la canica en el bolsillo del pecho. Resultaba evidente que no pensaba que Kel fuera a tardar más que unos minutos. Kel tampoco había pensado otra cosa, aunque estaba empezando a dudarlo. La forma en la que la hermana Bonafilia lo guiaba rápidamente por el jardín era extraña. Y lo mismo podía decirse de la forma en la que el legado lo examinó en cuanto lo tuvo cerca, inclinándose para mirarlo como si buscara la respuesta a algún misterio. Hasta le cogió la cara por la barbilla y se la alzó para observarlo bien, desde el pelo negro y rizado, hasta los ojos azules y la obstinada barbilla.

Jolivet frunció el ceño.

—Está muy sucio.

—Ha estado jugando en el suelo —contestó la hermana Bonafilia. Kel se preguntó por qué los adultos parecían divertirse diciendo cosas que eran obvias—. Algo que hace muy a menudo. Le gusta embarrarse.

Kel notó la primera señal de alarma. No estaba más sucio que cualquiera de los otros niños; ¿por qué la hermana Bonafilia se comportaba y hablaba de una forma tan rara? No obstante, Kel mantuvo la boca cerrada mientras salían del jardín, con el legado a la cabeza y Bonafilia guiando a Kel por la fortaleza a toda velocidad. Iba murmurando para sí: «Aigon, tú que rodeas la tierra con aguas que mantienen a flote los barcos, garantízale a tu hija la seguridad de su cargo».

Kel se dio cuenta de que la mujer estaba rezando, y de nuevo se alarmó, esta vez aún más.

Cuando llegaron al vestíbulo principal, vio sorprendido que las puertas estaban abiertas. A través de ellas, como enmarcado, pudo ver el sol hundiéndose veloz en el océano. El cielo arrojaba un brillo cálido sobre el agua de color azul acerado. En el horizonte se veían las torres de la sumergida Tyndaris, teñidas de color vino.

Kel se quedó ensimismado con esa vista, como le pasaba a veces cuando contemplaba cosas hermosas. Cuando volvió a la realidad, se encontró entre las escarpadas rocas del exterior del orfanato, flanqueado por la hermana Bonafilia y Jolivet, con su uniforme rojo y dorado que brillaba como el postrero resplandor de la puesta de sol.

También había un caballo. Kel lo miró horrorizado. Ya los había visto de lejos, claro, pero nunca a tan corta distancia. Parecía enorme, como si llegara hasta el cielo, con los labios retraídos sobre los dientes blancos. Era negro como la noche y tenía los ojos oscuros.

—Ya veo —dijo el legado, tomando el silencio de Kel por una señal de admiración—. Supongo que nunca has montado antes a caballo. Te gustará.

Kel no creía que fuera a gustarle. Se encontró echando de menos los momentos en que la hermana Bonafilia lo apretaba fuerte contra ella, como si fuera un niño pequeño. (Kel no se consideraba un niño pequeño. Los niños pequeños eran otra cosa, despreocupados y tontos, para nada como los huérfanos.)

—Aseguradme que lo tratarán bien —espetó la hermana Bonafilia con una voz que casi nunca usaba, la que hacía que los huérfanos estallasen en lágrimas—. Es muy joven para que lo lleven a trabajar a Palacio... —Se enderezó—. Es un niño de Aigon, y está bajo la protección de Dios, legado. Recordadlo.

Jolivet mostró los dientes en una sonrisa.

—Lo tratarán como si fuera de la familia, hermana —dijo, y se acercó a Kel.

El niño respiró profundamente. Sabía luchar, arañar y dar patadas. Ya había echado la pierna hacia atrás para soltar una buena patada directa a la pantorrilla del legado cuando vio la expresión de la hermana Bonafilia. No se creía el mensaje que leía en su mirada, pero allí estaba, claro como la silueta de un buque en el horizonte.

«No luches ni grites. Haz lo que te dice.»

Kel se quedó inerte mientras Jolivet lo levantaba. Peso muerto. Pero eso no pareció importar al legado, que subió a Kel al lomo del monstruoso caballo. A Kel se le retorció el estómago mientras el mundo se quedaba del revés; cuando todo volvió a su sitio, el niño estaba sentado a horcajadas en la silla de la bestia, mientras unos brazos nervudos lo mantenían en el sitio. Jolivet se había subido detrás de Kel y sujetaba las riendas.

—Agárrate bien —le dijo—. Vamos al Palacio a ver al rey.

Probablemente había querido que sonara como una aventura divertida, pero Kel no lo sabía, ni le importaba. Ya se había inclinado hacia un lado del caballo y vomitaba por todo el suelo.

Después de eso, la salida del orfanato fue precipitada. Jolivet mascullaba entre dientes, porque parte del vómito había caído sobre sus botas, pero Kel se sentía demasiado mareado y desgraciado para preocuparse. Había mucho bamboleo, y cada vez que el caballo movía la cabeza, Kel estaba seguro de que estaba pensando en morderle. Permaneció en ese estado de alerta mientras bajaban los acantilados en dirección al Arrecife, el camino que recorría los muelles, lamido por las negras aguas del puerto.

Kel estaba convencido de que nunca, en ningún momento, desarrollaría ninguna clase de afecto por el caballo en el que iba montado. Aun así, la vista desde su lomo, a medida que atravesaban la ciudad, era impresionante. Había pasado muchos ratos mirando desde abajo a las gentes que deambulaban por la ciudad, pero por primera vez los miraba desde arriba. Todos ellos, los elegantes hijos de ricos mercaderes, los taberneros, los trabajadores de los muelles que regresaban a su casa después de su jornada, los marineros de Hanse y Zipangu, los mercaderes de Marakand y Geumjoseon... Todos le abrían paso a Jolivet.

En realidad resultaba bastante emocionante. Kel empezó a sentarse más erguido cuando se adentraron en el amplio bulevar de la Ruta Magna, que iba desde la boca del puerto hasta el Paso Estrecho, atravesando las montañas que separaban Castelana del reino vecino de Sarthe. Casi había olvidado haberse sentido mareado, y su excitación no hacía más que aumentar a medida que se acercaban a la Gran Colina que dominaba la ciudad.

Los acantilados y las colinas rodeaban la ciudad portuaria, y Castelana se agazapaba en el fondo del valle, como un erizo que se negaba a sacar la nariz fuera de la seguridad de su madriguera. Pero no era una ciudad escondida. Se extendía, vaya si se extendía, desde los mares del oeste hasta el Paso Estrecho, y cada pedazo de ella estaba repleto de gente, ruido, suciedad, gritos y vida.

Como la mayoría de los ciudadanos de Castelana, Kel había vivido a la sombra de la Gran Colina, pero nunca se había esperado poner un pie en ella y mucho menos ir hasta la cumbre, donde se hallaba el Palacio de Marivent. La Colina, que en realidad era una cordillera de pequeños picos de piedra caliza cubiertos por un espeso boscaje de pino y lavanda, era el lugar donde residía la nobleza, en sus grandes fincas diseminadas por las laderas. «Los ricos viven arriba y los pobres, abajo», le había oído decir, una vez, a la hermana Bonafilia. Y no era una metáfora. Cuanto más rico se era, más grande se tenía la casa y más cerca se hallaba esta de Palacio, que ocupaba el punto más alto de la ciudad.

Los nobles disfrutaban de sus placeres y, a veces, los sonidos de sus fiestas nocturnas llegaban hasta la ciudad. La gente se guiñaba el ojo por las calles y decía cosas como: «Parece que lord Montfaucon ha empezado a beber otra vez», o «Así que lady Alleyne se ha deshecho de su tercer marido, ¿eh?». Todo el mundo sabía de la vida de los ricos y disfrutaba hablando de ella, aunque en realidad no los conocieran.

Salieron de la Ruta Magna y cabalgaron por las calles oscurecidas de la ciudad hasta llegar al pie de la Colina. Ahí había un gran número de guardias del castillo, con sus uniformes rojos; su trabajo era impedir que los indeseables tuvieran acceso a la Colina. Jolivet sostuvo a Kel firme en la silla mientras pasaban por el puesto de control, y bajo la luz de las antorchas, los guardias miraron curiosos al muchacho. Debían de estar preguntándose si el Escuadrón de la Flecha habría atrapado a un criminal muy pequeño y, en caso de ser así, por qué se molestaban en llevarlo a Marivent. La mayoría de los malhechores, fuera cual fuera su edad, solían acabar en la horca del Cadalso.

Uno de los guardias realizó una reverencia ligeramente burlona.

—El rey os aguarda.

Jolivet se limitó a gruñir. Kel empezaba a sospechar que no era muy hablador.

El camino hacia Palacio ascendía por la ladera de un terreno de lavanda, salvia y pasto, que, en verano, hacía que la montaña se tornara de un verde profundo. Cuando llegaron a la cumbre, con el enorme caballo resoplando, Kel echó una mirada hacia abajo y vio la ciudad de Castelana extenderse bajo ellos: la media luna del puerto, los barcos iluminados en los muelles como cerillas desperdigadas. Los canales del distrito del Templo. Las claras líneas de las Calles Plateadas. La cúpula blanca del Cadalso; el resplandor del reloj en lo alto de la Torre del Viento, que se cernía sobre la plaza más grande de la ciudad. El área amurallada del Sault, donde vivían los ashkar. La Ruta Magna, atravesando la ciudad entera como la cicatriz de un duelo.

Debía de haberse quedado ensimismado, porque Jolivet lo sacudió. Estaban cruzando la Puerta Norte de Palacio, por donde entraban los huéspedes. Los estandartes sujetos en los altos de la puerta indicaban la procedencia de los dignatarios que se hallaban de visita. En ese momento, la bandera azul de Sarthe, con su águila blanca, ondeaba en el viento salado.

Un poco más arriba, Kel pudo ver que la textura de los muros blancos era rugosa, no lisa, y que brillaban gracias a unos diminutos cristales incrustados. Un niño podría escalar un muro así, si era ágil y decidido. Una roca rugosa significaba agarres para pies y manos. Kel siempre había sido bueno escalando las rocas del puerto. Soñaba con unirse algún día a los gateadores: ladronzuelos de la Madriguera que, por lo que se decía, podían escalar cualquier superficie por lisa que fuera.

Jolivet volvió a sacudirlo.

—Siéntate derecho, Kellian Saren —le dijo—. Estás a punto de conocer a la familia real.

—¡¿A la qué?!

Jolivet emitió una risilla.

—Sí. El rey y la reina de Castelana te están esperando.

Kel no estaba seguro de qué reacción esperaba Jolivet. ¿Quizá emoción? Pero lo que hizo Kel fue encogerse. Jolivet le dio con el dedo en la espalda para que se pusiera derecho mientras entraban en el enorme patio cuadrado.

Kel tuvo una borrosa impresión de empalizadas rematadas en arco, con la enorme figura del Palacio alzándose tras ellas. En todas partes había guardias del castillo, los encargados de defender el Palacio, vestidos con su librea roja y dorada, portando antorchas de madera perfumada, que desprendían un humo oloroso y unas chispas brillantes. Los sirvientes, con el blasón del león de la familia real en sus uniformes, se apresuraban de un lado a otro con bandejas de vino, fruta y bombones; otros llevaban flores y ornamentos de plumas de pavo real unidas por lazos dorados.

Kel oía las risas y las charlas que salían del interior de Palacio. Una gran puerta de bronce de doble hoja conducía al patio y dejaban entrar el suave aire de la noche. Un hombre alto que no iba vestido de librea aguardaba de pie en el arco de la puerta, mirando a Kel y a su captor con los ojos entrecerrados.

Jolivet bajó a Kel de la silla como un vendedor ambulante cogería un saco de patatas de un carro. Lo dejó en el suelo y le puso las manos sobre los hombros. Cuando bajó la vista para mirarlo, había una ligera expresión de asombro en sus ojos.

—¿Entiendes lo que está pasando, rufián? Estás aquí para prestar un servicio al rey de Castelana.

Kel tosió. La garganta aún le dolía de haber vomitado.

—No —contestó.

—¿Qué significa «no»?

El rey era casi una figura mítica en Castelana. A diferencia de la reina, casi nunca salía del Palacio, y cuando lo hacía, era para acontecimientos ceremoniales: el Matrimonio con el Mar, el discurso anual de la Independencia en la plaza Valerian. A Kel le recordaba al león de la bandera de Castelana: dorado y enorme. Desde luego no le parecía alguien que fuera a ponerse a hablar con mocosos huérfanos con los que no tenía ninguna relación.

—No, gracias —contestó Kel, recordando los modales que la hermana Bonafilia había tratado de enseñarle—. Preferiría no hablar con el rey. Preferiría irme a casa.

Jolivet levantó la vista al cielo.

—Por todos los dioses. El niño es tonto.

—¿Aristide?

Una voz suave. Las voces suaves eran como las manos suaves: pertenecían a la gente noble, la que no tenía que gritar para que la escucharan. Kel alzó la mirada y vio al hombre que estaba en la entrada: alto, delgado y con barba, de espeso pelo gris y rasgos aquilinos. Unos pómulos afilados le ensombrecían las mejillas consumidas.

Kel se dio cuenta de repente de por qué el hombre no vestía librea. Llevaba una simple capa gris y una túnica, el atuendo habitual de los ashkar. Del cuello, en una cadena, le pendía un medallón de plata en el que se veía, grabado con fineza, un dibujo de números y letras.

Kel no estaba completamente seguro de lo que significaba ser ashkar, pero sabía que no eran como el resto de la gente. Eran capaces de hacer algunos tipos de magia, aunque la mayoría de la magia había desaparecido del mundo después de la Fractura, y también eran famosos por sus habilidades médicas para curar.

Como no reconocían ni a Aigon ni a los otros dioses, por ley debían vivir confinados dentro del perímetro del Sault. No se les permitía caminar por Castelana después de la puesta de sol, lo que significaba que él era la única excepción a esa regla: el consejero del rey. Kel había oído hablar de él vagamente: una sombría figura que aconsejaba a la Corte. Los consejeros siempre eran ashkar, aunque Kel no sabía por qué. La hermana Jenova había dicho que se debía a que los ashkar eran astutos por naturaleza. Pero también había dicho otra cosa, menos agradable: que eran peligrosos, taimados y diferentes. Aunque cuando Cas había sufrido una fiebre abrasadora, la hermana Jenova había ido directa al Sault para conseguir un médico ashkar, olvidando, por lo visto, todas las veces que había dicho que no eran de fiar.

El hombre habló de forma seca.

—Yo llevo al niño. Déjanos, Aristide.

Jolivet alzó una ceja.

—Buena suerte, Bensimon.

Mientras Jolivet se alejaba, el hombre ashkar, Bensimon, señaló a Kel con el dedo.

—Ven conmigo.

Y condujo a Kel al interior de Palacio.

La primera impresión del niño fue que en Marivent todo era enorme. Los pasillos de Palacio eran tan anchos como habitaciones; las escaleras, más grandes que buques. Los vestíbulos se ramificaban en miles de direcciones diferentes como ramas de coral.

Había imaginado que en el interior todo sería blanco, como lo era fuera, pero las paredes estaban pintadas con maravillosos tonos de azul y ocre, verde marino y lavanda. El mobiliario tenía la delicadeza de las joyas, como si hubiera pequeños escarabajos brillantes diseminados por las habitaciones. Hasta las contraventanas, esculpidas y pintadas con imágenes de floridos jardines, estaban finamente forjadas. A Kel nunca se le había ocurrido pensar que el interior de un edificio, daba igual lo grandioso que fuera, pudiera ser tan bonito como una puesta de sol. De alguna manera, esto calmó un poco su corazón acelerado. No creía que nada malo pudiera ocurrir en un lugar tan bello.

Desafortunadamente, tuvo poco tiempo para contemplarlo. Bensimon no parecía darse cuenta de que escoltaba a un niño y no disminuyó el paso para acomodarse al de Kel. Al contrario, fue el niño el que tuvo que apresurarse. Parecía irónico, dado que no era él quien quería estar a donde fuera que estuviesen yendo.

La luz procedente de las antorchas ancladas a la pared resplandecía a intervalos, todas ellas por encima de donde alcanzaba Kel. Finalmente llegaron a una gran puerta, con las dos enormes hojas cubiertas de paneles de pan de oro, y de grabados que representaban escenas de la historia de Castelana: la derrota de la flota de los barcos del Imperio, el hundimiento de Tyndaris, la presentación de los primeros fueros del Rey al Concilio, la construcción del reloj de la Torre del Viento, los incendios de la Plaga Escarlata.

—Vamos a entrar en la Galería Brillante —dijo Bensimon, deteniéndose ante la puerta—. No es exactamente la sala del trono, pero sí un lugar ceremonial. Sé respetuoso.

La primera impresión de Kel al entrar en la Galería Brillante fue la de una blancura cegadora. Nunca había visto la nieve, pero había oído hablar de caravanas de comerciantes atrapadas por gruesos copos de esa cosa cuando intentaban cruzar los picos helados del norte de Hind. Blanca, habían dicho, blancura por todas partes y un frío que te calaba hasta los huesos.

En la galería, las paredes eran blancas, el suelo era blanco y el techo era blanco. Todo estaba hecho de la misma piedra blanca que los muros del Palacio. En el extremo más alejado de la habitación, que parecía tan amplia como una caverna, había una tarima en la que una gran mesa de madera tallada y dorada gruñía bajo el peso de los vasos de cristal, los platos de alabastro y las delicadas tazas de porcelana.

Kel se dio cuenta de que estaba hambriento. ¡Caramba!

Bensimon cerró la puerta tras ellos y se volvió hacia Kel.

—En una hora —le dijo—, esta sala estará llena de familias nobles de Castelana. —Hizo una pausa—. Supongo que conoces el Consejo de los Doce. ¿Las casas de los fueros?

Kel dudó, a pesar de lo mucho que le molestaba que lo considerasen un ignorante. Quizá fuera mejor dejar que Bensimon pensara que lo era. Quizá así lo mandarían de vuelta a casa. Pero probablemente Bensimon se daría cuenta de que estaba fingiendo. Todo el mundo en Castelana sabía de los nobles de la Colina, y sobre todo de las familias de los fueros. Sus nombres y posiciones eran tan conocidos como los nombres de las calles de la ciudad.

—Cazalet —dijo—. Roverge. Alleyne. No sé nombrarlas todas, pero todo el mundo las conoce. Viven en la Colina. Tienen fueros. —Recordó las lecciones de la hermana Bonafilia, alzando la mirada hacia un lado para recordar las palabras—. Que son, eh..., permisos especiales del rey para controlar el comercio en los Caminos Dorados.

No añadió que Bonafilia había descrito esto como «un asqueroso plan para hacer a los ricos más ricos, sin beneficiar para nada a los mercaderes de Castelana».

—Y en los mares, sí —completó Bensimon—. Recuerda, cada casa tiene su propio fuero: la Casa Raspail dirige el comercio en maderas, Alleyne en seda. Un fuero es en sí mismo algo valioso, otorgado por el rey o revocado por él. —Suspiró, pasándose las manos por el pelo—. Pero no tenemos tiempo para lecciones. Supongo que tú no quieres estar aquí. Eso es una pena. Eres un ciudadano de Castelana, ¿no es así? Pero tienes herencia marakandí, ¿o quizá hindí?

Kel se encogió de hombros. Él mismo se había preguntado eso a menudo, ya que su piel marrón claro era un poco más oscura que el tono oliva común en Castelana, pero a diferencia de otros niños del orfanato, que conocían sus orígenes, él no tenía respuestas.

—Nací aquí. No sé nada de mis padres. No llegué a conocerlos.

—Si has nacido aquí, debes lealtad al rey y a la ciudad —sentenció Bensimon—. Tienes —añadió, arrugando una ceja—, ¿qué?, diez años, ¿no? Debes de conocer la existencia del príncipe heredero.

De algún lugar de su memoria, Kel sacó un nombre.

—Conor —dijo.

Las cejas de Bensimon se alzaron hasta el nacimiento de su pelo de densos rizos grises.

—Príncipe Conor —lo corrigió—. Esta noche, tenemos una delegación de Sarthe visitando Marivent. Como quizá sepas, o quizá no, desde hace un tiempo existen desacuerdos entre nuestros reinos.

Sarthe y Castelana eran vecinos y se peleaban a menudo a causa de los impuestos, los productos y el acceso a los Caminos Dorados. La mayoría de los marineros de los puertos se referían a los sarthianos como «esos cabrones de la frontera».

Kel supuso que ese era el significado de «desacuerdos».

—Como siempre, el rey, por supuesto teniendo en mente el interés de los ciudadanos de Castelana, está buscando la paz con nuestros vecinos. Entre los... ehmm... tesoros políticos de nuestra ciudad está nuestro príncipe heredero Conor. Siempre es posible que, en algún momento futuro, el rey desee formar una alianza entre su hijo y alguien de la familia real de Sarthe. Por ese motivo, es importante que, aun siendo tan joven, el príncipe Conor acuda al banquete de esta noche. Pero, por desgracia, está indispuesto. —Miró con intención a Kel—. ¿Me sigues?

—El príncipe se encuentra mal, así que no puede ir a una fiesta —resumió Kel—, pero ¿eso qué tiene que ver conmigo?

—El príncipe no puede ausentarse del acto de esta noche. Y por eso, tú ocuparás su lugar.

La habitación pareció rotar sobre sí misma.

—¿Que yo haré qué?

—Ocuparás su lugar. Nadie espera que diga gran cosa. Tú tienes más o menos su altura, su edad y su tono de piel: su madre, la reina, es marakandí, como sin duda sabes. Te lavaremos y te vestiremos como corresponde a un príncipe. Estarás tranquilamente sentado durante toda la cena. No hablarás ni harás nada que llame la atención. Puedes comer todo lo que quieras siempre y cuando no acabes vomitando. —Bensimon se cruzó de brazos—. Al final de la noche, si has hecho todo correctamente, recibirás una bolsa de coronas de oro para que se la lleves a las Hermanas de Aigon. Si no, no recibirás más que una reprimenda. ¿Entiendes bien el trato?

Kel entendía bien los tratos. Entendía que le dieran una moneda o dos por llevar un mensaje a las hermanas, o el premio de una manzana o un dulce por recoger un paquete en un buque y llevarlo a la casa de un mercader. Pero el concepto de una corona de oro, y especialmente de una bolsa de ellas, estaba más allá de su comprensión.

—Pero la gente sabe cómo es Con... el príncipe Conor —objetó Kel—. No podremos engañarlos.

Bensimon sacó algo del bolsillo. Era un rectángulo de plata forjada que pendía de una cadena, parecido al que el consejero llevaba al cuello. Iluminado por las llamas del fuego, se veía el grabado de un dibujo de números y letras. Era magia ashkarí. Solo los ashkar sabían cómo combinar y manipular las letras y los números de forma que el dibujo produjera un encantamiento; solo los ashkar, de hecho, podían hacer magia. Así había sido desde la Fractura.

Sin mucha ceremonia, Bensimon le pasó la cadena a Kel por la cabeza y dejó que la placa se deslizara bajo el cuello de su túnica raída.

—¿Esto me hará parecerme al príncipe? —preguntó Kel, intentando mirarse la camisa.

—No exactamente. Lo que hará es conseguir que los que te miren y vean a un niño con un gran parecido a nuestro príncipe heredero en cuanto a tamaño y complexión se sientan más inclinados a verte como el príncipe Conor. A oír su voz cuando hablas. Vuestros ojos son distintos —añadió, casi para sí—, pero da igual; la gente ve lo que quiere ver, y lo que quieren ver es al príncipe Conor. No cambiará tus rasgos físicamente, ¿entiendes? Simplemente cambiará la visión de los que te contemplan. Nadie que lo conozca realmente se equivocaría, pero todos los demás, sí.

De alguna manera, Kel lo entendió. Había historias sobre cómo funcionaba la magia antes de la Fractura, cuando un hechizo podía hacer desaparecer una montaña o convertir a un hombre en un dragón. Pero en este momento, la magia, la magia ashkarí, de talismanes, encantamientos y pócimas, a la venta en la plaza del Mercado de la Carne, era una sombra de la sombra de lo que había sido. Podía inclinar, convencer y dirigir, pero no podía cambiar la sustancia de las cosas.

—Sugeriría —dijo Bensimon— que, llegados a este punto, dijeras algo.

Kel tiró de forma extraña de la cadena que llevaba al cuello.

—No quiero hacerlo —replicó—, pero no tengo elección, ¿o qué?

Bensimon esbozó una pequeña sonrisa.

—No la tienes. Y no digas «O qué». Te hace parecer una rata de alcantarilla de los muelles de la Madriguera.

—Es que soy una rata de alcantarilla de los muelles de la Madriguera —señaló Kel.

—Esta noche, no —remató Bensimon.

Llevaron a Kel al tepidarium: una cámara enorme con dos piscinas de piedra incrustadas en el medio de un suelo de mármol. Un rosetón dejaba entrar el brillo nocturno de Castelana. Kel intentó mantener la vista fija en el horizonte mientras lo zarandeaban de un lado a otro para frotarlo por todas partes con una meticulosidad despiadada. El agua que se colaba por el desagüe era de color marrón oscuro.

Kel se preguntó si confiaba en Bensimon y su respuesta fue que no. El consejero decía que el príncipe estaba mal, indispuesto, pero Jolivet había ido al orfanato hacía un mes. En ese momento no podía haber sabido que el príncipe heredero se pondría malo esa misma noche y necesitaría a un doble.

Y la idea de que al final de la noche lo mandarían a casa con una bolsa de oro tampoco le parecía tener mucho sentido. Había un cuento muy conocido en el Laberinto sobre el Rey Trapero, el criminal más famoso de Castelana. Se decía que una vez había invitado a tres criminales rivales a su mansión, los había obsequiado con una cena espléndida y les había ofrecido ser socios en su imperio ilegal. Pero no habían conseguido ponerse de acuerdo en las condiciones y, al final de la noche, el Rey Trapero, lamentándolo mucho, había tenido que envenenar a sus invitados, dado que estos ahora sabían demasiado sobre sus asuntos. (Eso sí: pagó unos magníficos funerales para los tres.)

Kel no podía evitar pensar que a él ya le habían contado demasiadas cosas que no debería saber, y que estaba a punto de conocer aún más. Intentó pensar qué haría si estuviera interpretando a un personaje en un juego con Cas, pero no se le ocurrió mejor estrategia que mantener la cabeza baja.

Tras el baño, lo empolvaron, lo perfumaron, lo calzaron y lo vistieron con un frac de satén azul acerado con gemelos de plata en puños y cuello. Le dieron unos pantalones de terciopelo tan suaves como un ratón. Le cortaron el pelo y le rizaron las pestañas.

Cuando por fin se miró en el espejo que cubría todo el muro oeste, pensó, con una sensación deprimente, que si saliera así a las calles del Laberinto, los gateadores le darían una paliza de muerte y lo colgarían de lo alto del poste del exterior del Cadalso.

—Deja de arrastrar los pies —lo reprendió Bensimon, que se había pasado la última hora viendo los preparativos desde una esquina en la sombra, como un halcón planeando lanzarse sobre unos conejillos—. Ven aquí.

Kel se acercó al consejero mientras el resto de los sirvientes de Palacio se esfumaban como la niebla. En unos segundos, estuvo solo en la habitación con Bensimon, que lo cogió por la barbilla, le levantó la cara y lo examinó sin ceremonias.

—Dime otra vez qué harás esta noche.

—Ser Co... el príncipe Conor. Sentarme a la mesa del banquete. No decir gran cosa.

Aparentemente satisfecho, Bensimon soltó a Kel.

—El rey y la reina saben quién eres, claro; no te preocupes por ellos. Están muy acostumbrados a fingir.

De algún modo, la imaginación de Kel no había llegado todavía hasta ahí.

—¿El rey va a fingir que soy su hijo?

Bensimon dejó escapar un bufido.

—Yo no me emocionaría tanto —dijo—. Casi nada de esto tiene que ver contigo.

Eso fue un alivio para Kel. Si toda la gente importante lo ignoraba, quizá la noche saliera bien.

Bensimon llevó a Kel por el laberinto de pasillos que parecía configurar el interior del Palacio. Usaron un par de escaleras de servicio para llegar a una habitación, pequeña y elegante, con muchos libros; en el otro extremo de la estancia había una puerta alta y dorada, a través de la cual se oían música y risas.

Por primera vez, el corazón de Kel sintió un deseo auténtico. Libros. El único material de lectura que había tenido habían sido unas pocas novelas raídas que algunos mecenas caritativos habían donado al orfanato: cuentos agradables de piratas y fénix, hechiceras y marineros, pero, por supuesto, no eran suyas. Los libros de estudio, como las historias de imperios caídos o la construcción de los Caminos Dorados, los guardaban las hermanas a buen recaudo y solo los sacaban durante las clases. Un contramaestre, una vez, le había dado un viejo libro de cuentos como agradecimiento por haberle llevado un mensaje, pero la hermana Jenova se lo había confiscado. Según decía, los marineros solo leían dos cosas: historias de crímenes y pornografía.

Pero los libros que tenía ante sí eran tan bonitos como el sol poniéndose por detrás de Tyndaris. Kel podía oler el aroma del cuero de las encuadernaciones, la tinta de las páginas, el amargor de la prensa donde se había hecho el papel.

Bensimon lo miraba con los ojos entornados, igual que un jugador profesional miraría la marca de un naipe.

—Así que sabes leer, ¿y te gusta?

Kel no tuvo que contestar. Dos personas acababan de entrar en la habitación, rodeadas de guardias del castillo, y él se quedó en silencio, asombrado.

Su primer pensamiento fue que estas eran las personas más bellas que había visto nunca. Luego se preguntó si sería solo porque iban inmaculadamente acicaladas y sus ropas eran encantadoras. Aún no conocía las palabras para la seda, el satén y el paño de oro, pero sabía cuándo las cosas parecían costosas y suaves, y brillaban a la luz del fuego.

El rey le resultaba familiar, algo que no era extraño, ya que su cara estaba en todas las monedas de Castelana. En ellas se hallaba de perfil, mirando a la derecha, hacia la invicta Sarthe, según se decía. Pero las monedas no lo mostraban en toda su grandeza, con su amplio pecho o sus brazos de luchador. Su mera presencia y tamaño hicieron temblar a Kel. Tenía los ojos luminosos y saltones, y la barba y el pelo eran de un rubio pálido entreverado con las primeras canas.

La reina tenía una melena negra que fluía como el río del Miedo al caer la noche, y una piel suave de color marrón rojizo. Era delgada y alta, y llevaba las manos llenas de anillos, cada uno con una piedra preciosa diferente. Cordones de oro le rodeaban el cuello y las muñecas, y llevaba el pelo recogido con pinzas en forma de lirios dorados. Kel recordó que había sido una princesa marakandí y que el dorado era el símbolo de la buena suerte en aquel país.

La mujer lo miró con los ojos oscuros que habían protagonizado miles de poemas y baladas. Los ciudadanos de Castelana eran muy competitivos respecto a la belleza de su reina, y querían que fuera bien sabido que era más bella que las reinas de Sarthe o de Hind. A Kel le habían dicho que la reina de Hanse parecía un ánade estreñido en comparación con la reina Lilibet de Castelana.

—¿Este es el niño? —preguntó. Tenía una voz sonora y dulce, como el agua de rosas azucarada.

—Exactamente —respondió Bensimon. Parecía gustarle mucho esa palabra—. ¿Estáis listos, Alteza?

La reina asintió. El rey se encogió de hombros. Y la Guardia del Castillo abrió las puertas doradas mientras la música de la galería cambiaba para entonar una melodía procesional. El rey las cruzó lentamente, seguido de la reina. Ninguno de ellos miró atrás.

Kel dudó. Sintió un cosquilleo en la coronilla; Bensimon le había colocado algo: una fina corona dorada, una diadema de oro sobre la frente. Notó las manos del consejero posándose sobre su cabeza, casi como una bendición.

Bensimon gruñó y luego le dio a Kel un pequeño empujón.

—Ve tras ellos —ordenó, y Kel salió por la puerta dorada hacia la luz cegadora.

El niño notó dos cosas a la vez. La primera, que Bensimon tenía razón: la galería estaba llena de nobles. Kel nunca había visto tantos juntos en un mismo sitio. Estaba acostumbrado a ver de pasada algún carruaje traqueteando por las calles empedradas, quizá una mano enguantada colgando lánguidamente de una ventanilla abierta. A veces podía encontrarse, en un buque, a algún noble cubierto de terciopelo y joyas, discutiendo con el capitán si vender o no participaciones en el siguiente viaje del barco. Pero era algo raro de ver, como una salamandra. Nunca se había imaginado estar rodeado de ellos: ni de nobles ni de salamandras.

La segunda cosa fue la propia estancia. Entendió de pronto por qué le había parecido tan blanca. Era evidente que la habían mantenido en blanco, un lienzo virgen esperando al pincel del pintor. Las paredes, que habían estado desnudas, se hallaban decoradas con frescos en tonos enjoyados que mostraban las glorias de Castelana. Kel no entendía cómo habría sido posible. (Más tarde averiguaría que no eran pinturas, sino mamparas trasparentes que se colgaban en las paredes.) «Mira —parecían decir— qué grandioso lugar y cuán maravillosa es nuestra ciudad.»

Habían cubierto el suelo con gruesas alfombras marakandíes y habían descorrido las cortinas de la pared oeste para dejar ver una arcada llena de columnas. Entre ellas, había macetas con árboles pintados de color oro, con hojas y ramas doradas, de las que colgaban manzanas y frutos de cristal coloreado en rojo. Sobre la arcada, tocaba un grupo de músicos, todos vestidos con los colores rojo y dorado de Palacio. La gran chimenea era la misma, pero, en ese momento, el fuego brillaba en su interior, lo suficientemente grande para asar una docena de vacas.

Los habitantes de la Colina habían abierto una especie de brillante camino hasta la mesa alta, y sonreían e inclinaban la cabeza mientras la familia real avanzaba por la estancia. En el tepidarium, Bensimon le había dicho a Kel que mantuviera la cabeza alta y no mirase a los lados, pero el niño no pudo evitar hacerlo.

Los hombres vestían abrigos de brocado y botas altas de cuero con grabados; las mujeres eran nubes flotantes de sedas y satenes, encajes y lazos, con el pelo recogido en lo alto con pinzas y ornamentos de todas las formas: rosas doradas, lirios plateados, estrellas áureas, espadas de bronce... Tales adornos eran el tema de los dibujos sobre la alta sociedad que podían comprarse a los artistas en la plaza del Mercado de la Carne, donde los hijos y las hijas de los mercaderes iban a enterarse de los cotilleos sobre las casas nobles y a imaginarse cómo sería casarse con uno de ellos.

Bensimon había ajustado su paso al de Kel y caminaba a su lado, la multitud de nobles iba aminorando a medida que se acercaban a la mesa alta. Tenía un aspecto muy parecido al de antes, aunque habían añadido más elementos decorativos. Plumas de pavo real teñidas de dorado colgaban de los centros de mesa, y una cinta de lirios unidos por cadenas de oro serpenteaba sobre la mesa. Su aroma, demasiado dulce, llenaba la estancia.

Aturdido, Kel se dejó guiar por Bensimon hacia una de las tres sillas altas agrupadas ante el centro de la mesa. La reina se sentó a la izquierda de Kel; a su derecha, se hallaba una bonita niña de su edad, vestida de seda amarillo pálido y con el pelo rubio oscuro peinado en tirabuzones.

Kel le echó una mirada casi de pánico a Bensimon: ¿por qué lo habían sentado al lado de alguien de su edad? Un adulto podía no prestarle atención, pero la niña rubia lo estaba mirando con tal curiosidad que indicaba que conocía bastante bien al príncipe Conor.

Bensimon alzó una ceja y fue a colocarse justo detrás de la silla del rey. La niña rubia se inclinó sobre su plato para susurrarle a Kel.

—He oído que estabas indispuesto —le dijo—. No esperaba que vinieras.

La frase era un salvavidas y Kel se agarró a él.

—El rey ha insistido —dijo, en voz baja. Esperaba que fuera así como se refería el príncipe a su padre. Kel sabía que Bensimon le había dicho que el talismán lo haría sonar como el príncipe y parecerse a él, pero no creía que pudiera cambiar las palabras que decía. Las eligió cuidadosamente, pensando, al hacerlo, en todas las veces que Cas y él habían jugado a ser aventureros de alta cuna, y cómo adaptaban su forma de hablar a la de los nobles que salían en sus libros—. No he tenido elección.

La niña rubia se retorció uno de los rizos.

—Sí que estás enfermo —dijo—. Normalmente te habrías enfadado por tener que venir o, al menos, estarías haciendo bromas.

Kel tomó nota de eso. El príncipe era una persona que no tenía problemas en mostrar su carácter y a quien le gustaba bromear. Así que tenían eso en común. Era una información útil.

—Antonetta —musitó la mujer sentada frente a ellos, mirando a la niña rubia—, siéntate erguida.

Antonetta. Ese era el nombre de la niña, y la mujer debía de ser su madre. Era hermosa, con tirabuzones rubios y exuberantes pechos resaltados por el escote del vestido de seda cruda del mismo color que el de su hija. Pero solo mantuvo la atención en Antonetta un momento antes de empezar a hablar con un hombre de barba negra y cejas agudas.

—¿Quién es ese hombre? —le murmuró Kel a Antonetta, que estaba muy erguida en su asiento—. El que está tonteando con tu madre.

Era un poco atrevido decir eso, pero Antonetta rio, como si se esperara un comentario así de Conor Aurelian.

—¿No lo reconoces? —preguntó incrédula, colocándose la servilleta sobre el regazo; Kel replicó sus movimientos—. Es senex Petro d'Ustini, uno de los embajadores de Sarthe. A su lado está sena Anessa Toderino.

Por supuesto, Kel debería haberlos reconocido inmediatamente: un hombre y una mujer, ambos vestidos con el azul oscuro típico de Sarthe. El pendiente de zafiro de senex Petro relucía sobre su piel color oliva, mientras que sena Anessa lucía una gran cantidad de pelo recogido en varios moños y una larga nariz patricia.

Un poco más lejos, se sentaba otro niño de, más o menos, la misma edad de Kel. Parecía shenzaní, con pelo negro liso y una expresión pícara en la cara. Le guiñó un ojo a Kel, al que inmediatamente le cayó bien, aunque sabía que el gesto no era para él, sino para el príncipe Conor.

—Veo que Joss está intentando llamar tu atención —dijo Antonetta, haciéndole una mueca al niño. No era una mueca desagradable, sino más bien de burla—. Seguro que le horroriza tener que estar sentado al lado de Artal Gremont.

Antonetta debía de referirse al hombre corpulento y de grueso cuello que se encontraba a la izquierda de Joss. Tenía el pelo corto de punta, como si fuera un soldado, y vestía el brazal de un gladiador, algo que parecía un poco ridículo sobre la seda de damasco de su túnica. Kel ya había oído su nombre antes. Aunque era un noble, se entretenía peleando en el Arena contra algunos de los luchadores más famosos de Castelana. Todo el mundo, salvo, quizá, el propio Gremont, que estaba en la línea de sucesión de los fueros del té y el café, sabía que esas peleas estaban amañadas a su favor.

—Lady Alleyne —dijo senex D'Ustini a la madre de Antonetta—. Su vestido es simplemente magnífico, y eso que veo en los puños, ¿no es bordado *sontoso* sarthiano? Sois la muestra andante de las glorias del comercio de la seda.

¿Lady Alleyne? La Casa Alleyne detentaba el fuero de la seda. Lo que significaba que Antonetta, que en ese momento jugaba con su tenedor, heredaría el más rico de todos los fueros. Kel sintió un ligero mareo.

—La seda no se usa solo en la moda —intervino Antonetta—. Los ashkar la usan para vendajes e hilos. Se puede hacer velas con ella y en Shenzhou la usan en lugar del papel para escribir.

Sena Anessa rio.

—Muy inteligente, señorita Antonetta...

—Demasiado —dijo Artal Gremont—. A nadie le gustan las niñas listas, ¿no es cierto, Montfaucon?

Montfaucon parecía ser el hombre sentado frente a él. Iba espectacularmente vestido con terciopelo rosa y brocado de plata, y su piel era de un vivo marrón oscuro.

—Gremont —empezó, con tono irritado, pero no terminó la frase, pues la comida acababa de llegar.

Y menuda comida. Nada del puré y los guisos que les servían en el orfanato, sino capones asados con calabaza blanca, pato relleno de ciruelas al curry, tartaletas de queso y hierbas, pescados a la parrilla con aceite y limón, y platos sarthianos como cerdo escalfado en agua de rosas sobre un lecho de fideos.

«Puedes comer todo lo que quieras siempre y cuando no acabes vomitando», le había dicho Bensimon.

Kel se puso manos a la obra. Se pasaba la mitad del tiempo hambriento y, en ese momento, se sentía famélico, pues había vaciado el estómago sobre las botas de Jolivet. Intentó imitar lo que hacían los demás con los cubiertos, pero las manos eran más rápidas que el tenedor y el cuchillo. Cuando hundió los dedos en la tartaleta de queso y salvia, Bensimon le echó una mirada.

Kel notó que Antonetta no estaba comiendo, sino mirando su plato con una expresión furiosa. El glamuroso Montfaucon le guiñó un ojo.

—Cuando la belleza y la sabiduría van de la mano es ideal, pero normalmente los dioses conceden un don o el otro. Creo, sin embargo, que nuestra Antonetta podría ser una de las afortunadas excepciones.

—No se puede tener todo, o los dioses empezarían a envidiar a los mortales —repuso otro hombre de mirada fría. Tenía unos rasgos estrechos y la piel de un color oliva claro; a Kel le recordó a las ilustraciones de los nobles castelaníes de hacía cientos de años que aparecían en sus libros de texto—. ¿No es eso lo que les pasó a los callatianos? Construyeron sus torres demasiado cerca del cielo, retando a los dioses con sus logros, y por ese motivo, estos destruyeron su imperio.

—Una visión muy oscura, Roverge —dijo un hombre mayor de aspecto amable. Tenía la palidez de alguien que pasara mucho tiempo sin salir de casa—. Los imperios tienden a la entropía, ya lo sabes. Es difícil acumular tanto poder. O eso me enseñaron en la escuela hace mucho tiempo. —Le sonrió a Kel—. ¿No os han enseñado lo mismo, príncipe?

Todo el mundo volvió la vista, con agrado, hacia Kel, que casi se atragantó con un trozo de tartaleta. Ofuscado, se imaginó lo que pasaría cuando se dieran cuenta de que él no era el príncipe heredero. La Guardia del Castillo lo rodearía. Lo sacaría a rastras del Palacio y lo tiraría por encima de las murallas, para que rodara montaña abajo hasta caer al océano, donde lo devorarían los cocodrilos.

—Pero sieur Cazalet —intervino Antonetta—, ¿no sois vos el amo de toda la riqueza en Castelana? ¿Y la riqueza no es, también, poder?

Cazalet. Kel conocía el nombre: el fuero Cazalet era la banca, y a las monedas de una corona de oro se las llamaba, a veces, cazaletas.

—¿Lo veis? —dijo Artal Gremont—. Demasiado lista.

Kel esbozó una sonrisa. No podía estirar la boca demasiado, lo cual, probablemente, era una suerte; le daba el aspecto de sonreír con frialdad, más que con entusiasmo. El entusiasmo, como averiguaría más tarde, resultaba sospechoso en un príncipe.

—Por supuesto, aún estoy estudiando, sieur Cazalet —contestó Kel, finalmente—, pero dicen los sabios que aquel que lo desea todo, lo pierde todo.

La boca de Bensimon se torció, y una expresión de auténtica sorpresa apareció en la cara de la reina, aunque la ocultó rápidamente. Antonetta sonrió, algo que Kel encontró muy agradable.

El rey no reaccionó en absoluto ante el pronunciamiento de su supuesto hijo, pero la delegada de Sarthe se rio.

—Es agradable ver que vuestro hijo es una persona leída, Markus.

—Gracias, sena Anessa —repuso la reina. El rey no dijo nada. Miraba suspicaz a Kel por encima de su alta copa de plata.

—Muy bien dicho —le susurró Antonetta a Kel. Los ojos le brillaban, haciéndola aún más bonita. A Kel le dio un vuelco el estómago, pero esta vez fue de una forma agradable que no conocía—. Quizá no estés tan enfermo, después de todo.

—Ah, no —contestó Kel, vehemente—. Estoy realmente mal. Se me puede olvidar todo en cualquier momento.

Los adultos habían vuelto a su propia conversación. Kel apenas podía seguirla: demasiados nombres que no conocía, tanto de gente como de cosas; tratados; acuerdos comerciales. Hasta que senex Petro se volvió hacia el rey con una insípida sonrisa.

—Hablando de peticiones escandalosas, Alteza, ¿hay noticias sobre el Rey Trapero?

A Kel se le abrieron mucho los ojos. Conocía el nombre del Rey Trapero; todo el mundo en Castelana lo conocía, pero no se le habría ocurrido nunca que los nobles también lo hicieran. El Rey Trapero pertenecía a las calles de la ciudad, a las sombras donde los Vigilantes no se atrevían a ir, a los infiernos donde se apostaba y las pensiones de mala muerte del Laberinto.

Una vez, Kel le había preguntado a la hermana Bonafilia qué edad tenía el Rey Trapero. Esta le había contestado que siempre había existido, al menos que ella supiera, y sin duda había algo de atemporal en la imagen que Castelana tenía de él, cabalgando en medio de las sombras, todo de negro, con un ejército de ladronzuelos y carteristas a su disposición. No le temía al Escuadrón de la Flecha o a la Guardia de la Ciudad. No le temía a nada en absoluto.

—Es un criminal —dijo el rey, con un tono neutro en su voz recia—. Siempre habrá criminales.

—Pero se hace llamar rey —replicó Petro, con su misma sonrisa insulsa—. ¿No os parece un desafío?

A sena Anessa se la veía un poco ansiosa. A Kel le pareció que era casi como cuando alguien en clase le daba un puñetazo a otra persona. Los demás querían saber si le iba a devolver el puñetazo o no. Los amigos del que lo había dado se inquietaban. Atacar era siempre un riesgo.

Pero Markus se limitó a sonreír.

—No es ninguna amenaza para mí —dijo—. Los niños también juegan al juego de los castillos, y eso no es ningún desafío para Marivent. Ahora, ¿qué tal si discutimos los asuntos que he mencionado antes, respecto al Paso Estrecho?

Sena Anessa pareció aliviada.

—Una idea excelente —dijo, y todo el mundo en la mesa empezó a hablar sobre el comercio y el Gran Camino del sudoeste, charla que, por lo que Kel entendía, podía haber tenido lugar en sarthiano.

Antonetta le dio un toquecito a Kel en la muñeca con el borde romo del cuchillo.

—Van a servir el postre —le dijo, indicándole que cogiera la cubertería—. Tenías razón. Sí que estás olvidadizo.

Pero Kel ya estaba ahíto, o eso creía hasta que aparecieron los dulces. Ciruelas y melocotones bañados en agua de rosas y miel, pétalos de flor cristalizados en azúcar, vasos de sorbete agridulce, tazas de chocolate y nata, natillas cubiertas de semillas de granada, platos de pastelillos decorados con escarchado de color pastel.

Los músicos tocaban una suave melodía mientras salía la última bandeja de plata, que portaba un magnífico pastel con la forma de un fénix, minuciosamente diseñado hasta la última pluma, y cubierto de una abundante capa de glaseado dorado y bronce. Mientras colocaban el pastel en la mesa, este estalló en llamas, ante un coro de exclamaciones de admiración.

Kel no entendía por qué era tan admirable pegarle fuego a un pastel tan bueno, pero sabía que debía parecer impresionado cuando le pusieron un trozo del postre de fénix delante, brillando en un plato de oro. Era un pastel esponjoso cubierto de una capa compacta de glaseado brillante, como el caparazón de un escarabajo.

Casi no quería comerlo. Siempre había pensado que una de las grandes tragedias de la Fractura era, no solo que se hubiera perdido casi toda la magia, sino también que las criaturas como las aves fénix, los dragones, las mantícoras y los basiliscos se hubieran evaporado de la noche a la mañana.

Al final, cogió un trozo de la cobertura del pastel y se lo metió en la boca. Le pareció una explosión de sabores más fuerte que nada de lo que había probado antes, mil veces la dulzura de las manzanas, mezclada con especias y perfume de flores. Apretó la lengua contra los dientes, casi mareado por el sabor.

Deseó poder cerrar los ojos. Todo parecía desvanecerse, pero al mismo tiempo mantenía una nitidez sorprendente. Pudo oír los latidos de su propio corazón y, más allá, las voces y las risas de los nobles, con un sonido similar al de cuchillos rasgando seda. Sabía que, bajo aquella risa, luchaban por medio de las palabras, se insultaban, se retaban y se elogiaban, en un idioma que conocía pero que no entendía.

Con los ojos entrecerrados, vio al rey mirar el pastel del fénix. Su expresión mostraba una especie de desprecio cansado que sorprendió a Kel. Seguramente un monarca no sentiría una pasión tan fuerte por la repostería; debía de estar pensando en otra cosa.

A medida que la noche avanzaba, Kel empezó a adormilarse; por lo visto, había un límite en la cantidad de tiempo que el miedo podía mantener despierto a alguien. Acabó cogiendo un cuchillo, sin que lo vieran, para guardárselo en el regazo. Cada vez que se daba cuenta de que se iba a dormir, cerraba la mano sobre él y el dolor lo espabilaba.

El banquete, más que acabarse, se fue apagando. Primero se marchó un grupo, y luego otro. Joss Falconet le dijo adiós con la mano cuando se fue, solo. Antonetta le dio un beso en la mejilla, lo cual le aceleró el corazón y lo sonrojó tanto que solo pudo esperar que nadie se hubiera dado cuenta.

La música disminuyó gradualmente hasta silenciarse por completo. Las plumas de pavo real, vencidas por el peso de la pintura dorada, caían como las cabezas de niños somnolientos. El fuego ya se había reducido a pequeñas ascuas cuando por fin se hubieron ido todos los invitados, y solo quedaron la familia real y el consejero del rey.

Y Kel.

—Bueno, creo que todo ha ido bastante bien, querido —comentó la reina. Seguía sentada a la mesa, pelando con delicadeza una dulce naranja sanguina con sus largos dedos—, teniendo en cuenta lo quisquillosos que suelen ser los sarthianos con cada detallito.

El rey no respondió, sino que se levantó y bajó la vista para mirar a Kel, quien se sintió como si lo mirase un gigante.

—El niño es curiosamente leído —dijo. Su voz era grave, profunda como una ciudad sumergida—. Pensé que no tendría más conocimientos que los que hubiera adquirido en las calles.

—Es de uno de los orfanatos de Vuestra Alteza —explicó Bensimon—. Tienen libros y reciben clases. Gracias a la generosidad real.

—Ha comido como un muerto de hambre —remarcó la reina, separando la pulpa color rojo de la sanguina del centro blanco. Su voz era como papel de lija y miel—. Era indecoroso.

—Pero enseguida ha reparado su error —replicó Bensimon—. Eso es importante. Y ha congeniado muy bien con Antonetta Alleyne. Es amiga de Conor. Si ella no ha notado la diferencia, ¿quién va a hacerlo?

Kel se aclaró la garganta. Le resultaba raro que hablaran de él como si no estuviera delante.

—Me gustaría volver, ya.

La reina levantó la vista de su fruta. El rey y Bensimon miraron a Kel, en silencio. Este intentó imaginarse poniéndose en pie, extendiendo la mano y diciendo: «Gracias, pero me voy ya». Quizá podría hacer una educada reverencia. Algún día contaría esa historia: la noche en la que había visto de cerca cómo era el poder. En la que se había dado cuenta de que, en un momento, se pasaba de acariciar la seda a acariciar el filo de una espada.

Pero no era tonto. Nunca podría contar esa historia.

—¿Volver? —repitió la reina—. Volver a tu inmundo orfanato, ¿te refieres a eso? No pareces estar muy agradecido. —Se chupó un pulgar—. Bensimon, dijiste que se mostraría agradecido.

—Aún no conoce el verdadero motivo de su visita —explicó Bensimon—. Si lo encontráis aceptable, se lo contaré. Y entonces, espero, estará realmente agradecido.

La reina frunció el ceño.

—No creo que...

—Es aceptable —la cortó el rey—. Siempre y cuando Conor esté de acuerdo. —Chasqueó los dedos—. Cuéntale lo necesario, Mayesh. Estaré en la Torre de la Estrella. La noche está despejada.

Y, sin más, se volvió y se fue. La reina, con un destello rebelde en la mirada, salió flanqueada por los guardias del castillo, sin volver a mirar a Kel.

De nuevo estaban como antes: solos en la habitación, Kel y el consejero del rey. Aunque en esta ocasión, había restos de comida esparcidos por la mesa. Los músicos se habían ido y el fuego estaba reducido a cenizas.

Kel abría y cerraba la mano bajo la mesa. La tenía pegajosa por la sangre. Miró a Bensimon.

—Dijiste... que al final de la noche podría volver.

—No sabía si el rey te encontraría aceptable o no —contestó Bensimon—. Parece ser que sí. Levántate. Aún no hemos acabado.

Kel odiaba cuando los adultos decían «no hemos» cuando querían decir «no has». Frunció el ceño mientras, una vez más, seguía a Bensimon por los tortuosos pasillos del Palacio. Muchas de las antorchas estaban apagadas; ya no podía ver lo que había en las habitaciones y fue dando tumbos mientras subían por la enorme escalera, que parecía curvarse sobre sí misma como la concha de una caracola marina.

Otro par de vueltas y Bensimon lo condujo por un vestíbulo de mármol hacia una gran estancia. Esta, al menos, estaba iluminada, y también decorada en diferentes tonos de azul y beige. En un rincón, había una cama con una colcha de terciopelo y, al lado, otra más pequeña, que sorprendió a Kel. ¿Una cama era para un padre y la otra para un hijo? Aunque no veía ninguna otra indicación de que la habitación fuera para niños: el mobiliario era de caoba con piezas de marfil incrustadas; las pinturas de las paredes mostraban a Lotan, el padre de todos los dioses, con sus tres hijos: Ascalon, Anibal y Aigon. La guerra, la muerte y el mar. Una escalera de caracol de hierro conducía a una abertura en el techo.

Sobre una mesa cercana, se hallaba una variedad de armas. Kel no sabía nada de armas, ni siquiera el nombre de la mayoría de ellas, pero supuso que unas eran dagas y otras, espadas cortas. Tenían empuñaduras con delicados grabados de marfil y jade, tachonados con gemas de diferentes colores.

De pronto, se oyó un pequeño alboroto en la puerta. Kel vio un remolino de guardias del castillo en la parte exterior, como una incursión de llamas. En medio, un niño, que atravesó el umbral y cerró la puerta con firmeza.

Bensimon se enderezó; no pareció sorprendido.

—Príncipe Conor.

Kel sintió que el estómago le daba un vuelco. Ahí estaba el niño por el que se había hecho pasar. Un niño que, claramente, no estaba enfermo. Concluyó que todo había sido una prueba y que, de alguna manera, esa era la parte final.

El príncipe heredero iba vestido de azul acero, igual que Kel. No llevaba una corona, pero aun así Kel hubiera sabido que era un príncipe. Era alto para su edad, con los bellos rasgos de su madre, y había una especie de calor en sus ojos y una expresión risueña en su cara que hizo que Kel sintiera ganas de sonreírle, lo que le sorprendió bastante. Sabía que el niño debía ser aterrador, pues era de la realeza, y sí que lo aterrorizaba, pero Kel seguía queriendo sonreír a ese príncipe.

Aunque no era mayor que Kel, mientras cruzaba la habitación, a paso ligero, para dirigirse a él, Conor parecía tener infinitos años más de experiencia.

—Bueno, ¿cómo ha sido lo de ser yo?

Un inesperado dolor surgió como una flor en el pecho de Kel.

«Quiero ser como él —pensó—. Quiero ir por el mundo como si este se plegase a mis sueños y deseos. Quiero que parezca que puedo tocar las estrellas con la mano y cogerlas para jugar con ellas.»

Era extraño desear algo que nunca había sabido que deseaba.

Kel se limitó a asentir, como para decir que todo había ido bien. Conor ladeó la cabeza, como un pajarillo curioso. Se acercó más a Kel y, sin más, le cogió la mano y se la giró.

Conor emitió una exclamación de asombro. La palma de Kel estaba llena de cortes.

—Intentaba mantenerme despierto —explicó Kel. Se miró la mano, junto a la de Conor. Su propia piel era un tono más oscuro por la exposición solar, y las palmas de Conor eran suaves y no tenían cicatrices ni ampollas.

—Sí, lo he visto —respondió Conor—. Esta noche he estado observando. Detrás de una mampara.

Le soltó la mano.

—Eso muestra una determinación impresionante, la verdad —intervino Bensimon—. Y resistencia al dolor.

La mirada de Conor era tranquila, clara... y gris. «Vuestros ojos son distintos», había dicho Bensimon.

—Déjanos, Mayesh —dijo Conor—. Hablaré con Kel a solas.

Kel esperaba que el consejero protestara. Sin embargo, Mayesh Bensimon parecía estar reprimiendo una sonrisa.

—Como deseéis —respondió y salió de la habitación con su capa gris remolineando alrededor de él.

Cuando desapareció, Kel lo echó de menos. Bensimon era la persona a la que más conocía de Palacio. El príncipe Conor, aunque Kel se había pasado la noche fingiendo ser él, era un completo desconocido. Lo observó mientras el niño se acercaba a la mesa y cogía una daga y luego otra. Quizá aquí acabara todo, pensó Kel con cierta consternación. El viaje, el curioso ritual de la cena y, como remate, el príncipe heredero apuñalándolo hasta matarlo.

—¿Te gustan las armas? —preguntó Conor—. Si lo deseas, puedo darte una daga.

Kel se sintió excesivamente complacido por haber identificado correctamente las dagas. Aun así, la cosa no parecía pintar bien.

—¿Para que haga qué con ella? —preguntó, suspicaz.

Conor esbozó una media sonrisa.

—Verás, no sé lo que te gusta —explicó—, así que estoy intentando averiguar cómo convencerte para que te quedes.

—¿Quedarme? ¿Aquí? ¿En Palacio?

Conor se sentó en el borde de la cama más pequeña.

—Mi padre se crio en el reino de Malgasi —dijo—. Allí tienen una tradición: cuando un príncipe cumple los diez años, se le pone una especie de... guardaespaldas. *Királar*, lo llaman. El Guardián de Espadas. Se supone que su misión es sustituir al príncipe para... protegerlo del peligro. Aprende a andar y hablar como él, a vestir como él. Se le hace parecerse a él.

—¿Se le hace parecerse a él? —repitió Kel.

—Con talismanes, hechizos. Gotas para cambiar el color de los ojos. —Suspiró—. Sé que no está sonando muy tentador, pero me prometí que sería sincero contigo. No tiene sentido no serlo. Al final, lo averiguarías igual.

—¿Tú quieres —preguntó Kel, despacio— que yo sea tu Guardián de Espadas?

Conor asintió.

—Mi padre podría ordenártelo, pero yo no quiero a alguien que no esté convencido. Yo quiero a alguien que quiera hacerlo. Y tampoco quiero a alguien a quien hayan separado de su familia. Por eso... tú vienes de un orfanato, ¿no?

Kel asintió. Estaba demasiado asombrado para hablar.

Conor se relajó unos segundos.

—Eso está bien. Al menos, Jolivet no me ha mentido. —Miró a Kel—. ¿Qué opinas?

—Creo —contestó Kel— que parece peligroso, y probablemente difícil. Creo que si buscas a alguien que realmente quiera hacerlo, también te resultará difícil.

Conor exhaló desencantado.

—Cierto.

Parecía desanimado, lo que dejaba claro lo rara que era la situación. Kel no habría sabido qué esperarse de un encuentro con el príncipe heredero de Castelana, pero desde luego no que este se mostrara deprimido.

—Bueno, puedes intentar convencerme —repuso—. Cuéntame, ¿qué tendría de bueno?

Conor levantó la vista, con los ojos brillantes.

—¿Sí? —Se irguió en el asiento—. Bueno, vivirías en Palacio. Tendrías todo lo que quisieras, la mayor parte del tiempo. Dentro de lo razonable, pero cualquier prenda de ropa o libros o..., bueno, cualquier cosa, en realidad. Si lo ves en un escaparate, es que puedo conseguírtelo. A menos que sea un elefante de jade o alguna otra cosa enorme.

—Eso no parece muy práctico —comentó Kel en tono grave, intentando no reírse.

—Podríamos entrenar juntos —continuó Conor—. Jolivet no es la persona más agradable del mundo, pero es el mejor instructor de espada que existe. Te convertirás en un luchador experto. Y mis tutores me están enseñando todo lo que hay que saber; te enseñarían a ti también. Aprenderías una docena de idiomas, la historia de toda Dannemore, astrología, todas las grandes ecuaciones...

A su pesar, algo se encendió en el interior de Kel. Era pequeño y brillante, una señal de fuego lejana. Le sorprendió. No había esperado sentirse realmente tentado.

—Nunca pasarías hambre —siguió Conor, con suavidad—, y nunca estarías solo. Dormirías aquí, a mi lado, y estaríamos siempre juntos. Y tu vida sería extraordinaria.

Kel se apoyó contra la mesa. «Extraordinaria.» Conocía esa palabra, sobre todo de las clases.

Conor se echó hacia delante, muy animado.

—Conocerías a la realeza de todas partes, gente que desciende de héroes famosos. Verías las danzas de los bailarines más brillantes, oirías a los mejores músicos. Verías cosas que casi nadie llega a ver. Viajarías por el mundo entero.

Kel pensó en el Roca Blanca, cerca del orfanato; ese había sido el barco con el que había navegado junto a Cas por océanos imaginarios. Pensó en las canicas que utilizaban para sujetar el mapa en el juego inacabable de «adónde quieres ir». Ambos habían sabido siempre que nunca visitarían esas tierras lejanas.

—Ver el mundo —dijo Kel—. ¿Contigo?

Conor asintió, ilusionado.

—La mayor parte del tiempo no tendrás que hacerte pasar por mí. Te darán otra identidad. El nombre de un noble. Y cuando me convierta en rey, dejarás de ser el Guardián de Espadas. Después de eso, serás lo mismo que Jolivet, el jefe de los mejores soldados de Castelana. El Escuadrón de la Flecha. Y, un día, te jubilarás con honores y riquezas.

Los honores sonaban aburridos; la riqueza, bastante menos.

—Pero ¿quizá tú querías ser otra cosa? Mercader o maestro de gremio —sugirió Conor, dudoso. Parecía cansado. A Kel no se le había ocurrido que un niño rico pudiera parecer así de agotado—. No quiero tenerte aquí contra tu voluntad. Eso le dije a mi padre.

«Eso le dije a mi padre.» Que se refiriese así al rey ya era bastante raro, pero a Kel le pareció aún más raro que a Conor le temblaran las manos. Kel se dio cuenta, sorprendido, de que Conor lo necesitaba realmente. Nunca lo habían necesitado antes. Cas era su amigo, pero no lo necesitaba, y tampoco la hermana Bonafilia o los otros. Los padres necesitan a sus hijos, pero él nunca había tenido padres. Nunca había sabido lo que era que alguien lo necesitara: eso hacía que quisiera proteger a ese alguien. Se dio cuenta, sorprendido, de que quería proteger a ese niño, al príncipe de Castelana. Quería interponerse entre él y un bosque de flechas erizadas. Quería fulminar y demoler a cualquier enemigo que pretendiera hacer daño a Conor Aurelian.

Era la primera cosa que quería hacer voluntariamente desde que había cruzado las puertas de Palacio. Bueno, aparte de comer.

«¿Quizá tú querías ser otra cosa? Mercader o maestro de gremio.» Cuando Kel cumpliera los dieciséis, el orfanato lo echaría al mundo, sin ni un penique. Su función era ayudar a los niños, solo a los niños. Sin formación y bastante ignorante, no habría nada para él en las calles de Castelana. Hasta los marineros tenían formación desde una edad temprana. Podría sobrevivir como farolero, o grumete si tenía suerte, y sería pobre como una rata. O podría ser un criminal, un carterista o unirse a los gateadores, lo que había sido su mayor sueño, y acabar colgado en la horca del Cadalso.

Tomó aire.

—Así que una vida extraordinaria, ¿eh?

Y Conor empezó a sonreír.

Capítulo uno

—No veo por qué tengo que casarme ahora —se quejó Conor Darash Aurelian, príncipe heredero de Castelana, duque de Marakand (un título honorario que había heredado de su madre) y potentado de Sarema (una pequeña isla desierta cerca de Taprobana, que Castelana había reclamado hacía algunas décadas, cuando un navío mercante había plantado la bandera del león sobre los escasos metros de su orilla; por lo que la gente sabía, la bandera seguía allí, de forma que el reclamo de Castelana sobre la protuberancia rocosa seguía sin oposición).

Kel se limitó a sonreír. Conor parecía estar tremendamente agraviado, lo que no significaba que se sintiera así realmente. Kel conocía las expresiones de Conor mejor que las suyas propias. Quizá a Conor le molestara que lo presionaran para casarse, o que la reina le hubiera ordenado dar un discurso ese día en la plaza Valerian (que era la razón por la que Conor y él se encontraban, en ese momento, metidos en un carruaje de ventanas cegadas, asados de calor y derretidos sobre cojines de terciopelo, con Jolivet y Mayesh mirándolos desde el asiento de enfrente). O quizá no hubiera nada que lo molestase en exceso, y estuviera simplemente exagerando por el mero placer de hacerlo.

En cualquier caso, no era problema de Kel. No era él quien

intentaba convencer a Conor de aceptar un arreglo políticamente ventajoso. De hecho, él era contrario a la idea. Estaba muy a gusto con la situación actual, y que Conor se casara lo cambiaría todo.

—Pues no te cases —gruñó Jolivet. Tenía el mismo aspecto austero de siempre a pesar de ir pertrechado con el uniforme al completo: kilómetros de malla dorada, túnica y pantalones púrpuras, y un casco tan ceremonial que, tal como estaba en su regazo en ese momento, las plumas le llegaban hasta la barbilla. Mayesh Bensimon, a su lado, parecía un cuervo gris desplumado: llevaba la sencilla túnica de consejero y el pelo blanco y rizado le cubría el cuello de la prenda. Porque, como ashkar, en público solo se le permitía vestir de azul o de gris, lo que limitaba bastante cualquier posible esplendor estético—. Ese primo tuyo de Detmarch puede ser rey de Castelana y tú podrías dedicarte a dirigir el ejército. Y darle al general Archambault un descanso en la frontera.

Kel contuvo una risa. Era cierto que cuando una familia real castelaní tenía más de un heredero, el segundo solía recibir formación para acabar siendo el jefe del ejército. Si Conor hubiera tenido un hermano o una hermana, podría haber cambiado su posición con él o ella, aunque Kel no podía imaginarse a Conor haciendo tal cosa, ni en teoría. Odiaba los insectos y la suciedad, y en el ejército, por lo que Kel sabía, se convivía intensamente con ambos elementos. Además, era joven, con solo veintitrés años, y le sobraba tiempo para casarse y tener un heredero. Eran Mayesh y Jolivet los que estaban tan ansiosos como viejas gallinas alborotadas.

Conor alzó una ceja.

—Tonterías —dijo—. Soy demasiado guapo para arriesgarme a que me desfiguren en una batalla.

—Las cicatrices tienen su encanto —observó Kel—. Fíjate en Montfaucon. Siempre está rodeado de damas que lo adoran.

—Si me aseguraran que puedo ir a luchar y volver solo con un elegante corte en la mejilla... —dijo Conor—. Pero el resultado más probable, que te claven una lanza en toda la cara, es mucho menos atractivo. En cualquier caso, tampoco hay ahora mismo una guerra a la que ir. —Conor siempre movía las manos expresivamente al hablar, algo que Kel se había pasado años aprendiendo a imitar. La poca luz que había en el carruaje destellaba sobre los anillos de Conor, mientras este gesticulaba. Iba vestido de gala, como correspondía a un príncipe que está a punto de dirigirse a su pueblo: su tercera mejor corona, una diadema dorada grabada con alas; pantalones de excelente lana, y un jubón repujado, con cortes en el cuero en forma de pequeños diamantes para mostrar la seda y el hilo metálico de la camisa que llevaba debajo. Daba un calor espantoso, algo que Kel sabía porque vestía igual.

—No hay ninguna guerra ahora mismo —admitió Mayesh— y consolidar alianzas con otros países mediante el matrimonio es una forma de asegurarse de que eso continúe así. —Abrió la libreta de cuero que tenía sobre el regazo. Dentro había docenas de retratos y dibujos hechos en varios tipos de papel, todos enviados desde cortes y posesiones esperanzadas de toda Dannemore y más allá—. La princesa Aimada d'Eon de Sarthe. Veinte años, habla seis idiomas, su madre fue una famosa beldad, es dócil...

—Dócil significa aburrida —replicó Conor. Se había sacado uno de los anillos y se lo pasaba de una mano a la otra, brillando en la penumbra del carruaje mientras volaba como una colorida luciérnaga—. ¿Y a mí qué me importa cómo fuera su madre?

—A lo mejor te están ofreciendo dos por el precio de una —sugirió Kel, y vio que Conor sonreía. Había varios aspectos de su ocupación de Guardián de Espadas que iban más allá de ponerse entre el príncipe heredero y un posible ataque. Normalmente, Conor estaba rodeado de gente muy seria diciéndole lo que debía hacer; Kel sentía que su labor era contrarrestar eso un poco.

A Mayesh no le pareció divertido su comentario.

—Creo —explicó— que lo que sugiere es que la hija, como su madre, la reina, también será un día una gran belleza.

—¿No lo es ahora? —Conor cogió el papel que Mayesh sujetaba—. ¡Pelirroja! —exclamó—, odio ese color de pelo. Además, es de Sarthe.

Jolivet bufó. Antes de que Castelana obtuviera su independencia, había sido la ciudad portuaria de Magna Callatis, un vasto imperio que en la actualidad había quedado dividido en tres reinos independientes: Sarthe, Valderan y Castelana. Valderan había sido su exuberante sur, y seguía teniendo la mayoría de las granjas de las que Castelana se abastecía de comida. Castelana había sido el embarcadero y puerto. Y Sarthe había sido la capital y en ella estaba la antigua ciudad imperial de Aquila. Todo el mundo sabía que Sarthe deseaba reconstruir de nuevo el antiguo Imperio. Ansiaba, con especial fervor, el puerto de Castelana, ya que Sarthe carecía de acceso al mar y se veía obligada a pagar un alto peaje a Valderan por el acceso a la costa.

—No le falta razón —admitió Jolivet—, ¿por qué vamos a darle a Sarthe un punto de anclaje aquí?

—Cierto. —Mayesh sacó otro papel—. Aquí tenemos a la princesa Elsabet Belmany, de Malgasi.

—Malgasi —repitió Jolivet, pensativo—. Una aliada útil. Sobre todo porque tu padre se crio en su Corte.

—Obtienen mucho dinero con el comercio de especias, pieles y sedas, y tienen reservas de tierra cultivable, lo que nos libraría de depender del comercio con Valderan para conseguir alimentos —observó Mayesh, aunque había una curiosa falta de entusiasmo en su voz.

—Tierra cultivable —repuso Conor—, nunca fueron dichas palabras más románticas. Cuantísimas baladas se han compuesto sobre bellas mujeres con amplias extensiones de tierra cultivable.

—Si es que es así como se le llama ahora —completó Kel, y Conor sonrió antes de cogerle el pergamino a Mayesh.

—No debes hablar de la tierra como si no fuera importante —protestó Jolivet—. Es cierto que somos una gran potencia en cuanto al comercio. Pero en cuanto a tierras, no tenemos más que unos pocos kilómetros cuadrados de ciudad y marismas.

—Pero menudos kilómetros cuadrados, ¿eh? —dijo Kel, conciliador, y Mayesh sonrió. Conor alzó el pergamino que acababa de coger para mostrarle a Kel el retrato de una joven de mirada intensa, piel pálida, pelo negro y la frente ceñida por una diadema dorada coronada por un fénix de rubí. Elsabet Belmany.

Kel frunció el ceño.

—Me suena haber oído su nombre hace poco...

Conor chasqueó los dedos.

—Sí. Algún tipo de escándalo. El pueblo de Malgasi siente un intenso desagrado por la Casa Belmany; parece una situación desagradable en la que involucrarse.

Jolivet emitió un bufido exasperado.

—También hay antimonárquicos en Castelana, Conor...

Kel rascó un trocito de la pintura negra de la ventanilla del carruaje mientras Conor y Mayesh discutían sobre si la Casa Aurelian era universalmente amada o no. A través del claro del cristal, Kel pudo ver que estaban en la Ruta Magna. El último tramo del Gran Camino del sudoeste que iba de Shenzhou a Castelana, la Ruta Magna, atravesaba las montañas por el Paso Estrecho, cruzaba la ciudad y llegaba hasta el puerto. Kel se preguntaba a menudo cómo sería el otro extremo del Gran Camino. Sabía que acababa en la capital de Shenzhou, pero ¿se convertía en la calle principal de esa ciudad, como pasaba en Castelana, o simplemente se diluía en callejuelas, como un río desperdigándose sobre una planicie aluvial?

Conor siempre le llamaba «raro» por preguntarse ese tipo de cosas. Pero Kel soñaba a menudo con los rincones más remotos del mundo. Desde su ventana en Marivent, podía ver el puerto y los grandes barcos que volvían de Sayan y Taprobana, de Kutani y Nyenschantz. Algún día, se decía a sí mismo. Algún día, estaría a bordo de uno de esos buques, navegando por el océano. Con suerte, en compañía de Conor, aunque hasta ese momento, la promesa que le había hecho este de que un día viajarían por el mundo entero no se había materializado. Kel sabía que no era culpa de Conor; la Casa Aurelian había mantenido a su príncipe más cerca de lo que era habitual.

—Ah, pues muy bien —soltó Mayesh. Rara vez mostraba enfado; Kel se volvió, con cierta sorpresa, al ver que el consejero había sacado un nuevo papel—. Si Malgasi no es una buena opción, aquí tenemos al príncipe Floris de Gelstaadt. Es joven, guapo y un día controlará el mayor imperio bancario del mundo.

Conor, normalmente, prefería a las mujeres, pero esa no era en absoluto una regla fija. Si se casaba con otro hombre, se elegiría a una mujer de buena cuna para ser la Dama Madre, que concebiría al hijo de Conor, lo amamantaría y se lo entregaría a ambos reyes para que lo criasen. Así había sido con los abuelos de Conor, un príncipe de Castelana y un señor de Hanse, y no era infrecuente en Dannemore. Los matrimonios entre dos reinas eran más raros, pero tampoco inexistentes.

—¿Imperio bancario? —Conor extendió la mano—. Déjame ver.

Kel miró sobre el hombro del príncipe para ver el dibujo. El chico retratado, que se hallaba apoyado contra un aliso, era guapo, tenía el pelo de color lino y los ojos azules típicos de Gelstaadt, un pequeño país cuyas liberales leyes bancarias lo habían convertido en uno de los más ricos de Dannemore.

Conor levantó la vista hacia él.

—¿Qué opinas, Kel?

La atmósfera dentro del carruaje cambió sutilmente. Kel, que había pasado la última década aprendiendo a captar los matices de la interacción social, se dio cuenta. Él era el Guardián de Espadas, un sirviente del príncipe. No estaba en posición de dar una opinión, al menos según lo veían Jolivet y Mayesh. (Esta era, quizá, una de las pocas cosas en las que ambos hombres estaban de acuerdo.)

Kel no estaba seguro de que debiera importarle. Todos los que trabajaban en Palacio eran leales al Linaje Real, pero su propia lealtad, por encima de todo, era hacia Conor. Esa había sido la elección que había hecho hacía mucho tiempo, cuando era un niño pequeño y sucio enfundado en ropas prestadas, ante el príncipe de Castelana. El cual le había ofrecido una vida extraordinaria, y le había dado eso y más: una amistad extraordinaria.

—Creo —contestó Kel— que o bien han dibujado el árbol muy pequeño, o Floris de Gelstaadt es un gigante.

—Bien visto —replicó Conor—. No sé si quiero casarme con alguien que se cierne sobre mí. ¿Cómo es de alto, Mayesh?

El consejero suspiró.

—Dos metros... diez.

Conor se estremeció.

—Mayesh, ¿estás intentando atormentarme? ¿Una princesa poco querida, un gigante y una pelirroja? ¿Estás de broma? Me estás quitando años de vida. Se podría considerar traición.

Mayesh alzó una nueva hoja de pergamino.

—Princesa Anjelica de Kutani.

Conor se irguió en su asiento, finalmente interesado. Kel lo entendió. La pintura era de una chica de piel oscura con una nube de pelo negro y luminosos ojos color ámbar. Un gorro de malla dorada adornada con diamantes en forma de estrella constituía su corona y llevaba más oro en las muñecas. Era luminosamente bella.

—¿Kutani? —preguntó Jolivet, con voz dudosa—. ¿Podría Castelana permitirse pagar una dote tan alta como la que seguramente pedirán?

Kutani era un reino insular, un centro del comercio de especias: cardamomo, pimienta, azafrán, jengibre y clavo; todas crecían o se compraban allí, lo cual lo convertía en un reino espectacularmente rico. Según Joss Falconet, cuya casa poseía el fuero de las especias, el aire de la isla estaba perfumado de cardamomo, y los vientos alisios acariciaban las playas de arenas suaves como el polvo.

—Cierto —repuso Mayesh, apartando el retrato—. Probablemente no.

Los ojos de Conor brillaron.

—Somos lo suficientemente ricos —dijo—. Dame eso.

Habían salido de la Ruta Magna a un estrecho callejón detrás de la plaza central de la ciudad, que estaba formada por cuatro de los edificios más antiguos de esta. Todos estaban revestidos de mármol blanco moteado de un cuarzo que relucía al sol; todos mostraban amplias escalinatas, columnas y pórticos arcados al estilo del desaparecido Imperio callatiano.

La plaza Valerian había sido, antiguamente, la Cuadra Magna, el eje central de la ciudad portuaria imperial. En cada punto cardinal se hallaba una estructura enorme que databa de la época del Imperio. Al norte, el Cadalso, con su escalinata vigilada por leones de mármol; sus fauces bien abiertas como para atrapar en ellas a los criminales. Al oeste se encontraba el Convocat; al sur, la Justicia. Al este, la Porta Áurea, el arco del triunfo erigido por Valerian, el primer rey de Castelana; los ciudadanos la llamaban, con cariño, la Puerta a Ninguna Parte. Castelana tenía una relación un poco confusa con su pasado. Ese día se celebraba el aniversario de la independencia de Castelana de Magna Callatis. Los castelaníes sentían un fiero orgullo por su ciudad-Estado y pensaban que era el mejor lugar de toda Dannemore. Pero, a la vez, se enorgullecían de ser descendientes de los callatianos y de lo que conservaban de los tiempos del Imperio: desde el hipocausto que calentaba las termas públicas hasta las cortes y el Consejo de los Doce. Independientes, pero también atados a las glorias de un dominio pasado hacía mucho tiempo; a veces, a Kel le parecía que él era el único que se daba cuenta de esa contradicción.

Se detuvieron detrás del Convocat, donde una entrada secreta les permitiría acceder al edificio sin ser vistos. Habían cortado el callejón para dejar paso solo al carruaje real. Cuando Kel bajó, vio a un grupo de niños pequeños espiar desde las sombras, boquiabiertos. Iban harapientos, descalzos y sucios, con la piel llena de pecas por el sol. Pensó en dos niños pequeños bajo un eucalipto, jugando a batallas de piratas, y les lanzó una moneda.

—¡Saludad de mi parte al Rey Trapero! —les dijo.

El más pequeño de todos sofocó un gritito asustado.

—¡Dicen que hoy está aquí! —exclamó—, entre la multitud.

—Como si supieras qué aspecto tiene —se burló una niña con un mandil hecho jirones—. No lo has visto nunca.

El niño pequeño emitió un bufido enfadado.

—Sí que lo sé —protestó—. Va todo de negro, como el Caballero Muerte que viene a llevarse tu alma, y las ruedas de su carruaje están manchadas de sangre.

La niña puso los ojos en blanco y le dio un buen tirón de orejas al pequeño. Este chilló, y el grupo se desvaneció en las sombras, riéndose.

Kel sonrió. De niño, había pensado en el Rey Trapero como

el dios embaucador de los ladronzuelos. Más tarde, empezó a entender que no era una figura mitológica, sino práctica, por misteriosa que fuera. Dirigía operaciones de contrabando de gran calado, poseía casas de juego en la Madriguera y manejaba los hilos del comercio desde el puerto hasta el Gran Camino. El Palacio no podía hacer nada por librar a la ciudad de su presencia. Era demasiado poderoso y, además, según Mayesh, era mejor no crear un vacío de poder en el mando de la organización. Un orden fuera de las leyes era, después de todo, mejor que un caos dentro de ellas.

Jolivet chasqueó los dedos.

—Vamos, Kellian —dijo y los cuatro cruzaron la calle desierta y entraron al Convocat. Dentro, estaba oscuro y frío, el mármol aislaba el interior del calor. Kel se encontró caminando al lado de Mayesh mientras Jolivet iba junto a Conor, hablándole muy concentrado.

—Muy inteligente por tu parte lo del carruaje —admitió Kel—: mostrarle tres candidatos que no iba a querer y luego uno que sí, pero que no puede tener.

—Bueno —dijo Mayesh—, es tu tarea y la mía conocer al príncipe mejor que él mismo.

—Solo que tú tienes otras tareas y yo solo tengo esa. Tú también tienes que conocer bien al rey y a la reina.

Mayesh hizo un gesto que indicaba asentimiento, pero que no lo comprometía.

—Me limito a ofrecerles consejo. Siempre ha sido así.

Eso era claramente falso, pero a Kel no le apetecía discutir. Era mejor no ahondar mucho en ninguna discusión respecto al rey o la reina, y especialmente respecto al rey. Conor iba a dar el discurso anual de la Independencia porque la reina no quería hacerlo, ya que odiaba hablar en público, y el rey no podía.

Markus Aurelian, el gran erudito, el rey filósofo. Su sabiduría era motivo de orgullo en Castelana. Se decía que, si no aparecía mucho en público, era porque estaba ocupado con sus estudios, con sus grandes descubrimientos en los campos de la astronomía y la filosofía. Kel sabía que eso no era cierto, pero ese era solo uno de los muchos secretos que guardaba de la Casa Aurelian.

Habían llegado a la cámara central del Convocat, donde unos amplios pilares de mármol sostenían un techo abovedado. El suelo de mosaico, que mostraba un mapa de Dannemore antes de la ruptura del Imperio, había sido colorido en su día. En la actualidad tenía un tono deslucido debido al paso del tiempo y los innumerables visitantes.

En el pasado, hubo asientos y el rey se reunía allí con las familias de los fueros para discutir las leyes, el comercio y las políticas. Kel recordaba vagamente ese tiempo, antes de que el rey se retirara a la Torre Norte con sus telescopios y astrolabios, sus mapas de estrellas, sus sextantes y esferas. Antes de que el rey volviera su atención a los cielos y olvidase el mundo que estaba debajo.

Pero no tenía sentido pensar en eso en aquel momento. Varios miembros del Escuadrón de la Flecha se acercaban. Brillaban en rojo y dorado, como Jolivet, aunque lucían bastantes menos borlas y flecos. El jefe, un hombre de pelo gris llamado Benaset, habló con gravedad.

—Legado. Señor. Ha habido un incidente.

Benaset se explicó: habían encontrado, entre la multitud, un trabajador del muelle con un arco a la espalda. Probablemente no sería nada, claro; era fácil que no supiera que había una ley que prohibía llevar armas a un acto en el que hubiera un miembro del Linaje Real. El Cadalso descubriría la verdad, por supuesto. Mientras...

—Necesitaremos al Guardián de Espadas —dijo Benaset—. ¿Está preparado?

Kel asintió. Notaba la tensión en la espalda, agarrotándole los músculos. Tener que sustituir a Conor no era raro. Podría ocurrir en cualquier momento, pues los guardias eran más que cautos. Ni siquiera era el peligro lo que lo preocupaba, pensó mientras sacaba el talismán del bolsillo y se lo ponía al cuello. (Lo sintió frío en la garganta; por razones que no entendía, el metal nunca se calentaba al contacto con su piel.) Pero ese día se había relajado. Estaban casi en la plaza; podía oír a la multitud. Se había permitido creer que no lo necesitarían.

Se había equivocado. Tan rápido como pudo, empezó a

repasar mentalmente el discurso: «Os saludo, mi pueblo de Castelana, en nombre de los dioses. Tal día como hoy...».

Kel frunció el ceño. Hoy... algo. «Tal día como hoy nació Castelana.» No. No era así.

—No creo que sea necesario —dijo Conor, interrumpiendo el repaso de Kel—. Un idiota borracho que va por ahí con un arma no significa un intento de asesinato...

—Es necesario, monseigneur. —Kel conocía aquel tono de voz de Jolivet y sabía lo que significaba. El legado tenía el poder de reprimir físicamente al príncipe, poder que el propio rey le había conferido, si llegaba a ser necesario—. Para eso tenéis un Guardián de Espadas.

Conor alzó las manos, disgustado, mientras Kel se le acercaba. Intercambiaron una mirada y Kel se encogió de hombros, como diciendo: «Da igual». Con un suspiro, Conor se quitó la corona y se la tendió a Kel.

—Intenta parecer guapo —le aconsejó—, no los decepciones.

—Haré lo que pueda. —Kel se puso la corona. Sus anillos eran joyas falsas, pero la corona, eso sí era real. Pertenecía a la Casa Aurelian. Parecía conllevar una carga que iba más allá del peso físico del metal. Levantó la vista, parpadeando: el Escuadrón de la Flecha había abierto las puertas, haciendo que el interior del Convocat se inundara con la brillante luz del sol.

Kel oyó el rugido de la multitud, como la acometida del mar.

Conor tendió la mano. Kel se la cogió y Conor lo atrajo hacia sí. Esa parte era un ritual, para reforzar la memoria. Kel lo había hecho incontables veces, aunque seguía sintiendo un pequeño estremecimiento en la espalda al mirar a Conor. Del mismo modo que sentía el peso de la corona dorada en la frente.

—Soy el escudo del príncipe —recitó—. Soy su armadura irrompible. Sangro para que él no sangre. Sufro para que él nunca sufra. Muero para que él pueda vivir por siempre.

—Pero no vas a morir —le dijo Conor, soltándole la mano. Siempre le decía eso: no era parte del ritual, pero sí una costumbre.

—A menos que lady Alleyne me ponga la mano encima —replicó Kel; lady Alleyne tenía muchas ambiciones, casi todas centradas en su única hija—. Sigue intentando pescarte para que te cases con Antonetta.

Jolivet frunció el ceño.

—Ya basta —dijo—. Mayesh, te quedarás con el príncipe.

No era tanto una orden como una pregunta; Mayesh indicó que lo haría, y Kel se unió a Jolivet en el largo paseo hacia las puertas. El ruido del gentío creció más y más hasta que Kel cruzó el umbral de la logia, cuyos arcos de mármol blanco brillaban intensamente. Oyó a la multitud contener el aliento mientras él se situaba en lo alto de la blanca cascada de escalones que conducían a la plaza, como si todos lo hubieran visto a la vez y todos dejaran de respirar a la vez.

Kel se quedó en lo alto de la Escalera de la Aflicción y recorrió la plaza con la mirada, mientras la multitud coreaba el nombre de Conor. Había gente de todo tipo: trabajadores del puerto cubiertos de burda batista y con sus niños a hombros para que vieran mejor; comerciantes y taberneros. También ricos mercaderes, vestidos de colores brillantes, que habían conducido sus relucientes carruajes hasta la plaza y se reunían en grupos. En los escalones del Templo Mayor, se hallaba el Hierofante, el supremo sacerdote de Castelana, que portaba un báculo rematado con un orbe blanquecino de cristal de la Fractura. Kel lo miró de reojo, era raro verlo fuera del templo, salvo en las grandes ocasiones, como los funerales de Estado o el Matrimonio con el Mar, cuando el rey o la reina de Castelana se embarcaban en un bote adornado con flores y tiraban un anillo de oro al océano, para sellar la unión entre Aigon y la Casa Aurelian.

Las familias de los fueros se situaban más cerca de la escalinata, sobre una tarima colocada ante los leones del Cadalso, cada familia bajo un estandarte con la insignia de su casa: un barco para la Casa Roverge, una guirnalda para la Esteve, una mariposa de seda para la Alleyne.

Kel echó una última mirada a la multitud y vio un brillante carruaje negro con ruedas de color escarlata. Apoyado en él había alguien delgado y de largas piernas, vestido completamente de negro. «Va todo de negro, como el Caballero Muerte que viene a llevarse tu alma, y las ruedas de su carruaje están manchadas de sangre.» ¿Podría ser el Rey Trapero, que había ido a ver hablar al príncipe? Kel supuso que podría hacerlo si era lo que quería. De niño, le había preguntado a Conor por qué Palacio no arrestaba al Rey Trapero.

—Porque tiene demasiado dinero —le había contestado Conor, pensativo.

«Ya basta. —Kel sabía que estaba dejando que los nervios le desataran la imaginación—. Concéntrate —se dijo—. Eres el príncipe de Castelana.»

Cerró los ojos. En esa oscuridad, vio el mar azul y un barco con velas blancas. Oyó el sonido de las olas y los chillidos de las gaviotas. En ese lugar, donde las estrellas del oeste se hundían al girar el mundo, él estaba solo en medio del silencio, con el horizonte llamándolo. El barco se bamboleaba bajo sus pies, con el mástil a su espalda. Nadie más que él conocía ese lugar. Ni siquiera Conor.

Abrió los ojos. Alzó las manos hacia el gentío, mientras el grueso terciopelo de sus mangas se deslizaba hacia atrás y los anillos le brillaban en los dedos. La corona era pesada, una barra de hierro sobre la frente.

—Os saludo, mi pueblo de Castelana, en nombre de los dioses —dijo con la voz amplificada por el talismán que llevaba en el cuello. Resonó por toda la plaza.

«Mi pueblo.» Muchos entre la multitud llevaban la bandera roja y dorada de Castelana: el barco y el león. El mar y los Caminos Dorados. Había una alfombra en la biblioteca de Palacio que tenía la forma de la tierra de Dannemore. A veces, Conor andaba descalzo sobre ella: en un momento estaba en Hind, al siguiente en los Caminos Dorados, luego volvía a Castelana. Así era el mundo para un príncipe.

—Hoy —prosiguió Kel, y las palabras le afloraron, sin hacer ningún esfuerzo para recordar— es el día de nuestra libertad, el nacimiento de nuestra ciudad-Estado. Aquí, en estas calles, fue donde las gentes de Castelana arriesgaron sus vidas para no tener que arrodillarse nunca más ante el emperador, ni doblegarse ante ningún poder extranjero. Aquí es donde nos convertimos en lo que somos: un faro brillante para el mundo, la ciudad más grandiosa de toda Dannemore, de todo el mundo...

La multitud rugió de entusiasmo. El estruendo era como un trueno, como una tormenta acercándose más y más hasta quebrar el cielo. En ese momento, no importaba que Kel no fuera realmente su príncipe. La ovación lo elevó y sintió que andaba por los caminos del cielo como Elemi alcanzado por un rayo.

La emoción de la multitud pareció metérsele en los huesos, como si tuviera la médula llena de pólvora. La sentía como un fuego que se encendía y se convertía en una llamarada que le hacía arder la sangre. Era sobrecogedor sentirse tan amado, a pesar de que aquel amor no fuese para él. A pesar de que fuera una ilusión.

—Muy bien —dijo Conor, cuando Kel hubo vuelto al interior del Convocat. La gente, llevada al paroxismo (en parte por la aparición del príncipe heredero, pero también, había que admitirlo, por el alcohol gratis que el Palacio había ofrecido), seguía bramando allí fuera. Se servían jarras de cerveza en puestos adornados con banderines rojos y dorados, mientras las familias nobles recogían y se apresuraban a regresar a la Colina. En breve, la multitud patriótica se volvería una turba estridente y festiva—. Me ha gustado la parte sobre que el corazón y el alma de Castelana lo constituían... ¿cómo era? Ah, sí. Los ciudadanos. ¿Improvisado?

—Pensaba que lo habíamos ensayado. —Kel se apoyó en una columna y sintió el mármol frío en la espalda y el cuello. De repente, tenía calor por todo el cuerpo, aunque no había notado el sol mientras hablaba en lo alto de la Escalera de la Aflicción—. A la gente le gustan los piropos.

—¿Estás bien? —Conor, que estaba sentado con la espalda apoyada en una columna, se puso en pie. Jolivet y Mayesh se hallaban enfrascados en una conversación; el Escuadrón de la Flecha caminaba arriba y abajo por la habitación, silenciosos como estaban siempre los guardias. Conor solía olvidarse de que los tenía delante—. Pareces...

Kel levantó la cabeza. Conor y él eran de la misma altura; Kel estaba convencido de que Mayesh se había asegurado de algún modo de que así fuera, igual que se había asegurado de que los ojos de Kel, con los años, se volvieran del color de la plata deslustrada.

—¿Qué?

—Nada. Quizá un poco insolado. Te sentará bien ponerte a la sombra. —Conor le puso la mano en el hombro—. Hoy es un día de celebración. Así que celebremos. Ve a cambiarte al carruaje e iremos al Caravel.

—Ya —suspiró Kel. Como solía pasarle después de fingir ser Conor en público, se sentía completamente exhausto, como si le hubieran estado estirando los huesos. Lo único que deseaba era volver al Palacio y tirarse en la cama—. La fiesta de Joss Falconet.

—¿A qué viene esa reticencia? —Conor esbozó una media sonrisa pícara—. Hace ya demasiado que no visitamos el distrito del Templo.

El distrito del Templo era un barrio de casas de lenocinio; se había ganado el nombre porque la mayoría de los burdeles tenían un altar a Turan, el dios del deseo. Kel estuvo a punto de pedirle que fueran otro día, pero resultaba evidente que Conor deseaba ir a la fiesta y, además, el propio Kel tenía cosas que hacer en el Caravel, que no tenían nada que ver con las que cabía esperar, y esa noche sería un momento tan bueno como cualquier otro para ocuparse de ellas.

—A nada —contestó Kel—. Es solo que las fiestas de Falconet pueden ser... excesivas.

Conor le pellizcó ligeramente la barbilla.

—Excesivamente divertidas. Ya le he pedido a Benaset que traiga los caballos. Puedes montar a Asti.

A pesar de su tono ligero, Conor sonaba un poco inquieto. Sabía que Kel no quería ir; lo de ofrecerle su caballo favorito era un chantaje. Por un momento, Kel se preguntó qué pasaría si se negaba y decía que quería volver al Palacio con Bensimon y Jolivet. Pasar la noche en una habitación oscura con vino azul frío y un mapa de los mares occidentales.

La respuesta era que no pasaría gran cosa. Pero Conor se

sentiría decepcionado y seguiría necesitando a alguien que lo acompañara al Caravel. Conor no podía salir solo por el mundo, sin protección; siempre tenía que haber alguien para defenderlo. Si Kel volvía al Palacio, a Conor le asignarían un guardia del Escuadrón de la Flecha para vigilarlo y eso lo haría sentirse infeliz. Y si Conor era infeliz, Kel sería infeliz. No porque Conor se lo hiciera pagar, que no lo haría. Pero saber que había decepcionado a Conor le remordería la conciencia.

Kel se quitó la corona y luego se la tendió a Conor.

—Muy bien —dijo—, pero no te olvides de tu corona, monseigneur, no sea que te traten irrespetuosamente en el Caravel. A menos —añadió— que esta noche vayas a pagar para que lo hagan, ¿no?

Conor se rio y la inquietud desapareció de su rostro.

—Excelente. Creo que tendremos una noche memorable. —Se volvió hacia Bensimon y Jolivet, y los saludó con la corona; ambos miraron a los dos jóvenes con expresión de clara desaprobación—. Os deseamos buenas noches, caballeros —dijo—. En caso de que deseéis encontrarnos, estaremos en el distrito del Templo, ofreciendo las correspondientes plegarias.

Siempre ha habido magia. Es una fuerza de la naturaleza, como el fuego, el agua y el aire. La humanidad no nació sabiendo usarla, igual que no nació sabiendo cómo hacer fuego. Se dice que los secretos de la magia se susurran en lo más alto del aire, donde los que tienen la capacidad aprenden los ensalmos que, en las manos adecuadas, se convierten en hechizos. No sabemos quién codificó los primeros hechizos o los puso por escrito. Ese conocimiento se ha perdido. Pero sí que sabemos que toda salmodia o conjuro ha incluido siempre la Palabra Única, el nombre inefable del Poder, sin el cual un hechizo es solo un discurso vacío. Sin la Palabra, no hay magia.

Relatos de los Hechiceros-Reyes,
LAOCANTUS AURUS IOVIT III

Capítulo dos

—Lo siento. —Con aspecto de no sentirlo lo más mínimo, dom Lafont, un nervioso hombrecillo con unos anteojos de montura negra que se sostenían en una nariz llena de verrugas, negó con la cabeza—. No es posible.

Lin Caster puso la mano abierta sobre el mostrador de madera que los separaba. La librería Lafont, en el barrio de los Académicos, era un pequeño lugar polvoriento, con las paredes llenas de láminas antiguas y dibujos de Castelana y de figuras históricas del pasado. Tras el mostrador, se extendían las estanterías cargadas de libros: algunos nuevos y relucientes, con cubiertas de cuero de bonitos colores, y otros, meros apuntes cosidos, preparados por la Academia para ayudar a los alumnos en sus estudios.

Era uno de esos, el tratado sobre enfermedades hereditarias de Ibn Sena, un profesor de medicina, con el que Lin quería hacerse. Estiró el cuello, intentando averiguar cuál de los manuscritos de la estantería era, pero la librería estaba escasamente iluminada.

—Dom Lafont —dijo Lin—. Siempre he sido una buena clienta. Una clienta habitual. ¿No es así? —Se volvió hacia su amiga Mariam Duhary, que seguía la conversación con aire preocupado—. Mariam, díselo. No hay ningún motivo para que no quiera venderme un libro.

—Ya lo sé, domna Caster —protestó Lafont—, pero existen normas. —Arrugó la nariz como un conejo—. Lo que me pedís es un libro de texto para estudiantes de medicina de la Academia. Vos no sois alumna de la Academia. Si tuvierais una carta de la Justicia, quizá...

Lin quería dar un manotazo en el mostrador. Ese hombre estaba siendo ridículo. Los ashkar, y él lo sabía perfectamente, no podían ser alumnos de la Academia ni pedirle ayuda a la Justicia. Esas leyes, leyes crueles, hacían que se le revolviera el estómago y le ardiera la sangre. Pero así habían sido las cosas desde la fundación de Castelana.

—Estos manuscritos —dijo, haciendo un esfuerzo por no perder la calma— son gratis para los estudiantes. Y yo me estoy ofreciendo a pagar. Pon un precio, dom Lafont.

Este extendió las manos a ambos lados.

—No es una cuestión de dinero. Es una cuestión de normas.

—Lin es médica, como ya sabéis —afirmó Mariam. Era una chica bajita, delicada como un pajarillo, pero su mirada era firme e inquisitiva—. Os curó la gota el pasado otoño, ¿o no?

—Aún me da problemas, de vez en cuando —respondió él, amargado—. Cada vez que como faisán.

«Algo que te dije que no hicieras», pensó Lin.

—Lo único que quiere Lin es adquirir conocimientos que le permitirán curar a más enfermos y aliviar su sufrimiento —insistió Mariam—. No creo que podáis objetar nada en ese sentido.

Lafont gruñó.

—Sé que hasta vuestra propia gente piensa que no deberíais ejercer la medicina —le dijo a Lin— y sé que no deberíais estar metiendo las narices en una ciencia que no es para la gente como vos. —Se apoyó en el mostrador para inclinarse hacia ella—. Os aconsejo que os conforméis con lo que ya conocéis: vuestros amuletitos y baratijas mágicas. ¿No tenéis ya suficiente sabiduría, ashkar?

En ese momento, Lin se vio como la veía él: alguien sin poder, claramente diferente, casi una extranjera. Y sí, vestía, tal como las leyes de Castelana marcaban, los colores tradicionales de los ashkar: un vestido gris y una chaqueta azul. Y al cuello, el símbolo de su gente: un círculo hueco y dorado colgado de una cadena. El de Lin había pertenecido a su madre.

Pero no era eso lo único que la marcaba como diferente. Estaba en su sangre, en su forma de andar y de hablar, en algo invisible que, a veces, sentía que flotaba sobre ella como una niebla fina. Era perfectamente reconocible como ashkar, extranjera en una forma que no lo eran ni los marineros que arribaban al puerto de Castelana. Los viajeros tenían un papel y un lugar determinado. Los ashkar, no.

«¿No tienes ya suficiente, ahskar?» Eso era lo que todos los castelaníes sentían en cierto modo. La Fractura había destruido toda la magia, la había borrado del mundo. Toda salvo los pequeños hechizos y los talismanes de la gematría, la magia ancestral de los ashkar. Por esa razón, la gente odiaba y envidiaba a partes iguales a los que eran como Lin. Por esa razón, no se les permitía salir del Sault, el barrio rodeado de muros en el que se los obligaba a vivir, una vez que el sol se hubiera puesto. Como si no pudieran fiarse de ellos en la oscuridad.

Lafont sacudió la cabeza y se dio la vuelta.

—Hay una razón por la que los libros como estos no están hechos para manos como las vuestras. Volved si queréis comprar alguna otra cosa. Mi puerta estará abierta.

Lin sintió que el mundo se oscurecía ante sus ojos. Respiró profundamente, mientras las manos se le cerraban en puños...

Un momento después, se encontró fuera de la librería, con Mariam arrastrándola por la calle.

—Mariam, ¿qué...?

—Ibas a pegarle —contestó Mariam, sin aliento. Se había detenido entre un hospedaje para estudiantes y una tienda que vendía plumas y tinta—, y entonces hubiera llamado a los Vigilantes y, como poco, te habrían multado. Ya sabes que no son compasivos con los ashkar.

Lin sabía que Mariam tenía razón. Y sin embargo...

—¡Es increíble! —bufó—. ¡Ese fanático malnacido! Cuando quiso que lo tratara gratis, ahí no le molestaron nada mis conocimientos, ¿no? Y ahora todo es: «Saca tus sucias manos de nuestros libros». Como si el saber fuera exclusivo de algún tipo de personas...

—¡Lin! —la interrumpió Mariam, susurrando—. La gente nos está mirando...

Lin echó un vistazo alrededor. Al otro lado de la calle había una tetería, que estaba llena de estudiantes disfrutando de un día sin clases. Un grupo se había juntado alrededor de una desgastada mesa de madera del exterior para beber *karak*, un té con nata muy especiado, y jugar a las cartas; algunos, efectivamente, estaban mirándola con cara de risa. Uno de ellos, un chico guapo con una mata de cabello pelirrojo y una corona de papel en la cabeza, le guiñó un ojo.

«¿Y si le pido a uno de ellos que me compre el libro?», pensó Lin. Pero no, no funcionaría. Los *malbushim* no solían fiarse de los ashkar, y hasta dom Lafont se daría cuenta del truco, pues apenas había pasado tiempo. Le devolvió el guiño al chico con una mirada firme. Él se llevó una mano al corazón, como si lo hubiera herido y luego se volvió hacia sus compañeros.

—Tenemos que volver a casa —dijo Mariam, un poco ansiosa—. En una hora o dos, las calles serán una locura.

Era cierto. Ese día se celebraba la independencia de Castelana, con discursos, música y desfiles que durarían toda la noche. Por la mañana se hacían las visitas de agradecimiento a los templos; a última hora de la tarde, el Palacio habría empezado a distribuir cerveza gratis entre la población y las celebraciones se convertirían en alborotos. Por ley, todos los ashkar tenían que estar dentro del Sault al anochecer; sería fatal que las pillaran en medio de las calles abarrotadas de gente.

—Tienes razón —suspiró Lin—. Será mejor que evitemos la Ruta Magna. Estará llena. Si atajamos por esas calles traseras, llegaremos a la plaza Valerian.

Mariam sonrió. Aún tenía hoyuelos, aunque se había quedado tan terriblemente delgada que hasta la ropa arreglada para ella parecía colgarle por todos lados.

—Tú diriges.

Lin cogió a Mariam de la mano. La notó como un haz de ramitas. Mientras maldecía mentalmente a Lafont, se puso en camino, guiando a su amiga a través de las empinadas callejuelas empedradas del barrio de los Académicos, la parte más antigua de la ciudad. Allí, las calles estrechas con nombres de filósofos y científicos de la época del Imperio rodeaban la cúpula señorial de la universidad. Construida en granito de color ceniza, la cúpula de la Academia, sostenida por columnas, se alzaba como una nube tormentosa sobre los empinados tejados de las tiendas y las hospederías que frecuentaban los estudiantes y sus tutores.

En un día normal, los estudiantes, con sus uniformes negro rojizo, estarían corriendo de una clase a otra, con sus macutos de cuero cargados de libros a la espalda. Hubo un tiempo en que Lin se había preguntado cómo sería estudiar en la Academia, pero aquellas puertas estaban cerradas para los ashkar, así que acabó abandonando aquel sueño.

Aun así, el barrio de los Académicos tenía poder sobre su imaginación. Los coloridos escaparates de las tiendas que vendían productos para los estudiantes: papel y plumas, tinta e instrumentos de medida, comida y vino baratos. Los antiguos edificios que parecían apoyarse unos contra otros como niños cansados contándose secretos. En su mente, Lin imaginaba cómo sería vivir en una hospedería, con otros estudiantes: quedarse despierta hasta tarde leyendo a la luz de una vela de sebo, pupitres manchados de tinta con patas tambaleantes, ventanas de celosía con vistas a la Colina del Poeta y la Gran Biblioteca. Correr hacia las clases de la mañana con una lámpara encendida en la mano, en medio de otros estudiantes apresurados.

Sabía que probablemente la realidad no sería tan romántica, pero aun así le gustaba imaginarse el ambiente de libros polvorientos y estudio en grupo. Había aprendido mucho en la Casa de los Médicos en el Sault, de una serie de profesores, todos hombres, severos y que jamás sonreían, pero no era algo que pudiese describirse como agradable y cordial.

Si miraba alrededor, podía sentir la atmósfera festiva en el aire. Las ventanas estaban abiertas y los estudiantes se agrupaban en los balcones e incluso en las azoteas, charlando animadamente con botellas de vino barato en la mano. Había farolillos rojos y dorados, los colores de Castelana, colgando de cintas que iban de un balcón a otro. Los letreros de las tiendas, de colores brillantes, se mecían con la brisa; el aire olía a papel y tinta, a polvo y cera de velas.

—Sigues enfadada —señaló Mariam, mientras cruzaban la vía de los Historiadores. Lin y ella se apartaron para dejar paso a un grupo de estudiantes tambaleantes, claramente ebrios—. Estás completamente roja. Solo te pones así cuando estás muy enfadada. —Chocó su hombro contra el de Lin—. ¿Era un libro especialmente importante? Sé que Lafont dijo que era un libro de texto, pero no puedo imaginar que haya algo que pueda enseñarte la Academia que no sepas ya.

La leal Mariam. Lin sintió deseos de apretarle la mano. Sintió deseos de decirle: «Lo necesito para ti. Porque cada vez estás más delgada y pálida, durante todo el año; porque ninguno de mis remedios te ha hecho mejorar ni un poquito. Porque no puedes subir una escalera o hacer el camino hasta casa sin quedarte sin aliento. Porque ninguno de mis libros sabe decirme qué es lo que te pasa y mucho menos cómo tratarlo. Porque hemos perdido la mitad de los conocimientos que teníamos antes de la Fractura, pero no puedo perder la esperanza sin haberlo intentando todo, Mariam. Eso me lo has enseñado tú».

Pero en vez de decir todo eso, Lin negó con la cabeza.

—Es lo que él dice: ni siquiera mi gente quiere que sea médica.

Mariam la miró empática. Sabía mejor que nadie lo mucho que Lin había luchado para convencer a los ancianos del Sault de que le permitieran a ella, una mujer, estudiar medicina. Finalmente se lo habían permitido, creyendo que no pasaría el examen. Seguía siendo agradable recordar que había sacado mejores notas que cualquiera de sus compañeros chicos.

—No todo el Sault, Lin. Hubo muchos que querían que lo lograras. Y piensa cuánto más fácil lo tendrá la próxima chica que quiera ser médica. Tú has abierto el camino. No prestes atención a los que no creen en ti.

A Lin le gustó la idea. Sería maravilloso tener más médicas en el Sault. Gente con la que intercambiar conocimientos, discutir tratamientos, hablar de los pacientes. Los hombres *asyar* no le hacían ningún caso. Había esperado que la aceptaran tras pasar los exámenes, y luego tras el primer año de prácticas, pero su actitud no había cambiado. La medicina no era campo para una mujer, fuera buena en ella o no.

—Haré todo lo que pueda para no prestársela —contestó—. Soy tan cabezota...

—Vaya si lo eres. Tan cabezota como tu abuelo.

Normalmente, Lin habría protestado por la comparación con Mayesh, pero acababan de llegar a la Biblioteca Corviniana, la Gran Biblioteca, y un murmullo de voces se extendía a su alrededor.

La biblioteca se había construido hacía doscientos años, en tiempos del rey Estien IV, así que era un edificio relativamente nuevo en el barrio. La gran puerta de piedra estaba cerrada ese día, pero un gran patio de mármol, lleno de gente, se abría ante ella. Estien, un mecenas de filósofos, había ordenado que se erigieran cubos de mármol en el exterior de la biblioteca para fomentar los debates. Cualquier ciudadano de Castelana podía subir a uno y hablar sobre el tema que quisiera, sin que se le pudiera acusar de alterar la paz, mientras se mantuviera en alto.

Por supuesto, no había ninguna norma que dijera que la gente tuviera que escuchar, así que los diferentes oradores solían gritar sus opiniones con tanta fuerza como podían. Una joven alta, vestida con la capa de lino verde propia de los estudiantes de ciencias, se hallaba, en ese momento, despotricando contra la injusticia de la Academia, que pretendía que los estudiantes extranjeros pagaran por su alojamiento mientras que los castelaníes eran alojados gratis. Esto provocó unos abucheos amistosos por parte de un grupo de estudiantes borrachos que estaban cantando una versión obscena del himno de Castelana.

Cerca, un joven rubio con una ajustada túnica negra de botones denunciaba a gritos a la monarquía. Esto atraía más interés, ya que criticar a la familia real era un asunto peligroso. La mayoría de los estudiantes de la Academia eran hijos de mercaderes, maestros de gremio, comerciantes y propietarios de tiendas. La nobleza prefería tener tutores particulares a enviar a sus hijos a la universidad pública. Aun así, existía una profunda lealtad hacia la corona y las familias de los fueros.

—¡Eh! ¡Tú! —gritó alguien, y el joven rubio alzó una ceja interrogante—. Acabo de ver a los Vigilantes acercarse. Será mejor que te largues si no quieres acabar en la barriga de un cocodrilo.

El joven hizo una inclinación de agradecimiento y bajó de un salto del pódium de mármol. Un momento después se había esfumado entre la multitud.

Mariam frunció el ceño.

—No creo que nadie estuviera viniendo.

Lin echó un vistazo alrededor: no había forma de saber quién le había gritado al antimonárquico. Pero la tarde caía, y la Gran Biblioteca proyectaba ya las sombras de sus columnas en el patio. No se podían arriesgar a perder más tiempo allí.

Se adentraron en la vía Vespasiana, una avenida llena de hospederías universitarias. A través de las puertas abiertas, Lin veía a los estudiantes con sus capas negras subiendo y bajando por las empinadas escaleras, riéndose y llamándose unos a otros. Alguien, en un balcón, tocaba una viola; la melodía de su lamento flotaba en el aire, ascendiendo y descendiendo como una gaviota sobre las aguas del puerto.

Ojalá ella reúna el coraje
para hacerme ir una noche allí;
allí donde ella se desnuda, y allí
haga de su abrazo un collar para mí.
Y si no es así, sin duda moriré.

—La verdad es que los músicos hacen que estar enamorado suene horrible —comentó Lin—. Un eterno lamento, completamente solo porque nadie te aguanta.

Mariam rio con suavidad.

—¿Cómo eres tan cínica?

—Por no hablar de que, por lo visto, el amor te vuelve pobre y enfermizo —siguió Lin, contando con los dedos— y con muchas probabilidades de morir joven, en un cuartucho mal iluminado.

—Si fuera tan horrible, nadie se enamoraría.

—He oído que no se puede elegir —contestó Lin, mientras entraban en el Camino Yulan, donde el barrio de los Académicos acababa en una amplia avenida con casas shenzan a ambos lados, colocadas una tras otra y rodeadas de muros bajos con puertas de metal. Los vendedores y marineros shenzan se habían establecido allí en la época del Imperio y, con el tiempo, sus tradiciones se habían mezclado con las de los castelaníes—. El amor es algo que te ocurre sin más, quieras tú o no; de lo contrario, no habría tantas canciones. Además, la gente hace todo tipo de cosas que les resultan perjudiciales. Lo sé bien.

Las casitas independientes habían dejado paso a escaparates que vendían de todo, desde esculturas de jade y bisutería, a fuegos artificiales y farolillos de papel decorados con símbolos de la independencia, de la suerte y *Daquin*, el nombre shenzan de Castelana. Por las puertas de las tiendas de fideos, pintadas de blanco, salía un olor delicioso, y en su interior los marineros y los estudiantes amantes de la comida barata y rica se codeaban en las largas mesas de palisandro.

A Lin le rugió el estómago. Hora de ir a casa; estaba segura de que había una torta de miel entera en la despensa. Bueno, casi entera.

Se agachó bajo un arco de piedra para meterse en un callejón tan estrecho que Mariam y ella tuvieron que pasar en fila. Por encima de los muros bajos, veía los jardines de las casitas, donde florecían los crisantemos y las amapolas. Se oían risas: había familias ya sentadas en los tejados de sus casas para ver los fuegos artificiales rojos y dorados que más tarde estallarían como estrellas fugaces sobre el puerto.

Cuando finalmente salieron del callejón, Lin maldijo para sí. Debía de haberse equivocado al torcer alguna esquina. Su intención había sido evitar la plaza Valerian, pasando por detrás de Justicia. Pero habían salido de las calles laterales al meollo de una jubilosa muchedumbre que estaba frente al Convocat.

«Por la Diosa —pensó, mientras el corazón le daba un vuelco—. No.»

Se volvió y vio a Mariam mirar alrededor, asombrada. La plaza estaba tan atestada como la carreta de un buhonero.

—Pero pensaba que...

—Que íbamos a evitar la plaza. Ya —replicó Lin, seria. Cerca de ellas, varios carruajes se habían dispuesto en círculo. Las puertas estaban completamente abiertas y unas chicas vestidas a la moda se asomaban, riéndose y llamándose unas a otras: eran hijas de mercaderes, calzadas con botas de colores brillantes que se les veían por debajo de los dobladillos de encaje de los vestidos. Lin oyó algo sobre un príncipe y un reino, y reconoció dos nombres: Conor Aurelian y consejero Bensimon.

Fuera del Sault no había ningún ashkar con tanto poder como su abuelo, Mayesh Bensimon. Dentro de los muros, su poder era igual al del Maharam, pero allí, entre los *malbushim*, el único ashkar cuyo nombre se conocía era el de Mayesh. Pues este se mantenía detrás del rey, junto al príncipe. Advertía, aconsejaba, escuchaba sus miedos, deseos y sueños. Les trazaba el camino que debían seguir. Nadie estaba más cerca del trono que él, quizá con la excepción del legado Jolivet, el jefe del ejército real.

Durante toda la primavera había habido rumores de que el príncipe Conor se casaría pronto. Lin sabía que la opinión de su abuelo sería crucial a la hora de decidir qué alianza establecer, cuál sería la ventaja que le aportaría a Castelana. Parecía que esas chicas también lo sabían. Todo el mundo lo sabía.

Cogiendo a Mariam por la manga, Lin empezó a avanzar entre la gente, pasando al lado de vendedores que olían a vino y maestros de gremio que cantaban a gritos. Algo le golpeó el hombro suavemente; era una flor que alguien había lanzado. Un aster amarillo, el símbolo de la Casa Aurelian. En el suelo de la plaza había más flores pisoteadas, con los pétalos dorados reducidos a polvillo.

Lin torció para evitar las enormes tarimas en las que se sentaban las familias de los fueros con sus estandartes, y recibió varias miradas despectivas de los que creían que intentaba acercarse más al Convocat. Oía a Mariam decir que quería pararse para mirar, pero a Lin el corazón le latía demasiado rápido. Lo único que quería era atravesar la multitud, antes de que...

Una exclamación de asombro recorrió la plaza. Mariam se quedó inmóvil y tiró de la mano de Lin. Resignada, Lin se volvió y vio que la escalinata del Convocat ya no estaba vacía. El príncipe Conor Aurelian acaba de aparecer en lo alto y miraba a la multitud.

Hacía mucho tiempo, el abuelo de Lin la había llevado a un discurso del rey en esa misma plaza. Lo había arreglado para que ella pudiera sentarse en la tarima, entre las familias de los fueros, mientras el rey Markus hablaba. Lin no había entendido nada del discurso sobre impuestos y comercio, pero le había encantado el espectáculo: la gente aclamando, las ropas, la reina Lilibet toda vestida de verde, con un collar de esmeraldas tan grandes como los ojos de los cocodrilos. El joven príncipe a su lado, con los gruesos rizos negros como los de ella y un gesto aburrido en la boca.

Mayesh había sentado a Lin junto a una niña de pelo rubio, grandes rizos y labios finos. Se llamaba Antonetta. No le había dicho ni una palabra a Lin, pero a esta le había dado igual. Estaba demasiado entretenida mirándolo todo.

Y así fue, hasta que se había dado cuenta de que había gente mirándola a ella. Y no solo los nobles, que le echaban discretas miradas de soslayo, sino también gente entre el público: los mercaderes y tenderos, y la gente corriente de Castelana. Todos se habían quedado mirando a la niña ashkar, allí en la tarima con los nobles, como si fuera una más de ellos. Como si fuera mejor.

Fue la primera vez que se dio cuenta de tales miradas, miradas que le decían que era diferente, que estaba fuera de lugar, que era una rareza. Que no era como los demás. Era una niña, pero la habían mirado con evidente desconfianza. No por quien era, sino por lo que era.

Todo eso le pasaba por la cabeza mientras el príncipe Conor, con su pelo negro rizado sujeto por una dorada corona alada, llegaba a lo alto de la escalinata para dirigirse a la gente.

Lin no lo había visto desde aquella vez, hacía tantos años, cuando ambos eran niños. Seguía teniendo el mismo gesto arrogante, la misma expresión dura en la boca. Su mirada era afilada como una navaja.

Mariam suspiró.

—Es terriblemente guapo.

Lin sabía que aquello era objetivamente cierto. Las chicas suspiraban ante los retratos de los hijos de la nobleza que se vendían en el mercado semanal de la plaza de la Torre del Viento. Y sabía que el príncipe Conor era el más popular de todos. Sus retratos, con su pelo negro como ala de cuervo y los pómulos altos, se vendían mucho más que los del gallardo Joss Falconet o el ceñudo Charlon Roverge. Aunque no se trataba solo de la apariencia, pensó Lin, cínica: Falconet era guapo, pero Conor estaba más cerca del trono, del poder.

Aun así, no era capaz de darle la razón a Mariam. Había algo en la dureza de la apariencia del príncipe que no le resultaba atractivo. Aún no había empezado a hablar, sino que miraba a la gente con una aguda consideración. A Lin le pareció notar que su mirada la rozaba, aunque sabía que no era más que su imaginación. Sabía que no tenía sentido odiar a Conor Aurelian. Para él, ella era como una hormiga. Podría pisarla y no darse ni cuenta.

Pero, aun así, pensó en su abuelo y odió a Conor.

—No puede gustarme, Mariam —dijo—, mi... Mayesh lo eligió a él, a todos los Aurelian, por encima de su familia. Por encima de Josit y de mí.

—Oh, no creo que eso sea cierto. —Mariam pareció preocupada. Y, a la clara luz del sol, más pálida que nunca. Lin se preocupó, pero no dijo nada—. Sabes que no es así de simple.

Pero sí que lo era. Lin aún recordaba estar sentada con su hermano en el pequeño dormitorio y escuchar a Mayesh discutir con Chana Dorin en la cocina: «Chana, tienes que entenderlo. No puedo llevármelos. Mi deber es para con Palacio».

—Y sus ropas son ridículas —añadió Lin—, las del príncipe, quiero decir. —Esperaba que el comentario distrajera a Mariam, a la que le gustaba la moda por encima de todo. A Lin y a Mariam las habían educado juntas, de pequeñas, pero a esta última la habían considerado demasiado frágil de constitución para continuar su educación. Sin protestar demasiado, Mariam se había apartado de los estudios intensivos y convertido su destreza con las agujas en un negocio.

En breve, había aprendido todo lo que había que aprender sobre costura y telas, sobre la diferencia entre *altabasso* y *soprariccio*, entre seda salvaje y *mockado*. Había abierto un puesto en la plaza del mercado y muy pronto había tenido a las mujeres ricas, y también a los hombres, suspirando por sus camisas de elegantes bordados negros en los puños y los cuellos; camisolas de terciopelo y seda adamascada, y corsés de una seda tan fina y trasparente como las redes de pescar. Visitaba la Colina para vestir a demoselle Antonetta Alleyne, cuyos vestidos, cargados de encaje, le llevaba semanas completar. Su telar y su aguja casi nunca se detenían, y a menudo lamentaba que Lin siempre llevara su uniforme de médico y no tuviera interés en ponerse vestidos elegantes.

Mariam miró al príncipe, pensativa.

—Yo no diría ridículas —opinó—. Son de un estilo determinado. En sarthiano se llama *sontoso*. Significa intensidad de riqueza.

Riqueza, sin duda. Los dedos del príncipe brillaban por la docena de anillos que llevaba y que reflejaban la luz cada vez que se movía. Las botas y el jubón eran de un costoso cuero grabado, la camisa de seda carmesí, brillante como la sangre. La espada real, Luciérnaga, le colgaba de la cintura con una correa de brocado de oro y marfil.

—Significa... —Mariam cogió aire y sacudió la cabeza, como para aclararse—. Significa que todo debe estar trabajado de un modo sublime. Mira su chaqueta. Es terciopelo de color granada de Sarthe, tejido con auténtico hilo de oro, tan delgado y bueno que hace que toda la tela reluzca como el metal. El trabajo es tan delicado que tuvieron que prohibirlo por ley, pues los artesanos solían acabar locos o ciegos.

—Si es ilegal, ¿cómo es que tiene una chaqueta entera hecha así? —preguntó Lin.

Mariam sonrió débilmente.

—Porque es el príncipe —dijo, justo en el momento en el que Conor Aurelian extendía las manos hacia la multitud y comenzaba a hablar.

—Os saludo, mi pueblo de Castelana, en nombre de los dioses —dijo, y aunque Lin no era tonta, aunque lo odiaba, le pareció que cuando hablaba, el sol brillaba un poco más. Tenía una voz sonora, profunda y suave como el terciopelo que llevaba.

La multitud se abalanzó hacia delante, empujando a Lin y a Mariam hacia la escalinata del Convocat. En todos esos rostros brillaba la adoración.

«Eso es el poder —pensó Lin—. El amor de la gente. Los tiene comiendo de su mano y lo aman por ello.»

Casi le resultaba extraño, aunque ella se había criado a la sombra de Marivent y la Casa Aurelian. Pero no había nada parecido a un rey o una reina en el Sault. Allí el poder se dividía entre Mayesh, que actuaba como puente entre los ashkar y el mundo exterior, protegiendo a quienes están dentro de los muros de las fuerzas externas, y Davit Benezar, el Maharam. A medio camino entre un sacerdote y un legislador, el Maharam gobernaba la comunidad del Sault, presidiendo cada nacimiento o muerte, cada boda y cada castigo.

Ninguno de esos dos cargos era hereditario: al Maharam lo nombraba el Exilarca, lo más cercano que tenían los ashkar a la realeza. El Exilarca, que viajaba por los Caminos Dorados de Sault a Sault, tenía un linaje que se remontaba a Judah Makabi, al cual la propia Diosa había elegido para dirigir a su pueblo: el *Libro de Makabi* era uno de sus textos sagrados.

El poder de Mayesh era mucho más profano. Era una tradición de la Corte tener un consejero ashkar, elegido por Palacio, así había sido desde tiempos del Imperio.

El príncipe Conor seguía hablando, las palabras iban y venían, tañendo las cuerdas de la independencia, la libertad, Castelana. La multitud empujaba como una ola intentando llegar a la escalinata del Convocat; algunos miraban al príncipe con lágrimas en los ojos.

«Podría cambiar la ley con una sola palabra —pensó Lin—. Tiene poder para decidir qué se prohíbe y qué no. Y en algún sitio, en las sombras del Convocat, está mi abuelo. Si fuera otro tipo de hombre, llevaría mi causa a Palacio.»

Mariam dejó escapar un pequeño grito, tambaleándose a medida que el gentío las empujaba.

—¡Lin! Algo va mal...

Lin se volvió alarmada hacia su amiga. Mariam se cogía la garganta con una mano, tenía los ojos muy abiertos y la mirada asustada. Las mejillas se le habían puesto completamente encarnadas y la sangre que le manaba por la comisura de la boca era tan roja como la seda del príncipe.

—¡Mariam! —exclamó Lin. Corrió hacia ella, y consiguió coger a su amiga a tiempo por la cadera—. Apóyate en mí —dijo mientras Mariam se derrumbaba sobre ella—, apóyate en mí, Mari...

Pero esta se había desvanecido y arrastró a Lin al suelo con ella; Lin se inclinó sobre su amiga, aterrorizada, mientras la gente alrededor murmuraba y se apartaba.

Lin se arrancó el pañuelo que llevaba en el pelo y lo dobló para ponérselo bajo la cabeza a Mariam. Esta respiraba con dificultad y tenía los labios ligeramente azules. Lin sintió que el pánico le agarrotaba el pecho; no llevaba su zurrón de médica, ni ningún instrumental. Estaba rodeada de *malbushim*; algunos se fijaron en ellas, pero la mayoría las ignoraba. Probablemente creían que no era un imperativo ayudar a unas ashkar. Se suponía que los ashkar se las arreglaban solos, pero Lin no tenía ni idea de cómo llevar a Mariam de vuelta al Sault en esas condiciones...

La multitud se apartó. Lin oyó gritos y el sonido de las ruedas de un carruaje sobre el pavimento. Alzó la vista y vio, rodeado de un halo de brillante luz, un carruaje del color de las llamas, rojo y dorado. El blasón de Castelana, el león dorado, rugía desde su posición en la puerta.

Un carruaje de Palacio.

Parpadeó ante esta aparición, confundida. Sintió la mano de Mariam en la muñeca, la oyó murmurar una pregunta, y luego el conductor bajó del pescante del carruaje. Tenía el pelo gris y vestía la librea del Escuadrón de la Flecha; se inclinó para coger en brazos a Mariam, que emitió un gritito apagado.

Lin se puso en pie.

—Le estás haciendo daño...

—Órdenes de Mayesh Bensimon —dijo el hombre, seco—, llevaros de vuelta al Sault. ¿O prefieres ir andando?

Mayesh. Lin sabía que no debía sorprenderse, ¿quién, si no, iba a mandar un carruaje de Palacio para ella? Guardó silencio mientras el hombre metía a Mariam en el carruaje y la tendía sobre el asiento tapizado de terciopelo.

Alzó la vista hacia la Escalera de la Aflicción. Tenía la esperanza de ver allí a Mayesh, acechando entre las sombras detrás del príncipe, pero allí no había nadie: solo Conor Aurelian, con las manos extendidas hacia la multitud. Le pareció que, por un momento, la había mirado mientras subía al carruaje detrás de Mariam, pero había demasiada distancia entre ellos. Seguro que se lo estaba imaginando.

El hombre cerró la puerta mientras Lin se sentaba y se colocaba la cabeza de Mariam en el regazo. Esta tenía los ojos cerrados y sangre reseca en las comisuras de los labios. Lin le acarició el pelo mientras el carruaje comenzaba a moverse, y solo en ese momento se dio cuenta de que había olvidado algo en la plaza.

Mirando por la ventanilla, vio su pañuelo manchado de sangre, agitándose en el suelo como el ala rota de un pájaro. Había algo en esa visión que le hablaba de mala suerte. Tembló y apartó la vista.

En la actualidad, muchos se preguntan si hubo un tiempo en el que todo el mundo practicaba la magia, pero la respuesta es que nunca existió tal época. Es cierto que, una vez, no hubo ningún organismo que controlase la magia, ninguna gran autoridad que estableciera cómo debía usarla la gente. Pero eso no significa que todas las personas nazcan con el talento para practicarla. El gran erudito Jibar argumenta que es mejor pensar en la magia como en la música. Algunos tienen aptitud para ella, mientras que otros cuentan con la capacidad de aprenderla nota a nota. Los más grandes practicantes de la magia, aquellos que llegan a convertirse en hechiceros, poseen ambas.

Relatos de los Hechiceros-Reyes,
Laocantus Aurus Iovit III

Capítulo tres

Las calles estaban llenas de juerguistas, atascando los pasajes. Las hijas de los comerciantes, normalmente muy respetables, bailaban con la melena al viento; las puertas de las tabernas estaban abiertas de par en par, y de ellas no dejaban de salir parranderos. La música descendía desde los balcones forjados, junto con el confeti con forma de ave fénix, de espada, de barco y de otros símbolos. Una corona hecha de papel amarillo se había enredado en las riendas de Asti; una niña vestida de blanco tiraba corazones rojos desde una ventana abierta. Conor atrapó uno en el aire y se lo metió en el bolsillo de la camisa. Llevaba una anodina capa negra valdí, su disfraz favorito para recorrer las calles sin que lo reconocieran; se había subido la capucha y le ocultaba la cara. Kel se preguntó qué pensaría la niña si supiera que le había dado su corazón de papel al mismísimo príncipe.

Los jóvenes entraron en la ciudad, de incógnito y sin guardias. O eso parecía creer Conor; Kel sospechaba que había guardias en las sombras, vigilándolos. El Escuadrón de la Flecha de Jolivet, presto a intervenir en caso de peligro. Pero no era más que una sospecha y Kel no mencionó nada al respecto. A Conor le importaba demasiado creer que era libre, aunque solo fuera por unas horas.

Era el tipo de noche que solía renovarle la energía a Kel y

le dejaba el cuerpo palpitando con la sensación de que todo era posible. Se preguntó si sería la misma sensación que tenían los marineros cuando se aproximaban al horizonte y a lo que fuera que hubiera más allá: islas ignotas, oro enterrado, ruinas de épocas anteriores a la Fractura.

Entraron en el distrito del Templo y torcieron hacia la calle del Reloj de Arena, donde muchos encontraban su ruina en la noche. Antes, se extendía una llanura aluvial, que había sido saneada antes de la caída del Imperio y cubierta con una capa de ladrillos unidos por yeso y cal viva. Numerosos canales atravesaban la zona, cuya agua, procedente de los arroyos subterráneos, fluía lentamente bajo los puentes de arcos metálicos.

Los letreros colgaban en las fachadas de los «comercios» con tejados a dos aguas que había a ambos lados de la calle del Reloj de Arena. Cada uno representaba con un dibujo el tipo de distracción que se podía encontrar en su interior. La mayoría eran simplemente cuerpos entrelazados en alguna postura erótica. Otros requerían de una mayor interpretación: una figura femenina espiando a través de una puerta, un hombre con una cuerda al cuello, una joven portando una parra en flor con otra joven arrodillada a sus pies...

Kel recordaba la primera vez que había estado en ese lugar con Conor. Tendría unos quince años. Ambos se habían mostrado muy nerviosos, y Conor había intentado disimularlo por todos los medios. Había dicho: «Escoge el que te guste».

Kel se había dado cuenta de que Conor no sabía qué lugar elegir ni qué pedir. Se lo dejaba a Kel, porque no importaba si este parecía inexperto o nervioso. Así que Kel había elegido el Caravel, porque le había gustado su letrero: un buque de velas blancas con un libro abierto debajo, cuyas páginas formaban las olas en las que el barco navegaba. Se había presentado a sí mismo y a Conor a la madama, domna Alys Asper, que los había recibido más que encantada. Sin duda, poder jactarse de tener al príncipe heredero entre sus parroquianos atraería a más clientela. Les había dado un reloj de arena de oro a cada uno, con un blasón de un barco. Les explicó que eran para que se los quedaran y los usaran cada vez que la visitaran.

En el distrito del Templo, el coste del placer se medía en giros del reloj de arena. Se podía estar las horas que se quisiera con una cortesana, disfrutar de su compañía y sus destrezas, siempre y cuando se pagara por cada hora. Así se había ganado su nombre la calle del Reloj de Arena, y allí, esa noche, Kel había perdido su virginidad con una cortesana pelirroja llamada Sila.

Domna Alys había tenido razón en cuanto a Conor. En los años siguientes, el Caravel se había vuelto el lugar de reunión preferido de los miembros de las familias nobles de la Colina. Allá donde iba Conor, se creaba una moda, fuera en ropa o en diversiones. No importaba que hubiera sido Kel el que había elegido el Caravel, no hacía falta que nadie lo supiera. Además, Kel había desarrollado un gran aprecio por domna Alys a lo largo de los años. ¿Por qué no iba la mujer a beneficiarse?

Esa noche, ella estaba allí, saludándolos ya mientras dejaban a Asti y a su hermano, Matix, al cuidado del discreto lacayo del Caravel. Había farolillos rojos y dorados colgando de unos finos cables de metal sobre la puerta principal; los burdeles también podían ser patrióticos. Alys les hizo señas, sonriendo, para que pasaran por la pequeña entrada.

—¡Monseigneur! —Relucía de contento al ver a Conor—. Y mi joven señor. —Le hizo una reverencia a Kel—. Qué alegría tan inesperada. Creo que vuestros amigos ya han llegado.

Falconet, suponían, y quien fuera que hubiera llevado con él. Kel suspiró para sí.

—Una visita muy esperada, domna —dijo Conor—. Tras un día agotador, ¿qué mejor lugar de descanso que este? —Sacó el corazón de papel rojo del interior de su chaqueta y se lo ofreció a Alys. Ella le sonrió y se lo metió en el corpiño.

Domna Alys era el tipo de mujer cuya belleza no daba pistas de su edad. Tenía la piel suave, las mejillas de un rosa pálido, y unos ojos grandes, azules y embellecidos por la sabia aplicación del kohl y las sombras. Recogía sus negros tirabuzones en un moño bajo, y el vestido le caía en elegantes fruncidos hasta los tobillos, dejando ver unas babuchas de brocado. Kel pensó que su atuendo era demasiado estiloso para ser la mujer de un mercader, pero no lo suficientemente suntuoso para ser una noble. Alys sabía casi todo lo que pasaba en la ciudad, desde la Colina hasta el Laberinto, y se lo guardaba para sí. A una madama que cotilleara sobre sus clientes no le hubiera durado mucho el negocio.

Los condujo al salón principal, donde los quinqués estaban ya encendidos y había flores frescas en esbeltos jarrones de cristal. El mobiliario estaba lacado en negro con incrustaciones de jade de Shenzhou, y los biombos de Geumjoseon mostraban imágenes de dragones, mantícoras y otras criaturas extinguidas. La habitación olía mucho a jazmín e incienso; una esencia intensa que Kel sabía que permanecería durante horas en su ropa.

Joss Falconet, tumbado ya sobre un sofá de terciopelo verde, los saludó con un gesto indolente de la mano. Era el más joven de los miembros del Consejo, al haber heredado el fuero de las especias hacía dos años, tras la muerte de su padre. Era guapo, con pómulos altos y un pelo negro y suave, herencia de su madre shenzaní. Con él en el sofá, había ya dos acompañantes: un joven moreno, que jugueteaba con los encajes de los puños del abrigo de terciopelo escarlata de Falconet, y una mujer rubia, que estaba recostada sobre su hombro. Falconet llevaba una brillante cadena de rubíes tallados en bruto colocados en engastes de plata. Cuando alguna persona lo complacía, solía extraer uno y regalárselo. Algo que lo hacía muy popular.

—Excelente —canturreó Falconet—, por fin alguien con quien jugar.

Kel se dejó caer en una silla de jade tallado. No era la pieza más cómoda de la habitación, pero tampoco tenía intención de relajarse todavía.

—Parece que tienes ya bastante con lo que divertirte, Joss.

Falconet sonrió y señaló la mesa de palisandro que había frente a él. En ella estaba ya dispuesto un juego de los castillos; también había una baraja de cartas. Falconet era un jugador empedernido y normalmente convencía a Conor para jugar una partida. Si no había ningún juego a mano, se los podía ver apostando sobre qué noble se quedaría dormido antes en un banquete, o cuándo caería la próxima lluvia.

—No me refería a ese tipo de diversión, Kel Anjuman. Estoy buscando un desafío, y mis acompañantes, sin ánimo de ofender, queridos, desde luego no lo son, pues tienen tendencia a dejarme ganar. ¿Una de castillos, príncipe?

Conor se hundió en un sofá negro.

—Por supuesto. —Tenía los ojos medio cerrados, como si estuviera cansado o suspicaz. Tras él, colgaba un mural que mostraba escenas de una orgía; el escenario parecía ser la escalinata de mármol de un templo, en el que una multitud de jóvenes adoradores estaban copulando. Una mujer de melena dorada y expresión de éxtasis rodeaba con las piernas al hombre que estaba arqueado bajo ella; otro hombre tenía a un tercero inmovilizado contra una columna inclinada y le metía la mano entre las piernas; una mujer con el pelo recogido por pañoletas se arrodillaba para dar placer a su compañera.

Alys miró la pintura y luego a Conor, y le sonrió con su sonrisa de gata.

—¿Un tentempié, monseigneur?

Conor asintió, con los ojos ya en el tablero de castillos. Sonó una campanilla de plata y poco después se abrieron las puertas. La sala empezó a llenarse de cortesanas y cortesanos. Algunos llevaban bandejas de plata y las dejaron en las mesitas bajas de palisandro. Había ostras, que brillaban como pendientes de perla sobre camas de hielo; grandes cerezas junto a granadas rebosantes de semillas. Copas de intenso chocolate líquido aderezado con pepitas de oro y azafrán. Kel vio la mirada divertida de Conor: todos aquellos manjares eran, por supuesto, afrodisíacos, destinados a avivar el deseo sexual.

No podía pensar mal de Alys; después de todo, no era de los juegos de cartas de donde sacaba el dinero. Mientras la mujer salía de la sala, le puso una mano en el hombro a Kel. Este olió la mirra en su perfume mientras ella le hablaba.

—Esa reunión que queríais que os arreglara... ¿ahora es un buen momento?

Kel asintió.

Alys le dio una palmadita en la mejilla.

—Cuando os lo indique, id a la biblioteca —le dijo y salió de la sala con un remolino de faldas.

Kel se volvió para comprobar si alguien se había fijado en su conversación con Alys, pero nadie parecía haberlo hecho; estaban todos pendientes de Conor. Los cortesanos habían empezado a posarse en la silla del príncipe como pájaros en la rama de un árbol azotado por el viento. Otros se paseaban por la sala, charlando entre ellos. El Caravel se había convertido en una de las casas de placer más caras del distrito del Templo desde que la Casa Aurelian había empezado a apadrinarlo, y sus cortesanos reflejaban el gusto de la clientela. Todos eran bellos de una forma u otra, y todos eran hábiles y pacientes. Tanto los hombres como las mujeres vestían de forma sencilla, de blanco, como los ofrecidos al Templo en los días de antaño. Las ropas blancas en contraste con los muebles lacados de negro resultaban muy llamativas, una imagen bicromática, como la esfera del reloj de la Torre del Viento.

Una chica pelirroja le llevó a Kel una taza de chocolate; él le echó un rápido vistazo, pero no era Sila, a la cual seguía apreciando. La última vez que habían ido al Caravel, Sila le había dicho que había ahorrado suficiente dinero para poner su propio negocio en la misma calle que el Caravel. Quizá ya lo hubiera hecho.

Conor se comió una de las piezas de Falconet y se rio. Kel lo percibió casi inconscientemente, pues su cabeza siempre estaba pendiente de Conor. Se preguntó si las madres funcionaban así con sus hijos, sabiendo siempre dónde se hallaban y si estaban heridos o contentos. No lo sabía; no tenía mucha experiencia con madres.

Falconet, sin inmutarse por su pérdida, se estiró para besar a la chica rubia que se recostaba sobre su hombro. Esta se inclinó, y el pelo le cayó como un velo sobre el terciopelo de la chaqueta de él. En ese momento, ya habían llegado más clientes ricos. Kel solo reconoció a uno: sieur Lupin Montfaucon, que poseía el fuero de los textiles. Esteta y vividor, todo el mundo en la Colina conocía su voraz apetito de comida, vino, sexo y dinero. Era elegante y de piel oscura, con varias cicatrices de duelos: una en el pómulo y otra en la base del cuello. De más joven había marcado la moda entre todos los jóvenes de la Corte, ya fuera con pantalones de piel de lince como con sombreros de papel. En ese momento tenía unos treinta y tantos años, y Kel sospechaba que no estaba muy contento de tener que cederle su posición de creador de tendencias a Conor.

Hizo un gesto hacia la partida de castillos a medio acabar.

—¿Qué os estáis jugando? El oro te parecerá aburrido, ¿no, Falconet?

—El dinero nunca es aburrido —replicó Conor, sin quitar los ojos del tablero—. Y no todo el dinero es oro. Ahora mismo, nos jugamos acciones de la última flota de tintes.

—Eso va a enfadar a Roverge —indicó Montfaucon, refiriéndose, con cierta satisfacción, a la familia que detentaba el fuero de los tintes. La mayoría de las familias de los fueros, aunque se veían obligadas a trabajar juntas en el Consejo, se llevaban mal entre ellas, como gatos monteses defendiendo su territorio.

—Jugaré contra el ganador —añadió Montfaucon, lanzando su chaqueta de *broccato* de oro al respaldo de una silla—. Aunque preferiría una partida de cartas.

—Puedes jugar con Kellian —sugirió Conor, sin levantar la vista.

Montfaucon miró a Kel. Mientras a Joss parecía caerle bastante bien, siempre resultaba evidente que a Montfaucon no. Quizá sus celos hacia Conor se expresaban por medio de esta antipatía a su constante compañero. Después de todo, la antipatía al Linaje Real era traición. Pero Kel, incluso aunque se hacía pasar por el primo del príncipe, no era de la realeza. Su único derecho a algún linaje sería en Marakand, no en Castelana.

Kel sonrió, amable.

—No creo que yo sea un gran reto para sieur Montfaucon.

Kel había tardado años en aprenderse todos los tratamientos de cortesía de la Corte: «monseigneur», para un príncipe; «Vuestra Alteza», para un rey o una reina; «sieur», para un noble; «chatelaine», para una mujer noble casada y «demoselle», para una aún por casar. La mayoría de los nobles, a los que se les había dicho que Kel había llegado hacía poco de Marakand, se habían mostrado pacientes con él. Solo Montfaucon lo había abofeteado una vez, por olvidarse del «sieur»;

en ese momento, el Kel adulto seguía usando el término adrede. Sabía que a Montfaucon le molestaba, pero no podía hacer nada al respecto.

—Y supongo que tampoco posees ninguna acción en la flota, amirzah Anjuman —replicó Montfaucon. Usaba el tratamiento marakandí para los nobles al dirigirse a Kel; probablemente lo hacía para molestarle, pero no lo conseguía. Más aún, a Kel le divertía preguntarse qué hubiera pensado Montfaucon de haber sabido que le estaba dando tratamiento de noble a un golfillo criado en las calles. Y que seguramente no era ni marakandí. A lo largo de los años, Kel se había ido acostumbrado a que se dirigieran a él como si su procedencia fuera la misma que la de Conor. Poco le importaba. Al ser quien era, no tenía una historia que reescribir.

—No, no las poseo. Es una pena —contestó Kel—. Pero veo que llega más gente; quizá alguno esté interesado en una partida de rojo y negro.

Así era, la habitación se llenaba poco a poco de nobles jóvenes de la Colina y algunos mercaderes ricos. Falconet se levantó para saludarlos, cediendo su puesto en el tablero de castillos a Montfaucon. Kel vigiló discretamente a Conor mientras un grupo de recién llegados rodeaba a un joven cortesano hindí, que tenía ante él una baraja de cartas adivinatorias. Les estaba leyendo el futuro tanto a los nobles como a los cortesanos.

Una vez, hacía años, Lilibet había llevado a una echadora de cartas al Palacio, para animar alguna festividad. Conor había insistido en que debía leerle el futuro también a Kel. La mujer le había cogido las manos y mirado a los ojos: en ese momento, Kel había sentido que podía ver a través de él, como si estuviera hecho de cristal de la Fractura.

—Vivirás una vida de brillante extrañeza —le había dicho, y luego se le habían caído las lágrimas. Él se había escabullido rápidamente, pero siempre había recordado las palabras y las lágrimas.

«Brillante extrañeza.»

Siempre se había preguntado qué le habría dicho la echadora de cartas a Conor; este nunca lo había revelado.

Un movimiento en la puerta llamó la atención de Kel. Era Charlon Roverge, con una elegante túnica que le marcaba los amplios hombros, escoltando a Antonetta Alleyne y a otras dos jóvenes nobles: Mirela Gasquet y Sancia Vasey, cuya familia no poseía un fuero, pero se había hecho rica por sus propiedades en Valderan.

Asombrado, Kel miró directamente a Antonetta. Era algo que no solía hacer. Por suerte, ella pareció no darse cuenta: miraba alrededor y el rubor le teñía las mejillas. Llevaba un vestido de encaje rosa con modernas mangas abullonadas y un medallón de oro con forma de corazón.

No era raro que las damas de la Colina visitaran el distrito del Templo. Era una delicada danza en la que se mantenían distantes y se reían de los comportamientos escandalosos, sin nunca tomar parte en los lascivos placeres que se ofrecían. Aun así, hasta esa noche, Antonetta, sin duda debido a su protectora madre, nunca había estado allí.

Falconet le lanzó a Kel una mirada divertida.

—He sido yo quien ha invitado a Antonetta —dijo en voz baja—, pero no creía que viniera.

—Supongo que Charlon la ha convencido —contestó Kel—. Si no recuerdo mal, solo hace falta retarla para que haga cualquier cosa.

Era verdad. De niños, todos habían sido amigos: Joss, Charlon, Conor, Kel y Antonetta. Juntos habían asaltado las cocinas de Palacio y jugado en el barro. En aquel entonces, Antonetta era muy independiente y se ponía furiosa si le decían que no podía hacer lo mismo que los niños. Siempre estaba deseando ponerse a prueba: subir al árbol más alto, montar el caballo más rápido, colarse en las cocinas para robar dulces, arriesgándose a provocar la legendaria ira de dom Valon.

Cuando cumplieron los quince años, ella desapareció del grupo. Lo único que Conor le había dicho a Kel había sido: «Ya era hora». Kel se había quedado muy triste, a Joss le había dado igual y Charlon se había enfadado, hasta algún tiempo después, cuando Antonetta había hecho su debut en un baile para las jóvenes casaderas de la Colina. Le habían rizado el pelo como lo llevaba en ese momento, apretados corsés le constreñían los movimientos, y los pies, antes descalzos y embarrados, iban embutidos en zapatillas de satén.

Kel recordó aquel debut mientras veía a Antonetta sonreírle a Charlon. Aquella noche le había hecho daño a Kel. Poco después, Montfaucon la había reemplazado en el grupo y había empezado a mostrarles a los otros tres los placeres de la ciudad. Jugar y escalar árboles habían quedado atrás, para siempre.

Kel no estaba seguro de si Antonetta sabía que estaban hablando de ella. Se había sentado en una silla de terciopelo, con una mano en el pecho y la boca abierta mientras observaba la sala. La imagen de la ingenuidad total. Roverge, con los párpados entrecerrados, se apoyó en el respaldo de su silla, mirando a un grupo de cortesanos bailar bajo el mural pintado, con movimientos lentos y sensuales. Parecía intentar señalar sus actividades a Antonetta, pero esta miraba a Conor.

Conor parecía ajeno a esa mirada; estaba enfrascado en una conversación con Audeta, una chica pecosa de Valderan que estaba apoyada en el reposabrazos de su silla. Tenía los párpados pintados con rayas doradas y escarlatas, que brillaban cuando pestañeaba.

—Si lady Alleyne se entera de que Charlon ha traído a su preciosa hija al distrito del Templo, le arrancará las costillas y se hará un instrumento musical con ellas —dijo Falconet, como si la simple idea lo divirtiera.

—Hablaré con Charlon —se ofreció Kel; se levantó y cruzó la sala antes de que Falconet pudiera impedírselo. Al acercarse a Charlon, vio que el heredero Roverge estaba jugueteando con un mechón de pelo de Antonetta. Diez años atrás, esta se habría revuelto y le habría pellizcado con fuerza, pero en ese momento estaba sentada tranquilamente, ignorándolo. Mirando a Conor.

—Charlon. —Kel le palmeó la espalda. Charlon no era exactamente el amigo que Kel hubiera elegido, pero Conor lo conocía desde la cuna, y estaba firmemente anclado en la vida de Kel—. Me alegro de verte. —Luego inclinó la cabeza en dirección a Antonetta—. Demoselle Alleyne, qué sorpresa. Habría pensado que vuestra delicada naturaleza y reputación inmaculada os mantendrían alejada de lugares como este.

Un rápido gesto cruzó la expresión de Antonetta: un breve destello de enfado. Kel lo disfrutó. Era como un brillo tras la máscara de un actor, la verdad escondida por el artificio. Pero solo duró un segundo y enseguida Antonetta mostró esa sonrisa que a él le hacía rechinar los dientes.

—Es adorable que os preocupéis por mí —dijo, resplandeciente—, pero mi reputación está a salvo. Charlon me cuidará, ¿no es así, Charlon?

—Totalmente —contestó él, en un tono que hizo que Kel se sintiera como si una fila de arañas le recorriera la espalda—, vuestra virtud está a salvo en mis manos.

Antonetta. Estuvo a punto de decirle algo, de advertirla..., pero ella ya se había puesto en pie y se estiraba el vestido.

—¡Oh, un echador de cartas! —exclamó, como si acabara de verlo—. Me encanta que me lean el futuro.

Se apresuró a unirse al grupo que rodeaba al joven de las cartas.

—No vas a llevártela a la cama, Charlon —dijo Kel—. Sabes que su madre quiere que se case con Conor. Y ella parece bastante dispuesta.

—Conor no la tendrá —replicó Charlon con una sonrisa torcida. Tenía el pelo castaño claro y la piel pálida, una indicación de que su madre procedía de Detmarch—. Conor tiene que formar una alianza con alguien extranjero. Cuando los sueños de Antonetta se rompan en pedazos, yo estaré a su lado para secarle las lágrimas.

Kel apartó la vista para mirar a Conor, que se había subido a Audeta al regazo. Compartían una cereza, él se la pasaba a ella con la boca. La cosa se habría calentado más, pero Alys había aparecido, en medio de mil disculpas, dando a Conor un golpecito en el hombro. Tras hablar un momento, él se levantó y la siguió fuera de la sala, dejando que Audeta dirigiera sus atenciones hacia Falconet.

Mientras salía de la habitación, Alys hizo un asentimiento casi invisible en dirección a Kel. «Cuando te lo indique», le había dicho, y Kel se preguntó si había distraído a Conor por eso. Pero seguramente no; no se iba a inventar asuntos que tratar con el príncipe, si en realidad no tenía ninguno.

Tras echar una última mirada a Antonetta, que tenía la cabeza inclinada hacia las cartas del adivino, mientras Sancia daba grititos a su lado, Kel se levantó y salió silencioso del salón para dirigirse a la escalera trasera. En el descansillo, había dos hombres besándose apoyados en la pared; ninguno se dio cuenta de la presencia de Kel. Este siguió su camino, hacia arriba, hasta llegar al último rellano, donde había una puerta de aspecto anodino que le era bien conocida.

La primera vez que Kel había visto la biblioteca del Caravel se había quedado sorprendido. Había esperado que hubiera látigos y antifaces colgando de las paredes, pero había encontrado una sala con estanterías de madera llenas de libros, mesitas y sillas, que olía a tinta, cuero y sebo. Las pequeñas ventanas con celosías estaban empotradas bajo frontones; al lado, los quinqués colgaban de ganchos de metal y emitían una luz de color azafrán. Una arcada de madera llevaba a una segunda sala, donde se guardaban los libros más insólitos.

—Tenemos la mayor colección de libros dedicados a las artes del placer de toda Dannemore —había dicho Alys, con orgullo—. Nuestros clientes pueden buscar en sus páginas y elegir cualquier situación o acto que les satisfaga. Ninguna otra casa ofrece algo así.

En ese momento, Kel recorría las estanterías pasando un dedo por los lomos de cuero. *Una breve historia del placer*. (Se preguntó por qué iba a ser mejor eso que una historia extensa del tema, que probablemente sería más adecuada.) Muchos eran de otras tierras, y la mirada de Kel recorrió los lomos, mientras traducía: *El espejo del amor*, *El jardín perfumado*, *Instrucciones secretas del dormitorio de jade*.

—Habéis venido —dijo una voz tras él—. Alys dijo que lo haríais, pero no estaba seguro.

Kel se volvió y vio a un joven de aproximadamente su edad, apoyado en la arcada, con expresión franca y curiosa. Era más joven de lo que Kel se había esperado, atractivo, con el pelo de un rubio pálido y los ojos azul oscuro. Kel se preguntó si tendría sangre del norte, lo cual querría decir que Alys también la tendría, aunque en ella se notara menos.

—¿Sois Merren Asper? —preguntó Kel—. ¿El hermano de Alys?

Merren asintió amablemente.

—Y vos sois Kel Anjuman, el primo del príncipe. Ahora que ambos nos hemos identificado mediante nuestros familiares, acercaos y hablemos —lo invitó, mientras se adentraba en la habitación y cogía una de las sillas que rodeaban una gran mesa. Le hizo un gesto a Kel para que también se sentara.

Kel obedeció, observando a Merren. Llevaba el uniforme no oficial de un estudiante de la Academia, la universidad de Castelana: chaqueta de un negro desvaído, pañuelo al cuello blanco, zapatos gastados y el pelo demasiado largo. De cerca, Kel veía el parecido con Alys en los ojos azules de Merren y en sus delicados rasgos. De sus ropas emanaba un olor que no era desagradable: algo intenso y verde, como tallos de plantas recién cortados.

—Vuestra hermana dice que sois el mejor químico de toda Castelana —explicó Kel.

A Merren pareció gustarle eso.

—¿Ah, sí? —Se agachó bajo la mesa y sacó una botella de vino. Sacó el tapón de cera de la botella y lo dejó caer sobre la mesa. Grabado en la cera, se veía un dibujo de vides: el símbolo de la Casa Uzec. Kel pensó que era imposible huir de las familias de los fueros—. ¿Un trago?

—No estoy seguro —contestó Kel—. Vuestra hermana también dice que sois el mejor envenenador de toda Castelana.

Merren pareció ofendido. Tomó un trago de la botella, tosió y habló.

—Soy un estudiante de venenos. Después de todo, son compuestos químicos. Eso no significa que vaya por ahí envenenando a la gente a lo loco, y menos a los clientes de mi hermana. Me mataría.

Eso parecía cierto. Alys protegía su negocio como una madre protegería a su retoño. Además, el propio Merren había bebido de la botella. Kel extendió la mano.

—De acuerdo.

El vino era fresco como una manzana y le provocó un calor agradable en el pecho.

«Bien elegido, Uzec.»

—No me había dado cuenta de que la Academia ofreciera cursos sobre venenos.

—No lo hace. Técnicamente, soy un estudiante de química y botánica. En lo que se refiere a venenos, soy autodidacta. —Merren sonrió con la misma brillantez que si estuviera hablando de estudiar poesía o danza—. Como una vez dijo un académico, la única diferencia entre el veneno y la cura está en la dosis. El veneno más mortal deja de serlo si es solo una gota, y la leche o el agua pueden ser letales si consumes demasiada cantidad.

Kel esbozó una ligera sonrisa.

—Y, sin embargo, estoy seguro de que los que os buscan no tratan de compraros leche o agua.

—Quieren cosas diferentes. Compuestos para tintes, jabones, hasta para construir barcos. De todo, en realidad. —Merren pareció pensativo—. Hago venenos porque encuentro interesantes sus componentes, no porque me apasione el tema de la muerte.

—¿Qué tiene de interesante el veneno?

Merren bajó la vista hacia la botella.

—Antes de la Fractura, los magos podían matar con un solo toque, con una mirada. El veneno es lo más parecido que tenemos ahora a ese poder. Un verdadero envenenador puede crear una sustancia que tarde años en funcionar, o colocar una toxina en las páginas de un libro para que el lector se vaya envenenando con cada página que pasa. Puedo envenenar un espejo, un par de guantes, la empuñadura de una espada. Y el veneno nos iguala. Un trabajador de los muelles, un noble, un rey... La misma dosis los mata a todos. —Inclinó la cabeza hacia un lado—. ¿A quién queréis envenenar?

Bajo la luz azafrán, el pelo de Merren tenía el mismo color que el brocado de la chaqueta de Montfaucon. En otro tiempo, en otra vida, Kel podría haber sido un estudiante compañero de alguien como Merren. Podría haber sido su amigo. Pero había un muro de cristal entre Kel y todos los que estaban fuera del pequeño círculo que conocía su identidad real. Era un muro irrompible. Y estaba ahí por asuntos de Palacio, lo supiera este o no.

—A nadie —contestó Kel—. La química ofrece más cosas que venenos, ¿no? Ofrece remedios y curas... y antídotos. —Se recostó en la silla—. A uno de la Guardia del Castillo, dom Guion, lo envenenaron la semana pasada. Dicen que fue una amante, una noble de Sarthe. No es que esté preocupado por los asuntos desafortunados de la Guardia del Castillo, sino por la aparición de un nuevo veneno, uno que usan los nobles de Sarthe, un país al que no le gusta el nuestro, un veneno que podría usarse contra el príncipe... eso sí que me preocupa.

—¿Estáis preocupado por vuestro primo?

Kel asintió con la cabeza. Preocuparse por Conor era su trabajo. No, mantener a Conor con vida era su trabajo, y eso implicaba más que ponerse ante multitudes fingiendo ser él, casi esperando recibir una flecha en el pecho. Implicaba pensar quién podría querer matar a Conor y cómo.

En ese sentido, su trabajo se solapaba con el de Jolivet. Pero el único comentario de este sobre la muerte del guardia del castillo había sido que uno debería evitar enredarse con mujeres sarthianas. Mientras, a Kel le había salido una erupción en la piel debido a la ansiedad. La idea de que hubiera un nuevo peligro acechándolos le preocupaba.

—Bueno —continuó Merren—, no era un veneno nuevo. De hecho, era uno bastante viejo que se usaba mucho en la época del Imperio. *Cantarella*, se llama. La gente piensa que su fórmula se ha perdido, pero... —hizo un amplio movimiento con la mano—... yo no, desde luego.

—O sea que conocéis el veneno. ¿Existe un antídoto? Si es así, quiero comprároslo.

Merren parecía tan satisfecho consigo mismo como una gata con su camada de gatitos.

—Existe, sí. Pero tengo que preguntároslo... Vivís en Palacio, ¿no es así? Supongo que vuestros quirurgos pueden conseguir cualquier cosa. Venenos, antídotos, remedios...

—Hay un médico, el cirujano real —explicó Kel—, es un hijo menor de la familia Aforada Gasquet. Y un idiota. —Kel nunca había conseguido descubrir de dónde había sacado Gasquet su conocimiento médico. Los habitantes de Palacio tendían a evitar sus tratamientos a no ser que fueran imprescindibles; Gasquet era un gran partidario de las sangrías y tenía una colonia de sanguijuelas muy poco amigables en sus aposentos privados—. No es solo un médico terrible, sino que no sabe nada de lo que vos llamáis remedios. Dice que la mejor cura para el veneno es la prevención y que Conor debe limitarse a no comer nada que no haya probado antes otra persona.

—¿Y el príncipe no quiere hacer eso?

Kel pensó en Conor, abajo, con los labios manchados de vino y cerezas.

—No es una solución muy práctica.

—Supongo que no —concedió Merren—. Además, muchos venenos necesitan tiempo para manifestarse. Un catador solo es efectivo con los venenos de efecto inmediato.

—Quizá cuando acabéis la Academia, podríais ocupar la posición de Gasquet. La verdad es que necesita que lo reemplacen.

Merren negó con la cabeza.

—Estoy en contra de la monarquía —dijo alegremente—, de las monarquías en general —añadió, presuroso—, no de la Casa Aurelian en particular. Y es solo una filosofía. El único rey que me gusta es el Rey Trapero.

Kel no pudo evitar sonreír.

—Entonces estáis en contra de los reyes, pero ¿no de los que son criminales?

—Es un criminal bueno —argumentó Merren, serio como un niño que pregunta si es verdad que los dioses viven en las nubes—, no como Prosper Beck.

Kel había oído hablar de Prosper Beck. El área que estaba justo detrás de los muelles se llamaba el Laberinto: un laberinto de albergues para indigentes, casas de empeño, puestos de comida barata y almacenes a medio derrumbar que, por la noche, se convertían en recintos de torneos de boxeo, duelos (también ilegales) y lugares de compraventa de mercancías de contrabando. Era un lugar al que hasta los Vigilantes se negaban a ir después del anochecer. Kel siempre había supuesto que los habitantes del Laberinto respondían ante el Rey Trapero, pero en los últimos meses había oído susurrar varias veces el nombre de Prosper Beck; los rumores decían que alguien nuevo controlaba el Laberinto.

Fuera, el reloj de la Torre del Viento dio las once y Merren frunció el ceño. Cuando se volvió para mirar por la ventana, Kel no pudo evitar reparar en los desgarrones cuidadosamente remendados de su chaqueta. Se decía que Montfaucon nunca llevaba dos veces la misma prenda de ropa.

—Se está haciendo tarde —dijo Merren—. El antídoto del *cantarella* puedo tenerlo listo para el Día del Mar. Diez coronas por cuatro dosis, dos de veneno y dos de antídoto.

Dijo «diez coronas» como si fuera una gran suma, y Kel se recordó a sí mismo que, para la mayoría de la gente, lo era.

—Me parece bien —aceptó Kel—. Acordemos un sitio para quedar. Supongo que os hospedáis en el barrio de los Estudiantes, ¿no? ¿Cuál es la dirección?

—Calle del Canciller, al otro lado de la librería Lafont —indicó Merren, y cerró la boca de forma abrupta, como si se le hubiera escapado esa información—. Pero no debemos encontrarnos allí, conozco una tetería que...

Llamaron a la puerta. La socia de domna Alys, Hadja, asomó la cabeza. Una pañoleta de seda colorida le retiraba la mata de rizado cabello negro de la cara.

—Sieur Anjuman —dijo, inclinando la cabeza en dirección a Kel—, el príncipe os aguarda fuera.

Kel se puso en pie. Eso no era para nada parte del plan; según sus cálculos, Conor tendría que haber estado ocupado algunas horas más.

—¿Ha pasado algo? ¿Por qué iba a irse?

Hadja sacudió la cabeza, haciendo que los pendientes dorados danzaran sobre la piel marrón rojiza.

—Ni idea. No he hablado con él. Una de las chicas hindí me dio el mensaje.

Kel metió la mano en el bolsillo en busca de su monedero y le lanzó cinco coronas a Merren.

—La mitad ahora, la otra mitad cuando me deis las dosis. Os veré entonces.

—Esperad... —empezó Merren, pero Kel ya estaba en la puerta. Fue hasta el piso de abajo y atravesó la sala principal del Caravel, donde los tapices colgantes se habían levantado para dejar ver un escenario. Estaban poniendo los decorados; parecía que en breve iba a empezar alguna función. Era raro que Conor hubiera elegido perdérsela.

Aún extrañado, Kel salió al calor cada vez más tenue de la noche. Miró a un lado y a otro de la calle del Reloj de Arena. La luz se proyectaba en cuadrículas danzarinas sobre el pavimento, y se oían las risas de los grupos que paseaban junto al canal. En la distancia, vio un carruaje negro traquetear hacia el Caravel; dentro, alguien cantaba a pleno pulmón una cancioncilla de borracho. Una brisa ligera convertía los papeles del suelo en embudos en miniatura.

No había ni rastro de Conor, ni de los caballos. Kel frunció el ceño. Quizá se hubiera cansado de esperarlo; era algo que podía pasar. Kel ya había empezado su camino de vuelta al Caravel cuando oyó un chirriar de ruedas. Se volvió. Quien fuera que hubiera estado cantando dentro del carruaje negro se había callado. El carruaje se dirigió hacia él, con las ruedas derrapando sobre el pavimento.

Estaban pintadas de rojo sangre.

El carruaje se paró atravesado, bloqueándole el paso a Kel. Unas cortinas negras cegaban las ventanillas; no podía ver quién había dentro. Se volvió, listo para saltar sobre el muro bajo de piedra que recorría el canal; pensaba saltar al agua, pero el vino entorpecía sus movimientos. Una mano lo agarró por la trasera de la chaqueta y tiró de él hacia atrás hasta auparlo a través de la puerta abierta del carruaje y sentarlo dentro.

Kel se revolvió mientras la portezuela se cerraba de un portazo. No estaba solo. Había alguien más allí, dos personas más, y vio un destello de algo plateado. Los ojos aún se le estaban acostumbrando a la oscuridad, cuando Kel distinguió un brillo metálico y notó la punta de un cuchillo en el cuello. Cerró los ojos.

Durante un breve instante, solo hubo silencio, oscuridad, su propia respiración y el cuchillo en la garganta. Luego, el conductor, fuera, en el pescante, lanzó un grito ronco; el carruaje arrancó y salió a toda velocidad sobre el pavimento para perderse en la noche.

—«En los tiempos de antaño, la ira de los Hechiceros-Reyes hacía arder la tierra —leyó Lin— pues habían acumulado un poder que los hombres no deben tener, solo los dioses. Su furia hacía hervir los mares y derrumbaba montañas. La tierra donde la magia había dejado sus cicatrices quedó marcada con el cristal de la Fractura. Todas las personas de la tierra huían aterrorizadas ante ellos, todas excepto Adassa, la reina de Aram. Ella sola se alzó contra ellos. Sabiendo que no podía destruirlos, optó por destruir la magia y así dejarlos sin poder. Toda la magia desapareció de la tierra, excepto aquella que Adassa había reservado para uso exclusivo de su gente: la magia de la gematría. Y Adassa pasó al reino de las sombras, donde se convirtió en una Diosa, la luz de la gente ashkar, que son los Elegidos.»

Lin cerró el libro. Mariam, una pequeña figura casi enterrada bajo una enorme pila de cobertores, sonrió débilmente.

—Siempre me han gustado más las partes en las que Adassa es una mujer —comentó esta—, antes de convertirse en Diosa. Tenía sus momentos de debilidad y miedo, igual que el resto.

Lin le puso la mano en la frente a Mariam. Le alivió comprobar que la tenía fría. Cuando habían vuelto de la plaza Valerian, aquella tarde, Mariam gemía y deliraba, febril. Los guardias a la entrada del Sault se habían quedado sorprendidos al ver aparecer un carruaje de Palacio, pero habían ayudado a Lin a llevar a Mariam a su casa y la había metido en la cama en la habitación de Josit; después de todo, su hermano estaba fuera, por los Caminos Dorados, y ella sabía que no le habría molestado.

Había tenido que discutir un poco con Chana Dorin, que pensaba que Mariam estaría mejor atendida en el Etse Kebeth, la Casa de las Mujeres. Pero Lin estaba acostumbrada a discutir con Chana. Lin señaló que ella era médica; Chana conocía mejor que nadie su habilidad como tal, y sabía que en la pequeña casa encalada de Lin, Mariam tendría paz, silencio y una atención constante.

Había sido Mariam quien había puesto fin a la discusión; se había vuelto en la cama y había hablado, entre ataques de tos.

—De verdad, ¿vais a seguir discutiendo a mi lado cuando me haya muerto? Chana, déjame quedarme aquí con Lin; es lo que quiero.

Así que Chana se había rendido. Había ayudado a Lin a ponerle a Mariam un camisón limpio y le había envuelto las manos y la frente con trapos húmedos para bajarle la fiebre. Lin había preparado cataplasmas de onagra y se las había puesto en el pecho para reducirle la inflamación. Había hecho infusiones de canela y cúrcuma para hacerla toser; de jengibre, limón, agua salada y miel para abrirle los pulmones, y nuez moscada para calmarla. Cuando, a pesar de los trapos, la fiebre de Mariam siguió subiendo, Chana se dirigió al jardín médico en busca de corteza de sauce para intentar bajársela.

La fiebre había remitido pasada la medianoche, como suelen hacer las fiebres. El final suele llegar a última hora de la noche, pero también la curación: la vida y la muerte luchan en las horas oscuras. Cuando Mariam se había despertado, cansada y dolorida, Lin había decidido leerle un libro de viejos cuentos que había encontrado en el alféizar de la ventana. De pequeñas, a Mariam y a ella les encantaban esas historias: los cuentos de Adassa, de su valentía venciendo a los Hechiceros-Reyes antiguos, de su astucia al guardarse una pequeña parte de la magia que la Fractura había destruido para entregársela a su gente. Gracias a ella, los ashkar aún podían realizar algo de magia; sin la Diosa, estarían tan desprovistos de ella como los demás.

—¿Te acuerdas de cuando éramos pequeñas? —preguntó Mariam—. Ambas estábamos convencidas de ser la Diosa Renacida. Nos vestíamos de azul e intentábamos lanzar hechizos. Me pasé varias tardes enteras tratando de mover trozos de palos y papel con mi magia.

«Eso fue hace mucho», pensó Lin. Aunque no era su primer recuerdo. Antes, mucho antes de eso, podía recordar a su madre y a su padre, ambos comerciantes en los Caminos Dorados, recordaba su olor a canela, lavanda y lugares lejanos. Los recordaba meciéndola entre ellos mientras ella se reía; recordaba a su madre cocinando y a su padre cogiendo en brazos a Josit, cuando aún era un bebé y estiraba las manos regordetas para alcanzar las nubes.

No recordaba haberse enterado de su muerte. Sabía que debía haber pasado, que alguien debía habérselo contado. Sabía que había llorado, porque había entendido lo que estaba pasando y que Josit había llorado porque no lo había hecho. Unos bandidos habían asaltado la caravana de sus padres cerca de Jiqal, que era todo lo que quedaba de lo que una vez había sido Aram. Les habían robado el carromato, les habían cortado la garganta y habían tirado sus cuerpos al camino para que se los comieran los buitres. Aunque probablemente nadie le había contado exactamente eso, había oído conversaciones en voz baja: «Qué cosa más terrible», decía la gente. «Qué mala suerte. ¿Y quién se quedará a los niños?»

La infancia era algo que los ashkar valoraban mucho. Representaba la supervivencia de una gente que no tenía una tierra de origen, y que por eso llevaban en peligro de extinción desde la Fractura. Se supuso que el familiar superviviente de Lin y Josit, su abuelo materno, se haría cargo de ellos. Lin había llegado a oír comentarios envidiosos. Mayesh Bensimon, el consejero del rey. Exceptuando al Maharam, era el hombre más influyente de todo el Sault. Poseía una gran casa cerca del Shulamat. Seguro que con él tendrían una buena vida.

Solo que él no había querido hacerse cargo de ellos.

Lin recordaba estar sentada en el dormitorio, con Josit en el regazo, escuchando a Davit Benezar, el Maharam, discutir con Mayesh fuera, en el pasillo. «No puedo hacerlo», había dicho Mayesh. A pesar del contenido de sus palabras, el sonido de su voz le resultaba un poco reconfortante. La asociaba con sus padres, con noches festivas en las que se reunía toda la familia y Mayesh leía en alto, a la luz de las velas, el *Libro de Makabi*. Solía hacer preguntas a Lin sobre Judah Makabi, el hombre errante de los ashkar, y sobre la Diosa, y cuando ella sabía las respuestas, él la premiaba con un *loukoum*, un dulce de agua de rosas y almendras.

Pero: «No, no, no —le había dicho Mayesh a Benezar—. Mis deberes no me permiten encargarme de unos niños. No tengo tiempo, no puedo prestarles atención. Tengo que ir al Palacio cada vez que me llamen, sea la hora que sea».

—Dimite, entonces —le espetó el Maharam—. Deja que otra persona aconseje al rey de Castelana. Estos niños son sangre de tu sangre.

Pero Mayesh fue contundente. Los niños estarían mejor atendidos por el servicio público. Lin iría al Etse Kebeth y Josit al Dāsu Kebeth, la Casa de los Hombres. Mayesh los visitaría de vez en cuando, como abuelo suyo que era. Fin del asunto.

Lin aun recordaba el dolor que había sentido cuando la separaron de Josit. Se lo habían arrancado de los brazos para llevárselo al Dāsu Kebeth, y aunque solo estaba a una calle de distancia, su ausencia era como una herida. Como la Diosa, pensó, a ella también la hirieron tres veces, y cada nombre era una cicatriz de fuego en su corazón: madre, padre y hermano.

Chana, que dirigía la Casa de las Mujeres con su esposa, Irit, intentó consolar a Lin y hacerla sentir cómoda, pero la rabia de Lin lo impedía. Era como una salvaje, subiéndose a árboles de los que no podían bajarla, gritando, rompiendo platos y vasos, arañándose a sí misma...

—Haz que venga —lloró Lin, cuando Chana, como último remedio, le había quitado el único par de zapatos que tenía, para que dejara de escaparse. Pero al día siguiente, cuando Mayesh por fin se reunió con ella en el jardín de los médicos y le regaló un caro colgante de oro de Palacio, ella se limitó a tirárselo a la cara y entrar corriendo en la Casa de las Mujeres.

Aquella noche, mientras Lin estaba tumbada en la cama temblando, alguien entró en su habitación. Una pequeña niña con trenzas oscuras y suaves recogidas en lo alto de la cabeza, piel pálida y pestañas cortas y puntiagudas. Lin la conocía. Mariam Duhary, una refugiada huérfana de Favár, la capital de Malgasi. Como Lin y algunas otras, vivía allí, en la Casa de las Mujeres. A diferencia de Lin, a ella no parecía molestarle.

Se subió a la cama, al lado de Lin, y se quedó allí sentada mientras esta destrozaba la almohada y daba patadas a las paredes. Finalmente, el pataleo y el destrozo acabaron cediendo, y la tranquila paciencia ganó. Lin se quedó en silencio mirando a Mariam a través del pelo revuelto que le caía sobre la cara.

—Sé cómo te sientes —dijo Mariam. Lin se puso a la defensiva inmediatamente: nadie sabía cómo se sentía, aunque dijeran que sí—, mis padres también murieron. Cuando Malgasi se volvió contra los ashkar, mandaron a los *vamberj*, los soldados con máscara de lobo, para acabar con nosotros. Nos llamaban a gritos por las calles: «*Ettyaszti, moszegyellem nas*». «Salid de vuestros escondites.» Cogieron a mi madre cuando iba al mercado. La colgaron en la plaza mayor de Favár por el crimen de ser ashkar. Mi padre y yo huimos, porque, si no, los Malgasi nos hubieran matado también. Recorrimos los Caminos Dorados hasta que él enfermó. Nos dirigimos aquí, viajando por la noche. Mi padre estaba convencido de que las cosas nos irían mejor en Castelana. Pero para cuando llegamos por la mañana, él estaba muerto en la parte de atrás de la carreta. —Mientras contaba estos horrores, su voz se mantenía neutra, tanto que Lin se quedó callada—. Todo el mundo te dice que no es tan horrible, pero sí que lo es. Te sientes tan triste que te quieres morir. Pero no te mueres. Y cada día que pasa, vas perdiendo un pequeño trozo de ti.

Lin parpadeó. Nadie le había hablado así desde que sus padres habían muerto. Le resultaba algo extraordinario.

—Además —añadió Mariam—, tú tienes suerte.

Lin se enderezó, enfadada, dándole una patada a las mantas.

—¿Qué quieres decir con que tengo suerte?

—Tienes un hermano, ¿no? —señaló Mariam. En medio de las sombras, brilló el círculo dorado que llevaba al cuello. Las palabras de la plegaria de la Dama parecían arañazos—. No tengo a nadie, solo me tengo a mí. Soy la única Duhary en Castelana. Quizá la única en el mundo.

Lin se dio cuenta de que Mariam no había mencionado a Mayesh. Y se lo agradeció. Se dio cuenta de lo tonta que había sido al pedir que Mayesh la visitara. Su abuelo servía al placer del rey, no al capricho de su nieta. No pertenecía a Lin. Pertenecía a Palacio.

Mariam se había quitado el chal de los delgados hombros y se lo tendía a Lin. Era una prenda bonita, de batista y encaje.

—Toma —le dijo—. Hace un sonido muy agradable cuando lo rasgas. Cada vez que sientas que algo es injusto y horrible, rómpelo un poco.

Y partió el chal por la mitad. Por primera vez en semanas, Lin sonrió.

Después de eso, las niñas se volvieron inseparables. Mariam era hermana y mejor amiga todo en uno. Iban juntas a clase, jugaban juntas y se ayudaban con las tareas de limpieza, cocina y cuidado del jardín de los médicos, donde crecían todas las hierbas y flores medicinales del Sault. Lin envidiaba a Mariam por ser tan grácil, delicada y sensible; nunca quería escarbar la tierra, ni pegarse con otros niños, ni subirse a los castaños con Josit y con ella. Lin envidiaba este comportamiento, pero sabía bien que ella no podía ser de otra forma. Ella siempre iba sucia y con las rodillas despellejadas de jugar; le encantaba subirse a los muros del Sault y quedarse en el borde como hacían los Shomrim, con la punta de los pies asomando al vacío, y el puerto y las calles de la ciudad llenas de gente allá abajo.

Cuando Lin cumplió los trece años, se dio cuenta de que lo de Mariam no era desinterés por las tareas domésticas más duras, como ella había pensado. Con una visión más adulta, comenzó a ver que Mariam no era quisquillosa, sino frágil. Frágil y enfermiza. En la piel, tan blanca, le salían moratones con mucha facilidad, y se quedaba sin aliento con un corto paseo. Continuamente tenía fiebres que iban y venían, y muchas veces se pasaba la noche en vela, tosiendo, mientras Chana Dorin se sentaba a su lado y le daba té de jengibre.

—Le pasa algo —le había dicho un día a Chana Dorin, mientras esta recogía hojas de matricaria del jardín de los médicos—. A Mariam. Está siempre mal.

—Por fin te das cuenta —había sido la respuesta de Chana.

—¿No le puedes dar algo? —había pedido Lin—. ¿Algún tipo de medicina?

Chana se había sentado en el suelo sobre los talones, con la falda de retales alrededor de ella.

—¿Qué te crees, que no lo he probado ya todo? —le soltó—. Si los médicos pudieran ayudarla, Lin, ya lo habrían hecho.

Algo en su tono hizo que Lin se diera cuenta de que Chana estaba enfadada porque ella también se sentía impotente, sin forma de ayudar a aquella niña a su cargo. Fuera lo que fuera lo que había matado al padre de Mariam, parecía que iba a matarla a ella también, a menos que alguien hiciera algo al respecto.

Lin decidió que ese alguien tendría que ser ella. Así que había acudido a Chana y le había dicho que quería estudiar el arte de curar. Los niños de su edad que querían ser médicos ya habían empezado su formación. Tendría que ponerse al día si quería aprender todo lo que se podía saber sobre medicina y curar a Mariam.

—Por favor —le decía Mariam en ese momento, sacándola de sus recuerdos—, estás muerta de cansancio. Vete a echar una siesta. Estaré bien, Linnet.

Casi nadie llamaba a Lin por su nombre completo. Pero cuando Mariam lo hacía, a Lin le sonaba a familia. La dureza de una madre, la exasperación de una hermana. Acarició la delgada mejilla de Mariam.

—No estoy cansada.

—Bueno, pues yo sí —replicó Mariam—, pero no puedo descansar. Un poco de leche caliente y miel...

—Pues claro. Te la traigo ahora. —Lin dejó el viejo libro en la mesilla de noche y se dirigió a la cocina, pensando qué más podía echarle a la leche que quedara escondido bajo el sabor de la miel. Repasó los remedios para la inflamación: «corteza de pino, olíbano, uña de gato...».

—¿Cómo está? —La voz de Chana sacó a Lin de su recuento mental. La mujer estaba sentada a la mesa de madera de pino con una taza de *karak*. El pelo gris metal le caía liso sobre los hombros; los ojos oscuros, en medio del entramado de finas arrugas, eran afilados como puntas de aguja.

Había varias ollas hirviendo en el hornillo que tenía detrás. Como la mayoría de las casas del Sault, la de Lin tenía una sola habitación que hacía de salón, comedor y cocina. Todas las casas del Sault eran pequeñas, cuadradas, cajas encaladas que aprovechaban el limitado espacio entre los muros.

Dentro, Lin había hecho lo posible para crear un espacio para sí, usando objetos que Josit le había traído de los Caminos Dorados en sus insólitas visitas. Un espejo pintado de Hanse, juguetes de madera de Detmarch, un pedazo de mármol acanalado de Sarthe, un caballo color celadón de Geumjoseon. Las cortinas eran de un tejido hindí, un lino de buena calidad con un borde de lana multicolor. A Lin no le gustaba recordar que su hermano estaba allá fuera, por los caminos, pero el chico siempre había llevado en la sangre el amor por los viajes. Ella había aprendido a aceptar sus ausencias, su eterno vagabundear, como se aceptan las cosas que no se pueden cambiar.

Volvió a la habitación a echar un vistazo. No le sorprendió encontrarse a Mariam ya dormida, con un brazo sobre la cara. Cerró la puerta con cuidado y fue a sentarse a la mesa con Chana.

—Se está muriendo —dijo Lin. Las palabras eran tan amargas como el fracaso—. Aún le queda algo de tiempo, pero se está muriendo.

Chana se levantó de la mesa y se acercó a la cocina. Lin miraba al infinito mientras Chana trajinaba con el hervidor.

—Lo he intentado todo —dijo Lin—. Todos los talismanes, todas las tisanas, todos los remedios de todos los libros que he encontrado. Durante un tiempo, bastante tiempo, ha estado mejor. Pero ahora nada le hace efecto.

Chana volvió a la mesa con una taza abollada de té humeante. La puso ante Lin y luego entrelazó las manos, esas manos grandes, hábiles, fuertes, de grandes nudillos. Pero Lin sabía que esas manos eran capaces de hacer trabajos de gematría de una delicadeza increíble; Chana Dorin hacía los mejores talismanes del Sault.

—¿Te acuerdas —preguntó Chana, mirando a Lin mientras esta tomaba un sorbo del líquido caliente, que le ardió por todo el estómago, recordándole que llevaba mucho tiempo sin comer— de cuando te llevé ante el Maharam por primera vez y le dije que tenía que permitirte estudiar medicina?

Lin asintió. Fue la primera vez que había entrado al Shulamat. Todo Sault tenía su corazón: el Kathot, su plaza principal, y en el Kathot, el Shulamat. Una combinación de templo, biblioteca y palacio de justicia, el Shulamat era el lugar donde el Maharam presidía las ceremonias religiosas y escuchaba los pequeños casos que se le consultaban: una disputa entre dos vecinos, quizá, o una discusión entre estudiantes sobre la interpretación de algún pasaje del *Libro de Makabi*.

Ella siempre había pensado que el Shulamat era el edifico más bonito de todo el Sault, con un tejado de cúpula cubierto de *tesserae* de un azul brillante y muros de mármol cremoso. Se podía ver ese tejado incluso desde el portón, como si fuera un trozo de cielo caído en la tierra.

Lin recordaba lo pequeña que se había sentido subiendo la escalera del Shulamat. Lo fuerte que se había agarrado a la mano de Chana Dorin mientras lo cruzaban, y cómo el corazón casi se le había parado cuando por fin llegaron a la sala principal, bajo el cuenco invertido de su cúpula dorada. Allí, los mosaicos deslumbraban con su belleza. El suelo estaba cubierto de azulejos que formaban diseños de viñas verdes y granadas rojas; las paredes eran de un azul oscuro y sobre ellas destacaban los dibujos de estrellas formados con *tesserae* doradas: las constelaciones tal y como se veían desde Aram, algo que supo años después. Un gran cofre de plata sostenía los pergaminos copiados a mano del *Libro de Makabi*; una gruesa tela dorada envolvía el Almenor, el gran altar. Escritas en lana sobre esa tela, se leían las palabras de la primera Gran Pregunta, las mismas que estaban inscritas en el amuleto que Lin llevaba al cuello.

«¿Cómo cantaremos la canción de nuestra Señora en una tierra extraña?»

En una tarima bajo la cúpula, se sentaba el Maharam. En aquel momento era más joven y, aun así, a Lin le había parecido viejo. Tenía la barba y el pelo completamente blancos, y las manos, pálidas, mostraban las articulaciones hinchadas. Los hombros se veían caídos bajo el *silon* azul oscuro, la túnica ceremonial de los ashkar. Llevaba un gran colgante circular que brillaba, en el que estaba inscrita la plegaria de la Dama. El *Libro de Makabi* decía que todos los ashkar debían llevar alguna versión de la plegaria donde fuera que estuvieran: algunos se la bordaban en la ropa; otros preferían llevar las palabras en forma de talismán: un brazalete o un colgante. Algo que estuviera cerca de la piel.

El Maharam había saludado a Chana Dorin expresando su compasión ante la reciente muerte de su esposa, Irit, gesto que Chana había despachado con su testaruda negativa a oír nada que le recordara su pena. Parecía evidente que el Maharam ya sabía que Chana iba a acudir a él y por qué, aunque la escuchó igualmente con paciencia. Lin se puso roja mientras oía a Chana hablar de lo lista que ella era, tan rápida de mente, y lo buena estudiante de medicina que sería. Hacía años que nadie la alababa así.

Cuando el discurso acabó, el Maharam había suspirado.

—No creo que sea una buena idea, Chana.

Chana frunció los labios.

—No veo por qué no. La Diosa era una mujer antes de su ascensión. También era una sanadora.

—Eso fue antes de la Fractura —había contestado el Maharam—, entonces teníamos magia y libertad, y a Aram. Ahora no tenemos ni hogar, somos huéspedes en la ciudad de Castelana. Y no siempre bienvenidos. —Posó la mirada en Lin—. Si fueras una médica, querida niña, tendrías que atravesar sola la ciudad, a menudo por la noche. Y los hombres *malbushim* no son como los del Sault. No están obligados a respetarte.

—Sé protegerme sola —había dicho Lin—. Todos los chicos del Dāsu Kebeth me tienen miedo.

Chana había soltado un bufido, pero el Maharam no pareció inmutarse.

—Supongo que tu abuelo te ha animado con esto —le había dicho a Lin.

—Davit, no —había protestado Chana—, de hecho Mayesh está totalmente en contra de la idea.

«Davit.» Así que el Maharam tenía un nombre. Su reacción al oírlo fue un mero encogimiento de hombros.

—Me lo pensaré, Chana.

Lin se había quedado chafada, segura de que aquello acababa allí. Pero Chana, enérgica como siempre, se había limitado a decirle que no se deprimiera. Al día siguiente había llegado un mensajero del Shulamat llevando la noticia de que el Maharam había dado su aprobación. Lin podría estudiar para convertirse en médica, siempre y cuando aprobara todos los exámenes. No se le permitiría ningún fallo, ni tendría segundas oportunidades.

De vuelta al presente, recordando la alegría de aquel día, cómo Mariam y ella habían bailado por todo el jardín de los Médicos, Lin esbozó una sonrisa.

—Me acuerdo.

—Siempre lo he considerado una gran victoria —dijo Chana.

—Nunca llegué a entender por qué el Maharam dio su consentimiento —dijo Lin—. Debe de tenerte en más consideración de la que parece.

Chana negó con la cabeza, haciendo que las coloridas cuentas de sus colgantes se bambolearan.

—Qué va. Accedió para molestar a tu abuelo, eso es todo. Tu abuelo y él no se soportan.

—Entonces supongo que debería alegrarme de que Mayesh estuviera en contra de la idea —repuso Lin—. Muy típico de él. A él se le permitió elegir ser consejero, pero en cambio a mí no.

—¿Es tan horrible, tu abuelo? —Chana apartó la taza—. Yo esperaba que cuando te hicieras mayor, podrías enterrar el hacha de guerra con él. Fue él quien envió un carruaje para Mariam y para ti, ¿no?

Lin se encogió de hombros, incómoda.

—No lo hizo por amabilidad. Solo para demostrar su poder. —«Y que tomó la decisión acertada cuando eligió Palacio y sus oportunidades en vez de elegirnos a Josit y a mí.»

Chana no dijo nada. Se limitó a examinar los libros que había sobre la mesa: *El libro de los remedios*, *Las diecisiete reglas*,

Sefer Refuot, La materia médica. Bueno, no exactamente examinándolos, pensó Lin. Los miraba como si pudiera abrir un agujero en sus páginas con los ojos.

—Linnet —dijo—, tengo que contarte una cosa.

Lin se inclinó hacia delante.

—¿Qué es, Chana? Me estás asustando.

—Tu abuelo nunca se opuso a que fueras médica. Cuando se lo consulté, simplemente dijo que la decisión era tuya, y que él no iba a oponerse ni a ayudar. Cambié la versión para el Maharam porque sabía que era la única forma de que accediera a permitírtelo.

—¿Mayesh dijo que era decisión mía?

—Sí —contestó Chana—. Tendría que habértelo dicho antes. No me daba cuenta de que aún te acordabas de lo que había dicho ese día y mucho menos de que estabas enfadada con Mayesh por eso. Ha hecho muchas cosas que merecen tu enfado, Lin, pero justamente esto, no.

—¿Por qué... —empezó Lin, despacio—... por qué lo odia tanto el Maharam?

Chana tomó un sorbo de su *karak* frío y esbozó una mueca.

—¿Has oído hablar del hijo del Maharam?

—Sí, Asher. —Lin hizo un repaso mental. No recordaba al niño, pero sí las historias que contaban sobre él—. Lo exiliaron, ¿no?

«Exilio.» El peor castigo que el Sault y su Consejo de Ancianos podían imponer. Que te exiliaran era como que te quitaran la identidad. Ya no eras ashkar, y tenías prohibido hablar con tu familia o verla, y lo mismo con tus amigos o tu pareja. Separado de todo aquello que conocías, te llevaban a las puertas de la ciudad para que te las arreglases en el mundo de los *malbushim,* sin familia, ni dinero, ni un lugar al que pertenecer.

—Sí —dijo Chana, grave—. Tendrías unos cinco años cuando sucedió todo aquello. Se adentró en lo que estaba prohibido. —Echó una mirada al fuego, que ya estaba reducido a cenizas de color azafrán—. El chico creía que la magia que existía antes de la Fractura no se había perdido del todo. Que podía resucitarla, acceder a ella, aprender a practicarla.

A Lin le dio un pequeño vuelco el corazón.

—¿Lo exiliaron solo por intentar aprender magia? No era más que un niño, ¿no?, tendría quince o dieciséis años. Parece más un error que un crimen.

—Hizo más que intentar aprender sobre ella —matizó Chana—. Intentó usarla. ¿Sabes lo que es el conjuro del hueso?

Lin negó con la cabeza.

—Su madre había muerto un año antes, más o menos —contó Chana—. Él intentaba resucitarla. Esas cosas ya estaban prohibidas, incluso antes de la Fractura. —Cruzó los brazos sobre el amplio pecho—. Tu abuelo fue el único de los ancianos que pidió que no lo exiliaran. Le dijo al Maharam que si expulsaba a su propio hijo, la única familia que le quedaba, del Sault, lo lamentaría siempre. El Maharam nunca le ha perdonado aquellas palabras.

—¿Crees que lo lamenta? ¿El Maharam?

Chana suspiró.

—Creo que no tenía otra opción que hacer lo que hizo. Adoraba a Asher, pero el niño no podía haber hecho nada peor a ojos de su padre. A ojos de todos. El mundo estuvo a punto de destruirse a causa de una magia tan peligrosa. Mayesh no tenía que haber dicho aquello.

Lin se quedó callada. Se preguntaba qué había hecho Asher Benezar exactamente. ¿Leer libros? ¿Intentar recitar un hechizo? Como todo el mundo en Dannemore, Lin había oído hablar de los Hechiceros-Reyes, cuyas batallas habían arrasado la tierra, dejando cicatrices de cristal de la Fractura, un recordatorio constante de los peligros y maldades de la magia. Pero no sabía qué habían hecho. ¿Qué tipo de magia habían practicado? Ese conocimiento se había perdido, pensó, junto con el poder.

—Lin —dijo Chana—, ¿en qué estás pensando?

Lin se puso en pie y cruzó la habitación hasta la ventana. Fuera, vio la serpenteante calle empedrada; sobre las casas más cercanas, se alzaba la cúpula del Sault, que brillaba a la luz de la luna. Y alrededor, por supuesto, las murallas, que se alzaban impidiéndole ver Castelana. Solo era visible la Colina, alta y lejana, y el brillo blanco de Marivent, el Palacio, como una segunda luna.

—Pues pienso —contestó Lin— que si tuviera la oportunidad de curar a Mariam usando magia, estaría igual de tentada que estuvo Asher.

—Los ashkar, solo los ashkar, tenemos magia. Tenemos la gematría. Tenemos talismanes. Eso es lo que nos dejan usar, y nos hacen un buen servicio. Lin, lo sabes.

—Sí, lo sé. Y también sé que en la época anterior a la Fractura, los médicos combinaban magia y ciencia, y conseguían efectos asombrosos. Podían recomponer huesos rotos al instante, reconstruir un cráneo destrozado, detener el crecimiento de los tumores...

—Ya basta —la cortó Chana, con un frío tono tajante—. Sácate esas ideas de la cabeza, Lin. El Maharam no tuvo reparos en exiliar a su propio hijo por buscar ese conocimiento. No creas que sería más amable contigo.

Pero el poder no puede permanecer inactivo para siempre. A medida que el conocimiento de la Palabra se extendió por Dannemore, la magia pasó de ser una fuerza que cualquiera con talento y perseverancia podía manejar, a ser un secreto celosamente guardado por unos pocos magos poderosos. Esos artífices de la magia enseguida consiguieron la prominencia política. Se autodenominaron reyes y reinas, y empezaron a expandir los límites de sus territorios. Las tribus se volvieron aldeas; las aldeas, ciudades, y la tierra se convirtió en reinos. Y así empezó la época de los Hechiceros-Reyes.

Relatos de los Hechiceros-Reyes,
LAOCANTUS AURUS IOVIT III

Capítulo cuatro

Kel sabía que la mayoría de la gente entraría en pánico si le pusieran un cuchillo en el cuello. A él tampoco es que le hiciera especial ilusión, pero sintió que todos los años de entrenamiento con Jolivet merecían la pena: todas las veces que este le había hecho repetir lo mismo una y otra vez, enseñándole cómo quedarse completamente quieto entre Conor y una flecha, Conor y una espada, Conor y la punta de una daga. Había aprendido a no inmutarse siquiera con el toque del metal afilado, incluso aunque le cortara la piel.

Tampoco se inmutó en ese momento, simplemente mantuvo los ojos cerrados. Su talismán estaba a salvo, lejos de él; seguro que no pensaban que era Conor. A veces, secuestraban a nobles, cuando viajaban, para conseguir dinero, pero eso no pasaba dentro de las fronteras de Castelana. No porque respetaran a los nobles, sino por miedo al castigo: el encarcelamiento en el Truco, la torre prisión donde esperaban la ejecución los que habían cometido un delito de traición. Una tortura que duraba semanas, y lo que quedaba de ellos después de eso, servía de alimento a los cocodrilos del puerto: era normal que se tuviera miedo a semejante castigo.

—Pensé que se pondría más nervioso —dijo, divertida, una voz de mujer—. Lo han entrenado bien.

—Diría que ahí está la mano del legado Jolivet —añadió

una segunda voz. Esta de hombre, grave y extrañamente musical—. Eh, eh. —La mano de Kel recibió un toque cuando este intentó acercarla a la puerta del carruaje—. Está cerrada con llave, y aunque no fuera así, no os recomiendo que os tiréis en marcha. Semejante caída, a esta velocidad, podría ser fatal.

Kel se sentó de nuevo. Al menos, los asientos del carruaje eran cómodos. Sentía el terciopelo y el cuero bajo las manos.

—Si queréis robarme, adelante. No os he visto la cara. Coged lo que queráis y dejadme ir. Si deseáis dañarme de alguna otra manera, tened en cuenta que tengo amigos poderosos. Lo lamentaréis.

El hombre emitió una risita que sonó rica y oscura como el *karak*.

—Os hemos apresado, precisamente, porque tenéis amigos poderosos. Ahora, abrid los ojos. Me estáis haciendo perder el tiempo y dejaré de ser amable, si seguís haciéndolo.

La punta del cuchillo se hundió aún más en el cuello de Kel, como un doloroso beso. Abrió los ojos y, al principio, solo vio oscuridad dentro del carruaje. La luz empezó a brillar, y Kel se dio cuenta de que el resplandor provenía de un colgante de cristal de la Fractura, que pendía de una cadena desde el techo del carruaje. Kel lo miró: semejantes objetos eran raros y muy pocos podían permitírselos.

Emitía una luz suave, pero potente, que permitió que Kel, por fin, viera claramente a sus dos captores. La primera era una joven choseana con el pelo largo y negro recogido en dos trenzas. Llevaba una túnica de seda, pantalones de color dedalera y pulseras de ágata de color morado claro. En la mano derecha sostenía una gran daga con empuñadura de jade blanco, cuya punta descansaba en el cuello de Kel.

A su lado, se hallaba un hombre muy alto y muy delgado vestido de negro. No el negro oxidado de los estudiantes que vestía Merren; las ropas de este hombre eran buenas y de aspecto caro, desde la levita de terciopelo hasta el bastón de endrino en el que apoyaba la mano derecha. En el dedo lucía un anillo dorado con el sello de un pájaro, que a primera vista parecía una urraca. Los ojos eran lo único de un color distinto al blanco o al negro. Eran de un verde muy oscuro y parecían contener una extraña luz.

—¿Sabéis quién soy? —le preguntó.

«Va todo de negro, como el Caballero Muerte que viene a llevarse tu alma, y las ruedas de su carruaje están manchadas de sangre.»

—Sí —contestó Kel—, sois el Rey Trapero.

Omitió decir: «Pensé que seríais mayor». Supuso que el hombre que estaba ante él tendría unos treinta años.

—Y os estaréis preguntando qué quiero de vos —dijo el Rey Trapero—, Guardián de Espadas.

La adrenalina inundó el cuerpo de Kel. Se obligó a seguir completamente inmóvil, con la punta del cuchillo aún en el cuello.

El Rey Trapero se limitó a sonreír.

—Dejadme aclarar las cosas, Kellian Saren. Os entregaron a Conor Aurelian, de la Casa Aurelian, a la tierna edad de diez años, como *Királar*, la costumbre de Malgasi, el «puñal del rey». Vuestro trabajo es proteger al príncipe con vuestra propia vida. En situaciones peligrosas, vos ocupáis su lugar, ayudado de un talismán que ahora mismo... —Lo miró con atención—... no lleváis. Aunque a mí no me engañaríais aunque lo llevarais puesto. Sé quién sois. —Unió las grandes manos pálidas sobre el pomo del bastón—. ¿Deseáis añadir algo?

—No —contestó Kel. Tenía una sensación molesta en la garganta. Como una presión. Quería tragar saliva, como haría con un sabor amargo, pero sospechó que los otros lo tomarían como un signo de nerviosismo—. Nada.

La chica del cuchillo lanzó una mirada de soslayo al Rey Trapero.

—Esto es aburrido —señaló—, quizá debería...

—Todavía no, Ji-An. —El Rey Trapero examinó el rostro de Kel. Este mantuvo su expresión neutra. Las luces se reflejaban a través de las ventanillas cubiertas con cortinas negras. Kel supuso que estarían en algún lugar de las Calles Plateadas, el barrio de mercaderes que bordeaba el distrito del Templo—. Os estaréis preguntando, Guardián de Espadas, por qué me interesáis. Vuestras ocupaciones son ocupaciones de

Palacio, y las mías tienen que ver con las calles de Castelana. Pero hay ocasiones, más de las que os imagináis, en que ambas obligaciones coinciden. Hay cosas que me gustaría saber. Que necesito saber. Y vos podríais serme de ayuda.

—Todos necesitamos cosas —replicó Kel—, pero eso no quiere decir que vayamos a obtenerlas.

—Sois horriblemente maleducado —observó Ji-An, con la mano firme en la empuñadura de la daga—, os está ofreciendo un trabajo, ¿sabéis?

—Ya tengo un trabajo. Precisamente hablábamos de él.

—Y quiero que lo mantengáis —afirmó el Rey Trapero, mientras cruzaba las larguísimas piernas—, así que pensad en lo que os ofrezco como una colaboración. Vos me ayudáis y, a cambio, yo os ayudo a vos.

—No veo cómo podríais ayudarme vos a mí —señaló Kel, medio distraído: la sensación rara de la garganta seguía ahí, a medias entre un picor y un cosquilleo. No dolía, pero le resultaba extrañamente familiar. «¿Cuándo he sentido esto antes?»

—Proteger al príncipe es vuestro deber —continuó el Rey Trapero—, pero no todas las amenazas provienen de poderes extranjeros o de nobles hambrientos de poder. Algunas vienen de la propia ciudad. Antimonárquicos, criminales, y no me refiero a los caballerosos como yo, claro; o a mercaderes rebeldes. La información que yo tengo podría seros de valor.

Kel parpadeó. Nada de eso era exactamente lo que había esperado, aunque, para empezar, tampoco esperaba ser secuestrado.

—No espiaré a la familia real para vos —dijo—, y tampoco entiendo para qué podrían serviros los cotilleos de la Colina.

El Rey Trapero se inclinó hacia delante, con las manos cruzadas sobre el bastón.

—¿Os suena el nombre de Prosper Beck?

Era raro que Prosper Beck saliera a relucir dos veces en la misma noche.

—Sí, vuestro rival, supongo.

Ji-An emitió un bufido, pero al Rey Trapero no pareció inmutarle el comentario.

—Me gustaría saber quién está financiando a Prosper

Beck. Os diré que no es solo extraño que un criminal tan rico y bien conectado aparezca sin más en Castelana, como un marinero que acaba de bajar de un barco: es imposible. Lleva años establecerse en un negocio. Y sin embargo Prosper Beck salió de la nada y ya se ha hecho con el control del Laberinto.

—Seguro que vos tenéis más influencia que Beck. Si queréis recuperar el Laberinto, hacedlo.

—No es tan simple. Es difícil encontrar a Beck. Opera a través de intermediarios y va cambiando de lugar su cuartel general. Chantajea a los Vigilantes con grandes cantidades de dinero. La mayoría de mis gateadores ya han desertado para trabajar con él. —Kel pensó que eso era interesante. Los gateadores eran famosos en Castelana: escaladores muy habilidosos que podían deslizarse por las paredes con la velocidad de una araña. Se colaban por las ventanas más altas de los ricos y les robaban—. Alguien lo está apoyando, estoy seguro. Alguien con mucho dinero. Vos estáis siempre con la nobleza y os hacéis pasar por uno de ellos. No deberíais tener mucho problema para averiguar si alguno de ellos está financiando sus empresas.

—¿Alguien de la nobleza? ¿Por qué iba a molestarse en patrocinar a un criminal menor?

El carruaje rebotó sobre un saliente del camino y Kel sintió un ligero mareo. El Rey Trapero lo miraba con una especie de curiosidad aburrida, como si Kel fuera un insecto al que hubiera visto muchas veces y en ese momento exhibiera un comportamiento poco habitual.

—Dejadme que os pregunte algo, Kellian —dijo—. ¿Os caen bien? La Casa Aurelian, me refiero. El rey, la reina. El príncipe y su consejero. El legado.

Por un momento, solo hubo silencio, a excepción del sonido de las ruedas del carruaje traqueteando sobre las piedras. Luego, las palabras brotaron de la boca de Kel, sin planear, sin mayor consideración.

—Uno no va por ahí preguntando a la gente si la familia real le cae bien. Ellos están ahí y ya está —contestó. Como el puerto o el Paso Estrecho, como los canales de color jade oscuro del distrito del Templo, como el propio Marivent—. Es como preguntar si a uno le caen bien los dioses.

El Rey Trapero asintió despacio.

—Esa ha sido una respuesta sincera —dijo—, os lo agradezco.

¿Se lo pareció a Kel o realmente el Rey Trapero había puesto un énfasis especial en la palabra *sincera*? La presión rara en la garganta seguía, ahora también en el pecho, en la boca. Recordó entonces cuándo la había sentido y notó como la rabia crecía dentro de él, como una enredadera entrelazándosele con las venas, los nervios; encendiéndolo.

—Apelando a una sinceridad aún mayor —continuó el Caballero Muerte—, el rey Markus, ¿es cierto que sus ausencias no se deben a que esté sumido en sus estudios, sino a una enfermedad? ¿El rey está muriéndose?

—No se trata de una enfermedad —contestó Kel, y pensó en el Fuego en el Mar, el bote ardiendo cubierto de flores, y ese fue el momento en el que estuvo seguro. Sin añadir nada más, levantó la mano izquierda con un movimiento suave y rápido, y envolvió con ella la hoja del cuchillo de Ji-An.

Ella hizo exactamente lo que él pensó que haría: tiró del cuchillo para recuperarlo. El dolor le atravesó la mano cuando la hoja le rasgó la piel. Dio la bienvenida a ese dolor y apretó la mano para hacerlo más profundo. Sintió la sangre mojarle la palma mientras la mente se le aclaraba.

—*Ssibal* —siseó Ji-An. Kel conocía lo suficiente el idioma de Geumjoseon para reconocer eso como una palabrota. Sonrió mientras la sangre le caía en grandes gotas entre los dedos y salpicaba el brocado interior del carruaje. Ji-An se volvió hacia el Rey Trapero—. Este cabrón loco...

Kel empezó a silbar. Era una cancioncilla típica de las calles de Castelana, llamada *La molesta virgen*. La letra era extremadamente obscena.

—No está loco —apuntó el Rey Trapero, con el tono de quien no acaba de decidir si algo le molesta o le divierte—. Tomad, Guardián de Espadas. Coged esto.

Y le tendió un pañuelo de fina seda negra. Kel lo cogió y se envolvió con él la mano herida. El corte no era profundo, pero sí grande, un desagradable tajo que le atravesaba la palma.

—¿Cómo lo habéis sabido?

—¿Que me habíais drogado? —replicó Kel—. Ya me han dado *scopolia* antes. Jolivet lo llamaba el «aliento del demonio». Obliga a decir la verdad. —Acabó de atarse el pañuelo a modo de venda—. El dolor lo contrarresta. Y ciertos patrones de pensamiento. Jolivet me enseñó cómo proceder.

Ji-An lo miró intrigada.

—Yo quiero aprender eso.

—Supongo que estaba en el vino que me dio Asper —aventuró Kel—, ¿trabaja para vos, entonces?

—No culpéis a Merren —dijo el Rey Trapero—. Yo lo convencí. En realidad, lo chantajeé. Pero si queréis el antídoto, él también os lo dará. No le gusta engañar a la gente.

«Pero por lo visto, drogarla sí es aceptable», pensó Kel. Aunque tampoco era que tuviera mucho sentido ponerse a hablar de moralidad con el mayor criminal de toda Castelana.

—Entonces, ¿hemos acabado con nuestros asuntos? No pienso contaros lo que queréis saber.

—Oh, no creía que fuerais a hacerlo. —Los ojos del Rey Trapero brillaban—. Reconozco que estaba poniéndoos a prueba. Y la habéis superado. Sois un material excelente. Sabía que un Guardián de Espadas sería una buena pieza para incorporar a mi equipo. Y no solo por vuestro acceso a la Colina.

—No voy a formar parte de vuestro equipo —insistió Kel.

Ji-An volvió a dirigir el puñal hacia él.

—No va a cooperar —le dijo al Rey Trapero—. Podrías dejarme matarlo. Tiene una cara muy matable.

Kel intentó no mirar hacia la portezuela del carruaje. El Rey Trapero había dicho que estaba cerrada con llave, pero igualmente se preguntó si cedería en caso de abalanzarse sobre ella. Una caída desde un carruaje en marcha podría matarlo, pero Ji-An también.

—No vamos a matarlo —decidió el Rey Trapero—. Creo que entrará en razón. Soy un optimista. —Posó en Kel los verdes ojos, del verde de las escamas de un cocodrilo o del agua de un canal—. Dejadme decir una última cosa. Como Guardián de Espadas, debéis ir a donde vaya el príncipe y hacer lo que él haga. Incluso aunque podáis conseguir una hora libre al día para vos, no sois libre. Vuestras elecciones no os pertenecen, ni vuestros sueños. No creo que esa sea la vida que esperabais. Todos hemos sido niños, y todos los niños tienen sueños.

—Sueños —repitió Kel, con amargura—. Los sueños son un lujo. Cuando era niño, en el orfanato, soñaba con cosas como poder cenar. Un trozo de pan extra. Mantas cálidas. Soñaba con crecer y convertirme en un ladrón, un ratero, un gateador. Y quizá, si tenía suerte, acabar trabajando para alguien como vos. —Su tono era irónico—. En busca y captura a los diecisiete y ahorcado a los veinte. No conocía otras opciones. Y aquí estáis, ofreciéndome la oportunidad de traicionar a quienes me ofrecieron unos sueños mejores. Disculpad si no me siento muy tentado.

—Ah. —El Rey Trapero tamborileó con los dedos sobre el pomo del bastón. Eran unos dedos largos y blancos, marcados con pequeñas cicatrices como quemaduras—. ¿Así que confiáis en ellos? ¿En Palacio, en los nobles?

—Confío en Conor. —Kel eligió las palabras con cuidado—. Y el Palacio es mi hogar. Estuve años aprendiendo sus reglas, sus modos, sus mentiras y sus verdades. Conozco el camino a través de sus laberintos. Pero a vos no os conozco de nada.

La sonrisa sarcástica había abandonado el rostro anguloso del Rey Trapero. Corrió la cortinilla de la ventana y golpeó ligeramente el cristal con los dedos.

—Ya me conoceréis.

El carruaje empezó a aminorar la marcha y Kel se tensó. El Rey Trapero no parecía el tipo de persona que llevara bien el rechazo. Se imaginó a sí mismo tirado por un barranco, o al mar desde un acantilado. Pero cuando la portezuela del carruaje se abrió, se encontró delante de la puerta del Caravel, con sus faroles brillando sobre la entrada. Oyó el agua del canal golpear la roca, y olió el humo y la sal del mar en el aire de la noche.

Ji-An lo miró mientras continuaba apuntándole con el puñal.

—Sigo pensando que deberíamos matarlo —dijo—. Aún no es demasiado tarde.

—Ji-An, querida —respondió el Rey Trapero—. Eres una experta en matar gente. Por eso te tengo a mi servicio. Pero yo soy un experto en conocer a la gente. Y este va a volver.

Ji-An bajó el cuchillo.

—Pues, entonces, al menos, hacedle jurar que no contará nada.

—Kel es libre para contarle al legado Jolivet que le he hecho propuestas criminales. Será mucho peor para él que para mí. —El Rey Trapero le hizo a Kel un ligero gesto de espantada con sus dedos llenos de cicatrices—. Adelante. Marchaos. O empezaré a pensar que disfrutáis de mi compañía.

Kel empezó a descender del carruaje. Tenía las piernas entumecidas y le dolía la cabeza. Hasta ese momento, no se dio cuenta de lo seguro que había estado de que esa noche tendría que acabar luchando por su vida.

—Una cosa más —añadió el Rey Trapero mientras Kel ponía los pies en el pavimento—. Cuando cambiéis de idea, cosa que haréis, venid directamente a la Mansión Negra. Para entrar, la contraseña es «Morettus». Recordadla. Y no la compartáis.

El Rey Trapero se inclinó para cerrar la portezuela. Al hacerlo, Ji-An echó una mirada a Kel y se llevó un dedo a los labios, como para indicar silencio. Kel no sabía si se refería a la contraseña o al encuentro con el Rey Trapero, pero tampoco creía que eso importara. No tenía intención de contarle a nadie nada de todo aquello.

Kel entró al Caravel y se encontró el salón principal medio vacío. Muchos de los invitados debían de haber elegido ya acompañante para la noche y subido a los dormitorios. Alguien había completado el juego de los castillos y había vasos medio vacíos por todas las superficies. Un rastro de botas y zapatillas habían dejado las alfombras llenas de chocolate y cerezas aplastadas. El echador de cartas se había ido, y también Sancia y Mirela, pero Antonetta Alleyne aún seguía allí, sentada en un diván de seda. Charlaba con una cortesana de rizos de un púrpura pálido, que parecía embelesada con lo que fuera que la mujer le estaba explicando. Kel se preguntó qué demonios podrían estarse contando la una a la otra.

Montfaucon y Roverge se habían quedado en el salón, pero Falconet no estaba, y Conor tampoco. Nadie se dio cuenta de la aparición de Kel; todos miraban hacia el otro extremo de la sala, donde habían sido retirados los tapices colgantes. En su lugar, se veía un escenario en el cual tenía lugar una actuación silenciosa.

Kel se apoyó en la pared en medio de las sombras e intentó poner en orden sus ideas. Conocía ese escenario y el tipo de «representaciones» que se hacían en el Caravel. La mayoría eran versiones subidas de tono de la historia de Castelana. Los que quedaban en el salón observaban cómo un hombre desnudo con una máscara de calavera tumbaba a una mujer, ataviada con las vestimentas rígidas y llenas de volantes propias de dos siglos atrás, en una cama de cobertor negro situada en el centro del escenario.

«Alys», pensó Kel. ¿Ya sabía, cuando le había arreglado el encuentro con su hermano, que este trabajaba para el Rey Trapero? ¿Sabía que Merren planeaba drogar a Kel para que estuviera más dispuesto a revelar sus secretos cuando lo secuestraran? Pensar eso lo inquietaba. Pero también le parecía improbable. Kel llevaba mucho tiempo fiándose de Alys, y esta lo valoraba como cliente. No tendría sentido hacer algo que pudiera alejar de su establecimiento al príncipe heredero y su séquito de nobles.

En el escenario, la Muerte le había quitado la ropa a su compañera hasta dejarla solo con una enagua trasparente. Empezó a atarle las muñecas a la cama negra con largos lazos de seda escarlata. Kel era consciente de que alguien lo miraba. Después de todo, lo habían entrenado para serlo. Antonetta Alleyne lo observaba, con una expresión indescifrable, mientras jugueteaba con el medallón que llevaba al cuello.

—Se supone que es la Fiebre Escarlata, creo —dijo una voz

a su lado—. La Muerte se lleva a una amante mientras los cuerpos se amontonan en las calles. Los lazos rojos representan la enfermedad. Ella hará el amor con la Muerte y morirá por ello.

Kel se volvió, sorprendido, y se encontró a Sila a su lado. Era una chica alta, casi de su estatura, de cintura estrecha y hombros delgados, con un corpiño de terciopelo verde que elevaba al máximo sus pequeños pechos. Su falda tenía una abertura por la que se le veían las largas piernas. Tenía pecas, los ojos azules y una sonrisa generosa de boca amplia que lo había atraído desde un primer momento. Había pensado que alguien que sonreía así, sería amable, pasaría por alto su inexperiencia y se reiría con él mientras aprendía qué hacer y cómo.

Había tenido razón, y por eso seguía llevándose bien con ella. Le sonrió, mientras apartaba los recelos de su mente.

—¿Se coge la Fiebre Escarlata por hacer el amor con la Muerte? —preguntó—. No recuerdo haber aprendido esto en las clases de historia. Inconvenientes de la educación de Palacio. Se centran demasiado en lo que no interesa.

—Seguramente. —Sila le pasó un brazo por la cintura. En el escenario, el hombre le había quitado la enagua a su compañera. Ahora estaba desnuda salvo por los lazos de las muñecas y los tobillos, y la mata de largo pelo oscuro. La Muerte se deshizo de su máscara y gateó por el terciopelo negro para tumbarse sobre la mujer, que arqueó el pálido cuerpo hacia él. Alguien del público vitoreó, como si estuvieran viendo un espectáculo deportivo en el Gran Arena.

—Tengo que encontrar a Conor —murmuró Kel, aunque no era eso lo que quería hacer. Sentía a Sila suave y cálida contra él y no podía evitar pensar que ella podría hacerlo olvidar: lo que el Rey Trapero le había dicho, su propia estupidez al dejarse embaucar por Merren Asper, sus sospechas sobre Alys. Y sobre Hadja, que le había dado el mensaje falso que lo había llevado fuera. ¿Sabía que era un engaño?

—El príncipe está en el piso de arriba con Audeta —dijo Sila—. Está divirtiéndose. No tenéis que preocuparos. —Entrelazó sus dedos con los de Kel y la mirada se le oscureció—. Venid conmigo.

Sila sabía que él no se abandonaría al placer delante de los nobles de la Colina, o de las familias de los fueros, por la misma razón que no bebería en exceso o tomaría adormidera con ellos. Abandonarse al placer era bajar la guardia. Incluso estando a solas con Sila u otra cortesana, no se dejaba llevar del todo. Siempre había una parte de él alerta.

Aun así, aunque era consciente de que Antonetta lo seguía mirando, no pudo contenerse. Acercó a Sila hacia sí, la tomó de la barbilla y le alzó la cara hacia la de él. Le besó la roja boca, saboreando la sal de su pintura de labios, saboreando el momento en el que ella abrió los labios para él, invitándolo. Mientras él le acariciaba la cara, pudo sentir la mirada de Antonetta fija en él; sabía que lo seguía mirando. Pensó que igual se sentiría incómodo con esa mirada, pero lo único que notó fue un calor mayor recorriéndole las venas.

«Has venido aquí a escandalizarte, Antonetta —pensó—, pues escandalízate.»

Fue Sila quien finalmente cortó el beso. Ronroneó con suavidad, riendo con la boca pegada a la de él, mientras Kel notaba que Antonetta ya no los miraba. Dirigía la vista con determinación hacia el escenario.

—Esta noche estáis ansioso como un niño —murmuró Sila—. Venid.

Lo tomó de la mano y lo condujo fuera de la sala. Mientras lo hacía pasar bajo una pequeña arcada cerca de la salida, él se detuvo para echar una última mirada al salón. Vio a Montfaucon, con los ojos fijos en el escenario, y la mano sobre la cabeza de un joven que estaba arrodillado ante él. Este la movía rítmicamente sobre el regazo del noble. Kel se dio cuenta de que era el echador de cartas. Y Montfaucon no era el único noble que estaba recibiendo ese servicio: la habitación estaba llena de sombras que se movían, destellos de piel en cada esquina, el sonido de respiraciones agitadas, murmullos. Había algo vano y triste en todo eso, y Kel se sintió un poco estúpido por haber intentado escandalizar a Antonetta con un beso. Mientras seguía a Sila hacia las sombras se percató de que había cosas mucho más escandalosas alrededor.

A ambos lados de la arcada había alcobas cerradas por cortinas. Sila lo condujo a una de ellas, de paredes afelpadas con terciopelo rosa y echó la cortina tras ellos. Pequeñas velas escarlatas ardían dentro de soportes de bronce en lo alto. Sila lo atrajo hacia ella y alzó el rostro para que la besara.

Habían hecho lo mismo las suficientes veces para que sus cuerpos conocieran la coreografía. Sila se arqueó contra Kel mientras la boca de él exploraba la de ella, pero él quería más que besos. No podía olvidar del todo, pero al menos dejaría de pensar durante un rato. Kel le deslizó las manos bajo el corpiño y le apresó los pechos. Si ella notó el vendaje de la mano derecha, no dio muestra de ello. Gimió con suavidad, mientras le acariciaba el pecho con los dedos, deslizándolos hasta la cinturilla de los pantalones.

—Qué bueno —susurró ella. Apretó los labios contra los de él. Él sintió una erección, y los movimientos de ella le causaban pequeñas descargas de placer por todo el cuerpo, cada una como un sorbo de brandevino, que le apaciguaba la mente y borraba la voz del Rey Trapero—. Algunos nobles se quedan blandos, como una masa que no sube. —Deslizó las manos bajo su camisa—. No es tu caso.

Kel supuso que eso era gracias a Jolivet. Los nobles podían dejarse ablandar; no necesitaban luchar, defenderse o defender a otro.

«Pero yo soy el escudo del príncipe. Y un escudo debe ser de hierro.»

Los dedos de Sila estaban en los pantalones, trabajando en los botones. Kel cerró a medias los ojos. Sabía que su cuerpo estaba sintiendo placer. Era tan conocido e inconfundible como el dolor. Intentó concentrarse en eso, llevar su mente a ese momento. A Sila, a su piel, que se veía rosa pálido a luz de la alcoba; a su pelo suave y sedoso, con olor a lavanda. Ella pasó un dedo por el interior de la cintura de los pantalones y rio.

—¿Forrados de terciopelo?

Él le lamió el labio inferior.

—Son de Conor.

Ella ladeó la cabeza.

—Entonces, mejor no los rompo. —Deslizó la mano hacia abajo, y él sintió su palma caliente sobre la piel—. ¿Alguna vez te presta otras cosas? —susurró ella, y él se dio cuenta de que seguía hablando de Conor—. ¿Como la corona? Creo que estarías tremendamente guapo con una corona.

«Hoy mismo he llevado la corona Aurelian», pensó.

Pero nunca podría decirlo. De pronto se le ocurrió que, si el Rey Trapero y Ji-An sabían que él era el Guardián de Espadas, ¿significaba eso que Merren también lo sabía? ¿Y qué había de Alys? ¿Y Hadja? ¿Quién más lo sabía?

«Por todos los infiernos, para —se dijo a sí mismo—. Vuelve aquí.»

A Sila no le importaría si le subía la falda y la poseía contra la pared allí mismo. Era muy fácil sostenerla en alto. Lo habían hecho así más veces. Necesitaba meterse en ella, meterse en el placer que lo ahogaba todo. La cogió por las caderas justo cuando la cortina se abrió y Antonetta Alleyne apareció en la entrada.

La mano de la chica voló a su boca.

—¡Oh! —exclamó—, ay, cielos.

—Pero ¿qué demonios, Antonetta? —Kel se colocó los pantalones y empezó a abotonárselos apresuradamente—. ¿Qué pasa? ¿Necesitas que alguien te lleve a casa?

Antonetta aún estaba sonrojada.

—No tenía ni idea de que...

—¿Qué pensabais que estábamos haciendo aquí dentro, cariño, recitarnos poesía el uno al otro? —preguntó Sila con retintín. Tenía el corsé desatado, y no había hecho el más mínimo movimiento por recomponérselo—. ¿O es que esperabais uniros a nosotros? —Esbozó una ligera sonrisa—. Algo que sería decisión de Kellian.

—No le hables así —dijo Kel; fue un reflejo, pero la mirada de Sila acusó su sorpresa. Su respuesta hizo que la chica se enfadara aún más con Antonetta. Kel se volvió hacia esta.

—Si lo que quieres es irte a casa, domna Alys puede pedirte un carruaje...

—No es eso —contestó Antonetta—. Iba hacia la biblioteca y he visto a Falconet. Estaba frenético. Me ha mandado a buscarte. —Frunció el ceño—. Se trata de Conor. Te necesita. Algo va mal.

A Kel se le congeló la sangre en las venas; oyó cómo Sila emitía un gritito ahogado.

—¿Qué quieres decir con que algo va mal? —preguntó Kel. Pero Sila ya le estaba poniendo la chaqueta en la mano; él no recordaba ni habérsela quitado. La besó en la frente, se puso la chaqueta y un momento después se encontraba siguiendo a Antonetta por la sala y subiendo la escalera.

—¿Qué ha pasado? —preguntó en voz baja—. Sila me ha dicho que Conor estaba con Audeta...

—No lo sé —contestó Antonetta, sin mirarlo—. Joss no me lo ha dicho. Solo me ha enviado a buscarte.

Estas palabras dispararon la alarma de Kel. Que Falconet estuviera tan desesperado como para mandar a Antonetta a buscarlo, no presagiaba nada bueno.

—Nunca habría pensado que eras de los que se iban con cortesanas —dijo Antonetta cuando llegaron al rellano—. No sé por qué, será que soy tonta.

—Eso será —replicó Kel, con tono arisco—. No tengo posibilidades entre los hijos y las hijas de la Colina... Tu madre lo ha dejado bastante claro.

Le pareció que Antonetta se crispaba al oír eso. Pero probablemente fuera su imaginación. Ella ya estaba mirando al final del pasillo. Estaban en el tercer piso, donde se hallaban los dormitorios de los cortesanos y las cortesanas, y a mitad del pasillo había una puerta abierta: la de la habitación de Audeta, probablemente. Sentado en el suelo, al lado de esa puerta, estaba Conor. Había manchas rojas en el suelo a su alrededor. Tenía la cabeza apoyada contra la pared; parecía que llevara un guante rojo hasta el codo en el brazo izquierdo. Falconet estaba arrodillado a su lado, con aspecto de no saber qué hacer, algo inusual en Joss.

—Conor... —Antonetta hizo amago de ir hacia él, pero Kel vio que Falconet negaba con la cabeza.

Cogió a Antonetta por el codo para retenerla.

—Mejor no —le dijo—. Espéranos abajo. —Dudó—. Y acuérdate, domna Alys puede encargarse de cualquier cosa que necesites.

«O encargarse de ti, si estás nerviosa», pero eso no lo dijo.

Antonetta era una adulta. Tomaba sus propias decisiones, al menos hasta donde su madre se lo permitiera. Tiempo atrás, Kel había sido su protector, pero ella le había dejado muy claro la noche de su debut que ya no necesitaba sus servicios como tal.

Ella se mordió los labios, era algo que hacía a menudo, y miró preocupada a Conor, al otro extremo del pasillo.

—Cuídalo —le dijo a Kel, y desapareció por la escalera.

«Pues claro que lo cuidaré. Es mi deber.»

Pero, sin duda, era más que un deber; la ansiedad lo consumía mientras se dirigía hacia Conor y se arrodillaba a su lado, junto a Falconet. Conor estaba completamente inmóvil, algo inusual, y los morenos rizos se le enredaban en las alas doradas de la corona. Se sobresaltó cuando Kel le puso la mano en el hombro. Despacio, enfocó la mirada gris.

—Tú —dijo, con voz pastosa. Estaba muy borracho, más de lo que Kel se había esperado—. ¿Dónde estabas?

—Con Sila.

Una débil sonrisa iluminó el rostro de Conor.

—Te gusta —dijo. Su voz tenía una cualidad rara, como desconectada, y a Kel se le encogió el estómago. ¿Qué más podría llegar a decir Conor, en ese estado, a pesar de que Falconet estuviera allí oyéndolo todo?

—Sí, bastante. —Kel se mantuvo impasible mientras los dedos de Conor le recorrían el brazo hasta llegar al cuello de la camisa y agarrárselo—. Pero ya me he divertido. No estás bien. Te voy a llevar a casa.

Conor bajó la vista. Las largas pestañas negras le acariciaron las mejillas; la reina Lilibet siempre había augurado que perdería esas pestañas cuando creciera, pero allí seguían: una encantadora marca de inocencia en medio de unos rasgos, por lo demás, nada inocentes.

—No, a Palacio, no.

—Conor. —Kel era muy consciente de que Falconet los observaba. Alzó la mirada y fulminó con ella a Joss, que se apartó y asomó la cabeza por la puerta abierta de la habitación de Audeta. Un momento después, esta aparecía en el umbral, envuelta en una manta. El maquillaje escarlata y dorado de los párpados se le había corrido alrededor de los ojos. Parecía llorosa y joven.

Conor se agarró con fuerza a la camisa de Kel. Este podía notar el olor a sangre que emanaba de su amigo, como cobre frío. Audeta habló, en voz baja.

—Se lo ha hecho con la ventana. La golpeó. —La chica temblaba—. La rompió con la mano.

Kel le cogió la mano a Conor. La tenía llena de cortes pequeños, y uno más grande, en el costado del brazo, que no tenía buen aspecto.

«Ambos nos hemos herido la mano esta noche», pensó y en vez de resultarle raro, le pareció que tenía sentido.

Se desató el pañuelo negro de su propia mano y empezó a envolver con él la de Conor. La herida de la palma ya no le sangraba.

—Joss —dijo—, ve abajo. Llévate a Audeta contigo. Actúa como si no hubiera pasado nada.

Falconet le dijo algo a Audeta, en voz baja. Ella se metió en la habitación.

—¿Estás seguro? —preguntó Falconet, mirando a Kel con expresión preocupada.

—Sí —contestó Kel—. Y asegúrate de que Antonetta llegue a casa. No debería estar aquí.

Montfaucon o Roverge habrían dicho: «¿Y a ti qué te importa Antonetta?» o «A mí no me das órdenes». Ambos habrían intentado quedarse por allí, a la espera de ser testigos de algo escandaloso.

«Menos mal que era Falconet el que estaba con Conor», pensó Kel.

A Joss le gustaba enterarse de cosas, como a todo el mundo en la Colina, pero evitaba los cotilleos superfluos. Y aunque sabía que Kel no tenía mucho poder, también era consciente de que Conor lo escuchaba, y eso era una especie de poder en sí mismo.

Falconet asintió, dando a entender que haría lo que Kel le pedía. Audeta salió de la habitación, envuelta en una capa de seda amarilla y con el maquillaje de las pestañas recompuesto. Se dirigió al piso inferior con Falconet, volviéndose para mirar a Conor con ansiedad. Kel esperaba que Falconet fuera capaz de convencerla de no contar a nadie lo que había pasado. Si alguien podía hacerlo, era Falconet.

—Vale, Con. —Kel dulcificó la voz. Así era como le había hablado años atrás, cuando Conor se despertaba, en medio de la oscuridad, a causa de una pesadilla—. ¿Por qué le has dado un puñetazo a la ventana? ¿Estabas enfadado con Audeta? ¿O con Falconet?

—No. —Conor seguía agarrado de la camisa de Kel, con la mano sana—. He pensado que ellos me ayudarían a olvidar. Pero no ha sido así...

«¿Olvidar qué?» Kel se recordó a sí mismo, hacía unos pocos minutos, con Sila, intentando convencerse de olvidar, de pensar solo en el momento presente. Pero Conor...

—¿Todo esto tiene que ver con lo de casarte? —preguntó Kel—. Sabes que no tienes que hacerlo, si no quieres.

La expresión astuta de los muy borrachos se reflejó en el rostro de Conor.

—Creo que sí —dijo—. Puede que tenga que hacerlo.

Kel se sorprendió.

—¿Qué? No pueden obligarte, Con.

Conor tiró de la manga de Kel.

—No es eso —replicó—. He cometido errores, Kel. Errores graves.

—Pues los arreglaremos. Todo se puede arreglar. Yo te ayudaré.

Conor negó con la cabeza.

—Sabes que me han entrenado para enfrentarme a un determinado tipo de guerra. Estrategia táctica, mapas de batalla y todo eso. —Miró a Kel, con intensidad—. Pero no puedo enfrentarme a lo que no soy capaz de encontrar, o ver.

—Conor...

—¡Esta es mi ciudad! —exclamó Conor, casi lastimero—. Es mi ciudad, ¿no es así, Kel? Castelana me pertenece.

Kel se preguntó si podrían salir de allí por la escalera trasera. Evitar el salón y cualquier posible encuentro con otra gente. Sobre todo, con Conor en ese estado.

—Conor —dijo Kel, amable—, estás borracho, eso es todo.

Eres el príncipe; Castelana es tuya. Sus flotas, sus caravanas, son tuyas. Y su gente te quiere. Ya lo has visto hoy.

—No —replicó Conor, despacio—, no todos.

Antes de que Kel pudiera preguntarle a qué se refería, se oyeron pasos en la escalera: se acercaba alguien. Resultó ser Alys. Esbozó una expresión preocupada cuando vio a Conor, pero no pareció sorprendida. Quizá Falconet la había avisado. Quizá Conor ya estuviera borracho cuando ella le había llamado, hacía un buen rato. Antes de esa noche, Kel se lo habría preguntado, pero ya no podía confiar en Alys.

Aun así, dejó que los guiara hasta la entrada trasera, donde el lacayo ya los estaba esperando con los caballos. La mujer se disculpaba: ¿el príncipe no se lo había pasado bien esa noche? Kel se encontró a sí mismo tranquilizándola, a pesar de que recordaba el asunto con Merren y quería preguntarle qué sabía ella de todo eso.

Pero Conor se hallaba delante. Quizá estuviera borracho, pero no inconsciente. Kel se guardó la pregunta y se despidió fríamente de Alys mientras Conor se subía en Matix, manteniendo la mano herida pegada al pecho.

Kel había llevado a Conor borracho a casa muchas veces, y sabía que esa noche también lo conseguiría. Conor era un hábil jinete, y Asti y Matix conocían el camino a Palacio. Conor y él volverían a casa, dormirían y, por la mañana, allí estaría la cura para la resaca de dom Valon, seguida del entrenamiento y el leve descontento de Jolivet, y después, las visitas de los nobles y todo lo que formaba parte de un día normal.

Se preguntó si Conor recordaría cómo se había herido la mano, o lo que le había dicho a Kel, algo que no había mencionado nunca antes: «He cometido errores, Kel, errores graves».

Otra voz interrumpió el recuerdo de las palabras de Conor. «Vuestras elecciones no os pertenecen, ni vuestros sueños. No creo que esa sea la vida que esperabais. Todos hemos sido niños, y todos los niños tienen sueños.»

Pero el Rey Trapero era un mentiroso. Un criminal y un mentiroso. Sería estúpido por su parte tener en cuenta sus palabras. Y Conor decía cualquier cosa cuando estaba borracho. Tampoco tenía sentido hacerle demasiado caso.

Poco después, Conor le dijo que fuera más deprisa; ya casi estaban en la calle Palacio, donde el terreno empezaba a elevarse hacia Marivent. Kel bajó la vista y vio la corona de papel que antes se había enredado en las riendas de Asti. Ya estaba rota; después de todo, nunca había sido más que una broma.

La época de los Hechiceros-Reyes fue una de inmensa prosperidad. Aparecieron grandes ciudades, y se revistieron de mármol y oro. Los reyes y reinas mandaron construir palacios, pabellones y jardines colgantes, y contaban también con grandes construcciones públicas: bibliotecas, hospitales, orfanatos y academias donde se enseñaba magia. Pero solo a los que asistían a las academias, cuya admisión estaba estrictamente controlada, se les permitía hacer magia alta, que requería el uso de la Palabra Única. La magia baja, que podía realizarse sin usar la Palabra, floreció entre el pueblo, sobre todo entre los comerciantes que viajaban por diferentes reinos. La magia baja consistía en una combinación de palabras y números grabados en amuletos, y era permitida por los Hechiceros-Reyes, ya que su poder era muy limitado.

Relatos de los Hechiceros-Reyes,
LAOCANTUS AURUS IOVIT III

Capítulo cinco

Como Kel había predicho, el día siguiente a la visita al Caravel fue un día sin incidentes. Conor se despertó con una enorme resaca. Kel se internó en la cocina para conseguir la famosa «cura de la mañana después» de dom Valon: una sustancia con una pinta horrible hecha de huevos, pimienta roja, vinagre caliente y un ingrediente secreto que el jefe de cocina se negaba a revelar. Tras ingerirla, Conor había dejado de quejarse de su dolor de cabeza para empezar a hacerlo sobre el sabor de la mezcla.

—¿Te acuerdas de algo de ayer por la noche? —preguntó Kel, mientras Conor se arrastraba fuera de la cama—. ¿Te acuerdas de haberme dicho que habías cometido un grave error?

—¿Ese error fue pegarle un puñetazo a Charlon Roverge? —Conor se había quitado el pañuelo negro de la mano y se la miraba con mala cara—. Porque si fue eso, creo que me rompí la mano contra su cara.

Kel negó con la cabeza.

—Entonces, debí de aplastar un vaso —dijo Conor—. No avises a Gasquet; será peor. Voy a ir al tepidarium a cocerme hasta que el agua se convierta en sopa real.

Se desnudó por completo y atravesó sus aposentos, desnudo, hasta la puerta que daba a los baños. Kel se preguntó si debía comentarle a Conor que aún llevaba puesta la corona, y decidió no hacerlo. Ni el agua caliente ni el vapor le causarían ningún desperfecto.

Cuando era más joven, Kel había supuesto que algún día tendría su propia habitación; cerca de la de Conor, claro, pero independiente. No había sido así. Jolivet había insistido en que Kel continuara durmiendo cerca de Conor, por si pasaba algo por la noche. Y cuando Kel había hablado del asunto con Conor, suponiendo que este también querría privacidad, este había dicho que no necesitaba estar a solas con sus pensamientos, a no ser que Kel realmente quisiera una habitación propia, en cuyo caso él se aseguraría de que la tuviera. Pero había sonado realmente herido, así que Kel había decidido dejar el tema.

Después de todo, la reina Lilibet compartía sus aposentos con sus damas de compañía y tenía una campanilla dorada cerca de la cama para llamarlas. Master Fausten había dormido en un catre al otro lado de la puerta del rey Markus en la Torre de la Estrella desde el Fuego en el Mar. Y las habitaciones que Kel compartía con Conor eran amplias, e incluían no solo el recinto donde dormían, sino también la biblioteca del piso superior, la terraza de la Torre Oeste y el tepidarium. Estar solo no era difícil, así que Kel consideró que no había sido muy razonable por su parte haber sacado el tema.

Kel, que ya se había bañado, empezó a vestirse, ignorando el picor de la mano derecha. Había tres vestidores en los aposentos: uno, el más grande, para la ropa de Conor. Otro para los conjuntos reservados para las apariciones públicas y otros acontecimientos en los cuales cabía la posibilidad de que Kel tuviera que hacerse pasar por Conor sin previo aviso, por lo que contenía dos prendas iguales de todo: levitas, pantalones e incluso botas. Y el tercero para la ropa que pertenecía a Kel, con un cierto estilo marakandí. Ya que, después de todo, ¿no era él amirzah Kel Anjuman, el primo de la reina? Lilibet había disfrutado asegurándose de que su guardarropa reflejara ese hecho. Túnicas de seda en tonos vivos, con mangas sueltas, fulares coloridos y largos abrigos entallados con bordados de bronce y cortes en las mangas a través de los cuales se veía seda verde. (El verde era el color de la bandera marakandí, y Lilibet lo vestía casi en exclusiva.)

Ese día, Kel iba de negro, y cubierto con una túnica verde abotonada: las mangas sueltas eran útiles a la hora de disimular las dagas que llevaba alrededor de las muñecas sujetas con hebillas de cuero. Por lo que él sabía, Conor no tenía planes especiales para esa jornada, pero siempre iba bien estar preparado.

Desayunaron en el patio del Castel Mitat. Marivent no era tanto un gran castillo como un conjunto de pequeños palacios o castillos, desperdigados entre exuberantes jardines. Se decía que esa disposición hacía más fácil defender el Palacio, porque en el caso de que un ejército consiguiera traspasar las murallas, aún tendría que tomar múltiples fortalezas, pero Kel no sabía si aquello era cierto o simplemente reflejaba el hecho de que los reyes y reinas, a lo largo de los siglos, habían encontrado más factible añadir nuevas edificaciones que expandir el Castel Antin, el más antiguo de los palacios, que albergaba la sala del trono y la Galería Brillante.

El Castel Mitat se situaba justo en el medio de Marivent; era una plaza hundida, coronada por la robusta Torre Oeste, desde la que se podía ver Castelana y el puerto. Mitad al sol, mitad a la sombra del enramado de viñas trepadoras, el patio brillaba como un joyero. Amapolas naranjas y rojas, y grandifloras colgaban de las vides como pendientes de coral pulido. En el centro del patio, había un reloj de sol con azulejos escarlatas y verdes, que representaba el matrimonio de Lilibet y Markus. El verde de Marakand y el rojo de Castelana.

Según el reloj de sol, el mediodía se acercaba, pero por lo que a Conor respectaba, seguía siendo la hora del desayuno. Pan, miel, higos y una ligera y blanca leche de cabra, junto con pastel de caza frío. Y vino, por supuesto. Conor se sirvió una copa y la sostuvo en alto para observar cómo los rayos del sol coloreaban el cristal al atravesar el líquido.

—Quizá deberíamos volver al Caravel —sugirió Kel. Estaba mordisqueando un higo; se dio cuenta de que no tenía mucha hambre—. Ya que el día de ayer se te ha olvidado.

—No se me ha olvidado todo —repuso Conor. Se había

quitado la corona, o se le había caído en el tepidarium. Tenía ojeras. Tiempo atrás había tenido los ojos de diferente color, pero hacía mucho que solo eran grises—. Recuerdo a Falconet haciéndole cosas realmente escandalosas a Audeta. A ella parecían gustarle. Tengo que preguntarle a Joss cómo...

—Bueno, pues si te divertiste, razón de más para volver. Con Falconet, si quieres. —«Lo que me permitirá buscar a Merren y pedirle algunas respuestas.»

—Prefiero no llevar la misma ropa dos días seguidos, o hacer la misma cosa dos noches consecutivas. —Conor hizo girar la copa en la mano—. Si tienes ganas de ver a Sila, siempre podemos hacer que nos la traigan aquí.

«¿Donde no tengo un dormitorio para mí? No, gracias», pensó Kel. Pero no era justo. Tenía que estar cerca de Conor. Así sería hasta que este se casara. Lo que le recordaba que...

—Entonces, ¿has estado pensando en lo de casarte? Malgasi, Kutani, Hanse...

Conor posó la copa de golpe.

—Cielos, no. ¿A ti qué te ha dado?

«Realmente no lo recuerda», pensó Kel. Era tanto un alivio como un fastidio. Le hubiera gustado saber qué era lo que molestó tanto a Conor como para dar un puñetazo a una ventana. Quizá lo que fuera que Falconet hubiera hecho con Audeta había sido extremadamente peculiar.

—Estaba pensando —dijo Conor, con los ojos brillantes— que, antes de casarme, me gustaría ver más mundo. Soy el príncipe heredero de Castelana y nunca he ido más lejos de Valderan. Y en Valderan hay poco más que caballos.

—Caballos excelentes —puntualizó Kel. Asti y Matix habían sido un obsequio del rey de Valderan—. Y tierra cultivable.

Conor rio. Así que al menos eso sí que lo recordaba.

—Recuerdo haberte prometido, hace mucho tiempo, que viajarías —dijo—. Una vida extraordinaria.

«Verías cosas que casi nadie llega a ver. Viajarías por el mundo entero.»

Habían hablado a menudo de los lugares y cosas que les gustaría ver: los mercados flotantes de Shenzhou; las torres de Aquila; los puentes de plata que conectaban las seis colinas de Favár, la capital de Malgasi, pero siempre había sido de forma lejana y teórica. Lo poco que había viajado con Conor no había tenido mucho que ver con sus sueños de barcos, agua azul y gaviotas volando en el horizonte. Viajar con la realeza era una pesadilla logística de caballos y caravanas, baúles y soldados, cocineros y tinas de baño, y rara era la ocasión en la que conseguían avanzar más que unas pocas horas al día antes de tener que detenerse y montar el campamento.

—Mi vida ya es bastante extraordinaria —dijo Kel—. Más de lo que la mayoría de la gente sabe.

Conor se inclinó hacia delante.

—Estaba pensando —comenzó—. ¿Qué me dices de Marakand?

—¿Marakand? ¿Más allá de los Caminos Dorados?

Conor movió el hombro izquierdo en un elegante gesto de indiferencia.

—¿Por qué no? Yo soy mitad marakandí, ¿no?

Kel mordió un albaricoque con gesto pensativo. Lilibet siempre había insistido en que su hijo fuera consciente de las raíces que lo unían al país de origen de su madre. Tanto Conor como Kel habían aprendido el lenguaje marakandí y lo hablaban con fluidez. Conocían la historia de la familia real de Marakand y los Tronos Gemelos, ocupados en ese momento por los hermanos de Lilibet. Conocían, también, la historia del lugar, y los nombres de las familias más prominentes. Pero Conor nunca había manifestado ningún interés por viajar allí. Kel siempre había sospechado que la pasión de Lilibet por ese lugar había dejado un sentimiento de ambivalencia en Conor, que sentía que, a pesar de sus raíces, allí siempre sería visto como un príncipe extranjero.

—¡Querido! —La reina apareció en el patio, ataviada con un elegante vestido de satén verde esmeralda, con cintura alta y falda larga que acariciaba el suelo polvoriento. La seguían dos damas de compañía, que llevaban el pelo recogido bajo unas cofias verde helecho y mantenían la mirada baja—. ¿Cómo te encuentras? ¿Qué tal te fue ayer?

Hablaba con Conor, por supuesto. Prefería actuar como si

Kel no existiera a menos que fuera necesario dirigirse a él. Trataba igual a sus damas, que permanecían a una distancia apropiada, fingiendo admirar el reloj de sol.

—Kel pronunció un discurso magnífico —contestó Conor—. El pueblo se quedó debidamente impresionado.

—Debió de ser decepcionante para ti, querido. Jolivet es excesivamente cauto. —Se había acercado por detrás de la silla de Conor y le acariciaba el pelo con una mano ensortijada mientras hablaba y las esmeraldas de los dedos resplandecían entre los rizos morenos—. Estoy segura de que nadie desea hacerte daño. Nadie podría.

Conor apretó la mandíbula de forma casi imperceptible. Kel sabía que se estaba conteniendo; no tenía sentido corregir a Lilibet, o decirle que era muy improbable que ningún miembro de una familia real fuera amado por todo el mundo. Lilibet prefería su propia versión del mundo, y llevarle la contraria solo conseguiría ponerla de mal humor o enfadarla.

—¿De qué estabais hablando, cariño? Parecías muy animado.

—De Marakand —contestó Conor—. En concreto, de mi deseo de visitar esa tierra. Es ridículo que no haya estado nunca allí, teniendo en cuenta mi conexión con el lugar. Padre y tú representáis la alianza entre Marakand y Castelana, pero soy yo quien debe continuarla. El pueblo debería conocerme.

—Los sátrapas te conocen. Nos visitan todos los años —señaló Lilibet, un poco ausente. Los sátrapas eran los embajadores marakandíes, y sus visitas solían estar entre lo más destacado de la agenda de la reina. Se reunía con ellos para que le contaran los cotilleos de la lejana Corte de Jahan, y luego, durante semanas, casi solo hablaba de Marakand: cuánto mejor era todo allí, hecho con más inteligencia, con más belleza. Y sin embargo, en todos los años que llevaba casada, nunca había vuelto. Kel se preguntaba si ella era consciente de que sus recuerdos se hallaban más cerca de la fantasía idealizada que de la realidad, pero no quería estropeárselo—. Pero es una idea espléndida.

—Me alegro de que lo apruebes —dijo Conor—. Quizá partamos la próxima semana.

Kel se atragantó con su albaricoque. «¿La próxima semana?» Solo preparar el convoy real, con las tiendas y las camas, los caballos y las mulas de carga, los regalos para la Corte de Jahan, y la comida no perecedera para el camino, les llevaría más de una semana.

—Conor, no seas ridículo. No puedes partir la próxima semana. Tenemos la recepción de la embajadora malgasi. Y después de eso, el Festival de Primavera y el Baile del Solsticio...

La expresión de Conor se había vuelto ilegible.

—Siempre hay alguna festividad, *mehrabaan* —señaló, usando a propósito la palabra formal marakandí para *madre*—. Seguro que se me permite perderme alguna de ellas en aras de un propósito tan valioso.

Pero Lilibet había fruncido los labios, señal de que no pensaba ceder. Era verdad que siempre había alguna festividad en perspectiva; planear fiestas era lo único que Lilibet parecía disfrutar realmente del hecho de ser reina. Durante semanas o meses, se obsesionaba con los decorados, la paleta de colores, los bailes, los fuegos artificiales, la comida y la música. La noche que Kel había llegado a Marivent, de pequeño, había pensado que aquello era algún tipo de extraño banquete mágico. Sin embargo, con el tiempo, había comprobado que aquello se repetía cada mes, lo que quitaba cierto encanto a todo el asunto.

—Conor —dijo Lilibet—, es admirable que desees reforzar las relaciones internacionales de Castelana, pero a tu padre y a mí nos gustaría que antes tuvieras en cuenta tus responsabilidades aquí.

—¿Padre ha dicho eso? —El tono de Conor era frío.

Lilibet hizo oídos sordos a la pregunta.

—De hecho, me gustaría que supervisaras la reunión de la Cámara de la Esfera de mañana. Has asistido a muchas de esas reuniones; tienes que saber cómo funcionan.

Interesante. La Cámara de la Esfera era la sala en la que las familias de los fueros se habían reunido durante generaciones para debatir sobre el comercio, la diplomacia y los asuntos de Castelana, con el rey o la reina siempre presentes para dirigir el rumbo del debate, ya que la última palabra sobre cualquier decisión era la de la Casa Aurelian. En los últimos años, Lilibet, acompañada de Mayesh Bensimon, había representado al rey en esas reuniones, siempre con una expresión de desapasionado aburrimiento.

Estaba deseando que Conor ocupara su lugar y, por su expresión, no parecía que llevarle la contraria resultara una buena idea.

—Si padre pudiera... —empezó Conor.

Lilibet negó con la cabeza, haciendo temblar las adornadas ondas de su brillante pelo aún negro. Kel sintió que lo miraba por el rabillo del ojo, pues por mucho que fingiera que él no existía, cuidaba lo que decía en su presencia.

—Sabes que eso no es posible.

—Si dirijo la reunión yo solo, se especulará sobre los motivos —apuntó Conor.

—Querido —replicó Lilibet, aunque había poca calidez en su voz—, la forma de evitar las habladurías entre los nobles es demostrarles que tienes mano firme. Eso es lo que debes hacer mañana. Tomar el control; no dejar que se te escape de las manos. En cuanto hayas mostrado que puedes hacerlo, hablaremos del viaje a Marakand. Quizá puedas ir en tu luna de miel.

Dicho eso, salió, con el bajo de la falda verde dejando un rastro en el suelo de tierra como el de la cola de un pavo real. Sus damas de compañía se apresuraron tras ella mientras Conor se recostaba en la silla, con expresión impasible.

—La reunión de la Esfera irá bien —le dijo Kel—. Has estado en cientos de ellas. No es nada que no puedas hacer.

Conor asintió con vaguedad. A Kel se le ocurrió que quizá aquello significara que tendría la tarde para sí, quizá la noche también. Dependía de cuánto durase la reunión, pero lo único que necesitaba era dar con Merren Aspen, sacarle la verdad con amenazas y volver. Merren era un intelectual, no un luchador; no podía ocuparle mucho tiempo.

—Vendrás conmigo —anunció Conor. No era una petición, y Kel se preguntó si Conor realmente veía alguna diferencia entre pedirle a Kel que hiciera algo y ordenárselo. Claro que, ¿acaso importaba? Kel no podía negarse en ninguna de las dos circunstancias. Y no tenía sentido estar resentido por ello. Ningún sentido. El resentimiento era veneno.

—Por supuesto —contestó Kel, suspirando para sí. Ya intentaría escabullirse en otra ocasión. Quizá esa misma noche. Por lo que sabía, Conor no había planeado nada.

Conor no pareció oírlo. Miraba a lo lejos, sin ver nada, con las palmas apoyadas sobre la mesa que tenía ante sí. Y en ese momento Kel se dio cuenta de que, aunque Lilibet debía de haber visto las heridas recientes en la mano derecha de Conor, no había dicho ni una palabra al respecto.

—Zofia, cariño —dijo Lin—, tómese las pastillas, ¿quiere? Sea una niña buena.

La niña buena en cuestión, una mujer de noventa años de pelo blanco indomable, huesos frágiles y carácter testarudo, miró a Lin con el único ojo que tenía. Un parche le cubría el otro; lo había perdido, según contaba, durante una batalla marítima en la costa de Malgasi. La batalla la había enfrentado con la flota real. Zofia Kovati había sido una pirata, tan temida en sus días como cualquier hombre. Aún poseía una apariencia fiera, con su nido de pelo blanquísimo disparándosele en todas las direcciones, un montón de dientes postizos, y una colección de abrigos militares con botones de bronce que llevaba encima de los estilosos vestidos de las pasadas décadas.

Lin cambió de táctica.

—Sabe lo que pasará si no se las toma. Tendré que pedirle a un doctor castelaní que se encargue de usted, ya que de mí no se fía.

Zofia pareció descontenta.

—Me las meterá por el trasero.

Lin escondió una sonrisa. Era probable; los doctores de los *malbushim* estaban obsesionados con los supositorios por razones que ella solo podía conjeturar. En parte, suponía, era porque no sabían poner inyecciones en la sangre, como los ashkar, pero no se le ocurrían más motivos, cuando tomarse las pastillas era un método perfectamente válido para introducir el medicamento dentro del organismo.

—Sí —concordó Lin—, ya lo creo que lo hará.

Observó a Zofia cogerle las pastillas de la mano y tragárselas con un ligero gesto de disgusto. La dedalera trataba, aunque no lo curase, el frágil corazón de Zofia y la hinchazón de las piernas. Lin se despidió tras darle un bote con más pastillas y estrictas instrucciones sobre cuándo y cómo tomarlas, instrucciones que ya le había dado más veces, pero a Zofia parecía gustarle el ritual y a Lin no le importaba. Se habría quedado a tomar el té, como solía hacer, si no llegara tarde a su próxima cita.

El día era cálido y brillante, perfecto para caminar por la ciudad.

Cuando había empezado a visitar pacientes en Castelana, Lin se había preocupado por la existencia de criminales, rateros y gateadores. Los ashkar consideraban la ciudad exterior, al otro lado de los muros del Sault, como un lugar peligroso y anárquico. Estaba segura de que la asaltarían y le robarían, pero había recorrido las calles sin mayor problema y rara vez la molestaba algo que no fueran las miradas curiosas.

Una vez, en la Madriguera, después de ayudar en el parto de un bebé, había hecho el camino de vuelta a casa tarde por la noche, bajo una luna de primavera teñida de verde. Un joven esquelético, con un cuchillo brillándole en la mano, había salido de las sombras entre dos edificios y le había exigido que le entregara su zurrón de médica; ella lo había apretado contra sí de forma instintiva, pues los utensilios de su interior eran preciados y caros; y, en ese momento, una sombra oscura se había descolgado de un balcón que estaba sobre ellos. Un gateador.

Para su sorpresa, el gateador había procedido a desarmar al joven y echarlo de allí con una amenaza agresiva y una patada, más agresiva aún, en el tobillo. El fallido ladrón se había apresurado a huir mientras Lin parpadeaba sorprendida.

El gateador, con la cara tapada por una capucha, había sonreído, y Lin había atisbado un brillo metálico cuando el hombre había vuelto la cabeza. ¿Era una máscara?

—Saludos de parte del Rey Trapero —le dijo, haciéndole una reverencia medio burlona—. Es un admirador de los médicos.

Antes de que Lin pudiera responder, el gateador se había

esfumado, escalando por la pared más cercana con sus rápidos movimientos felinos que habían dado nombre a los gateadores. Después de aquello, Lin se sintió más segura, sabía que era ridículo sentirse más protegida gracias a un criminal, pero el Rey Trapero era un elemento emblemático en Castelana. Hasta los ashkar sabían que controlaba las calles. Y Lin se dio cuenta, sorprendida, de que la ronda de visitas a los pacientes se había convertido en su parte favorita de la profesión.

Tras su último examen para ser médica, había supuesto que empezaría inmediatamente a visitar pacientes. Pero, sin contar a Mariam, nadie en el Sault parecía interesado en contar con sus servicios. La evitaban y recurrían a los médicos masculinos, que habían sacado menor puntuación que ella en los exámenes.

Así que Lin había expandido su radio de acción a la ciudad. Chana Dorin vendía talismanes en el mercado de la ciudad todos los domingos, y contaba a quien quisiera oírla que había una joven médica ashkar deseando curar enfermedades por muy poco dinero. Josit, que en aquel entonces era uno de los Shomrim, los guardianes de las puertas del Sault, le había hablado de su hermana a cada *malbesh* que aparecía buscando médicos: sus habilidades, su sabiduría, sus tarifas extremadamente razonables.

Poco a poco, Lin afianzó un grupo de pacientes fuera del Sault, desde las ricas hijas de los mercaderes que querían quitarse lobanillos de la nariz, hasta los cortesanos del distrito del Templo, cuyo trabajo requería revisiones médicas regulares. En cuanto se hubo construido una reputación, más gente fue buscándola: desde madres embarazadas preocupadas hasta nervudos ancianos cuyos cuerpos maltrechos mostraban el efecto de los años pasados en la construcción de barcos en el Arsenal.

Lin se había dado cuenta de que la enfermedad era un gran igualador. Los *malbushim* eran exactamente igual que los ashkar en lo tocante a la salud: se preocupaban por su propia salud, se sentían vulnerables cuando la enfermedad visitaba a sus familiares y se volvían histéricos o silenciosos al encarar la muerte. A menudo, cuando Lin permanecía en silencio en medio de las oraciones familiares ante el cuerpo del ser amado fallecido, oía sus palabras, «Dioses, permitidle atravesar la puerta gris sin dificultades», y solía añadir sus propias oraciones, en silencio, no solo para los muertos, sino para aquellos que se quedaban. «Que no se quede solo. Que encuentre consuelo entre aquellos de su misma condición en Aram.»

«¿Por qué no?», pensaba siempre. No tenían que creer en la Diosa para que esta les tocara el corazón cuando más lo necesitaban.

Basta; no había necesidad de regodearse en pensamientos morbosos. Además, había llegado a su destino: un edificio ocre de tejado rojo que se hallaba frente a una plaza polvorienta. Tiempo atrás, el barrio de la Fuente había sido un vecindario de casas de mercaderes ricos construidas alrededor de patios, todos ellos con grandes fuentes que daban su nombre al vecindario. En la actualidad, las casas se habían dividido en apartamentos baratos con unas pocas habitaciones cada uno. Los frescos de las paredes se habían ido borrando hasta no ser más que sucios torbellinos, y las gloriosas fuentes de azulejos se habían resquebrajado y quedado secas.

A Lin le gustaba la grandeza decadente del lugar. Los edificios antiguos le recordaban a Zofia: antes habían sido grandes bellezas, y los huesos aún revelaban la gracia tras una piel arrugada y con manchas de vejez.

Se apresuró a atravesar la plaza, mientras sus pisadas levantaban nubes de polvo amarillento, y entró en la casa ocre. El suelo era de piedra y azulejos, y una escalera de madera combada, con escalones gastados y hundidos en el medio, conducía al piso superior. La propietaria, una mujer gruñona que vivía en el último piso, tendría que arreglarlos, pensaba Lin mientras llegaba al segundo piso y se encontraba las puertas ya abiertas.

—¿Es usted, *doktor*? —La puerta se abrió del todo, dejando ver el semblante arrugado y brillante de Anton Petrov, el paciente favorito de Lin—. Entrad, entrad. Tengo té.

—Cómo no. —Lin lo siguió hasta la habitación y dejó su zurrón en una mesa baja—. A veces, creo que sobrevivís exclusivamente a base de ginebra y té, dom Petrov.

—¿Y qué tendría eso de malo? —Petrov ya estaba trasteando con un samovar de bronce brillante, el artículo más elegante del pequeño apartamento, y lo único que se había llevado consigo de Nyenschantz cuando había salido de allí hacía cuarenta años para hacerse comerciante en los Caminos Dorados. Una vez le había contado que siempre llevaba el samovar con él, pues la idea de quedarse atrapado en una región inhóspita sin té le resulta insoportable.

A diferencia de Josit, Petrov no parecía interesado en mostrar los recuerdos de sus viajes. Su apartamento era sencillo, casi monástico. Los muebles eran de abedul lavado y los libros estaban ordenados en estanterías que colgaban de las paredes, aunque Lin, al no saber nyens, no podía entender la mayoría de los títulos. Las tazas y los platos eran de bronce sencillo, la chimenea estaba bien barrida y la cocina siempre ordenada.

Tras servir té para ambos, Petrov le indicó a Lin que se sentara con él a la mesa cercana a la ventana. Varias macetas de flores adornaban el alféizar y un colibrí zumbaba perezosamente entre los capullos de valeriana roja.

Mientras se instalaba frente a Petrov, con la taza de té en la mano, la mirada de Lin se dirigió automáticamente a la alfombra que ocupaba el centro de la estancia. Era un artículo bonito, valioso y elegante, tejido con un dibujo de enredaderas y plumas en verde oscuro y azul. Pero no era la alfombra lo que le interesaba a Lin, sino, más bien, lo que escondía.

—¿Queréis verlo? —Petrov la miraba con una sonrisa pícara, inusualmente juvenil. Petrov andaba por los sesenta, pero parecía mayor, con la piel apergaminada y los ocasionales temblores de manos. Tenía la piel pálida, como la mayoría de los norteños y, a veces, a Lin le parecía que podía verle las venas a través de ella. Aunque tenía el pelo gris, el bigote y las cejas eran morenos (Lin sospechaba que se los teñía) y formidables—. Si os apetece...

Lin sintió que el corazón se le aceleraba ligeramente. Tomó un rápido sorbo de té caliente; tenía un gusto ahumado que, según Petrov, se debía a las hogueras de los Caminos Dorados. También estaba demasiado dulce, pero no le importó. Sabía que Petrov estaba muy solo y el té era una oportunidad de prolongar su encuentro, de charlar y tener compañía. Lin creía que la soledad era letal; mataba a la gente igual que lo hacía el exceso de alcohol o de zumo de adormidera. Estar solo en el Sault era duro, pero en medio del caos de Castelana, era demasiado fácil desaparecer y caer en el olvido.

—Primero tengo que examinaros —contestó. Había colocado el zurrón al lado de la silla y rebuscó en él hasta sacar el auscultador, un largo cilindro de madera, hueco y pulido, que puso, sobre uno de sus extremos, en el pecho de Petrov.

El anciano aguardó sentado pacientemente mientras ella le escuchaba el corazón y los pulmones. Petrov era uno de sus pacientes más misteriosos. Sus síntomas no coincidían con nada de lo que Lin había estudiado o leído. A menudo oía sonidos crepitantes cuando respiraba, lo que indicaba probablemente una neumonía, pero iban y venían sin estar acompañados de fiebre, lo cual la desconcertaba. A menudo le salían sarpullidos raros en la piel: ese día tenía manchas rojas en los antebrazos y las piernas, como si los capilares se le hubieran roto por algún motivo.

Petrov sostenía que todo aquello, los problemas respiratorios, la fatiga, los sarpullidos, formaban parte de una enfermedad que había contraído durante sus viajes. No sabía su nombre, o quién se la había contagiado. Lin había probado con todos los tratamientos que conocía: infusiones, tinturas, cambios en la dieta, polvos mezclados con la comida. Nada funcionaba, solo los amuletos y talismanes que le había dado para calmar el dolor y los síntomas.

—Sed cuidadoso —le dijo, mientras le bajaba la manga por el delgado brazo—. La mejor manera de prevenir estas dolorosas manchas rojas es evitar golpes y moratones. Hasta algo tan simple como mover una silla...

—Basta —murmuró él—. ¿Y qué? ¿Se supone que se lo tengo que pedir a domna Albertine? Me da más miedo ella que un moratón.

Domna Albertine era su casera. Tenía un pecho contundente y un carácter más contundente aún. Lin la había visto una vez perseguir por el patio a un ganso extraviado, con una escoba, gritándole que lo iba a apalear hasta matarlo y que después encontraría y mataría a cada una de sus crías.

Lin se cruzó de brazos.

—¿Vais a negaros a seguir mis consejos? ¿Acaso preferís que os atienda otro médico?

Dejó que le temblara la voz. Hacía ya tiempo que se había dado cuenta de que la mejor manera de conseguir que Petrov cooperase era hacerlo sentirse culpable, y usaba esta técnica infalible.

—No, no —negó él con la cabeza—. Bien sé que si no os tuviera a vos de médica, ya estaría muerto.

—Estoy segura de que hay otros médicos que podrían hacer lo mismo que yo —siguió Lin, rebuscando en el zurrón—. Incluso en Nyenschantz.

—En Nyenschantz, los doctores me aconsejarían ir al bosque y enfrentarme a un oso —rezongó Petrov—. O me haría sentir mejor, o el oso me mataría, en cuyo caso, ya no estaría enfermo.

Lin se rio. Sacó varios talismanes de su bolsita y los puso sobre la mesa. Petrov, que sonreía, la miró pensativo.

—Esos papeles que queríais —le dijo—, ¿los habéis conseguido?

Lin reprimió un suspiro. No debería haberle contado a Petrov lo de su búsqueda del manuscrito de la Academia. Había sido un momento de debilidad; sabía que no podía contárselo a nadie del Sault.

—No —respondió—. Ninguna librería va a dejarme ni siquiera echarle un vistazo... No solo porque no sea una alumna, sino porque soy ashkar. Nos odian demasiado.

—No es que os odien —puntualizó Petrov, amable—. Es que tienen celos. La magia desapareció del mundo con la Fractura, y con ella, muchos peligros, pero también mucho de lo que era bello y maravilloso. Vuestra gente es la única que sigue poseyendo un fragmento de esa maravilla. Quizá no sea tan sorprendente que intenten guardar los pedacitos de historia que tienen. El recuerdo de una época en la que poseían el mismo poder.

—Poseen más que el mismo poder —replicó Lin—. Poseen

todo el poder, excepto esto. —Tocó con ligereza el collar que llevaba, el círculo hueco con las antiguas palabras grabadas: «¿Cómo cantaremos la canción de nuestra Señora en una tierra extraña?». El lamento de un pueblo que no sabía cómo ser quienes eran sin un hogar o un dios. Habían aprendido, en todos esos años de dedicación, y aun así su sentido de pertenencia seguía siendo imperfecto. Hueco en algunas zonas, como el propio círculo.

Miró a Petrov con detenimiento.

—No me estaréis diciendo que estáis de acuerdo con ellos, ¿no?

—¡Para nada! —bramó Petrov—. He viajado por todo el mundo, lo sabéis...

—Sí, lo sé —lo cortó Lin, irónica—. Me lo habéis dicho mil veces.

Él la fulminó con la mirada.

—Y siempre he dicho que se puede juzgar a un país por cómo tratan a sus ashkar. Fue uno de los motivos por los que dejé Nyenschantz. La estupidez, la estrechez de miras, la crueldad. Malgasi también es uno de los peores sitios. —Se interrumpió, moviendo las manos como para espantar la idea del mal—. Entonces —dijo—, ¿os gustaría ver la piedra? ¿Como una recompensa por curarme?

«Lo he ayudado pero no lo he curado.» A Lin le hubiera encantado poder hacer más por Petrov. Lo miró preocupada mientras el hombre se levantaba y cruzaba la habitación hacia su nueva alfombra. Enrolló uno de los extremos para dejar ver un agujero cuadrado en los tablones de debajo. Introdujo en él una mano temblorosa y sacó una piedra oval, de un gris pálido como el huevo de un cisne.

Permaneció un momento mirando la piedra, con la punta del dedo descansando ligeramente sobre ella. Lin intentó recordar la primera vez que la había visto; Petrov la había sacado para mostrársela cuando ella le había contado que su hermano estaba viajando por los Caminos Dorados.

—Veréis cosas increíbles, muchas maravillas —había dicho Petrov y luego había levantado uno de los tablones para sacar su pequeño alijo de tesoros: una tetera de porcelana con vetas doradas; el cinturón de una bailarina *bandari*, con las tiras entretejidas con docenas de monedas, y la piedra.

Esta vez, se acercó a ella y se la puso con cuidado en la mano. Era completamente suave, sin un solo atisbo de salientes: era claramente una piedra muy pulida, y no una gema. Algo parecía parpadear en lo más profundo de su interior, un juego de luces y sombras.

Lin la sintió cálida en la mano, e inexplicablemente relajante. Mientras la giraba, parecían surgir imágenes de su interior humeante, proyectándose de forma sugerente sobre la superficie de la piedra y luego desvaneciéndose justo cuando ella estaba a punto de reconocerlas.

—Encantadora, ¿no os lo parece? —dijo Petrov, mirando a Lin. Sonaba un poco melancólico, lo cual le resultó extraño a Lin; después de todo, la piedra era suya, suponía que podía mirarla siempre que quisiera.

—¿De verdad que no vais a contarme dónde la conseguisteis? —Lin le sonrió. Se lo había pedido ya muchas veces: lo único que él contestaba era que la había conseguido en los Caminos Dorados. Una vez le había contado que había luchado con un príncipe pirata para conseguirla; en otra ocasión, la historia incluía a una reina marakandí y un duelo que salió mal.

—Lo que tengo que hacer es dárosla —le dijo él, bruscamente—. Sois una buena chica y haríais el bien con ella.

Lin lo miró sorprendida. Había una expresión peculiar en su mirada, algo que era incisivo y lejano a la vez. Y se preguntó qué quería decir con eso de que «haría el bien con ella». ¿Qué se podía hacer con una simple piedra?

—No —replicó ella, devolviéndole la piedra. Tuvo que admitir que sintió una pequeña punzada de remordimiento mientras hablaba. Era algo tan bonito—. Quedáosla, sieur Petrov...

Pero él tenía el ceño fruncido.

—Escuchad —le dijo.

Lin lo hizo y oyó unas pisadas lejanas, fuera, en la escalera. Bueno, al menos el oído de Petrov estaba perfecto.

—¿Esperáis visita? —Lin cogió el zurrón—. Quizá me he quedado demasiado tiempo.

Mientras se ponía de pie, pudo oír la voz de la casera de Petrov, gritando indignada en el piso inferior.

Petrov entrecerró los ojos y enderezó la espalda. En ese momento, Lin pudo imaginárselo como a un viajero de los Caminos Dorados, escudriñando en la distancia hacia un horizonte siempre inalcanzable.

—Casi me olvidaba —dijo—. Unos amigos; se supone que íbamos a jugar a las cartas. —Forzó una sonrisa—. Os veo en la próxima visita, domna Caster.

Era una despedida definitiva. Sorprendida, Lin se dirigió a la puerta. Petrov se apresuró a abrírsela, chocando con la chica al hacerlo. Sorprendente, también; normalmente no era nada ceremonioso.

Al bajar la escalera, Lin se cruzó con dos hombres vestidos con desarrapadas ropas de marinero. No habría sabido decir su nacionalidad, más allá de que parecían del norte, con pelo y ojos claros. Uno de ellos la miró y dijo algo claramente descortés a su compañero en un idioma que Lin no conocía. Ambos se rieron, y Lin salió del edificio sintiéndose inquieta. Petrov era un anciano amable: ¿qué asuntos lo relacionaban con hombres como aquellos?

Pero supuso que, a fin de cuentas, no era cosa suya. Su trabajo era cuidar de la salud física de Petrov. No debía juzgar las decisiones que tomara concernientes a cualquier otro asunto.

Tras la práctica de esgrima y la cena, Kel y Conor volvieron al Castel Mitat para encontrarse con Roverge, Montfaucon y Falconet, que ya habían ocupado los aposentos del príncipe en su ausencia. También habían abierto el *nocino*, un fuerte licor hecho de nueces aún verdes, y celebraron la vuelta de Conor y Kel con vítores.

—Y tenemos una sorpresa para ti —dijo Charlon—. Una visita, en el piso de arriba.

Conor los miró con curiosidad, pero les comunicó que Kel y él tenían que cambiarse las ropas sudadas del entrenamiento. Indicó a sus amigos que lo esperasen arriba, en la Torre Oeste.

Conor se apresuró a lavarse y vestirse, casi en completo silencio. Parecía un poco aliviado de que los otros hubieran aparecido: sentía una energía febril, como si estuviera decidido a pasárselo bien de la misma forma que algunos hombres están decididos a ganar un duelo o una competición

Lo que Kel no sabía era contra quién competía. Tras lavarse y vestirse de cuero y brocado, Conor se fue, con el pelo aún mojado y subió la escalera de caracol a toda prisa. Por el contrario, Kel se tomó su tiempo vistiéndose, valorando sus opciones, antes de decidir que escabullirse sin que nadie se diera cuenta sería imposible. Resignado, se encaminó hacia la torre.

En los últimos años, Conor había hecho muchas mejoras en la torre, mostrando un buen gusto para la decoración que debía de haber heredado de Lilibet. El remate cuadrado de la torre estaba rodeado por barandillas, que ofrecían una vista panorámica de la ciudad y el puerto. Conor había hecho instalar divanes con doseles, llenos de cojines, y mesas de marquetería donde los sirvientes habían colocado boles de metal con fruta y dulces, acompañados de botellas heladas de diversos licores y pasteles de carne.

Los otros se habían dispersado por los divanes con copas de vino y fue entonces cuando Kel vio a la visita que Charlon había mencionado. Antonetta Alleyne, sentada remilgadamente en una silla acolchada en verde salvia, con las piernas cruzadas a la altura del tobillo. Su vestido amarillo parecía una espuma de encajes y aljófares, y llevaba lazos prendidos al pelo, aunque parecían a punto de salir volando con el fuerte viento que llegaba del mar.

Kel sintió una punzada de irritación, pues su intención era preguntarle a Charlon por qué había llevado a Antonetta al Caravel. Y no podría hacerlo. Miró en dirección a Conor, que se inclinaba sobre el hombro de Falconet, mientras Roverge, que había sacado de algún sitio de su abrigo una botella entera de ginebra de raíz de lirio, se quejaba en voz alta de que su padre, en un arrebato, había golpeado a la sirvienta favorita de Charlon. El enfado parecía haber sido causado por una disputa que había ido en aumento, con una familia que se negaba a pagar a los Roverge el diezmo sobre sus ventas de tinta estipulado por ley.

—Charlon, ya basta —pidió Montfaucon, mientras se sacaba del bolsillo una pequeña caja de rapé enjoyada—. Nos estás aburriendo. Juguemos a algo.

—¿A los Castillos? —sugirió Falconet—. Podría conseguir el tablero.

—Ya jugamos ayer por la noche. —Montfaucon tomó un poco de rapé, mientras miraba con curiosidad a Antonetta, que no había dicho una palabra desde la aparición de Kel. Montfaucon no había formado parte de su pandilla cuando eran pequeños: nunca había conocido a una Antonetta diferente a la de la actualidad—. Hagamos una apuesta. —Dio un ligero golpecito en la caja de rapé con una uña pintada de verde y dijo—: ¿Estaríais interesada en apostar, demoselle Alleyne?

—No llevo dinero encima, sieur Montfaucon —contestó ella—, qué tonta.

—Qué lista —corrigió Conor—. Si no tienes oro, Montfaucon no podrá quedárselo.

Antonetta miró a Conor a través de las largas pestañas. Kel se dio cuenta de que la chica estaba temblando. Su vestido de seda y gasa no la protegería demasiado del frío de la noche.

—¡Tonterías! —exclamó Falconet—. Montfaucon acepta pagarés, ¿no es así, Lupin?

Charlon se había puesto en pie y miraba pensativo el despliegue de comida.

—Tengo una idea —dijo, justo cuando Conor se levantaba del diván para quitarse la chaqueta de brocado y ofrecérsela a Antonetta.

La antigua Antonetta se habría mofado de la posibilidad de que el frío le estuviera molestando, pero la actual tomó la chaqueta con una brillante sonrisa y se la echó sobre los hombros. Conor fue a reunirse con Charlon en el rincón de la torre, igual que Montfaucon y Falconet. Charlon se reía ruidosamente de algo.

Kel, tan incómodo como si una hormiga se le hubiera metido por el cuello de la camisa, se dijo a sí mismo que nadie se daría cuenta si él no se les unía. De todas formas, sabían que no le gustaban mucho los juegos de azar, mientras que Conor y los demás solían apostar a cualquier cosa: qué pájaro se posaría antes en la rama de un árbol, o si llovería o no al día siguiente.

No estaba de humor para ello. Se volvió y se alejó un poco, hasta quedarse en el borde del parapeto del oeste. Desde allí, podía ver la puesta de sol. Era gloriosa, roja y dorada como la bandera de Castelana ondeando al viento. Debajo, las farolas de la ciudad empezaban a encenderse, mostrando el entramado de las calles con un suave resplandor. Kel podía ver el anillo hueco del Sault, el capitel de la Torre del Viento en la plaza del Mercado de la Carne, y los puntos oscuros de los barcos atracados, meciéndose arriba y abajo en el mar bañado de luz dorada.

La voz del Rey Trapero resonó en el interior de su cabeza, preguntándole por la Casa Aurelian, por las familias de los fueros: «¿Os caen bien? ¿Confiáis en ellos?».

—¿Kel? —Era Antonetta quien se le había acercado, sorprendentemente silenciosa. O quizá él había estado demasiado ensimismado en sus pensamientos. Un hábito peligroso para un Guardián de Espadas.

Se volvió a mirarla. Kel pensó que era rara la forma en que su madre quería desesperadamente casar a Antonetta, pero a la vez insistía en que se vistiera como si aún fuese una niña pequeña. Su vestido estaba diseñado para alguien con figura infantil, y la redondez de sus pechos tensaba los botones citrinos de la línea del cuello de una manera que no formaba parte de la idea original.

—¿No quieres unirte al juego? —le preguntó ella. La luz de la puesta de sol desprendía destellos de los hilos metálicos de la chaqueta de Conor—. Aunque no puedo culparte. Están apostando a ver quién puede llegar más lejos, lanzando un pastelillo de carne desde la torre.

—¿Quizá creías que nuestros divertimentos se habían vuelto más sofisticados? —preguntó Kel—. Después de todo, hace ya casi una década que no nos honrabas con tu presencia aquí, en el Mitat.

—Ocho años. —Antonetta miró la ciudad que se extendía

bajo ellos. El brillo sangriento de la puesta de sol le teñía los bordes del pálido cabello.

—¿Por qué ahora? —preguntó Kel. Se planteó si alguien más se lo habría preguntado—. ¿Te ha pedido Charlon que vinieras?

—Bueno, él piensa que fue idea suya. Eso es lo que importa.

Se oyó un grito. Kel miró hacia los chicos y vio que Charlon hacía gestos triunfantes, probablemente tras lanzar un pastel. Falconet bebía de una botella de *rabarbaro* escarlata, un licor extraído del ruibarbo shenzaní. Kel pensaba que sabía a medicina. Conor permanecía a una pequeña distancia, observando a sus amigos con expresión indescifrable.

—Estaba preocupada por Conor —dijo Antonetta—, por lo de ayer por la noche.

Kel se apoyó en la baranda de piedra.

—Debes olvidar eso. Estaba borracho, eso es todo.

Antonetta lo miró.

—He oído que quizá se case. Puede que esté triste por la idea de tener que hacerlo con una de esas princesas extranjeras.

«Así que esto es lo que pasa.» Kel sintió que una frustración irracional se apoderaba de él. Se dijo a sí mismo que se debía a lo poco que ella parecía conocer a Conor, a pesar de lo que sintiera por él. A veces Conor estaba enfadado, o furioso, frustrado, celoso, dramáticamente desengañado... pero no triste. La palabra no parecía describir nada de lo que Conor hubiera sentido nunca.

—No creo —dijo Kel—. Él no quiere casarse, y dudo que la Casa Aurelian pueda obligarlo a hacerlo.

—¿Porque es un príncipe? —preguntó Antonetta—. Te sorprenderías. A todos pueden obligarnos a hacer cosas. Solo hace falta encontrar la forma adecuada de presionar.

Kel estaba a punto de preguntarle a qué se refería, cuando Charlon la llamó. Se apartó del bajo muro sin volver a mirar a Kel y cruzó la azotea hasta el lugar en el que Falconet sostenía un pastel. Lo cogió, sonriendo con esa sonrisa falsa que a Kel le recordaba a las máscaras pintadas que se usaban cada año en el Día del Solsticio.

Recordaba con demasiada viveza la época en la que Antonetta y él eran aún el tipo de amigos que trepaban a los árboles y perseguían juntos dragones imaginarios. Cuando él tenía quince años, le había regalado un anillo, no uno real, sino uno que había hecho con hierba entrelazada, y le había pedido que fuera su reina bandida. Le había sorprendido lo roja que se había puesto, y más tarde Conor se había metido con él.

—Charlon se pondrá furioso —le había dicho Conor—. Últimamente la mira de forma diferente... pero eres tú el que siempre le ha gustado.

Aquella noche, Kel se había quedado despierto, pensando en Antonetta. Preguntándose si le habría gustado el anillo. Si ella lo vería de forma diferente que a Conor o a Joss. Se propuso observarla bien la próxima vez que la viera. Quizá pudiera saber lo que pensaba; la chica nunca se había tomado muchas molestias en esconder sus sentimientos, fueran cuales fuesen.

Nunca llegó a suceder. No fue a Antonetta a quien vio la vez siguiente, sino a su madre. La mujer apenas había reparado en Kel antes de aquello, pero tras una cena de la Corte, lady Alleyne lo había llevado aparte y le había dicho en términos muy claros que se mantuviera alejado de su hija. Sabía que eran jóvenes, pero así era como empezaban los problemas, con los chicos creyéndose que eran más de lo que eran. Quizá fuera un noble menor de Marakand, pero no tenía tierras, ni riqueza, ni un nombre relevante, y Antonetta estaba destinada a cosas más importantes.

Kel nunca se había sentido más humillado. Se dijo a sí mismo que no había sido Kel, él mismo, el humillado, sino Kel Anjuman, el personaje que representaba. Se dijo que Antonetta se pondría furiosa por la interferencia de su madre. Pero, en vez de eso, Antonetta se había esfumado del grupo y había estado meses sin salir de la Casa Alleyne, como un prisionero que desapareciera dentro del Truco.

Kel nunca le llegó a contar a Conor lo que lady Alleyne le había dicho, y Joss, Charlon y Conor parecieron pensar que la desaparición de Antonetta era lo que cabía esperar. Parecían creer que las niñas desaparecían y hacían cosas misteriosas para convertirse en mujeres, que eran entes fascinantes y extraños.

Oyó a Antonetta reírse y, al momento, caminar de vuelta hacia donde estaba él. El sol se había puesto casi del todo, y las estrellas aún no habían salido. La chica era casi una sombra mientras se le acercaba. A él le sorprendió que ella hubiera vuelto, pero estaba decidido a no mostrarlo.

—No tengo nada más que contarte sobre Conor —le dijo.

—¿Y qué me dices de ti? —Inclinó la cabeza hacia un lado—. Matrimonio, proposiciones. Ese tipo de cosas. Tú...

«El matrimonio es imposible para mí. Siempre será imposible.»

—La Casa Aurelian me ha dado mucho —dijo, con rigidez—. Deseo pagar esa deuda antes de pensar en matrimonios.

—Ah. —Se colocó un rizo detrás de la oreja—. No quieres contármelo.

—Para mí sería raro contarte mis cosas, Antonetta —confesó Kel—. Ahora, apenas nos conocemos. —Ella parpadeó; apartó la vista—. Recuerdo a la niña de la que era amigo de pequeños. Que era atrevida, ingeniosa e inteligente. Echo de menos a esa niña. ¿Qué le pasó?

—¿No lo sabes? —Ella alzó la barbilla—. Esa niña no tenía futuro en la Colina.

—Podría haberse hecho un sitio —repuso Kel—, era lo suficientemente valiente para ello.

Antonetta tomó aire.

—Quizá estés en lo cierto. Pero, por suerte para mí, la valentía, igual que la inteligencia, no están muy valoradas en las mujeres. Ya que yo carezco de ellas.

—Antonetta...

Por un momento, Kel pensó que había hablado y dicho su nombre. Pero había sido Conor, que la llamaba y le hacía gestos para que se acercara a él. Decía que necesitaban un observador objetivo para elegir al ganador del concurso.

Por segunda vez, Antonetta se apartó de Kel y volvió al otro lado de la torre. Charlon le pasó un brazo por el hombro cuando la tuvo al lado, el tipo de gesto que podría ser considerado amistoso, si no fuera Charlon el que lo hacía. Antonetta, apartándose de Charlon, había vuelto su atención a Conor y le sonreía mientras le hablaba. Esa brillante sonrisa falsa que nadie, salvo Kel, parecía notar que era fingida.

Recordó la primera vez que había visto aquella sonrisa. En el baile que su madre había organizado con motivo de su debut en la sociedad de la Colina. Kel había ido con Conor, como Kel Anjuman, y al principio había buscado ansiosamente a Antonetta, sin resultado.

Había sido Conor el que le había dado un golpecito en el hombro, para dirigir su atención hacia la joven que hablaba con Artal Gremont. Una joven con un vestido de seda con dibujos muy recargado, lleno de encajes por todas partes y cuyos rizos rubios llevaba recogidos en docenas de lazos. Unas delgadas cadenas doradas le rodeaban las muñecas y los tobillos, y unos adornos de diamantes le colgaban de las orejas. Parecía chispear como algo duro y brillante, metal o cristal.

—Es ella —dijo Conor—. Antonetta.

Kel había sentido que el estómago le daba un vuelco.

De alguna forma, había imaginado que en cuanto los viera a todos juntos, Conor, Kel y Joss, Antonetta volvería con ellos, se reuniría de nuevo con su grupo de amigos. Se quejaría de su madre. Pero aunque los había saludado a todos con sonrisas, pestañeos y risitas sofocadas, no hubo nada de la antigua camaradería que habían compartido.

Finalmente, había encontrado un momento para hablar con ella a solas, detrás de una estatua que sostenía una bandeja de sorbetes de limón.

—Antonetta —le había dicho. Se había mareado de lo guapa que estaba. Por primera vez había notado realmente la fina suavidad de la piel de una chica, el color y la forma de la boca de otra persona. Ella se había convertido en alguien nuevo: alguien emocionante, alguien terrible por su distancia, su diferencia—. Te hemos echado de menos.

Ella le sonrió. Aquella brillante sonrisa que él llegaría a odiar más tarde.

—Estoy aquí.

—¿Vas a volver? —le había preguntado él—. ¿Al Mitat? ¿Tu madre te dejará?

Su sonrisa no había cambiado.

—Soy un poco mayor para ese tipo de juegos. Todos lo somos. —Le dio una palmadita en el hombro—. Sé que mi madre habló contigo. Tenía razón. No pertenecemos a la misma clase. Una cosa es jugar en el suelo de niños, pero ahora somos demasiado mayores para cerrar los ojos ante la realidad. Además —dijo, atusándose el pelo—, ahora me importan cosas diferentes.

Kel apenas podía respirar.

—¿Qué tipo de... cosas?

—No es asunto tuyo —le había dicho ella despreocupadamente—. Ambos debemos madurar. Tú, especialmente, deberías hacer algo con tu vida, Kellian.

Y se había ido. Él la observó el resto de la noche: riendo, flirteando, sonriendo. Claramente despreocupada. Igual que en ese preciso momento, con una mano en el hombro de Falconet, riendo como si él acabara de contar el mejor chiste del mundo.

«Quizá era mejor que hubiera cambiado», pensó Kel. La antigua Antonetta podía herirlo. La persona en la que se había convertido hacía todos esos años, ya no. No podía ser un hueco en su armadura, un punto de debilidad. Y eso era bueno. Sabía cuáles eran los límites de lo que estaba a su alcance, pensó; los había aprendido con dolor, a lo largo de los años. ¿Cómo iba a culpar a Antonetta por saber lo mismo?

En el sueño, un hombre subía trabajosamente un largo y serpenteante sendero cortado en la pared de los acantilados que se alzan sobre Castelana. El agua oscura golpeaba, abajo, en el puerto, estallando en una espuma pálida blanqueada por la luz de la luna.

El hombre llevaba una túnica larga, que la noche volvía incolora, y un viento cortante le azotaba el rostro. Lin podía saborear la sal, penetrante como la sangre al contacto con la boca. Podía sentir el odio en el corazón, frío, amargo y brutal. Un odio que le quitaba el aliento, que parecía retorcérsele en el pecho, aplastante y destructivo.

El hombre llegó al punto más alto del camino del acantilado. Miró hacia la empinada cuesta. Al mar, que iba formando un remolino aterrador que giraba vertiginoso. Si uno caía en semejante remolino, la oscuridad lo tragaría antes incluso de que fuera capaz de gritar.

El hombre sacó un libro de un bolsillo de la túnica. Las páginas se agitaron al viento cuando lo alzó sobre su cabeza y lo lanzó. Planeó por un momento, blanco como una gaviota, antes de caer. Llegó hasta el remolino, donde las aguas lo hicieron girar como una bailarina antes de sumergirlo más y más abajo...

El hombre se quedó mirando, mientras temblaba de rabia.

—Maldito seáis por siempre —susurró, sobre el sonido del mar—, que los ojos de los bienaventurados os desprecien por siempre.

Lin se incorporó como un resorte, respirando agitada, con una tormenta de fuego tras los párpados cerrados. Al abrir los ojos, no vio un mar negro agitado, sino su propio dormitorio en su propia casa, tenuemente iluminado por el brillo azul del amanecer.

Se obligó a sí misma a calmar la respiración. No había tenidos sueños así, tan vívidos y desagradables, desde hacía muchos años. Desde la muerte de sus padres, cuando soñaba cada noche con sus cuerpos abandonados en el Gran Camino, picoteados por los cuervos hasta que solo quedaban huesos apergaminados.

Salió de debajo de la colcha, con cuidado de no tirar al suelo ninguno de los papeles. Le dolía el cuello, y tenía el pelo empapado de sudor. Abrir una ventana le refrescó la piel, pero aún podía ver el océano tras los párpados, oler la sal fría en el aire.

El zurrón de médica de Lin colgaba de una silla cercana a la puerta. Lo cogió, y empezó a revolver dentro buscando un brebaje para dormir, algo que la calmara. Pensó que era raro: lo que había visto en el sueño no era objetivamente aterrador. El problema era lo real que le había parecido. Y que, en el sueño, Lin no era ella. Era otra persona que observaba a un hombre consumido por el odio, helado y ácido. Un hombre ashkar, pues había hablado su idioma, aunque había hecho que las palabras sonaran horribles. «¿Qué habrá tenido que hacer alguien para merecer tal desprecio?», pensó. ¿Y qué tendría que ver con el libro? ¿Era el dueño del libro la persona a la que el hombre odiaba tanto?

«Deja de intentar buscarle un sentido. Es solo un sueño», se dijo a sí misma, y entonces los dedos se le cerraron alrededor de algo frío y duro. Le dio un vuelco el corazón. Sacó la mano del zurrón y vio, en la palma, una esfera gris y dura.

Se sentó en el suelo con la espalda pegada a la pared, mirándola. La piedra de Petrov. No podía ser otra cosa. El tacto, el peso en la mano, le resultaban conocidos; mientras la observaba, le pareció ver remolinos de humo dentro de ella. De vez en cuando adquirían formas que parecían casi reconocibles, casi como palabras...

Pero ¿cómo había llegado hasta su zurrón? Recordó a Petrov, chocándose con ella mientras le abría la puerta del apartamento. Era listo y cuidadoso. Podía habérsela metido en la bolsa, pero ¿por qué? ¿Por los hombres que subían las escaleras? ¿Estaba ocultándola de ellos?

Se quedó sentada, haciéndose preguntas y mirando la piedra, hasta que el *aubade*, la campana matutina, sonó desde el reloj de la Torre del Viento, señalando el inicio de la jornada laboral y el fin de las guardias nocturnas.

La lección más importante que los ciudadanos del Imperio podemos aprender de la época de los Hechiceros-Reyes es que el poder no debe ser ilimitado. Por esa razón, cuando se corona a un emperador, un sacerdote de los dioses le susurra al oído: «Recuerda que eres mortal. Recuerda que morirás. Porque cuando morimos, nos enfrentamos a Anibal, el dios de la sombra, que juzga nuestras acciones en vida, y cualquier abuso del poder mortal desembocará en la eternidad en el Infierno». Pero los Hechiceros-Reyes no tenían dioses. Y la Palabra Única les otorgaba un gran poder. Aunque dicho poder estaba limitado por la fuerza mortal. La magia requería energía, y un hechizo demasiado grande podría dejar exhausto al mago, incluso matarlo. Fue entonces cuando el Rey-Hechicero Suleman inventó el Arkhe, la Piedra-Fuente. Permitía a los magos almacenar la energía fuera de sus cuerpos. Tal energía procedía de diferentes fuentes: desde una gota de sangre que alimentaba la piedra cada día hasta métodos más violentos; el asesinato de un practicante de la magia confería un gran poder, que podía almacenarse dentro del Arkhe. El mundo se oscureció. Creció la ambición asesina de los Hechiceros-Reyes. Empezaron a mirar más allá de sus fronteras y a envidiar lo que tenían sus vecinos. «¿Por qué no voy a ser yo el más grande? —se preguntaba cada uno de ellos—. ¿Por qué no, el más poderoso?»Así fue como el mundo quedó prácticamente destruido.

Relatos de los Hechiceros-Reyes,
LAOCANTUS AURUS IOVIT III

Capítulo seis

Era casi mediodía. Kel estaba mirando a Conor, mientras este se miraba al espejo.

—No me gusta este vendaje —dijo Conor—. Destruye la integridad de mi atuendo.

Kel, sentado en el brazo del sofá, suspiró. Parecía que Lilibet sí había visto las heridas de Conor, después de todo. El cirujano real, Gasquet, había llegado esa mañana, despertado a ambos e insistido en vendarle la mano a Conor antes de la reunión en la Cámara de la Esfera.

—No creo que nadie se dé cuenta —dijo Kel.

Conor emitió un ruido de desacuerdo. Se miraba en el espejo de cuerpo entero que colgaba de la pared este. Normalmente se vestía de forma escandalosa para las reuniones de la Cámara de la Esfera, seguro de que eso animaría el acto. Sin embargo, ese día, había elegido vestirse en tonos negros y plateados: una capa de terciopelo negro, pantalones de seda negra y túnica de bordados plateados. Hasta la corona era un sencillo anillo de plata. Kel no estaba completamente seguro de que Conor tuviera intención de tomarse en serio la reunión, pero al menos su ropa sí lo haría.

—Verás —dijo Conor—, mi atuendo es negro. Esta venda es blanca. Destruye la simetría. —Se volvió para mirarlo—. No me puedo creer que no ahuyentaras a Gasquet. ¿No se supone que debes protegerme?

—No de tu propio médico —señaló Kel—. En cualquier caso, sabes perfectamente bien lo que hubiera pasado. Gasquet habría ido corriendo a contárselo a la reina. Ella habría armado un alboroto. Y tú odias los alborotos. Estaba protegiéndote precisamente de eso.

Conor ocultó una sonrisa antes de hablar.

—Y espero que hagas lo mismo en la reunión. Nadie arma alborotos como las familias de los fueros. —Se pasó una enjoyada mano por el pelo—. De acuerdo. A la cueva de los leones emperifollados que vamos.

Salieron juntos del Castel Mitat, mientras Conor tarareaba una cancioncilla popular sobre un amor no correspondido. Era un día brillante y borrascoso, el viento agitaba las copas de los cipreses y los pinos que salpicaban la Colina, el cielo estaba tan claro que podían verse las montañas de Detmarch, agrupadas en su afilada formación hacia el norte. En el oeste, los acantilados caían hacia el océano, cuyo rugido era audible incluso desde la distancia. Y en el este, la Torre de la Estrella se alzaba por encima de las murallas que rodeaban Marivent.

A medida que se aproximaban a la torre, Kel hizo un rápido repaso: cuchillas delgadas en las muñecas, bajo las mangas de la sencilla túnica gris. Una daga en la cadera, con el mango encajado en el cinturón, oculto por la caída de la chaqueta. Se había vestido de forma discreta, en gris oscuro y verde, intentando pasar desapercibido.

Kel oyó el sonido de las voces mientras atravesaban las puertas de la torre, custodiadas a ambos lados por la Guardia del Castillo, y se aproximaban a la Cámara de la Esfera, donde el sonido se convirtió en estruendo.

La Cámara de la Esfera era una sala circular de mármol cuyo techo abovedado se alzaba hasta un óculo central; las reuniones solían celebrarse a mediodía, cuando la luz del sol iluminaba directamente la cámara. Cuando llovía, se instalaba una cúpula de cristal sobre el óculo, aunque la lluvia en Castelana no era muy frecuente.

El suelo de mosaico se había diseñado, con teselas azules,

doradas, negras y escarlatas, para semejar un reloj de sol. En cada cifra de las horas, hechas de azulejos, se hallaba una gran silla de palo fierro: Roverge estaba a las seis; Montfaucon, a las cuatro; Aurelian, a las doce. Las sillas pertenecían a las casas a las que representaban, y los respaldos tenían los grabados correspondientes: los árboles adornaban la silla perteneciente a la Casa Raspail, que poseía el fuero de la madera; un racimo de uvas para Uzec; una polilla de la seda para Alleyne; el sol y sus rayos para Aurelian.

En el interior de la cúpula, se leían unas palabras en callatiano, el idioma del Imperio, inscritas en azulejos dorados: «TODO AQUELLO QUE ES BUENO PROCEDE DE LOS DIOSES. TODO AQUELLO QUE ES MALO PROCEDE DE LOS HOMBRES».

A Kel siempre le había parecido un comentario adecuado, teniendo en cuenta lo que solía suceder en la Cámara de la Esfera. Se preguntó si las familias de los fueros pensarían lo mismo, o si lo habían leído siquiera. No eran el tipo de gente que se pasara mucho tiempo mirando hacia arriba.

El sonido de las voces se acalló cuando Conor entró en la sala, seguido de Kel. Las cabezas se volvieron hacia él, como se pasan las páginas de un libro, mientras se dirigía a la Silla del Sol; Kel intentó descifrar sus expresiones. Conor había asistido a numerosas reuniones de la Cámara de la Esfera, pero nunca había presidido ninguna. Lady Alleyne, vestida de resplandeciente seda rosa, parecía contenta, igual que Antonetta, sentada a su lado en un taburete bajo; a cada poseedor de un fuero se le permitía traer un acompañante a las reuniones de los Doce. Joss Falconet parecía animado. Benedict Roverge, que se había traído a Charlon con él, estaba ceñudo. Cazalet, que detentaba el fuero de la banca, tenía una expresión suave e impenetrable. Y Montfaucon, con bordados de color frambuesa rematados por encajes, parecía entretenido con todo el asunto.

Cuando Conor ocupó la Silla del Sol, hizo un gesto de asentimiento hacia Mayesh Bensimon, que se hallaba sentado en el taburete bajo a su lado. Así, tenían la cabeza a la misma altura, puesto que Mayesh era ridículamente alto. Si Kel había esperado que se encogiera con la edad, se había llevado un chasco. Según su parecer, Mayesh no había cambiado desde que él había llegado al Palacio. En aquel entonces le había parecido viejo, y aún lo era, pero aunque el pelo gris se le había vuelto blanco, no le habían salido nuevas arrugas o marcas en la cara. El medallón oficial que llevaba al cuello brillaba como una estrella, mientras Mayesh estaba sentado muy erguido, y miraba directamente a los poseedores de los fueros por debajo de sus atigradas cejas.

No había ningún sitio libre para que Kel se sentara, lo cual ya se esperaba. Se situó al lado de la Silla del Sol, mientras Conor se acomodaba en ella, deliberadamente repantingado, como diciendo: «Nada en esta reunión parece terriblemente urgente».

—Saludos, monseigneur —dijo lady Alleyne, sonriéndole a Conor. De joven había sido una belleza, y seguía siendo bella, con sus voluptuosas curvas contenidas en un ceñido vestido. El escote cuadrado del corpiño acentuaba la redondez de sus pechos, apenas sostenidos por una fina malla blanca—. Cielos, ya hemos perdido a un miembro. Gremont se ha dormido.

Era verdad. Mathieu Gremont, poseedor del fuero del café y el té, tenía noventa y cinco años, y ya estaba roncando suavemente en la silla tallada. Conor le lanzó una sonrisa a lady Alleyne mientras hablaba.

—No es una gran publicidad del efecto de su mercancía.

Hubo un suave coro de risas. Kel buscó la mirada de Falconet, que parecía cansado y un poco desaliñado. Bueno, había estado en pie hasta casi la madrugada, bebiendo con Montfaucon y Roverge en la terraza de la Torre Oeste. Joss le guiñó el ojo a Kel.

Ambrose Uzec, cuyo fuero era el del vino, miró a Gremont con mala cara.

—Seguramente ya es hora de que Gremont ceda su fuero. Tiene un hijo...

—Su hijo Artal está en Taprobana, reuniéndose con los propietarios de los Estados del té —informó lady Alleyne. Sus zapatos, al igual que su vestido, hacían juego con los de su hija: tacones blancos decorados con rosetones de seda rosa. Kel se preguntó si a Antonetta le molestaría que su madre la viera claramente como una versión en miniatura de sí misma. Sabía que aunque le molestara, Antonetta nunca lo dejaría ver—. Un trabajo importante, a buen seguro.

Kel intercambió una mirada con Conor. A Artal Gremont lo habían enviado al extranjero en medio de un escándalo, cuando tenía catorce años. Ninguno de ellos había conseguido averiguar qué había hecho para que lo exiliaran; ni siquiera Montfaucon parecía saberlo.

—Los asuntos de Gremont son cosa suya —aportó lord Gasquet, con aspecto irritable.

Él tampoco era un hombre joven, y no mostraba señales de ir a ceder su fuero a ninguno de la recua de hijos, hijas y nietos que tenía. Los poseedores de los fueros siempre pensaban que eran inmortales, como había dicho Mayesh una vez, y solían morir sin haber hecho disposiciones sobre los posibles herederos de su puesto en el Consejo. En esos casos, solían comenzar las luchas internas, normalmente resueltas por la Casa Aurelian. Solo el rey o la reina tenían el poder de otorgar fueros y revocarlos.

—Creo —dijo Montfaucon, mientras jugueteaba con los puños de encaje que se deslizaban sobre sus muñecas como la espuma de un mar verde pálido— que estábamos debatiendo sobre los recientes problemas de Roverge, ¿no es así?

—No es necesario plantearlo como si los problemas me asediaran, Lupin —gruñó Roverge. Charlon, a su lado, asintió muy convencido. Tenía los ojos abiertos solo a medias; claramente sufría una resaca brutal por la ginebra que había bebido la noche anterior. Su padre se volvió hacia Conor—. Es un asunto que tiene que ver con los diezmos lo que quería exponeros, monseigneur.

Kel empezó a desviar la atención mientras Conor peroraba sobre la posible conveniencia de que los mercaderes que vendían papel coloreado pagaran un porcentaje de sus ingresos a la Casa Roverge, o a la Casa Raspail. El comercio era la sangre que corría por las venas de Castelana. Cada una de las familias de los fueros tenía caravanas en los caminos y barcos en los mares, cargados con valiosas mercancías. Su control de bienes específicos era la fuente de su riqueza y su poder. La Casa Raspail, por ejemplo, tenía el fuero de la madera, así que no había trozo de madera o papel, o flauta tallada, por más pequeña que fuese, que cambiase de manos sin que ellos consiguieran un porcentaje del beneficio.

Sin embargo, eso no significaba que aquello fuera objetivamente interesante para nadie más. Kel no pudo evitar que su mente regresara al Rey Trapero. En sus recuerdos, aquella voz era suave como una siesta sobre terciopelo.

Conor había estado asintiendo mientras Roverge y Raspail discutían, con los ojos grises somnolientos bajo el pelo negro. Pero rompió su silencio.

—El diezmo sobre el papel coloreado se dividirá entre las dos casas por igual. ¿Entendido? Bien. ¿Cuál es el siguiente asunto a tratar?

—Los bandidos —contestó Alonse Esteve, inclinándose hacia delante. Era un tipo raro. El fuero de los Esteve era el de los caballos, y Alonse, a pesar de andar por los cincuenta, no tenía esposa, ni herederos a los que dejar su fuero. Parecía mucho más feliz con los caballos que con las personas y normalmente estaba en Valderan, donde se criaban las mejores razas—. Tendríamos que hablar del problema que hay en el Paso Estrecho. Nos afecta a todos.

Fue como si hubiera tirado una cerilla encendida a unas ascuas. Un ruidoso alboroto estalló cuando los nobles empezaron a discutir. Al parecer, varias caravanas habían sufrido ataques por parte de grupos de bandidos bien coordinados mientras se acercaban al Paso Estrecho, que conectaba Sarthe con Castelana; era un problema, ya que no había otra ruta por tierra para llegar a la ciudad, pero nadie parecía ponerse de acuerdo sobre la solución.

—Si me preguntáis a mí —dijo Polidor Sardou, cuyo fuero era el del cristal—, lo que hay que hacer es entrar en Sarthe con el Escuadrón de la Flecha. Que se sientan amenazados. Tenemos que demostrar nuestra fuerza, hacerles ver que no se puede jugar con nosotros.

—Eso podría provocar una guerra con Sarthe —apuntó

Falconet, lánguidamente—. La Guardia Negra caería sobre nosotros como moscas.

—Nadie quiere una guerra —intervino lady Alleyne, mirando a Conor por el rabillo del ojo—. Es una forma estúpida y poco rentable de resolver disputas.

—Liorada, eso es simplemente falaz —replicó Montfaucon—. De hecho, la guerra puede ser muy rentable.

—Quizá —opinó Raspail— deberíamos considerar reforzar nuestra alianza con Sarthe. Este estado de distensión precaria no es bueno para nadie, en realidad.

—He oído hablar —dijo Falconet— de una posible alianza con Sarthe.

Todos los ojos se volvieron hacia Conor. Estaba sentado inmóvil, envuelto en su terciopelo negro, con los ojos tan brillantes como los anillos de los dedos. La luz del óculo le ensombrecía el rostro. Fue Mayesh quien habló.

—El tema del matrimonio del príncipe —expuso— no ha llegado a un punto en el que necesitéis preocuparos sobre alianzas, Falconet. Creo que todos podemos estar de acuerdo en que es un asunto respecto al cual nuestro príncipe debe tomarse tiempo para considerarlo debidamente.

Kel sabía que eso no era lo que Mayesh pensaba realmente. Él quería aconsejar a Conor y que este escuchara el consejo, y más pronto que tarde. Pero su lealtad estaba con la Casa Aurelian, no con las familias de los fueros. Él siempre pondría sus palabras entre ellos y Conor, igual que Kel ponía su cuerpo entre Conor y el peligro.

—Recuerdo —intervino Roverge— que cuando surgió este asunto con el rey Markus, él lo expuso ante nosotros para oír nuestras opiniones. No hay un pacto más vinculante que un matrimonio, y los pactos entre Castelana y los poderes extranjeros son asunto del Consejo.

—¿Lo son? —murmuró Conor—. ¿Estáis todos planeando uniros a mí en mi noche de bodas? Tendremos que hacer una lista de nombres para saber cuántas botellas de vino debo encomendar.

Roverge sonrió incómodo.

—Sois joven, querido príncipe. Es parte de vuestro innegable encanto. Pero cuando alguien de la realeza se casa, la nación entera se une en su alcoba.

—Qué escandaloso suena eso —opinó Falconet.

—Cuando Markus planteó el tema —explicó Cazalet—, las cosas con Marakand eran diferentes. Estábamos enfrentados. Ahora, por supuesto, reina la armonía entre nosotros.

—Pero —objetó Conor— no todas las disputas se pueden resolver con un matrimonio. Para empezar, solo puedo casarme una vez.

Kel deseó poder poner la mano en el hombro de Conor. Pudo ver cómo los dedos de su amigo empezaban a cerrarse en garras, un hábito nervioso. Estaba permitiendo que el Consejo presionara demasiado a Conor. Si saltaba, Lilibet lo acusaría de no haber conseguido demostrarle al Consejo quién tenía el control.

—De hecho —intervino Kel, intentando aligerar el tono—, esto no es Nyenschantz.

Hubo un estallido de risas. Al rey de Nyenschantz lo habían pillado prometiendo la mano de su hija a varios países a la vez, y lo habían obligado a pagar múltiples dotes cuando se descubrió el engaño.

—Conozco a la princesa de Sarthe, Aimada —dijo Falconet—. Es hermosa, inteligente, habilidosa...

Lady Alleyne se envaró en su asiento.

—¡Tonterías! —exclamó—. ¡No podemos tratar así a nuestro príncipe! ¿Casarlo con una horrible mujer de Sarthe? No lo creo.

—Joss, vuestra hermana está casada con un duque sarthiano —señaló Sardou, malhumorado—, no sois objetivo en este asunto. Una alianza con Sarthe probablemente beneficiaría a vuestra familia.

Joss sonrió, era la inocencia personificada.

—Eso no se me había ocurrido, Polidor. Estaba pensando en Castelana. Nuestro constante estado de tensión con Sarthe vacía las arcas de la ciudad, ¿no es así, Cazalet?

—¿Y qué hay de Valderan? —interrumpió Esteve—. Una alianza con Valderan podría ser valiosa, de hecho.

—Pensad en los caballos —replicó Falconet, mordaz—, todos esos caballos.

Esteve lo fulminó con la mirada.

—Puede que Falconet no sea objetivo —concedió Roverge—, pero Sarthe es nuestro vecino más cercano y debemos llegar a un acuerdo para resolver el problema de los bandidos. El mes pasado perdí una caravana entera de polvo de índigo.

Rolant Cazalet sacó una caja de rapé de oro del bolsillo.

—¿Y qué me decís de Malgasi? —preguntó, mientras pellizcaba un poco de la mezcla de hojas pulverizadas y hierbas que guardaba dentro. La sustancia se podía comprar en los puestos ashkar del mercado de la ciudad. Era una magia sencilla, como las gotas de flores que los nobles más jóvenes se echaban en los ojos para cambiarse la forma de las pupilas en estrellas, corazones u hojas—. Su riqueza, puesta a nuestra disposición, podría aumentar nuestro Tesoro, y la huella de nuestro comercio...

—Mis fuentes en la Corte de Malgasi me dicen que la reina Iren podría dejar pronto el trono —informó Montfaucon.

—Qué raro —opinó Mayesh—. No fue hasta hace poco que consiguió consolidar su poder. Normalmente, no se deja una posición de poder voluntariamente.

—Quizá esté cansada de ser reina —aventuró Antonetta—. Quizá desea empezar alguna afición.

Lady Alleyne pareció apenada.

—Antonetta, no sabéis nada ni del poder ni de la política. Mantened la boca cerrada y los oídos atentos, mi niña.

Kel le lanzó una mirada a Antonetta; no pudo evitarlo. ¿Por qué se esforzaba tanto por parecer ridícula en público? Con doce años tenía ideas más inteligentes y claras sobre la política y el comercio, y él parecía el único en darse cuenta de que no era posible que hubiera perdido el sentido común en esos años.

Ella se limitó a devolverle la sonrisa, igual que había hecho la noche anterior: una sonrisa dulce, encantadora y ligeramente confundida. Le provocó cierta calidez, aunque quizá se tratara del enfado recorriéndole el cuerpo.

—Dejar el trono no es una decisión de Iren. Dicen que se está muriendo —informó Montfaucon—, lo que significa que la princesa Elsabet pronto ascenderá al trono. No habría que esperar mucho para tener el oro de Malgasi a nuestra disposición.

—Qué calculador, Lupin —murmuró lady Alleyne—, y cuánto complacería a Lilibet tener otra reina aquí en Marivent. Realmente habéis pensado en todo.

—He oído que su Corte es un caos y que el gobierno de Belmany no es muy popular —apuntó Raspail—. Mayesh, ¿qué os cuentan vuestras conexiones ashkar? ¿Alguna noticia de Favár?

—No hay ashkaríes en Favár —respondió Mayesh, sin inflexiones en la voz—. En Malgasi estamos prohibidos, solo se nos permite el paso por los Caminos.

Kel frunció el ceño. ¿Él sabía eso? A juzgar por las expresiones de los demás miembros del Consejo, ellos no.

Raspail se encogió de hombros.

—¿Y qué hay de Kutani? Si se trata solo de oro, nadie tiene más que ellos. Y su princesa...

—Anjelica —apostilló Kel. Aún podía verla, o, más bien, su retrato: el oro pálido de los ojos, la nube de pelo negro—. Anjelica Iruvai.

—Anjelica, sí —continuó Raspail, chasqueando los dedos—. Se supone que es hermosa. Y dócil, también.

—¿Hay muchos árboles en Kutani? —se preguntó Falconet en voz alta—. Manglares, supongo... —Se interrumpió, y abrió mucho los ojos, sorprendido.

Conor se tensó. La sala quedó en silencio. Al lado de Kel, Mayesh Bensimon se puso en pie lentamente. Los nobles lo siguieron. Uno a uno: Esteve, Uzec, Roverge, Montfaucon, Alleyne... Todos excepto Gremont, que seguía dormido. Como dictaba la tradición, se quedaron en pie e hicieron una reverencia, pues el rey Markus había entrado en la Cámara de la Esfera y los miraba con curiosidad.

El rey. Así como, a ojos de Kel, Mayesh no había cambiado en los últimos doce años, el rey, desde luego, sí lo había hecho. Seguía siendo un hombre corpulento, con los brazos y el pecho de un estibador que descargara mercancía en el puerto, pero tenía el rostro hundido. Se le veían grandes bolsas oscuras bajo los ojos, y el pelo rubio estaba entreverado de canas. Las grandes manos, enguantadas como siempre en negro, le colgaban a los costados.

A su lado se hallaba master Fausten, su constante compañero. Había sido el tutor del rey en Favár, muchos años antes, durante el tiempo que había pasado en la Corte de Malgasi como pupilo. Cuando el rey se había trasladado a la Torre de la Estrella, había llamado a Fausten para que se uniera a él en sus estudios.

Fausten era un hombre pequeño, de miembros nudosos como un árbol viejo, debido a una enfermedad infantil. Tenía el cabello oscuro y la piel pálida comunes en Malgasi, aunque apenas le quedaba ya pelo, y la calva le brillaba a causa del esfuerzo de atravesar el desigual terreno de Marivent.

Al igual que el rey, era astrónomo, aunque Kel siempre se había preguntado cómo se podrían estudiar las estrellas cuando apenas se podía ver el magistral dibujo del propio cielo, brillante en plata y oro. Le gustaba insistir en que el sol era una estrella, pero Kel atribuía esto a su copioso consumo de brandevino, una mezcla de aguardiente de palma y whisky, de horrible sabor.

—Conor, mi querido hijo —dijo el rey—, y mi Consejo. —Su mirada vagó por los nobles, ligeramente desenfocada, como si no estuviera totalmente seguro de reconocerlos a todos—. Estaba inmerso en mis estudios cuando pensé... ¿Qué fue lo que pensé, Fausten?

—Hablasteis del destino, mi rey —contestó Fausten. Estaba sudando, claramente incómodo con la pesada túnica de terciopelo que insistía en vestir. Era azul medianoche, y sobre ella brillaban las constelaciones del cielo en hilos plateados: el Cisne, la Corona y la Espada de Aigon, entre otras—. Y de la fatalidad.

El rey asintió.

—Este tipo de reuniones son una bobada —afirmó, abarcando con una de las manos enguantadas a toda la Cámara de la Esfera—. Cuando nos hallamos ante asuntos de importancia, debemos consultar las estrellas, pues así es como los dioses hablan con nosotros. Cotorrear entre nosotros no arregla nada, pues solo vemos una fracción del camino que tenemos delante.

—No todos tenemos vuestra habilidad, Alteza —replicó Mayesh—, a la hora de interpretar la voluntad de las estrellas.

Conor se había quedado muy quieto. Tenía el rostro blanco y las manos se aferraban con fuerza a los brazos de la silla. Kel le puso una mano en el hombro; lo notó rígido como el acero.

—Así es —añadió Montfaucon—. Yo no las encuentro muy habladoras.

El rey volvió la mirada desenfocada hacia Montfaucon.

—Entonces, sois afortunado —sentenció—, pues cuando yo miro las estrellas, veo la ruina de Castelana. Marivent, nuestra Blanca Dama, desplomada en el suelo. La Ruta Magna, empapada de sangre.

Hubo un suave murmullo de ligero asombro, como si lady Alleyne se hubiera quitado el corpiño, pero nadie pareció especialmente alarmado.

El rey se volvió hacia Mayesh.

—Debemos hacer cuanto podamos para evitar esta fatalidad. Las estrellas...

—Fausten —siseó Conor, entre dientes.

El pequeño hombre se dirigió ansioso hacia el rey.

—Mi señor —dijo—, no podemos quedarnos. El eclipse lunar de esta noche, ¿recordáis? Cuando la luz de la luna se haya extinguido, se revelarán muchas cosas. Debemos preparar los telescopios, para que no se nos escape ningún mensaje importante.

El rey pareció dudar. Fausten bajó la voz para murmurar algo en malgasi. Tras un breve momento, el rey asintió y salió de la habitación. Fausten, recogiéndose la pesada túnica, salió tras él como un perro pastor tras un miembro rebelde de su rebaño.

—Ahí está —dijo Conor, en el silencio posterior—. Voy a consultar a las estrellas en lo que a mi futuro matrimonio se refiere, así que no hay necesidad de seguir hablando del tema.

—Mi señor —replicó Kel. Casi nunca se dirigía así a Conor, pero la ocasión lo requería. Había retirado la mano del hombro de su amigo, sabiendo que era un gesto de familiaridad que el Consejo miraría con recelo, incluso viniendo del primo del príncipe—. El rey Markus estaba claramente bromeando. Un poco de humor para relajar los ánimos. ¿No os parece?

Los nobles allí reunidos murmuraron en señal de asentimiento, agarrándose a la salida que Kel les ofrecía y lo suficientemente aliviados para no importarles la fuente de esta.

—Por supuesto —convino Conor—. Una broma. Mi padre estaba siendo absurdo a propósito.

—Tened cuidado —advirtió Mayesh en voz baja, pero Conor hacía girar la taza de té rápidamente en la mano, contemplándola como si contuviera las respuestas que su padre buscaba en las estrellas.

—Entonces, ¿no hay más asuntos que discutir? —preguntó Conor, sin levantar la vista. Los nobles intercambiaron miradas, pero ninguno habló—. ¿Antes de que esta reunión se dé por concluida?

—Bueno —dijo lady Alleyne—. Está el tema del Baile del Solsticio...

Conor se puso en pie de forma abrupta, con el vaso verde chispeando en la mano. Kel sabía lo que iba a hacer, pero no tenía forma de detenerlo; se encogió mientras Conor tiraba el vaso con todas sus fuerzas. Pasó volando al lado de Gremont, y golpeó la pared que estaba tras él, contra la cual estalló, esparciendo fragmentos de cristal.

Antonetta dejó escapar un gritito antes de taparse la boca. Gremont se enderezó, parpadeando.

—¿Qué ha pasado? ¿Ha acabado la reunión?

Sin decir palabra, Conor salió de la estancia.

—Ese niño... —dijo lady Alleyne, frunciendo el ceño— tiene que aprender a moderar su carácter

—Ese niño —replicó Kel— es vuestro príncipe, y un día será vuestro rey.

Lady Alleyne puso los ojos en blanco.

—El perro ladra de parte de su dueño —intervino Roverge, con frialdad—. Ladrad en otro sitio, perrito.

Kel no contestó. Las familias de los fueros estaban levantándose ya, listas para partir. Y aquel no era un buen sitio para discutir con Roverge o cualquiera de los demás. Ya había dicho demasiado; podía verlo en los ojos de Mayesh.

Siguió a Conor, fuera de la sala, deteniéndose solo para mostrarle los dientes a Roverge al pasar. Antonetta lo miraba ansiosa mientras salía; sin duda preocupada por Conor. Kel no pudo evitar recordar lo que la chica había dicho la noche anterior: «A todos pueden obligarnos a hacer cosas. Solo hace falta encontrar la forma adecuada de presionarnos».

Lin estaba en el jardín de los médicos, arrodillada en el suelo junto a una planta de dedalera. Le encantaba estar allí, el aire era fresco y verde, y olía a vida, y el sol iluminaba los serpenteantes caminos que recorrían los lechos de hierbas y flores. Aunque lo mantenía la Casa de las Mujeres, lo que salía del jardín se compartía con todo el Sault. Allí crecían las hierbas medicinales que los médicos ashkar llevaban generaciones usando. Espuelas de caballero, asfódelos y dedaleras se codeaban con acónitos y laburnos. Los tarros de la Casa de los Médicos contenían aquello que no se podía cultivar en el Sault: abedul y corteza de sauce, jengibre y raíz de loto.

—Supuse que te encontraría aquí. —Lin levantó la vista, cubriéndose los ojos con una mano, para ver a Chana Dorin de pie ante ella. Llevaba su habitual vestido gris raído y un colorido delantal atado a la cintura—. Supongo que necesitas usar la cocina, ¿no?

Lin metió el puñado de hojas de dedalera en su zurrón y se puso en pie. La mayoría de los médicos del Sault se limitaban a pasar notas a la Casa de los Médicos listando los componentes que necesitaban. Lin no había tardado en descubrir que sus peticiones solían quedar últimas o directamente se ignoraban, haciendo que se quedara sin medicinas. Chana le había ofrecido usar la cocina del Etse Kebeth, la más grande del Sault, para preparar sus medicinas.

Aunque, al principio, eso le había enfadado mucho, pues la mayoría de los médicos no tenían que ser también sus propios boticarios, Lin había descubierto una ventaja en su situación. Le permitía experimentar, mezclar varios ingredientes cuando intentaba crear nuevas medicinas para tratar a Mariam. A menudo pensaba con nostalgia en cómo sería tener su propio laboratorio, como los alumnos de la Academia, pero eso era imposible. De momento, tendría que conformarse con la cocina.

—Sí —contestó Lin—. He encontrado una referencia a un antiguo componente hindí para tratar la inflamación pulmonar...

Chana alzó una mano.

—No hace falta que me des explicaciones. —Entrecerró los ojos debido al sol—. Falta un mes para el Festival de la Diosa.

Lin alzó las cejas. Chana no solía hacer observaciones vanas.

—¿Y?

—Esperaba que pudieras ayudarme a hacer los saquitos para las niñas.

Los saquitos eran pequeñas bolsas de hierbas, que se ponían en el cuello las mujeres lo suficientemente jóvenes para ser consideradas receptáculos potenciales para la Diosa. Las hierbas eran para el amor y la suerte. En opinión de Lin, una tontería.

—Chana, ya estoy bastante ocupada...

Chana alzó una mano.

—Lin, sabes perfectamente bien que todo el mundo en el Sault ayuda con la preparación del Tevath.

—Los médicos, no —replicó Lin, aunque sabía que muchos sí lo hacían, a pesar de todo. El Festival de la Diosa, llamado el Tevath, era la festividad más importante del año en el Sault. Los ashkar se reunían en el Kathot, donde el Maharam recitaba la historia de la Diosa y de la pérdida de Aram. Cómo la reina Adassa había conseguido que su gente sobreviviera cuando la derrota parecía inminente. Cómo había salvado para ellos la magia de la gematría, para que pudieran fabricar amuletos y talismanes. Cómo había prometido que un día volvería en forma de chica ashkar.

Cuando era más joven, a Lin le encantaba el festival, igual que a Mariam. Era una ocasión para ponerse elegante y sentirse especial por un día, ya que cualquier chica, y solo una chica, podría ser la Diosa Renacida. También era una oportunidad para bailar: el elegante baile que aprendían todas las chicas ashkar y que solo se representaba en el festival. El Kathot se iluminaba con farolillos, mágicos como el bosque de un cuento infantil, y había risas y vino, música y *loukoum*, pastel de miel y flirteos.

Sin embargo, pensó, en ese momento era un recordatorio de que la mayoría del Sault la veía como alguien raro. «Pero ¿para qué querrías ser médica?», era lo que le solían preguntar sus parejas de baile. Y la pregunta que subyacía: ¿aun así pensaba tener una familia? ¿Cómo iba a ser médica y, a la vez, criar a los niños? Por supuesto que era rara, murmurarían cuando pensaban que no los oía. Qué terrible lo que les había pasado a sus padres, pero tenía que haber alguna razón para que Mayesh Bensimon no se hubiera hecho cargo de los niños. Quizá les pasaba algo; al menos la niña había salido de lo más rara.

Lin soltó un suspiro.

—Chana, no pensaba ir.

—Lo sabía. —Chana se abalanzó sobre esta información como una paloma sobre una miga de pan—. Lin, eso no está bien. Es el festival más importante del año, y la última oportunidad para ti y para Mariam de que os elijan. El Sault es tu hogar. No puedes apartarte de tu gente.

«Son ellos los que se han apartado de mí», pensó.

Aunque iba más allá de eso. Cuando Lin era joven, siempre se había sentido incómoda durante la parte del festival en la que el Maharam pronunciaba las palabras en el lenguaje antiguo, palabras destinadas a invocar a la Diosa: «Si estás entre nosotros, Adassa, muéstrate».

No podía recordar el momento en el que se dio cuenta de que nadie esperaba realmente que la Diosa volviera. Que la emoción de la expectación estaba solo en su propio corazón. El festival era, en realidad, un mercado para el matrimonio: chicas desfilando con sus mejores galas ante jóvenes casaderos, con la esperanza de emparejarse.

—Además —añadió Chana—, Mariam ya ha empezado a confeccionarte el vestido.

Lin sintió una punzada de culpa. Se había olvidado de decirle a Mariam que no iba a ir... Bueno, en realidad, había estado evitando el tema.

—Estoy intentando que Mariam se ponga bien —replicó—, que es más importante.

—No estoy segura de que Mariam esté de acuerdo contigo —indicó Chana—, ella supone que sí que vas a ir. Hasta me ha preguntado si creo que Josit podría estar de vuelta con las caravanas para entonces.

Josit. Mariam había ido a despedirlo, hacía meses, cuando él se iba a Hind con los rhadanitas. Lin recordaba cómo él se había asomado desde el vagón y le había colocado el pelo detrás de la oreja a Mariam. Cómo Mariam lo miraba sonriendo. Cómo le decía que le trajera algodón bueno de todos los azules que encontrase. Cómo se le había borrado la sonrisa de la cara cuando la caravana desapareció por la entrada. Lin había intuido lo que Mariam pensaba: ¿era aquella la última vez que iba a ver a Josit?

—No intentes hacerme sentir culpable por Mariam, Chana —pidió Lin, sintiéndose fatal—. Trabajo día y noche para encontrar una cura para ella. Eso es más importante que un vestido.

Chana puso los brazos en jarras.

—Ese es el problema, Lin. Has dejado de ver a Mariam como tu amiga, tu hermana. Solo la ves como a una paciente. Si aprendí algo de la pérdida de Irit, es que nuestros seres queridos necesitan de nosotros algo más que una médica. Hay otros médicos. Mariam necesita una amiga.

Las palabras la golpearon, sobre todo por lo raro que era que Chana hablase de Irit. Lin se había preguntado a menudo si Chana volvería a buscar el amor, pero no parecía inclinada a ello.

—¿Te lo ha dicho ella?

—Sé que el festival es importante para ella. Sé que ha estado trabajando incansablemente en vestidos para una docena de chicas, y en uno especial para ti. Ha puesto todas sus energías y pensamientos en ello. Sé que le preocupa que este sea el último festival al que vaya.

—¡Pero ¿no lo ves?! —exclamó Lin—. ¿No significa eso que debería estar trabajando aún más para encontrar una cura, un tratamiento?

—Yo no digo que debas dejar de intentar curarla. —La voz de Chana se había vuelto más amable—. Pero la mente y el espíritu necesitan cuidados, igual que el cuerpo. Para Mariam es bueno tener algo en perspectiva que le haga ilusión. Pero si tú no vas... —Chana sacudió la cabeza—. Por una noche, sé su amiga, no su médica. Será mucho más feliz si estás allí.

Y con eso, Chana se volvió y se fue del jardín, con un porte tan regio como el de cualquier noble. Lin se sentó, a la sombra de la morera enana, sintiéndose desgraciada. Sabía lo que tenía que hacer: tenía que preguntarle a Mariam qué era lo que ella quería.

Pero le daba miedo la respuesta. ¿Y si Mariam quería que ella dejara de buscar una cura? ¿Y si quería que la dejara morir cuando le correspondiera? Lin no creía que pudiera soportarlo. Apretó la mano al costado, e hizo una mueca; y se dio cuenta de que estaba sujetando la piedra de Petrov. No recordaba haberla sacado del bolsillo, pero allí estaba, en su palma, y su forma y su contacto la calmaban de una forma peculiar.

La fue girando para observarla. No podía evitar sentirse fascinada por ella, por el remolino de oscuridad del interior, como un humo alzándose desde un punto concreto y extendiéndose para cubrir el cielo. Cada vez que la miraba, las formas del interior parecían diferentes, parecían atraer su entendimiento.

«Basta.» La metió en el bolsillo con un movimiento contundente de muñeca. Era suficiente, se dijo. La piedra seguía siendo de Petrov; tenía que devolvérsela tan pronto como pudiera. Antes de acostumbrarse a usarla para darse consuelo. Antes de que ya no fuera capaz de devolvérsela.

Kel encontró a Conor a cierta distancia de la torre, en el jardín de la reina. Había sido un regalo de Markus a Lilibet a su llegada a Marivent, hacía un cuarto de siglo. Un largo sendero blanco de conchas de mar aplastadas conducía a un espacio verde amurallado donde la reina había reubicado plantas y flores de Marakand, combinándolas libremente con la flora local: flores de lavanda y ásteres mezcladas con jacintos y aves del paraíso; las rosas trepaban por los muros del patio mientras los tulipanes de pálido color dorado brillaban al sol.

En el centro del jardín había un estanque, alicatado con teselas color esmeralda, como un ojo verde que mirase al cielo. Conor estaba en el borde, contemplando el agua con aspecto sombrío.

—No debería haber hecho eso —dijo, sin levantar la vista, mientras Kel se le acercaba.

—¿Hecho el qué? ¿Tirar la taza? —preguntó Kel, al llegar a su lado. Podía ver el reflejo de ambos en las aguas del estanque. Las suaves ondas que causaba el viento los hacía indistinguibles, dos siluetas delgadas y de pelo negro, idénticas en lo esencial—. Despertaste a Gremont, lo cual no está mal.

—Me temo —dijo Conor— que no lo verán como una muestra de control sobre el Consejo, ¿no crees?

—No puedo saber lo que va a pensar la reina. Me atrevería a decir que nadie puede.

—Las estrellas quizá sí —replicó Conor, sombrío—, puesto que, por lo visto, lo saben todo, y no les importa nada. —Hizo una pausa y siguió—. Está loco —dijo, sin apartar la vista del estanque—. Mi padre está loco, y si es cierto lo que dicen los cirujanos sobre la locura, yo también lo estaré algún día.

Kel no se movió. Ya había oído a Conor decir esto; la primera vez había sido tras el Fuego en el Mar. Lo que supuestamente iba a ser una celebración, el rey en el barco cubierto de flores para representar el matrimonio ceremonial entre Castelana y el océano que la sostenía, había acabado en un incendio: el bote en llamas y un humo negro como el carbón haciéndose más y más denso, hasta ocultar la figura del rey.

Solo los que se hallaban en los Muelles Reales estuvieron lo suficientemente cerca para ver que el rey no había hecho ningún movimiento para salvarse. Jolivet y el Escuadrón de la Flecha se tiraron al agua y sacaron a su soberano de los restos en llamas. Se había presentado como un accidente; algunos en Castelana creyeron que había sido un intento de asesinato, pero Kel había oído al rey gritarles a sus guardias. «¡Deberíais haberme dejado arder!», había exclamado, arrodillado en los Muelles Reales, mientras el agua se le escurría de la gruesa túnica de terciopelo. Pero mientras Gasquet se apresuraba a vendarle las manos carbonizadas, el rey no mostró signos de dolor. «Deberíais haber dejado que el fuego acabara conmigo.»

Conor, con las muñecas y la frente ceñidas de flores, había contemplado esta escena, pálido y en silencio. No había comentado casi nada del incidente, salvo en medio de la noche, cuando se despertaba gritando a causa de pesadillas que no quería ni describir. «Lo he perdido, se ha vuelto loco, y un día yo también me volveré loco y estaré perdido.»

No se trataba solo de Conor: en la Colina nadie hablaba de ello, aunque las antorchas de la Torre de la Estrella se habían sustituido por lámparas químicas y el rey había empezado a llevar guantes negros, para esconder las quemaduras de las manos.

—Los cirujanos se equivocan a menudo —dijo Kel—, no le daría demasiada importancia a lo que creen.

Conor estaba silencioso. No le hacía falta decir: «No es solo lo que los cirujanos dicen, sino lo que todo el mundo cree. La locura se hereda a través de la sangre contaminada. Un hijo de padres locos también estará loco, y pasará su veneno a las siguientes generaciones. Si llega a ser de dominio público que mi padre está loco, y no simplemente distraído por algún sueño, la Casa Aurelian podría estar en peligro».

—Además —añadió Kel—, preferiría que no te volvieras loco, porque entonces tendría que aprender a imitar todas las locuras que hicieras.

Ante eso, Conor se rio; una risa verdadera, no la falsa que había usado con Montfaucon y los demás. El semblante preocupado se había relajado un poco, y justo a tiempo, pensó Kel, pues Mayesh acababa de aparecer en el portón del jardín como un vigilante cuervo gris. Por supuesto, después de cada reunión de la Cámara de la Esfera, Lilibet se reunía con Jolivet y Bensimon en la Galería Brillante para redactar las actas.

Conor puso los ojos en blanco.

—Supongo que me reñirá de camino a la galería —dijo—. No hace falta que vengas, será tremendamente aburrido. Creo que hay una reunión esta noche en casa de Falconet —añadió, volviéndose para seguir a Mayesh—. Ve y emborráchate. No estaría mal que uno de nosotros disfrutara esta noche.

Una vez que los Hechiceros-Reyes hubieron dominado el poder de las piedras Arkhe, sus capacidades se volvieron aún mayores. Con su nueva fuerza, eran capaces de controlar las grandiosas criaturas mágicas, nacidas de la Palabra: las mantícoras, los dragones, los fénix se vieron obligados a someterse a su voluntad. Mientras la gente se escondía, los reyes y las reinas batallaban, y convertían los ríos en fuego y arrojaban montañas al otro lado de la tierra. Aun así, sus ambiciones crecían, y los Hechiceros-Reyes robaron la magia de sus propios magos, a la vez que les robaban también la vida, para absorber su poder y almacenarlo en las hambrientas piedras. El sufrimiento de la gente era enorme, salvo en un reino: el reino de Aram.

Relatos de los Hechiceros-Reyes,
LAOCANTUS AURUS IOVIT III

Capítulo siete

Lin atravesaba las calles polvorientas del barrio de la Fuente, con la capucha puesta para cubrirle la cara de la luz del sol de última hora. Era uno de esos días en los que los vientos cálidos llegaban hirviendo por encima de las montañas de Arradin, al sur, ejerciendo presión sobre la ciudad como si esta fuera una mariposa bajo un cristal. La gente caminaba lentamente, con las cabezas gachas; las mujeres se agrupaban bajo amplias sombrillas. Hasta los barcos en el puerto parecían balancearse más despacio, como si flotaran sobre miel hirviente.

Al llegar a casa de Petrov, sintió el agradable fresco del vestíbulo de la escalera y subió los escalones de dos en dos hasta el segundo piso. Llamó con fuerza y esperó; no habían quedado en verse. Simplemente esperaba que estuviera en casa, ya que rara vez salía.

—¿Dom Petrov?

No hubo respuesta.

Se agachó, intentando atisbar por la mirilla, pero no pudo ver otra cosa que oscuridad.

—Dom Petrov, soy Lin. Lin Caster. Necesito verle.

En ese momento la puerta, contra la que estaba apoyada, cedió bajo su peso, abriéndose una pequeña rendija. Lin se irguió, sorprendida. Desde luego, no era propio de Petrov salir sin cerrar la puerta con llave.

Se mordió el dedo, preocupada. ¿Y si estaba enfermo? ¿Y si se había desmayado, débil por su problema en la sangre, y no podía levantarse para ir a abrir la puerta? Sin pensarlo dos veces, movió el pomo hacia abajo, y la puerta se abrió del todo.

Reprimió un gritito ahogado al entrar. El pequeño apartamento se hallaba completamente vacío, no quedaba ni un solo mueble. Lin se volvió, lentamente. Ni rastro de los libros, ni del samovar de bronce, ni siquiera de las plantas del alféizar. Y en el suelo... la alfombra afelpada había desaparecido. En su lugar, vio unas salpicaduras de color marrón oscuro.

Sangre seca.

El horror hizo que a Lin le burbujeara la sangre como si fuera vino espumoso. De pronto fue terriblemente consciente del peso de la piedra en el bolsillo. La tabla del suelo que había escondido los tesoros de Petrov estaba arrancada, y mostraba el oscuro espacio vacío debajo.

—¿Qué estáis haciendo aquí?

Lin pegó un bote. Domna Albertine, la casera de Petrov, apareció en el umbral. Parecía iracunda, con los rizos gris oscuro escapándosele de la cofia de terciopelo rosa e incongruentes volantes. Tenía el vestido manchado, y el tejido gastado y amarillento bajo los brazos.

—¿Y bien? —insistió, blandiendo la conocida escoba, el terror de todos los gansos. La miró con suspicacia—. Esperad, sois la médica esa, la chica ashkar.

Lin se mantuvo firme.

—¿Dónde está? ¿Dónde está Petrov?

—¿Importa? Unos amigos vinieron buscándolo el otro día. Al menos dijeron que eran amigos. —Domna Albertine escupió hacia un lado—. Oí algún ruido, pero no me gusta meterme en la vida de mis inquilinos.

Lin, que sabía que eso no era cierto, le lanzó una mirada furiosa.

—Vine el otro día a cobrar la renta... Petrov se había ido. Había sangre por todo el suelo. La limpié, pero, como veis, aún quedan restos. —Sacudió la cabeza—. Tuve que vender sus muebles para pagar la limpieza. Y la fianza. *Filh de puta.*

—Veo que habéis levantado las tablas.

Albertine le clavó la mirada.

—Ya estaban así cuando llegué. —Sonrió, pero era una sonrisa desagradable, llena de frío desprecio—. Sé por qué estáis aquí, *feojh* —dijo. Era una forma despectiva de referirse a los ashkar, e hizo que a Lin se le helase la sangre—. Queréis sus libros..., esos horribles libritos de magia, llenos de hechizos ilegales. Podía haberlo denunciado a los Vigilantes en cualquier momento, pero era un hombre mayor y sentía lástima por él. Pero vos, correteando por la ciudad, con vuestros sucios talismanes. —Movió la boca sin decir nada, y una saliva blancuzca se le amontonó en las comisuras—. Deberían deshacerse de todos vosotros. Quemar el Sault, como hicieron en Malgasi. Limpiarlo.

Lin apretó los puños.

—No hacemos ningún daño —dijo, con la voz temblando—. No sabéis nada.

—Sé suficiente. —El tono de la casera era venenoso—. La magia es una maldición. Vuestra gente la transmite, como una enfermedad. Como una plaga.

Lin tragó bilis.

—Podría fabricar un talismán que haría que os doliera cada hueso del cuerpo —amenazó, en voz baja—. No volveríais a dormir bien nunca más.

Albertine retrocedió.

—No os atreveríais...

—Decidme qué habéis hecho con los libros de Petrov —dijo Lin—, y me iré.

La mano de domna Albertine se crispó sobre el mango de la escoba. Pero había miedo en sus ojos, un tipo de miedo enfermizo que era peor que la ira.

—Se los vendí a un comerciante del Laberinto. Uno de esos que compran basura inservible. Ahora, marchaos.

Lin cogió el zurrón y salió a toda prisa. Seguía oyendo a domna Albertine gritar obscenidades tras ella, mientras corría escaleras abajo y salía al barrio de la Fuente.

Ya estaba a cierta distancia cuando aminoró el paso, aún dándole vueltas a la cabeza. ¿Qué le había pasado a Petrov? ¿Quiénes eran esos hombres que decían ser sus amigos, y qué habían hecho con él? Se sentía febril y mareada, pensando en los restos de sangre que había en el suelo. No se podía sobrevivir perdiendo tal cantidad de sangre.

Petrov conocía a los hombres que habían ido allí. Quizá ya sabía que planeaban matarlo. Y, aun así, su primer pensamiento no había sido huir. Su primer pensamiento había sido proteger la piedra.

Lin se encaminó hacia el Sault, con una rabia amarga aún latiéndole en el corazón. Desearía haberse lanzado contra domna Albertina, haberle pegado un puñetazo en la cara. Pero la mujer habría llamado a los Vigilantes, y estos se habrían puesto del lado de la mujer castelaní, no de la chica ashkar.

Lin metió la mano en el bolsillo y tocó la superficie fría de la piedra. La calma la invadió desde el punto de contacto. Deseó poder sacarla y mirarla, pero no se atrevía a hacer eso en la calle. La piedra había pasado a ser suya, y sentía la responsabilidad de protegerla, incluso por el bien de Petrov, pero también, sorprendentemente, por el bien de la propia piedra.

Castelana en el ocaso. Kel caminaba por las calles; había cogido la capa negra de Conor, la que le permitía entrar de incógnito en la ciudad. Llevaba la capucha subida, el talismán a salvo en el bolsillo. Estaba bien no ser nadie: sin nombre, sin cara, uno más entre la multitud.

Y había una multitud. Había bajado de la Colina a través de la Puerta Este, por el camino que conducía a un enrevesado laberinto de calles exteriores y finalmente desembocaba en la Ruta Magna, la principal arteria de la ciudad.

Durante el día, la Ruta Magna era una elegante calle de tiendas, donde los ricos compraban sus productos: muebles finos, rollos de seda, guantes bordados de Hanse, alfombras de Hind y Marakand. Por la noche, las tiendas cerraban sus puertas, escondían los escaparates tras pantallas de madera pintada, y aparecía el Mercado Roto.

El Mercado Roto se extendía por la Ruta Magna, y finalmente desaparecía en las sombras del Laberinto. Mientras que el mercado semanal de la plaza del Mercado de la Carne estaba duramente regulado por el Consejo, el Mercado Roto era un evento anárquico. Había nacido como lugar para deshacerse de piezas de mercancías rotas o imperfectas. Tazas de porcelana de Shenzan, con los bordes dorados desconchados; fragmentos de cristal con los bordes lijados, transformados en brazaletes y colgantes; piezas de reloj y picaportes estropeados; guantes de encaje rotos y cortinas rasgadas cuyo tejido aún podía aprovecharse para vestidos y abrigos.

«Un lugar para que las cosas desechadas encuentren nuevos hogares», pensó Kel, pasando bajo el toldo hundido de un puesto que vendía sillas de tres patas y mesas tambaleantes. Y, si uno se aburría de comprar, había entretenimiento: juglares y músicos, y los cuentacuentos itinerantes, que era fácil encontrar en cualquier esquina, narrando los episodios más recientes de sus historias. Los cuentacuentos más populares reunían a grandes multitudes de admiradores, ansiosos por escuchar el capítulo más reciente de las historias que, a veces, llevaban años siguiendo.

Tras comprar una bolsa de *calison* dulce, una pasta de almendra azucarada que les encantaba a los marineros castelaníes, Kel se dirigió al noreste, hacia el barrio de los Académicos. En su camino, pasó las murallas grises del Sault; sobre sus baluartes, pudo ver las filas de silenciosos vigilantes ashkar, los Shomrim, haciendo guardia. Estaban inmóviles como estatuas, contemplando a los transeúntes. Otros dos Shomrim vigilaban la gran puerta de metal emplazada en la muralla a través de la cual los ashkar podían salir entre el amanecer y la puesta de sol.

Kel llevaba toda la vida viendo esa puerta. En sus dos batientes había grabadas palabras en el idioma ashkarí, una lengua que él no entendía. Por lo que sabía, no lo hablaba nadie que no perteneciera a la comunidad ashkar. Alrededor de las palabras, había grabadas hojas, frutas, flores y animales pequeños. La puerta era bonita, aunque existía para mantener a los ashkar aislados del mundo exterior.

A medida que el mercado se desvanecía, la Colina del Poeta se alzó ante Kel, con la Academia y el barrio de los Estudiantes alrededor de su base. La noche estaba despejada, y la luna brillaba como un faro. ¿No había dicho Fausten algo sobre un eclipse? O quizá había sido una estratagema para llevarse al rey de la Cámara de la Esfera.

«Yo no las encuentro muy habladoras.»

Kel había visto cómo Conor se crispaba, casi imperceptiblemente, y hubiera querido darle una patada a Montfaucon. La retirada del rey de la vida de Palacio había ocurrido de forma muy gradual, y hacía mucho tiempo, pero eso no quería decir que se hubieran olvidado de ella. Kel y Conor todavía eran niños cuando Markus había empezado a pasar más y más tiempo en la Torre de la Estrella, con Fausten. Más tiempo hablando sobre las estrellas y los secretos que guardaban, sobre el significado del destino y el azar, y preguntándose si los dioses hablaban a los hombres por medio de lo que estaba escrito en los cielos.

Al principio, a nadie le había parecido raro. Un hombre debe ejercitar la mente al igual que el brazo que maneja la espada, decía Jolivet a menudo, y tener a un rey filósofo podía ser un motivo de honor para Castelana. ¿No había diseñado el rey Maël la horca del Cadalso, un método mucho más humano de ejecutar a los prisioneros que la práctica previa de tirarlos a los cocodrilos? ¿No había ayudado el conocimiento en ciencias del rey Theodor para acabar con la Plaga Escarlata?

Los dioses sonreían a los reyes y los hacían sabios, había dicho Jolivet, mientras Conor, con Kel al lado, observaba cómo trasladaban los instrumentos de estudio de Markus a la Torre de la Estrella: el planetario de oro, el enorme sextante de bronce, el telescopio venido de Hanse y las cajas con las correspondientes lentes.

Lo raro era que el rey hubiera seguido sus cosas hasta la torre y no hubiera vuelto a salir de ella más que en contadas ocasiones. El hombre fuerte y autoritario que había enseñado a montar a caballo a Conor y a hablar sarthiano a Kel, se había evaporado, y este fantasma distante y de mirada distraída había ocupado su puesto.

Las calles serpenteantes del barrio de los Académicos se

tragaron a Kel; las estrellas brillaban débilmente, opacadas por la luz de la luna.

«Las mismas estrellas que el rey estudia desde su torre», pensó Kel, adentrándose en la vía Jibariana, aunque él nunca había conseguido ver ninguna forma real en ellas. Siempre le habían parecido un puñado de arena brillante, lanzado al cielo por una mano descuidada. Sin significado o forma, igual que no lo tenían los adoquines agrietados que pisaba.

La calle se empinó hacia la zona de la Academia. Aprovechando la brillante luz de la luna, los estudiantes se sentaban en los balcones, unos leyendo, otros bebiendo en grupo, algunos jugando a las cartas o fumando *patoun*, una mezcla de hierbas y hojas secas, que llenaban el aire de un incienso suave. Las teterías y los bares estaban abiertos, y tenían una clientela bulliciosa.

Había llegado a la calle del Rector. Se curvaba hacia arriba, rodeando la base de la Colina del Poeta. El cartel de la librería Lafont, de madera pintada en dorado, se balanceaba sobre él. Al otro lado de la calle había un edificio alto y estrecho, con la pintura descamada en los laterales. Los balcones de hierro forjado albergaban una mezcla de mesas y sillas gastadas, mientras las plantas de los alféizares trazaban una franja verde que recorría la fachada del edificio. Un cartel en una de las ventanas superiores mostraba una estilizada pluma, el símbolo de la Academia. Así que, definitivamente, era una posada de estudiantes.

Kel cruzó la calle y probó la puerta principal. Se abrió con un ligero toque, mostrando una entrada diminuta y una escalera peligrosamente empinada, casi como una escalera de mano. El lugar olía a guiso y a algo que Kel reconoció: una fragancia penetrante y verde, como la que se desprendía de las ropas de Merren en el Caravel.

Kel subió los peldaños de dos en dos, y pasó varios rellanos antes de llegar a una puerta asimétrica. Allí, el olor a plantas recién cortadas era más fuerte.

Kel abrió la puerta de un empujón. La cerradura estaba floja y cedió inmediatamente, lo que hizo que Kel casi se cayera al suelo. Era un espacio pequeño: una sola habitación principal dividida en varias áreas según su uso: una esquina con una palangana y una bañera curva con patas; otra con un pequeño horno de ladrillos y azulejos y una colección de ollas colgando de la pared. Había flores y hojas desperdigadas sobre una mesa cuya pintura se había desconchado hacía tiempo; junto a ellas descansaba un gran vial de cristal, cuidadosamente tapado, lleno de un líquido azul pálido.

Unas contraventanas de madera daban a un balcón de hierro forjado, donde una enorme colección de plantas diversas crecía en macetas de barro que guardaban un precario equilibrio sobre la barandilla de metal. Un colchón en el suelo era la única cama, y la colorida manta de terciopelo, la única concesión al lujo o la comodidad.

A primera vista, Merren Asper no parecía estar allí. Pero la habitación estaba templada, casi caliente... Kel echó un vistazo al horno, en el cual ardía alegremente el fuego. La olla de cobre que se hallaba sobre el hornillo contenía una sopa con agua y trozos de verduras de aspecto horrible, que producía el aromático vapor que perfumaba el lugar.

«Ajá.» Kel cerró de una patada la puerta a su espalda.

—¡Merren Asper! —llamó—. Sé que estáis aquí. Salid o empezaré a tirar vuestros muebles por la ventana.

Una cabeza rubia se asomó por el borde de una librería. Merren Asper abrió de par en par sus ojos azules y saludó.

—Esto... ¿Hola?

Kel empezó a avanzar hacia él amenazadoramente. Y quien le había enseñado a amenazar había sido Jolivet, un maestro en ese arte.

Merren se apartó, y Kel lo siguió. No fue una gran distancia. La espalda de Merren golpeó la pared opuesta, y miró alrededor como buscando una vía de escape. No había ninguna, así que probó a mostrarse despreocupado.

—Bueno, en fin —dijo Merren, agitando la mano—, ¿cómo me... habéis encontrado? No es que me importe...

Esa indiferencia no impresionó a Kel. Era el procedimiento habitual de Conor cuando Jolivet o Mayesh se enfadaban con él, y normalmente significaba que sabía que había actuado mal.

Kel lo fulminó con la mirada.

—Me dijisteis dónde vivíais, idiota —contestó—. Pensé en ir al Caravel para preguntarle a vuestra hermana dónde podía encontraros, pero recordé que os había preguntado vuestra dirección y me la habíais dado, y era improbable que me hubierais mentido ya que ambos estábamos borrachos con el mismo suero de la verdad. Probablemente deberíais haberlo pensado, ¿no?

—Probablemente —admitió Merren, fastidiado. Su vista se dirigió más allá de Kel, hacia el vial de líquido azul en la mesa desconchada. Apartó rápidamente la mirada, pero Kel ya había visto su gesto—. Supuse que no os fiarías del vino si yo no bebía, pero supongo que no me paré a pensar en las consecuencias. No soy muy bueno en ese tipo de cosas. —Volvió a agitar la mano, dejando a la vista sus dedos marcados con antiguas quemaduras químicas—. Ya sabéis: mentir. Engañar. —Miró a Kel, con expresión sincera—. No fue nada personal. Andreyen, o sea, el Rey Trapero, dijo que no os harían ningún daño. Que solo quería ofreceros un trabajo. Y pensé que os gustaría trabajar con él.

Andreyen. A Kel nunca se le había ocurrido que el Rey Trapero tuviera un nombre.

—¿Así que estabais haciéndome un favor?

—¡Sí! —Merren pareció aliviado—. Me alegro de que lo entendáis.

—Me han dicho que soy muy comprensivo. —Kel cogió el vial de cristal de la mesa. Lo alzó, y examinó el líquido azul celeste del interior—. Aunque nadie que me conozca bien, debo añadir.

Merren se echó hacia delante para alcanzar el vial.

—No lo dejéis caer. Es muy importante...

—Oh, planeo tirarlo al suelo —aseguró Kel—, a menos que me digáis lo que quiero saber. Y os aconsejo que no me mintáis. Como ya hemos dicho, sé dónde vivís.

Merren pareció indignado.

—No entiendo por qué las amenazas son éticamente mejores que drogar a alguien con suero de la verdad.

—Quizá no lo sean —concedió Kel—, pero realmente no me importa mucho el lugar en el que quede la moral.

Avanzó hasta el balcón, sosteniendo el vial en la mano derecha. Merren aulló como un cachorro herido mientras Kel sostenía el tubo en el vacío que daba a la calle.

—No podéis hacerlo —dijo Merren, sin aliento. Había ido a toda velocidad hacia el balcón, y luego se había detenido, como si no supiera si el hecho de acercarse a Kel haría más probable que este tirase el vial o no—. Es para un cliente. Ya ha pagado por los ingredientes. Mi reputación...

—La reputación de un envenenador —se burló Kel—. Mi principal preocupación, sin duda. —Agitó el vial, y Merren emitió un quejido—. Decidme, ¿Alys sabía, cuando nos concertó la cita, que era un engaño? ¿Que estabais planeando entregarme al Rey Trapero?

—¡No! Claro que no. Nunca habría accedido a algo así. Si lo supiera se enfadaría muchísimo conmigo... —Merren se mordió los labios. Era una mezcla extraña, pensó Kel. Sabio respecto al campo de estudios elegido, y tremendamente ingenuo para todo lo demás—. Era solo un interrogatorio. No había ninguna intención de haceros daño, lo juro. Soy una buena persona. Ni siquiera como carne.

Kel lo fulminó con la mirada.

—¿Y qué hay de Hadja? Dijo que uno de los cortesanos le había dado un mensaje para mí, pero no era cierto, ¿no?

—Creyó que sí lo era —contestó Merren—. Ji-An le dio un mensaje falso. Hadja nunca le ocultaría un secreto a Alys, y esta nunca os mentiría. —Parecía angustiado. Le latía ligeramente una vena en la garganta, donde el cuello abierto de la camisa dejaba ver la clavícula—. Por favor, no le digáis a vuestros amigos que dejen de ir al Caravel. Mi hermana depende de ese negocio. Le rompería el corazón.

«Le vaciaría los cofres, quieres decir», pensó Kel, pero no lo dijo. Había algo en Merren que hacía difícil estar enfadado con él. No había malicia en aquellos ojos azul oscuro. Eran del color de los de Antonetta y, a su manera, Merren parecía igual de inocente. Incluso más. Antonetta se había criado en la Colina; había aprendido a reconocer maquinaciones y traiciones, aunque no tomara parte en ellas. Merren tenía aspecto de no reconocer la corruptibilidad o el egoísmo aunque los tuviera delante representando un espectáculo de marionetas.

Kel suspiró.

—No les diré nada. Pero... dadme el resto del antídoto para la *cantarella*. Y también algo del veneno —añadió—. Supongo que lo tenéis.

Merren asintió.

Kel bajó el vial. Observó como Merren se dirigía a la librería y se arrodillaba para empujar alguno de los desvencijados volúmenes. Cuando volvió a donde Kel se hallaba, llevaba cuatro viales: dos contenían un polvo gris, y los otros dos, uno blanco.

—El gris es el veneno; el blanco, el antídoto —explicó Merren—. Ambos son insípidos. Dadle un vial entero de antídoto a quien haya ingerido *cantarella*; da igual qué cantidad.

Le entregó los viales, que Kel se metió en la chaqueta, y se quedó donde estaba, con la mano extendida. A Kel le llevó un momento darse cuenta de lo que quería. Kel le tendió el tubo de líquido azul con un ligero remordimiento; sospechó que siempre se preguntaría qué contenía.

Por un momento pensó que Merren cogería el vial y saldría corriendo, pero no lo hizo. Lo cogió con cuidado y fue a colocarlo en una estantería cercana, entre una calavera de aspecto inquietantemente humano y una botella que parecía sacada del puerto, con la etiqueta decolorada y rota. Mientras, Kel dejó una moneda de cinco coronas en la mesa que había entre ellos. Vio a Merren mirarla cuando se volvió, pero no se acercó a coger el dinero, simplemente lo dejó allí.

—¿El Rey Trapero va a seguir molestándome —preguntó Kel— ahora que lo he rechazado? No creía que uno llegara a ser un conocido maestro del crimen aceptando un «no» por respuesta.

—No os molestará más —contestó Merren—. Necesita a alguien que espíe a los Aurelian y las cosas que pasan en la Colina, pero si no sois vos, encontrará a algún otro. Aunque nadie tiene vuestro grado de acceso.

Kel alzó las cejas.

—¿Y eso por qué?

—Porque vos sois el Guardián de Espadas —contestó Merren sin rodeos, y Kel sintió que se le revolvía el estómago.

«Pues claro que lo sabe», pensó con furia. Era evidente que Merren contaba con la confianza del Rey Trapero. Pero Kel había vivido más de media vida guardando celosamente el secreto de quién era realmente. No podía evitar sentir que las cosas se escapaban a su control y el mundo se salía de su eje.

—¿Cuánta gente lo sabe? —masculló—. ¿Cuántos de los que trabajan para el Rey Trapero? ¿Vuestra hermana sabe que Kel Anjuman no existe?

Merren negó con expresión preocupada.

—No. Solo yo, Andreyen y Ji-An. Y así seguirá siendo. A Andreyen no le conviene que vos quedéis expuesto.

—Porque aún espera que espíe para él.

—Deberíais hacerlo —le recomendó Merren, con una inesperada intensidad—. Os trataría de forma justa.

—La Casa Aurelian me trata de forma justa.

—No os conozco tan bien. En realidad, no os conozco en absoluto. Pero puedo decir que os merecéis más que estar con ellos —sentenció Merren—. No importa lo seguro que os sintáis ahora, los nobles y la familia real acabarán volviéndose contra vos.

—Que los nobles de la Colina no son gente de fiar no es nada nuevo para mí.

—Pero confiáis en el príncipe...

—Por supuesto que confío en él. —Kel se dio cuenta del tono peligroso en su propia voz, pero Merren no pareció percibirlo. Siguió hablando.

—Mi padre era un maestro de gremio. Siempre fue leal a la corona. A las familias de los fueros. Pero cuando necesitó a la Casa Aurelian, ellos lo abandonaron.

—¿Vuestro padre? —Kel se sintió confundido; la conversación había tomado un giro que no esperaba—. ¿Quién era vuestro padre?

—No importa —contestó Merren, seco—. Ahora está muerto.

Se apartó de Kel, caminando hacia la mesa, y se apoyó en ella con ambas manos. Kel se preguntó si debía irse sin más;

después de todo, ya habían hablado todo lo que tenían que hablar. Tenía las respuestas que quería, y el antídoto que deseaba conseguir.

Pero no fue capaz de hacerlo. Algo lo mantenía allí, sin acercarse a Merren, pero sin irse. Volvió a mirar el apartamento. Era cierto que el espacio era pequeño y estaba abarrotado, pero también resultaba bastante acogedor. El suave aire de la noche se colaba a través de las contraventanas del balcón. Kel podía imaginarlo acurrucado en el colchón, bajo los aleros, leyendo un libro. Cuando llovía, se oiría muy cerca, como si uno durmiera entre nubes de tormenta.

«Nunca he tenido mi propia habitación», pensó Kel en ese momento. En el orfanato, dormía en un dormitorio común. En Palacio, sus habitaciones eran las de Conor. En aquel momento, el minúsculo apartamento de Merren parecía salido de un sueño.

Aún le parecía estar en un sueño cuando avanzó sobre los chirriantes tablones y le puso a Merren una mano en el hombro. Este se volvió para mirarlo, claramente sorprendido. Lo que fuera que se hubiera esperado de Kel, desde luego, no era amabilidad.

—No voy a deciros que el Rey Trapero no mienta —murmuró Merren—, pero si dice que va a hacer algo, lo hará. Es una especie de honor que la gente de la Colina no tiene.

«Yo sí», quiso decir Kel, pero ¿era cierto? Cumplía las promesas hechas a Conor, pero rompería una promesa con cualquiera, por el bien de Conor, sin pensarlo.

Merren seguía mirándolo. La luz del fuego hacía que su pelo pareciera oro, y le acentuaba las líneas de la cara y la clavícula. En ese momento, Kel supo que podría besar a Merren, y Merren se lo permitiría. Ya había besado tanto a chicos como a chicas, aunque nunca a nadie por cuyo tiempo no hubiese pagado. Suponía que aún podía encontrar cierto abandono en ello, y quizá incluso un nuevo tipo de abandono: por primera vez en su vida, estaría besando a alguien sin que Conor lo supiera, en un lugar al que Conor no sabía que había ido.

Pero aun así.

—Debo irme —dijo Kel, abruptamente, y casi se arrastró a

sí mismo lejos de Merren y hacia la puerta. Oyó al chico llamarlo, pero ya estaba fuera del apartamento, apresurándose escalera abajo hacia la oscuridad de la calle sin iluminar. Miró atrás cuando dobló la esquina, pero no pudo ver nada, solo un recuadro de luz donde estaba el balcón de Merren.

«¿En qué demonios estaba pensando?», se preguntó Kel. Su encuentro con Merren no había sido en absoluto como lo había planeado. Su intención había sido enfrentarlo con toda su indignación y, en vez de eso, había sentido un deseo doloroso por el apartamento de Merren, por su vida, por su sorprendente falta de vileza.

Quizá fuera porque había pasado la tarde en la Cámara de la Esfera con un grupo de gente a la que le encantaba engañarse, tanto los unos a los otros como al mundo entero, que movían más dinero del que nunca podrían gastar solo para lucir su propia importancia, que debatían el futuro de Conor como si lo único que les interesara fuera el impacto que podría tener en ellos.

Ninguno de ellos, salvo quizá Falconet, había tratado nunca a Kel como si fuera una persona por derecho propio. Ninguno le había tenido tan en cuenta como Merren Asper al decirle a Kel que se merecía algo mejor.

Kel pronto se dio cuenta de que había deambulado hasta el puerto, donde el aire estaba cargado del fuerte aroma del humo, el agua salada y la lana mojada. Permaneció en el Arrecife, mirando el mar, azul oscuro y tembloroso: la misma vista que había tenido durante sus primeros años de vida, desde el orfanato. El rudo murmullo de las aguas había sido su canción de cuna, instintivamente consoladora, como una voz diciendo su nombre. A quién había pertenecido esa voz, no lo sabía. Hacía mucho tiempo de aquello.

La marea estaba baja, dejando al descubierto la isla de Tyndaris, a medio camino entre el puerto y la desembocadura del mar. Tiempo atrás había sido una lengua de tierra unida al puerto. En ella había crecido una ciudad: Tyndaris, hermana pequeña de Castelana. Luego llegó la guerra de la Fractura, abrasando la tierra y el cielo con ardientes rayos de magia. Uno cayó en el mar de Castelana, que rugió como un león y se alzó en una ola gigantesca. La gente que pudo huyó hacia las colinas, pero Tyndaris no tenía colinas, ni montañas. Flotaba al nivel del mar, así que el mar la engulló. Destrozada por el temblor y ahogada por el océano, la hermana de Castelana se hundió entre las olas. En la actualidad, solo los puntos más altos podían verse con la marea baja: las dentadas cimas de las torres más altas y la colina en la que se alzaba un templo de Aigon, renombrado como la Iglesia de las Mil Puertas.

El templo seguía siendo un lugar de peregrinación, y había botes que salían diariamente del puerto, llevando a los devotos. Por la noche, cuando los cocodrilos acechaban bajo el resplandor negro de las olas, la desierta Tyndaris parecía brillar sobre la superficie del océano, con sus torres de cristal de la Fractura reflejando la luz de la luna.

«Una ciudad fantasma», pensó Kel. Porque las ciudades podían morir. Ni siquiera la propia Castelana duraría para siempre.

«Ya basta de pensamientos lúgubres», se dijo Kel. Ya era suficiente. Volvería a Marivent y a la vida a la que estaba acostumbrado. Se olvidaría del Rey Trapero y de todo lo que tenía que ver con él.

Emprendió su camino de vuelta por el Arrecife, donde las puertas abiertas de las tabernas arrojaban rectángulos de luz sobre los adoquines. Grupos de marineros borrachos caminaban tomados del brazo, cantando. Cuando pasó por un almacén cerrado, cuyas ventanas del piso bajo estaban pintadas de negro para impedir la visión de la mercancía almacenada en su interior, Kel sintió una súbita inquietud.

Miró alrededor. Aquella parte del Arrecife estaba menos concurrida; se hallaba rodeado de almacenes y oficinas aduaneras. Al final de un estrecho callejón, entre una fábrica de velas y una de cuerdas, vio algo moverse. Dio marcha atrás inmediatamente, pero ya era demasiado tarde. Lo agarraron, le taparon la boca con una mano y lo arrastraron al callejón.

El entrenamiento de Jolivet entró en acción. Kel se dobló por la mitad, se volvió y lanzó una patada. Oyó un gemido y una maldición. La presa sobre él se relajó. Tiró hasta liberarse y corrió hacia la boca del callejón, pero alguien cayó desde arriba, bloqueándole el paso... y luego otro, y otro, como arañas soltándose de la red.

Kel miró hacia arriba. Al menos media docena más de oscuras figuras, todas de negro, salvo por los extraños guantes blancos, colgaban de la pared de ladrillo del almacén. Gateadores.

—Eso es. —Alguien lo cogió por la chaqueta, lo hizo volverse y lo lanzó contra la pared. Kel miró a la persona que tenía delante: estatura media, vestida con una chaqueta militar de un negro mohoso. Debía de hacer un siglo que los soldados castelaníes ya no usaban el negro. Esa chaqueta tenía botones de bronce en el pecho y una capucha, alzada para esconder la cara. La voz que salía de la capucha era de hombre y tenía el acento del Laberinto—. No tiene sentido correr.

Kel tomó rápidamente nota de la situación. Lo rodeaban más gateadores por ambos lados; debía de haber una docena de ellos. Sus ropas eran oscuras y harapientas. Llevaban las manos empolvadas con una sustancia calcárea, sin duda para facilitar la escalada. Se habían pintado de negro la parte superior de los pómulos, la nariz y la barbilla. La intención era resultar menos visibles a la luz de la luna. También hacía que su cara pareciera el dibujo infantil de una calavera.

—¿Qué queréis? —preguntó Kel.

—Oh, venga. —El gateador que había empujado a Kel contra la pared sacudió la cabeza. Hubo un destello de metal en las sombras; llevaba el cuarto superior izquierdo de la cara cubierto por una máscara de metal. Tenía la piel pálida, y el pelo castaño corto—. ¿Pensabais que no os reconoceríamos, monseigneur? Lleváis esta capa cada vez que venís a la ciudad, creyendo que os hace pasar desapercibido. Una repetición muy estúpida.

«Monseigneur.»

Pensaban que era Conor.

—Solo porque esté sin compañía —dijo Kel, en su tono más altivo—, no significa que podáis ponerme las manos encima. No, a menos que queráis morir en el Truco.

Hubo un rápido e incómodo murmullo, rápidamente silenciado por una risotada del gateador de la máscara plateada.

—Prosper Beck nos ha enviado, monseigneur. Y supongo que sabéis por qué.

«¿Prosper Beck?» Kel se mantuvo inmóvil, ocultando cualquier reacción, pero la cabeza le iba a toda prisa. ¿Qué relación tenía un criminal menor como Beck con el príncipe heredero de Castelana?

—Ahora, Beck os tiene en su poder, Aurelian —continuó el gateador—. Os envió un mensaje al Caravel, os dio la oportunidad de pagar vuestra deuda la pasada noche. Pero vos os escondisteis en ese Palacio de la Colina, como si nada de lo que sucede aquí abajo importara en absoluto...

La pasada noche. Kel no pudo evitar pensar en Conor, dando un puñetazo a la ventana, la sangre. Pero seguían faltando piezas del rompecabezas; solo tenía lo suficiente para saber que había algo que averiguar.

—No sé de qué habláis —dijo, firme. Lo cual era cierto.

—Nos está faltando al respeto, Jerrod —dijo uno de los gateadores, una chica con pelo rubio y una máscara de paño negro—. Está fingiendo que no sabe nada.

Era imposible ver la expresión de Jerrod. El callejón estaba demasiado oscuro, y la máscara de metal era muy desconcertante. Pero cuando habló, su tono era de regodeo.

—Pero sí que lo sabe, Lola.

Un hombre muy corpulento, con la cara picada de viruela, soltó una risa.

—No es probable que alguien se olvide de que le debe diez mil coronas a Prosper Beck.

—¿Diez mil coronas? —Las palabras se le escaparon a Kel. Era una cantidad enorme. Se podría comprar una flota con tanto dinero.

Se escuchó una risa desagradable en el grupo, pero no fue Jerrod. La máscara dificultaba la lectura de su expresión, pero parecía estar mirando a Kel fijamente, como si se hubiera dado cuenta de algo. Cogió a Kel por la barbilla, obligándolo a levantar la vista.

—No sois él —dijo—. No sois el príncipe.

—¿Qué? —Algo plateado brilló en la mano de Lola; se lanzó hacia delante, con la luz de la luna reflejándose en un largo cuchillo de borde dentado—. Entonces, ¿quién demonios es?

—Dejadme ir. —Kel intentó soltarse de Jerrod, pero este era más fuerte de lo que parecía. Pensó que podría hacerle perder el equilibrio, derribarlo y darle patadas en las costillas, pero eso solo haría que el resto del grupo se abalanzara sobre él en manada—. No soy quien pensabais que era, así que dejadme ir.

—No podemos hacer eso —contestó el hombre con la cara picada de viruela. Había sacado una gran navaja del bolsillo. Los demás hicieron lo propio, y empuñaron las armas, que centelleaban como estrellas. Era un efecto extrañamente bello para algo tan peligroso.

—Kaspar tiene razón —dijo Lola—. No podemos dejarle ir. Aunque no sea más que un ratón anónimo, un ratón siempre puede chillar.

Se dirigió hacia Kel, seguida de Kaspar y el resto de los gateadores. Kel apretó los puños, preparado para luchar. Jerrod, sorprendentemente, no se había movido. Seguía agarrando a Kel por la chaqueta.

—Apártate, Lola —dijo—. Y el resto, también. Escuchadme.

Kel oyó un sonido agudo, como un insecto zumbándole en el oído.

Lola chilló.

La cabeza de Jerrod se volvió rápidamente hacia un lado, aunque seguía manteniendo a Kel contra la pared. Lola, la gateadora rubia, estaba tirada en el callejón, con una flecha clavada en el pecho. La sangre había formado ya un charco bajo su cuerpo, esparciéndose por los sucios adoquines.

Kel miró a todas partes, completamente estupefacto. ¿De dónde había salido eso? Jerrod aplastó a Kel con más fuerza contra la pared, y su mirada se endureció tras la máscara.

—¿Qué cojones? —masculló—. No había nadie siguiéndoos... lo habríamos visto...

—¡Jerrod! —Otro gateador, un joven con pendientes de oro, trastabilló hacia atrás, con una flecha clavada en la garganta. Se agarró a ella, cayendo de rodillas mientras echaba una espuma roja por la boca.

Los labios de Jerrod se movieron silenciosos; no produjo ninguna palabra. Entonces, Kel aprovechó. Se lanzó hacia delante y le dio un cabezazo a Jerrod. El borde de la máscara metálica le cortó la frente, pero el dolor quedó enterrado por la adrenalina. Jerrod se tambaleó y Kel se retorció, soltándose.

Kel corrió hacia la salida del callejón. Solo un idiota pelearía estando en tal desventaja numérica y, además, no tenía ninguna razón para creer que el arquero anónimo estuviera de su parte.

Kaspar, gruñendo, le bloqueó el camino. Sin detenerse, Kel lo golpeó, un limpio gancho al mentón que lo mandó girando sobre sí contra una pila de cajas de madera. Una flecha pasó volando y se clavó en una de las cajas, tumbándola.

Los gateadores empezaban a entrar en pánico y trepaban por las paredes como hormigas huyendo. Kaspar pasó junto a Kel, y le propinó dos buenos puñetazos en el torso. Kel se tambaleó hacia atrás, sin respiración, mientras Kaspar se lanzaba hacia el muro y empezaba a trepar. Jerrod estaba arrodillado al lado del cuerpo de Lola, con los hombros hundidos.

Kel empezó a retroceder hacia la salida del callejón, pero algo iba mal. Las piernas no le obedecían. Sentía un dolor caliente y punzante en el pecho. Se llevó una mano al costado. Salió roja.

Kaspar no se había limitado a golpearlo al pasar por su lado, al menos no con la mano vacía. Lo había apuñalado. Kel presionó la mano contra la herida, intentando retener la sangre. Si pudiera llegar hasta el Arrecife, pensó, pero el callejón parecía estar alargándose, se estiraba ante él hacia el horizonte. Nunca podría recorrer semejante distancia, y pronto dejaría de importar. Las piernas no le respondían.

Se desplomó en el suelo. Estaba asqueroso y duro, y apestaba a pescado y basura. Le hubiera gustado mucho no estar tumbado en aquel lugar, pero su cuerpo no daba más de sí.

Se presionó la mano contra el pecho. Tenía la camisa empapada, como si le hubiera caído un jarro de agua encima. Y sentía un dolor punzante, como si le estuvieran clavando un tornillo. Podía oír su propia respiración, áspera y ronca. Las paredes de ladrillo se alzaban sobre él, y entre ellas una delgada franja de estrellas.

Y entonces, tapándole las estrellas por un momento, vislumbró el brillo de una máscara de metal. Jerrod se agachó junto a él.

—Puede que no seáis el príncipe —dijo Jerrod, con voz tensa—, pero lleváis su capa. En eso no me equivoqué. ¿Quién sois?

Kel negó con la cabeza, o lo intentó.

«No puedo decírtelo —pensó—, pero mi trabajo es morir por Conor, y supongo que es lo que está pasando ahora. Simplemente no pensé que sucedería de una forma tan estúpida.»

—Mis disculpas —dijo Jerrod. Y sonaba sincero—. No era así como debía haber sucedido.

Kel casi rio. Era demasiado ridículo. Pero le habría resultado muy doloroso reír, y la visión estaba empezando a nublársele. Las sombras se amontonaban, y Jerrod se había ido. Las estrellas eran lo único que Kel podía ver. Se imaginó a sí mismo de nuevo en el bote, lejos del puerto, donde el mar y el cielo eran del mismo color. Podía oler la sal y oír el golpeteo de las olas. Si eso era la muerte, quizá no estuviera tan mal.

Entonces pensó en Jolivet, negando con la cabeza. Pensó en Antonetta, pálida de tristeza, pues se entristecería si él moría, ¿no?, quizá consolando a Conor, con una mano sobre la de él. Y finalmente, pensó en Conor, con su corona de alas; en lo que diría cuando supiera que Kel había muerto. Algo inteligente y agudo, sin duda. Pensó en Mayesh, diciendo: «Haremos lo posible para manteneros vivo», y vio una mancha violeta, del color de las dedaleras. Algo refulgió, brillante, en el límite de su visión. Luego pareció hundirse bajo la superficie del aire como si fuera agua, hasta que la oscuridad fue lo único que pudo ver.

Aram fue un reino gobernado por una joven Reina-Hechicera, Adassa. Su padre, el rey Avihal, había sido un diplomático astuto, que había negociado la paz con los demás reyes y reinas hechiceros para evitar a su reino los estragos de la batalla. Cuando el rey Avihal murió, le dio a su hija la Piedra-Fuente que le había pertenecido, pero Adassa era un alma dulce y no buscaba el poder. Hasta su propia gente temía que no tuviera la fuerza suficiente para reinar. Su gran aliado era el capitán de la guardia, el leal Judah Makabi. Permaneció a su lado, aconsejándola y defendiéndola, mientras ella se esforzaba por aprender las destrezas para reinar. «Será una gran reina —aseguraba Makabi a la gente—. Ya veréis. Nos traerá grandeza.» Hubo alguien más que vio la ascensión de la joven reina como una oportunidad: el Rey-Hechicero Suleman.

Relatos de los Hechiceros-Reyes,
LAOCANTUS AURUS IOVIT III

Capítulo ocho

Sentada a la mesa de la cocina, Lin hacía girar la piedra de Petrov en las manos. Había libros y papeles desperdigados por todas partes, como siempre; desde voluminosos tomos a las delgadas láminas de pergamino cubiertas con delicadas ilustraciones de anatomía del *Libro de los Remedios*. Cuando Josit estaba allí, le hacía apartarlos, pues decía que le provocaban pesadillas, con esos cuerpos sin piel y los ojos sin párpados. (Lin sabía que en eso tenía parte de culpa. De pequeña, había disfrutado aterrorizándolo con historias de *shedims* sin piel que se llevaban a los niños pequeños desobedientes).

Con las contraventanas cerradas ante la noche oscura, y el fuego encendido, la casa se convertía en una pequeña cueva confortable. Era el momento favorito de Lin para estudiar, pero esa noche no podía concentrarse en los libros. No podía olvidar lo que Chana le había dicho en el jardín: que estaba tratando a Mariam como a una paciente, no como a una amiga; que Mariam necesitaba algo que esperar de la vida que no fuera ingerir obedientemente las tisanas y los polvos que Lin le preparaba.

Las palabras habían calado en ella. Había tratado a suficientes moribundos para saber que a menudo se aferraban a la vida con la mera fuerza de la voluntad, justo el tiempo suficiente para ver por última vez un rostro amado, o cumplir un último deseo. Sí que era bueno para Mariam tener algo que desear, pero ¿qué ocurriría si, una vez que el festival hubiera pasado, se dejaba ir? ¿Si ya no quería aferrarse a la vida? ¿Se aferraría por Lin, o era demasiado injusto pedirle eso? ¿Esperaría por Josit, para verlo otra vez? Pero ¿quién sabía cuándo volvería Josit? Había un montón de cosas que podían retrasar a una caravana: el mal tiempo, la falta de productos, o problemas en el caravasar, las estaciones de paso de los Caminos.

«Uf.» Lin hizo rodar la piedra de Petrov sobre la mano. La luz del fuego la iluminó en ángulos extraños, revelando formas en sus profundidades, como figuras borrosas escondidas tras una pantalla.

Naturalmente, había cedido ante la presión de Chana: había accedido a acudir al festival y a ayudar con los preparativos. ¡Para eso toda su testarudez! Chana sabía cómo doblegar su voluntad como una rama rota.

Algo pareció alzarse hasta la superficie de la piedra mientras la giraba y Lin la miró fijamente. Casi parecía una letra, o un número, algún tipo de forma legible...

Un golpe leve en la puerta la hizo levantarse inmediatamente. Era tarde; había oído las campanadas del reloj de la Torre del Viento dar la medianoche ya hacía un rato. Solo si un paciente la necesitaba desesperadamente la molestarían a semejante hora.

«¿Mariam?»

Con el corazón desbocado, abrió la puerta y se encontró a su vecino Oren Kandel en el umbral.

—Te requieren en las puertas —dijo—, hay un carruaje aguardando.

Lin reprimió un comentario sarcástico. Oren nunca le había perdonado que rechazara su petición de matrimonio. En ese momento, formaba parte de los Shomrim, la guardia de las puertas. Lo veía a menudo cuando entraba y salía del Sault, y siempre lo saludaba educadamente. Él siempre le devolvía el saludo con una mirada que mostraba su deseo de cogerle el zurrón con el instrumental médico y arrojarlo al otro lado de la muralla.

Dos años atrás, en el Festival de la Diosa, Oren quiso sacarla a bailar. Ella se había negado, pretextando estar cansada. Lo cierto era que había algo en Oren que la asustaba. Una pequeña chispa de odio siempre ardiendo en lo más profundo de sus ojos marrón oscuro. Desde que lo había rechazado aquella noche, el brillo de esa chispa no había hecho más que aumentar.

—¿Un carruaje? —repitió—. ¿Es uno de mis pacientes de la ciudad?

Los delgados dedos del hombre jugueteaban con la gruesa cadena de metal que llevaba al cuello; tenía la plegaria de la Dama grabada en letras muy llamativas.

—No lo sé. Solo me han dicho que te acompañe. Y que debes llevar tu instrumental.

—Me iría bien saber cuál es el problema...

Él la miró con acritud.

—No lo sé.

Estaba claro que él disfrutaba al no decirle lo que ella quería saber.

—Espera aquí —indicó Lin, y le cerró la puerta en las narices. Se apresuró a entrar en su habitación, donde cogió su ropa de médica y se vistió cuidadosamente con la túnica de lino azul y los pantalones, y se metió la piedra de Petrov en el bolsillo. Se peinó con una trenza, y se puso el collar de su madre. El familiar círculo dorado la reconfortaba. Por último, sacó el zurrón, siempre preparado, de debajo de la cama.

La luna brillaba alta en el cielo cuando salió para reunirse con Oren. Este escupió un poco de *patoun* marrón al suelo cuando la vio, antes de partir sin dedicarle ni una mirada. Caminaba deprisa y a grandes zancadas, sin preocuparse de que ella pudiera seguir sus pasos; Lin se sintió tentada a decirle que no necesitaba que la escoltase, podía ir ella sola hasta las puertas. Pero él protestaría, lo cual solo haría que llegara más tarde al lado de su paciente.

Quienquiera que este fuera. Lin sopesó las posibilidades, mientras atravesaba el Sault varios metros detrás de Oren, siguiendo la curva del muro del este: ¿Zofia? ¿Larissa, la cortesana retirada cuya hipocondría le hacía confundir un simple estornudo con un caso de la plaga?

La noche en el Sault estaba dividida en cuatro guardias. La primera empezaba con la puesta de sol, la última acababa al amanecer, cuando el *aubade*, la campana matutina, sonaba en el reloj de la Torre del Viento, señalando el inicio de la jornada laboral. A los ashkar se les tenía prohibido dejar el Sault durante las horas nocturnas, a excepción de aquellos médicos cuyos conocimientos fueran imprescindibles para salvar una vida. E, incluso entonces, se les exigía que llevaran el azul o gris de los ashkar, y los Vigilantes a menudo los paraban, exigiendo saber qué estaban haciendo fuera de las murallas.

«Salvarle la vida a gente como tú», eso era lo que Lin siempre deseaba espetarles, pero hasta entonces siempre había conseguido contenerse.

Y luego estaba Mayesh. Una excepción a todas las reglas, como de costumbre, pues a él se le permitía ir y venir con libertad en las horas nocturnas; en Palacio lo necesitaban, y eso estaba por encima de cualquier otra ley. Pero cuando finalizaba su trabajo con la realeza, sin importar lo tarde que fuera, Mayesh no podía quedarse en Marivent, ni hacer uso de las lujosas habitaciones para los invitados. Seguía siendo un ashkar. Tenía que ser devuelto al Sault como un paquete no deseado, para buscar la soledad de su pequeña casa en el Kathot. Eso haría enfadar incluso a un buen hombre, y Lin no pensaba que su abuelo fuera un buen hombre.

Oren y ella habían llegado a la puerta del muro, que ya estaba abierta. Mez Gorin, el segundo guardia de la puerta, esperaba allí, con su vara de madera bruñida en las manos. (Hacía mucho tiempo que se habían elegido las varas como armas de los Shomrim, ya que parecían inofensivas a ojos de los *malbushim*, aunque eran mortales en manos bien entrenadas.) Mez, siempre amable, tenía una maraña de pelo castaño y las cejas gruesas como orugas. Sonrió al ver a Lin, y le indicó que pasara por la puerta.

Ella se aproximó, dejando a Oren detrás, enfurruñado. Lin pudo atisbar el ajetreo de la Ruta Magna a través del arco de piedra, que tenía tallada una oración en ashkarí: *DALI KOL TASI-QUEOT OSLOH DAYN LESEX TSIA*. «Concededнos el perdón en esta hora; pues vuestras puertas están cerradas esta noche.» Las palabras se referían a las puertas del Haran, la gran ciudad de Aram, pero Lin supuso que las puertas eran puertas en cualquier lugar del mundo. A través de esta en particular, Lin pudo ver un carruaje de color escarlata que esperaba en el camino, con las portezuelas blasonadas con leones dorados.

Un carruaje de Palacio. Igual que el que las había sacado a Mariam y a ella de la plaza hacía unos pocos días, pero ¿por qué estaba en ese momento ante ella? Miró a Mez, asombrada e incrédula, pero él se limitó a encogerse de hombros y asentir, haciéndole gestos para que se apresurase, como diciendo «va, entra».

Por la noche, cuando la ciudad estaba a oscuras, Marivent relucía sobre la Colina como una segunda luna. Iluminada por esa luz, Lin caminó hasta el carruaje, donde pudo ver al conductor con la librea roja, subido en lo alto del pescante; abrió la puerta y se subió con cierta torpeza. Se alegró de llevar su cómoda túnica y los pantalones. No tenía ni idea de cómo las damas nobles conseguían hacer esas cosas con todas las capas de faldas y enaguas.

El interior del carruaje era de terciopelo rojo y dorado. Atornillados en las paredes del interior, había soportes de bronce con velas, pero solo una estaba encendida. Y sentado enfrente de Lin, con sus espesas cejas y el ceño fruncido, se hallaba su abuelo Mayesh.

—*Zai?* —Lin maldijo para sí; no había querido usar el viejo apodo—. ¿Qué demonios...?

El carruaje partió, adentrándose en el tráfico de la Ruta Magna. El Mercado Roto estaba en su máximo esplendor, el brillo de las antorchas de nafta convertía los puestos en sombras indistinguibles.

—Hay un paciente que necesita tu ayuda —contestó Mayesh, con suavidad—. En Palacio.

—¿Y para eso era necesario... todo esto? —Lin movió la mano como para englobar todo lo ocurrido en los quince minutos previos—. ¿Por qué has tenido que mandar a Oren en vez de venir tú a mi puerta? ¿Sabías que yo no quería tratar a nadie de Marivent?

—No —contestó—. He supuesto que tu juramento de Asaph significaba algo para ti. «A un médico no debe importarle el rango, la riqueza o la edad; ni debe cuestionar si un paciente es enemigo o amigo, nativo o extranjero, o a qué dioses venera. Se debe curar como la Diosa ordena.»

Su tono la crispó.

—Conozco esas palabras. Si te hubieras molestado en acudir a mi ceremonia de toma del juramento...

Se interrumpió al oír rascar un lucífero. Este brilló con una pequeña llama, que Mayesh usó para encender otra de las velas del interior del carruaje. La nueva luz iluminó a Mayesh y las manchas de marrón oscuro rojizo que le teñían el pecho y las mangas de su túnica, normalmente inmaculada.

—He enviado a Oren porque la sangre habría despertado comentarios. No quería eso.

Lin se había puesto tensa. Era mucha sangre, una cantidad peligrosa.

—¿De quién es esa sangre?

Mayesh suspiró. Lin pudo ver dos intenciones luchando dentro de él: la primera, no decirle nada, como hacía siempre. La segunda, no hacer caso a la primera si pretendía que tratase a ese misterioso paciente. Lin estaba allí sentada sin decir nada, disfrutando de su conflicto.

—Sieur Kel Anjuman —dijo Mayesh, finalmente—. Es un primo del príncipe.

La sorpresa la hizo enderezarse.

—¿Un primo del príncipe? —repitió—. ¿No hay un cirujano en Palacio para tratarlo? ¿Algún graduado de la Academia con un cuenco lleno de sanguijuelas y una cinta de cuero para que los pacientes la muerdan?

Mayesh sonrió sin alegría.

—Describes un cuadro desagradable, pero te aseguro que la realidad es peor. Si Gasquet lo trata, morirá. Por lo tanto...

—Por lo tanto, yo —completó Lin.

—Sí, por lo tanto, tú. El príncipe agradecerá tu presencia —añadió—. Le tiene un gran aprecio a su primo.

«El príncipe es un idiota corrupto —pensó—, y su primo probablemente sea igual.»

—¿Y qué pasa si no puedo curarlo? —preguntó Lin. Habían dejado atrás el Mercado Roto y atravesaban las calles cercanas a la plaza Valerian. Allí, las paredes de estuco estaban pintadas con anuncios de actos públicos, desde conferencias de la Academia hasta peleas en el Arena. Los brillantes colores se arremolinaban mientras pasaban por delante, una mezcla de dorado y esmeralda, azafrán y escarlata—. ¿Qué pasa si muere?

—Lin...

—¿Qué me dices de Asaph? —lo interrumpió.

Todos los ashkar sabían la historia de Asaph el médico, del cual recibía su nombre el juramento. Había sido muy famoso, un sanador respetado dentro y fuera del Sault por su sabiduría y su destreza. Nada de eso le había ayudado cuando asistió el parto de gemelos de la esposa del rey Rolant, en la época de la Plaga Escarlata. Había sido un parto muy difícil: los bebés venían de glúteos y la reina estuvo de parto durante horas. Gracias a la destreza de Asaph, un gemelo nació vivo. El segundo estaba muerto, llevaba días muerto en el útero, mucho antes de que hubieran llamado a Asaph. Pero eso no importó. Se lo condenó a muerte por traición: fue lanzado desde la Colina al mar, donde los cocodrilos lo devoraron.

No era una historia que dejara a Palacio en muy buen lugar, especialmente ante alguien ya dispuesto a no apreciar a los residentes de Marivent.

—No carezco de poder en Palacio, Lin —afirmó Mayesh—. No dejaré que te pase nada.

Las palabras salieron de la boca de Lin antes de poder detenerlas.

—Soy sangre de tu sangre —le dijo. Recordó las palabras del Maharam, hacía mucho tiempo, y la manera en que su abuelo las había desoído. «Estos niños son sangre de tu sangre»—. Y, sin embargo, ¿cuánto tiempo hace que no hablamos, Mayesh? ¿Meses? ¿Un año? Siempre has puesto la Casa Aurelian, y sus necesidades y deseos, por delante de mí, por delante de Josit. Perdóname, pues, si no tengo motivos para creer que eso vaya a cambiar ahora.

Mayesh alzó las grises cejas. Los ojos, a pesar de la edad, eran claros, de mirada penetrante.

—No sabía que pensabas en mí como un villano.

—No sabía que pensabas en mí en absoluto —replicó Lin. El carruaje había empezado a ascender por la Colina, y Castelana iba quedando atrás, cada vez más lejos—. Supongo que has acudido a mí porque piensas que sé mantener la boca cerrada.

—He acudido a ti —dijo Mayesh— porque eres el mejor médico del Sault.

«Ni siquiera querías que me hiciera médica —pensó Lin—. Nunca he tenido tu apoyo.»

Y, sin embargo, las recientes palabras de Chana le resonaron en la memoria. «Tu abuelo nunca se opuso a que te hicieras médica. Ha hecho muchas cosas que merecen tu enfado, Lin, pero justamente esto, no.»

Quizá fuera verdad, pensó. Quizá.

Entrelazó las manos sobre el regazo.

—Muy bien —dijo—. Descríbeme las heridas de ese tal Kel Anjuman.

Le contó la historia mientras el carruaje avanzaba lentamente por la empinada subida hacia las puertas de Palacio. Aquel día, se había celebrado una reunión de las familias de los fueros. Después, el primo del príncipe había salido de Marivent en dirección a la ciudad. Nadie sabía adónde había ido exactamente. («El distrito del Templo», pensó Lin. Beber, ir de putas, igual que su primo. ¿Qué otra cosa hacían los nobles?) Mayesh se había quedado trabajando hasta bien entrada la noche, algo relacionado con el Tesoro, cuando había oído revuelo en la puerta de entrada. Al llegar allí, se había encontrado con el cuerpo inconsciente y sangrante de Anjuman, que alguien había dejado en el umbral del Palacio. Los guardias no habían visto quién había sido: había aparecido de repente, juraban, como si lo hubiera llevado un fantasma. Mayesh se había visto forzado a llevar medio a rastras el inerte cuerpo del joven hasta los aposentos del príncipe, donde el alcance de las heridas se había hecho evidente. Poco después, Mayesh había salido en dirección al Sault.

Lin pensó que probablemente lo habría apuñalado alguien a quien habría engañado en alguna apuesta. O una cortesana de la que habría abusado. Pero rápidamente se obligó a no juzgar a Kel Anjuman. Era su paciente y, además, no era culpable de las injusticias que Mayesh había cometido con ella. No era un Aurelian.

Para cuando acabó de contarle la historia, ya habían llegado a la Puerta Norte de Marivent, el umbral del que Mayesh le había hablado, donde habían dejado a Anjuman. Realmente no parecía un lugar donde se dieran habitualmente crímenes y dramas: era un arco de piedra bastante normal, con banderas con un león ondeando sobre su techo abovedado. Las antorchas ardían a lo largo de las almenas de los blancos muros que rodeaban el Palacio. Iluminaban la noche, ocultando las estrellas.

Lin observó silenciosa mientras Mayesh se inclinaba por la ventanilla del carruaje y hablaba con los guardias del castillo, que permanecían en sus puestos como rígidas estatuas de madera pintadas de rojo y dorado. Lin no consiguió imaginarse a su abuelo arrodillado allí en las puertas, entre la verde hierba, sujetando el cuerpo del primo del príncipe. Manchándose de sangre su túnica de consejero. No parecía posible, a menos que Mayesh estuviera ocultándole alguna parte de la historia.

Y sin duda estaba haciéndolo, pensó Lin. Si no necesitara su ayuda, no le habría contado nada; así que seguro que solo le había contado lo que creía que debía contar.

El carruaje traqueteó bajo la arcada. La puerta quedó tras ellos; ya estaban en Palacio. Por mucho que Lin no quisiera emocionarse por ello, sintió que el pulso se le aceleraba: estaba allí. Allí, dentro de Marivent, el corazón de Castelana.

Hacía mucho tiempo, Lin y Mariam habían seguido la historia de un determinado contador de cuentos en la Ruta Magna, una fábula por episodios titulada *La doma del tirano*. Lin aún recordaba el momento en el que la heroína de la historia entraba en el Palacio por primera vez. El murmullo que había recorrido a la multitud que lo escuchaba. La mayoría de la gente llevaba toda la vida en Castelana, con Marivent brillando sobre ellos como una estrella, sabiendo que nunca cruzarían sus puertas. Sabiendo que más allá de esas puertas había una especie de magia, un tipo de magia que no se había perdido en la Fractura. La magia del poder, de la elegancia y la riqueza, del lujo y la influencia. El destino de las naciones cambiaba a capricho de la Casa Aurelian. Eso ya era un tipo de hechicería.

Varios de los palacios más pequeños se alzaban a su alrededor, blancos bajo la luz de luna. Lin conocía algunos de sus nombres, por las historias: la Torre de la Estrella, el Palacio del Sol, con forma de orbe con rayos; el Castel Antin, donde se hallaba el salón del trono. Al suroeste, al borde de los acantilados, se alzaba la aguja negra del Truco. Muchos de las narraciones de los cuentacuentos incluían una arriesgada huida desde el Truco, pero en realidad nadie lo había intentado nunca.

Pasaron bajo un segundo arco, este formado por un enrejado cubierto de enredaderas, y entraron a un patio rodeado en tres de sus lados por muros de piedra. Mayesh murmuró que aquel era el Castel Mitat, donde vivía el príncipe. El carruaje se detuvo cerca de una fuente de azulejos, y bajaron rápidamente.

En cuanto estuvieron fuera del carruaje, todo se aceleró. Lin solo tuvo tiempo de observar que los muros del Castel tenían grandes ventanas ojivales, embellecidas por grandes balcones, antes de que Mayesh la apresurara a seguirlo a través de una puerta doble situada bajo un reloj de sol hecho sobre el muro.

Dentro había una empinada escalera de mármol antiguo, con el centro de los escalones hundido por las pisadas de muchos años. Pocas lámparas estaban encendidas. Subieron a toda prisa la escalera en penumbra, rodeados del eco de sus pisadas. Casi vacío a esa hora, el lugar trasmitía una extraña sensación de abandono, acentuado por el aire frío de tanto revestimiento de mármol.

Llegaron al final y siguieron hasta un pasillo de más piedra blanca. Alfombras de Marakand se extendían a su paso con sus vivos colores. Las ventanas ojivales le devolvían a Lin su propia imagen mientras se aproximaban a una puerta doble hecha de madera y metal incrustado, con un intrincado dibujo de coronas y llamas tallado en las hojas.

Mayesh puso la mano en la puerta, se detuvo y miró a Lin.

—Estos son los aposentos del príncipe heredero —dijo—. Los comparte con su primo. Han vivido en las mismas estancias, como hermanos, desde que eran niños.

Lin no dijo nada. Le pareció raro que Conor Aurelian estuviera dispuesto a compartir sus estancias, o compartir cualquier cosa, de hecho; pero supuso que disfrutaba de la compañía de su primo, y probablemente los aposentos eran amplios. Seguramente el príncipe solo notaba la presencia de su primo cuando la buscaba.

Mayesh llamó fuerte a la puerta, antes de abrirla e indicar a Lin que entrara. Tensa como la cuerda de un arco, entró en los aposentos del príncipe heredero.

Era un espacio grande, aunque no tan enorme como ella se había imaginado. El suelo estaba formado por cuadrados alternos de mármol, como si fuera el tablero de un juego de los castillos: blanco y negro, con ocasionales salpicaduras de cuarzo rojo. Había una tarima en un rincón de la habitación, sobre la que se hallaba una amplia cama con cortinas de terciopelo blanco. Otra cama, más pequeña, se había colocado cerca de los escalones de la tarima, y alrededor de la habitación había varios divanes enormes con cojines enfundados en seda cruda de Shenzhou. Lámparas marakandíes de plata batida y cristal coloreado arrojaban una cálida luz por la habitación, y cuando los ojos de Lin se acostumbraron a esta, vio una maraña de sábanas ensangrentadas en la cama más pequeña, donde la figura de un joven yacía inmóvil. Al lado de la cama, otro joven, este vestido de negro y plata, se paseaba de un lado a otro, casi histérico, murmurando lo que parecían maldiciones.

—Conor —dijo Mayesh, sin ceremonia, y Lin se sorprendió ligeramente al ver que su abuelo llamaba al príncipe por su nombre de pila. Se sintió animada al no oír ni rastro de miedo en su voz. Siempre se había preguntado si él sería diferente en Palacio; si la proximidad de la sangre real y el poder lo intimidaban. Parecía que no—. ¿Dónde está todo el mundo?

El príncipe Conor alzó la cabeza. No parecía el mismo que

el de la plaza Valerian. La piel marrón claro tenía un ligero tinte ceniciento y la tensión le contraía los rasgos.

—Hice que se fueran —dijo—. No estaban ayudando, estaban... —Miró a Lin con suspicacia—. ¿Es esta la médica?

—Sí —respondió Lin. No le dijo su nombre; que se lo preguntara él. Mientras la miraba, ella fue consciente de que se estaba poniendo nerviosa. El príncipe de Castelana la estaba observando con detenimiento. Era alguien que manejaba el poder como si fuera un juguete. Era un poder tangible; Lin lo sentía como se siente una tormenta inminente.

—Parece muy joven, Mayesh —dijo, en tono displicente—. ¿Estás seguro...?

No tuvo que acabar la frase.

«¿Estás seguro de que es la mejor del Sault? No es más que una niña. Seguro que podrías conseguir a un hombre mayor con barba, sabio, que haría mejor trabajo.»

Lin se preguntó cuál sería el castigo por pegarle una patada en el tobillo a un príncipe. El Truco, sin duda.

Estaba deseando acercarse al joven que yacía tendido en la cama. No le gustaba lo quieto que estaba. Al menos, el príncipe había echado al cirujano; un médico malo era peor que ningún médico.

—Lin tiene veintitrés años —informó Mayesh, con tono neutro—. Y es la mejor del Sault.

El príncipe se frotó los ojos. Había manchas de kohl negro alrededor de ellos. Era una moda que Lin ya había visto en los nobles: tanto los hombres como las mujeres se oscurecían los ojos, se pintaban las uñas y llevaban joyas en los dedos. Las manos del príncipe brillaban cargadas de anillos: esmeraldas y zafiros, bandas de oro blanco y rosado.

—De acuerdo, entonces —dijo Conor, con impaciencia—. Acercaos y echadle un vistazo.

Lin se apresuró a cruzar el suelo de azulejos hasta la cama baja, y dejó el zurrón en una mesa de madera cercana. Alguien había puesto allí un cuenco de plata con agua limpia y una pastilla de jabón. Suponía que lo habría pedido Mayesh. Los médicos castelaníes no se limpiaban las manos antes de trabajar, pero los ashkar, sí.

Se lavó y se secó las manos, luego se volvió para mirar al paciente. La cama era una maraña de sábanas ensangrentadas; el joven al que su abuelo había llamado Kel yacía inconsciente entre ellas, aunque se le movían las manos ocasionalmente en sacudidas espasmódicas que indicaban que le habían dado morfílico para el dolor. Gasquet debía de haberlo hecho antes de que Conor lo hiciera salir.

También lo habían desnudado dejándolo solo con los pantalones y una camisa interior, empapada de sangre. La mayor parte parecía estar en el lado derecho del abdomen, pero también había manchas oscuras sobre el esternón.

Podía ver el parecido familiar entre su paciente y el príncipe Conor. Tenían la misma piel marrón claro y los rasgos finos, el mismo pelo moreno rizado, aunque el de Anjuman se había oscurecido por el sudor, y se le pegaba al cuello y a las sienes. Respiraba con dificultad, tenía los labios de un azul amoratado, y cuando Lin le levantó brevemente una mano, vio que tenía el nacimiento de las uñas del mismo color. Aunque respiraba, su pecho subía y bajaba con dificultad, se estaba asfixiando.

Alrededor de Lin, todo se quedó muy quieto. Conocía esos síntomas: se estaba muriendo. Tenían poco tiempo.

—Quitaos de en medio —dijo, y le pareció que el príncipe alzaba las cejas, pero no se detuvo a ver su reacción. El cerebro le funcionaba a toda velocidad, ordenando los siguientes pasos, decidiendo lo que necesitaba el paciente. Cogió el zurrón y vació el contenido en la cama; cogió un cuchillo afilado de hoja fina y se inclinó sobre Kel Anjuman.

—¿Qué estáis haciendo? —El tono del príncipe sonó brusco. Lin alzó la mirada y lo vio observándola, de brazos cruzados. Se dio cuenta de que tenía el pelo, de color negro humo, despeinado, como si se hubiera pasado las manos por él demasiadas veces.

—Cortándole la camisa. Necesito ver la herida —explicó Lin.

—Es una camisa cara.

«Que ya está echada a perder por la sangre.» Lin se detuvo, con la punta de la cuchilla sobre el tejido.

—¿Qué preferís, la camisa o salvar la vida de vuestro primo?

El príncipe apretó los labios, pero le hizo un gesto para que continuara. Lin cortó la camisa de Anjuman hasta quitársela y dejar al descubierto una gran herida en el costado. Había sangrado mucho, pero ya no lo hacía: el pecho y el estómago estaban medio cubiertos por costras de sangre seca. Lin observó a simple vista que la puñalada no era muy profunda. Era el lugar de la herida, justo a la izquierda del esternón y rodeado por un moratón de un negro violáceo, lo que la preocupaba.

—Mantenedlo inmóvil —le dijo al príncipe, mientras cogía el material que necesitaba. Sus movimientos eran automáticos, rápidos pero no apresurados. Había una extraña calma que inundaba a la médica en esos momentos, cuando era necesaria la acción rápida para salvar una vida.

—¿Qué? —El príncipe pareció asombrado y luego furioso mientras ella sacaba un bisturí abombado de su funda de cuero y ponía el borde afilado entre las dos costillas de Anjuman—. Al menos dadle un poco de morfílico si vais a rajarlo...

—Ya le han dado morfílico. Y si le damos más, dejará de respirar —explicó—. La sangre le está presionando el corazón, aplastándole los pulmones. Tengo que sacarla.

—Gasquet iba a ponerle sanguijuelas...

—Y habría muerto. —Lin mantuvo la mano firme; pero era reacia a cortar sin que nadie inmovilizara al paciente. Probablemente estaba demasiado drogado para sentir el dolor, pero si lo sentía, y se movía, la cuchilla podría resbalar, quizá incluso cortarle una arteria—. ¿Vais a ayudarme o no?

Cuando vio que el príncipe no se movía, miró a su abuelo, que permanecía a unos pocos metros de la cama, con gran parte del rostro envuelto en sombras. Tenía los brazos cruzados; parecía lúgubre, inexorable.

—Podría ir a buscar a Jolivet —dijo, como respuesta a una rápida mirada del príncipe Conor, pero no pareció que fuera una sugerencia agradable. El príncipe soltó una palabrota, se subió a la cama y puso las manos en los hombros de su primo, sujetándolo con firmeza contra los cojines.

—Como lo matéis... —empezó, pero Lin no lo escuchaba. Los labios de Anjuman estaban de un azul cianótico. Empezó a cortar, una incisión pequeña, precisa, manejando la punta del escalpelo entre las costillas con una precisión experta. La sangre salió, derramándose rápidamente a un lado; el cuerpo reaccionó agitándose, pero los brazos del príncipe Conor se tensaron, manteniendo quieto a Anjuman.

El príncipe era más fuerte de lo que Lin había supuesto.

Entre sus herramientas había una bolsa de cañas tratadas, huecas y flexibles. Lin se pasó el escalpelo a la mano izquierda y cogió una. El príncipe la miraba por encima del hombro, con los grises ojos mostrando extrañeza. Tenía los puños de encaje de la camisa manchados de sangre.

Lin empezó a insertar la cañita cuidadosamente en la incisión. Sintió cómo golpeaba la costilla y la inclinó hacia arriba, alejándola del hueso, hacia la cavidad del pecho. Pudo sentir la mirada del príncipe en ella como la presión de la punta de un cuchillo, afilada e inquisitiva. Se le erizó la nuca mientras seguía insertando la caña...

De la herida salió una ráfaga de aire. Un momento después, la sangre empezó a manar por la caña. Lin sacó un cuenco del zurrón, pero ya era demasiado tarde para su ropa: la sangre le empapó la túnica y le salpicó las mangas. Maniobró con el cuenco para recoger el líquido, vagamente consciente de que el príncipe le gritaba que si iba a sangrar a Kel, podrían haberse quedado con Gasquet.

Ella no le hizo caso. Con el escalpelo, cortó la caña para que solo un milímetro o poco más asomara de la piel de Anjuman.

—Ya podéis dejar de sujetarlo —dijo con tranquilidad, y el príncipe le echó una mirada fulminante, con las manos aún en los hombros de su primo.

—¿Habéis hecho esto antes? —le preguntó, en un tono que indicaba que no lo creía probable—. Este ridículo procedimiento...

—Sí —contestó Lin, y no añadió que uno de los aspectos que encontraba más satisfactorios era lo rápido que funcionaba. Kel Anjuman tomó una bocanada de aire, y el príncipe se irguió, mirando cómo las pestañas de su primo aleteaban. El rostro de Anjuman estaba moteado de sangre, pero había dejado de jadear. Sus respiraciones eran profundas y regulares, y ya no tenía los labios azules.

Abrió los ojos, despacio, como si le pesaran los párpados.

—Conor —dijo, cansado, como un niño que pregunta por su madre—. ¿Eres...? —Parpadeó—. ¿Eres tú?

El príncipe echó a Lin una rápida mirada preocupada.

—Sigue en *shock* —dijo ella—, pero la sangre ya no le oprime el corazón ni los pulmones. Vivirá.

Oyó como Mayesh hacía un movimiento de incomodidad; sabía que la desaprobaba. En medicina nunca era una buena idea prometer la vida. Podía pasar cualquier cosa.

—¿Has oído eso? —preguntó el príncipe, cogiéndole la mano a su primo. Ambas manos tenían una forma parecida, aunque las del príncipe brillaban cargadas de anillos, y las de Anjuman estaban desnudas—. Idiota, vivirás.

Anjuman susurró una respuesta, pero Lin no estaba escuchando; la sangre había dejado de llenar el cuenco. Lo apartó, sabiendo que aún le quedaba trabajo por hacer. Anjuman ya no corría el peligro de ahogarse, y eso era un alivio, pero las heridas seguían necesitando tratamiento. Las heridas por punción tenían un gran riesgo de infección, que podía extenderse al tejido muscular. Esas heridas podían hincharse desde dentro, haciendo que los puntos estallaran, y la piel se volviera negra y pútrida. Poco después, llegaba la muerte.

Una vez pasado el peligro, Lin empezó a organizar los instrumentos, colocando los que necesitaría en la mesa cercana a la cama: jarras de cristal de tinturas, ampollas de medicación, vendas de algodón suave enrolladas en carrizos.

Tras lavarse las manos de nuevo, dejando rosa el agua del cuenco, volvió con el paciente. Comprobó con cuidado las heridas, buscando huesos rotos y contusiones, mientras el príncipe apretaba con fuerza la mano de su primo.

—Kellian. ¿Dónde estabas? —preguntó, con aspereza—. ¿Quién te ha hecho esto? ¿Llevabas el... tu collar?

«¿Collar?», se preguntó Lin.

—No le interroguéis —fue lo que dijo en voz alta.

El príncipe le lanzó una mirada incrédula.

—Necesito saber quién le ha hecho esto.

—En este momento, no. —Cogió una toalla y empezó a limpiar la sangre seca del pecho y el estómago de Anjuman. Mientras lo hacía, inhaló y le alivió comprobar que ningún olor delator salía de las heridas; parecía que los órganos estaban intactos. Las cosas no estaban tan mal como se había temido. Aun así, quedaba mucho por hacer.

—Habéis dicho que estaría bien...

—No si lo agotáis —replicó Lin, con dureza. Mientras limpiaba los últimos restos de sangre del pecho de Anjuman, vio algo que le brillaba en la garganta. ¿El collar por el que el príncipe había preguntado?

—Es fuerte —dijo el príncipe, sin mirarla—. Puede soportarlo. Kel, dímelo. ¿Qué ha pasado? ¿Quién se ha atrevido a tratar así a la realeza?

—Gateadores —jadeó Anjuman—. Eran gateadores. Se abalanzaron sobre mí desde el tejado de un almacén. No pude... —Se contrajo, dirigiendo la mirada hacia Lin. Tenía las pupilas dilatadas por el dolor.

Las mejillas del príncipe se tiñeron de un rojo rabioso.

—Haré que Jolivet baje a la ciudad. Y prenda fuego al Laberinto para hacer salir a los gateadores...

—No —dijo Anjuman, brusco—. No tenían ni idea de quién era. Déjalo, Conor.

La mano izquierda del chico tanteaba frenéticamente entre la ropa de cama, como si estuviera buscando algo. Cuando la levantó, Lin vio que una cadena con un talismán le colgaba, tintineando de los dedos. Un talismán ashkarí. Mayesh debía de habérselo dado, para curarlo.

Se movió para coger suavemente el amuleto de la mano del paciente. Cuando los dedos tocaron la plata, sintió un agudo dolor en el costado, como una picadura de abeja. Sacudió la mano, y el talismán cayó entre las sábanas. Maldición. Probablemente el dolor había sido solo un calambre muscular, pero Lin no podía prestarle atención en ese momento. Sentía la rabia que manaba del príncipe Conor, como el calor de una hoguera. Y sabía que eso molestaba a su paciente. Tal vez Anjuman estuviera sufriendo dolor, pero la tensión alrededor de sus ojos y su boca no tenían nada que ver con la incomodidad física.

—Monseigneur. Voy a tener que pediros que salgáis —dijo, casi sorprendiéndose a sí misma.

La mandíbula del príncipe se tensó.

—¿Qué?

Lin miró a su paciente. Con la herida ya limpia, podía ver bien la totalidad del pecho. Parecía sano, con buen color, la piel tensa sobre los fuertes músculos. Pero los cortes en el costado y el pecho no eran las únicas heridas. Unas líneas blancas se entrecruzaban sobre su piel morena, algunas tan delgadas como hilos blanquecinos, otras gruesas y onduladas. Había visto cicatrices así antes, pero normalmente en personas que se ganaban la vida luchando en el Arena.

—Este es un trabajo delicado y que requiere cuidado —dijo, clavando la mirada en el príncipe—. Necesito concentrarme, y sieur Anjuman necesita descansar.

—Estoy bien —protestó Anjuman, aferrando las sábanas con fuerza.

—Ssh —musitó Lin—. Debéis mantener la calma. Y, monseigneur, tendréis que interrogarle más tarde. Por ahora, debéis dejarme a solas con mi paciente.

El príncipe parecía dividido entre la sorpresa y el enfado. La boca se le había convertido en una línea delgada y tensa. Lin era consciente de que Mayesh los observaba con una calma irritante. Y era más consciente aún del tiempo, los minutos pasaban: minutos durante los cuales la infección podía extenderse por la sangre del paciente.

El rígido bordado de la camisa del príncipe crujió cuando este se cruzó de brazos.

—Si he de salir, tendréis que prometerme que salvaréis su vida. No morirá. Ni ahora, ni dentro de unos días.

Fue como tragarse un penique frío.

—No puedo prometer eso —contestó Lin—. Haré todo lo posible por prevenir la infección...

El príncipe negó con la cabeza, y los rizos negros le cayeron sobre los ojos.

—Requiero vuestra promesa.

—No es a mí a quien imponéis esas exigencias, aunque podáis pensar que sí —replicó Lin—. Estáis intentando dar órdenes a la vida y a la muerte, y ellas no escuchan a nadie, ni siquiera a un Aurelian.

Mientras el príncipe heredero miraba a Lin, sin hablar, esta pudo ver en su rostro la terquedad de una naturaleza desacostumbrada a las negativas. ¿Cómo se las arreglaba su abuelo, pensó, tratando cada día con gente que nunca había oído la palabra «no», o que, en caso de oírla, no tenían que acatarla?

—Conor —intervino Mayesh. Le habló amable, no reprensor—. Dejadla trabajar. Será mejor para Kel.

El príncipe Conor apartó la mirada de Lin y la dirigió, casi obcecado, a su primo.

—Si muere...

No terminó la frase, solo se volvió y salió de la habitación. Mayesh asintió hacia Lin y lo siguió. La puerta se cerró tras ellos, sumiendo la habitación en un silencio terrible.

Lin pudo sentir que el corazón le latía en la garganta. ¿Qué acababa de hacer? Acababa de insultar al príncipe heredero. Lo había echado de su propia habitación. Sintió un horror enfermizo: ¿en qué pensaba? Pero no podía desmoronarse en ese momento. Su concentración tenía que estar en el paciente, que se movía inquieto en la cama.

—Estaos quieto, sieur Anjuman —le pidió, inclinándose sobre él. Sus ojos eran grises, igual que los del príncipe Conor, bordeados de pestañas como terciopelo negro.

—Es Kel. No sieur nada. Kel. Y si me venís con sanguijuelas, os morderé —dijo con una energía que la sorprendió.

—Nada de sanguijuelas. —Sacudió la ampolla y puso un dedo bajo la barbilla de Kel para inclinarle la cabeza hacia arriba. Tenía la piel ligeramente rugosa por el nacimiento de la barba—. Abrid la boca y poneos esto bajo la lengua.

Hizo lo que ella le pedía, tragando los granos de morfílico disueltos. Casi inmediatamente, Lin vio cómo los rasgos se le suavizaban, la tensa línea de la boca se relajaba mientras exhalaba.

El morfílico podía afectar a la respiración, pero en ese momento ya respiraba con facilidad. Y el sobresalto podría matarlo. El dolor hacía que los pacientes se agarrasen con menos fuerza a la vida; algunos se apresuraban hacia la muerte solo para escapar de la agonía.

—Eso —dijo— ha sido sorprendente.

—¿El morfílico? —preguntó ella, tirando la ampolla vacía.

—El morfílico, no. Que hicieseis salir a Conor —contestó. Y, a pesar de todo, sonrió. En ese momento, parecía un chico travieso, como Josit después de haber robado manzanas del jardín del Maharam—. No hay mucha gente que pueda conseguir eso.

—Ha sido horrible. —Lin se encaminó hacia la mesa—. Estoy segura de que me odia.

—Solo odia que le digan qué hacer —explicó Kel, observándola mientras regresaba con unas pinzas de metal, una ampolla de cáustico lunar, una medida de agua infusionada con *levona* y *mor*, y una aguja de acero con hilo de seda.

—¡Cielos! —exclamó él, lúgubre—. Agujas.

—Si os duele, decidme. Puedo daros más morfílico.

—No. —Sacudió la cabeza—. No quiero más. No me importa el dolor, siempre que esté dentro de límites soportables

«Límites soportables.» Eso era interesante, una disonancia, como las cicatrices. ¿Qué sabían los jóvenes nobles del dolor y la cantidad de este que podían o no soportar?

—Dijisteis que os habíais desangrado en el Arrecife. —Hablaba tranquila, con calma, para distraerlo más que otra cosa. Tras extraer con las pinzas el fragmento de caña que aún tenía en el costado, se dispuso a desinfectarle las demás heridas con agua de hierbas. Sabía que le dolería, a pesar del morfílico—. Pero os encontraron en las puertas de Palacio. Os dejaron allí...

Él respingó, arqueando la espalda, y murmuró algo que sonó como «las flechas», y luego un nombre, «Jeanne». ¿O sea que había ido a la ciudad a visitar a una chica? ¿Y quizá lo atracaron en el camino de vuelta?

—Sí —confirmó—. Sé quién me dejó en la entrada de Marivent. No fue la persona que me apuñaló.

Lin dejó el paño a un lado y cogió el cáustico lunar. Detendría cualquier posible sangrado. También dolería. Kel la miraba, en silencio. Un nivel de tolerancia al dolor sorprendente, pensó ella. Generalmente, cuanto más ricos eran los pacientes, más difícil era tratarlos, pues se quejaban de cualquier incomodidad. Ese primo del príncipe no era lo que ella se había esperado.

—Bien. Esos fueron los gateadores —dijo ella, extendiendo el cáustico sobre las heridas—. Me sorprendió que hubierais oído hablar de ellos. —No parecían el tipo de habitantes de la ciudad de los que los nobles hubieran oído hablar.

Él sonrió, irónico.

—Todos vivimos en la misma ciudad, ¿no?

Ya no sangraba; las heridas brillaban con el cáustico, un efecto particularmente bello.

—¿Ah, sí? —preguntó Lin—. Yo llevo toda la vida viviendo aquí; esta es la primera vez que estoy en la Colina. La mayoría de la gente nunca pisará esta zona. Los nobles y la gente normal de Castelana... puede que vivan en el mismo lugar, pero no es la misma ciudad.

Él se quedó en silencio. El sudor le manaba de la piel, pegándole el pelo a la frente. Sentiría el cáustico como fuego en la piel, Lin lo sabía; tenía que hacer algo más para aliviarle el dolor.

«Úsame.»

Lin se sobresaltó. Por un momento pensó que Kel había hablado, pero no había sido más que un susurro en su propia cabeza. Esa segunda voz que todos los médicos parecían tener y que les aconsejaba en momentos de urgencia.

Rápidamente cogió un ungüento hecho de santamaría, sauce blanco, pimentón, y otra docena de ingredientes procedentes de diversos puntos de Dannemore. Era una pomada difícil de hacer, sobre todo teniendo en cuenta que solo disponía de la cocina de la Casa de las Mujeres para trabajar en ella, pero le dormiría la piel para los puntos.

Empezó a extendérsela cuidadosamente sobre los cortes. Lo oyó suspirar; él la miraba con los ojos medio cerrados. Lin tapó el ungüento, y cogió la aguja y el hilo de seda. Kel la observó con recelo... luego se relajó cuando la aguja atravesó la piel y ella empezó a coser.

—No puedo sentirlo —le dijo él, maravillado—. De verdad, eso es magia.

—Es medicina. —Se colocó un mechón de pelo rebelde tras la oreja. «Hubo un tiempo en el que eran lo mismo. Ya no.»

—Puede que la gente de a pie de Castelana no venga a la Colina —dijo Kel—, pero los nobles de aquí estarían perdidos sin la ciudad. No solo les provee de dinero, es su patio de recreo. Se morirían de aburrimiento si se quedaran en la Colina.

—Habláis como si no fuerais uno de ellos —observó Lin. Cogió algunas hierbas de la bolsa y las esparció sobre las heridas antes de seguir cosiendo.

—Quizá preferiría no serlo. —Kel bajó la vista y se puso ligeramente verdoso—. Veo que me estáis sazonando como a un pollo.

—Las hierbas impedirán la infección. Y no miréis.

Kel bostezó. El morfílico y la pérdida de sangre le producían cansancio, pensó Lin. Se concentró en lo que estaba haciendo. Tras unos momentos, él volvió a hablar.

—Cuando era más joven, pensaba que los ashkar debían de ser muy peligrosos, si había que tenerlos entre muros.

—Cuando era más joven —replicó Lin, cogiendo las vendas—, pensaba que los *malbushim* debían de ser muy peligrosos, si a nosotros había que tenernos entre muros.

—Ah —dijo él, y bostezó de nuevo—, la perspectiva lo es todo, ¿eh?

Tras retirar sus cosas, Lin sacó del zurrón varios talismanes tachonados de plata y los metió entre las capas de vendas.

—Esto os ayudará a sanar, y a dormir —le dijo—. Lo que necesitáis es descansar, dejar que vuestro cuerpo se recomponga. Volveré en tres días para ver qué tal vais.

—Esperad —dijo, cuando ella se volvía para irse. Arrastraba las palabras, debido al cansancio—. ¿Vuestro nombre, médica?

—Lin —contestó ella, mientras a él se le cerraban los ojos—, Lin Caster.

Él no respondió; respiraba profunda y regularmente. Cuando Lin estaba a punto de salir, vio algo brillar entre el revoltijo de sábanas. El talismán que él había sostenido por unos segundos. Lo cogió para dejarlo sobre la mesilla de noche cuando algo raro le llamó la atención.

Se quedó quieta durante lo que le pareció un largo tiempo, mirándolo, antes de ponérselo a Kel en la palma, con cuidado.

«Mayesh —pensó—. Mayesh, ¿qué has hecho?»

Lin esperaba encontrarse a su abuelo aguardándola al otro lado de la puerta. No estaba allí y, para su sorpresa, tampoco estaban los guardias del castillo. En el pasillo solo estaba el príncipe Conor, sentado en el hueco de una de las ventanas ojivales, mirando, fríamente, la ciudad de Castelana. A esa hora, era poco más que una colección de luces parpadeantes en la distancia.

Maldijo a Mayesh por no estar allí. No había nada que Lin deseara menos que estar a solas con el príncipe. Pero no le quedó más remedio. Se acercó a él, dolorosamente consciente de la sangre en su túnica, y le habló.

—Ya está, monseigneur.

El príncipe la miró en una especie de aturdimiento, como si ella fuera alguien a quien hubiera olvidado hacía mucho y apareciera inesperadamente en un sueño. El cansancio le había borrado la dureza de la expresión; parecía amable, algo que Lin sabía que no era cierto.

—¿Qué?

—Que ya está —repitió Lin.

Él se bajó de la ventana, ágil y elegante; Lin dio un involuntario paso hacia atrás.

—¿Eso qué quiere decir? ¿Está vivo?

—Pues claro que está vivo —masculló—. ¿Pensáis que si hubiera muerto, os lo diría así? Kel necesita descansar, y luego que le cambien las vendas. Pero primero descansar, y que se laven las sábanas y la ropa. No dormirá bien encima de su propia sangre.

Él la miró, con el pelo negro erizado como el pelaje de un gato furioso.

«En nombre de la Diosa», pensó Lin. Le había hablado mal al príncipe heredero. Otra vez.

Entonces él sonrió. No fue una sonrisa fría, ni con aires de superioridad, aunque sí parecía reírse ligeramente de sí mismo. El alivio en sus ojos era real. Lo hacía parecer humano. En las horas nocturnas, mientras se vela la enfermedad, entre la fiebre y la recuperación, quizá todo el mundo fuera un poco igual.

—Qué médica más rigurosa —dijo, con un toque de diversión—. ¿Debo entender que estáis dándome órdenes de nuevo?

—Bueno —contestó ella—. No creo que seáis vos quien cambie la cama. Solo pensé que... querríais saber qué se debe hacer.

Él se limitó a sonreír.

—Y así es. Parece que vuestro abuelo tenía razón. Sí que sois la mejor del Sault... quizá la mejor de Castelana.

Su sonrisa era encantadora. Los dientes brillaban y encendían los ojos grises haciéndolos parecer plateados. Por primera vez esa noche, Lin pudo ver en él al Príncipe de Corazones, ese por el que la ciudad suspiraba. Había algo en él que la irritaba, como si le clavaran un alfiler. Quizá se debía a que ser el hijo del rey era un tipo de poder, ser bello era otro, y ser ambos era demasiado poder para una sola persona.

Además, Conor Aurelian se comportaba como alguien que se sabía guapo. Ni su desarreglo le estropeaba la apariencia. Tal vez las ropas caras estuvieran arrugadas y las mangas de seda color marfil manchadas de sangre, pero su belleza no requería orden. De hecho, se beneficiaba de cierto caos, ese que procedía del contraste: negro y plata, rasgos finos y pelo negro despeinado.

—¿Dónde está mi abuelo? —preguntó Lin, con un repentino y fuerte deseo de marcharse—. Debo irme; puede que esté esperándome.

—Antes de hacerlo —dijo el príncipe Conor—, Bensimon dijo que no tenía que pagaros, pero me gustaría que tuvierais esto. —Se sacó un anillo de la mano derecha y se lo tendió, con el gesto de quien le ofrece un juguete caro a un niño.

El anillo era una simple banda dorada, con un zafiro plano

engarzado. Grabado en el zafiro se veía el sol radial de la Casa Aurelian. Un anillo de sello.

Por un momento, Lin volvió a tener diez años, y tiraba a los pies de Mayesh el collar que le había traído con el sello Aurelian. Oyó a Josit, protestando «pero quédatelo», y vio la expresión glacial en la cara de su abuelo mientras ella se volvía.

No cogió el anillo.

—No, gracias. No lo quiero.

Él pareció desconcertado.

—¿No lo queréis?

El recuerdo se desvaneció, pero el enfado se mantuvo. Enfado con Mayesh, lo sabía, pero allí delante, en carne y hueso, estaba la auténtica razón por la que Mayesh la había abandonado, y le ofrecía, arrogante, lo que para ella sería un año de salario, pero que para él no era nada.

—¿Qué se supone que puedo hacer con él? —preguntó, con una voz fría como el cristal—. ¿Venderlo en una casa de empeños del Camino Yulan? Me arrestarían. ¿Usarlo? Me atracarían los gateadores, como a vuestro primo. No tiene valor para mí.

—Es algo bonito —dijo él—. Ese es su valor.

—Para aquellos tan ricos que pueden sentarse a contemplar un objeto que no pueden comerse ni vender —replicó Lin, mordaz—. ¿O pensáis que deseo tenerlo en una caja y recordar con nostalgia la vez que conocí al príncipe de Castelana y él se dignó a decirme que yo era una médica medio buena?

En cuanto las palabras le salieron de la boca, las lamentó. El rostro de él se había puesto tenso. De pronto, Lin fue consciente de lo grande que era, bastante más que ella, y no solo más alto, también más ancho de hombros y grande en general.

Él avanzó hacia ella. Lin pudo sentir la fuerza que irradiaba, incluso así de desarreglado. Un príncipe desarreglado seguía siendo príncipe, suponía ella, con todo el despreocupado poder que la sangre y el privilegio le habían conferido. Era una cualidad que se volvía más fuerte precisamente por el hecho de que él nunca había tenido que considerar que la poseía, ni preguntarse si había alguna razón para seguirla detentando.

Podría cogerla con una mano, pensó Lin, y empujarla contra la pared. Romperle el cuello, si quería. Y su poder no procedía del hecho de que tuviera la fuerza física para hacerlo, sino de que no habría repercusiones por el acto. Nadie le preguntaría nada.

No necesitaría ni cuestionarse a sí mismo.

La miraba desde una altura incómoda, con los ojos grises fijos en ella. Eran como los de Kel y, sin embargo, distintos. Lo cual era lógico.

—¿Cómo os...? —empezó.

Una voz fuerte lo interrumpió.

—¡Lin!

Ella se volvió rápidamente. Nunca había estado tan contenta de oír a su abuelo acercarse. Estaba al otro lado del pasillo; Lin se apresuró hacia él, consciente de que el príncipe seguía detrás de ella, clavándole la mirada en la espalda. Podía sentir cómo la observaba, incluso mientras le explicaba rápidamente a Mayesh cómo estaba Kel.

Su abuelo asintió, claramente aliviado.

—Bien hecho —dijo—. Ahora espérame abajo en el carruaje. Debo hablar con el príncipe.

Lin no se quedó a escuchar tal conversación. Inclinó la cabeza en dirección al príncipe Conor, y murmuró «monseigneur», antes de huir.

El príncipe no le respondió, ni se despidió, aunque ella se dio cuenta de que seguía con el anillo en la mano. No se lo había vuelto a poner.

Fuera, el cielo empezaba a iluminarse por el este, sobre el Paso Estrecho. Justo antes del amanecer era el momento más frío del día en Castelana. El rocío centelleaba en la hierba, mojándole los pies mientras se aproximaba al carruaje que la aguardaba. (El cochero, un guardia del castillo con gesto adusto, le echó una mirada sombría mientras se subía; quizá no le agradara que lo despertaran tan pronto.)

Agradeció ver que alguien había puesto una caja de ladrillos calentados, envueltos en suave lino, en el asiento. Cogió uno y se lo pasó de mano a mano, dejando que la piel absorbiera el calor. Se preguntó si Mayesh habría pedido que se los dejaran allí.

Pensó otra vez en el talismán que Kel sujetaba. «Mayesh, ¿qué has hecho?»

Hubo un golpe en la puerta y Mayesh apareció, doblándose para entrar al carruaje. Con su altura y largos miembros, la hizo pensar en un pájaro alargado, una garza, quizá, picoteando en la orilla cuando la marea estaba muy baja.

Le dedicó una mirada amenazadora mientras el carruaje empezaba a moverse.

—¿Prefieres escuchar primero las buenas noticias o las malas? —le preguntó él mientras el carruaje pasaba bajo el arco enrejado.

Ella suspiró, sujetando con fuerza la piedra caliente.

—Las dos a la vez.

—Humm —murmuró él—. Pareces haber hecho maravillas con Kel. Le eché un breve vistazo. Eso debería predisponer al príncipe hacia ti. Pero —añadió, y Lin supuso que se aproximaban las malas noticias— parece que no. Te ha prohibido volver a los terrenos de Palacio.

Lin dio un respingo.

—Pero tengo que hacerlo... Debo examinar a Kel otra vez, en menos de tres días...

—Quizá deberías haber pensado en eso. —Dejaron atrás la Puerta Norte. Estaban saliendo de Marivent—. No puedo evitar preguntarme: ¿qué has hecho para ofender tanto a Conor? Dijo, si lo recuerdo bien, que eras una niña ruda y extraña, alguien a quien no quería volver a ver.

—No he hecho nada. —Cuando su abuelo se limitó a alzar las cejas por toda respuesta, Lin añadió—: Rehusé su oferta de pago. No quiero nada de la Casa Aurelian.

Se volvió a mirar por la ventanilla. Salió de Palacio tan rápido como había entrado. Y al parecer, para no volver. La heroína de *La doma del tirano* estaría muy decepcionada con su comportamiento, pero ella no tenía que tratar con Conor Aurelian.

—Todo el mundo en Castelana acepta algo de la Casa Aurelian, todos los días —dijo Mayesh—. ¿Quién crees que paga a los Vigilantes? ¿Y a los Apaga-Fuegos? Incluso en el Sault, es el dinero del Tesoro el que proporciona el salario de los Shomrim...

—¿Para protegernos o para protegerlos de nosotros? —preguntó, recordando las palabras de Kel: «Cuando era más joven, pensaba que los ashkar debían de ser muy peligrosos, si había que tenerlos entre muros»—. De todas formas, no importa. Puede que haya ofendido al príncipe al rechazar su anillo de sello, pero podría haberlo hecho peor. —Su bloque se había quedado frío. Lo apartó a un lado y continuó—: Podría haber dicho que sabía perfectamente bien que Kel Anjuman no es el primo del príncipe.

Mayesh la miró con suspicacia.

—¿Qué te hace decir eso? —preguntó.

Lin ya no podía ver sus reflejos en las ventanillas. Fuera ya había demasiada luz. El cielo sobre la ciudad estaba cambiando de negro a azul pálido, veteado de ligeras nubes grises. Había movimiento en el puerto, y armadores empezando la caminata sobre las rocas hasta el Arsenal. Las gaviotas habrían empezado a volar en círculo, llenado el aire con sus gritos agudos.

—Está cubierto de cicatrices —indicó Lin—. Y no son el tipo de cicatrices que tendría un noble debido a un duelo ocasional, o a una caída del caballo por ir borracho haciendo el tonto. No he visto nada igual, salvo en los cuerpos de los que solían ser luchadores en el Arena. Y no intentes contarme que fue luchador en el Arena cuando tenía doce años. —Hacía una década que el rey Markus había prohibido los combates de gladiadores por considerarlos inhumanos.

—Oh —dijo Mayesh—, créeme, no iba a hacer tal cosa. Pero veo que aún no has terminado... —Su voz sonaba amable. «Continúa.»

Lin lo hizo.

—Tenía un talismán en la mano. Un talismán *anokham*. Conozco lo suficiente de gematría para saber lo que significa.

—Es una magia rara. Poderosa —admitió Mayesh—. Ese talismán es de antes de la Fractura.

—Es magia ilusoria —apostilló Lin—. Ata a Kel Anjuman, o como se llame, a Conor Aurelian. Le hace parecer Conor Aurelian cuando lo lleva.

—Tu estudio de la gematría ha sido más amplio de lo que yo pensaba —observó Mayesh. No parecía molesto. Solo pensativo, y un poco curioso—. ¿Ha sido parte de tu investigación para curar a Mariam Duhary?

«¿Cómo sabes eso?», pensó Lin, pero no le preguntó. Solo tenía esa oportunidad para interrogar a Mayesh sobre lo que había presenciado; no la desaprovecharía.

—Ha formado parte de mis estudios generales —contestó—. Mayesh. —Él la miró con firmeza, por debajo de las grandes cejas, pero no dijo nada—. No he cogido el anillo porque no quería ningún pago por parte de la Casa Aurelian. Pero sí que quiero un pago por tu parte. Quiero que me cuentes quién es mi paciente.

—Era —corrigió Mayesh.

Habían llegado a la Ruta Magna. Habían desmontado el Mercado Roto como si nunca hubiera existido, y las tiendas empezaban a abrir. Pasaron al lado de un grupo de mercaderes de Sarthe y una niña choseana con dedaleras prendidas en su brillante pelo negro; todos se detuvieron para mirar curiosos el carruaje con el sello real sobre el lateral.

—No está muerto...

—No, pero no parece que vayas a tratarlo de nuevo. Lin, he jurado guardar los secretos de Palacio. Lo sabes.

—Podría causar muchos problemas con lo que ya sé —replicó Lin, casi en un susurro—. ¿Es algún tipo de chivo expiatorio? ¿Lo castigan a él en sustitución de Conor? ¿O es un guardaespaldas? Lo averiguaré, lo sabes.

—Sí, lo sé. Había esperado que aceptaras la historia de que Kel es el primo de Conor, por el bien de nuestra paz mental. Pero sospechaba que no lo harías. —Mayesh se llevó las puntas de los dedos bajo la barbilla, pensativo—. Si te lo cuento, debes hacer un juramento vinculante de que esta información no saldrá de aquí.

—*Imrāde* —dijo Lin—. Lo juro.

—En la Corte de Malgasi, durante muchos años, hubo una

tradición —contó Mayesh—. Cuando el rey tenía un solo hijo como heredero, se elegía a un chico de la ciudad. Un niño abandonado, sin padres, sin familia que lo echara de menos o protestara. Llamaban al niño el *Királar*, la Navaja del Rey. Aquí —dijo— lo llamamos el Guardián de Espadas. A Kel lo trajeron a Palacio para servir al príncipe cuando tenía diez años. Y te contaré lo que hace.

Ya había amanecido cuando Lin regresó, sola, a su pequeña casa. La luz del sol se colaba por las cortinas. Todo estaba donde ella lo había dejado la noche anterior: los papeles, los libros, la taza de té, que se había quedado helada.

Completamente exhausta, corrió las cortinas y empezó a desnudarse para dormir. Al menos, ese día no tenía pacientes que visitar; era una pequeña bendición. Las guardias de la noche habían acabado; los Shomrim estarían volviendo a casa para dormir su extraño sueño diurno. Cuando se pasaba toda la noche en pie, Lin tenía sueños extraños, sueños en los que vagaba por un mundo donde era siempre de noche, la oscuridad brillaba con una luz que no eran las estrellas. Se preguntó si a los Vigilantes les pasaría lo mismo. O a Mayesh, que tampoco había dormido.

—¿Nunca te has preguntado quiénes eran sus padres? —le había dicho a su abuelo, después de que él le hubiera explicado lo que era un Guardián de Espadas, y quién era realmente Kel Saren. No el primo del príncipe, sino su guardaespaldas, su doble, su escudo. Ni los nobles lo sabían, le había dicho. Solo la Casa Aurelian. Y desde ese momento, también ella—. ¿Quién lo engendró, antes de acabar en el orfanato?

Mayesh había soltado una carcajada.

—No hay ninguna necesidad de convertirlo en un misterio. Hay cientos de niños abandonados en Castelana. Uno se imagina que fue desechado por las razones habituales.

«Desechado.» Ella también había sido desechada, pensó Lin, desatándose el cordón de la cintura de los pantalones. Pero ella había tenido el Sault, donde se cuidaba a los niños, incluso a los que no tenían familia. Cada vida ashkar tenía valor. Cada nacimiento ashkar reparaba la rotura del mundo y hacía que el regreso de la Diosa estuviera más cerca.

En Castelana era diferente. Los niños desechados eran residuos vulnerables, presa de aquellos que no tenían escrúpulos, invisibles para la gente respetable. Pensó en Kel Saren, en cómo su sonrisa le había recordado a la de Josit. Se preguntó si le molestaba ser Guardián de Espadas, o quizá, igual que los soldados, aceptaba el peligro de su vida con serenidad.

Pensó que lo averiguaría. Era su paciente. Conor Aurelian no podía hacer que ella no cumpliera su deber para con su paciente, daba igual lo que hubiera dicho.

Se quitó los pantalones con una patada y sintió una punzada. Aquel dolor en el costado que había sentido en Palacio... ¿Qué era? Se levantó la túnica y se vio, en la cadera, una marca roja como una quemadura. Pero ¿qué podía haberla quemado? ¿Se le habría metido una avispa en la túnica? Se la sacó y la sacudió. No cayó ningún insecto. En su lugar oyó un suave plum.

Pues claro. La piedra de Petrov. Metió la mano en el bolsillo de la túnica para sacarla y se dio cuenta inmediatamente de tres cosas: una, había un agujero en el bolsillo que no estaba antes; dos, el agujero estaba rodeado de tejido chamuscado, como si el agujero fuera el resultado de una llama, y tres, el bolsillo en el que guardaba la piedra le quedaba justo encima de la cadera izquierda cuando llevaba puesta la túnica.

Miró la piedra. No había cambiado: suave, redonda, de una palidez lechosa. Fría al tacto. Pero, de alguna manera, y por alguna razón, había ardido en el bolsillo de la túnica y le había quemado la piel, justo en el momento en el que estaba tratando a Kel Anjuman.

Oyó de nuevo el murmullo en su cabeza, aún más claro: «Úsame». Había pensado que simplemente estaba recordándose usar el ungüento, pero con la piedra en la mano, la voz era más fuerte, el recuerdo más claro. Y estaba la quemadura en la piel...

Se sintió como antes de haber leído ningún libro de medicina, cuando había deseado desesperadamente curar, pero le faltaban las herramientas o el lenguaje necesarios. Pasó la yema de los dedos por la piedra, sabiendo que iba a tientas en la oscuridad. Existían las respuestas, pero ¿dónde? Quizá Petrov las hubiera tenido, pero ya no estaba. Sus libros y pertenencias habían desaparecido en el Laberinto, un lugar al que ninguna mujer ashkar se atrevería a ir sola.

Cuando finalmente se durmió, no soñó con oscuridad. En vez de eso, supo que estaba en un lugar alto, y a su alrededor había llamas, cada vez más cerca. Cuando se despertó por la tarde, le dolían los músculos como si se hubiera pasado la noche corriendo.

Suleman se propuso encandilar a la reina. No le resultó difícil. Tenía el pelo negro como las alas de un cuervo, el cuerpo duro como si se lo hubieran tallado en roca. No había Rey-Hechicero más admirado que él. Había llegado a Aram a lomos de un dragón y se había encontrado con que Adassa no solo era bella sino también joven e impresionable. Se dedicó a intentar convencerla de que se aliase con su país. Le habló del poder de las Piedras-Fuente, y su capacidad para volver la tierra fértil y curar heridas mortales. Adassa se enamoró de Suleman, y durante un tiempo fueron amantes. Él le mostró cómo llevar la prosperidad a Aram usando la Piedra-Fuente. Pero, a pesar de ello, Adassa se negó a casarse con él, pues no quería perder la independencia de su trono. Finalmente, él consiguió que lo visitara en su propio reino, para que viera todo lo que llegaría a poseer si accedía a casarse con él.

Relatos de los Hechiceros-Reyes,
LAOCANTUS AURUS IOVIT III

Capítulo nueve

Kel soñaba, completamente sumergido en el morfílico.

Soñaba que estaba en la cama en la habitación de Conor, y que llegaba Mayesh, y el rey y la reina, y cirujanos y académicos de toda Dannemore. Fausten también estaba: portaba tinta y plumas, y le marcaba la cara, el cuello, los brazos y las piernas, mientras Kel intentaba hablar, moverse, y descubría que no podía.

Los expertos examinaban las marcas y debatían, con voces susurradas y pesarosas, sobre qué deberían cortar para dejar un lienzo perfecto en el que poder hacer su trabajo.

—Todo lo que hay aquí es defectuoso —decía Fausten, con los ojos legañosos fijos en un punto en la distancia—. Hay que sacrificar la carne y la sangre. Aquí... —decía, mientras ponía la mano sobre el pecho de Kel—... está el diamante.

El rey Markus daba un paso al frente. Llevaba en la mano la espada ceremonial Luciérnaga. Un esmalte de oro y plata adornaba la empuñadura; los rubíes tachonaban la cruceta como gotas de sangre.

—Hijo mío —le decía—, esta es vuestra tarea.

Y le daba la espada a Conor. Kel intentaba murmurar el nombre de Conor, para pedirle que tuviera compasión, pero el universo se alejaba de él. No podía coger su sustancia, ni siquiera rogar por su vida. Mientras Conor alzaba la espada sobre su corazón, Kel oyó el grito de un fénix y sintió que el mundo cambiaba.

—Así que fuiste al Palacio —dijo Mariam, chocando el hombro de Lin con el suyo mientras iban de camino al mercado—. Y conociste al príncipe. Y a su primo. Viste sus aposentos.

—Mariam, te he contado la historia cinco veces —se quejó Lin. Era cierto; le había contado la historia varias veces a lo largo de los últimos tres días, aunque había mantenido la promesa hecha a Mayesh. No había dicho ni una palabra sobre el Guardián de Espadas o los talismanes *anokham;* ni tampoco, ya puesta, sobre los gateadores.

Mariam se había detenido en un puesto que vendía seda y brocados. Había ido al mercado en busca del material con el cual tenía planeado confeccionar vestidos para la mitad de las chicas del Sault, por lo que parecía. Faltaba poco menos de un mes para el Festival de la Diosa, y Mariam estaba inundada de pedidos. Aunque los ashkar debían vestir ropas sencillas fuera del Sault, dentro de las murallas, podían vestir lo que quisieran, y el festival era una oportunidad para lucir las galas más elegantes ante toda la comunidad.

Mariam le sonrió a Lin, mostrándole un rollo de tela verde nenúfar.

—Y, aun así, quiero oírla otra vez. ¿Qué tiene eso de malo?

—Yo también tengo curiosidad —añadió la vendedora del puesto, una mujer de mirada aburrida con pelo blanco y cejas negras con forma de V invertida—. ¿Decís que habéis estado en Palacio?

Lin agarró a Mariam de la manga y la arrastró varios metros, hasta un lugar entre un puesto de joyería y uno de relojes. Puso los brazos en jarras y miró a Mariam con severidad, aunque en realidad no estaba enfadada y sospechaba que Mariam se daba cuenta. ¿Cómo iba a estar enfadada, si Mariam parecía, bueno, estar mejor? Si era debido a las tisanas que Lin le obligaba a tomar cada día, a la emoción por la llegada del festival, o a la emoción por la visita de Lin a Marivent, era difícil de decir. Lo que importaba era que su paso era animado y le había vuelto el color a las mejillas por primera vez en bastante tiempo.

—¿Qué llevaba puesto el príncipe? —preguntó Mariam, sin el más mínimo arrepentimiento—. Cuéntame todo sobre su ropa.

Lin le hizo una mueca. Era un día brillante y fresco, con el cielo como el alto techo de un templo, pintado en tonos lapislázuli y blanco. El aire suave jugueteaba con las mangas, el dobladillo y los bajos del vestido de Lin, como un gatito buscando atención.

—No me fijé en la ropa —mintió—. ¿Quizá quieras saber algo más sobre cómo traté la herida de mi paciente? ¿O te gustaría que te contara mis preocupaciones sobre la infección? Oh, y sobre el pus.

Mariam se tapó los oídos con las manos.

—Mariam.

—Te escucharé cuando me prometas contarme lo guapo que es el príncipe de cerca. ¿Lo miraste desafiante con ojos ardientes? ¿Te dijo que debería enviarte al Truco, pero que nunca podría encerrar a una mujer tan bella?

—No —contestó Lin, paciente—, porque eso, Mariam, es el argumento de *La doma del tirano*.

—Eres muy aburrida —declaró Mariam—. Quiero más, Lin. Quiero que me hables del mobiliario de Palacio, y de lo que llevaba puesto el príncipe, y el tamaño de su...

—Mariam.

—... corona —completó Mariam, con una sonrisa que iluminó su delicado rostro—. De verdad, Lin. No creo que el corte del abrigo del príncipe sea un secreto de Estado. —Se colocó tras la oreja un mechón de pelo que el viento le había despeinado—. Da igual, volverás a verlos cuando vayas a comprobar cómo está tu paciente, ¿verdad?

Lin suspiró. No podía mentirle a Mariam, que sabía que siempre volvía a ver cómo habían respondido al tratamiento los pacientes.

—No voy a volver —dijo—. Mayesh acudió a mí porque estaban desesperados. Pero el príncipe Conor dejó muy claro que yo no podía volver.

—¿Porque eres ashkar? —Mariam parecía acabar de recibir una bofetada. Lin se apresuró a tranquilizarla, lamentando no poder ser más honesta. Pero contarle a Mariam que el príncipe le había prohibido volver a Marivent porque Lin le había caído mal, arruinaría la fantasía con la que su amiga estaba disfrutando tanto.

—No, qué va, Mari. Porque tienen sus propios cirujanos, y no quieren que se sientan ofendidos.

—He oído a una de mis señoras de la Colina hablar sobre él —dijo Mariam, molesta—. Dijo que era terrible... —Se interrumpió cuando el reloj de la ciudad, que adornaba la cima de la Torre del Viento, tocó las doce—. Oh, cielos. Llevamos aquí una hora y no he comprado nada.

—Porque no dejas de incordiarme —señaló Lin—. ¿No habías dicho que necesitabas seda rosa?

—Sí, para Galena Soussan. No le pega nada, pero está empeñada. Quiere impresionar a alguien en el festival, pero no sé a quién...

Lin tiró de la trenza izquierda de Mariam

—Querida, podemos cotillear todo lo que quieras cuando volvamos a casa. Ve a coger lo que necesites.

Quedaron en encontrarse en una hora al pie de la Torre del Viento, el gran campanario que arrojaba su larga sombra sobre la plaza del Mercado de la Carne. (Era uno de los pocos fragmentos de la arquitectura castelaní, junto con Marivent y el tejado del Cadalso, que podía ver Lin desde su casa, por encima de las murallas del Sault. Su forma siempre le había recordado a los frasquitos plateados de especias que adornaban la mayoría de las mesas ashkar.)

En cuanto Mariam se alejó, Lin buscó en el bolsillo de su vestido azul y sacó la piedra de Petrov. Se acercó al puesto del joyero, y le preguntó al hombre con anteojos que trabajaba allí si se la podría engarzar, por poco dinero, en un anillo o en un brazalete.

El hombre cogió la piedra, con un destello de algo que parecía sorpresa atravesándole el rostro.

—Un buen espécimen —fue todo lo que dijo, tras alzar la piedra para examinarla a la luz, y luego medirla con un par de calibradores grabados. Dijo que era una especie de cuarzo, veteado con algo que él llamaba «inclusiones», lo que Lin supuso que hacía referencia a las extrañas formas del interior de la piedra. No valía mucho, le dijo, pero era bonita, y se la podía engastar en plata sencilla por una corona. Un broche, le sugirió, sería lo más práctico, y podría tenerlo listo en media hora. Lin accedió, y salió a dar una vuelta por el mercado mientras le preparaban la joya.

A Lin le encantaba el mercado semanal. La gran torre con el bonito reloj se alzaba sobre la plaza del Mercado de la Carne, y bajo su sombra, cada domingo por la mañana, brotaban puestos y tiendecillas como champiñones coloridos. Se podía encontrar casi cualquier cosa: abanicos de marfil y túnicas de algodón de Hind; pimienta negra y brillantes plumas de Sayan; hierbas medicinales secas y esculturas de palisandro de Shenzhou; calabaza encurtida y vino de arroz de Geumjoseon; pasta de fruta, *calison* y juguetes de Sarthe.

Pensar en mazapán hizo que a Lin le rugiera el estómago, algo que se podía solucionar fácilmente en el mercado. El olor a comida llenaba el aire de aromas intensos y contrastados, como una docena de aristócratas muy perfumados chocándose entre sí en una habitación pequeña: mantequilla chisporroteante, fideos fritos en aceite, el chili y el amargo toque del chocolate. La mayor dificultad era decidir qué comer: ¿pastelitos de cerdo y jengibre confitado de Shangan, o sopa de pastel de arroz de Geumjoseon? ¿Tortitas de coco de Taprobana o pescado ahumado de Nyenschantz?

Al final, se decidió por un cucurucho de dulces de miel y ajonjolí espolvoreados con pasas secas. Iba comiéndolos, mientras vagaba por la parte del mercado dedicada a los pequeños animales que se vendían como mascotas. Metidos en jaulas plateadas apiladas fuera de un puesto de lona azul, había gatos de ojos somnolientos, con collares de metal grabados mostrando nombres como MATARRATAS o DESTROZARRATONES. Monos de cara blanca sujetos con correas bordadas jugueteaban entre el gentío y a veces tiraban de la ropa de los paseantes con ojos pedigüeños. (Lin le dio a uno un dulce de sésamo, mientras el vendedor de monos miraba a otro lado.) Los pavos reales se contoneaban en las jaulas, extendiendo las plumas. Lin se detuvo para visitar la morada de una rata blanca que siempre le había gustado. Tenía los ojos rosas y la cola de galgo, y cuando la dejaban salir de la jaula, se le subía por el brazo y se le acurrucaba en el pelo.

—Si tanto os gusta, deberías haceros con ella —gruñó Do-Chi, el canoso anciano propietario del puesto. Su familia había venido de Geumjoseon una generación atrás y, según él, siempre se habían dedicado a entrenar animales pequeños; una vez hasta habían tenido un circo de erizos—. Tres talentos.

—Ni hablar. Mi hermano me mataría al volver. No soporta las ratas. —Lin acarició la cabeza del roedor, con un dedo pesaroso, por entre los barrotes de la jaula, antes de despedirse de Do-Chi y dirigirse a su parte favorita del mercado: los puestos de libros.

Allí se hallaba todo el conocimiento del mundo: mapas de los Caminos Dorados, *Magna Callatis*: *el libro del imperio perdido, El libro de los caminos y los reinos, Un regalo para los que contemplan las maravillas de las ciudades y de los viajes, Un viaje más allá de los tres mares, Espejo de países, Recuento de viajes a los cinco reinos Hindi*, y *Crónica de una peregrinación a Shenzhou en búsqueda de la ley*.

También había el tipo de cuaderno de viaje escrito por nobles cuando regresaban de pasar una temporada en el extranjero, deseosos de presumir ante el populacho. Lin se detuvo a ojear, divertida, *Las admirables aventuras y extrañas fortunas del signeur Antoine Knivet, que partió con dom August Renudin en su segundo viaje al mar Lakshad*. Prometía ser «un cuento de fantásticas criaturas marinas y marineros», pero Lin sabía que, en ese momento, no tenía ni el tiempo ni la atención necesarios. Comprobó, como hacía siempre, si habían aparecido nuevos textos médicos desde la última vez que había ido, pero solo encontró libros de anatomía y de remedios que ya conocía.

En su camino de vuelta al puesto de joyería, Lin se desvió por la zona más alejada del mercado para evitar la parte donde las banderas a rayas rojas y blancas (rojas por la sangre, blancas por los huesos), señalaban el lugar donde ejercían los cirujanos de Castelana. Armados con cuchillos y alicates podían sacar dientes con abscesos y cortar dedos gangrenados mientras la sangre salía a chorro y los mirones aplaudían. Lin lo odiaba; la medicina no era aquel teatro.

Su paseo la llevó por delante de los cuentacuentos, cada uno de los cuales tenía su propio público alrededor. Un hombre con una barba canosa mantenía atenta a la concurrencia con historias de piratas en alta mar, mientras una mujer de pelo verde y una llamativa falda rosa entretenía a un grupo aún más numeroso con la historia de una chica enamorada de un gallardo soldado que resultaba ser el príncipe de un país rival.

«Siempre son príncipes —pensó Lin, acercándose un poco—, nadie parece sentir un amor apasionado y prohibido por un fabricante de lámparas.»

—Él posó el cuerpo de ella, pálido como la leche, sobre las arenas —declamó la mujer de rosa—, sobre las cuales le hizo el amor durante toda la noche.

El público prorrumpió en aplausos y peticiones, querían saber más detalles obscenos. Con una risa, Lin tiró el cucurucho de papel, ya vacío, y se apresuró hacia el puesto del joyero. Él le mostró la piedra, engarzada en plata simple con un prendedor en la parte trasera. Ella se mostró encantada, le pagó y se dirigió a la Torre del Reloj para encontrarse con Mariam.

Mientras se encaminaba hacia allí, examinó su broche nuevo. No estaba segura de qué la había empujado a hacerse engarzar la piedra. Aún podía ver las formas en el interior, a pesar del arreglo: parecía como si tuviera humo atrapado dentro, esperando para alzarse.

Cuando se aproximó a la torre, vio a Mariam esperándola al lado de una carreta alquilada en la que había apilado los rollos de telas brillantes de todos los colores, desde el bronce al azul turquesa. Lin se prendió el broche nuevo en el hombro del vestido y se dirigía hacia el carrito cuando una mujer se detuvo ante ella, impidiéndole el paso.

Sintió un ramalazo de miedo, irracional e instintivo. La mayoría de los castelaníes eran indiferentes a los ashkar, pero a algunos les gustaba molestarlos: hacer bromas a su costa, empujarlos o chocarse con ellos en la calle.

«Al menos nunca pasan de ahí —le había dicho, una vez, Chana Dorin a Lin—. No es como en los otros sitios.»

Pero la mujer que estaba ante Lin la miraba sin hostilidad, y con lo que parecía ser cierta curiosidad. Era joven, quizá solo un poco mayor que Lin, con el pelo negro azabache y los ojos igual de negros. Su chaqueta de brocado acolchado era del extraño color de las violetas. Llevaba el pelo en un moño bajo, sostenido por peinetas talladas de piedras semipreciosas: jaspe rojo, cuarzo de un rosa lechoso, calcedonia negra.

—Eres Lin Caster —dijo—, la médica. —Acabó la frase con una ligera entonación ascendente, dándole aire de interrogación.

—Sí —contestó Lin—, pero ahora no estoy trabajando. —Miró, pensativa, hacia las banderas rojas y blancas del mercado, preguntándose si debía ahuyentar a la extraña, pero la chica se limitó a hacer una mueca.

—¡Agh! —exclamó—. Bárbaros. Serían el hazmerreír de Geumseong, o degollados por profanar el arte de la medicina.

Geumseong era la capital de Geumjoseon. De hecho, Lin podía imaginar que el sangriento carnaval de cirugía que se realizaba en el mercado horrorizaría a cualquiera acostumbrado a la medicina de Geumjoseon, donde se valoraba el cuidado y la limpieza.

—Lo siento —dijo Lin—. Si es una emergencia...

—No, para nada —aclaró la chica. Un colgante dorado le brilló en el cuello cuando se volvió para mirar a Mariam, que saludaba a Lin con la mano—. Pero sí algo que os interesará. Tiene que ver con un amigo en común, Kel Saren.

Lin intentó esconder la sorpresa. Mayesh le había dicho el verdadero nombre de Kel cuando le tuvo que contar su auténtica ocupación. Aun así, ella tuvo la impresión de que muy poca gente lo conocía, incluso entre los que trabajaban en Palacio.

—Lo atacaron la noche pasada, fueron los gateadores —siguió la chica—. La manera en la que lo curasteis fue impresionante. El rey desea hablaros de ello.

Lin se quedó pasmada.

—¿El rey?

—Sí —respondió la chica, con amabilidad—, el rey.

—No pretendo ofenderos, pero no parece que trabajéis en Palacio.

La chica se limitó a sonreír.

—No todos los que sirven al rey llevan su librea. Algunas preferimos un enfoque más sutil. —Señaló hacia un carruaje negro que estaba a cierta distancia. Un cochero aguardaba en el pescante, vestido de rojo y con cara aburrida—. Venid ya. El rey os aguarda.

—Pero —dijo Lin— el príncipe me ha prohibido volver a Marivent.

La sonrisa de la chica se hizo más amplia.

—Los deseos del rey están por encima de los del príncipe Conor.

Lin dudó solo un momento más. La idea de que el rey Markus, rara vez visto, deseara verla le causó más nerviosismo que emoción. No podía imaginar qué querría. Pero aparte de su nerviosismo, estaba convencida de que su vuelta irritaría al príncipe, y no habría absolutamente nada que él pudiera hacer para remediarlo.

Pensó en la arrogante manera en que él le había ofrecido el anillo de sello, como si esperase que besara la piedra como agradecimiento.

—De acuerdo —aceptó—. Dejad que me despida de mi amiga.

La chica la miró con suspicacia.

—No podéis decirle adónde vais. Este encuentro debe ser secreto.

Lin asintió antes de dirigirse a Mariam para comunicarle su cambio de planes. Un paciente enfermo, le explicó, en el distrito de la calle de la Alondra. Mariam asintió comprensiva, como siempre; mientras el carruaje negro se alejaba de la plaza con Lin y su compañera en el interior, Lin vio a Mariam charlando feliz con el conductor de su carreta.

El carruaje atravesó la concurrida plaza, como un tiburón deslizándose entre un banco de peces. La compañera de Lin permaneció en silencio. Miraba por la ventanilla, con expresión impasible.

Cuando se internaron en la Ruta Magna, Lin no aguantó más el silencio.

—¿Me vais a decir vuestro nombre? —preguntó—. Vos conocéis el mío. Me siento en desventaja.

—Ji-An —contestó la chica. Aunque Lin aguardó, la chica no añadió ningún apellido.

—¿Estáis en el Escuadrón de la Flecha? —preguntó Lin.

—No soy una soldado. Sirvo al rey directamente. —Ji-An se llevó una mano al colgante del cuello. Tenía forma de llave dorada—. Hace años, el rey me salvó la vida. Mi lealtad hacia él es absoluta.

¿Hace años? La chica no podía ser tan mayor, ¿quizá veinticinco años? Y el rey Markus llevaba recluido al menos diez años. ¿Le había salvado la vida cuando ella era menor de doce años?

—¿El rey Markus os ha salvado la vida?

—No he dicho eso —contestó Ji-An, con calma.

A Lin le empezó a latir más rápido el corazón. El carruaje se había salido del Gran Camino hacia una calle más pequeña. Se dirigían a la Madriguera, el barrio más grande de Castelana, donde los comerciantes, los mercaderes y los maestros de gremio se mezclaban con los barberos, los oficinistas y los dueños de los bares. Era un barrio antiguo; de vez en cuando se alzaba un gran edificio blanco entre los contiguos de madera y ladrillo, un recuerdo de los días del Imperio. Un elegante calidarium revestido de azulejos se hallaba entre una tienda de fideos y el negocio de un afilador de cuchillos, mientras un templo porticado dedicado a Turan, dios del amor, se ubicaba junto a una achaparrada pensión llamada «La Cama de la Reina».

—Por aquí no se va al Palacio —señaló Lin.

—¡Oh! —exclamó Ji-An con un agradable tono—, ¿habéis pensado que me refería al Rey de la Colina? Ese no es el rey al que sirvo. Quería decir el rey de la ciudad. El Rey Trapero.

«¿El Rey Trapero?» Lin se quedó con la boca abierta.

—Me habéis mentido. —Puso una mano en la puerta del carruaje—. Dejadme salir.

—Lo haré —repuso Ji-An—, si eso es lo que queréis. Pero lo que os he dicho es cierto. El Rey Trapero sí que desea hablar con vos sobre Kel Saren. Oyó que lo curasteis y se quedó asombrado al saber de vuestra destreza.

—Quizá no fuera una herida tan difícil.

—Sí lo era —replicó Ji-An—. Yo misma vi sus heridas. No creí que sobreviviera.

—¿Vos visteis sus heridas?

—Sí. Yo fui quien lo dejó en las puertas del Palacio. Una vez conocí a alguien a quien hirieron de la misma forma. Ella... la persona sufrió durante varios días antes de morir. Pero Kel Saren vivirá.

Lin seguía paralizada, con la mano en la puerta del carruaje. Recordó a Kel diciendo: «Sé quién me dejó en la entrada de Marivent. No fue la persona que me apuñaló».

Lin apartó la mano de la puerta.

—Pero ¿por qué? —preguntó. «¿Por qué iba el Guardián de Espadas del príncipe a conocer a un criminal común, a alguien que trabaja para el Rey Trapero»—. ¿Por qué lo salvasteis?

—Oh, mirad —anunció Ji-An—. Ya hemos llegado.

Y así era. Habían llegado a la plaza Escarlata, el centro de la Madriguera, y la Mansión Negra se hallaba ante ellas, con la cúpula negra, toda de un extraño mármol no reflectante, alzándose como una sombra sobre los tejados de la ciudad.

Qué raro resultaba soñar con un fénix gritando, cuando no existía ningún fénix en Dannemore. Kel sabía que habían existido en otra época, y habían sido compañeros de los Hechiceros-Reyes, igual que los dragones y los basiliscos, las sirenas y las mantícoras. Habían sido criaturas de magia real, creadas por la Palabra ya desaparecida, que se habían desvanecido cuando la Fractura se había llevado la magia del mundo.

Aun así, en sueños, los fénix gritaban, y sus gritos sonaban como los de los niños pequeños.

Más tarde, en ese sueño, él estaba jugando a los castillos con Anjelica Iruvai, princesa de Kutani. Iba vestida con la misma ropa con la que aparecía en el retrato que Kel había visto, lo cual quizá no resultaba sorprendente. Llevaba el pelo sujeto en una redecilla plateada, adornada con estrellas de cristal. Tenía los labios rojos, y los ojos claros, del color del vino de miel. Decía: «No es raro soñar con fuego cuando vos mismo tenéis fiebre».

También vio a Merren en sueños, rodeado por sus alambiques de envenenador, con las piernas cruzadas, dentro de un círculo de cicuta y belladona. Con la chaqueta gastada y los desaliñados rizos rubios, parecía un espíritu del bosque, alguien sin domesticar del todo. Decía: «Todo el mundo tiene secretos, da igual lo inocentes que parezcan».

Kel vio al Rey Trapero, todo de negro como el Caballero Muerte, y le decía: «Vuestras elecciones no os pertenecen, ni vuestros sueños».

Por último, Kel se vio a sí mismo bajando los escalones del Convocat, vestido con las ropas de Conor y la corona de Castelana, con las alas a ambos lados. Miraba al clamoroso gentío que llenaba la plaza y veía la flecha dirigiéndose hacia él, demasiado rápida para poder apartarse; le alcanzaba en el pecho y lo hacía caer. Mientras la sangre se derramaba sobre los blancos escalones, Conor asentía en su dirección desde las sombras, como diciéndole que daba su aprobación.

Kel se irguió en la cama, con el corazón acelerado y la mano en el pecho. Había sentido el dolor en el sueño, y aún lo sentía, un intenso dolor punzante en la parte izquierda del esternón. Sabía que la flecha había sido un sueño; una mezcla del morfílico y el duermevela, pero el dolor era real y presente.

Recordó, en una confusión de imágenes, estar allí tumbado entre sábanas mojadas y ensangrentadas. Entre la vigilia y el sueño; viendo a Conor a su lado, pero incapaz de hablarle. La mirada de este. «Tenía que haber muerto en el callejón —había pensado Kel—, no aquí, donde puede verme.»

Se metió una mano por el cuello del camisón y tocó la textura de las vendas, que le envolvían el pecho y le rodeaban el hombro derecho, como un cabestrillo. Bajo el corazón le habían colocado un parche más grueso de vendas. Palpó el lugar y dio un respingo cuando una descarga de dolor le recorrió todo el cuerpo.

Al dolor le acompañó un recuerdo. Un estrecho callejón negro, gateadores en las paredes por encima de él. El brillo de una máscara plateada. Una aguja caliente a su lado. Un atisbo de violeta...

—¡Sieur Kel! ¡No hagáis eso! —Kel buscó con la vista hasta ver a domna Delfina, negando con la cabeza hasta que los rizos grises se le salieron de la cofia, mientras se alzaba de la silla cercana a la cama. La veterana sirvienta sostenía un par de agujas de calceta, y la prenda a medio terminar que estaba tejiendo se le había caído con las prisas—. No debéis tocar las vendas. Sieur Gasquet dice que...

Kel, malhumorado porque el morfílico dejaba de hacer efecto, se presionó con fuerza en la parte más abultada de la venda. Le dolió.

«Eres un genio —pensó—. Pues claro que duele.»

—Esto no lo ha hecho Gasquet. Es muy malo con los vendajes. —La voz le raspó la garganta, seca de la falta de uso. ¿Cuánto tiempo había estado dormido?

Delfina puso los ojos en blanco.

—Si no os comportáis, iré a buscarle.

Kel no tenía ningún deseo de ver a Gasquet.

—Delfina...

Pero la mujer ya había recogido la calceta. Estaba tejiendo algo muy largo y estrecho, con una gran cantidad de verde y púrpura. ¿Una bufanda para un gigante? ¿Un atuendo formal para una enorme serpiente? Delfina murmuró algo despectivo en valdí y salió, mientras Kel se frotaba los ojos e intentaba recuperar fragmentos de recuerdos.

Sabía que debía llevar varios días en cama. Sentía los músculos flojos, debilitados; imaginó que si se levantaba, le temblarían las piernas. Pero estaba empezando a recuperar la memoria. Recordó la flecha, los gateadores huyendo, Jerrod. Pensó que podía recordar una neblina roja de dolor, aunque el dolor era difícil de recordar en su totalidad. Uno sabía que había sentido dolor, pero la experiencia no se podía recrear por completo en la memoria. Probablemente fuera mejor así.

Luego, de alguna manera, había llegado desde el Arrecife al Palacio. Tenía una clara sospecha respecto a cómo había sido esa vuelta, pero, de momento, planeaba guardarse esa información para sí. Después de eso... Creyó recordar a Mayesh, hablando en ashkar. Y, más tarde, a una niña de pelo castaño y rostro serio. Sus manos habían sido amables, convirtiendo el dolor en un recuerdo.

«De verdad, eso es magia.»

«Es medicina», había dicho Lin. Lin Caster... Ese era su nombre. La nieta de Mayesh. Ella lo había curado. Tras eso, sus recuerdos eran solo destellos de luz entre sueños. Una mano sosteniéndole la cabeza, alguien metiéndole consomé en la boca. Granos de morfílico saliendo de una ampolla y puestos en su lengua para que se disolvieran como azúcar.

Oyó ajetreo en el pasillo. Kel oyó la voz de Delfina, y luego se abrió la puerta y Conor entró en la habitación. Era evidente que llegaba de los establos: llevaba la chaqueta de montar e iba sin corona, con el pelo revuelto por el aire. Tenía el rostro brillante y la piel rosada. Era la viva imagen de la buena salud, lo cual solo hizo que Kel se sintiera como una gallina a la que acabaran de deshuesar.

Conor sonrió cuando vio a Kel incorporado, esa sonrisa lenta que significaba que estaba realmente satisfecho.

—Bien —dijo—, estás vivo.

—No me siento así. —Kel se frotó la cara. Hasta la textura de su propia piel le parecía extraña: llevaba días sin afeitarse y notaba el rastrojo de la barba en la palma. No podía recordar la última vez que le había pasado eso. Conor estaba siempre recién afeitado, así que Kel hacía lo mismo.

—Delfina parecía preocupada por si te arrancabas las vendas como un demente —informó Conor, dejándose caer en la silla que estaba junto a la cama de Kel.

—Me pican —replicó Kel. Se sintió un poco raro, y no le gustó. No estaba acostumbrado a sentirse raro delante de Conor. Pero los recuerdos del callejón de detrás del Arrecife le venían a la mente de forma cada vez más nítida. Podía oír la voz de Jerrod en su cabeza: «Beck os tiene en su poder, Aurelian».

Hizo un gesto dolorido. Conor se apresuró a inclinarse hacia él y le puso una mano bajo la barbilla, alzándole la cara para estudiarla.

—¿Cómo te encuentras? ¿Hago venir a Gasquet?

—No es necesario —contestó Kel—. Necesito un baño y comer algo, no necesariamente en ese orden. Y luego Gasquet puede toquetearme. —Frunció el ceño—. La médica que me curó... ¿era la nieta de Mayesh?

—Sigue siéndolo, por lo que sé. —Aparentemente satisfecho de que Kel no corriera un peligro inminente, Conor volvió a reclinarse en la silla. Su tono era ligero, pero Kel sintió algo, una capa de susceptibilidad o duda, justo debajo de la superficie que Conor elegía mostrarle al mundo. Pocos podían ver algo detrás de esa armadura invisible; incluso Kel hacía poco más que adivinar—. Una médica ashkar. Mayesh se lo tenía bien guardado.

—Nunca habla mucho del Sault. —El recuerdo de Lin se volvía más claro, dibujándose lentamente. Era pequeña, de manos rápidas y pelo color fuego. Una voz severa, como la de Mayesh, diciendo algo como: «Tengo que concentrarme. Me estáis interrumpiendo. Por favor, dejadme a solas con mi paciente».

Nadie le hablaba así a Conor. Interesante. Kel apartó ese recuerdo.

—Kellian..., ¿qué te pasó? —preguntó Conor. Era evidente que llevaba días esperando para preguntárselo—. Te dije que fueras a emborracharte con Roverge, y lo siguiente que sé es que te dejan tirado a las puertas de Palacio como un saco de patatas roto. ¿Quién te dejó allí?

—No tengo ni idea. —Kel se miró las manos para ocultar la mentira en los ojos. Tenía varias uñas rotas. Recordó haber arañado las piedras del callejón, tenía moho negro en los dedos. El olor, como el de un ratón muerto. El recuerdo le revolvió el estómago—. Estaba en un callejón —dijo, despacio—. Pensé que iba a morir allí. Lo siguiente que recuerdo es despertarme en esta habitación.

—¿Qué estabas haciendo en la ciudad? —exigió saber Conor. Kel supuso que no era «exigir» exactamente; Conor simplemente esperaba saber dónde había estado Kel porque no podía imaginar una situación en la que este tuviera secretos que él no conocía. Por eso Kel se había enfadado tanto con el Rey Trapero, y quizá por eso se había sentido tan raro en el apartamento de Merren.

«Ahora tengo secretos que guardar.»

Conor inclinó la cabeza a un lado. Se había aferrado a la duda de Kel como un perro de caza se aferraría a un rastro de sangre.

—Dime, ¿qué es eso para lo que crees que necesitas esconderte? ¿Un duelo, quizá? ¿Algo con una chica? ¿O con un chico? ¿Has dejado embarazada a la hija de algún maestro de gremio?

Kel alzó una mano para detener la avalancha de preguntas. No se podía imaginar intentando explicarle a Conor lo sucedido con el Rey Trapero. Además, había aclarado las cosas con Merren; ya no tenía sentido hablar sobre eso. Pero no podía mentir sobre lo que había pasado en el callejón.

—Nada de romances —dijo—, ni duelos. Iba al Caravel a ver a Sila.

Conor se apoyó contra el poste de la cama.

—¿Esto sucedió en el Caravel?

—Nunca llegué. Me asaltaron unos gateadores. —«Bueno, al menos eso es verdad.» Respiró profundamente, provocándose una punzada de dolor en el pecho, como una flecha abriéndose paso—. Gateadores que me confundieron contigo.

Conor se quedó paralizado.

—¿Qué?

—Debieron de seguirme y esperaron hasta que estuve solo. Llevaba tu capa...

—Sí —dijo Conor. Hacía girar un anillo que llevaba en la mano izquierda, un anillo de sello azul que parpadeaba como un ojo—. Lo recuerdo; tendríamos que haberla tirado. Estaba estropeada. Pero eso no es suficiente para suponer que nos confundiesen. A menos que... ¿tu talismán?

—No lo llevaba puesto. Pero me llamaron «monseigneur», y estaba muy claro quién pensaban que era.

—No es posible. —Conor hablaba con tono monocorde. Solo las manos delataban su tensión: las tenía cerradas en puños—. Los gateadores no acechan a los príncipes para robarles y matarlos. Son maleantes. Carteristas. No asesinos.

—No querían matarte —explicó Kel. Se preguntó si debía mencionar las flechas, pero decidió no hacerlo. Solo complicaría las cosas—. Solo intentaron herirme cuando se dieron cuenta de que no era tú. Lo que querían era dinero.

—¿Dinero?

—Trabajan para Prosper Beck —dijo Kel, y vio que Conor se ponía blanco—. ¿Hace cuánto tiempo que sabes que le debes diez mil coronas?

Conor se enderezó de golpe, un curioso y torpe movimiento, como una marioneta a la que le tiran de los hilos. Su chaqueta de montar de cuero giró con él mientras cruzaba la habitación hacia el armario de palisandro que había encargado personalmente a Sayan. Las puertas estaban pintadas con imágenes de pájaros coloridos y dioses desconocidos, con los ojos rodeados de oro.

Dentro había jarras y botellas de todos los licores existentes. *Nocino,* hecho de avellana amarga de Sarthan; licor de sanguinaria de Hanse, oscuro y denso como si lo extrajeran de venas humanas. Ginebra con aroma de enebro de Nyenschantz. Un pegajoso vino blanco de arroz y miel de Shenzhou, y *vaklav* de hueso de albaricoque de las altas montañas de Malgasi. Se había instruido a los sirvientes para que tuvieran el armario siempre surtido de todo lo que a Conor le gustara y, en cuanto a alcohol, sus gustos eran variados. El armario hasta tenía un falso fondo, donde se guardaban escondidos las gotas de adormidera y los polvos extraños que le gustaban a Charlon.

Con la espalda vuelta hacia Kel, Conor seleccionó una botella de *pastisson,* el barato anís verde que bebían todos los estudiantes de la ciudad. La etiqueta de la botella era dorada y mostraba la imagen de una mariposa iridiscente.

El aroma del licor se extendió por la estancia, agitando el estómago de Kel. Estaba un poco mareado. No podía evitar sentir que aquello distaba mucho de ser el trabajo de un Guardián de Espadas; no quería decirle a Conor cosas desagradables a las que debía enfrentarse. Ese era el trabajo de Mayesh, o de Lilibet. Hasta de Jolivet. No el suyo.

—No te digo esto para pedirte explicaciones —aclaró Kel, mientras Conor tomaba un trago de la botella—. Te lo digo porque si no lo hago, la próxima vez será a ti a quien sigan y amenacen, no a mí.

—Lo sé. —Conor miró a Kel sin pestañear—. Debería habértelo dicho.

—¿Lo sabe alguien más? ¿Mayesh?

Conor negó con la cabeza. El alcohol le estaba devolviendo un poco de color al rostro.

—Tenía que habértelo dicho —insistió—, pero yo también me enteré hace poco. ¿Recuerdas la noche del Caravel? ¿Cuando Alys quería hablar a solas conmigo? —Conor se lamió una gota de vino del pulgar—. Parece que ese bastardo, Beck, ha ido por Castelana comprando todas mis deudas. Deudas a fabricantes de botas, pañeros, mercaderes de vino, hasta la deuda por aquel halcón que tomé prestado y perdí.

—Lo perdiste en el cielo —señaló Kel—. Se te escapó.

Conor se encogió de hombros.

—La Colina funciona a crédito —dijo—. Todos usamos pagarés, por toda la ciudad. Al final los pagamos. El sistema funciona así. Cuando Beck habló con Alys, intentó comprarle mi deuda en el Caravel. Ella se negó a vendérsela. Tiene un corazón leal.

«Y un corazón inteligente», pensó Kel. Siendo la primera en alertar a Conor de la situación, Alys Asper se había ganado la lealtad de Conor. Había apostado por la Casa Aurelian en contra de Prosper Beck, lo cual tenía todo el sentido para Kel. Lo que no parecía tener sentido era que muchos mercaderes hubieran hecho la apuesta contraria.

Porque Conor tenía razón: el alma de Castelana era el crédito. El comercio dependía de él. Los nobles extendían pagarés cuando sus flotas estaban en el mar; sus caravanas, en los Caminos Dorados, y los pagaban cuando llegaban los productos. Apostar contra Conor era apostar contra un sistema que llevaba funcionando cientos de años.

—Alys —continuó Conor— es una de las pocas que rehusó su oferta. Juntas, por lo que parece, el resto de mis deudas ascienden a diez mil coronas. —Kel supuso que eso tenía sentido; no era probable que los mercaderes le recordaran deliberadamente al príncipe heredero lo que les debía. Las diez mil coronas podían representar años de gastos—. Y Beck lo quiere todo. Ahora. En oro.

—¿Y eso es posible?

—La verdad es que no. Tengo una asignación, lo sabes. —Era verdad: a Conor le pagaban mensualmente, desde el Tesoro, por medio de Cazalet, que mantenía una estricta vigilancia de los gastos de Palacio.

—Puede que esto le corresponda a Jolivet —sugirió Kel—. Que envíe al Escuadrón de la Flecha al Laberinto. Que averigüe dónde se esconde Beck y que lo envíe al Truco.

La sonrisa de Conor era amarga.

—Lo que está haciendo Beck es legal —admitió—, es legal comprar deudas, de cualquiera. Es legal obligar al pago por casi cualquier medio. Lo dicen las leyes que acuerdan las casas nobles... incluyendo la Casa Aurelian. —Pasó un dedo por el cuello de la botella de *pastisson*—. ¿Sabes con qué me amenazó Beck, si no le pagaba la cantidad completa inmediatamente? No con violencia. Me amenazó con llevarme ante la Justicia, para obligar al Tesoro a asumir la deuda. Y podría hacerlo. Te puedes imaginar el escándalo.

Kel podía imaginárselo. Pensó en lo que le había dicho el Rey Trapero, que a Prosper Beck probablemente lo financiaba alguien de la Colina. ¿Habían orquestado todo aquello las casas nobles, solo para humillar a Conor? ¿O no era más que el exceso de un criminal avaricioso, nuevo en Castelana, que aún no entendía cómo funcionaba la ciudad?

—El Tesoro tendría que pagar mi deuda —dijo Conor, despacio—, y sabes que el dinero del Tesoro pertenece a la ciudad. La Cámara de la Esfera se pondría furiosa. Se cuestionaría mi validez para ser rey. No acabaría nunca.

Kel se sintió un poco sofocado, y el dolor se intensificó.

Probablemente habían pasado horas desde la última toma de morfílico.

—¿Has intentado negociar con Beck? ¿Te ha pedido algo más?

Conor posó la botella de *pastisson*, con un fuerte golpe.

—No importa —contestó. Entonces le cambió la cara; fue como si una mano hubiera pasado sobre la arena, alisándola, borrando cualquier marca que hubiera sido visible antes. Sonrió: esa sonrisa demasiado rápida que no llegaba hasta los ojos. Conor estaba ocultándole algo—. Tendría que haberle pagado ya, pero no quería que pensara que podía conseguir dinero amenazándome. Quizá en otro momento, pero... —Sacudió la cabeza—. No me gusta, pero ahí está. Haré que le paguen y podremos olvidarnos de esto.

—¿Pagarle cómo, Con? —preguntó Kel, con calma—. Acabas de decir que no tienes oro.

—Dije que no podía conseguirlo con tanta facilidad, no que no pudiera conseguirlo de ningún modo. —Conor movió una mano, molesto; la luz que entraba por la ventana se reflejó en el zafiro de su anillo de sello y refulgió—. Ahora deja de preocuparte por esto. Hará que se retrase tu curación, y no puedo permitirme eso. Necesito a mi Guardián de Espadas de vuelta. De hecho, durante los últimos tres días, has sido muy aburrido.

—Estoy seguro de que no —replicó Kel. Su mente era un remolino. Se sentía como si hubiera emprendido un largo viaje solo para que le dijeran que se había acabado antes de haber llegado al Paso Estrecho. Sabía que no se había imaginado la expresión de Conor, ni la amargura de su voz. Pero el dolor le recorría todo el cuerpo, y le resultaba difícil pensar.

—Kellian, sé bien que durante las pasadas setenta y dos horas has estado haciendo una imitación excelente de una trucha fuera del agua. Me he aburrido tanto que he tenido que inventar un juego nuevo con Falconet. Lo llamo «tiro con arco de interior». Te gustaría.

—Me suena a que no. Me gustan los interiores, y el tiro con arco, pero no me parece que la combinación sea muy inteligente.

—¿Sabes lo que no es divertido en absoluto? La inteligencia —observó Conor—. ¿Cuántas veces te han invitado a una escandalosa noche de inteligencia? Hablando de diversión escandalosa: ¿un trago antes de que llame al doctor para que te examine? —preguntó Conor, alzando la botella de *pastisson*—. Aunque debería advertirte. Gasquet desaconseja la mezcla de alcohol y morfílico.

—Entonces, sí que tomaré ese trago —decidió Kel, y observó, medio perdido en sus pensamientos, cómo Conor le servía una copa del turbio licor verde con una mano que temblaba de forma tan imperceptible que no creía que nadie más se hubiera dado cuenta.

Aram era diferente de cualquier otra tierra. En las demás, usar la magia suponía ser presa de los Hechiceros-Reyes, que buscaban siempre más poder para alimentar a sus Piedras-Fuente. Pero en Aram, la gente era libre de usar la gematría para mejorar su condición. La reina no tenía deseos de apropiarse de esa magia, y usaba su poder solo para enriquecer la tierra. Cada día de mercado, la gente de Aram podía presentarse delante del palacio, y la reina salía y por medio de hechizos y gematría curaba a muchos de los enfermos. En poco tiempo, el pueblo de Aram llegó a amar a su reina como a una dirigente amable y justa.

Relatos de los Hechiceros-Reyes,
LAOCANTUS AURUS IOVIT III

Capítulo diez

Quinientos años atrás, había habido una epidemia de Plaga Escarlata en Castelana; había muerto casi un tercio de la población. Como médica, Lin había tenido que estudiarlo. Se habían quemado los cuerpos, tal y como se acostumbraba, y el asfixiante humo resultante había causado más enfermedad, hasta que los ciudadanos cayeron desplomados en las calles.

El rey por aquel entonces, Valis Aurelio, había ordenado que se detuviera la incineración de cadáveres. En su lugar, se cavaron fosas, y allí se enterraron los cuerpos y se cubrieron con cal viva. Poco después, la plaga había terminado, aunque Lin se preguntaba si no se habría consumido a sí misma, simplemente, como solían hacer las epidemias. En cualquier caso, Valis se llevó el crédito por ello, con su cara permanentemente en las monedas de diez coronas, y la ciudad se llenó de espacios en los cuales estaba prohibido construir, ya que la ley prohibía edificar en zonas de tumbas. La tierra cubría los cuerpos, y se habían plantado sobre ellos flores y árboles, y las casas que estaban frente a estos espacios verdes se convirtieron en residencias codiciadas.

Y allí estaba la Mansión Negra.

Llevaba allí desde siempre, alzándose en el extremo norte de la plaza Escarlata (la cual, a pesar de su nombre, no era escarlata en absoluto, sino que estaba repleta de zonas verdes):

una gran casa construida en piedra negra pulida con un tejado abovedado, dos grandes terrazas a cada lado, y estrechas ventanas verticales. Parecía absorber la luz en vez de reflejarla. Todo el mundo en Castelana conocía la mansión, con su puerta roja como una gota de sangre, y sabían quién había vivido siempre ahí.

El Rey Trapero.

A Lin se le aceleró el pulso cuando Ji-An y ella bajaron del carruaje y se aproximaron a la casa de piedra oscura. Había abandonado todo pensamiento de escapar o incluso de protestar. No le gustaba que la engañaran, pero sentía una curiosidad terrible. Sospechaba que todo el mundo en Castelana tenía curiosidad por saber qué había tras los muros de la Mansión Negra, igual que la tenían por el interior de Marivent. Qué extraño, ver por dentro ambas estructuras en el curso de solo tres días. Se tocó ligeramente el broche del hombro. Qué rara había sido últimamente la vida, en todos los sentidos.

Dos guardias, vestidos de negro, permanecían a cada lado de la gran puerta principal de la mansión. Saludaron con una inclinación de cabeza a Ji-An mientras esta avanzaba seguida de Lin. Una aldaba de bronce con forma de urraca decoraba la puerta, pero Ji-An no la utilizó. Quitándose el collar, usó el colgante como llave y ambas entraron.

En el interior, la mansión era menos oscura de lo que Lin habría esperado. Los muros interiores eran de madera pulida, iluminados por quinqués que colgaban del techo. Un pasillo largo se extendía ante ellas, como un túnel que llevara al corazón de una montaña. Estaba cubierto por gruesas alfombras en vivos colores y amortiguaban el sonido de los pasos mientras caminaban.

—¿Qué sabéis del Rey Trapero? —preguntó Ji-An mientras recorrían el serpenteante pasillo. Había puertas a ambos lados, todas cerradas. Lin no pudo evitar preguntarse qué habría tras ellas.

—Supongo que lo mismo que todo el mundo. Que es una mente criminal privilegiada, o algo así.

Ji-An frunció el ceño.

—No le gusta esa palabra, así que yo no la usaría delante de él.

—¿Cuál? ¿Criminal? —Lin se preguntó de qué otra manera se describiría él. ¿Maestro del gremio de las felonías? ¿Empresario de lo ilícito?

—Ah, no, esa no le molesta en absoluto. Pero sí que tiene reparos en que le llamen «mente privilegiada». Cree que es un poco pretencioso.

Habían llegado a una estancia enorme, con tragaluces de vidrio en el techo inclinado. El suelo era de mármol negro, y un amplio canal, con agua corriente, fluía por el centro. No había otra forma de cruzarlo que un puente de madera que se arqueaba sobre el falso río. Ji-An encabezó el paso hacia el otro lado, recogiéndose el borde de la túnica.

—Si podéis evitarlo —le dijo—, no miréis abajo.

Lin no pudo evitarlo. Mientras cruzaba el puente, oyó un ruido, un ruido húmedo de succión, como de algo deslizándose bajo el agua, y miró hacia abajo.

El mármol negro que lo rodeaba daba al río de interior un aspecto opaco, pero cuando Lin miró, se percató de que el agua se movía, sin los remolinos o corrientes propios de la marea. Sombras más oscuras que el propio río se deslizaban silenciosamente bajo la superficie. Una se movió cerca del puente, y Lin dio un salto cuando una cresta irregular, dotada de un solo ojo amarillo, rompió la superficie.

Un cocodrilo.

Tembló, y esperó que Ji-An no se hubiera dado cuenta. Se alegró de llegar al otro lado del puente y saltar a la orilla de mármol. Mientras se alejaban, miró atrás, y solo vio una superficie plana de agua negra, agitada en varios puntos por peculiares corrientes.

Distraída, Lin apenas se dio cuenta de que habían cruzado hacia un solárium: una maraña acristalada de flores de invernadero. En Palacio también los había; Mayesh le había hablado de ellos. En un sitio así, se podían cultivar las plantas delicadas que no crecían en las saladas tierras de Castelana. Hacía mucho, el Imperio había descubierto que los animales no podían pastar en la llanura aluvial que rodeaba su precioso puerto; los cultivos de trigo y avena no crecían en el interior del círculo montañoso. Así que Castelana se convirtió en un jardín de comercio. Si no podían hacer crecer los cultivos, harían crecer el dinero para comprarlos. Recorrían los caminos para conseguir trigo, llenaban buques con cebada y mijo; sus manzanas eran los bancos; sus melocotones, los joyeros de oro.

Y, sin embargo, allí, el Rey Trapero había recreado un clima más templado, fragante de flores blancas. Senderos de piedra surcaban el jardín, con su tejado de cristal; había bancos cada pocos pasos. Lin intentó imaginar la delgada figura vestida de negro del Rey Trapero, relajado en un banco, disfrutando de su cuidado invernadero.

No fue capaz.

—Aguardad aquí —dijo Ji-An—. Tengo que hacer un recado; volveré para llevaros cuando Andr... cuando él esté listo para recibiros.

—Yo no... —empezó Lin, pero Ji-An ya se había ido, adentrándose silenciosamente en el follaje.

«Bueno, ¿en serio?», pensó Lin.

Una cosa era que la sacaran del mercado con pretextos falsos y otra que la tuvieran allí esperando. El Rey Trapero podía, al menos, comportarse como si su secuestro fuera una prioridad.

Molesta, se dedicó a vagar entre las flores durante un rato, nombrando las que conocía por las guías botánicas. Las camelias de Zipangu crecían al borde de los senderos, con sus cabezas blancas asintiendo como un grupo de ancianos en armonioso acuerdo. Había pasionarias azules de Marakand, y amapolas hindí, cuya savia podía extraerse para crear morfílico.

Tras lo que pareció una hora, perdió la paciencia. No podía quedarse allí para siempre. Tenía pacientes que ver esa tarde, y Mariam se preocuparía si pasaban horas sin que volviera a casa.

Salió por la puerta del solárium. Hizo lo que pudo para volver por el mismo camino por el que había venido, pero pronto se encontró en una estancia desconocida. Era grande, con una chimenea enorme y un buen número de muebles destartalados pero de aspecto cómodo: sofás hundidos y sillones orejeros cuyos bordados se deshilachaban en los brazos; en absoluto el tipo de objetos que habría esperado encontrar en el hogar del Rey Trapero. El techo desaparecía entre las sombras: ¿la famosa cúpula de la Mansión Negra? Una lámpara pendía de él sujeta con una larga cadena de metal, bamboleándose ligeramente sobre la cabeza de Lin.

Sobre las paredes, se extendían estanterías que acogían rarezas y antigüedades: un tarro de miel de bronce y turquesa, probablemente de Marakand. Un mapa escrito en malgasi. Una estatua de jade de Lavara, diosa de los ladrones, los jugadores y el inframundo. Y, para sorpresa de Lin, un cuenco de invocaciones de artesanía ashkar. Lo cogió, curiosa: en efecto, grabadas en el borde, se podían leer unas palabras en ashkar. «ZOWASAT MUGHA TSEAT IN-BENJUDAHU PAWWU HI'WATI». «Este cuenco fue diseñado para sellar la casa de Benjudah.»

En el Sault, los cuencos y las tablillas grabados solían enterrarse en la entrada de la casa, para proteger a la familia de la mala suerte y los espíritus malignos. Ver allí ese cuenco, un objeto sagrado perdido entre una colección de baratijas, hizo que a Lin se le erizara el vello de los brazos. Y Benjudah no era un nombre ashkar común. Solo una familia lo llevaba: la familia del Exilarca, el príncipe de los ashkar.

—Dos buenas toneladas de pólvora negra. —Una voz de hombre, ronca, irritada y muy cercana, interrumpió sus pensamientos—. ¿Estás seguro de que puedes conseguirlo?

—Cálmate, Ciprian. —La segunda voz era suave, baja, extrañamente carente de cualquier acento identificable—. Claro que puedo conseguirlo. Aunque estoy tentado de preguntarte para qué necesitas tal cantidad de explosivo.

Lin posó el cuenco rápidamente, con las manos ligeramente temblorosas. Estaba segura de que esa era una conversación que ella no debía estar escuchando. Dos buenas toneladas de pólvora negra podrían hacer volar un bloque de edificios. Ella solo había oído hablar de la pólvora negra para abrir agujeros en la roca o destruir barcos. En las batallas navales, se catapultaban bolsas de pólvora ardiendo contra las cubiertas enemigas, que, al estallar, hacían añicos los cascos. Había tratado a marineros que tenían antiguas quemaduras causadas por ese material. ¿Estarían proveyendo a un ejército naval? ¿O, más probablemente, a una banda de piratas?

—Porque tengo que hacer saltar algo por los aires. ¿Por qué iba a ser?

—Mientras no sea «a alguien».

—Para nada. Una flota de barcos... En realidad, ¿cuántos barcos tiene una flota? Digamos que «varios» barcos —lo escuchó responder, justo cuando los dos hombres entraban en la estancia donde se hallaba Lin.

Reconoció al Rey Trapero inmediatamente. Alto y delgado, con piernas como los largos radios negros de las ruedas de un carruaje. Vestía el acostumbrado negro, con ropas sencillas, pero cortadas con una elegancia que seguro intrigaría a Mariam.

Con él, había un joven pelirrojo. (Lin siempre se alegraba de ver a otro pelirrojo, aunque la piel del joven era del tono oliva propio de la mayoría de los castelaníes, no pálida como la suya.) Su ropa era de paño simple y tenía los ojos estrechos y negros. Seguía hablando y una oscura intensidad subrayaba sus palabras.

—Ya te he dicho que no habrá heridos —insistió—. Lo he planeado con toda meticulosidad.

Lin no se había movido. Permanecía quieta, con las manos entrelazadas, al lado de la estantería de curiosidades. Quizá debería haberse ocultado tras un sofá, pero ya era demasiado tarde para eso. El Rey Trapero la había visto. Alzó las tupidas cejas negras, y también las comisuras de la boca.

—Ciprian —interrumpió—, tenemos compañía.

El pelirrojo se detuvo a medio gesto. Durante un momento, ambos hombres miraron a Lin.

Lin carraspeó.

—Me ha traído Ji-An —dijo. Eso era casi cierto. Ji-An la había traído a la Mansión Negra, aunque no a aquella habitación en particular—. Pero se ha ido a hacer un recado.

—Probablemente matar a alguien —aventuró Ciprian, y se encogió de hombros cuando el Rey Trapero lo fulminó con la mirada—. ¿Qué? Es muy buena haciéndolo.

Lin pensó en los ojos fríos y los movimientos gráciles de Ji-An, y supuso que no le sorprendía. Claramente, alguien como Ji-An haría mucho más que conseguir médicas rebeldes para el Rey Trapero.

—Así que vos sois la médica —dijo el Rey Trapero.

—¿No te encuentras bien, Andreyen? —preguntó Ciprian.

—Un ataque de gota —contestó su compañero, mirando, no a Ciprian, sino a Lin, con un gesto de diversión en la boca. Así que era evidente que tenía un nombre, Andreyen, pero Lin no podía imaginarse a sí misma pensando en él así. Incluso de cerca, parecía más un personaje de cuento que un hombre vivo. Una figura a la que se podría seguir por un camino oscuro, solo para descubrir que se había desvanecido a la vuelta de la esquina. Un gólem hecho de barro y sombras, con ojos ardientes.

—Ciprian, te avisaré cuando llegue tu cargamento. Y, por cierto, puedo suponer a quién pertenecen todos esos barcos.

Ciprian rio, feroz.

—Seguro que sí. —En su camino a la puerta, se cruzó con Lin, casi rozándola con el hombro. Se detuvo un momento. Tenía el tipo de mirada que parecía pesar mucho, pensó Lin, como una mano demasiado familiar en el hombro—. Eres terriblemente guapa para ser un médico —dijo—, o para ser ashkar, la verdad. Qué desperdicio, todas esas niñas encerradas en el Sault...

—Ciprian. —Había una clara advertencia en la voz del Rey Trapero, y ya no tenía una expresión divertida—. Vete.

—Solo era una broma. —Ciprian se encogió de hombros, olvidándose de Lin con la misma facilidad que había reparado en ella. Lin esperó a que el sonido de los pasos se desvaneciera, antes de volverse hacia el Rey Trapero.

—¿Realmente tenéis gota?

—No. —Se tiró en una desgastada butaca. Ella se preguntó qué edad tendría. Treinta, diría, aunque tenía una de esas caras que parecían atemporales—. Y no os he llamado porque necesite un médico, Lin Caster, aunque me alegra ver que habéis venido. No estaba seguro de que Ji-An pudiera convenceros.

—¿Porque sois un criminal? —preguntó Lin. Ji-An había dicho que a él no le molestaba la palabra, así que ¿por qué no ser sincera?

—No, porque me han dicho que Ji-An tiene unos modales muy bruscos... aunque a mí nunca me ha dado esa impresión.

—Me ha dicho que vos le salvasteis la vida —dijo Lin—, quizá con vos sea más amable.

—No lo es, y no me gustaría que lo fuera —replicó—. ¿Así que sois la médica que ha curado a Kel Saren?

—¿Cómo sabéis eso?

Abrió las manos en un gesto amplio. Eran largas y pálidas, como las patas de una araña blanca.

—Saber lo que pasa en Castelana es una parte importante de mi trabajo. Ji-An me había dicho que no creía que Kel se salvara, que sus heridas eran demasiado graves para que sobreviviera. Lo que quiero saber es: ¿habéis usado eso para curarlo?

—¿Usar qué? —preguntó Lin, aunque una parte de ella adivinaba lo que él iba a contestar.

—Ese broche. —Él le señaló el hombro con una mano lánguida—. O, para ser más específico, la piedra engarzada.

Lin se llevó la mano al hombro.

—Es solo un trozo de cuarzo.

—No. —Echó la butaca hacia atrás hasta levantar las patas delanteras—. Eso es lo que os dijo el joyero del mercado. Pero no es el caso.

—¿Cómo sabéis...?

—Trabaja para mí —explicó Andreyen—. Identificó la piedra en cuanto la sacasteis, y mandó un mensaje a la Mansión Negra. Y Ji-An fue a buscaros.

Lin empezó a sentir un leve ardor en las mejillas. Nada le molestaba más que la sensación de haber sido manipulada.

—Tengo ojos en Palacio —siguió—. Sabía que habíais curado a Kel; pero que también tuvierais una Piedra-Fuente, eso no lo sabía. Di por sentado que sabíais lo que era. Que la usabais en vuestras prácticas médicas. Aunque... —Dejó que la butaca volviera al suelo con un golpetazo—. También sois ashkar. Este tipo de magia os está prohibida. No es gematría; es lo opuesto a eso. Las Piedras-Fuente las inventó el rey Suleman, el enemigo de la Diosa.

—Sabéis mucho acerca de nuestras creencias —observó Lin, incómoda.

—Las encuentro interesantes —explicó—. Es por culpa de vuestra Diosa, Adassa, que ya no hay magia en el mundo... salvo la magia baja que vuestra gente practica. Siempre he tenido el convencimiento de que si alguna vez encontrábamos el camino de vuelta a la magia alta, sería a través de la gematría. Hay alguna llave que abre esa puerta. Pero lo que tenéis ahí, el Arkhe, la piedra, es una reliquia de la magia alta. Contiene una pieza del mundo previo a la Fractura. —La miró, curioso—. ¿Cómo es que una niña ashkar se hizo con semejante objeto, tan preciado como prohibido?

Lin se cruzó de brazos. Estaba empezando a sentirse como cuando el Maharam la interrogaba: con un cierto impulso rebelde de contestar mal, de contraatacar en vez de responder. Pero este era el Rey Trapero, se recordó a sí misma. Por muy normal que fuera su comportamiento, no significaba que no fuera peligroso.

Una vez había visto a un cocodrilo atacar a una foca en el puerto; el agua parecía calmada y lisa como el cristal hasta que se rompió de pronto en un espumarajo hirviente de destrozo y sangre. No creía que fuera buena idea mentirle al Rey Trapero. No se llegaba a ser el Rey Trapero sin un instinto excelente para saber cuándo alguien mentía.

—Anton Petrov —dijo, y contó rápidamente la historia: que había sido su paciente, que le había metido la piedra en el bolso, que temía que estuviera muerto. Que sospechaba que él sabía que iba a morir.

—Anton Petrov —repitió, con cierto tono divertido—. Casi pensaría que os estáis burlando de mí con un cuento, pero sé distinguir a un mentiroso. —Pareció notar la mirada sorprendida de la chica, y sonrió—. Petrov —dijo—, en el idioma de Nyenschantz, significa «piedra».

—Creo —reflexionó Lin, despacio— que se creía su guardián, en cierto modo. —Sacudió la cabeza—. No sé por qué me habéis contado todo esto —siguió—. Queréis la piedra.

Os la hubiera dado en cuanto me la hubierais pedido. Os la daré ahora.

—¿Haríais eso? —Los ojos del hombre eran agujas de hielo verde que la mantenían inmóvil—. ¿Tan fácilmente?

—No soy tonta —replicó Lin.

Entonces, algo cambió en la expresión de él; se puso de pie antes de que ella pudiera decir nada más.

—Quedaos el broche. Y venid conmigo —ordenó, y salió de la estancia.

Lin tuvo que apresurarse para seguir su ritmo. Pasaron por una serie de pasillos, con azulejos azules, negros y plateados, que recordaban al cielo nocturno. Le alivió que no pasaran de nuevo por la gran cámara con su oscuro río interior.

Llegaron a una puerta medio abierta por la cual salía un humo tenue. Tenía un toque acre, como el aroma a hojas quemadas. El Rey Trapero mantuvo la puerta abierta y le hizo un gesto a Lin para que entrara a la habitación delante de él.

Dentro, para sorpresa de Lin, había un laboratorio. No era grande, pero estaba bien provisto. Una gran mesa de trabajo de madera estaba cubierta con instrumental científico: viales con líquidos multicolores, alambiques de bronce (Lin los había visto antes en el mercado, donde los perfumistas mostraban la destilación de pétalos de rosa en aceite esencial), marañas de tubos de cobre y cristal, y un mortero con su maja, aún lleno de hojas secas medio pulverizadas. Un atanor humeaba en la esquina, liberando un agradable calor.

Unos cuantos taburetes altos de madera rodeaban la mesa central. Sentado en uno de ellos, con las largas piernas colgando, había un joven con rizos rubios, vestido de negro como un estudiante. Garabateaba algo apresuradamente en una libreta que tenía apoyada en el regazo.

Lin sintió una punzada de envidia. En contraste, su lugar de trabajo en la cocina de la Casa de las Mujeres parecía improvisado e inútil. Lo que podría hacer con ese equipamiento, los compuestos y cataplasmas que tendría a su alcance...

Sin alzar la vista, el joven señaló una retorta que destilaba un líquido verde claro a un gran recipiente de cristal.

—He intentado diluir la *Atropa belladonna* —dijo—, pero me sigue preocupando lo mismo, que, para que la solución funcione, el ingrediente clave tiene que estar presente en una cantidad que probablemente resulte fatal.

—Belladonna —repitió Lin—. ¿Eso no es dulcamara mortal?

El joven levantó la vista. Era escandalosamente guapo, con rasgos delicados y ojos azul oscuro. Parpadeó un momento al ver a Lin antes de sonreír amablemente, como si esperara verla.

—Lo es, sí —confirmó—. Supongo que estoy acostumbrado a usar el nombre científico. La Academia insiste en ello. —Puso la libreta sobre la mesa—. Soy Merren —añadió—, Merren Asper.

«Asper», se repitió mentalmente Lin. ¿Como Alys Asper, la dueña del Caravel? Había examinado a muchos de los cortesanos de allí; Alys se aseguraba de que estuvieran sanos.

—Ella es Lin Caster, una médica ashkar —la presentó el Rey Trapero. Se había puesto detrás de Merren, todo él miembros largos en movimiento, como una sombra al mediodía. Había abierto una cómoda y estaba buscando algo dentro.

El rostro de Merren resplandeció.

—Los ashkar son maestros herbolarios —dijo—. Imagino que tendréis un laboratorio así en el Sault. —Señaló alrededor, a la habitación—. O más de uno, supongo.

—Hay uno —replicó Lin—, pero no me dejan usarlo.

—¿Por qué no?

—Porque soy una mujer —contestó Lin, y notó que el Rey Trapero le echaba una breve mirada.

—¿Eres una buena médica? —preguntó Merren, mirándola con seriedad.

«Eres la mejor del Sault.» Apartó el pensamiento intrusivo del príncipe y contestó.

—Sí.

—Entonces es una estupidez. —Merren cogió la libreta. Lin notó que el chico no parecía sentir curiosidad sobre los motivos de Andreyen para haberla traído a lo que era claramente su laboratorio; ni parecía preguntarse por qué el Rey Trapero murmuraba para sí mientras revolvía en un cajón lleno de papeles arrugados. Cuando pareció encontrar por fin el que estaba buscando, Andreyen le hizo un gesto a Lin para que se acercara, mientras extendía el papel, alisándolo en una parte de la mesa que no estaba llena de objetos.

—Mirad esto —le dijo a Lin cuando la tuvo al lado—. ¿Reconocéis algo en estos dibujos?

Lin se acercó, aunque no al Rey Trapero. Aún seguía dándole miedo, incluso en aquel escenario incongruente. En el papel había una serie de diagramas, con palabras escritas en callatiano, el idioma del Imperio. Su conocimiento de ese idioma se limitaba a términos médicos, pero no importaba: eran las ilustraciones las que le llamaban la atención. Eran dibujos de una piedra casi idéntica a la que le había dado Petrov, hasta en el remolino de humo del interior cuyas formas sugerían palabras y números de gematría.

Tocó el papel ligeramente.

—¿Esto es anterior a la Fractura?

—Es una copia de varias páginas de un libro muy antiguo. Las obras de la académica Qasmuna.

Lin negó con la cabeza; no conocía el nombre.

—Las escribió justo después de las grandes guerras —explicó el Rey Trapero—. Había visto cómo la magia desaparecía del mundo y buscaba una manera de traerla de vuelta. Creía que si se pudiesen reavivar estos receptáculos de poder, se podría hacer magia de nuevo.

—¿Y eso sería algo bueno? ¿Que se pudiera volver a hacer magia? —preguntó Lin en voz baja.

—No necesitáis temer la vuelta de los Hechiceros-Reyes —contestó Andreyen—. Solo es una Piedra-Fuente. La Palabra sigue desaparecida del mundo, el nombre desconocido del Poder. Sin ella, la magia seguirá estando limitada.

—¿Limitada a vos?

Él se limitó a sonreír.

—¿Hay más? —Lin señaló las páginas.

—En teoría, la mayoría de las copias del libro se destruyeron en la purga posterior a la Fractura. La propia Qasmuna fue condenada a muerte. Llevo años buscando una edición.

—Posó en ella su mirada penetrante—. Y también una Piedra-Fuente.

—Entonces, ¿por qué no queréis la mía?

—Porque no quiero aprender magia —explicó el Rey Trapero—. No tengo aptitudes. Vos, claramente, las tenéis. Creo que la piedra os ayudó a curar a Kel Saren.

Lin vio que Merren la miraba, un destello de curiosidad azul.

—Ya os lo he dicho —insistió Lin—. No la usé.

—Puede que penséis eso —replicó Andreyen—. Pero la Piedra-Fuente busca una mano que la emplee.

Lin pensó en la punzada de dolor que había sentido mientras curaba a Kel. La quemadura en la piel, aún sin curar, que se había visto al volver a casa. No había sido consciente de usar la piedra, ni del extraño poder que quizá le confiriese. Y sin embargo...

—Y yo —continuó el Rey Trapero— lo que busco es una mano que emplee esa piedra.

—Una mano que la emplee —dijo Lin, despacio—. ¿Estáis diciendo...? ¿Queréis que aprenda magia, y la utilice para vos?

El Rey Trapero flexionó las largas y blancas manos.

—Sí.

—Oh. —Lin estaba medio preparada para ese momento, el momento en el que él finalmente le dijera lo que quería de ella, pero, a pesar de todo, se encontró balbuceando—. Yo-yo no... Preferiría no trabajar para vos. No es nada personal —añadió—, pero... sois quien sois.

Merren alzó la vista de la libreta.

—Eso ha sido muy diplomático —dijo—. Al fin y al cabo, todos somos quienes somos. Ji-An es una asesina; yo, un envenenador, y Andreyen hace un poco de todo, siempre y cuando sea ilegal.

—Eres más que un envenenador, Merren, eres un científico —lo corrigió el Rey Trapero—. En cuanto a vos, Lin Caster, no os estoy pidiendo que me hagáis un favor sin recompensa. Puedo ofreceros usar nuestro laboratorio, puesto que no podéis usar el equipo del Sault...

—¿Y qué pasa conmigo? —quiso saber Merren, con aspecto alarmado—. Pensaba que este era mi laboratorio.

—Tendrías que compartirlo, Merren. Será bueno para tu carácter.

—No..., sieur Asper, no pasa nada. —El arrepentimiento cayó como una piedra sobre el pecho de Lin, pero sabía que, a pesar de ser tentadora, la oferta era una locura. Aquel no era su mundo, ni su gente. Su lugar no estaba en la Mansión Negra, sino en el interior de las murallas del Sault, o al lado de sus pacientes—. Me temo que no debería.

—«No debería» —repitió el Rey Trapero, como si fuera una expresión desagradable—. Es vuestra elección, por supuesto. Siento que podríais hacer un buen trabajo aquí. Qasmuna no era solo una académica, lo sabéis. Era médica. Deseaba que la magia volviera al mundo para poder curar a los enfermos.

«Oh.» Lin no dijo nada en alto, pero estaba segura de que el Rey Trapero pudo ver el cambio en su expresión. Una especie de hambre resplandecía en ella, y ya no era solo por el laboratorio. Sino por la oportunidad, por pequeña que fuera...

—No estoy diciendo que vaya a ser fácil —aclaró el Rey Trapero—. Solo para encontrar estas páginas copiadas del trabajo de Qasmuna tardé años. Pero hay un lugar al que nunca he tenido acceso en mi búsqueda: la biblioteca del Shulamat. En vuestro Sault. —Extendió las manos—. Podríais echar un vistazo allí.

¿Echar un vistazo? Lin estuvo a punto de decirle: «Eso es imposible, los libros de magia están restringidos, prohibidos, a menos que contengan lecciones de gematría. E incluso esos solo se pueden estudiar en el propio Shulamat, no se pueden sacar del edificio, ni fuera de los muros del Sault».

—Supongo que podría intentarlo —fue lo que dijo, sin embargo.

El Rey Trapero aplaudió.

—Excelente —dijo, y en ese momento Lin lo supo: él nunca había tenido ninguna duda de que ella aceptaría.

Al final, el Rey Trapero encargó a Ji-An acompañar a Lin hasta la salida de la Mansión Negra, asegurándole que pronto se aprendería la distribución del lugar. El propósito del laberinto de pasillos era confundir a los intrusos.

Ji-An echó una mirada reprensora a Lin antes de acompañarla, con rapidez, hasta la puerta de entrada.

—Os dije que aguardarais en el solárium —dijo, de mal humor, mientras abría la puerta—. Espero que no resultéis problemática.

—No está en mis planes. —Lin ya estaba al otro lado de la puerta. En el exterior, la luz de la tarde era oro oscuro; los pájaros cantaban en las ramas de los árboles que flanqueaban la plaza Escarlata. Se sintió como si hubiera entrado en el inframundo y hubiera vuelto a una ciudad inalterada.

A mitad de los escalones, se volvió, miró a Ji-An, que seguía en la puerta de la mansión, encuadrada en escarlata.

—¿Es un buen hombre? —le preguntó Lin—. ¿O uno malvado?

Ji-An frunció el ceño.

—¿Quién? ¿Andreyen? Siempre hace lo que dice. Si dice que os matará, lo hará. Si dice que os protegerá, lo hará. —Se encogió de hombros—. Para mí, eso es un hombre bueno. Quizá otros lo vean de otra forma.

En Aram, Suleman no escatimaba en elogios, diciéndole a Adassa que nunca había visto una tierra tan rica, o una curandera y reina tan sabia como ella. Incluso mientras decía estos cumplidos, no dejaba de insistirle a Adassa para que lo visitara en su propio reino de Darat, para que pudiera ver todo lo que podría ser también suyo si accedía a casarse con él. Al principio, ella era reacia a ir. A su gente le ponía nerviosa la idea de su marcha, pues aunque Aram estaba en paz, se hallaba rodeada de tierras en conflicto. Fue Judah Makabi quien convenció a Adassa, diciéndole: «Conoced los proyectos de otros, no sea que os derroten». Ante su insistencia, se puso al cuello un talismán de gematría, que la protegería de cualquier intento malicioso. En Darat, le mostraron muchas maravillas conseguidas con el uso de la magia. Magníficos castillos de mármol, más altos que la torre de Balal, que era el orgullo de Aram. Deslumbrantes ríos de fuego, que ardían día y noche, iluminando el cielo. Los fénix rondaban por los campos del palacio, despidiendo chispas como luciérnagas. Sin embargo, Adassa era muchas veces consciente de las duras miradas que Suleman le dirigía. Aunque él le había dicho que la miraba con amor, ella desconfiaba. Por la noche, cuando se retiró a sus aposentos, se encontró con una jarra de agua colocada al lado de la cama; cuando le dio un poco de esa agua al gato de palacio, la criatura se quedó inconsciente al momento. Al darse cuenta de que Suleman intentaba envenenarla, Adassa se excusó al día siguiente y volvió a su reino. Con el corazón pesaroso, le habló a Makabi y le pidió que viajara a Darat para espiar a Suleman y averiguar sus planes; para ello lo disfrazó de cuervo y así podría viajar sin ser visto.

Relatos de los Hechiceros-Reyes,
Laocantus Aurus Iovit III

Capítulo once

A Kel ya lo habían herido más veces, por supuesto. Teniendo en cuenta su ocupación, hubiera sido raro lo contrario. Pero nunca había estado tan cerca de la muerte, ni había pasado tanto tiempo en la cama, drogado con morfílico y con los peculiares sueños que este le provocaba. La primera vez que se sintió con fuerzas suficientes para levantarse de la cama y atravesar la habitación, se quedó horrorizado. Tenía las piernas flojas como papel mojado. Se cayó enseguida, golpeándose las rodillas contra el suelo de piedra.

Conor había ido rápidamente a ayudarlo a levantarse, mientras Delfina, que había llegado para cambiarle la ropa de cama, lanzaba un grito y abandonaba la habitación. Volvió, para molestia de Kel, con el legado Jolivet y una reina Lilibet de expresión pétrea. La reina estaba furiosa a causa del ataque de Kel: ¿es que los criminales de Castelana no tenían nada mejor que hacer que tender emboscadas a la nobleza de la Colina? ¿Dónde estaban llegando las cosas y, en ese punto, cuánto tiempo estarían sin poder hacer uso del Guardián de Espadas? ¿Debía Conor cancelar sus apariciones públicas de la próxima quincena? ¿Cuándo se iba a poner bien el Guardián de Espadas, si eso llegaba a pasar?

Gracias a los dioses, Jolivet estaba allí. Le explicó que el Guardián de Espadas estaba en una forma física excelente (buenas noticias para Kel, que no se sentía así), y que no había ninguna razón para pensar que no se recuperaría del todo y rápidamente. Kel debía salir de la cama y empezar a hacer un poco de ejercicio moderado, aumentando el esfuerzo día a día hasta sentirse lo suficientemente fuerte para reanudar su entrenamiento habitual. También debía seguir una dieta saludable de carne y pan, pocos vegetales y nada de alcohol.

Kel, que para entonces ya podía tenerse en pie y era capaz de cojear hasta el tepidarium y volver, esperaba que Conor discutiera este decreto, especialmente la prohibición del alcohol. Pero este se limitó a asentir pensativo y dijo que estaba seguro de que Jolivet sabía bien de lo que hablaba: algo que, Kel estaba completamente convencido, Conor no había dicho en su vida. Hasta Jolivet pareció sorprendido.

Pero quizá no debería haberle sorprendido tanto, pensó Kel, más tarde, mientras se vestía despacio, con las manos temblorosas en el intento de abotonarse. Conor había estado distraído desde que Kel le había contado lo de Prosper Beck. ¿Estaría ocupado engatusando al Tesoro para que le diera el dinero? ¿O pidiéndoselo prestado a Falconet? ¿O, más probablemente, tomando prestado un poco de allí y otro poco de allá para evitar enfrentarse a Cazalet? Fuera cual fuese su plan, estaba ausente del Castel Mitat durante largas partes del día, y Kel, por primera vez en años, se quedaba solo.

«Ponte fuerte», le había dicho Jolivet, así que Kel empezó a caminar. Estaba un poco avergonzado de la lentitud con la que atravesaba los senderos pavimentados de azulejos de los jardines de Palacio, pasando al lado de vides de madreselva en flor, bajo árboles cargados de limones e higos. Le dolía el pecho, un dolor profundo que se manifestaba cuando respiraba o se movía demasiado rápido.

Dejó de tomar el morfílico. La primera noche sin él, el cuerpo lo echó de menos casi todo el tiempo, cuando daba vueltas en la cama, cansado, sin poder dormir. Pero cada día el anhelo iba a menos, y cada día podía caminar más lejos y más rápido.

Cojeaba por el Jardín Nocturno, entre los intrincados brotes de plantas que florecían después de la puesta de sol. Rodeaba el Cubo, el santuario de piedra fortificado y sin ventanas donde la familia real se escondería en caso de un eventual ataque a Palacio. Que Kel supiera, no se había usado en al menos un siglo, y la hiedra crecía a sus anchas alrededor de la verja de hierro.

Puesto que no había prisioneros en el Truco, los guardias del castillo lo dejaron subir la escalera de caracol hasta llegar a la cima, donde un largo corredor separaba dos filas de celdas vacías, con las puertas hechas de cristal de la Fractura abiertas. Soportó el dolor, mientras subía la escalera una, dos, cinco veces, hasta que pudo sentir la sangre en la boca.

Caminó por los senderos del acantilado, donde la propia Colina caía hacia el océano, con el mar abajo, gris y espumeando como una ballena. Los senderos del acantilado estaban llenos de caprichos: originales estructuras de estuco blanco que representaban versiones en miniatura de templos y torres, granjas y castillos. Contenían bancos almohadillados y su propósito era ofrecer descanso y cobijo a las delicadas almas que encontraran el sendero del acantilado una caminata fatigosa.

A veces, en sus paseos, Kel alcanzaba a oír retazos de cotilleos cuando los sirvientes o los guardias pasaban cerca de él, sin prestarle atención. La mayoría de ellos estaban relacionados con enredos románticos entre aquellos que servían a las grandes casas de la Colina; algunos tenían que ver con Palacio, incluso con Conor. Sin embargo, no había cotilleos sobre deudas, gateadores, o primos del príncipe a los que pudieran haber herido recientemente. Si alguien se preguntaba sobre los errantes paseos de Kel, este no oyó nada al respecto.

Nunca vio al rey, aunque de vez en cuando salía humo de las ventanas superiores de la Torre de la Estrella. En alguna ocasión, vio a la reina, normalmente dando instrucciones al personal de jardinería. Una vez, mientras bajaba la escalera de la Torre de la Estrella, la escuchó hablando con Bensimon y Jolivet.

—El anciano Gremont no durará mucho —estaba diciendo Lilibet—, y a su esposa no le interesa administrar el fuero. Hay que traer de Taprobana a ese hijo suyo, o de lo contrario la silla familiar será objeto de una lucha interna.

—Artal Gremont es un monstruo —gruñó Bensimon, y entonces Jolivet lo interrumpió, y la discusión tomó otros derroteros. Kel siguió su camino por la escalera, almacenando la información para dársela, más tarde, a Conor, como cotilleo medianamente interesante. Fuera lo que fuera lo que había hecho Artal Gremont, era lo bastante malo para que Bensimon se opusiera a la idea de su vuelta, teniendo en cuenta que ya había pasado una década.

La siguiente tarde, en un impulso, Kel atajó por el jardín de la reina de camino a los establos, con la idea de visitar a Asti. Pasaba al lado de la piscina reflectante cuando oyó voces, amortiguadas por los altos setos que rodeaban el jardín. Una de las voces era de una mujer; la otra, de Conor. Hablaban en sarthiano.

—*Sti acori dovarìan 'ndar ben* —le oyó decir Kel a Conor. «Esos acuerdos deberían funcionar bien.»

Un momento después, su voz se desvaneció. Kel se preguntó a qué acuerdos se referiría Conor, pero, al fin y al cabo, eran asuntos de Conor, y Kel llevaba horas caminando. La vida en Palacio era una especie de rueda, pensó Kel, mientras volvía sus pasos hacia el Castel Mitat; seguía los mismos giros, trazando los mismos senderos de hábito y recuerdos en la tierra. El hecho de que él hubiera estado a punto de morir no era ni siquiera una piedra en el camino. Solo le importaba a él; solo lo había cambiado a él. En ese sentido, se encontraba solo.

Lin estaba soñando.

En su sueño sabía que estaba dormida, y que lo que veía no era real. Se hallaba sobre una alta torre de piedra, cuya cima era una mera extensión de la piedra. En la distancia, las montañas se alzaban como sombras negras; el cielo tenía el color del carbón y la sangre, el ojo herido de la destrucción.

En breve, el mundo se acabaría.

Un hombre apareció en el borde del tejado de la torre. Lin sabía que no había escalado sus escarpados muros para llegar hasta ella. La magia lo había transportado: porque era el Rey-Hechicero Suleman y, hasta ese día, no había habido un poder mayor en la tierra que el suyo.

Mientras caminaba hacia ella, con pasos ligeros como los de un gato, las llamas chispeaban entre los pliegues de su capa. El viento que procedía de las montañas ardientes le revolvía el pelo. Por supuesto, Lin sabía quién era Suleman. El amante de Adassa. Un traidor. Nunca había entendido por qué la Diosa lo había amado; a ella siempre le había parecido temible en su poder y terrible en su rabia. Y, sin embargo, era bello, como la belleza del fuego o las cosas destructivas. Era un tipo de belleza cruel, pero le despertaba un fiero deseo. Se levantó y se volvió hacia él, tendiéndole las manos...

Lin se incorporó de repente, con el corazón acelerado y la piel empapada de sudor. Se cruzó de brazos, medio incrédula. ¿Se había despertado a sí misma? Quizá sí, pues sabía cómo acababa la historia. Había estado soñando con los últimos momentos previos a la Fractura. El último momento antes de la muerte de Adassa.

«En breve, el mundo se acabaría.»

Lin se apartó el pelo sudado, mientras salía de la cama para ir a la estancia principal de la casa, donde había dejado la capa en el respaldo de una silla. Tocó los pliegues hasta que encontró la forma rígida del broche. Lo desprendió y pasó los dedos por la piedra. En la penumbra de la luz de luna, era de color lechoso. La suave superficie fría le calmaba los latidos del corazón.

«Me has provocado sueños extraños —pensó, mirando la piedra—. Sueños del pasado. De su pasado.»

¿Y si...?

Un golpe ligero en la puerta de la entrada sacó a Lin de sus ensoñaciones. Dos golpes, seguidos de una pausa, y luego un tercer golpe.

Mariam.

Lin se apresuró hacia la puerta. Era demasiado tarde para que Mariam estuviera despierta... Normalmente estaba cansada antes de la Primera Guardia. ¿Y si se había puesto enferma de noche? Pero entonces sería Chana quien llamaría a la puerta, pidiéndole a Lin que acudiera a la Casa de las Mujeres. Cuando Lin abrió la puerta, se encontró a Mariam en los escalones de la entrada.

A la luz de la luna, el rostro de Mariam era de una palidez enfermiza, los huecos bajo las mejillas parecían moratones. Pero sonreía con los ojos brillantes.

—¡Ay, cielos, te he despertado! —exclamó, sin parecer arrepentida—. Me hubiera gustado venir antes, pero tuve que esperar a que Chana se durmiera, si no me hubiera puesto un montón de problemas para salir de noche. «Necesitas descansar, Mariam» —dijo, con una pasable imitación del tono mandón de Chana.

—Bueno, sí que lo necesitas —opinó Lin, pero no pudo evitar reír—. Vale, ¿qué pasa? ¿Cotilleos? ¿Galena se ha fugado con uno de los *malbushim*?

—Mucho más importante que eso —respondió Mariam, con aire de dignidad ofendida—. Sigues queriendo ver a tu paciente, el primo del príncipe, ¿no?

Lin tensó la mano alrededor del broche.

—Sí, claro, pero...

—¿Y si te dijera que tengo una solución para tu problema? —inquirió Mariam—. ¿Alguien que está deseando ayudarte a entrar en Palacio? ¿Alguien que sabe cuándo estará ocupado el príncipe?

—Mariam, cómo ibas tú a...

—Ven conmigo hasta las puertas mañana por la mañana —dijo Mariam—. Habrá un carruaje esperando. Ya lo verás. —Resplandecía, mientras se echaba el chal por los hombros—. Confías en mí, ¿no?

Mirando al océano, Kel pudo ver el calor brillar sobre el agua como un velo transparente. La ciudad estaría hirviendo. Allí en la Colina, el tiempo era más fresco, aunque las flores colgaban lánguidas de las viñas y los pavos reales estaban tumbados en la hierba, jadeando.

Estaba en la segunda semana de su recuperación, y se había pasado toda la mañana explorando los jardines, subiendo y bajando varios conjuntos de escalones. Le recordaba a su niñez, cuando todos los rincones de Marivent le habían parecido un lugar para correr una posible aventura con Conor. Habían sido bandidos en los patios, y Hechiceros-Reyes en las torres; se habían batido a duelo sobre la Torre de la Estrella, desde la cual se podía ver el sol alzarse sobre el Paso Estrecho.

Estaba saliendo de la Torre de la Estrella, con la túnica empapada de sudor y el pecho dolorido, cuando vio a Lilibet esperándolo en el jardín de la reina. Vestía de un pálido verde celadón, un color que a Kel le hacía pensar en una gota de veneno verde disolviéndose en leche. Unos brazaletes de zafiro verde le rodeaban las muñecas, y una banda plateada alrededor de la frente sostenía una esmeralda entre sus ojos.

—Guardián de Espadas —dijo, mientras cruzaba la hierba. Así que no iba a fingir que no estaba esperando a que saliera de la torre. Debía de saber, igual que él, que Conor estaba en una reunión en la finca Alleyne, y pensó que sería un momento perfecto para acorralar a Kel—. Desearía hablaros.

Como si tuviera otra opción. Kel se acercó a la reina, con una inclinación de cabeza.

—Mayesh me ha dicho —empezó, sin preámbulos— que os atacaron en una zona indeseable de la ciudad, tras visitar a una cortesana.

—Sí —confirmó Kel, manteniendo un tono cortés—. Es cierto.

—No soy tonta —dijo la reina—. Sé bien el tipo de diversiones que le gustan a mi hijo. Pero se supone que vos debéis acompañarlo cuando se embarca en tales diversiones. No embarcaros vos.

—El príncipe me había dado la tarde libre...

—Da igual lo que diga él —atajó Lilibet—. Debéis tener cuidado, Kel Saren. Sois propiedad de Palacio. Cuando no estáis defendiendo a mi hijo, vuestra misión es no morir. —Volvió la cabeza para mirar hacia el Castel Mitat. Tenía el cabello negro mate, más oscuro que el de Conor, como resultado de una habilidosa aplicación del tinte—. No puede sobrevivir sin vos.

Kel se sorprendió.

—Pues tendrá que hacerlo —dijo—, si muero por él.

—Entonces al menos sabrá que vuestro último pensamiento fue para él.

Kel no veía que aquello importara mucho.

—Cuando se convierta en rey...

—Cogerá el Anillo del León y lo tirará al mar —dijo Lilibet—. Después de eso, Aigon lo protegerá. Cuando un dios os releve, Kel Saren, podréis abandonar vuestro deber. ¿Lo entendéis?

Kel no estaba seguro de haberlo hecho.

—Tendré cuidado —dijo—. Mi primer pensamiento siempre es Conor, Vuestra Alteza.

La reina le dedicó una dura mirada antes de irse, una que, según Kel intuyó, indicaba la sospecha de que él le ocultaba algo. Lo cual era bastante cierto.

Había sido una conversación rara. Kel se sintió inquieto mientras volvía lentamente hacia el Castel Mitat. ¿Qué había querido decir Lilibet con aquello de que Conor no sobreviviría sin él? desconocía el peligro que corría Conor a causa de Prosper Beck. ¿A qué otros peligros temía, de los que Kel no tenía noticia?

Sus cavilaciones fueron interrumpidas por Delfina, que se apresuraba hacia él por los jardines de Palacio. Estaba roja bajo la cofia, parecía haber estado buscándolo por todos los jardines. Jolivet aguardaba en los aposentos del príncipe, le dijo; quería ver a Kel inmediatamente. Además, añadió de forma acusatoria, el calor había empeorado su problema de piel, y tenía que ir a ver a Gasquet.

—Os pondrá sanguijuelas —la avisó Kel mientras la mujer se iba apresurada, pero esta no le hizo caso. Emprendió el camino hacia el Castel Mitat, pasando por delante de los dos viejos perros de caza del rey, dormidos y roncando en la hierba—. Vosotros sí que sabéis —les dijo—, continuad así.

No podía evitar preguntarse de qué querría hablar Jolivet. Normalmente, si lo requería era para entrenamientos de espada, pero Kel no estaba en forma para ello. Quizá Jolivet o su escuadrón habían averiguado algo sobre el ataque en el callejón, en cuyo caso Kel solo podía esperar que el legado no hubiera averiguado demasiado.

Cuando llegó a la estancia que compartía con Conor, se preparó para encontrarse a Jolivet aguardándolo, con su habitual cara ceñuda tras el casco del Escuadrón de la Flecha. Pero cuando abrió la puerta, allí no había ni rastro de Jolivet.

En su lugar, sentada en un diván de seda de color ciruela, estaba Antonetta Alleyne.

A su lado, había una chica delgada con un vestido holgado de color amarillo, sobre el cual portaba una capelina corta de terciopelo color azafrán. Llevaba la capucha de la capelina puesta, ocultándole así el rostro. Kel supuso que sería una de las damas de Antonetta.

La propia Antonetta llevaba un vestido azul turquesa con las mangas abullonadas. Se había peinado los rizos con polvo azul, tiñéndole el pelo de un tono más oscuro que los ojos. Cuando lo vio entrar, alzó la vista y por un momento una expresión de alivio desprevenido apareció en su rostro.

Un momento después, la expresión desapareció, y Kel se preguntó si realmente la había visto.

—Ay, qué bien —dijo, aplaudiendo como si estuviera en el teatro—. Estás aquí. Acércate y cierra la puerta.

—¿Cómo has persuadido a Delfina para que me dijera que Jolivet estaba aquí? —preguntó Kel, cerrando la puerta, pero sin echar el pestillo—. Quizá es más crédula de lo que me pensaba.

—No. Solo más susceptible al soborno. La mayoría de la gente lo es.

Antonetta sonrió, y Kel no pudo evitar recordar lo que le había pasado por la mente mientras yacía moribundo en el callejón detrás del Arrecife. Una visión de Antonetta, llorando. Pero allí estaba, con esa sonrisa artificial que lo sacaba de quicio.

—Pero ¿por qué molestarse en sobornar a Delfina? —preguntó, serio—. Supongo que estás aquí para ver a Conor. Ha salido...

—No lo busco a él —replicó Antonetta—. De hecho está reunido con mi madre, así que sabía que no estaría aquí. —Le guiñó un ojo—. He traído a alguien que quiere verte. —Le dio un toque en el hombro a su compañera, que había permanecido en un absoluto silencio desde la llegada de Kel—. ¡Va!

A Kel le pareció oír un suspiro cansado. La joven al lado de Antonetta alzó las manos y se apartó la capucha amarilla. Un pelo rojo conocido se deslizó sobre su espalda mientras miraba irónica a Kel.

Lin Caster.

Parecía más joven de lo que la recordaba. Recordaba unas manos cuidadosas, una voz firme y dulce, extrañamente calmada en su uniformidad. Por primera vez, notó que Lin tenía una cara curiosa, ojos verdes inquisitivos y cejas decididas. Supuso que siempre había tenido esa apariencia, y la fiebre lo había hecho pensar en ella como en alguien mayor, más autoritario. Bueno, la fiebre y que hubiera echado a Conor de la habitación.

—Antonetta —dijo Kel—. ¿Qué es esto?

Lin alzó la vista.

—Siento haberos sorprendido —dijo con esa voz profunda que parecía extraña en su delicada complexión—. Pero vos fuisteis mi paciente y desearía ver cómo avanzan esas heridas. Demoselle Alleyne me ha traído amablemente a Palacio...

—Os he traído de contrabando a Palacio —puntualizó Antonetta, sonando complacida consigo misma—. En cuanto oí que te habían herido, y que tu médica no iba a volver porque tenía miedo de Conor, supe que tenía que hacer algo...

Lin se puso en pie. Era extraño verla vestida de terciopelo amarillo. Kel sabía que era ashkar, era la nieta de Mayesh, llevaba el círculo hueco tradicional colgado al cuello, y, aun así, sin las habituales ropas grises, parecía una dama castelaní o la hija de un mercader. No era raro que el vestido le quedara tan grande, pensó. No era suyo.

—No tengo miedo del príncipe —puntualizó Lin—. Me pidió que no volviera. —Sonaba calmada, como si ignorara los peligros de contravenir una petición real.

Antonetta rio ante la expresión de Kel.

—Cómo se la hemos jugado a Conor —dijo—. Lin me dijo

que él le había pedido que no volviera a Marivent, pero le dije que no se preocupara por los modales del príncipe. Le encanta dramatizar.

Kel se frotó las sienes. Le estaba empezando a doler la cabeza.

—Pero... ¿y vosotras cómo os conocéis?

—A través de mi modista —explicó Antonetta.

—¡¿Tu modista?! —exclamó Kel—. ¿Cómo demonios...?

—No hables mal —lo reprendió Antonetta—. Mi modista Mariam...

—Es amiga mía. Es ashkar —dijo Lin—. Le conté que había curado al primo del príncipe, Kel Anjuman, después de que hubiera tenido una grave caída a caballo. Espero que resulte aceptable.

Tenía la mirada firme. Así que no le había dicho nada a su amiga sobre los gateadores; eso era un alivio.

Antonetta se puso de pie y se acercó a Kel, produciendo un susurro al pisar el suelo de mármol con sus zapatillas de satén.

—¿Dónde te hirieron?

Kel hizo un gesto impreciso hacia el torso.

—Aquí. Caí sobre el poste de una valla.

Para sorpresa de Kel, Antonetta se acercó para acariciarle el frontal de la camisa con la punta de los dedos. A pesar de todo su artificio, el calor de su tacto, incluso a través de la camisa, era demasiado real.

Ella alzó la vista para mirarlo. Tenía los ojos azules muy abiertos, las mejillas sonrosadas, los labios ligeramente separados. Era dolorosamente bella. Pero era todo artificio, pensó Kel.

«Está ensayando una mirada de compasiva preocupación, para cuando le resulte útil. Para Conor.»

Lo enfadó, y no quería estar enfadado con Antonetta. Aun así, sentía como una ardiente irritabilidad bajo la piel.

—Demoselle Alleyne —dijo Lin. Había cogido su zurrón, que había permanecido oculto entre las faldas de Antonetta—. Debo pediros que salgáis, para que pueda examinar a mi paciente.

—Ah, no me importa quedarme —respondió Antonetta, alegremente.

—Veréis, es que voy a tener que pedirle al paciente que se desnude —insistió Lin.

—He estado practicando el dibujo al natural —la informó Antonetta—, y el conocimiento de anatomía es útil para cualquiera... —Se interrumpió al ver que Kel la fulminaba con la mirada—. Oh, de acuerdo. Pero me aburriré mucho en el pasillo.

Kel cedió un poco.

—Quizá puedas actuar de vigía. Avísanos si viene alguien.

Los ojos de ambos se encontraron y, durante ese breve momento, él supo que ella estaba recordando, igual que él, las muchas veces que ella había sido «vigía» en sus juegos de infancia. No podría haber dicho por qué estaba tan seguro de que ella sabía lo que estaba pensando, pero así era, y, entonces, ella salió de la habitación y cerró la puerta a su espalda.

En cuanto estuvieron solos, Lin le indicó a Kel que se sentara en la cama y se quitara la chaqueta y la camisa. Así que no había sido solo un intento de librarse de Antonetta, pensó con diversión, haciendo lo que le pedía.

Se quitó el abrigo y se desabotonó la túnica de seda. Mientras tanto, Lin lo miró con algo parecido a la sorpresa.

—Sieur Anjuman —dijo—, realmente, parecéis estar mucho mejor que la última vez que os vi.

—Eso espero —replicó Kel—. Creo que estaba babeando sangre en aquel entonces, y sin duda gimiendo incoherencias.

—No fue tan malo, en absoluto —lo calmó ella—. ¿Tenéis alguna objeción a que examine las heridas para asegurarme de que están sanando correctamente?

—Ninguna, supongo.

Se acercó a él y retiró con cuidado las vendas blancas que aún llevaba. Kel se sintió extrañamente expuesto durante un momento, pero era evidente que a Lin no le afectaba lo más mínimo la visión de un pecho masculino desnudo. De hecho, lo miraba con una impasibilidad fría que le hizo pensar en Lilibet inspeccionado un nuevo juego de cortinas.

—Habéis mejorado mucho —le dijo, pasando los dedos por la cicatriz del lateral antes de tocar la herida fruncida bajo el corazón—. Muy bien. La mayoría de la gente estaría aún en cama. ¿Habéis tenido mucho dolor?

Él le dijo que aún hacía poco que había dejado el morfílico. Se quedó horrorizada al oír que Gasquet le había mantenido la dosis durante tanto tiempo.

—¡Yo nunca le permito a mis pacientes que lo tomen más de tres días! —exclamó, y destapó un jarro de pomada que había sacado del zurrón. La habitación se llenó de un ligero olor picante, como a vetiver.

Se mordió los labios mientras empezaba a extender la pomada no solo sobre las heridas recientes, sino también sobre las antiguas.

—Qué de heridas —murmuró, casi para sí.

—Soy muy torpe —explicó Kel. La pomada en contacto con la piel le provocaba escalofríos.

—No —dijo—, sois un Guardián de Espadas.

La mano de Kel se disparó; la agarró por la muñeca. Ella lo miró sorprendida, con el tarro de pomada aún en la mano, pero detenida a mitad del movimiento.

—¿Qué habéis dicho? —siseó él.

Ella exhaló con fuerza.

—Lo siento. Pensé que quizá Mayesh os habría dicho que yo lo sabía.

Él exhaló despacio.

—No.

—Reconocí el talismán *anokham*. —Ella parecía notoriamente calmada, teniendo en cuenta las circunstancias—. Es un objeto ashkar muy antiguo, ya no se hacen. No se lo diré a nadie —añadió—. Consideradme ligada por el secreto profesional, igual que mi abuelo. Si se lo contara a alguien, lo pondría en peligro.

Kel le soltó la muñeca. Pensó que debería estar furioso, o asustado. Pero no. Quizá se debía al hecho de que el Rey Trapero conociera su verdadera identidad, igual que Merren y Ji-An. En realidad, que Lin supiera quién era él no lo ponía en mayor peligro del que ya estaba. O quizá se debiera a que una parte de él confiaba en ella. Le había salvado la vida; era instintivo, una forma de reconocimiento.

—Decidme una cosa —pidió Lin, tapando el tarro de pomada—. ¿Recordáis cómo os hicisteis todas estas cicatrices?

Kel, que había estado a punto de coger su camisa, se detuvo. Se tocó una cicatriz en el hombro izquierdo, una roncha como una abolladura en la piel.

—Esta es de un asesino en la Corte de Valderan, que llevaba arco y flecha. Y esta de aquí —dijo, indicando un punto bajo la caja torácica—, un mercenario con un látigo que irrumpió en la fiesta del dieciocho cumpleaños de Antonetta buscando a Conor. Esta —continuó, señalándose la espalda—, un antimonárquico con un hacha que logró infiltrarse en la inspección anual de la caballería.

—¿Y esta? —Tocó una zona de piel en relieve justo sobre la cadera derecha. Ella olía ligeramente a limón.

—Sopa caliente —informó Kel, serio—. No todas las historias son heroicas.

—Nunca se sabe —replicó Lin, con la misma seriedad. Terminó de cambiarle la venda de la herida y le dio una palmadita en el hombro—. La sopa podía haber estado envenenada.

—No había pensado en eso —dijo Kel, y se puso la túnica mientras reía; era la primera vez que lo hacía en varios días, y sintió como si se hubiera sacado un peso de encima.

—Bien —comenzó ella, mirándolo mientras se abotonaba la túnica, y él supuso que iba a darle algún consejo médico o indicarle cómo usar la pomada cada día, quizá—, no he venido solo para ver si mis curas habían dado buenos resultados. —Se colocó un mechón de pelo tras la oreja—. La otra noche, cuando os hirieron, dijisteis algo de flechas, y mencionasteis un nombre. Jeanne.

Él la miró en silencio.

—Pero no estabais diciendo Jeanne, ¿verdad? Era Ji-An. Fue ella quien os salvó la vida esa noche. Os trajo aquí...

—Ella le lanzó las flechas a los gateadores —admitió, encogiéndose de hombros dentro de la chaqueta—. Mató a varios. Supongo que no estarán muy contentos. Lin, ¿cómo sabéis todo esto?

—Ambos lo conocemos —contestó, con tranquilidad—, al Rey Trapero. Ambos lo conocemos y ninguno deberíamos. Así que supuse que podríamos guardarnos el secreto mutuamente. —Sacó un trozo de papel doblado—. No he venido porque él me lo pidiera —aclaró, con firmeza—, ni siquiera sé cómo averiguó que yo estaba planeando venir a Palacio. Pero cuando estaba saliendo del Sault, un niño se me acercó corriendo y me dejó esto en la mano. «Saludos del Rey Trapero.»

Kel cogió el papel con cautela, como si estuviera cubierto de pólvora negra.

—¿Qué dice?

—No lo sé —contestó ella—. Está dirigida a vos...

Un griterío de voces se alzó en el pasillo. Kel pudo oír la voz de Antonetta, alta y preocupada.

—Ay, no entres ahí, Conor, por favor, no...

Y la voz de Conor. Familiar y enfadada.

—Es mi habitación, Ana.

Y, entonces, Lin estaba de pie, mientras la puerta se abría, y Conor y Antonetta entraron en la habitación.

Resultaba evidente que Conor había montado a Asti desde la finca Alleyne; vestía la ropa de montar, incluido un abrigo de cuero repujado de color verde militar. La solapa y los puños brillaban tachonados de bronce. No llevaba corona, y el viento le había revuelto el pelo hasta dejárselo como una maraña.

Kel ocultó rápidamente el papel, metiéndoselo en la manga de la chaqueta. No fue un movimiento especialmente habilidoso, pero Conor no lo estaba mirando. Estaba mirando a Lin, y por un momento mostró una expresión entre sorpresa y enfado que asombró a Kel. Conor casi nunca mostraba lo que de verdad sentía, a menos que ese sentimiento fuera la diversión.

La expresión se borró tan rápido como había aparecido. Con calma, Conor se quitó uno de sus guantes y habló.

—Pensé que había dejado claros mis deseos, la última vez que estuvisteis aquí, domna Caster.

Antonetta dio un paso adelante con sus finas zapatillas de satén.

—Conor, no te enfades. Yo la he traído. Creía que era importante para Kel...

—Soy yo quien juzga lo que es importante. —Conor tiró su guante de montar en la cama, cerca de Kel, que alzó una ceja mirándolo. Conor no le devolvió la mirada. Tampoco miró a Lin, que seguía allí, erguida y con las manos entrelazadas en el regazo. Tenía las mejillas de un rojo encendido, aunque Kel no sabía si de enfado o de vergüenza, pero, por lo demás, no había reaccionado a las palabras de Conor en absoluto.

—Conor —Antonetta le tiró de la manga de la chaqueta—, he oído que le pediste que no volviera, pero creía que estabas bromeando. Como siempre estás de broma... —Ella frunció los labios, haciendo un mohín—. No me creo que realmente te moleste una niña ashkar. No puede ser.

Conor se sacó el segundo guante con más lentitud que el primero, como si estuviera completamente absorto en la tarea. Y Kel se dio cuenta, con un destello de sorpresa, de lo que había logrado el numerito de ingenuidad de Antonetta. Había desarmado hábilmente a Conor de una manera que nunca lo habría logrado mediante una discusión. Incluso aunque supiera que ella estaba fingiendo, poco podía hacer él para mostrar su enfado sin quedar como un necio o sin que pareciera que realmente le preocupaba la presencia de Lin.

Conor tiró el segundo guante a una esquina de la habitación.

—Cuán cierto, Antonetta —dijo, sin ningún asomo de emoción—. Tienes un corazón muy generoso. Tan tolerante con los demás, a pesar de su comportamiento. —Se volvió hacia Lin—. ¿Habéis terminado de examinar a Kel? ¿Y habéis determinado que lo han cuidado de forma competente? ¿O se está muriendo a causa de la negligencia de Palacio?

Lin había cogido el zurrón.

—Se está recuperando con éxito —afirmó—, pero vos ya sabíais eso.

—Sí —replicó Conor, sonriendo con frialdad—, lo sabía.

Kel nunca se había sentido hasta tal punto como un pecio,

arrastrado por mareas cambiantes. Conor no iba a culparlo por aquello, sabía perfectamente que Kel desconocía que le había prohibido la entrada en Marivent a Lin, y, sin embargo, no se le ocurría nada que pudiera decir para atenuar la situación. Una energía extraña parecía pasar entre Lin y Conor, como la carga que desprendía el ámbar cuando se frotaba con un paño. ¿Era solo porque Lin no entendía la manera en la que debía dirigirse a Conor? ¿Que debía mostrar deferencia ante un príncipe? ¿O había pasado algo la noche que Lin lo había curado, algo más que echar a Conor de su habitación?

Conor se volvió hacia Antonetta, que los observaba con una mirada reflexiva. No por primera ni última vez, Kel se preguntó qué estaría pensando realmente Antonetta.

—Estoy seguro de que tienes cosas más glamurosas e interesantes que hacer, Ana —le dijo Conor—. Vete a casa.

Antonetta hizo una reverencia, pero permaneció en el sitio.

—Se supone que debo llevarme a Lin de vuelta a la ciudad.

—Haré que domna Caster llegue segura a su casa —replicó Conor. La mayoría se habría ido sabiamente ante ese tono; Antonetta miró a Lin, que asintió, como diciendo: «Está bien, no pasa nada».

En la puerta, Antonetta se detuvo. Miró hacia atrás, y no a Conor, pensó Kel, sorprendido, sino a él.

Tenía algo en la mirada, una especie de diversión disimulada, que decía: «Esto lo he conseguido yo, y ambos lo sabemos».

Pero él no podía replicarle nada en voz alta. Antonetta se fue, la puerta se cerró tras ella, y una parte de Kel se preguntó: «¿Así es como va a ser ahora?». ¿Antonetta Alleyne apareciendo y desapareciendo de su vida sin previo aviso? No le gustaba la idea. Prefería poder prepararse para verla. Durante años, Jolivet le había estado remarcando los peligros de que lo cogieran con la guardia baja.

—Entonces —dijo Kel, volviéndose hacia Conor—, ¿tengo que suponer que tu reunión con lady Alleyne se ha visto interrumpida?

Pero Conor no contestó. Estaba observando a Lin, que se había colgado el zurrón del hombro.

—Debo irme —dijo esta—, tengo más pacientes que ver esta tarde. —Inclinó la cabeza de forma extraña hacia Conor, y añadió—: No tenéis que preocuparos de que regrese. Kel ya no necesita nada más de mí.

—¿«Kel»? —repitió Conor—. Qué forma tan familiar de dirigirse un ciudadano a un noble.

A Lin le relampaguearon los ojos.

—Debe ser mi ignorante forma de hablar. Con más razón, debo dejaros.

Conor se pasó una mano por el pelo empapado en sudor.

—Os acompañaré hasta la Puerta Norte, entonces.

—No es necesario.

—Sí lo es —replicó Conor—. Sois ashkar, pero vestís ropajes de castelaní. Creo que esos colores y esos tejidos os están prohibidos. No es probable que alguien se dé cuenta, pero no deja de ser un peligro.

—Conor... —empezó Kel.

—Puede que no esté de acuerdo con esas leyes —dijo Conor—, pero son las leyes. —Su mirada se posó sobre ella—. Os habéis arriesgado mucho por nuestro amigo Kel, aquí presente. Desde luego, sois una médica con gran dedicación.

La cara de Lin no se alteró, pero los ojos le centelleaban de enfado.

—Tengo mi propia ropa en el zurrón. Si pudiera usar vuestro tepidarium, podría cambiarme...

—Entonces estaríais vagando por aquí como una ashkar, lo cual provocaría aún más preguntas. Sugiero que os cambiéis en el carruaje. Antes de llegar a la ciudad, por supuesto, o le daréis a los transeúntes un entretenimiento inesperado.

Lin abrió la boca... y la volvió a cerrar, dándose cuenta de que no tenía sentido protestar. Siguió a Conor hacia el pasillo, deteniéndose solo para lanzarle a Kel una mirada de disculpa. Él se preguntó qué era lo que lamentaba ella. ¿Haber conspirado con Antonetta? ¿Dejarle en el regazo un mensaje del Rey Trapero e irse sin explicación alguna? Aun así, alguien dispuesto a plantarse ante Conor tenía temple, y él admiraba eso.

Meneando la cabeza con una media sonrisa, cogió la nota que ella le había dado y examinó las pocas líneas garabateadas en el papel por una mano sorprendentemente falta de elegancia.

«Sé lo de la deuda y los gateadores. Venid a verme si deseáis proteger a vuestro príncipe.»

El príncipe guardaba silencio mientras caminaba con Lin a su lado: por el largo pasillo de mármol, la escalera curva y finalmente hacia el exterior, a la brillante luz del sol. La primera noche que había ido a Marivent, estaba oscuro, casi no había luna, lo que había dejado el jardín del patio del Castel Mitat casi sin color. Pero en ese momento, a plena luz del día, vio que era hermoso: las rosas que se enredaban en las celosías colgaban hasta las paredes de piedra como la mano de un amante, las amapolas doradas sobresalían de las macetas de piedra, la punzante salvia púrpura bordeaba los sinuosos caminos que recorrían el césped. Una pequeña fuente murmuraba bajo un reloj de sol hecho de azulejos; grabada en la cara de la esfera, había un verso de una vieja canción de amor castelaní: «AI, LAS TAN CUIDAVA SABER DÁMOR, E TAN PETIT EN SAI». «Oh, cuánto pensaba que sabía del amor, y cuán poco sé.»

—Ahora es cuando me decís —habló el príncipe— que a Bensimon se le olvidó comunicaros que yo os había prohibido volver a Palacio.

Lin había estado pendiente de él, por supuesto, incluso mientras admiraba el jardín. En ese momento, él se había detenido y apoyaba una de sus botas contra un muro del Castel. El pelo era una maraña de rizos negros; los ojos, plateados bajo la luz del sol. El color de las agujas y las espadas.

—Sí me lo dijo —admitió ella.

El príncipe curvó ligeramente los labios, pero Lin no sabía si se debía al enfado o al buen humor.

—Os ofrezco una forma de excusaros —dijo—, y no la aprovecháis. Lo cual me hace preguntarme: ¿qué os pasa?

—Simplemente, que soy médica —respondió ella— y, como tal, querría...

—Lo que queráis no es significativo —la interrumpió él—.

Cuando os ordeno hacer algo, no es una petición vana. Pensé que vuestro abuelo os habría dejado claro eso, al menos.

—Y lo hizo. Pero Kel es mi paciente. Necesitaba saber si estaba bien.

—No somos completamente incompetentes aquí en Marivent —recalcó el príncipe—. De alguna forma nos las hemos arreglado sin vos todos estos años, y no hemos muerto todos. —Arrancó el capullo de una flor de la pasión de un zarcillo que caía, y la hizo girar entre los dedos. Le sonrió a Lin, pero no con los ojos—. Cuando digo «no volváis a Palacio», no quiere decir «a menos que os apetezca». Por menos de eso, más de uno ha acabado en el Truco.

Desde donde estaban, Lin podía ver el Truco: una larga y estrecha punta negra, que se clavaba en el cielo. Una ola de enfado la recorrió. No había juicios para aquellos a los que mandaban a *La Trecherie,* ni justicia. Solo el chasquido de los dedos reales, el capricho de un rey o una reina.

«Aquí está un hombre —pensó Lin— que nunca se ha ganado el poder que detenta. Cree que puede pedir cualquier cosa, ordenar cualquier cosa, pues nunca le han dicho que no. Es rico, afortunado y guapo, y piensa que el mundo y todo lo que hay en él le pertenecen.»

—Adelante —dijo ella.

—¿Qué?

—Mandadme al Truco. Llamad a los guardias del castillo. Metedme en una celda. —Tenía las manos ante ella, con los puños crispados, como preparadas para los grilletes—. Apresadme. Si es lo que queréis.

La mirada de él pasó de sus muñecas a su cara, parándose en la boca durante un momento antes de apartar la vista. Enrojeció, lo cual la sorprendió. No habría creído posible conmoverlo.

—Parad —dijo él, aún sin mirarla.

Ella dejó caer las manos.

—Sabía que no lo haríais realmente.

Ella se dio cuenta de que él llevaba pendientes en la oreja izquierda, pequeños aros dorados que brillaban oscuros sobre la piel marrón clara.

—Estáis loca por poneros en peligro de una forma tan estúpida —le espetó—. Me pregunto por qué Mayesh eligió a una médica loca para cuidar de mi primo, fuera o no su nieta.

Lin no pudo contenerse.

—No es vuestro primo.

Entonces él sí que la miró, con expresión muy seria.

—¿Qué os ha dicho Mayesh?

—Nada. Vi su talismán. Puede que no signifique nada para la mayoría de los castelaníes, pero yo soy ashkar. Puedo leer gematría. Kel es el *Királar*. Vuestro Guardián de Espadas.

El príncipe no se movió. Estaba muy quieto, pero era una quietud que contenía una peligrosa energía. A Lin le recordó a las serpientes que había visto enjauladas en la plaza del mercado, estáticas justo antes de atacar.

—Ya veo —dijo él—. Creéis que sabéis algo que puede dañarme. Dañar a Palacio. Creéis que eso os da poder. —Permaneció erguido—. ¿Qué es lo que queréis, entonces? ¿Dinero?

—¿Dinero? —Lin podía notar cómo temblaba de rabia—. No tomé vuestro anillo cuando me lo ofrecisteis libremente. ¿Por qué iba a querer dinero ahora?

—Mayesh es consciente de que lo sabéis —dijo él, casi para sí—. Debe de pensar que el secreto está a salvo con vos.

—Lo está. No tengo intención de contárselo a nadie. Por el bien de Kel, y por el de mi abuelo. No por el vuestro. Palacio no significa nada para mí.

Ella se dirigió a la arcada, la que daba al patio. Oyó unas rápidas pisadas detrás; un momento después el príncipe le bloqueaba el camino. Ella podría haberlo rodeado, pensó, pero parecía absurdo, como si fueran dos niños jugando al gato y al ratón.

—Me odiáis —dijo él. Sonaba casi intrigado—. No me conocéis de nada, y sin embargo me odiáis. ¿Por qué?

Ella lo miró. Era alto, tanto que ella tenía que inclinar la cabeza hacia atrás para mirarlo. No creía haber estado nunca tan cerca de él. Podía verle cada una de las pestañas, oler su cuero y el aroma a luz del sol en él.

—Kel está cubierto de cicatrices —dijo ella— y, aunque puede que las nuevas heridas no tengan el sello Aurelian en ellas, las antiguas sí lo tienen. Os fue entregado como si fuera un objeto, como una caja grabada o un sombrero decorativo...

—¿Creéis que uso muchos sombreros decorativos? —preguntó el príncipe.

—Solo tenía diez años —dijo ella.

—Parece que Mayesh te ha contado muchas cosas.

—Todo —replicó ella—. Kel era solo un niño.

A él le cambió la cara, como si hubieran retirado una pantalla y ella pudiera ver lo que había detrás. Una furia verdadera, sin pretextos, sin disfraces. Era pura ira, que ardía al rojo vivo.

—Y yo también —siseó él—. Yo también era un niño. ¿Qué imagináis que podía haber hecho al respecto?

—Podríais liberarlo. Dejarlo vivir su propia vida.

—Él no es mi sirviente. Sirve a la Casa Aurelian, igual que yo. No puedo liberarlo igual que no puedo liberarme a mí mismo.

—Estáis jugando con las palabras —acusó Lin—. Tenéis el poder...

—Dejadme que os diga algo sobre el poder —la interrumpió el príncipe de Castelana—. Siempre hay alguien que tiene más que vos. Yo tengo poder; el rey tiene más. La Casa Aurelian tiene más. El Consejo de los Doce tiene más. —Se pasó una mano por el pelo. No llevaba corona, y eso lo cambiaba, de forma sutil. Lo hacía más joven, diferente. Más como Kel—. ¿Le habéis, siquiera, preguntado a Kel? ¿Si él desea ser otro diferente al que es? ¿Si desearía que Jolivet nunca lo hubiera encontrado?

—No —admitió Lin—. Pero, seguramente, si le dieran la oportunidad...

El soltó una risa incrédula.

—Ya basta, entonces —la cortó. Apartó la vista; cuando la volvió a mirar, la pantalla había vuelto a su sitio. Ya no había ira en su rostro, solo una ligera incredulidad, como si no pudiera creer que estuviera allí, teniendo esa conversación, con Lin precisamente. Ella sintió su desprecio, tan tangible como el tacto de una mano—. Basta de esta conversación inútil. Yo no tengo que responder ante vos. Marchaos, y que sepáis que cuando digo «marchaos», quiero decir «marchaos y manteneos alejada», no «marchaos y volved cuando os apetezca». ¿Me habéis entendido?

Lin hizo un pequeño asentimiento. No fue casi ni un movimiento, pero pareció satisfacerlo. Él se volvió y se dirigió a grandes zancadas hacia el Castel Mitat, con su abrigo verde ondeando tras él como la bandera de Marakand.

Lin se hallaba a medio camino de la Puerta Norte, aún furiosa, cuando un carruaje se paró a su lado. Lacado en rojo y con el blasón del león dorado en la puerta, era claramente un carruaje real; un guardia del castillo con la cara llena de cicatrices sostenía las riendas de un par de caballos bayos.

—¿Lin Caster? —dijo, mirándola desde el asiento del conductor—. Me envía el príncipe Conor. Debo llevarla a la ciudad, adonde desee ir.

De alguna manera, Lin estaba segura de que el gesto era irónico. Apretó la mandíbula.

—No es necesario.

—La verdad es que sí que lo es —replicó el guardia—. El príncipe ha dicho que debo asegurarme totalmente de que dejáis los terrenos de Marivent. —Sonaba compungido—. Por favor, domna. Si os negáis, podría perder mi puesto.

«En el nombre de la Diosa», pensó Lin. Qué maldito mocoso era aquel príncipe; estaba claro que no había cambiado lo más mínimo desde que era un niño.

—Muy bien —accedió—, pero aseguraos también de hacerle saber que no le estoy agradecida en absoluto.

El guardia asintió mientras Lin subía enfadada al carruaje forrado de terciopelo. El hombre parecía bastante alarmado, pero no dijo nada. Obviamente, había decidido que, fuera lo que fuese lo que estaba pasando, él no quería tener nada que ver.

En su forma de cuervo, Judah Makabi voló durante noches y días hasta la tierra de Darat, donde se escondió en el jardín de Suleman. Vio como, en el palacio, todo era paz y belleza, mientras que, fuera de sus muros, las llamas de la guerra trasformaban la tierra en cristal de la Fractura. Exhausto, con las alas pesadas por el polvo, Makabi el cuervo escuchó a los Hechiceros-Reyes y Reinas-Hechiceras de Dannemore, reunidos bajo las ramas de un sicomoro, hablar de su avaricia y sed de poder. Se alentaron unos a otros para unirse y atacar Aram, pues su reina era joven e ignorante, y no podría resistir la unión de sus fuerzas. —Pensé que vuestro plan era seducirla para tenerla bajo vuestro dominio —le dijo una de las Reinas-Hechiceras a Suleman. —Me he cansado de esperar —replicó Suleman, y la Piedra-Fuente de su cinturón destelló como un ojo—. Quizá, si aprende a obedecer, un día sea la reina de Darat. Pero no parece probable. Makabi voló de vuelta a Aram con el corazón pesaroso.

Relatos de los Hechiceros-Reyes,
LAOCANTUS AURUS IOVIT III

Capítulo doce

El día posterior a la visita de Lin a Marivent, Kel se presentó debidamente en la Mansión Negra, nota en mano. Extrañamente, Conor le había preguntado adónde iba e, improvisando, Kel se había inventado un nuevo estilo de lucha que estaban enseñando en el Arena.

—Algo que un Guardián de Espadas debería conocer —había dicho, y Conor se había mostrado de acuerdo. Kel esperó que Conor no le pidiera después una demostración de la técnica.

Kel había contemplado muchas veces la Mansión Negra desde la Torre Oeste; destacaba entre los demás edificios de la Madriguera como un goterón de pintura negra sobre un lienzo ocre. Nadie sabía quién había construido el edificio; llevaba existiendo desde que había existido el Rey Trapero, lo cual se remontaba más allá de lo que nadie podía recordar.

Subió la escalera negra para encontrar la famosa puerta escarlata custodiada por un hombre bigotudo tan musculado que parecía descompensado, como una pirámide invertida. Llevaba un elaborado uniforme rojo y negro, con galones en los hombros, como si fuera un miembro del Escuadrón de la Flecha.

—Morettus —dijo Kel, sintiéndose un poco bobo, como si estuviera en una de esas narraciones de espías y contraseñas.

—Bien —contestó el guardia. No se movió.

—¿Ya? —preguntó Kel, tras una larga pausa.

—Bien —asintió el guardia.

—De acuerdo —dijo Kel—. Ahora voy a abrir la puerta. Y a entrar.

—Bien —dijo el guardia.

Kel se rindió. Tenía la mano en el pomo de la puerta, cuando esta se abrió desde dentro. Ji-An estaba en el vestíbulo, con una sonrisita en el rostro. Llevaba su abrigo color púrpura dedalera y el pelo recogido con pinzas de jade.

—Ha sido una agonía ver eso —dijo, haciéndole gestos para que entrase a la mansión—. Vais a tener que aprender a ser más decidido.

—¿Dice algo más que *bien*? —preguntó Kel, después de que la puerta se cerrara tras él.

—La verdad es que no. —Caminaban por un pasillo revestido de madera que parecía adentrarse en el interior de la Mansión Negra como una vena de oro en una mina. Pinturas con escenas de Castelana colgaban de las paredes entre las puertas cerradas—. Pero una vez despachó a un asesino con un carrete de hilo y un cuchillo de mantequilla, así que Andreyen lo mantiene aquí. Nunca se sabe.

—¿Y qué hay de vos? —preguntó Kel.

Ji-An mantuvo la vista al frente.

—¿Qué hay de mí?

—Me salvasteis la vida —dijo Kel—. ¿Por qué? No me dio la impresión de que os cayera muy bien.

—Por favor, no os volváis loco. Estaba cerca porque Andreyen me había pedido que os siguiera para espiaros.

—¿Ah, sí? —murmuró Kel, casi para sí.

—No os molestéis en ofenderos. Fue muy aburrido seguiros. Apenas salís de Marivent. Y cuando finalmente lo hicisteis, fuisteis a casa de Merren, precisamente. Donde me di cuenta de que no era yo la única que os seguía.

—Los gateadores —dijo Kel, y Ji-An asintió—. Pero podríais haber dejado que me desangrara en la calle.

—A Andreyen no le hubiera gustado —informó Ji-An, mientras el pasillo desembocaba en una especie de gran sala, del tipo que suelen tener los nobles en sus casas de campo. Media docena de sillones y sofás estaban desperdigados formando una especie de círculo bajo un techo que semejaba un cuenco invertido. El mobiliario era completamente dispar: un armario lacado en negro por aquí, una tabla de azulejos valdís por allá. Merren estaba repantingado en una de las sillas, leyendo. A pesar del calor que hacía fuera, un fuego ardía en la enorme chimenea que dominaba una de las paredes—. ¿Hay alguna razón específica por la que hayáis venido a hablar con Andreyen? Podríais hacérmela saber antes de que vaya a por él, por si no es de su interés.

Así que el Rey Trapero no le había contado a su leal asesina que le había mandado un mensaje a Kel. Interesante. Quizá quería que fuese un secreto, pero Kel no podía imaginarse por qué.

Pensó en los últimos días, en los retazos de cotilleos que había oído en sus paseos por Marivent.

—Decidle que tengo una pregunta sobre Artal Gremont.

El libro cayó de las manos de Merren y golpeó el suelo con gran estruendo. Una expresión incrédula cruzó la cara de Ji-An. Kel miró a uno y a otra, preguntándose qué demonios habría dicho.

—Sí, voy a... buscar a Andreyen —dijo Ji-An, claramente desprevenida. Miró de nuevo a Kel, mientras salía de la habitación, con expresión de asombro, como si fuera un erizo que acabara de arrancarse a declamar poesía en sarthiano.

En cuanto se quedaron solos, Merren se puso en pie y recogió el libro. Tenía el mismo aspecto que la última vez que Kel lo había visto: de alguna manera, nervioso y grácil a la vez, con su pelo rubio hecho un halo de rizos, las ropas negras lustrosas de tan gastadas y remendadas en los codos.

—¿Por qué habéis mencionado a Gremont? —quiso saber.

Kel alzó las manos.

—Casualidad —confesó—. Se comenta sobre él en la Colina. Lo enviaron a una especie de exilio hace casi quince años...

—No fue un exilio —gruñó Merren—. Se escapó. Iba a ser ahorcado en la plaza Valerian.

Kel lo miró con suspicacia.

—¿Esto tiene que ver con vuestro padre?

—Mi padre. Mi hermana. Mi familia. —A Merren le temblaban las manos—. ¿De verdad que no sabéis...? ¿Nadie en la Colina sabe lo que hizo Gremont?

—¿A qué os referís? ¿Qué hizo? —empezó Kel, pero Ji-An y el Rey Trapero acababan de entrar en la habitación, lo que interrumpió la conversación. Merren se volvió a sentar rápidamente, y abrió el libro, mientras Andreyen se acomodaba en un sofá azul oscuro. Iba, como siempre, impecablemente vestido de negro, y apoyaba las largas y blancas manos sobre el bastón de espino negro. Le brillaban los ojos, resaltando su rostro angosto.

—Kellian —dijo—. Me han dicho que habéis recobrado la salud, pero me alegra comprobarlo. ¿Habéis venido porque os lo he pedido o realmente tenéis una pregunta sobre ese sapo, Artal Gremont?

—Lo primero. Vine por el mensaje que me dejasteis en Marivent —confesó Kel—. ¿Lin Caster también trabaja para vos? ¿Todo el mundo en Castelana trabaja en secreto para vos?

—No —contestó Andreyen—. Algunos trabajan para Prosper Beck.

Kel no supo distinguir si aquello era o no una broma. Lo que sí sabía era que solo quedaba él de pie en la habitación, pues Ji-An se había encaramado a una mesa, y se estaba empezando a sentir un poco bobo. Se sentó en un sillón orejero frente a Andreyen, que pareció complacido.

—La verdad es —dijo el Rey Trapero— que encuentro a muy poca gente cualificada para trabajar para mí. Ji-An y Merren, por supuesto, tienen habilidades especiales. Lin y yo simplemente tenemos intereses en común. En cuanto a vos, —continuó, fijando en Kel una tranquila mirada verde jade— aún quiero que trabajéis para mí.

—No ha cambiado nada respecto a ese tema —replicó Kel, con calma—. Si esta conversación se supedita a que yo acceda a trabajar con vos...

—No. Pero sí han cambiado muchas cosas. A vos os han apuñalado, casi hasta la muerte, los gateadores de Prosper

Beck. Si Ji-An no hubiera andado cerca, probablemente estaríais muerto.

Kel se cruzó de piernas. Hacía un calor incómodo en la habitación y deseó deshacerse de la chaqueta.

—Los gateadores me tendieron una emboscada porque pensaron que yo era Conor —dijo—. Beck debe de estar loco si está enviando gateadores a amenazar a la familia real. —Frunció el ceño—. El líder se llamaba Jerrod, Jerrod algo...

—Jerrod Belmerci —indicó Ji-An—. Es la mano derecha de Beck. Protege a Beck por completo. La gente suele pensar que pueden llegar a Beck a través de él y, creedme, lo han intentado, pero es una pared de piedra.

—Cualquiera diría que has tenido alguna experiencia personal al respecto —intervino Merren, dedicándole una risita burlona a Ji-An. La furia contra Gremont parecía haberse disipado, como una sombra que hubiera empañado el sol.

Ji-An le lanzó un cojín a Merren. Kel, mientras, estaba perdido en sus pensamientos: pensando en Jerrod, en su máscara plateada y en lo que podría esconder.

—No es que Beck no esté loco —añadió Ji-An—. Sí que es un movimiento raro, y peligroso, extorsionar a la realeza.

—La mayoría de la gente no intentaría sacarle dinero a la Casa Aurelian —dijo Merren—. Podrían mandar al Escuadrón de la Flecha a arrasar el Laberinto. Casi parece que...

Se detuvo. El Rey Trapero lo estaba mirando, con expresión inquisitiva pero paciente. Kel pensó, sorprendido, que en aquella mirada parecía haber aprecio. Como si a Andreyen le cayera bien Merren, más allá de necesitar un envenenador en su equipo.

—Bueno —dijo Merren—, como si fuera personal.

—Supongo que podría serlo, si a Beck lo financia alguien de la Colina —dijo Ji-An mirando a Kel.

Kel sacudió la cabeza.

—He pensado sobre eso. Realmente, podría ser cualquiera de las casas. Todas son despiadadas, y todas son ricas. Y ninguna es proclive a confiarme semejante asunto. Saben que soy íntimo del príncipe, así que soy la última persona a la que se lo contarían.

—Podríais buscar en sus casas —dijo Ji-An, que parecía encantada con la idea—. Podríamos irrumpir y...

—Antes de llegar tan lejos —intervino Andreyen—, Kel, ¿puedo hablar con vos en privado?

Kel, sorprendido, no pudo sino mirar a Merren y a Ji-An, a los que parecía que acababan de echar de allí. Merren se limitó a encogerse de hombros y cerrar el libro antes de dirigirse fuera de la habitación; pero Ji-An no pudo esconder una expresión de dolor. Kel se sintió un poco culpable mientras ella salía con las manos metidas en los bolsillos de su chaqueta de color dedalera.

En cuanto estuvieron solos, Andreyen se puso en pie. Kel se preguntó si el Rey Trapero planeaba llevarlo a algún sitio, pero no; parecía que Andreyen solo estaba estirando las piernas.

—¿Por qué «Morettus»? —preguntó Kel—. Como contraseña. Veréis, allí en Palacio, nos hacen estudiar lenguas muertas. Sé que significa «sin apellido» en callatiano.

—Porque todos los Reyes Traperos tienen el mismo apellido: «sin apellido». Yo soy Andreyen Morettus porque renuncié al nombre que tenía antes. Es un recordatorio de que siempre habrá un Rey Trapero; es un cargo, no una persona específica. —Miró a Kel, mientras cogía un cuenco de plata que se hallaba en una estantería. Se lo pasó de mano a mano, distraídamente—. Ahora, voy a contaros algo que muy poca gente sabe. ¿Cuánta? Hace un mes, tres personas en toda Castelana lo sabían. Ahora, solo dos, porque uno de nosotros está muerto.

—¿Muerto por vejez? —preguntó Kel, esperanzado.

—No, asesinado. Envenenado, de hecho. No por Merren —añadió Andreyen, con un atisbo de sonrisa. Pasó un dedo por el borde del cuenco de plata—. Pero, antes de contaros más, sabed que si le proporcionáis algo de esta información a cualquiera, por ejemplo, a vuestro amigo el príncipe, haré que os busquen y os maten.

Alzó los ojos hacia los de Kel y, en ese momento, este vio más allá de la apariencia tranquila e incluso amable del Rey Trapero, el que miraba con aprecio a Merren y respondía divertido a las amenazas, al frío y despiadado criminal que había debajo.

«Sangre en las ruedas de su carruaje», pensó Kel.

—No hacéis que la idea de conocer ese secreto resulte muy atractiva.

Andreyen dejó el cuenco.

—Si no deseáis saberlo, no os lo diré. Pero podría ser lo único que ayudase al príncipe heredero.

Kel se reclinó en el sillón.

—Me pregunto —dijo— ¿por qué yo? ¿Por qué ofrecerme la tarea de espiar para vos? Parecéis tener muchos informantes en la Colina. Sabíais que Lin Caster me había tratado, sabéis que he estado vagando por los terrenos de Palacio; seguramente sabéis más que yo sobre las maquinaciones políticas de las familias de los fueros. ¿Qué tengo yo que ofrecer que no tengan otros?

Andreyen lo miró en silencio.

—¿Es porque ponerme a mí mismo en peligro por Conor es mi vocación? —continuó Kel—. ¿Porque si sugerís que su vida se ve amenazada, yo debo decir que sí a cualquier cosa que me pidáis?

—Lealtad —respondió el Rey Trapero.

—No hacia vos.

—No tiene que ser hacia mí. —Andreyen buscó en el interior de su abrigo negro y sacó un sobre—. Ha habido un Rey Trapero en Castelana desde que hubo el primer rey en la Colina —explicó—. Yo heredé mi título de otro, igual que vuestro príncipe heredará su título de Markus. —Kel entornó los ojos, pero no pudo ver qué ponía en el sobre; solo veía un rectángulo en blanco—. Un rey inteligente sabe que siempre habrá crimen —continuó Andreyen—. Siempre que haya leyes, habrá gente que las incumpla. Pero los criminales no son antimonárquicos por naturaleza. Muchos de ellos son totalmente patriotas.

Kel soltó un bufido burlón, y Andreyen le dedicó una mirada molesta antes de continuar.

—La mayoría de los criminales simplemente desea que su negocio prospere, como cualquier maestro de gremio o mercader. Un rey inteligente sabe que debe favorecer los crímenes que le beneficien, y evitar los que no.

—Así que vos sois una especie de miembro de los fueros —dijo Kel—, pero vuestro fuero es el crimen.

Andreyen pareció divertido.

—Podéis verlo así, sí. Mi fuero es el crimen. Los criminales que no benefician de alguna manera al rey no temen a los Vigilantes o al Escuadrón de la Flecha, pero me temen a mí.

—¿Qué tiene todo esto que ver con el Rey de la Colina, el rey Markus? —preguntó Kel.

Sintió que se estaban acercando al secreto que Andreyen deseaba contarle, aunque seguían rodeándolo como los cuervos rodeaban la Torre de la Estrella.

—Cuando el rey Markus heredó el trono, heredó un antiguo contrato... entre el Rey de la Colina y el Rey Trapero. Ese contrato garantiza que no se toquen mis mayores operaciones. Nunca me llevarán ante la Justicia; nunca me meterán en el Truco. A cambio, yo me aseguro de que al tipo de crimen que no amenaza al rey o a la ciudad, se le permita florecer, de forma controlada, y al tipo de crimen que Castelana no quiere, no se le permita. Es un acuerdo que ha pasado el examen del tiempo. Siempre ha sido un secreto, pues así debe ser. Pero ahora...

Andreyen hizo girar el sobre entre las manos y, con un sobresalto, Kel reconoció el sello real: la cera con la escarlata real, y el león rampante. Cruzó la habitación hacia Kel y le ofreció el sobre.

«Aquí está —pensó Kel—, el secreto que podría costarme la vida.»

Pero fue un pensamiento frío, desapegado. No tenía elección. No, si, de alguna manera, aquello podía ayudar a Conor.

Cuando cogió la carta, notó el papel pesado y rígido, «Papel; el fuero Raspail», y, en cuanto lo desplegó, reconoció inmediatamente la caligrafía del rey.

El mensaje era corto y estaba dirigido al Rey Trapero.

«Hay pocos que tengan a Castelana en tanta estima como vos y yo. La ciudad está en peligro, yo estoy en peligro, y mi hijo está en peligro. Vos y yo debemos reunirnos.»

Kel leyó las escasas líneas varias veces, como si así pudiera arrojar más significado a aquellas misteriosas palabras. Al final, alzó la vista para mirar a Andreyen.

—¿Qué significa esto?

—Nunca he llegado a saberlo. Mandé un mensaje de vuelta con una cita para reunirnos, pero creo que el rey no llegó a recibirlo. El mensajero era un guardia del castillo. Esa noche, lo encontraron muerto en su habitación...

—Dom Guion —recordó Kel. La razón por la que había acudido a Merren, en un primer momento. Un guardia del castillo con el que no recordaba haber hablado jamás y, aun así, a causa de esa muerte... todo lo que estaba sucediendo—. Se dijo que lo había matado una amante celosa, una mujer de Sarthe...

—Guion no estaba interesado en las mujeres —repuso el Rey Trapero—, aunque dudo que lo supieran muchos. Era una persona muy reservada. Tenía que serlo. Era una de las tres personas que sabía de mi contrato con Markus. Es algo que aprendí en cuanto llegué a la Mansión Negra. Siempre hay un mensajero. —Dejó caer la espalda contra el respaldo del asiento—. Pero ahora ya no. No ha venido ningún otro mensajero en lugar de Guion; no he recibido ninguna respuesta de Palacio. Creo que Markus piensa que nunca le contesté.

Kel lo miró incrédulo.

—¿Me estáis pidiendo que sea vuestro nuevo mensajero? ¿Por qué no uno de los espías que ya hay en la Colina o en Palacio? ¿Por qué yo?

—Como ya os he dicho —respondió el Rey Trapero—, lealtad. No hacia mí, sino hacia la Casa Aurelian. Cuando os hice mi oferta en el carruaje, quería comprobar si la aceptaríais u os mantendríais leal al príncipe. Pasasteis la prueba. Creo que guardaréis este secreto, por su bien. Y...

—¿Y? —musitó Kel.

—Y luego está la lealtad del príncipe hacia vos. A Guion lo asesinaron. Su muerte fue fácil de ocultar, de olvidar. Si elijo a otro de mis espías para intentar contactar con el rey, ¿quién me dice que a este no lo matarán también antes de que consiga su objetivo? Quienquiera que haya hecho esto es listo, lo suficiente para saber lo importante que sois para el príncipe. Una cosa es asesinar a un guardia, y otra al primo del príncipe, que apenas se ha separado de él en la última década. Deben saber que si os hacen daño, el príncipe los perseguirá hasta los confines de la tierra. Nunca dejará de buscar venganza.

Y Kel supo que era verdad. Hizo girar la carta en las manos, lentamente.

—El rey Markus asegura que Conor está en peligro —dijo—. ¿Y vos creéis que ese peligro es Prosper Beck?

—Prosper Beck ya estaba ganando poder cuando Markus me envío este mensaje. Asegurarse de que el rey no pueda llegar a mí, ni yo a él, lo favorece. Es exactamente el tipo de criminal, caótico, indiferente a las reglas más elementales de la interacción, contra el que el Rey de la Colina querría luchar contando con mi ayuda. El rey dice que su hijo está en peligro, y ahora Beck se atreve a amenazar al príncipe. Ningún criminal que responda ante mí tocaría a un miembro de la familia real.

—Si Prosper Beck arregló el asesinato de vuestro mensajero, debe saber lo del contrato —aventuró Kel—. Así que no había solo tres personas que conocieran vuestro acuerdo, por lo que parece. Había cuatro.

Andreyen inclinó la cabeza, como diciendo: «Muy cierto». Kel se preguntó de dónde le vendría aquella calma sobrenatural. Mayesh siempre decía que la elegancia combinada con la maldad era el dominio de la nobleza, pero Andreyen, desde luego, no tenía nada que ver con eso. Aunque, en realidad, era imposible determinar su clase. Estaba fuera de tales calificaciones.

—Eso es lo que necesito que averigüéis para mí —dijo Andreyen—. Normalmente, con la ayuda del rey Aurelian, no sería tan difícil descubrir quién es Beck, y cómo sabe lo que sabe. Pero sin su ayuda... Necesito entender qué deseaba decirme el rey en ese encuentro. Si hay un cabo suelto en el creciente imperio de Beck, necesito saber cómo encontrarlo y tirar de él. —Fijó en Kel una mirada preocupante—. Entonces, ¿lo haréis?

«Hay muchas cosas aquí que no me gustan», pensó Kel.

Pero Andreyen tenía razón. Si él no hablaba con el rey, no había forma de averiguar cuál era ese peligro que acechaba a Conor. Si lo que quería Beck era algo más que dinero. Deshacerse de Beck sería tan beneficioso para Conor, y por tanto para Kel, como para el Rey Trapero.

—De acuerdo —confirmó Kel—. Hablaré con el rey. Pero si me matan por ello, juro por Aigon que volveré y os perseguiré hasta el infierno.

—Excelente —dijo el Rey Trapero—. Estoy deseándolo.

Una vez a la semana, el Maharam tenía horas de visita en el Shulamat. Se sentaba, vistiendo el *silon*, la túnica ceremonial profusamente bordada en los puños y el bajo con hilo azul oscuro. Sobre su regazo, descansaba el báculo de madera de almendro, una réplica del que había llevado consigo al desierto Judah *el León*, tras la destrucción de Aram.

Durante esas horas, el Maharam se dedicaba a responder preguntas relacionadas con la ley, bendecir compromisos o criaturas recién nacidas, y moderar disputas menores que hubieran surgido en el Sault. Cualquier acusación de crimen, o cualquier asunto que implicara a toda la comunidad, se reservaría para la visita anual del Sanhedrin. Había sido durante una de esas horas que Chana Dorin había llevado a Lin ante el Maharam para exigir que le permitieran estudiar medicina.

Lin no había vuelto a estar allí... hasta este momento. Y tampoco en este momento quería estar ante él. Pero estaba desesperada. La noche anterior había ido a la Casa de las Mujeres a ver a Mariam, llevando consigo no el zurrón de médica sino el broche que se había hecho con la piedra de Petrov.

Había hecho todo lo que se le había ocurrido para intentar despertar la piedra en presencia de Mariam. Todo lo que quería era que destellara como había hecho en Palacio, pero había permanecido fría y muerta en su palma como un ojo de sapo que esperase a ser diseccionado. Pensar en palabras no había funcionado, concentrarse no había servido de nada y rezar tampoco había tenido ningún efecto. Finalmente, Mariam, notando su malestar, le había suplicado que se fuera a dormir y se preocupara por hacer funcionar la piedra como objeto curativo en otro momento.

—Después de todo —le había dicho Mariam—, todavía sabes muy poco sobre ella.

Lo cual, Lin tenía que admitirlo, era cierto, y allí estaba su oportunidad de cambiar eso. Así que esa tarde había ido a la plaza del Shulamat y había estado merodeando por allí a la espera de que todos los que habían ido a ver al Maharam hubieran acabado.

Las ventanas con cristales en rombo del Shulamat dejaban entrar una pálida luz dorada, en la que las motas de polvo flotaban como polillas sin alas. El silencio era fantasmagórico mientras Lin avanzaba por el pasillo, entre las filas de bancos, hacia el Almenor, la plataforma central elevada donde se sentaba el Maharam.

Se acercó e hizo el tradicional gesto de respeto, cerrando las manos sobre el pecho. Cuando él inclinó la cabeza como respuesta, el pelo y la barba plateados brillaron como el estaño.

Lin oyó un sonido suave. Vio a Oren Kandel barriendo entre las filas de bancos vacíos. Una sensación de irritación le recorrió la espalda; no quería que Oren estuviera allí, y mucho menos, escuchando tan descaradamente.

En fin. No podía hacer nada.

—He venido a pedir acceso a la biblioteca del Shulamat.

El Maharam frunció el ceño.

—Eso es imposible. El acceso a la biblioteca es exclusivo de los estudiantes de los textos sagrados.

—Como médica —repuso Lin, con cautela—, estoy pidiendo que se haga una excepción. Está en peligro una vida, la de Mariam Duhary. ¿Y salvar una vida no es un propósito más sagrado que cualquier otro, incluso la obediencia a la ley?

El Maharam unió los dedos bajo la barbilla.

—Planteáis un asunto interesante sobre la ley —dijo—. Deliberaré sobre él.

—Yo... —Lin se volvió a mirar a Oren, que se acercaba, poco a poco, con la escoba—. Espero que no necesitéis deliberar demasiado. Mariam necesita mi ayuda... nuestra ayuda... pronto.

—Os apasiona vuestra profesión —dijo el Maharam—. Eso es admirable. Haré lo posible para ayudaros. —Esbozó una sonrisa, mostrando sus amarillentos dientes—. Quizá vos podáis ayudarme a mí, a cambio. Vuestro abuelo os llevó a Palacio la otra noche, me ha parecido entender.

Lin no se esperaba eso. Pero por supuesto que el Maharam lo sabría; Oren había estado en las puertas aquella noche, y se lo habría contado.

—Tenía un paciente allí —dijo.

—Hay muchos otros médicos buenos en el Sault —replicó el Maharam—. ¿Por qué llevaros a vos? No es que vos y vuestro abuelo estéis muy unidos. Una vergüenza, siempre lo he pensado. ¿Quizá quería debatir con vos quién lo sucederá como consejero? ¿A quién planea recomendar a Palacio? No es un hombre joven, después de todo, y debe de estar cansado de sus arduas obligaciones.

Oren había abandonado todo fingimiento de barrer y escuchaba atentamente.

—Mi abuelo no confía en mí, Maharam —dijo Lin—. Como vos habéis dicho, no estamos muy unidos.

El desencanto cruzó el rostro del Maharam, resaltando la red de arrugas alrededor de los ojos.

—Ya veo —dijo—. Bueno, es un asunto complicado el que me habéis planteado. Puede que precise de la sabiduría del Sanhedrin.

Lin cogió aire.

—Pero... pueden pasar meses antes de que vuelvan a Castelana —dijo, olvidando ser diplomática—, para entonces, Mariam puede haber muerto.

La habitual mirada benevolente del Maharam se endureció.

—Mariam Duhary padece la misma enfermedad que mató a su padre, una enfermedad que los mejores médicos del Sault no pudieron curar. Aun así, ¿pensáis que vos podéis hacerlo mejor? ¿Por qué?

—Creo —contestó Lin, intentando controlarse— que para una religión que dice adorar a una Diosa, que una vez fue una reina poderosa, hay demasiados hombres tomando decisiones sobre lo que yo, una mujer, puedo leer y hacer.

La mirada del Maharam se ensombreció.

—Tened cuidado, Lin. Sois una médica, no una académica. Sí, la adoramos a ella, pero nuestras leyes vienen de Makabi, y ninguno de nosotros está exento de cumplirlas.

—Makabi no era un dios —replicó Lin—. Era un hombre. No creo que la voluntad de la Diosa sea que Mariam muera tan joven. No creo que la Diosa sea tan cruel.

—No es una cuestión de bondad. Es una cuestión de destino y propósito. —El Maharam se reclinó en el respaldo, como si estuviera cansado—. Sois joven. Lo entenderéis con el tiempo.

Cerró los ojos, como si durmiera. Lin entendió esto como una despedida. Salió, deteniéndose solo para patear la pila de polvo que Oren había barrido cuidadosamente hacia una esquina. Lo oyó gritarle mientras corría escalera abajo, y sonrió. Que se lo tomara como una lección para dejar de escuchar a escondidas.

Cuando Kel volvió a Palacio, encontró a Conor tumbado en su cama, leyendo un libro. No era raro: Conor solía usar la cama de Kel como una extensión de la suya, y a menudo se tiraba en ella cuando se sentía dramático.

Conor se irguió cuando Kel entró, y le hizo una pregunta.

—¿Crees que estarás listo para volver a entrenar pronto? ¿O planeas continuar con tu práctica de merodear por el Palacio como un alma en pena?

Kel se quitó la chaqueta y fue a unirse a Conor en la cama. No se le había ocurrido antes, pero su nueva costumbre de vagar por los terrenos de Marivent le daba una excusa útil para cualquier ausencia.

—He pensado que podríamos empezar mañana...

—Hay una cena diplomática dentro de dos días —dijo Conor—. Llevo retenido por Mayesh toda la tarde, practicando mi malgasi. Tienes que venir. Sena Anessa estará allí, también, y le gustas. Creo que siente que te ha visto crecer.

—Cena con Malgasi y Sarthe —recalcó Kel—. Dos países que se odian. ¿Cómo podría resistirme?

—No te pasará nada —bromeó Conor, y Kel supo que, por supuesto, no tenía sentido resistirse. Si Conor quería que él fuera, iría; era su propósito, su obligación. Pensó durante un segundo en el Rey Trapero y en su conversación sobre la lealtad. Para el Rey Trapero, la lealtad de Kel era una cualidad que simplemente lo hacía útil. Andreyen veía esa lealtad, pero no la entendía. No vivía en un mundo de lealtad y juramentos. Vivía en un mundo de traiciones y extorsión, un mundo donde el poder caminaba por el filo de la navaja, listo para caer a un lado o al otro. Por supuesto, se podía decir lo mismo sobre la Colina, o sobre la diplomacia internacional, incluso. Pero eso, también, era parte del propósito de Kel: ser un escudo para Conor contra las flechas invisibles igual que contra las visibles.

Conor no había parecido percatarse del silencio de Kel; estaba sonriendo.

—Mira lo que me ha dado Falconet —dijo, y le tendió a Kel el libro que había estado leyendo. Era un tomo delgado, encuadernado en cuero grabado. Conor lo miró divertido, mientras Kel lo abría y lo ojeaba.

Por un momento, pensó que se trataba simplemente de la misma colección de retratos sueltos que Mayesh le había enseñado días atrás, pero unidos en forma de libro. Pero luego se fijó mejor. Allí también estaban Floris de Gelstaadt, Aimada d'Eon de Sarthe, Elsabet de Malgasi, y muchas más, pero en vez de estar pintadas con sus galas, estaban completamente desnudas. A la princesa Elsabet la habían dibujado tendida sobre un sofá bordado, comiéndose un caqui, con su larga melena negra rozando el suelo.

—¿Dónde ha conseguido esto Falconet? —preguntó Kel, sin dejar de mirar.

—Lo había encargado para mí —respondió Conor—. Es muy de Falconet saber exactamente la lista de miembros de la realeza que Mayesh considera elegibles. Las imágenes, por supuesto, se basan en la imaginación del artista, pero evidencian que hay espías en todas las cortes.

Kel lo miró.

—¿En todas las cortes?

Conor pareció pensativo.

—¿Estás sugiriendo que hay espías aquí en Marivent dibujándome desnudo?

—He visto a algunos de los sirvientes acechar en los arbustos. Planeando colarse por una ventana, quizá.

—Bueno, dejemos que se recreen en mi gloriosa desnudez, pues. No tengo nada de lo que avergonzarme. —Conor pasó una página, revelando una ilustración de la princesa Aimada de Sarthe, cubierta solo por unas plumas de pavo real estratégicamente colocadas—. No está mal.

—Tiene unos ojos preciosos —dijo Kel, diplomático.

—Solo tú le mirarías los ojos. —Conor pasó a la siguiente página, y allí estaba la princesa Anjelica de Kutani. El artista la había pintado con una mano emplumada sobre el pecho desnudo, tapándolo parcialmente. Los ojos eran los mismos que en el retrato de Mayesh: de ámbar dorado, insondables. Kel pasó la página, deprisa.

—Devuélveme eso. —Conor le quitó el libro de la mano y sonrió—. Por todos los infiernos, mira a Floris de Gelstaadt. Esas tres no pueden competir con su absolutamente enorme...

—Cuenta bancaria —completó Kel, con gravedad.

—Esas proporciones no pueden estar bien —dijo Conor. La miró una vez más, luego puso el libro en la mesilla de noche—. Puede que Falconet esté un poco loco.

—La mejor gente lo está —dijo Kel—. Conoce tu sentido del humor, Con.

Pero Conor ya no sonreía. Miraba a Kel a través de las pestañas; era algo que hacía cuando quería ocultar la evidencia de sus pensamientos.

—¿Qué pensarías si te dijera que ya no necesito un Guardián de Espadas? ¿Que serías libre de ir a donde quisieras, y hacer lo que desearas?

A Kel se le contrajo el estómago. No estaba seguro de si era por ansiedad o alivio, por ligereza o pesadez. Ya no estaba seguro de nada. No lo estaba desde su primer encuentro con el Rey Trapero. Habló con lentitud.

—¿Por qué me lo preguntas?

—Por algo que dijo la nieta de Mayesh. —Conor se volvió

para quedarse de espaldas sobre la cama y miró a Kel a través de su pelo negro—. Cuando la estaba acompañando fuera.

—No tenías que haberle prohibido la entrada a Lin Caster a Palacio, Con —dijo Kel—. No estaba planeando ninguna conjura. Es una médica. Tiene sentido del deber hacia sus pacientes.

—Es exasperante —se quejó Conor, revolviéndose incómodo en la cama—. He conocido a mujeres de lengua afilada, pero la mayoría sabe controlar sus cuchillas. Ella habla como si...

—¿Como si no fueras su príncipe? —dijo Kel—. Los ashkar tienen su propio gobernante, lo sabes. El Exilarca.

—No creo recordar eso —murmuró Conor—. En cualquier caso...

—Es la nieta de Mayesh —repuso Kel, sin saber bien por qué estaba insistiendo tanto en el asunto. A menudo sentía que su deber no era solo proteger a Conor físicamente, sino también reconocer los principios que le habían inculcado, y que seguía solo de manera irregular, (una palabra de Jolivet por aquí, un consejo de Mayesh por allá), y habían dejado a su criterio el manejarse como mejor pudiera en un ambiente que no recompensaba ni la virtud ni la empatía ni el esfuerzo. Quizá simplemente sentía que no había nadie más que le definiera la bondad a Conor, aunque él tampoco era ningún experto—. ¿Quieres que te tenga miedo?

Conor se apartó el pelo de los ojos y miró a Kel con intensidad.

—¿Que me tenga miedo? No puede tenerme menos miedo, Kellian.

—¿Y eso te molesta?

—Cuando la veo, siento como si hubiera permanecido muy cerca del fuego y las ascuas me hubieran llenado la piel de pequeñas quemaduras. —Conor frunció el ceño—. Intenté pagarle, la noche que te curó. Se negó a coger la recompensa que le ofrecí... —Alzó la mano, mostrándole a Kel el sello azul en el anillo de su mano derecha—. Y no puedo evitar pensar que si lo hubiera aceptado, no estaría así de irritado. Odio estar en deuda con ella.

—Considéralo una deuda con Mayesh —sugirió Kel—. Todos estamos acostumbrados a eso.

Conor frunció el ceño aún más, y Kel decidió que era el momento de cambiar de tema.

—Entonces —dijo—, ¿qué pensarías tú, si te dijera que ya no deseo ser *Királar*? ¿Que quiero dejar Marivent?

—Te dejaría ir —respondió Conor—. No eres un prisionero.

—Pues ahí está tu respuesta —repuso Kel—. Si quisiera irme, me iría. Si tú ya no deseas un Guardián de Espadas, es decisión tuya, pero no una que debas tomar en beneficio mío. —Conor permaneció en silencio—. He entrenado para esto, casi toda mi vida —añadió Kel—, estoy orgulloso de lo que hago, Conor.

—¿Aunque casi nadie lo sepa? —preguntó Conor, con media sonrisa—. ¿Aunque tengas que ser un héroe en secreto?

«Yo no diría "casi nadie"», pensó Kel, sombrío. Para su gusto, demasiada gente conocía su secreto, pero eso no podía compartirlo con Conor.

—No hay mucho de heroísmo —bromeó—. Básicamente es escuchar tus quejas. Y tus ronquidos.

—Esa acusación es alta traición. Yo no ronco —replicó Conor, con gran dignidad.

—La gente que ronca siempre piensa que no ronca —afirmó Kel.

—Traición —repitió Conor—. Sedición. —Se levantó y se estiró, bostezando—. Como he comprobado, apenas recuerdo una palabra en malgasi. Por suerte, tengo una capa nueva de plumas de cisne que debería distraer a las embajadoras.

—Eso suena caro —dijo Kel, e inmediatamente lamentó haberlo dicho.

Conor detuvo sus estiramientos y miró a Kel, molesto. Tras una pausa, habló.

—Si sigues preocupado por el asunto con Prosper Beck, no lo estés. Yo me ocuparé de eso.

—No estoy preocupado en absoluto —dijo Kel, pero no era verdad, y sospechaba que Conor lo sabía.

Ya era tarde, y esta vez, cuando Lin oyó un golpe en la puerta, supo inmediatamente que no era Mariam. Ella habría usado su código: dos golpecitos rápidos, una pausa, y luego el tercero. Alarmada, se puso en pie inmediatamente.

Se había pasado gran parte de la tarde, tras sus visitas por la ciudad, estudiando las pocas páginas que tenía del libro de Qasmuna y maldiciéndose por no haber estudiado callatiano. Tenía un diccionario de su época de estudiante y había hecho lo que había podido con él, yendo del diccionario al original. Las páginas tampoco estaban en orden, ya que habían sido arrancadas de su encuadernación, lo que hacía difícil construir una narrativa o incluso una serie de instrucciones a partir de ellas.

Hasta el momento, Lin solo había aprendido unos cuantos datos bastante decepcionantes. Las Piedras-Fuente habían existido, sin duda, y habían sido inventadas por Suleman *el Grande*, señor de lo que en la actualidad era Marakand. Parecía haber tres métodos para cargarlas de poder: se podía vaciar la propia energía mágica en ellas, como al llenar una botella con agua. Se podía tomar el poder de una criatura mágica, por ejemplo, de un dragón o de un fénix o de un hipogrifo, cualquier cosa formada por el poder de la propia Palabra. O se podía matar a otra persona que empleara la magia y arrebatarle su energía en forma de sangre.

Pero las criaturas mágicas ya no existían. Lin no sabía cómo se podía vaciar en ellas la propia energía mágica, y su juramento de médica le impedía matar a nadie, incluso en el caso de que hubiera conocido a alguien que usara la magia.

Frustrada, sacó su piedra, pues había empezado a pensar en ella como suya, y no de Petrov, y la miró.

«¿Cómo puedo usarte? —pensó—. ¿Cómo puedes ayudarme a curar a Mariam?»

Por un instante, pensó que había visto formas extrañas en la piedra reorganizándose, flotando como las letras y los números de la gematría. Creyó poder leer la antigua palabra ashkar para «curar» enterrada en el fondo, una ceniza brillando a través del humo...

Y entonces fue cuando oyó el golpe en la puerta. Se levantó, dejando cuidadosamente tapadas las páginas del libro de Qasmuna y sus notas bajo los cojines del asiento de la ventana. Luego fue hacia la puerta.

Para su sorpresa, allí en su porche y con aspecto reticente, se hallaba Mayesh. Parecía que acababa de llegar de Palacio, pues vestía la túnica de consejero, y el medallón plateado de su estatus le brillaba al cuello.

—*Barazpe kebu-qekha?* —dijo. «¿Puedo entrar a tu casa?» Era una petición formal, no la que haría un familiar.

Sin decir nada, Lin se apartó de la puerta y lo dejó pasar. Él se sentó ante la mesa de la cocina, con cuidado de no desordenar los libros y papeles que ella había dejado allí.

Lin cerró la puerta y fue a sentarse frente a él. Sabía que debería ofrecerle un té, al menos, pero él parecía distraído. Pudo sentir cómo observaba la estancia, desde los diferentes objetos que Josit había traído de sus viajes hasta los cojines que su madre había cosido cuidadosamente. Lin no creía que él hubiera estado en esa casa desde la muerte de sus padres, y no pudo evitar preguntarse si eso haría que Mayesh recordara con tristeza a Sorah. Seguramente le dolería pensar en la hija que había perdido. Siempre le había parecido una herida añadida que, al apartarse de su vida, Mayesh la hubiera alejado de la última persona del Sault, aparte de Josit y ella misma, que realmente recordaba y amaba a su madre.

—He oído que conseguiste entrar en Palacio —comenzó Mayesh, y sus palabras la sacaron de golpe de sus recuerdos—, a pesar de la petición de Conor de que no volvieras.

Lin se encogió de hombros.

—Tienes suerte de que fuera solo una petición —añadió Mayesh—, y no una orden real.

—¿Cuál es la diferencia?

Mayesh tenía los ojos enrojecidos. Parecía cansado, pero en realidad siempre lo parecía. Lin no podía recordar una época en que no lo hubiera visto como si llevara el peso del mundo sobre los hombros.

—Una orden real es una demanda formal hecha por el Linaje Real. El castigo por desobedecerla es la muerte.

Lin mantuvo la expresión impertérrita, aunque el corazón se le aceleró.

—Nadie —declaró ella— debería tener ese tipo de poder sobre otro ser humano.

Mayesh la observó.

—El poder es una ilusión —afirmó. Esto sorprendió a Lin; siempre había supuesto que él estaba obsesionado con el poder, con sus dilemas y posibilidades—. El poder existe porque creemos que existe. Los reyes y las reinas, y sí, los príncipes, tienen poder porque nosotros se lo otorgamos.

—Pero de hecho se lo otorgamos —replicó ella—. Y la muerte no es una ilusión.

—¿Sabes por qué el rey siempre tiene un consejero ashkar? —preguntó Mayesh abruptamente—. En tiempos del emperador Macrinus, el Imperio estaba al borde de la guerra. Fue el buen juicio del consejero del emperador, un hombre llamado Lucius, lo que la evitó. Cuando Lucius estaba muriendo, el emperador se sintió angustiado: ¿cómo iba a encontrar nunca a otro que lo aconsejase tan bien? Fue entonces cuando Lucius le dijo: «Todos los buenos consejos que os he dado, me los dio mi amigo, un hombre ashkar llamado Samuel Naghid». A pesar de la oposición de la Corte, el emperador tomó a Naghid a su servicio y lo nombró su consejero. Y, durante treinta años, Naghid guio al emperador, sirviendo primero a Macrinus y luego a su hijo, y el Imperio conservó sus territorios y la paz. Después de eso, se consideraba tanto de sabio como de afortunado tener un consejero ashkar en el trono, y los reyes de Castelana mantuvieron esa tradición.

—Ya veo —dijo Lin—. ¿Qué significado extraes de eso? Porque a mi parecer solo confiaron en la sabiduría de un ashkar cuando creyeron que procedía de un *malbesh*.

—Esa no es la enseñanza que yo saco. Los *malbesh* abrieron la puerta, pero Naghid probó su valía y, por ello, continúa la creencia de que un consejero ashkar es indispensable, sabio e imparcial, pues se mantienen al margen de las disputas de la gente. Tienen el poder del observador.

—¿Un poder que se usa para servir al trono? —preguntó

Lin, tranquila. Casi había esperado que Mayesh se pusiera hecho una furia. Pero no lo hizo.

—Porque siempre hay un ashkar cerca del trono, el rey se ve obligado a mirar por nosotros y recordar que somos seres humanos. La tarea que desempeño nos protege a todos. No solo hablo por nuestra gente, sino que soy un espejo. Reflejo la humanidad de toda nuestra gente al más alto estamento de Castelana.

Lin alzó la barbilla.

—¿Y me estás contando esto porque quieres que entienda por qué elegiste el Palacio antes que a Josit y a mí?

Mayesh se estremeció de forma casi imperceptible.

—Yo no elegí el Palacio. Elegí a todo el mundo del Sault.

Un nudo de dolor, que presagiaba un dolor de cabeza, había empezado a formarse entre los ojos de Lin. Se frotó el ceño y habló.

—¿Por qué me estás contando todo esto?

—Me quedé impresionado por la forma en la que conseguiste entrar a Palacio —dijo—. Demuestra un entendimiento de los usos del poder. No podías entrar por tus propios medios, así que encontraste a alguien que sí pudiera y conseguiste realizar tu cometido a través de esa persona.

«Fue idea de Mariam», quiso decir Lin. Pero eso no sería de ninguna ayuda para Mariam, y de hecho podría causarle problemas.

—Pero el príncipe estaba furioso —dijo.

—Y también impresionado —replicó Mayesh—. Lo conozco bien. Se quejó de que eras demasiado lista. Eso es un cumplido, viniendo de Conor. Estaba furioso...

—Eso es malo.

—Créeme —insistió Mayesh—, en él, es bueno. —Se puso en pie—. También me impresionó que no acudieras a mí —añadió—. Conor me sugirió que parecías preocupada por proteger mi posición. Cuando le dijiste que no le contarías a nadie más que sabías que Kel es el Guardián de Espadas, pareció creerte.

Lin dejó escapar el aire. Se había preguntado si Mayesh sabría que ella había revelado lo que había descubierto. Al parecer, sí lo sabía, pero no mostraba ningún tipo de preocupación por ello.

—Soy tu nieta —dijo Lin—. ¿No se me debería suponer digna de confianza?

Mayesh se limitó a encogerse de hombros.

—Ya veremos —dijo, y fue hacia la puerta.

Cuando se quedó sola, Lin fue a recuperar las páginas que había escondido bajo los almohadones de la ventana. Qué raro, pensó, tener a su abuelo en casa; se había imaginado ese momento tantas veces... Se imaginaba lanzándole reproches y a él con la cabeza gacha por la vergüenza. Por supuesto, no había sido así en absoluto. Pero no había estado nada mal.

Mientras sacaba los papeles, una punzada del dolor de cabeza la hizo encogerse. Los papeles se le cayeron de las manos. Se arrodilló para recogerlos, sin prestar mucha atención, pues estaba pensando en el té de cúrcuma que tenía que prepararse para que el dolor de cabeza no fuera a más.

Se detuvo. Las páginas habían caído de tal forma que le permitían ver algo que no había visto antes. Dos de las páginas arrancadas eran parte de la misma ilustración. Lo que en un principio le habían parecido dos dibujos incompletos eran, de hecho, uno solo: como el sol con diez rayos que ella recordaba de las portadas de varios de los libros del apartamento de Petrov.

Helada, miró las páginas. Petrov siempre había estado obsesionado con la piedra. ¿Y si también tenía el libro de Qasmuna o uno parecido?

«Queréis sus libros..., esos horribles libritos de magia, llenos de hechizos ilegales —había dicho la casera—. Se los vendí a un comerciante del Laberinto.»

El Laberinto. Justo al otro lado de los muros del Sault, pero donde ninguna mujer ashkar sola podía ir de forma segura. Ni los Vigilantes ni el Rey Trapero podrían protegerla allí.

Entonces oyó la voz de Mayesh en su cabeza: «No podías entrar por tus propios medios, así que encontraste a alguien que sí pudiera y conseguiste realizar tu cometido a través de esa persona».

Aún arrodillada en el suelo, y a pesar del dolor de cabeza, Lin esbozó una sonrisa.

Hacía mucho, Kel se había habituado a levantarse al amanecer para las sesiones de entrenamiento con Conor y Jolivet. Aunque Conor ya era lo suficientemente mayor para negarse a despertarse con la luz del día para practicar esgrima, esa destreza tan en desuso, a Kel le agradó comprobar que su reloj interno aún funcionaba. Se despertó con la salida del sol sobre el Paso Estrecho, con los ojos completamente abiertos.

Una pálida luz gris se colaba por un resquicio de las cortinas. Conor estaba dormido en la cama de al lado. La luz que se filtraba a través de los cortinajes que rodeaban su cama le dibujaba un patrón de líneas desiguales sobre la espalda desnuda.

Kel se vistió en silencio: botas flexibles, ropa gris que se fundiera con el amanecer. Conor no se enteró cuando Kel salió de la habitación.

Poca gente estaba en pie a esa hora en Marivent. La hierba del gran césped estaba cubierta de rocío y, en la distancia, los barcos del puerto se balanceaban sobre un agua que parecía de estaño forjado.

Los sirvientes se apresuraban de un lado a otro como sombras revoloteando, preparando el Palacio para la jornada. Cuando lo vieron, ni repararon en él. Era una suerte, pensó Kel, mientras se acercaba a la Torre de la Estrella, haber estado merodeando por los terrenos de Palacio durante los pasados días. Nadie cuestionaba su presencia en ningún sitio; estaban acostumbrados a sus paseos.

Aun así, cuando entró en la torre, sintió que se tensaba. Llevaba años sin pisarla, y el aire le parecía peculiar, frío y seco —lo que no era sorprendente—, pero también polvoriento, como si llevara cerrada largo tiempo. Como el aire de una tumba, aunque eso era una locura; Fausten entraba y salía de allí cada día, igual que Jolivet y algunos de los sirvientes más antiguos.

Igual que en las otras torres, a la parte superior e inhabitada de la Torre de la Estrella se llegaba por medio de una escalera de caracol. Las ligeras botas de Kel le permitieron moverse silenciosamente por ellas. Intentó parecer concentrado en la mera actividad de caminar.

La escalera acababa en un descansillo con una puerta a cada lado: una de madera; la otra de metal, tachonado con un dibujo de estrellas y constelaciones. La luz se colaba por las juntas de la puerta de metal, creando la extraña ilusión de que esta flotaba en el aire.

Hacía años, recordó Kel, Conor y él estaban jugando en esa escalera, cuando el rey apareció tras la puerta de metal, benevolente pero serio. Estaba estudiando las estrellas, les había dicho; debían marcharse para que pudiera estar tranquilo y en silencio.

Kel puso la mano sobre el metal. Era posible, se dijo, que aquello no fuera más que el estudio del rey y que él durmiera en la habitación del otro lado del descansillo. Pero apenas tocó la puerta, esta se abrió, y Kel se encontró en una cámara ampliamente iluminada por dos orbes de cristal de la Fractura, dentro de los cuales brillaba una luz azul. La habitación era circular. Las paredes estaban revestidas de madera de un marrón cálido resplandeciente, y el mobiliario era sencillo y sólido, hecho de madera de castaño de Valderan.

Un planetario de oro y plata, que mostraba la posición elíptica de los planetas, descansaba sobre un escritorio; las paredes estaban repletas de libros relacionados con la astronomía, las posiciones de las estrellas y sus historias. Un armario contenía un sextante y telescopios de varios tamaños, algunos hechos de ébano o con gemas engastadas. De las paredes colgaban *volvelles* y mapas astrales, finamente dibujados, que mostraban la posición de las estrellas y las órbitas de los planetas. Por todas partes había papeles cubiertos de notas escritas con una letra apretada, oscura y casi indescifrable.

Cuando los ojos de Kel se acostumbraron a la luz, se sobresaltó al darse cuenta de que lo que había tomado por una silla vacía, al lado de la ventana, estaba, de hecho, ocupada. Solo que el hombre que la ocupaba estaba tan quieto como el mobiliario. No parecía moverse en absoluto, ni una contracción de un músculo, ni una respiración. A pesar de la cegadora luz de la habitación, el hombre estaba en penumbra.

—Vuestra Alteza —dijo Kel. El rey Markus no lo miró. Miraba por la ventana con la vista perdida, los ojos enrojecidos.

Llevaba la túnica de astrónomo, aunque Kel pudo ver que estaba deshilachada en los puños.

Kel se aproximó a la silla con cuidado, era difícil no pensar en ella como un trono. El respaldo era sencillo pero alto, los brazos estaban grabados con volutas desgastadas. Al acercarse más, se puso instintivamente de rodillas.

—Vuestra Alteza —repitió—. El Rey de la Ciudad me envía.

Entonces el rey lo miró. Los ojos grises, tan parecidos a los de Conor, cargados de confusión.

—No sois Guion —dijo.

Kel buscó en la chaqueta. Antes de dejar la Mansión Negra, Andreyen le había puesto en la mano un pequeño pájaro de estaño. El rey lo reconocería, le había dicho. Kel se había extrañado; no era más que una baratija. Sin embargo, la pequeña urraca sí que parecía ser el símbolo no oficial del Rey Trapero. El pájaro ladrón.

—El Rey Trapero dijo que me reconoceríais por esto —dijo Kel—. Que sabríais que vengo de su parte.

El rey tenía la mirada clavada en el pájaro.

—Y sin embargo... vos sois el Guardián de Espadas.

—Sí —confirmó Kel—. Pero también soy un mensajero. El Rey de la Ciudad está preocupado porque no ha sabido nada de vos.

—Soy yo el que no ha sabido nada de él. Le envié un mensaje pidiéndole que nos reuniéramos. —El rey apartó los ojos de la urraca y miró de nuevo por la ventana—. No debería haberlo hecho. Las estrellas profetizaban que no debíamos reunirnos. Las estrellas no mienten.

—Quizá —empezó Kel. El sudor le goteaba por la espalda; el cielo, fuera, se volvía más luminoso. No podía quedarse mucho más. Y le dolían las rodillas del contacto con el suelo frío—. Quizá lo que las estrellas querían decir es que me contéis qué peligro amenaza a la Casa Aurelian, y yo le llevaré el mensaje al Rey Trapero.

El rey se revolvió en la silla.

—Fausten dice que el destino está escrito en las estrellas. Pero yo sé que es mi pecado, mi maldad, la que nos ha puesto en este lugar.

—¿Qué lugar?

—La deuda —dijo el rey, y Kel se sintió como si lo hubieran apuñalado en la espalda con un atizador al rojo vivo. ¿El rey sabía del dinero que Conor le debía a Prosper Beck? No podía ser ese el peligro del que hablaba. Si el rey deseara devolver ese dinero, le sería fácil. El Tesoro era suyo.

—No es culpa vuestra —aseguró Kel, eligiendo con cuidado cada palabra—. Vuestra Alteza. Esto es culpa de Prosper Beck.

El rey lo miró sin expresión.

—¿Quién es Beck? —murmuró Kel—. ¿Qué quiere? Seguro que se puede pagar la deuda, diez mil coronas...

—No es una deuda que se pueda pagar con oro, chico —masculló, ronco, el rey—. Es una deuda de carne y hueso. Me atrapa como los barrotes de una jaula, y no puedo escapar de ella.

Kel se sentó sobre los talones.

—No...

La puerta de metal se abrió de golpe. Un hombre achaparrado entró de golpe y se abalanzó sobre Kel, que se encontró frente a frente con Fausten. El pequeño hombre estaba pálido, la calva le brillaba de sudor. Apestaba a sudor rancio y licor viejo.

—Vuestra Alteza —jadeó Fausten—. Mis disculpas. No debería haberos molestado este... este entrometido.

El rey miró a Kel; no, no a Kel, a lo que este tenía en la mano. Pero Kel ya había cerrado la mano sobre la figurita de la urraca. Se apartó de Fausten, pero no había nada que decir. No podía apelar a Markus, que los miraba con ojos atormentados. Fausten no sabía nada del contrato entre los dos reyes de Castelana, y guardar ese secreto era mucho más importante que las reivindicaciones de Kel sobre su derecho a estar donde estaba.

Dejó que Fausten lo llevara hasta el vestíbulo. Le costó no protestar, pero sabía que no habría conseguido nada, y Fausten podría causarle problemas si quería.

Fausten respiraba agitadamente por la nariz.

—¿Cómo os atrevéis a...?

—Oí un ruido mientras caminaba por los alrededores —dijo Kel, con suavidad—. Vine a asegurarme de que Vuestra Alteza estaba bien. Fue un error suponer que...

—Sí que fue un error —mascculló Fausten. Cuando estaba enfadado, se le acentuaba el acento malgasi—. El bienestar de Vuestra Alteza no es asunto vuestro, *Királar*. Vuestra responsabilidad es el principito. No su padre.

—La seguridad de toda la Casa Aurelian es asunto mío —replicó Kel, apretando la mano sobre la urraca de estaño. Las afiladas alitas se le clavaron en la palma.

Fausten negó despacio con la cabeza. Kel no había notado antes lo pequeños que eran sus ojos, tan brillantes y negros.

—Vuestra Alteza —siseó— hace lo que yo le aconsejo. Yo interpreto para él la voluntad de las estrellas, en la cual él cree plenamente. Si las estrellas le ordenasen encerraros en el Truco, lo haría. No seríais el primer *Királar* apresado por traición.

—No he hecho nada que merezca eso.

—Pues seguid sin hacer nada. —Fausten le dio a Kel un pequeño empujón; no era un hombre fornido, pero Kel, asombrado por lo que acababa de oír, dio un paso atrás—. *He szejuti!* «Salid de aquí. No volváis.»

Con eso, Fausten se volvió y se apresuró a entrar en el estudio del rey. Kel lo oyó murmurar con su voz alta y preocupada, asegurándole al rey que todo estaba bien.

—Vuestra Alteza, estáis agitado. Tomad un poco de vuestra medicina.

A Kel le subió la bilis hasta la garganta. Bajó a toda velocidad por los escalones, perplejo y furioso, y salió por la puerta de la torre, al aire fresco de la mañana. El cielo era azul y claro, y el aire, libre de polvo.

Le dolía la mano. La abrió y la miró. Había agarrado la urraca del Rey Trapero con tanta fuerza que la había aplastado hasta dejarla irreconocible.

Cuando Judah Makabi regresó a Aram, la reina Adassa le devolvió su forma humana, y lo conminó a hablar de lo que había visto. —Tristes noticias, mi reina —le dijo—. Os han traicionado. El rey Suleman ha reunido a un gran ejército contra vos, y atacarán Aram en tres días. Adassa no habló, sino que se encerró en la gran torre de Balal. Cuando lo hizo, la inquietud se extendió por Aram, pues la gente se temía que su reina se hubiera olvidado de ellos. Pero Makabi salió a las puertas del palacio y se dirigió a ellos. —No temáis, pues nuestra reina nos salvará. Tened fe. Es nuestra reina. En la mañana del segundo día, Adassa salió de la torre muy cambiada. Había sido una joven bella y amable, pero todo eso parecía haber desaparecido, y fue una mujer brillante y afilada como una espada la que emergió de su palacio y se dirigió a la gente, que se había congregado allí para oírla hablar. —Mi gente de Aram —dijo—, necesito vuestra ayuda.

Relatos de los Hechiceros-Reyes,
LAOCANTUS AURUS IOVIT III

Capítulo trece

Kel se dirigía hacia el Camino Yulan, con la cabeza gacha ante el brillante sol de Castelana. Era casi mediodía, y empezaba a tener demasiado calor con la chaqueta verde de terciopelo, pero esos eran los sacrificios que había que hacer para complacer a la reina de la Casa Aurelian.

Merren Asper caminaba a su lado, una figura delgada vestida de negro oxidado, que parecía perdida en sus pensamientos.

«Aquí estoy —pensó Kel—, al lado de un envenenador; de camino a conocer al único hombre en Castelana que podría, en teoría, acercarme a Prosper Beck. ¿Cómo he llegado aquí?»

No era una pregunta difícil de contestar: el Rey Trapero. Kel había dado las excusas habituales sobre su entrenamiento en el Arena, y se había dirigido directamente a la Mansión Negra. Había encontrado a Andreyen en el solárium, admirando las plantas.

—Habéis hablado con Markus —le había dicho Andreyen en cuanto se fijó en la expresión de Kel—, y veo que no ha ido muy bien.

A media historia, Merren y Ji-An se les habían unido, curiosos. Andreyen le había lanzado a Kel una mirada de advertencia, pero él ya había omitido la parte de la historia en la que Markus había reconocido su conexión con el Rey Trapero. Repitió el resto de las cosas que Markus había dicho: que eran su pecado y su maldad los que los habían puesto en semejante posición. Que la deuda de Conor solo se podía pagar con sangre. Y lo que no había dicho: nada sobre Prosper Beck.

También les habló sobre Fausten, cómo se había puesto a la defensiva y lo había amenazado.

—Quizá él sea Prosper Beck —había sugerido Merren—, o lo esté financiando.

El Rey Trapero había desechado rápidamente esa opción.

—Fausten no tiene dinero —había dicho—. La influencia que tiene sobre el rey es su único poder. Prosper Beck es una fuerza desestabilizadora. A Fausten le gustan las cosas como están. —Se había encogido de hombros—. Tendréis que intentar hablar con el rey cuando Fausten no esté allí.

Pero Kel se había negado. Quizá Fausten estuviera fanfarroneando cuando lo había amenazado con el Truco, pero Kel lo dudaba. No había ni rastro de su habitual timidez o inseguridad. Se había mostrado seguro, y el horror de lo que representaba el Truco era más fuerte de lo que él suponía que Andreyen podía entender.

—El rey sabe que corre peligro, de algún tipo —dijo Kel—, pero no creo que se haga una imagen muy clara de él. Su fe en las estrellas y lo que presagian es casi religiosa. Cree en las profecías, no en la realidad. —Dudó—. Con quien debo hablar es con Prosper Beck. Él sabe cuáles son sus propios planes; nadie más parece saberlo. —Se había inclinado para acariciar el pétalo amarillo de un girasol—. Tendré que encontrar a Jerrod Belmerci.

Entonces estalló un debate. Jerrod era infranqueable; nunca dejaría que Kel se acercara a Prosper Beck; lo único que haría sería alertar a Beck de que Kel lo estaba buscando. Pero Kel se había mostrado inflexible, y finalmente Ji-An, reticente, había acabado confesando que podían encontrar a Jerrod entre el mediodía y la puesta de sol en un puesto de fideos en el Camino Yulan, donde dirigía el negocio en nombre de Beck.

—Si estáis decidido a ir —había dicho Andreyen, sombrío—, llevaos a Merren con vos.

—¿A Merren? —había repetido Kel—. ¿No a Ji-An?

Los labios del Rey Trapero se curvaron en una mueca divertida.

—No seáis descortés con Merren.

—No creo que sea descortés —había dicho Merren—. Creo que es una buena pregunta.

Kel medio esperaba que Ji-An se ofendiera, pero ella se había limitado a intercambiar una mirada rápida con el Rey Trapero. Una que le dejó claro a Kel que entendía el razonamiento de Andreyen.

—Pobre Merren —dijo ella—, odia el conflicto.

—Eso es verdad —confirmó Merren, con aspecto abatido aunque resignado—, sí que odio el conflicto.

Pero allí estaban ambos, dirigiéndose al Camino Yulan mientras el reloj de la Torre del Viento empezaba a marcar las doce, con el sonido de las campanas arrastrado por la brisa del puerto. A esa hora, el Camino Yulan era un hervidero de estudiantes en busca de comida barata en uno de los muchos carritos de panecillos. Carteles dorados y blancos colgaban sobre las puertas de madera grabada, con los nombres de las tiendas en castelaní y shenzaní: una joyería, una tienda de té. Farolillos escarlatas de papel y alambre, pintados con los caracteres de la prosperidad y la suerte, pendían de ganchos clavados en las paredes de estuco. Por la ciudad, proliferaban vecindarios parecidos, con la impronta cultural de aquellos que se habían establecido en Castelana procedentes de Geumjoseon, Marakand y Kutani, pero probablemente el que rodeaba el Camino Yulan era el más antiguo. Después de todo, el comercio de la seda había sido el primer fuero.

Kel había partido hacia la Mansión Negra con un plan, aunque no se lo había contado del todo a Andreyen. Cuanto más se acercaba a Jerrod y a la puesta en escena del plan, más sentía la tensión como un sabor amargo en la garganta.

Apartó esos pensamientos.

—Sois terriblemente leal al Rey Trapero —le comentó a Merren, mientras este se detenía a examinar las mercancías de un carrito que vendía hierbas medicinales.

—Sois terriblemente leal al príncipe —replicó Merren, con calma.

—No me había dado cuenta de que hubierais hecho un juramento para proteger a Andreyen —dijo Kel—, o que mantenerlo a salvo fuera vuestro deber y vocación.

Merren alzó la vista, entrecerrando los ojos por el sol. El pelo le brillaba como oro recién acuñado.

—Se lo debo.

A pesar de estar nervioso, a Kel le pudo la curiosidad.

—¿Por qué? ¿Tiene algo que ver con Gremont?

—Artal Gremont es la razón por la que me convertí en envenenador —dijo Merren, con toda naturalidad—. Para poder matarlo. Andreyen me ofreció un lugar donde trabajar. Donde esconderme de los Vigilantes, si era necesario. Un día, Artal Gremont regresará de nuevo a Castelana, y yo estaré preparado gracias a Andreyen.

—Por todos los infiernos —dijo Kel—. ¿Qué le hizo Artal Gremont a tu familia?

Merren apartó la mirada. Abandonó el carrito y sus productos, y se dirigió de nuevo hacia el camino, con las manos metidas en los bolsillos. Kel fue tras él.

—No pasa nada —dijo Kel—. No tienes que contármelo...

—Aquí es. —Merren señaló al otro lado de la calle, apuntando hacia una tienda de poca altura con un frontal de madera pintada de blanco y ventanas tapadas con papel de arroz. El letrero sobre la puerta informaba de que era la CASA DE FIDEOS YU-SHUANG, hogar de la receta patentada de la sopa de fideos.

Kel sintió que se le encogía el estómago, pero no iba a mostrarse nervioso ante Merren, ni siquiera a admitirlo ante sí mismo. Entraron. Una cortina de seda colgaba en la entrada; tras pasarla, Kel se encontró en una habitación recubierta de paneles de madera donde una fila de camareros, vestidos de rojo, atendían ollas hirviendo de sopa y curry. El aire estaba impregnado de jengibre verde, cebollino, caldo de cerdo y ajo. Un mapa en acuarela pegado en la pared, con los bordes ya curvados, mostraba el continente de Dannemore desde una perspectiva shenzaní, con Castelana nombrada como el reino de *Daqin*. El mayor nivel de detalle estaba reservado para Shenzhou y sus vecinos, Jiqal y Geumjoseon. Kel recordó algo que Bensimon solía decir: «Cada uno es el centro de su propio mundo. Castelana puede creerse el país más importante de Dannemore, pero recordad que Sarthe, Malgasi y Hind tienen la misma idea sobre sí mismos».

Kel ya había estado en establecimientos como aquel. Solían permanecer abiertos hasta altas horas de la noche, lo que los hacía atractivos para los amigos de Conor. Usando una técnica que había aprendido de Jolivet, Kel escudriñó toda la habitación sin que se notara que estaba haciéndolo. El lugar estaba medio lleno, y Jerrod estaba allí, solo, sentado en un reservado de madera al fondo del local.

La mitad superior de los reservados era calada, con un diseño geométrico. A través de los cuadraditos, Kel pudo ver que Jerrod llevaba un abrigo de lino negro sobre una túnica con capucha, y la máscara plateada brillaba a la débil luz que se filtraba a través de los biombos de papel de arroz.

Fue como si alguien le hubiera arrimado una vela encendida a la piel. Kel recordó de pronto el apestoso callejón tras el Arrecife, el dolor en el costado, en el pecho. Jerrod mirándolo desde arriba, con la cara oculta tras la máscara.

La ansiedad de Kel se disolvió en una furia fría. No sintió nada en absoluto mientras caminaba hacia el largo mostrador de palisandro y hacía su pedido en shenzaní. Los cocineros parecieron sorprendidos y hasta un poco divertidos por el conocimiento y uso de su lenguaje; charlaron un poco, mientras Merren parecía aburrido, sobre los entresijos de la receta y cómo quería Kel que le preparasen la comida. Mientras esperaba, inclinado sobre el mostrador, Kel no pudo evitar preguntarse si Jerrod estaría mirando, lo ignoró deliberadamente mientras pedía un té de jengibre para Merren (pues todo lo demás llevaba carne, y Merren no comía carne), pagaba y se dirigía a la mesa de Jerrod, con Merren a su lado, murmurando.

Nadie les prestó especial atención mientras se aproximaban hacia la parte trasera del establecimiento. Los propietarios debían de estar acostumbrados a que Jerrod recibiese a un montón de visitantes, si usaba ese lugar para hacer negocios. Probablemente, el establecimiento obtuviera un porcentaje de los tratos que él hiciera.

Solo cuando llegaron a su reservado, Jerrod alzó la vista. Si se sorprendió, no dio muestras de ello: arqueó las cejas, pero el resto de su expresión estaba oculta tras la deslustrada máscara. Era como si alguien le hubiera puesto la mano, con un guante de plata, sobre la parte izquierda de la cara, cubriéndole el ojo y la parte superior de la mejilla. ¿Escondía quemaduras o cicatrices? ¿Marcas identificativas de algún tipo? ¿Solo un disfraz, con intención de inquietar?

—No creía que os volvería a ver —dijo con una compostura sorprendente. Pasó la mirada de Kel a Merren—. Merren Asper —añadió, con un tono de voz completamente distinto—. Sentaos.

Merren y Kel se metieron en el reservado y se instalaron enfrente de Jerrod. La mesa entre ellos era de madera nudosa, lijada para darle suavidad y con varias manchas de viejas quemaduras y salpicaduras.

Jerrod sorbía su té con una sonrisilla. La máscara dificultaba saber qué estaba pensando, pero parecía mirar a Merren sobre el borde de su taza. Había algo curioso en sus ojos, casi admirativo.

—¿No esperabais volver a verme porque supusisteis que moriría en aquel callejón?

—Enseguida me enteré de que no había sido así —replicó Jerrod—. Las habladurías se esparcen. Me alegra ver que os encontráis mejor, Anjuman. No fue nada personal.

—Así que ahora sí sabéis quién soy —observó Kel.

Jerrod inclinó la cabeza.

—Sois el primo del príncipe, que tuvo la mala suerte de parecerse un poco a él y llevar su capa en su salida nocturna por Castelana. —Miró a Merren—. De hecho, os seguimos desde el apartamento de Asper hasta el Arrecife. Nos preguntábamos qué estaba haciendo el príncipe de Castelana visitando un húmedo edificio en el barrio de los Estudiantes.

—No es húmedo —dijo Merren, indignado.

—Pero ahora me pregunto qué estaba haciendo el primo del príncipe visitando un húmedo apartamento en el barrio de los Estudiantes. Sabéis que vuestro amigo —señaló a Merren— ha estado entrando y saliendo de la Mansión Negra, ¿verdad? Que parece hacer recados para el Rey Trapero.

—Comprendo que eso puede ser un problema para vos —dijo Kel, poniendo los ojos en blanco—. Que lo relacionen con el crimen, quiero decir.

—Yo no soy primo de la Casa Aurelian —observó Jerrod—, mientras que vos sí lo sois, aunque parecéis preferir los ambientes... más sórdidos de Castelana.

—Algunos nos vemos arrastrados al pecado —dijo Kel, lúgubre, y notó que Merren le lanzaba una mirada—. Y algunos son lo suficientemente estúpidos para intentar matar al príncipe heredero de Castelana en un callejón.

Jerrod sacudió la cabeza con tal ímpetu que la capucha se le cayó hacia atrás, descubriendo una cabeza de alborotado pelo castaño.

—No estábamos intentando matar a nadie. Era solo un tema de dinero adeudado. Y el dinero aún se debe, por cierto.

—He pensado que podríamos hablar de ese asunto —dijo Kel, mientras un camarero se acercaba a la mesa llevando una bandeja—. Mirad, os he invitado a la cena. Una muestra de buena fe.

Las cejas de Jerrod se alzaron cuando el camarero llegó a la mesa con la bandeja humeante. Puso ante ellos dos cuencos de cobre, seguidos de dos pequeños cazos, profusamente esmaltados con flores y dragones. La sopa se servía en una gran jarra de fideos y caldo, y tenía como guarnición las tradicionales virutas de jengibre, ajo y cebollino, rematado con una torta de arroz y un chorro de aceite especiado.

Kel cogió su cuenco y se sirvió. En su opinión, consumir la sopa de fideos era un arte: se debía incluir la mezcla adecuada de caldo, carne y guarnición en cada cucharada. Miró a Jerrod, que aún no la había probado. Finalmente Jerrod se encogió de hombros, como diciendo: «Bueno, estamos comiendo del mismo recipiente, ¿qué peligro hay?». Cogió la cuchara.

—Me gustaría encontrarme con Beck —dijo Kel—, discutir el tema con él.

Jerrod tragó la cucharada de sopa y luego se rio.

—No tengo ni que preguntar, porque Beck nunca accedería.

Él nunca se reúne con nadie. —Le lanzó una mirada a Merren—. Bueno. Quizá se reuniera con vos, si estuvierais interesado en cambiaros de bando. Trabajar para Beck. Le gusta la gente atractiva.

Merren alzó una ceja.

—Beck está siendo terriblemente imprudente —dijo Kel— al intentar iniciar una guerra con Palacio. ¿Qué tiene él para respaldar sus amenazas, más allá de un hatajo de criminales del Laberinto?

—Tiene más que eso —replicó Jerrod, y frunció el ceño, mientras se pasaba una mano por la cara. Estaba empezando a sudar. Kel también podía sentirlo, los primeros pinchazos de calor en la piel.

—Bueno, pues espero que lo que tenga sea un ejército y una armada, porque eso es lo que Conor tiene —informó Kel.

Jerrod tamborileó sobre la mesa con los dedos de la mano que tenía libre. Sus manos eran grandes y cuadradas, con las uñas mordidas.

—Prosper Beck tiene una buena razón para hacer lo que hace, y un mejor conocimiento de su propia posición del que vos tenéis.

—Quiero hablar con Beck —insistió Kel, dejando la cuchara. Notaba un leve zumbido en los oídos—. En persona.

—Y yo os digo que no podéis —repuso Jerrod, cuchara en mano. Parecía exasperado y... ¿dolorido? Merren lo miró con una repentina perplejidad, seguida de una expresión de alarmada comprensión—. Además, ¿por qué debería yo haceros ningún favor?

—Porque os he envenenado —contestó Kel—. La sopa. Está envenenada.

A Jerrod se le cayó la cuchara de la mano.

—¿Que habéis qué? Pero hemos compartido la sopa.

—Lo sé —respondió Kel—. Yo también me he envenenado.

Tanto Merren como Jerrod parecieron igualmente sorprendidos.

—¿Que habéis hecho qué? —insistió Jerrod.

—Yo también me he envenenado —repitió Kel—. Le dije al chef que era una especia que había traído de casa, y les pedí que la pusieran en la sopa. No es culpa suya. No lo sabían. —Sintió un retortijón en el estómago, y una punzada de dolor le recorrió todo el abdomen—. Merren tampoco lo sabía. Es culpa mía, solo mía.

—Kel. —Merren lo miró atónito—. ¿Es *cantarella*?

Kel asintió. Sentía la boca seca y arenosa.

—Diez minutos. —La voz de Merren sonaba inexpresiva debido al miedo—. Tenéis unos diez minutos antes de que sea demasiado tarde.

—Anjuman... —Jerrod se agarró al borde de la mesa, con los dedos cada vez más blancos. Habló, con esfuerzo—. Si os habéis envenenado a vos mismo, hay un antídoto. Si hay un antídoto, lo tenéis con vos. —Empezó a levantarse—. Dádmelo o de lo contrario os cortaré la cabeza, joder...

—Cuanto más os mováis, más rápido se extiende el veneno por el organismo —avisó Merren, casi de forma automática.

—Anjuman, bastardo —boqueó Jerrod, sentándose de nuevo. Tenía el cuello de la camisa empapado de sudor. Kel podía sentir el mismo sudor febril goteándole por la espalda y la nuca. Tenía un sabor espeso y metálico en la lengua—. Estáis loco.

—No puedo más que estar de acuerdo con eso —murmuró Merren.

—¿Qué —dijo Jerrod, intentando controlarse— queréis, Anjuman?

—La promesa de que me concertaréis un encuentro con Prosper Beck.

A Jerrod le latía la vena del cuello.

—No puedo prometeros eso. Beck podría negarse.

—Es vuestro trabajo convencerlo de que no se niegue. No, si queréis el antídoto.

Jerrod lo miró; cuando habló pareció que lo estaban estrangulando poco a poco.

—Cada minuto que pasa, arriesgáis más vuestra vida. ¿Por qué vos no tomáis el antídoto? ¿Me vais a hacer rogar por él?

Kel no tenía ganas de sonreír, pero lo hizo de todos modos.

—Es necesario que veáis hasta donde puedo llegar. —Le

ardían las manos y tenía la lengua entumecida—. Que moriría por esto.

La piel de Jerrod alrededor de la máscara empezó a ponerse roja.

—¿De verdad lo haríais? —preguntó.

Merren se inclinó sobre la mesa, con el rostro pálido.

—Está dispuesto a morir —le dijo—, quizá, hasta lo esté deseando. Por el amor de Aigon, decidle que sí.

Jerrod miró a Merren.

—De acuerdo —dijo abruptamente—, os conseguiré un encuentro con Beck.

Con las manos temblando, Kel sacó del bolsillo de la camisa uno de los dos viales de antídoto que Merren le había dado. Empezó a destaparlo. La garganta se le estaba agarrotando. En breve, ya no sería capaz de tragar. Se echó el contenido del vial a la boca, dulce, como regaliz, el sabor del *pastisson,* y luego sacó el otro y se lo lanzó a Jerrod.

Casi inmediatamente, el zumbido en la cabeza de Kel y el dolor entre los omóplatos empezaron a remitir. Miró con ojos aún borrosos a Jerrod, que tras vaciar su dosis tiró el vial vacío sobre la mesa, con la fuerza suficiente para agrietar el cristal. Respiraba como si hubiera estado corriendo, con los ojos fijos en Kel. Cuando habló, lo hizo con un rugido bajo.

—Muchos dirían que una promesa obtenida con coacción no es una promesa en absoluto.

Merren gimió débilmente, pero Kel le aguantó la mirada a Jerrod.

—Sé que esta tienda es vuestra base de operaciones. —Señaló al restaurante, casi vacío, con los chefs tras el mostrador mostrando una estudiada despreocupación hacia ellos—. Sé cómo encontraros. Me respalda el poder de Palacio. Podría conseguir que Jolivet clausurase el Laberinto. Después de eso, podría seguiros a todas partes, clausurándolas todas. Podría seguiros como la muerte, siempre pegado a vuestros talones, y arruinaros vuestra miserable vida, ¿me entendéis? —Agarraba el borde de la mesa, con los dedos blancos por el esfuerzo, y el sabor metálico amargándole aún la garganta—. ¿Sí o no?

Jerrod se puso en pie y se subió la capucha para cubrirse el pelo. Miró a Kel, sin expresión. Este podía ver su reflejo, distorsionado, en la máscara plateada de Jerrod.

—Os habría bastado —dijo Jerrod— con esta amenaza.

—Pero ¿habría sido igual de divertido?

Jerrod murmuró algo, como una maldición, y salió de la tienda. Tras un momento largo de completo silencio, Merren se puso en pie, pasó al lado de Kel, y salió por la puerta tras Jerrod.

Kel lo siguió. Merren no había ido muy lejos; solo iba unos pasos por delante, caminando enfadado por la calle. A Jerrod ya no se lo veía, lo que no le sorprendió; sin duda se habría metido por una de las muchas calles laterales que salían del Camino Yulan como venas de una arteria.

A Kel no le importó. Había estado a punto de morir, pero solo a punto; todo era más brillante, más firme, más nítido que antes de haber tomado la *cantarella*. El mundo brillaba como el resplandor de la luz sobre un diamante.

Había sentido lo mismo antes. Recordó al asesino de la Corte de Valderan, cómo le había roto el cuello, los huesecillos crujiendo bajo sus dedos como tallos de flores. Después de eso, no había sido capaz de estarse quieto, sino que había ido de un lado a otro por el suelo de azulejos de la habitación de Conor, incapaz de calmarse lo suficiente para que el cirujano de Palacio le vendara el hombro. Más tarde, cuando se había quitado la camiseta, había visto que la sangre se le había secado en la piel formando una red de líneas como una telaraña.

Cogió a Merren por el brazo. Este lo miró sorprendido, con los ojos azules muy abiertos, mientras Kel se lo llevaba a una esquina, entre las sombras de un callejón. Kel lo empujó contra la pared, no con dureza pero sí firmemente, con las manos agarrando el tejido del abrigo negro de Merren.

Merren tenía las mejillas encendidas y la boca torcida en un gesto de enfado, y Kel volvió a tener la misma sensación que en el apartamento del chico: que podría besarlo. A menudo, cuando se sentía así, perdido en el cielo de la exquisita agonía de la supervivencia, el sexo (y sus actividades complementarias) podían traerlo de vuelta a la tierra. A veces era lo único que lo conseguía.

Así que besó a Merren. Y, por un breve instante, Merren le devolvió el beso, con las manos sobre los hombros de Kel, agarrándolo con los dedos. Kel notó el sabor del té de jengibre, sintió la suavidad de la boca de Merren contra la suya. El corazón le latía diciéndole «olvida, olvida», pero entonces Merren apartó la cara de la de Kel.

—No, de ninguna manera. Habéis intentado mataros. —Sonaba como si no diera crédito—. Tomasteis veneno. A propósito.

—No intentaba matarme —protestó Kel—, intentaba vencer a Jerrod. Tenía el antídoto...

—¡Y solo mi palabra de que funcionaría! —Merren se recolocó la chaqueta—. Ha sido una locura. Una locura suicida. Y yo no pienso...

—Tenía que hacerlo —dijo Kel.

—¿Por quién? —preguntó Merren, con la mirada un poco enloquecida—. Andreyen no os pidió que hicierais eso. Nunca lo haría. ¿Lo hicisteis por vos mismo? ¿Por la Casa Aurelian? —Bajó la voz—. Amáis a vuestro príncipe. Lo veo. Cuando oí el asunto ese del Guardián de Espadas, pensé que era una broma. ¿Quién haría algo así? —Se mordió con fuerza el labio inferior—. Mi padre se suicidó —dijo—, en el Cadalso. No iban a colgarlo. Lo habrían soltado en unos pocos años. Pero él eligió morir y dejarnos a mí y a mi hermana buscándonos la vida en las calles.

—Lo siento —dijo Kel, dividido entre la compasión y una actitud defensiva. Lo que había hecho era peligroso, sí, pero lo mismo podría decirse de Ji-An lanzando flechas a los gateadores, y Merren no se lo había reprochado—. Pero estoy acostumbrado a ponerme en peligro, Merren. De hecho, voy a necesitar que me suministréis más de ese antídoto de *cantarella*. Ha funcionado muy bien. —Al ver la expresión de Merren, se apresuró a añadir—: No quiere decir que vaya a hacer lo mismo otra vez. No quiero morir...

Merren alzó sus manos llenas de cicatrices químicas.

—No valoráis vuestra vida. Eso es un hecho. ¿Así que por qué debería hacerlo yo?

Se apartó, con las botas levantando nubes de polvo mientras se alejaba a grandes zancadas por el callejón. Boquiabierto, Kel lo observó alejarse.

Kel volvió a Marivent por la vía del Oeste, un sendero de piedra caliza que atravesaba la ladera de la Colina por una zona de matorrales bajos: enebro, salvia silvestre, lavanda y romero. Los intensos aromas a vegetación lo ayudaron a despejar el aturdimiento que sentía en la cabeza, un efecto residual de la *cantarella*.

Tuvo la sospecha de que le debía a Merren Asper una disculpa.

Para cuando llegó al Palacio se había levantado viento. Las banderas ondeaban con fuerza en lo alto de las murallas, y pequeños remolinos de espuma blanca danzaban sobre la superficie del mar. En la distancia, Kel pudo ver Tyndaris, medio sumergida, nítidamente perfilada sobre el cielo. En el puerto, los botes se balanceaban como barquitos de juguete, acoplándose al ritmo de las olas rompiéndose contra el malecón. A lo lejos, las nubes se juntaban al filo del horizonte.

Tras saludar a los guardias, Kel entró por la Puerta Oeste y fue a buscar a Conor. Esa mañana se celebraba una reunión de la Cámara de la Esfera, pero suponía que ya habría acabado. Tenían que hablar, aunque Kel temía esa conversación.

A medio camino del Castel Mitat se cruzó con Delfina y se detuvo para preguntarle si había visto al príncipe. Ella puso los ojos en blanco, de una manera que solo una sirvienta que llevara mucho tiempo en Palacio podía hacer.

—Está en la Galería Brillante, jugando a esa bobada —dijo—, tiro con arco de interiores.

De hecho, las puertas de la Galería Brillante estaban abiertas. Desde el interior, Kel oyó risas, entremezcladas con algo que sonaba como cristal rompiéndose. Entró para encontrarse con que Conor, Charlon Roverge, Lupin Montfaucon y Joss Falconet habían improvisado un espacio de tiro con arco dentro de la elegante sala de techos altos. Habían alineado botellas de vino a lo largo de la mesa que había sobre la tarima y se turnaban para lanzarles flechas, mientras que todos los que no disparaban en ese momento se dedicaban a hacer apuestas sobre el resultado.

Había cristales rotos por todas partes, entre charcos multicolores de vino y bebidas espirituosas. No le extrañó que Delfina estuviera molesta.

—¡Cien coronas a que Montfaucon no acierta el siguiente tiro, Charlon! —gritó Conor, y Kel tuvo un sentimiento poco habitual en él: un auténtico enfado, dirigido hacia Conor.

«Le debes a Beck diez mil coronas, una deuda que aún no has pagado. ¿Qué haces apostando cien en algo tan absurdo?»

Montfaucon lanzó y falló el objetivo. Mientras Conor lo celebraba y Roverge maldecía, le llegó el turno a Falconet y, al moverse, este vio a Kel en el umbral.

—¡Anjuman! —gritó, y Conor miró hacia él—. No estabas en la reunión de la Cámara de la Esfera.

—No tenía por qué estar —replicó Conor, y Kel se dio cuenta de que Conor, aunque lo disimulaba bien, estaba muy borracho. Se le notaba un poco en la sonrisa y en las manos temblorosas que sujetaban el arco.

Falconet le guiñó el ojo.

—¿Dónde estabas? ¿En el Caravel?

Kel se encogió de hombros. Hubo un coro de silbidos y Montfaucon murmuró un «cabrón afortunado». Kel se preguntó qué dirían si les contara que había pasado la tarde no en el ejercicio de placeres sibaritas, sino envenenándose a sí mismo en una tienda de fideos con dos criminales.

Por supuesto, no lo hizo. En su lugar, se aproximó para sentarse a una de las largas mesas donde, siendo un niño, había visto por primera vez a la nobleza de la Colina, y les dijo que había estado en el Arena, aprendiendo nuevas técnicas de lucha.

Esto consiguió el efecto deseado de distraer al grupo. Roverge, Falconet y Montfaucon lo asaltaron a preguntas, algunas de cuyas respuestas tuvo que inventarse en el momento. Se dio cuenta de que estaban todos un poco borrachos, aunque ninguno tanto como Conor. Toda la estancia apestaba a una repulsiva mezcla de licores dulces y ginebra.

—¿De qué hablábamos antes de que llegara Anjuman? Ah,

sí, de la encantadora Antonetta Alleyne —dijo Roverge—. Si estará disponible para practicar un poco de deporte amatorio ahora que parece claro que ya no va a atrapar a Conor en matrimonio.

La rabia que sintió Kel amenazó con ahogarlo.

—Ese plan era de su madre —dijo, sin inflexión—. No suyo.

—Cierto —admitió Falconet, cogiendo el arco de las manos de Roverge, que acababa de fallar a una botella de *cedratine* amarillo por escasos milímetros y no parecía contento al respecto—. Una pena que Ana no tenga cerebro en esa cabecita. Si lo tuviera, sería un buen partido.

—No necesita cerebro —opinó Montfaucon, apoyándose contra la gran chimenea. Había dejado el arco a un lado, de momento—. Vale millones, y es bastante decorativa.

Roverge se rio, y dibujó con las manos la forma de una mujer voluptuosa.

—Si me caso con ella, la mantendré tumbada de espaldas, expulsando pequeños Roverges, toda envuelta en seda.

Kel reprimió una necesidad repentina y casi abrumadora de darle un puñetazo a Roverge en la cara.

«Solías jugar a los piratas con ella —quería decirle—. Una vez te persiguió con una espada hasta hacerte llorar, porque habías insultado a su madre.»

Kel se dio cuenta de que siempre había definido el pasado como lo anterior al tiempo en el que Antonetta cambió: cambió su comportamiento, y la forma en que lo trataba a él. Pero en estos momentos, oyendo a Roverge, Montfaucon y Falconet, pensó que habían sido ellos los que habían cambiado. Cuando, de pronto, Antonetta experimentó evidentes cambios físicos, le crecieron los pechos y se le ensancharon las caderas, fue como si se hubiera convertido en algo diferente para ellos: algo extraño e insignificante, algo de lo que burlarse. Habían olvidado que era brillante y lista. No, más que eso. Su inteligencia se había vuelto invisible para ellos. No podían verla.

En algún momento, sola, ella había decidido convertir esa invisibilidad en una ventaja. Kel recordó la forma en la que había desarmado a Conor en su habitación; lo había hecho de forma habilidosa, pero no era el tipo de habilidad que Charlon Roverge podría percibir. De hecho, Kel tuvo que admitir que, hasta ese momento, él mismo tampoco se había fijado en ello.

—Entonces proponte a ti mismo como candidato para la Casa Alleyne —le dijo a Charlon, apretando los dientes—. Con todo lo que tienes que ofrecer, no podrán decirte que no.

Conor hizo una mueca. Pero Roverge no se dio cuenta del sarcasmo.

—No puedo —dijo—. Nada más nacer, mi maldito padre me prometió con la hija de un mercader de Gelstaadt. Solo estamos esperando a que ella acabe su educación. Mientras, soy libre para jugar. —Lo miró de reojo.

—Hablando de jugar —intervino Montfaucon—. He oído que Klothilde Sarany llegó anoche. He pensado que podría apetecerle una pequeña y deliciosa reunión en la Casa Montfaucon.

Roverge pareció perplejo.

—¿Quién?

—La embajadora malgasi —explicó Falconet—. Intenta estar al día, Charlon.

—Si pretendes entablar una conexión amorosa con ella, me impresionas —dijo Conor—, es aterradora.

Montfaucon sonrió.

—Me gusta torturarme. —Soltó un anillo de humo—. Cenas con ella mañana por la noche, Conor. Podrías sacar el tema de la fiesta...

—No voy a invitar a Klothilde Sarany a una fiesta cuyos únicos invitados seréis tú y ella —replicó Conor—. Se enfadaría, y con toda la razón.

—Por eso os estoy invitando a todos —explicó Montfaucon, señalándolos—. Viene uno, vienen todos. Correrá el vino, habrá bellas bailarinas y músicos menos atractivos pero de gran calidad...

Montfaucon era famoso por sus fiestas. Unas veces salían mal y otras salían bien, pero siempre eran un espectáculo. En una ocasión, todos los invitados habían recibido como regalo una cesta de serpientes (Antonetta se había desmayado y caído tras uno de los sofás), y en otra, Montfaucon había planeado llegar a su balcón en un globo que, finalmente, se quedó enredado entre los árboles.

—No está aquí para acudir a tu fiesta, Montfaucon —dijo Roverge, descortés—. Ha venido para intentar convencer a Conor de que se case con la princesa Elsabet...

Hubo un ruido. Falconet había lanzado una flecha, destrozando una botella de *samohan* de Nyenschantz. Todo el mundo se apartó mientras los cristales volaban en todas las direcciones. El suelo se llenó de esquirlas, y varios de los tapetes mostraban grandes desgarrones. La reina Lilibet se iba a poner furiosa.

Joss le ofreció el arco a Conor, pues era su turno.

—Bueno, Conor —dijo Roverge, con los ojos brillantes tras haber apostado contra el tiro de Falconet—, si esta historia del matrimonio te sigue preocupando, deberías hablar con mi padre. Siempre da los mejores consejos, los más objetivos.

—Charlon —repuso Kel, mientras la expresión de Conor se endurecía—, ¿al final, qué pasó con ese mercader advenedizo que estaba molestando a tu familia? Los fabricantes de tinta.

Roverge frunció el ceño.

—Los llevamos ante la Corte. Cometieron la temeridad de sostener ante la Justicia que la tinta y el tinte eran cosas totalmente distintas.

—¿Y no lo son? —preguntó Conor, mientras apuntaba con el arco.

—¡Para nada, son lo mismo! Y los jueces lo vieron como nosotros, por supuesto. —«Con un buen soborno», pensó Kel—. Los Cabrol se fueron de Castelana con el rabo entre las piernas. Tendrán suerte si pueden establecerse como vendedores en Durelo. —Escupió—. No creo que molesten a nadie a partir de ahora. De nada.

Hizo una reverencia justo cuando Conor soltó su flecha. Golpeó la botella de ginebra, haciendo que más pedazos de cristal saliesen despedidos y llenando la habitación de olor a enebro. Roverge, como siempre ajeno al humor de sus compañeros, palmeó a Conor en el hombro. Montfaucon fue a coger el arco, mientras Roverge continuaba charlando sobre la tinta, el tinte y la destrucción de la familia Cabrol.

Falconet fue a sentarse junto a Kel. Ese día iba de terciopelo negro, la felpa de seda animada con un luminoso trenzado de plata. Falconet no era como Conor o Montfaucon: se vestía bien, pero claramente carecía de la fascinación por la ropa y la moda. Kel se preguntaba a menudo qué era lo que realmente le interesaba a Falconet. Parecía considerar todas las actividades con la misma despreocupada diversión, pero sin una preferencia real.

—Bueno —dijo Falconet, mirando hacia el hombro de Kel—, entonces, ¿cómo te heriste?

Kel lo miró de reojo.

—¿Qué te hace pensar que me herí?

—La gente comenta. Pero... —Falconet extendió las manos—. No hace falta que lo comentemos si no te apetece.

—Me emborraché —dijo Kel—, y me caí del caballo.

Falconet sonrió. Todo en él era afilado: los pómulos, el ángulo de los hombros, hasta el corte de la sonrisa.

—¿Por qué demonios hiciste una tontería así?

—Por motivos personales —contestó Kel.

—Ah. —Falconet observaba a Montfaucon, que estaba apostando con Roverge—. Como te he dicho, no hace falta hablarlo. —Se apoyó en las manos—. Conor había mencionado que estaba pensando en ir a Marakand, pero parece que ya ha abandonado esa idea.

«Solo estaba huyendo de Prosper Beck.»

—Sí, la ha abandonado.

—Qué pena —se lamentó Falconet—. Yo visito a la familia de mi madre en Shenzhou a menudo. —Esto era algo que Conor y Joss tenían en común: sus madres no habían nacido en Castelana—. Pero supongo que quizá se ha tomado más en serio lo de casarse.

—¿En serio? No me ha dado esa impresión.

—Bueno, tiene sentido. El matrimonio adecuado traería una gran cantidad de oro y gloria a Castelana. Si puedo compartir una idea...

—Lo harás, te dé mi permiso o no —repuso Kel, y Falconet sonrió. Joss estaba entre los pocos nobles que trataba a Kel como a una persona independiente de Conor. Kel sabía perfectamente bien que eso no significaba que Falconet lo hiciera con las mejores intenciones, pero igualmente era interesante.

—Si Conor se está planteando seriamente el matrimonio, y creo que así es —dijo Falconet—, debe tomar en consideración a la princesa de Kutani.

—Pensaba que eras defensor de Sarthe. ¿O es que este entusiasmo repentino por Kutani está relacionado con el hecho de que detentes el fuero de las especias? —La flota de Falconet rodeaba el mundo, recalando en Sayan y Taprobana para conseguir canela y pimienta. Pero Kutani era conocida como la isla de las especias, y por una buena razón. Sus orillas despedían el perfume de la casia y el clavo, el azafrán y el cardamomo, todas difíciles de encontrar y muy caras.

Falconet se encogió de hombros.

—Solo porque algo sea bueno para mí, no quiere decir que no lo sea también para la Casa Aurelian. Las especias de Kutani son valiosas, y enriquecerían los cofres de Castelana. Además, no solo he tenido el privilegio de visitar Kutani, sino de conocer a Anjelica Iruvai. Está lejos de ser la típica princesa cabeza hueca. En una ocasión, una revuelta de bandoleros amenazó el palacio de la Ciudad de las Especias mientras el rey se hallaba ausente. Anjelica dirigió al ejército ella sola y acabó con la amenaza mientras el príncipe se moría de miedo. La gente la adora. Y..., bueno, ya la has visto.

—Sí —dijo Kel, seco—. O he visto la obra de algún artista muy imaginativo, al menos. —Miró hacia Conor, que se reía mientras Charlon Roverge construía una torre de botellas de *palit* para formar una nueva diana. Unos pocos sirvientes se habían aventurado a entrar y ahora se movían entre ellos, recogiendo los cristales rotos que llenaban la estancia. Montfaucon tenía el mismo aspecto de siempre, con sus oscuros ojos ilegibles.

Kel miró a Falconet.

—¿Puedo pedirte algo?

—Siempre puedes hacerlo —contestó Falconet—. Que vayas a conseguir o no lo que pides no puedo saberlo.

—Es una información —especificó Kel—. Casualmente, oí a la reina refiriéndose a Artal Gremont como un monstruo. ¿Tienes idea de por qué diría eso, o por qué lo exiliaron?

—Humm. —Falconet pareció considerar si responder o no durante tanto tiempo que Kel asumió que se decantaba por el «no». Finalmente, habló.

—Nunca fue exactamente honrado, eso es lo que he oído. Pero parece que se enamoró perdidamente de la hija de un maestro de gremio, en la ciudad. Por supuesto, no podía ofrecerle matrimonio. Pero sí le ofreció hacerla su amante oficial, por una buena suma. —Falconet se examinó las brillantes medias lunas de las uñas—. Imagina, su padre era un tipo respetable, quería que su hija se casara y no estaba interesado en nietos bastardos. Gremont consiguió meter al hombre en el Cadalso con una acusación falsa y aprovechó la oportunidad para... aprovecharse de la hija.

Kel sintió que se le revolvía el estómago.

—Sí. Y el padre se suicidó en el Cadalso. Pero había hecho amigos entre la gente del gremio. Hablaron de acudir a la Justicia. Así que a Artal lo mandaron fuera, y el escándalo se fue apagando. A la hija se le dio algún dinero, por sus sufrimientos. —Falconet sonaba asqueado por el asunto, algo que, a juicio de Kel, hablaba bien de él.

—La hija —dijo Kel—. ¿Era Alys Asper?

Falconet se volvió como un rayo para mirarlo directamente.

—¡Tú sabes más de lo que parece! —exclamó—, ¿no?

Antes de que Kel pudiera contestar, alguien le tocó el hombro. Era Delfina.

—Disculpe, sieur. Gasquet desea hablar con vos.

Kel se levantó de la mesa.

—Ya ves —dijo a Falconet—, el cirujano requiere mi presencia.

—Por supuesto. —Falconet inclinó la cabeza—. Tus heridas, el triste resultado de caer de un caballo por motivos personales, requieren atención.

Kel siguió a Delfina hasta el patio. Ya no lloviznaba, pero

el patio seguía oliendo: la intensidad de las flores blancas, el aroma verde de la tierra mojada y la piedra caliza, el agridulce matrimonio entre mar y lluvia.

Delfina se volvió hacia él, bajo un arco goteante.

—Tengo una nota para vos, sieur.

Sacó un trozo de papel doblado. Kel leyó rápido el contenido antes de volver a mirar a Delfina, que lo observaba sin curiosidad.

—Así que Gasquet no quería verme.

Delfina negó con la cabeza.

—¿Quién te ha dado esta nota, Delfina? —preguntó Kel.

Ella sonrió, con expresión ilegible.

—En realidad, no sabría decirle. Pasan tantas cosas en Palacio, que una no puede recordarlo todo. —Salió a toda prisa hacia las cocinas.

Kel volvió a bajar la vista hacia la misiva, cuya tinta empezaba a correrse con la humedad de la lluvia.

Reuníos conmigo en la puerta del Sault. Me lo debéis. Lin

La gente de Aram se había reunido para escuchar las palabras de su reina en su momento de mayor necesidad y temor. Los ejércitos de los Hechiceros-Reyes se estaban concentrando en las planicies próximas a Aram. Con Makabi tras ella, la reina Adassa apareció ante la gente ashkar y les habló. —Durante muchos años, nuestra tierra ha estado en paz, mientras que las que nos rodean, estaban en guerra —dijo—. Pero esa época ha finalizado. Los malvados y los hambrientos de poder nos traen la guerra, y Aram debe responder. Y la gente prorrumpió en gritos, pues temían por sus familias y sus vidas, y dijeron: —Pero, reina, Aram es un país muy pequeño, y con semejante poder enfrentándose a nosotros, ¿cómo vamos a resistir? Y Adassa contestó: —Los Hechiceros-Reyes como Suleman solo saben ganar poder por medio de la fuerza. No entienden lo que se entrega de forma gratuita. —Extendió las manos—. No puedo obligaros a compartir vuestra fuerza conmigo, algo que me protegería contra nuestro enemigo. Solo puedo pedíroslo. Pero aunque sus palabras eran valientes, en el fondo estaba asustada. Quizá nadie entre su gente iba a querer compartir su fuerza. Quizá se quedaría sola ante los ejércitos de las planicies. Pero Makabi dijo: —Ánimo. Así que la reina abrió las puertas de palacio, y mientras permanecía sentada en el trono, uno a uno, cada uno de sus súbditos pasaron ante ella. Ni uno se quedó atrás: ni los más jóvenes ni los más viejos, ni los enfermos ni los moribundos. Cada uno se presentó y le ofreció una palabra para incrementar el poder de la Piedra-Fuente, una palabra que daban libremente, una palabra que, tras ser ofrecida, nunca más podrían volver a pronunciar. Y ese fue el regalo de la gente de Aram.

Relatos de los Hechiceros-Reyes,
Laocantus Aurus Iovit III

Capítulo catorce

Lin llevaba más de una hora esperando fuera de las puertas del Sault cuando Kel llegó. Estaba de mal humor; había estado lloviznando de forma intermitente. Durante la primera hora, al menos, había tenido la compañía de Mariam; se habían sentado en el borde de una cisterna de piedra, con Mariam esperando ansiosa a que apareciera un carruaje de Marivent. Estaba encantada con la posibilidad de ver al primo del príncipe.

—Tiene parte marakandí, ¿verdad? —había preguntado Mariam. Tenía en el regazo una bolsa abierta de *speculaas*, galletas especiadas de Gelstaadt, y las comía feliz. En Malgasi, los ashkar habían tenido prohibido el azúcar, y Mariam se había convertido en una golosa insaciable.

—Sí —había respondido Lin, despacio; no estaba segura del todo. El príncipe tenía sangre marakandí por su madre; Kel se parecía mucho a él, así que suponía que era posible, incluso probable. Aun así, odiaba mentirle a Mariam, incluso sobre cosas pequeñas, y se había visto obligada a hacerlo con demasiada frecuencia en los últimos días.

—Recuerdo Marakand —dijo Mariam, con algo de nostalgia—. Qué tejidos más bonitos había allí. Sedas, satenes y brocados, todos tejidos con esos diseños preciosos. Recuerdo que una vez vi un desfile de los dos reyes, en Kasavan. Todos los cortesanos llevaban bordado verde con seda color azafrán que parecía una llamarada...

«Los dos reyes.» Marakand tenía un trono doble, ocupado en ese momento por dos hermanos. La reina Lilibet era hermana de ellos. Lin se preguntó si, en el caso de no haberse marchado a Castelana, se habría sentado en uno de esos tronos. ¿O quizá sus probabilidades de ser reina eran más altas en Castelana que en su país natal?

Mariam reprimió un gritito. Lin miró a su amiga, sorprendida, y vio que se había quedado pálida. Estaba mirando hacia la Ruta Magna. Lin miró, pero solo vio la maraña habitual de tráfico y viandantes mojados, buscando resguardo de la llovizna bajo arcadas de piedra. Entre ellos, había un enorme carruaje oscuro pintado en un profundo gris carbón, con la capota lacada reluciente por la lluvia. Cuando pasó, Lin vio el blasón en un lateral: un lobo negro y gris, mostrando los dientes, listo para atacar.

—¿Mariam? —Le puso una mano en el brazo. La sintió temblar.

—Los *vamberj* —susurró Mariam. Se puso en pie como una exhalación, provocando que las galletas especiadas cayeran a un charco.

—¡Mariam! —la llamó Lin, pero su amiga ya había entrado a toda velocidad al Sault, dejando a Lin sin saber qué hacer. Quería ir tras ella, pues no imaginaba cómo sería para Mariam la impresión de ver un carruaje malgasi, tantos años después de haber escapado por los pelos de los soldados *vamberj*. Pero no podía arriesgarse a no ver a Kel. Él no podía entrar en el Sault para dar con ella, y si pensaba que lo había dejado allí tirado, quizá no volviese a ayudarla.

Su preocupación por Mariam solo hizo que empeorase su mal humor. Y cuando Kel llegó en el carruaje de Marivent, que Mariam tanto había deseado ver, Lin estaba tan malhumorada como mojada por la lluvia. Subió al carruaje, rechazando la mano de Kel, y se sentó enfrente de él, colocándose los lisos mechones de pelo detrás de las orejas.

—Ya veo —dijo Kel, mientras le ofrecía un paño cálido de una cesta que llevaba a los pies. Ella tardó un momento en darse cuenta de que era para secarse la cara— que más que llamar a mi médica para que venga a mi lado, ella me ha llamado al suyo.

—Humm —gruñó Lin, frotándose el pelo con el paño. Era agradable sentirse seca—. Necesitaba a alguien que me llevara al Laberinto.

—¿El Laberinto? —Kel parecía sorprendido, pero abrió la ventanilla de su lado y dio la información al conductor. El carruaje empezó a moverse lentamente entre la fila de carretas y carros atascados en la Ruta Magna—. ¿Por qué yo?

—Sois el único *malbushim* que conozco que me debe un favor.

—¿En serio? —Kel se reclinó en el asiento—. ¿Soy el único? ¿Y qué me decís de Antonetta Alleyne?

—Demoselle Alleyne es una joven dama respetable —respondió Lin—. Se quedaría horrorizada si le pidiera que me llevara al Laberinto. Pero estoy segura de que vos y los otros amigos del príncipe pasáis mucho tiempo por allí, entregados a actividades indeseables. Además, prefiero pensar que ya le he pedido demasiado.

—Me sorprendió que consiguierais convencerla para que os introdujera en Palacio —admitió Kel.

A Mariam le habría decepcionado el atuendo de Kel, pensó Lin. Iba vestido muy normal, con ropa ancha negra y una camisa blanca, aunque los adornos de los puños y el cuello debían de haber costado más de lo que Lin ganaba en un mes.

—Fue fácil —dijo Lin—. Le gustáis.

Kel pareció completamente sorprendido. «Hombres», pensó Lin.

—Solo tiene ojos para Conor —contestó él.

—Vi la forma en la que os mira —replicó Lin.

—Ni se atrevería a pensarlo —insistió Kel, y su voz se tornó más áspera—. Su madre la desheredaría.

Lin, al darse cuenta de que había tocado un asunto complicado, pensó que sería mejor cambiar de tema.

—Quizá. —Dejó el paño que había empleado para secarse—. Pero como mujer ashkar, para mí sería ilegal estar en el Laberinto después de la puesta de sol.

—Todo es ilegal en el Laberinto —señaló Kel.

—Tampoco sería muy seguro. La ilegalidad no me protege, ni siquiera de leyes injustas. Ambas son malas. Sola, sería una presa fácil para cualquier criminal del Laberinto. Si estoy con vos, supondrán que soy como vos. *Malbushim*.

—Ya habéis usado antes esa palabra. ¿Qué significa?

Lin no respondió enseguida. La palabra formaba parte del Antiguo Lenguaje de Aram, y la tenía tan interiorizada que se había olvidado de que para Kel sonaría extraña.

—Significa «no ashkar» —contestó—. Bueno, literalmente, significa «prendas». Solo prendas, como una chaqueta o un vestido. Pero lo usamos para referirnos a prendas vacías, prendas que no lleva nadie.

—Trajes vacíos —murmuró Kel—. ¿Sin almas dentro?

—Sí —contestó ella, y se puso un poco roja—. No creo que sea así, por cierto. Lo de las almas.

—No literalmente —apoyó con un amable tono burlón—. Hablando de respetabilidad, ¿qué es lo que queréis del Laberinto?

—El Rey Trapero me pidió que le buscara allí un libro —dijo—. A cambio, me dejará usar los equipos de la Mansión Negra para destilar medicinas, como la que usé para trataros.

—¿No podéis hacer eso en el Sault?

—La mayoría de los aparatos del Sault no les están permitidos a las mujeres. De hecho, me permiten ser médica con muchos reparos.

—¡Eso es ridículo! —exclamó Kel, con firmeza—. Es obvio que sois una excelente médica. Y digo esto como observador imparcial cuya vida no habéis salvado hace poco con vuestro talento. Obviamente.

—Obviamente. —Lin sonrió—. ¿Cómo es que vos, Guardián de Espadas, conocéis al Rey Trapero?

—Me ofreció un trabajo —contestó Kel—. Le dije que no, pero es muy insistente.

El carruaje se detuvo. Habían llegado.

Un viejo arco de piedra, que tiempo atrás había conmemorado una antigua batalla naval, marcaba la entrada al Laberinto. Se bajaron del carruaje (Kel le ofreció la mano a Lin para ayudarla a bajar y, esta vez, Lin sí la aceptó), que los esperaría allí; las calles del Laberinto eran demasiado estrechas para que el vehículo entrara.

Por primera vez, Lin pasó bajo el arco, siguiendo a Kel, y se encontró dentro del Laberinto. Aún podía ver el brillo de la Ruta Magna si miraba atrás, pero no por mucho tiempo. Las estrechas y humeantes callejuelas se la tragaron.

Las farolas de la ciudad no habían llegado allí, igual que no lo habían hecho los Vigilantes. En su lugar, antorchas baratas, que no eran más que trapos empapados en nafta y anudados a postes de madera, ardían en soportes de metal sujetos a muros llenos de agujeros, mucha de cuya pintura se la había llevado el aire salado, hacía mucho tiempo. La oscuridad causaba una profunda sensación opresiva, con los altos y gruesos muros de los almacenes por los que se alzaba el humo que ocultaba la luna y las estrellas.

El lugar olía a pescado pasado, basura y especias. Las casas, donde claramente se amontonaban muchas familias, tenían las puertas abiertas; las ancianas se sentaban en el umbral, removiendo el interior de ollas de metal con largas cucharas sobre fogatas para cocinar. Los marineros que pasaban llevaban al cuello cuencos de metal, y se los tendían, junto con unas pocas monedas, para que les echaran un cucharón de guiso de pescado.

Las fogatas añadían su humo al de las antorchas, haciendo que a Lin le picara la nariz. Era difícil ver nada claramente entre el humo y el gentío. Las caras salían de las sombras y volvían a desvanecerse, como si pertenecieran a fantasmas animados.

Lin permaneció cerca de Kel, por instinto de supervivencia. Si se separaba de él, dudaba de que pudiera encontrar el camino hasta la Ruta Magna. Él caminaba con confianza, así que la burla de ella no había sido del todo desacertada. Sí que conocía bien el Laberinto.

—Cuidado. —Kel señaló un charco de algo rojo negruzco, que Lin esquivó. Él esbozó esa sonrisa ladeada a la que ella estaba empezando a acostumbrarse, pues era habitual en él, una que parecía decir «no me tomo nada demasiado en serio», y añadió—: ¿Qué me decís? ¿El Laberinto es lo que habíais esperado?

Lin dudó. ¿Cómo decir que le resultaba raro, porque en el Sault no había ese tipo de pobreza? Como médica, había estado en casas pobres, pero esto era muy diferente. Este era un lugar que habían dejado pudrirse sin que interviniese ni la caridad ni la ley. Podía ver, a través de ventanas mugrientas, familias al completo durmiendo apiñadas en el suelo de casas estrechas. Adictos al jugo de adormidera yacían sentados contra la pared con la cabeza ladeada mientras los transeúntes los esquivaban como si fueran perros dormidos. Ancianas arrodilladas en los umbrales agitaban cuencos de metal, pidiendo monedas.

—Está lleno, pero se siente como abandonado —dijo Lin.

Él asintió, como observando con tranquilidad la verdad de lo que ella había dicho. Por lo general, Kel era tremendamente calmado, pensó ella. Supuso que se debía a la naturaleza de su trabajo: fingir tranquilidad en situaciones en las que tenía que mentir y mentir, y no dejar de sonreír mientras lo hacía.

Se preguntó si le mentía a ella cuando le sonreía.

—Doy por descontado que cualquier libro que quiera Morettus, es algo que una librería respetable no debería tener —dijo.

—Es un libro sobre magia. —Lin esquivó a un marinero shenzaní sentado en la calle, con la manga medio subida. Un hombre delgado con una chaqueta de soldado hanseático le dibujaba cuidadosamente un tatuaje en el brazo, usando una bandeja de tinta y agujas calentadas. Era un cocodrilo, con la cola enrollada alrededor del brazo del hombre, y las escamas dibujadas en un verde brillante y dorado—. Es todo cuando puedo decir.

—Un libro sobre magia —repitió Kel, pensativo—. Sí que es un material peligroso.

Lin lo miró de reojo. Llegaban suaves ráfagas de aire marítimo, que la hacían temblar, y se mezclaban con el aroma a especias y humo propio del Laberinto. Pasaron cerca de un vendedor ambulante que ofrecía botellas de un líquido oscuro con el que prometía hacer desaparecer las marcas de la viruela y «mejorar la cualidad de la pasión». Lin le lanzó una mirada de desaprobación. Conocía a ese tipo de hombres; en la botella no había más que agua coloreada.

—¿Sabéis lo que planea hacer Morettus con el libro, si lo encontráis? —preguntó Kel.

—No creo que lo quiera para él, exactamente —contestó Lin—. Creo que quiere que yo lo tenga. Para aprender cómo combinar mejor la magia y la medicina.

—Interesante —comentó Kel—. Quizá esté enfermo. O conoce a alguien que lo está.

Lin había estado demasiado preocupada pensando en Mariam para considerar semejante teoría. El Rey Trapero parecía bien a simple vista, demasiado delgado, y quizá demasiado pálido, pero de una manera que sugería intensidad y exceso de trabajo, no enfermedad.

Kel sonrió, con la sonrisa de alguien que recordaba algo.

—Solía jugar a una cosa, de niño, en el orfanato: «Si tuvieras magia, ¿qué harías con ella?». Mi mejor amigo, Cas, y yo solíamos decir que usaríamos la magia para ser los reyes piratas más poderosos de todos los tiempos. Que el oro volaría de las cubiertas de otros barcos hasta nuestros cofres.

Lin no pudo menos que reír.

—¿Soñabais con llegar a ser un pirata perezoso?

Sin esfuerzo, se lo imaginó de pequeño, antes de haber aprendido esa calma sobrenatural, esa sonrisa ladeada. Un niño pequeño como había sido Josit, todo rodillas peladas y pelo revuelto. Pensó que le gustaba. No era difícil: sabía reírse de sí mismo, era divertido, inteligente. Podía entender por qué el príncipe Conor había estado tan desesperado por que sobreviviera.

Habían llegado a la parte central del Camino del Arsenal, la vía principal del Laberinto. La venta de bebida y drogas había dado paso a la de sexo. Hombres y mujeres jóvenes escasamente vestidos, con labios y mejillas pintados, se sentaban en las puertas abiertas de los burdeles, o se agrupaban en las ventanas sin cristal, llamando a los paseantes. Un hombre con un uniforme azul de soldado se detuvo delante de una ventana. Tras un animado intercambio con un grupo de chicas, le hizo un gesto a una de ellas para que se acercara, una joven delgada con el pelo negro y pecas. Salió del prostíbulo y le dedicó una sonrisa al hombre, extendiendo la mano. Bajo la luz de la antorcha de nafta, él contó las monedas mientras las iba poniendo en la palma de ella antes de llevársela a un callejón cercano.

Lin pensó que desaparecerían en las sombras, pero seguían siendo visibles cuando él se detuvo y levantó a la chica para apoyarla contra la pared. Deslizó las manos bajo su falda, y le hundió la cara en el cuello. Ella enrolló las piernas desnudas sobre sus caderas, mientras él se desabotonaba los pantalones y se arrimaba a ella con desesperación febril. Lin no podía oírlos, pero, mientras él se movía, la chica parecía palmearle el hombro, con un gesto casi maternal, como diciendo «ya pasó, ya pasó».

Lin notó que se ponía colorada. Que fue lo que consiguió, supuso, por haberse quedado allí mirando; Kel se había alejado para echar una moneda en el tarro de un niño con una chaqueta rota varias tallas más grande. Solo había sido un momento, pero cuando volvió, vio la cara de Lin, miró hacia el callejón, y sonrió sarcástico.

—Eso es lo que llaman «carga de media corona» —dijo—. Es más barato si no tienes que pagar por una habitación. Y no —añadió—, no lo sé por propia experiencia.

—Es que... Bueno, no es como en el distrito del Templo, ¿no? Los cortesanos allí tienen revisiones de salud de forma regular hechas por médicos. Para su propia protección —añadió, sabiendo que probablemente sonaría extremadamente remilgada—, como debe ser.

—Trabajar en el distrito del Templo es ser un cortesano —explicó Kel, sonando inusualmente sombrío—. Trabajar aquí en el Laberinto es estar desesperado. —Trató de sacudirse la seriedad, como una garza que se sacudiera el agua de las plumas—. Vamos. No estamos lejos del mercado.

Se pusieron en marcha juntos.

—Me dijisteis que el Rey Trapero os ofreció un trabajo. ¿Un trabajo haciendo qué?

—Espiar para él, por lo visto. Quiere saber lo que se cuece

entre las familias de los fueros. Tiene algunos ojos en la Colina, pero no en cada habitación.

—Y espiar al príncipe heredero también, imagino. Lo cual parece tremendamente peligroso.

—No importa. Nunca lo haría. —Kel exhaló y miró hacia las estrellas, que eran casi invisibles más allá del brillo de la luz de las antorchas—. Me siento como si la gente no dejara de preguntarme por qué no traiciono a Conor —dijo, y Lin sintió una sacudida, como siempre que alguien se refería al príncipe familiarmente. Era el príncipe heredero Aurelian; seguro que para él era raro tener algo tan simple como un nombre común—. No fue él quien vino a buscarme al orfanato. No fue él quien me convirtió en Guardián de Espadas. Y si no me hubiera convertido en Guardián de Espadas, probablemente habría acabado aquí. —Señaló el Laberinto con un gesto—. Cuando tenía doce años, me caí de un caballo. Me rompí la pierna. Les preocupaba que me pudiera quedar cojo, que mi modo de andar no pudiese remedar el de Conor después de eso. Estuvieron a punto de dejarme en la calle. Conor dijo que si yo acababa cojo, él se rompería una pierna con un martillo. De hecho, dijo que lo haría si me echaban.

Lin se encontró a sí misma cautivada por la historia.

—¿Y qué pasó?

—Me curé de la cojera.

«Así que el príncipe nunca tuvo que cumplir su promesa», pensó Lin, pero no se atrevió a decirlo en alto. Era una historia horrible, pero Kel la había contado como si fuera un recuerdo agradable. Un momento de gracia en una vida extraña y brutal.

—No debería haberos contado eso —dijo, arrepentido—. Probablemente sea un secreto de Estado. Pero a la mierda. Vos ya lo sabéis todo.

Lin se quedó demasiado sorprendida para responder, pero no importó. Habían llegado a su destino. En ese punto, el Camino del Arsenal se curvaba hacia el exterior de la ciudad, adentrándose en sombras donde los almacenes y las tiendas se amontonaban como juguetes olvidados. Allí se abría una plaza, uno de cuyos lados se apoyaba contra el Arrecife; Lin pudo ver el brillo de la luz en el agua a través de los estrechos huecos entre los edificios, y oyó el romper de las olas.

El interior de la plaza estaba ocupado por mesas alineadas, algunas de madera, algunas de cajas apiladas apresuradamente con un paño cubriéndolas, en las cuales se mostraban objetos varios. Lin se apresuró a investigar.

Allí había cosas rescatadas del fondo del mar, lanzadas al agua por la fuerza del Fuego Mágico durante la guerra de la Fractura. Por primera vez, Lin vio escritura mágica que no era gematría. Elegantes letras con volutas rodeando una caja de madera grabada, o incrustadas en el mango de una daga oxidada. Se acercó para mirar mientras una vendedora con una *satika* hindí, cogía la daga y la blandía orgullosa.

—No es una daga cualquiera —explicó, como respuesta a la mirada curiosa de Lin—, pues no corta la piel o la carne, sino las emociones. Puede cortar el odio y la amargura y acabar con ellos. Puede cortar el amor y darle fin.

—Maravilloso —dijo Kel, saliendo de la nada, y poniendo voz de niño rico que husmea por los barrios bajos para distraerse—, pero no es lo que necesitamos. Ven aquí, querida.

Lin puso los ojos en blanco, ¿querida?, ¿en serio?, pero lo siguió hasta otra mesa, repleta de bolsitas de hierbas atadas con lazos, y hechizos escritos a mano, que Lin supo, con una sola mirada, que eran tonterías. Cartas adivinatorias y todo tipo de objetos, armas, colgantes y hasta brújulas, mezclados con fragmentos de cristal de la Fractura.

A Lin se le cayó el alma a los pies. Era una tonta por haber ido allí. En ese mercado no había magia real, ni conocimiento prohibido. Solo un montón de trastos relucientes e inútiles, como el contenido del nido de una urraca. Quería darle un puñetazo a una ventana, gritar.

Mientras se daba la vuelta, vio de refilón un libro cuya cubierta de cuero rojo le resultó familiar. Corrió a mirarlo. Era uno de los de Petrov. Pero se desanimó cuando le dio la vuelta, y luego el siguiente, y el otro. El libro con el sol radial estampado en el lomo no estaba entre ellos. Eran solo una colección de libros sobre la interpretación de los sueños y la lectura de manos, y unos pocos tomos de gematría (uno se titulaba *El misterioso poder de los alfabetos*), sin duda prohibidos entre los *malbushim*, pero sin utilidad para ella.

—¿Os interesa el lote de libros, por lo que veo?

Lin alzó la vista y se dio cuenta de que el vendedor se le había acercado. Era un hombre alto con un abrigo de botones de bronce, voz aflautada y un espeso pelo rojizo que empezaba a volverse gris.

—Buscaba un libro en particular —dijo ella—. La obra de Qasmuna.

—¡Caramba! —exclamó él—. Una experta en el área de los grimorios, por lo que veo. —Lin se mordió la lengua—. Entre estos, hubo un volumen de Qasmuna —añadió, señalando los libros que quedaban—, pero me temo que se lo llevó inmediatamente un individuo conocedor.

—¿Quién? —preguntó Lin, sin aliento—. Quizá esa persona esté dispuesta a vendérmelo a mí.

El vendedor sonrió. Le faltaban varios dientes.

—Cielos —dijo—. Mis clientes confían en mi discreción. ¿Quizá alguna otra cosa...?

—Estos libros pertenecían a un amigo —explicó Lin, dejando los pretextos de lado—. Su casera los vendió cuando él murió. ¿No tenéis nada más que pudiera haberle pertenecido?

Se sintió estúpida al instante. El hombre no tenía el menor aspecto de ser fiable; seguro que sacaría los volúmenes de menos valor e intentaría aprovecharse de su dolor por la pérdida para vendérselos. Lin estaba a punto de irse cuando el hombre cogió algo de debajo de la mesa.

—Esto no pertenecía a vuestro amigo. Pero sí que menciona a Qasmuna. Es otro tipo de libro... No de hechizos, sino de historia.

Lin se acercó a examinarlo. Era un libro antiguo, encuadernado en un cuero pálido que se había vuelto grisáceo con el tiempo. El título, *Cuentos de los Reyes-Hechiceros*, estaba estampado en dorado sobre la cubierta, igual que el nombre del autor: Laocantus Aurus Iovit.

—El intento de un historiador de explicar la Fractura —dijo el vendedor—. Cuando el Imperio cayó, la mayoría de las copias se destruyeron. Pero no todas. Un objeto difícil de encontrar... diez coronas de oro.

—No las vale —dijo Kel, que había aparecido al lado de Lin—. Lo he leído. Un poco de historia, y luego un montón de alabanzas a varios emperadores por su generosidad y sabiduría al condenar a muerte a varios magos. Y poco más.

El vendedor los miraba con enfado mientras Kel y ella se alejaban.

—No era necesario que insultarais su libro —observó Lin, malhumorada.

Kel se encogió de hombros.

—Le mandaré una carta de disculpa. Me han educado muy bien en lo que a etiqueta se refiere. —Miró a Lin—. Siento que no tuviera lo que queríais. ¿Es muy importante?

—Sí, yo... —Habló casi sin pensar—. Tengo una amiga. Se está muriendo. Haría cualquier cosa por curarla. Quizá haya algo en ese libro que yo pueda aprender y me ayude a encontrar una cura. —Lin lo miró—. Supongo que ese es mi secreto de Estado.

—Lo siento —dijo él, y de repente a ella le entraron ganas de llorar. Pero no lo haría delante de él, se dijo con determinación. Él le caía bien, lo que era muy raro, pues seguía siendo un *malbesh* y un extraño.

Vio algo por el rabillo del ojo que le llamó la atención. ¿Un gesto familiar, una cara familiar? No estaba segura de lo que era, pero volvió la cabeza y, cuando lo hizo, vio a Oren Kandel.

Se movía entre las mesas, mirando todos los objetos con indiferencia. No llevaba nada que lo identificara como ashkar. Su ropa era ropa de mercader, gris y de lino. La mata de pelo negro casi le escondía los ojos, pero en cualquier momento podría alzar la vista... y verla y reconocerla.

—Lo conozco —susurró, con el volumen justo para que Kel la oyera—. Es ashkar.

—¿Y él os conoce?

—Nos conocemos todos. —Se arrinconó contra la muralla—. Me va a ver —murmuró—. Se lo dirá al Maharam.

Como si la hubiera oído, Oren alzó la cabeza. Empezó a

darse la vuelta... y Lin se quedó atrapada, con el cuerpo bloqueado por el de Kel. Tenía los brazos alrededor de ella. Lin lo miró sorprendida y vio la luna reflejada en sus ojos.

—Mírame —le dijo, y la besó.

A pesar de la rapidez y la sorpresa, el beso fue agradable. Los labios de él apresaron los suyos con una facilidad experta y alzó las manos para acariciarle la cara. Ella sabía que él estaba ocultándola, escondiendo sus rasgos del hombre que, de lo contrario, podría reconocerla. El tacto de sus palmas con cicatrices era áspero y suave a la vez, como la lengua de un gato.

Ella dejó que su cabeza reposara en las manos de él. Ya la habían besado antes, en el Festival de la Diosa. Era la única ocasión en la que se podía besar sin tener ningún vínculo o responsabilidad... ni la vergüenza de que se supiera. Pero aquella vez había sido un rápido roce de labios, nada que ver con lo que estaba experimentando en ese momento.

Ella pensó que él besaba como un noble. Como alguien que lo ha hecho muchas veces antes porque le estaba permitido; porque vivía en un mundo donde los besos no eran promesas, donde eran tan comunes y brillantes como la magia antes de la Fractura. Había algo experto, si no desapasionado, en la forma en la que él exploraba la boca de ella, provocándole chispas por toda la piel, como las ascuas de un fuego agitado que esparce luminosidad. Una especie de calor le invadió el cuerpo; le temblaron las rodillas, y también las manos, que tenía asidas a las solapas del abrigo de él.

Cuando se apartaron, fue debido al sonido de los silbidos y los piropos. Miró a su alrededor, medio mareada; Oren ya no estaba.

Kel agradeció la atención de la muchedumbre con un asentimiento arrogante que a Lin le recordó, casi provocándole un escalofrío, al príncipe. ¿Besar al príncipe sería parecido a besar a Kel?

Apartó ese pensamiento instantáneamente. Una vez que la gente perdió el interés, Kel la condujo tras una esquina, de vuelta a la parte más amplia del Camino del Arsenal.

—¿Estáis bien? —susurró—. Lo siento. Fue lo único que se me ocurrió.

—¿En serio? ¿Eso fue lo único que se os ocurrió? —Lin se tocó la boca. Aún sentía un cosquilleo en los labios. Había sido un beso muy contundente.

—Sí. —Él sonaba arrepentido—. Siento si ha sido horrible.

Parecía avergonzado como un cachorro al que hubieran pillado mordiendo una zapatilla. Lin no pudo evitar sonreír.

—No ha sido horrible. Y gracias. Si Oren me hubiera visto... —Tembló.

—Entonces —dijo él—, ¿deseáis intentar descubrir quién ha comprado ese libro que está buscando Andreyen? Puede que tengáis razón y sea posible volver a comprarlo...

Lin se quedó helada. Veía una sombra separarse de un grupo de otras sombras y aproximarse a ellos: un hombre, con la cara oculta en la penumbra.

El hombre era de estatura media, vestía un abrigo con multitud de hebillas sobre el pecho. Tenía la mayor parte de la cara oculta tras una máscara de metal bruñido. Por lo poco que podía ver, Lin supuso que era joven y el abultado tejido de cicatrices que le rodeaba el ojo derecho sugería que había estado en unas cuantas peleas.

Kel exhaló.

—Jerrod —dijo.

—Perdón por interrumpir lo que quiera que sea esto —saludó Jerrod, señalando a Lin de una forma que a ella le pareció insultante y despectiva—, pero ¿recordáis esa reunión que queríais? Es ahora.

Kel pareció molesto.

—¿Me habéis estado siguiendo?

—Obviamente —contestó Jerrod, como si Kel fuera tonto por preguntar.

Resultaba evidente que no existía aprecio entre ambos.

—Prosper Beck quiere verme ahora —dijo Kel. Miró a Lin—. Beck es como el Rey Trapero, pero peor.

—Qué maleducado —comentó Jerrod.

—¿Por qué queréis hablar con alguien peor que el Rey Trapero? —preguntó Lin, perpleja.

—No quiero —dijo Kel—, tengo que hacerlo. —Se volvió hacia Jerrod—. ¿Puedo llevarla conmigo?

Jerrod negó con la cabeza.

—No, solo vos.

—No puedo dejar aquí a mi amiga —explicó Kel—. Dejadme llevarla de vuelta hacia el... hacia nuestro carruaje, y vuelvo enseguida a buscaros.

—No —replicó Jerrod. Lin tuvo la sensación de que disfrutaba negándose—. Venid conmigo ahora o no hay trato.

—Entonces volvemos al punto que estábamos en la tienda de fideos —dijo Kel—. Os perseguiré hasta la muerte, etcétera, etcétera.

—Por todos los infiernos —murmuró Jerrod—. Debería haberos matado cuando tuve la oportunidad. Esperad aquí —dijo, y desapareció de nuevo entre las sombras.

—Parece agradable —comentó Lin.

Kel, con aspecto agobiado, le medio sonrió.

—No es un hombre de trato fácil. Pero es mi única vía hacia Beck.

—¿Es un gateador? —preguntó Lin.

Kel se mostró sorprendido.

—¿Cómo lo habéis adivinado?

—Polvo de yeso en los dedos —respondió Lin—. Tuve un paciente que había sido gateador de joven. Me dijo que lo usaban para mejorar el agarre. —Dudó—. ¿Fue uno de los que...?

—¿Me atacó en el callejón? —completó Kel—. Sí, pero estoy trabajando en librarme del rencor. Además, fue un error.

Jerrod volvió antes de que Lin pudiera preguntar qué quería decir. Esta vez llevaba un carruaje con él, un pequeño vehículo de aspecto liviano con los laterales abiertos. Una joven con el pelo negro casi rapado ocupaba el asiento del conductor. También tenía polvo de yeso en los dedos.

—Prosper Beck os ofrece el uso del carruaje y la conductora para llevar a vuestra amiga a casa —dijo Jerrod, en un tono que indicaba que aquel era el ofrecimiento más generoso que nadie jamás le había hecho—. Aceptad la oferta o salid del Laberinto.

Kel frunció el ceño. Empezó a protestar, pero Lin lo interrumpió.

—Aceptamos la oferta.

Se subió al carruaje, lo cual resultó muy sencillo pues era muy bajo y ligero, como si estuviera destinado a hacer carreras, y se instaló en el asiento. Kel se asomó al interior.

—¿Estáis segura?

Ella asintió. El libro de Qasmuna no estaba allí. Se sentía vacía y cansada y lo único que deseaba era irse a casa y rehacer sus planes. También sentía una ligera ansiedad en el pecho, a causa de Mariam. Sería mejor ir a ver cómo estaba.

Kel dio un paso atrás.

—Llevadla hasta las puertas del Sault —le dijo a la conductora—. No os desviéis.

—Por supuesto que no —dijo Jerrod—, u os envenenará.

Esto provocó una mirada de alarma en la conductora. Alzó las riendas, jaleando a los caballos, mientras Lin se preguntó qué demonios querría decir con eso. Recordó a Merren, el chico guapo de la Mansión Negra que se había autodenominado envenenador. Supuso, mientras el carruaje empezaba a moverse a través del tráfico del Camino del Arsenal, que no sería una coincidencia. Era como si, de alguna manera, todo condujera al Rey Trapero, como los hilos de una red, dirigidos todos hacia la araña del centro. Se preguntó si ella sería una observadora de la red o, también, una mosca atrapada.

Cuando todo su pueblo hubo pasado ante ella, y su Piedra-Fuente no podía contener más poder, la reina Adassa subió a la cima de la torre de Balal, y allí se sintió descorazonada, pues pudo ver, fuera de los muros de la ciudad, la congregación de ejércitos de los Hechiceros-Reyes. Llamó a Makabi: —Mi mano derecha, ahora debéis dejarme. Dejadme y salvad a nuestro pueblo. Makabi no quería abandonar a su reina, pero hizo lo que esta le pedía. Reunió a las gentes de Aram y les dijo que su reina contendría a los ejércitos mientras ellos huían. —La tierra de Aram debemos abandonar —dijo—. El fuego de la guerra la devorará. Pero el espíritu de Aram es el espíritu de su gente, y seguirá vivo mientras lo llevemos con nosotros. Con gran pesar, la gente ashkar siguió a Makabi hacia los desconocidos territorios del oeste.

Relatos de los Hechiceros-Reyes,
LAOCANTUS AURUS IOVIT III

Capítulo quince

Kel siguió a Jerrod, en silencio, por el Camino del Arsenal. (Se sentía un poco estúpido: debía de haber sabido que, en cuanto entrara en el Laberinto, alguno de los gateadores de Jerrod le habría avisado de su presencia. Después de todo, el Laberinto era territorio de Beck.)

Finalmente, llegaron a un almacén de ventanas cegadas con pintura. Jerrod lo condujo al interior y por un largo pasillo que parecía decorado a rayas; Kel se dio cuenta, al observarlo más de cerca, que la pintura se estaba cayendo a tiras por el deterioro. Había tirabuzones de pintura desperdigados por el suelo y crujían bajo las botas como hojas secas. Desde el lejano extremo del pasillo, llegaba el brillo de unas luces que se movían y el sonido de voces.

El pasillo acababa de forma abrupta, abriéndose a una enorme estancia. Allí, Kel se detuvo un momento para observar. Faroles de cristal colgaban de un techo que desaparecía en la oscuridad, iluminando débilmente docenas de mesas repartidas por el tosco suelo de madera de lo que era claramente un taller de astilleros, de los días previos a que semejante trabajo se trasladara fuera de la ciudad, al Arsenal. Un racimo de ganchos oxidados, en los cuales se habrían puesto a secar las velas, colgaban del techo. La enorme sombra de un barco a medio construir se cernía sobre una cestilla de cofa colocada bocabajo, alrededor de la cual seis o siete hombres jugaban al *lansquenet* con brillantes fichas de nácar. Probablemente, las cambiarían por dinero al final de la noche.

No todos los del lugar estaban jugando. Había hombres y mujeres vestidos de terciopelo azul oscuro que se movían entre la multitud, cogiendo dinero, y entregando vales de apuesta y sirviendo botellas de vino: claramente, empleados de Beck. Unos pocos jóvenes retozaban sobre botes auxiliares llenos de cojines, bebiendo un *pastisson* de un color verde extrañamente brillante, del tipo que hacía ver fantasmas. Un hombre dormía apoyado en un ancla oxidada, con la botella firmemente cogida en el regazo, y una sonrisa tan beatífica como la de un niño. Iban vestidos con más elegancia que la media de los habitantes del Laberinto, en seda y paño dorado, y con joyas brillándoles en el cuello y los dedos. Como Kel no reconoció a ninguno, supuso que eran ricos maestros de gremios y mercaderes, no habitantes de la Colina.

Aunque se preguntó, asombrado, por qué Montfaucon o Falconet no irían a un lugar como ese. O Roverge, o hasta Conor. Aunque Conor decía que nunca había visto a Prosper Beck, eso no quería decir que Prosper Beck no lo hubiera visto a él.

Las literas de los barcos, fuera de los camarotes, estaban apiladas contra uno de los muros. Unas cortinas diáfanas las escondían parcialmente; mientras pasaban, Kel se dio cuenta de que había movimiento tras las cortinas. Figuras que se retorcían en los pequeños compartimentos, jadeos ahogados y susurros, el destello ocasional de una luz sobre piel desnuda o terciopelo oscuro.

—Las meretrices de aquí trabajan para Beck —dijo Jerrod mientras cruzaban la estancia—. Les paga bien, y los gateadores las protegemos. Mientras sigáis gastando dinero en las mesas, sus servicios son gratis.

El borde de una cortina diáfana se movió ligeramente. Kel vio a una joven: rizos de color púrpura pálido, una máscara de terciopelo añil. Un brazo la envolvió desde detrás, y la mano se deslizó dentro de su corpiño. Ella cerró los ojos mientras la cortina volvía a ocultarlos.

Kel pensó en Sila, y en Merren. En Lin. Pensó que últimamente había estado besando a demasiada gente. Estaba en peligro de convertirse en el tipo de bandido romántico de los cuentos, del tipo «él la besó, luego se perdió misteriosamente en la noche».

Había disfrutado aquellos besos, besar a Lin había sido sorprendentemente agradable, pero se conocía lo suficiente para darse cuenta de que estaba buscando algo que aún no había encontrado.

Pero nada de lo que había en aquellas literas lo atraía. Había algo un poco desesperado en semejante libertinaje público. Cuando Jerrod y él se dirigían hacia una cortina de terciopelo en el otro extremo de la sala, casi chocaron con un joven marinero malgasi que apareció bajándose las mangas de su chaqueta de color cobre. Pero no antes de que Kel reparase en las marcas de pinchazos que lucía en el antebrazo. Parecían recientes. El chico lo miró brevemente; tenía las pupilas muy dilatadas, como platos negros. Así era como se empezaba, pensó Kel; pronto sería uno de los adictos demacrados que se tambaleaban por el Laberinto.

—¿Así que este es el cuartel general de Beck? —preguntó cuando pasaron la cortina y se encontraron en el hueco de una escalera. Unos escalones destartalados llevaban hacia arriba. Las lámparas se mecían en los ganchos de las paredes. Había cajas apiladas de botellas con etiquetas verde brillante que anunciaban el producto como VINO DEL MONO CANTANTE. Un nombre peculiar para una cosecha.

Jerrod iba delante.

—Uno de tantos —contestó—. Beck no es como tu Rey Trapero, con su Mansión Negra y sus aires de caballero. Él posee una veintena de edificios, cada uno dedicado a diferentes negocios, y se mueve entre ellos. Un día una fábrica, otro un templo antiguo. Es inteligente, en realidad.

—¿Y cómo habéis acabado trabajando para Beck? —preguntó Kel. Habían llegado a un pequeño descansillo.

Pero Jerrod parecía no tener ganas de charlas.

—No es asunto vuestro —dijo, empujando con el hombro una puerta, que se abrió con un crujido de sus oxidadas bisagras.

Otro pequeño pasillo ante Jerrod condujo a Kel a una habitación que parecía haber sido alguna vez una oficina. Tenía cierto aspecto náutico, las paredes pintadas de azul marino y mapas polvorientos de puertos lejanos. Un escritorio de madera de nogal tallada ocupaba la mayor parte del espacio.

En un lado del escritorio había una silla de madera vacía; en el otro se sentaba un hombre que pasó la vista rápidamente de Kel a Jerrod y asintió.

—Bien —dijo, con voz gutural—, lo has traído.

Así que aquel era Prosper Beck.

Beck era un hombre grande, mucho más grande de lo que Kel había imaginado. Fornido y de hombros anchos, tenía la nariz engrosada como si se la hubiera roto más de una vez. Un oscuro rastrojo de barba sombreaba una quijada larga. Vestía un abrigo muy elaborado de bordado escarlata y plateado que, de alguna manera, quedaba raro en un cuello que era como el tronco de un árbol y unos puños del tamaño de platos. De hecho, Beck, en general, era lo contrario a lo que Kel se había imaginado.

Bueno, eso era lo que pasaba cuando se hacían hipótesis.

Kel lo observó, preguntándose qué decir. Hacía mucho, cuando aprendía etiqueta en Marivent, se había quejado a Mayesh de que no entendía por qué necesitaba memorizar los cientos de maneras diferentes de saludar a la nobleza extranjera, la manera correcta de eludir preguntas sin ofender, las distintas reverencias apropiadas para cada ocasión.

—La política es un juego —le había contestado Mayesh—. Los modales te dan las herramientas para jugar a ese juego. Y es un juego tan peligroso como cualquier lucha de espadas. Piensa en la etiqueta como en una especie de armadura.

Y así Kel, mentalmente, se puso su armadura de modales. Las grebas y guanteletes de las sonrisas educadas, los brazales de las respuestas cuidadosas que no revelaban nada, el yelmo y el visor de las expresiones impenetrables.

—¿Puedo sentarme? —preguntó.

Beck señaló el asiento frente al suyo.

—Sentaos.

Kel se sentó en la silla de madera. Era incómoda. Era consciente de que Jerrod seguía allí, contra la pared, de brazos cruzados. Kel no era tan tonto como para pensar que Jerrod era el único que lo observaba, el único preparado para saltar en defensa de Beck si Kel ocasionaba problemas. Aunque Beck parecía capaz de defenderse solo.

—Sois el primo del príncipe —tronó Beck—, Anjuman de Marakand. ¿Qué mensaje tiene Palacio para mí?

—No vengo de parte de la Casa Aurelian —contestó Kel—, solo del príncipe Conor. Y él no sabe que estoy aquí. No lo sabe nadie.

«Ahí está», pensó Kel. Había destapado una vulnerabilidad, como quien pone una carta sobre la mesa. No lo apoyaba Palacio. Estaba solo.

—¡Ah! —exclamó Beck—. ¿Están al tanto de la deuda de Conor? ¿Las diez mil coronas?

—Solo yo estoy al tanto —contestó Kel—. Una vez que el rey lo sepa, la situación dejará de estar bajo mi control. No se puede saber lo que hará. Pero tiene un ejército a su disposición, por no mencionar al Escuadrón de la Flecha.

Prosper Beck esbozó una ligera sonrisa.

—Estáis amenazándome, pero de forma indirecta —dijo—. Curioso. Ahora dejadme que os pregunte algo: ¿por qué estáis haciendo todo esto por Conor Aurelian?

—Porque —respondió Kel, cuidadoso— es mi familia. —«Seguro que los criminales comprenden lo que es "la familia".»

—¿Así que vos y el príncipe sois íntimos? ¿Tenéis su confianza?

—Sí.

—Entonces os sorprenderá escuchar que reembolsó su deuda esta mañana —informó Beck, con ojos brillantes—. Entera.

Kel se quedó un segundo sin respiración. Pensó en su armadura. «Recordad vuestro visor, la máscara que debéis llevar.» Mantuvo la expresión neutral mientras hablaba.

—¿Las diez mil coronas al completo?

Beck pareció satisfecho.

—Así que estáis sorprendido.

—Lo que me sorprende —repuso Kel— es que, con la deuda ya pagada —se negaba a decir «reembolsada»—, hayáis accedido a encontraros conmigo.

Beck se reclinó en el asiento. Observaba a Kel. Tenía los ojos oscuros, opacos como el metal.

—Envenenasteis a Jerrod. Pensé que eso era... interesante. Me hizo interesarme en vos.

Jerrod se aclaró la garganta.

—Aunque la deuda del príncipe ya no sea un asunto que resolver —continuó Beck—, admiro a las personas con coraje, algo que vos parecéis tener. Y estoy seguro de que deseáis saber de dónde proviene el dinero con el que establecí mi negocio. En concreto, quién de la Colina me lo dio. Una persona que, por decirlo de alguna manera, tiene un gran deseo de desestabilizar la monarquía. Fue idea suya —dijo, con una ligera sonrisa— que yo comprara las deudas de Conor. Y me dio el dinero para hacerlo.

Kel notaba el corazón latiendo desbocado.

—¿Por qué iba a creer —preguntó— que os volveríais contra vuestro mecenas?

Beck soltó un bufido.

—¿Por qué no iba a hacerlo? Si resulta que acaba en el Truco, me quedaré con las diez mil coronas al completo, no solo con una parte.

—Me estáis ofreciendo contarme quién de la Colina está traicionando a la Casa Aurelian —concretó Kel—. Pero no me habéis dicho qué queréis a cambio.

—Antonetta Alleyne —dijo Beck.

En el silencio posterior, se podría haber escuchado el vuelo de una mosca. Kel pensó en su armadura imaginaria, pero no lo ayudó. La rabia le recorría las venas como los hilos de una marioneta. Miró a Jerrod, como si precisamente Jerrod fuera a ayudarlo, pero este se hallaba en la puerta, hablando en voz baja con un chico vestido con un traje de terciopelo azul.

—En concreto —prosiguió Beck, mientras el chico salía de

la habitación—, un colgante que pertenece a Antonetta Alleyne. Un medallón dorado con forma de corazón.

—No puede ser tan valioso —repuso Kel sin ser capaz de detenerse—. ¿Por qué...?

—Lo que quiero es lo que hay en su interior —explicó Beck—. Cierta información.

—¿Información que podría perjudicarle? —preguntó Kel.

—Tiene demasiada protección y riqueza para que nada le perjudique —replicó Beck, despectivo—, y la información que tengo podría salvar a vuestro adorado príncipe, incluso a la Casa Aurelian. —Se apoyó en el respaldo—. Conseguidme el colgante. Luego hablaremos.

—¿Y si no lo consigo?

—No hablaremos. Y habréis venido para nada. —Encogió los enormes hombros—. No tengo nada más que deciros. Podéis iros, primo del príncipe.

Beck lo observaba con su extraña mirada metálica. «Qué demonios», pensó Kel. También podía preguntar. Así que lo hizo de forma abrupta, intentando coger a Beck con la guardia baja.

—¿Dónde consiguió Conor el dinero para pagaros?

Beck levantó las manos.

—No lo sé —dijo—, ni me importa. Un detalle raro es que me pagó en liras sarthianas. —Se rio—. No es que me importe. El oro siempre es oro.

—Tenemos que ir abajo —le dijo Jerrod a Beck—. Se ha armado una trifulca por una mano de *lansquenet*. Las cosas se están poniendo violentas.

Beck se puso en pie y, sin más palabras, siguió a Jerrod fuera de la habitación. Kel lo observó irse. Había algo raro en Beck, algo que no cuadraba, pero no era capaz de precisar qué, y no parecía que Jerrod y Beck fueran a volver. Tras un rato sentado solo en la habitación, Kel se puso en pie y se encogió de hombros.

—Bueno, pues de acuerdo —dijo—, me acompañaré yo mismo a la salida.

Cuando Lin volvió al Sault, se sentía como si hubiera viajado mucho más lejos de casa que la simple distancia al Laberinto. Se sintió absurdamente feliz de ver de nuevo el lugar, y se preguntó si era así como se sentía Josit cuando volvía de los Caminos Dorados. (Sospechaba que no; siempre estaba feliz de verla, y de ver a Mariam, pero mantenía un aire de melancolía, como si su cuerpo estuviera en el Sault, pero su mente aún siguiera viajando.)

Fue inmediatamente al Etse Kebeth, la Casa de las Mujeres, y se encontró a Chana en la cocina. Chana negó con la cabeza cuando vio a Lin.

—Mari está dormida —dijo—. No estaba bien. Tuve que darle pasiflora para calmarla. —La miró suspicaz—. ¿Qué le has dicho?

—Nada —protestó Lin—. Vio un carruaje real malgasi en la Ruta Magna. Le produjo una gran impresión.

—Ah. —Chana jugueteaba con el fleco adornado con cuentas que ribeteaba los puños de la camisa—. Pensé que igual había sido algo relacionado con el Tevath. El Festival de la Diosa. —Meneó la cabeza—. No había pensado en algo tan doloroso. A Mariam le ha costado tanto sentirse segura en Castelana... Ver un carruaje malgasi aquí...

—Dijo algo sobre los *vamberj*... —informó Lin.

—Son la guardia personal de la reina en Favár —explicó Chana—. Se cubren el rostro con máscaras de lobo plateadas, y cazan a los ashkar por la calle, como un lobo cazaría a un conejo. —Tembló y le hizo un gesto a Lin para que se acercara—. Niña querida —le dijo, rodeándole la cintura con un brazo—, has andado mucho por la ciudad en estos últimos días. Ten mucho cuidado.

«Si ella supiera», pensó Lin. Besó la arrugada frente de Chana y salió de allí a la noche oscura. Mientras cruzaba el Sault, de camino a casa, vio el brillo de los faroles y se dio cuenta, con un respingo, de que había sido el día de la ceremonia nupcial de Mez y Rahel.

Se apresuró hacia el Kathot. Todavía había luz. Las lámparas redondas de cristal colgaban de las higueras y los almendros como lunas suspendidas. Los adoquines mojados estaban cubiertos de pétalos de rosas rojas y blancas, igual que los escalones del Shulamat.

Largas mesas cubiertas con una elegante mantelería de lino contenían los restos del banquete nupcial: botellas de vino medio vacías; migas de pan dulce y pastel. Lin cerró los ojos. Podía imaginárselo todo: Mez y Rahel con sus mejores galas, abrazados el uno al otro; el Maharam con su báculo, agradeciendo las bendiciones de la Diosa: «Alegría y felicidad, parejas que se aman, regocijo y cantos, comunidades cercanas, paz y compañía». Habría habido regalos: copas de bendición de plata, hechas en Hind; cuencos de invocación de oro de Hanse. De Marakand, libros de oraciones de cuero tachonado con piedras semipreciosas. Era tradición que los regalos de bodas fueran de sitios lejanos, como recordatorio de que el mundo estaba lleno de ashkar, hermanas y hermanos. No estaban solos en Castelana.

Lin se sintió repentinamente sola. Ojalá hubiera podido ver a Mariam en la Casa de las Mujeres al volver del Laberinto; podría intentarlo de nuevo, pero ya era demasiado tarde y no quería despertar a su amiga. Lo mejor sería volver a su casa; sin embargo, al salir del Kathot, se encontró encaminándose en otra dirección.

Como siempre en las raras ocasiones que Mayesh se encontraba en el Sault, estaba sentado en el porche de su pequeña casa encalada, rodeado por una nube de humo de pipa de color lila. Su pesada mecedora de palisandro había sido un regalo de un emisario shenzaní; cuando Lin era muy pequeña, le encantaba pasar las manos por los intrincados grabados de pájaros, flores y dragones.

Bajo la luz de la luna, Lin subió los escalones del porche. Su abuelo la observó bajo las espesas cejas, sin parecer asombrado en absoluto.

—¿Has estado en la boda? —preguntó ella, apoyándose en la barandilla del porche—. ¿La de Mez y Rahel?

Mayesh negó con la cabeza.

—Me hallaba en Palacio —respondió—. Había que recibir a la embajadora de Malgasi.

Hubo un tiempo en el que Lin se habría enfadado. Pues

claro que no había estado allí, habría pensado Lin. Ese era Mayesh, siempre más dedicado a aquellos de fuera del Sault que a los de dentro. Pero ya no podía invocar esa rabia. Ella misma se había olvidado de la boda de Mez; había deambulado entre los restos del festín, imaginando a los felices bailarines, dándose cuenta de que el río de la vida en el Sault seguía corriendo, y ella permanecía en la orilla, mirando desde la distancia.

—He oído que has estado causando problemas de nuevo —comentó Mayesh—. Molestando al Maharam para pedirle acceso al Shulamat, ¿es así?

—Supongo que te lo ha contado Chana.

—Tengo demasiado de diplomático —contestó Mayesh, con calma— para revelar mis fuentes de información.

A Lin le llevó un momento darse cuenta de que estaba bromeando. Un abuelo que hacía bromas. «Bien.»

—Pensé que el Maharam ni siquiera te caía bien.

—Nuestro trabajo no es caernos bien —repuso Mayesh—. Nuestro trabajo es servir al Sault, aunque de formas diferentes. —Posó la pipa—. Te pareces mucho a tu madre —le dijo, y Lin se tensó—. Nunca dejas de insistir, te niegas a aceptar las cosas como son. Siempre estás luchando. Por algo más, algo mejor.

—¿Y eso es malo?

—No necesariamente —contestó Mayesh—. El Sault es un buen mundo, pero pequeño. Por eso me hice consejero.

—¿El Sault era demasiado pequeño para ti? —Lin intentó sonar desdeñosa, pero la pregunta solo sonó a curiosidad.

—Tenía la sensación —respondió Mayesh— de que esa falta de aspiraciones nos hacía muy vulnerables. Cumplíamos nuestro papel como ashkar, quedándonos en el Sault, proveyendo de pequeña magia a la gente de Castelana, pero sin mezclarnos con ellos. Contentos de dar consejo a otros respecto a leyes que no se nos aplican, a derechos que no tenemos. Solo hay una voz que habla por los ashkar fuera de estos muros, solo una que se alza para defender a nuestro pueblo en los centros de poder.

—Tu voz —dijo Lin.

—La voz del consejero —matizó Mayesh—. No es necesario que sea yo. No siempre he sido yo. No seré consejero mucho más tiempo, Lin. En algún momento, tendré que entrenar a alguien para que me suceda. Quizá alguien lo suficientemente listo para colarse en Marivent en contra de la voluntad del príncipe. Quizá alguien que también piense que el Sault se le queda un poco pequeño.

Lin parpadeó. Seguro que lo estaba entendiendo mal. Pero él la miraba con firmeza, y la luna se le reflejaba en las pupilas como un punto de luz.

—Quieres decir...

Mayesh se alzó con un quejido, llevándose las manos a la parte baja de la espalda.

—Es tarde, y hora de que un hombre anciano se vaya a la cama. Que descanses, Lin.

Era una despedida.

—Que descanses —respondió ella y lo dejó irse. En el camino de vuelta a casa, mientras pasaba por el Kathot, vio un pequeño ratón gris, royendo una miga de pastel de miel. Este levantó la vista cuando ella se acercó y la miró con sus diminutos ojillos brillantes de miedo.

«No te preocupes, ratoncillo —pensó—. Ni tú ni yo estamos muy seguros de que seamos bienvenidos aquí.»

Kel había planeado detenerse en el camino de vuelta al Palacio para dejarle un mensaje al Rey Trapero. Pero dirigiendo sus pasos hacia la Colina, en vez de ir hacia la Madriguera, se dijo que ya hablaría con Andreyen más tarde; primero necesitaba poner en orden lo que había pasado en el Laberinto, y, sobre todo, tenía que entender cómo era posible que Antonetta Alleyne estuviera implicada.

A su regreso a Marivent, se encontró el Palacio a oscuras, con apenas unas pocas lámparas ardiendo en las ventanas superiores de varios edificios. Aunque la única ventana de la Torre de la Estrella estaba completamente iluminada, como un ojo estrecho que contemplara Castelana. Kel se imaginó al rey en su torre, observando las estrellas, custodiado por Fausten. Había subestimado al pequeño hombrecillo, pensó, recordando que Jolivet le había dicho una vez que las serpientes más pequeñas eran las más venenosas.

Kel recorrió la hierba mojada del Gran Jardín, desconcertado y exhausto. Prosper Beck no era en absoluto lo que se había imaginado. La sensación de que algo de ese hombre no cuadraba, de que algo estaba mal, no dejaba de incomodarlo. Se preguntó, también, si Conor estaría preguntándose adónde había ido, o si estaba demasiado borracho para darse cuenta. Kel esperó que Falconet le hubiera hecho caso cuando le había dicho que lo mantuviera distraído.

Perdido en sus pensamientos, casi se chocó con un carruaje que habían dejado en el interior del patio del Castel Mitat. Era enorme y espectacular, con un lacado negro brillante y los laterales curvados hacia arriba imitando unas grandes alas negras. Parecía agazapado a la luz de la luna, encorvado y aguardando, como una bestia negra de la noche. Sobre las puertas se veía el blasón plateado de un lobo aullando.

«Malgasi», pensó Kel. Así que la embajadora había llegado. Pensó en lo que Charlon había dicho: «Ha venido para intentar convencer a Conor de que se case con esa chica, la princesa». Y, a su torpe manera, había estado en lo cierto. Pronto estarían revoloteando: primero Malgasi, luego Kutani, Sarthe, Hanse, y el resto. Todos, pensó, con sonrisa cansada, subestimando lo terco que podía ser Conor realmente.

Kel subió las escaleras del Castel Mitat hasta las habitaciones que compartía con Conor. Había guardias del castillo apostados a la puerta, como siempre; Kel les hizo una inclinación de cabeza y entró, cerrando la puerta silenciosamente tras de sí.

Conor estaba dormido en su cama, con un rayo de luz de luna cayendo transversalmente sobre él. Llevaba camisa y pantalón y, por alguna razón, un solo zapato. Kel quería despertar a Conor, preguntarle cómo se las había arreglado para pagar la deuda. Pero acurrucado sobre un lado, con el brazo bajo la cabeza, Conor parecía joven y despreocupado, y vulnerable. «Muñecas, ojos, garganta»: Kel era muy consciente, como le pasaba a veces, de todos los lugares donde se podía herir a Conor.

Cuando eran más jóvenes, Kel había sentido cada moratón de la piel de Conor como un peso de culpa, un fallo por su parte a la hora de protegerlo, de actuar como escudo del príncipe, su armadura invencible. En aquel tiempo, Kel había pensado que Conor no tenía secretos para él. Ya sabía que no era así.

Conor rodó hasta quedarse de espaldas con un suspiro, aunque no se despertó. Kel se dejó caer sobre su cama, con los ojos abiertos en la oscuridad. ¿Le había servido de algo descubrir el secreto de Conor: la deuda, la conexión con Prosper Beck? Conor había devuelto el dinero sin su ayuda, y Kel no había sacado nada de Beck.

Al menos, aún no. Y si quería más información, tendría que traicionar a Antonetta. Pero esa era una vía oscura. ¿No era parte de su deber para con Conor traicionar a Antonetta y coger su collar si eso significaba proteger a la Casa Aurelian? ¿No era ahí donde recaía su deber, incluso aunque no le gustara?

Se quedó despierto hasta tarde esa noche, dándole vueltas a sus pensamientos. De una cosa estaba seguro: por primera vez, lo que sabía que era su deber iba en contra de lo que sentía que estaba bien. Curioso: no se había dado cuenta de que Kel Saren aún tenía su propio sentido de la justicia, enterrado bajo todo lo que había aprendido desde su llegada a Marivent.

Los Hechiceros-Reyes miraron a la pequeña Adessa en lo alto de su torre, y rieron. Era solo una persona, se dijeron unos a otros, y ellos, todo un ejército; era joven, y ellos tenían experiencia. No tardarían mucho en destruirla. Pero el fuego de la Piedra-Fuente que Adessa sostenía era mucho más intenso de lo que se habían imaginado, porque su poder procedía de un sacrificio voluntario. Mientras los ejércitos de los hechiceros se lanzaban contra las murallas de Aram, descubrieron que la propia tierra se volvía contra ellos: pozos de fuego ardiente se abrían bajo sus pies, y muros de zarzas se alzaban del suelo para bloquear su paso. Altos remolinos de arena y fuego recorrían el desierto y arrollaban a los soldados. Dos días y dos noches rugió la batalla sin descanso, y Adessa permaneció en lo alto de la torre de Balal, y parecía que nunca llegaría a cansarse. Los hechiceros acudieron a Suleman y le dijeron: «Esta batalla no se puede ganar solo con la magia. Es una mujer y te ama. Ve a la ciudad y sube a la torre, y allí atraviésala con tu espada. Entonces Aram será nuestro».

Relatos de los Hechiceros-Reyes,
Laocantus Aurus Iovit III

Capítulo dieciséis

Kel se pasó la mayor parte del día sintiendo que se estaba volviendo loco lentamente. Por alguna razón, había pensado que, en cuanto Conor tuviera la oportunidad, estaría deseoso de contarle que le había pagado su deuda a Prosper Beck.

Pero, al parecer, ese no era el caso. Para ser justos con Conor, tuvo pocas oportunidades. Cuando Kel se despertó a media mañana, Conor estaba sentado a la pequeña mesa de pórfido, con las manos extendidas mientras una de las criadas le pintaba las uñas alternando tonos de plata y escarlata. También estaba en plena discusión con Mayesh, que iba de un lado al otro de la estancia.

—Rebajar las tensiones con Malgasi sería ideal —estaba diciendo Mayesh—. Pero no queremos acabar encontrándonos demasiado ligados a ellos. Su manera de hacer las cosas no es ética en Castelana.

—Creía que simplemente queríamos asegurarnos la promesa de que podríamos seguir usando las rutas de comercio que pasan por su país —repuso Conor, flexionando los dedos mientras la criada guardaba sus frasquitos de pintura—. Aparte de eso... —Le guiñó el ojo a Kel al ver que se había despertado y se incorporaba—. Buenos días —lo saludó—. Aún es temprano, y ya me debes una: he evitado que Mayesh te despertara hace una hora.

Sin duda se lo veía relajado, pensó Kel, como debería estarlo alguien que acababa de pagar una gran deuda. Pero, claro, Conor era un experto en proyectar un aspecto calmado, tanto si se sentía así como si no. Unas pocas semanas antes, Kel hubiera dicho que solo él tenía la capacidad de ver a través de las simulaciones de Conor. En ese momento ya no estaba tan seguro.

Mayesh parecía muy serio.

—Uno se olvida —decía— de lo mucho que se tarda en prepararse para esas cenas de Estado. Kel, levántate; los sastres llegarán en cualquier momento para probaros los trajes de gala.

Kel bostezó mientras se levantaba de la cama.

—Tenía la esperanza de que se hubieran olvidado de que acepté asistir.

—En absoluto —replicó Mayesh—. Y para que no se te olvide, sena Anessa, la embajadora de Sarthe, también estará presente. Como le tiene aprecio a Kel Anjuman, te ocuparás tú de distraerla mientras el asunto principal de la noche, apaciguar las relaciones entre Castelana y Malgasi, se trata sin trabas.

«Le tiene aprecio a Kel Anjuman.» No «Te tiene aprecio».

Pero Mayesh tenía razón, pensó Kel, mientras entraban los sastres y Conor se ponía en pie perezosamente. Kel Anjuman no era el propio Kel. Sena Anessa no lo conocía a él en realidad, sino a una construcción de él, y a esa figura era a la que le tenía aprecio.

—Ya te dije que no podrías librarte —bromeó Conor. Sonrió como lo había hecho una vez cuando eran niños y les habían pillado robando tartas en las cocinas de dom Valon: diversión mezclada con falta de arrepentimiento.

Mayesh se excusó, y los sastres se pusieron a trabajar, revoloteando alrededor de Kel y Conor como palomas ansiosas. La ropa también formaba parte de la política en el mundo de Palacio. Conor fue el primero en probarse un traje que homenajeaba a Malgasi mientras mantenía el honor de Castelana. No podía llevar los tonos plata y púrpura de Malgasi, claro, pero tampoco podía lucir el color rojo. Se habían decidido por un borgoña oscuro: una camisa de seda, un chaleco ajustado de terciopelo color vino con bordados de oro, pantalones de lino y brocado, y gemelos de rubíes rojo sangre. Le habían desaconsejado ponerse la capa de plumas de cisne, y estaba molesto por ello.

A Kel lo vistieron con colores más neutros: grises pálidos y linos blanqueados, el color de la ceniza mezclado con el crema. Eran colores que decían: «Pasa de mí, ignórame».

Se abrochó los avambrazos de cuero, con sus puñales astutamente escondidos, bajo las mangas de su chaqueta gris paloma, a pesar de las quejas de los sastres de que eso le estropearía la línea del traje.

—Es una cena de gala, sieur Anjuman; ¡sin duda no necesitaréis esas armas!

Kel solo los miró fríamente.

—Preferiría llevarlas.

Incluso después de que se marcharan los sastres, corriendo para hacer los últimos retoques a los trajes antes de la noche, no tuvo ninguna oportunidad para hablar con Conor a solas. Kel fue al tepidarium mientras a Conor lo atacaban por todos lados: cortarle el pelo, aplicarle kohl en los ojos (lo que le gustaría a Lilibet), escogerle las joyas y la corona, y pintarle una serie de estrellitas plateadas a lo largo de los pómulos. Kel se sentía aliviado de poder escapar de todo eso; Conor tenía una reputación que mantener, pero a nadie le importaba mucho qué aspecto tenía Kel Anjuman mientras vistiera de modo respetable y limpio.

Para cuando regresaron los sastres con la versión final de sus ropas, domna Talyn, la jefa de etiqueta de Palacio, ya estaba allí, recordándoles a ambos frases clave en malgasi que necesitarían emplear durante la noche: cómo saludar a la embajadora, cómo enviar recuerdos a la reina Iren Belmany, o cómo preguntar por el bienestar de la princesa Elsabet.

—La otra noche aprendí una frase de un caballero malgasi —explicó Conor, mientras se ajustaba la brillante corona sobre las oscuras ondas de su cabello—. *Keli polla, börzul.*

Domna Talyn lanzó un grito ahogado.

—Eso es obsceno, monseigneur.

—Pero muestra dominio del idioma, creo yo —repuso Conor, haciéndose el inocente—. ¿No le parece?

En ese punto, Kel se rindió. Esa noche no iba a tener ninguna oportunidad de hablar de asuntos serios con Conor y, de todos modos, el príncipe no estaba muy por la labor. Esperaría al día siguiente e intentaría sacarle la verdad entonces (sin revelar lo que él ya sabía); mientras tanto, consideraría esa noche como un tiempo muerto.

Y en este momento no lamentaba esa decisión. A pesar de la amabilidad de Lilibet, su adecuada decoración y los esfuerzos de la cocina de dom Valon para complacer los paladares de los visitantes, la tensión cubría como una nube la galería, y parecía que solo iba en aumento. No era hora para estar pensando en Beck, y en deudas y en el Rey Trapero; en ese momento se necesitaba la atención de Kel.

La cena había comenzado bastante bien. Lilibet se había superado con la decoración, cubriendo la sala con los colores malgasi, y la embajadora Sarany se había mostrado encantada. (Ayudaba mucho que todo rastro del juego de arquería de interior hubiera sido retirado; incluso los desgarrones en los tapices se habían remendado a una velocidad increíble.)

La mesa principal se había bajado de su lugar habitual en el estrado y se había colocado en el centro de la estancia. Cortinas transparentes de seda de morera se agitaban contra las paredes, suavizando el aspecto de la piedra. Cada uno de los tonos de los colores malgasi estaba representado en alguna parte: desde las sillas tapizadas con terciopelo aplastado color borgoña, hasta los platos de porcelana decorados con jugosas ciruelas. Jarrones de jade lila rebosaban de heliotropo y lavanda, y las copas de cristal color vino se las había proporcionado directamente a Lilibet la Casa Sardou, procedentes de sus almacenes en el Arrecife. Alrededor de los mangos de los cuchillos y los tenedores, se enroscaban serpientes de amatista con relucientes ojos de diamante.

Los asientos alrededor de la mesa también habían sido asignados cuidadosamente. Kel estaba al lado de sena Anessa, que parecía más entretenida por la decoración que ofendida por que se hubiera ignorado la presencia de Sarthe. Conor se hallaba sentado frente a la embajadora Sarany, cerca de la cabecera de la mesa, donde se había dejado una silla vacía para el rey Markus.

A lo largo de la pared detrás de la silla del rey, se alineaban varios miembros del Escuadrón de la Flecha, incluyendo, para sorpresa de Kel, al legado Jolivet, que, por lo general, prefería permanecer al lado del rey, pero que se había colocado ahí esa noche, donde pudiera mirar a la embajadora malgasi con expresión pétrea.

Las cosas habían comenzado a estropearse cuando Lilibet explicó que el rey Markus estaba demasiado sumido en sus estudios para asistir.

—Algo de un sistema solar nuevo —había explicado Lilibet alegremente, con las esmeraldas del cuello reflejando la luz al moverse—. Algo de la mayor importancia para los estudiosos, claro, aunque quizá mucho menos para aquellos que vivimos en la tierra.

Sarany se había mostrado furiosa. En ese momento, Kel comprendió por qué Conor había dicho que la encontraba aterradora. Era alta y muy delgada, de unos cuarenta años, con un rostro angosto y depredador. Llevaba el pelo negro recogido muy tenso hacia atrás, sujeto por una docena de horquillas brillantes. Sus ojos eran de un negro profundo, casi hundidos en un rosto blanco como el hueso. Sin embargo, a pesar de su extrema sobriedad, su mirada era hambrienta, como si deseara devorar el mundo.

—Sin duda, estáis bromeando.

La reina solo alzó una ceja depilada y arqueada. Conor repicó los dedos distraídamente sobre el brazo de su silla, y Kel se dio cuenta de la cantidad de tiempo que había pasado desde que había visto a alguien responder con sorpresa a la ausencia del rey de los actos oficiales. Todo el mundo sabía que el rey de Castelana era así; simplemente se aceptaba.

—¿Y qué hay de Matyas Fausten? —preguntó Sarany. Solo tenía un ligerísimo acento. Un buen diplomático normalmente hablaba perfectamente unos nueve o diez idiomas. Conor había conseguido llegar a ocho; Kel, siete—. ¿Asistirá?

—¿El pequeño astrónomo? —Lilibet parecía desconcertada.

—Es malgasi. Lo conocí como master en la Corte en Favár —explicó Sarany—. Me gustaría volver a verlo.

—Evidentemente podemos arreglarlo —contestó Lilibet, disimulando rápidamente su desconcierto—. Sé que fue instructor en vuestra gran universidad...

—La Jagellón —concluyó Conor, y sonrió sin emoción a Sarany.

Ella le devolvió la mirada con sus ojos hambrientos.

—En Malgasi, valoramos en gran medida el conocimiento —explicó ella—. Se proporciona educación gratuita a nuestros ciudadanos en la Jagellón. En el Linaje Real contamos con muchas polímatas. Encontraréis en la princesa Elsabet una pareja excelente para vuestra mente rápida.

Resultaba peculiar que dijera eso. Lo suficientemente peculiar para que Kel se preguntara si la embajadora se había equivocado al emplear la palabra *pareja*; por lo general, los diplomáticos eran mucho más sutiles cuando buscaban un matrimonio político. Elsabet Belmany sí que había sido incluida en la lista de Mayesh de alianzas reales en potencia, pero, aun así, resultaba muy raro que una embajadora abordara el tema con tal... descuidada convicción.

Sarany continuó enumerando las muchas encomiables cualidades de la princesa malgasi a un desconcertado Conor: podía cazar, cabalgar, pintar y cantar; hablaba once idiomas y había viajado por todo Dannemore, y ¿no creía Conor que viajar era la mejor manera de ensanchar la mente? Mientras tanto, sena Anessa había comenzado una conversación con Kel sobre caballos, y debatiendo si era realmente cierto que los mejores eran los de Valderan, o ¿estaban infravalorados los caballos de Marakand?

Kel había comenzado a sentir un horrible dolor de cabeza al tratar de seguir ambas conversaciones; por suerte, una de las puertas hábilmente ocultas en las paredes, por lo general cubiertas por un tapiz, se abrió, y por ella fue saliendo una fila de sirvientes con jarras de vino helado y sorbete, y bandejas de plata de membrillo, queso y pastitas saladas.

El vino helado era de color rosa y sabía ligeramente a cerezas. La charla en la cabecera de la mesa parecía que por fin se había dirigido hacia la apertura de una carretera directa entre Favár y Castelana. Facilitaría el comercio, dijo Conor, y naturalmente también atravesaría Sarthe. Lilibet sugirió que los tres países que compartían la costa se repartieran el gasto que conllevaba construir la carretera. Sena Anessa parecía interesada. La embajadora Sarany continuaba mirando a Conor. De vez en cuando, su lengua rosa emergía de su estrecha boca y se hundía rápidamente en la copa, curvándose para tomar un pequeño sorbo de vino.

—En Sarthe, también creemos que viajar aumenta la sabiduría —dijo sena Anessa, sonriendo beatíficamente—. Acabo de viajar con nuestra princesa Aimada a la Corte de Geumjoseon en Daeseong. Un lugar encantador. Sus costumbres son muy diferentes de las nuestras, pero tan fascinantes...

—¿Ahora no se está preparando para una boda real? —inquirió Lilibet—. Creo haberlo oído.

—Sin duda —contestó Anessa—. El príncipe heredero Han, el segundo hijo del rey, se casará pronto.

Sarany arrugó la frente.

—¿Ese es el heredero?

—Por ahora, sí —respondió Conor—. Si recuerdo bien, la sucesión de Geumjoseon no la determina la edad. El rey elige a su hijo favorito y lo nombra su heredero.

—Eso conduce a muchísimas riñas —dijo Anessa—. Pero resulta bastante excitante. Han se casa con alguien de la noble familia Kang, lo que puede desagradar a su padre. Son muy ricos, pero escandalosos.

—Ah, sí —intervino Lilibet. Sus oscuros ojos destellaban. Siempre había disfrutado de los cotilleos—. ¿No fue una hija de la familia Kang la que mató a una docena o así de miembros de otra casa noble? Los Nam, creo recordar, ¿no?

—Todo es un poco un cuento de hadas —contestó Anessa—. Se dice que la familia Nam estaba reunida para un funeral cuando la chica Kang saltó la pared de su jardín y asesinó a varios de ellos. Después de eso, desapareció en un carruaje negro... Algunos dicen que tiraba de él una docena de cisnes negros en vuelo. Estoy segura de que parte de esa historia es cierta, pero no toda, evidentemente. De todas formas, al príncipe Han no parece importarle.

—A fin de cuentas, ¿qué es una pequeña masacre entre amigos? —bromeó Conor. Estaba jugueteando con el tallo de cristal de su copa, pero, por lo que sabía Kel, no había estado bebiendo mucho—. Yo aplaudo la valentía del joven príncipe de Geumjoseon. Me daría miedo casarme con alguien de una familia de asesinos, por si fuera a ser el próximo.

La embajadora Sarany sonrió, aunque fue menos una sonrisa que una tensión de los labios.

—Casarse siempre es un acto de valentía y fe. Sobre todo cuando representa la unión de dos grandes potencias.

Sena Anessa carraspeó, claramente irritada.

—Mi querida reina Lilibet —repuso—, ¿dónde tenemos a Mayesh Bensimon? Siempre disfruto de sus sabios consejos.

Antes de que Lilibet pudiera hablar, Sarany dio un golpe seco con su tenedor sobre el plato.

—Casi se me había olvidado —soltó— que tenéis a un ashkar como consejero del trono, ¿no es así?

—Cierto —repuso Conor—, siguiendo la tradición de Macrinus.

Sarany hizo una mueca de desprecio.

—He notado que vuestro Sault es muy activo. Hay tantísimos ashkar en las calles por aquí. ¿No creéis que extienden la criminalidad y la enfermedad?

Hubo un silencio total; incluso Lilibet, normalmente tan controlada, pareció anonadada.

Los ojos de Conor habían comenzado a brillar peligrosamente.

—Al contrario —respondió—. Los ashkar son sanadores muy hábiles que han salvado la vida de muchos castelaníes, y están entre nuestros súbditos que mejor cumplen la ley. De los pocos cientos de criminales en el Cadalso, ni uno es ashkar.

—Sois joven e ingenuo, *ur-körul* Aurelian —dijo Sarany con frialdad. (Incluso con su limitado malgasi, Kel reconoció la palabra para *príncipe*)—. Le tenéis cariño a Bensimon, o eso creéis, al menos. Los ashkar ejercen una especie de fascinación, un poder que os atrae hacia ellos. Es parte de su maldad.

—¿Maldad? —La palabra salió de Kel; sabía que no debía hablar, pero no había podido evitarlo—. Ese parece un término muy severo. Después de todo, solo son gente que reza a una especie de dios diferente.

—Y practican la gematría. —La mirada de Sarany recorrió a Kel y lo despreció—. En Malgasi, creemos que la magia es un pecado. Hemos hecho que nuestras tierras sean *Aszkarivan*: libre de ashkar. Al hacerlo, portamos una nueva fase de prosperidad para nuestra gente.

—¿Fue porque se enriquecieron con el oro robado a los ashkar que huyeron? —replicó Conor, con un brillo en los ojos realmente peligroso.

Kel no pudo evitar recordar la reunión en la Cámara de la Esfera, cuando Mayesh había dicho tranquilamente que no había habitantes ashkar en Malgasi. Se dio cuenta de que nadie se había parado a preguntar al consejero el porqué. Nadie había pensado en ello; a nadie había parecido importarle.

Sarany estaba mirando a Conor, con las narices hinchadas. Kel notó cómo cambiaba la energía de la sala. Se había disparado, de tensión a rabia. Se preguntó si debía levantarse y acercarse a Conor, pero, en ese momento y para su sorpresa, el rey Markus entró en la Galería Brillante.

Con él iba Fausten. Ninguno de ellos iba vestido para la cena, exactamente, aunque el rey llevaba una pesada capa de terciopelo sobre su túnica y los pantalones de siempre. La capa se cerraba en el cuello con una gruesa cadena de oro de la que colgaba un medallón de rubí elaboradamente tallado. Fausten, a un paso por detrás del rey, llevaba su capa de astrónomo de seda y cristal. Kel no pudo evitar mirar fijamente al hombrecillo; su sola visión enfermó de furia a Kel, y que Fausten lo ignorara completamente, comportándose como si no estuviera allí, no ayudó.

Markus, en silencio, ligero y calmado, se acercó a la mesa y tomó asiento en la cabecera. Lilibet lo miraba anonadada, abrió los labios por la sorpresa; Conor carecía de expresión, pero apretaba la mano alrededor del tallo de su copa de vino.

Mientras Fausten se colocaba detrás de la silla del rey, Kel se fijó en que había algo muy diferente en sus formas. Por lo general era servil y adulador, pero en ese momento se lo veía ansioso, con los ojos brillantes e inquietos. Parecía estar vibrando de excitación mientras hacía una reverencia a la embajadora Sarany, y la saludaba en malgasi.

—*Gyönora, pi fendak hi líta.*

Iba en contra de la etiqueta que Fausten hablara antes que el rey; sena Anessa pareció sorprendida, pero Sarany esbozó una fina sonrisa y se volvió hacia el rey.

—Me alegro mucho, *Körol* Markus —dijo—, de tener el honor de vuestra presencia.

¿Markus? Kel le lanzó una mirada a Conor; este se encogió de hombros.

El rey inclinó la cabeza.

—Conozco mi deber —replicó, con el tono de un hombre que sabe que va a su propia ejecución, y sabe también que no debe vacilar en su camino hacia el patíbulo.

Muy raro.

La embajadora Sarany no contestó, pero se quedó mirando al rey directamente, con una expresión profunda y peculiar. Había un cierto retintín en ella, como de ansia, y también de algo más. Una especie de deseo, casi desesperado. Lilibet la observaba por encima del borde de su copa, con una expresión que era una mezcla de irritación e incredulidad.

—Qué amable por parte de Vuestra Alteza —murmuró Anessa, rompiendo el incómodo silencio—, el hacer un esfuerzo especial esta noche, para vernos.

El rey miró la mesa de arriba abajo, con el rostro inexpresivo. A pesar de su elegante capa, tenía un desgarrón en la manga de la camisa que llevaba debajo, lo que debía de estar avergonzando a Lilibet.

—No he oído esas palabras dichas en malgasi en muchos años —comentó el rey—, ni había visto el blasón del lobo. Me traen... recuerdos.

Kel vio que los ojos de Conor se oscurecían. Incluso antes de retirarse a la Torre de la Estrella, el rey nunca había hablado de su tiempo como hijo acogido en la Corte de Favár.

Como si notara su cambio de humor, Sarany se volvió hacia Conor.

—Quizá vuestro padre os haya hablado de las bellezas de Favár —comentó—. El río Erzaly, el palacio *Laina Kastel*..., pero oír hablar de algo no es nunca equiparable a verlo directamente, ¿no creéis? —Aplaudió con una fingida alegría, como si acabara de tener una idea—. Quizá, príncipe Conor, en vez de que nuestra *milek* Elsabet viaje a Castelana, podríais venir vos a visitarnos a nosotros, ¿no? Elsabet podría ser vuestra guía por la ciudad. Nadie conoce Favár y su historia mejor que ella. Y no debéis perderos el *tour* por el puerto durante la noche. La gente de la ciudad lanza lámparas flotantes al agua; es todo un espectáculo.

Conor se tragó el resto de su vino rosado. Casi no quedaba comida en su plato.

«Maldita Sarany —pensó Kel—. Tiene que presionar y presionar sobre ese asunto con Elsabet, como un dedo apretando un moratón.»

—Me mareo en barco —replicó Conor.

—Lo que quiere decir —intervino Lilibet— es que sus ocupaciones lo obligan a permanecer aquí. Es una pena. Estoy segura de que le habría encantado ver vuestra ciudad.

Sarany no prestó atención a eso.

—También deberíais visitar nuestro *Kuten Sila*, el Puente de las Flores. Es un monumento al enlace matrimonial de Andras Belmany y Simena Calderon, y se lo conoce como el Puente de la Paz, porque esa unión acabó con muchos años de derramamiento de sangre. Un matrimonio puede curar muchas heridas, incluso las que llevan mucho tiempo abiertas.

Kel no lo aguantaba más.

—Nuestro propio rey Valerian nunca se casó —apuntó—, y se lo conocía como a un gran pacificador.

Por primera vez en toda la velada, la embajadora Sarany miró a Kel. Su mirada decía: «Eres una presa, pero demasiado pequeña para interesarme».

—Y hubo una sangrienta guerra civil a su muerte —le contestó.

—Se podría decir —intervino Conor— que hubiera sucedido igualmente.

Sarany miró directamente a Conor. Algo parpadeó en su mirada: hubo un destello de furia, pero esa ansia continuó estando ahí.

—Mi querido *ur-körul* Aurelian. ¿Os puedo dar un consejo?

—Soy malísimo con los consejos —repuso Conor—. Casi nunca los sigo. Es uno de mis grandes defectos.

Su tono era amistoso, pero su mano corría el peligro de quebrar el tallo de su copa. Sena Anessa había dejado de fingir que hablaba con Kel y pasaba su mirada del rey a Conor, y viceversa.

—En mis viajes —comenzó Sarany—, he conocido a muchos señores y príncipes. Amantes de la diversión, la aventura y la comodidad. —Hizo una mueca que indicaba que nada de eso le resultaba familiar—. Aquellos a los que los dioses han bendecido con una posición real heredan mucho de sus antepasados. La nobleza y el poder, sin duda, pero también la responsabilidad. También la deuda.

El rey miró a Sarany como si, en su rostro, viera el patíbulo.

—No tengo ninguna deuda con Malgasi —dijo Conor, y Kel vio una maliciosa sonrisa cruzar el rostro de Fausten. Quiso levantarse y estrangular al astrónomo hasta que este le contara todo lo que sabía.

—Oh, pero sí que la tenéis —replicó Sarany—. Puede que vuestro padre no os lo haya contado, pero hace mucho tiempo fuisteis prometido con Elsabet Belmany. Antes de que ninguno de los dos nacierais. Era una unión escrita en las estrellas. —Miró a Fausten con su mirada fina y depredadora, cuya fuerza hizo retroceder a este ligeramente.

Conor se había quedado pálido.

—¿Prometido? ¿Qué sinrazón es esta?

—Markus. —La voz de Lilibet era de una calma helada—. Di que no es cierto.

—Un rey cumple con su deber —dijo Markus—. El deber de Conor es casarse con Elsabet Belmany. Unir la sangre de los Belmany y los Aurelian. Las estrellas lo han predicho. Así debe ser.

Conor volcó su copa de vino, derramando líquido rosa por todo el mantel. Los criados en la puerta intercambiaron miradas y desaparecieron hacia la cocina.

—Durante meses —rugió Conor— hemos estado hablando de la clase de unión que más me convenía: qué países, qué nobles, qué alianzas. Y tú no has dicho nada. Supongo que Bensimon no lo sabe, ni mi madre ni Jolivet. Nos has mentido a todos...

—No ha habido ninguna mentira —dijo el rey entre dientes—. Que el Consejo de los Doce discuta y negocie. Que vea dónde se hallan sus alianzas. No importa lo que digan o hagan. Lo que está escrito en las estrellas no se puede borrar.

—No, mi señor —afirmó Fausten, en un tono como de salmodia—. Oh, no, no se puede. Nunca.

—¡Ya basta! —Sorprendentemente, había hablado sena Anessa. Estaba de pie, con su corona de pelo blanco temblando de indignación y furia—. Ya basta de esta ridícula discusión. Es demasiado tarde para las estrellas. —Dijo esas palabras con desprecio—. Príncipe Conor, en nombre del acuerdo que existe entre nosotros, poned fin a este... este... malentendido, antes de que la embajadora de Malgasi se vea en una situación aún más embarazosa.

—¿Embarazosa? —repitió Sarany, alzando la voz—. ¿Qué es esto? Exijo saberlo.

Hubo un horrible momento de silencio. Conor miró a la mesa, pero no a Anessa, sino a Kel. Había algo de disculpa en su mirada. Lanzó un dardo de temor que le recorrió la columna a Kel.

—Conor, *jun* —comenzó Lilibet. Un término cariñoso, uno que muy pocas veces usaba—. ¿De qué va todo esto?

Conor tiró su servilleta sobre el plato. Miró alrededor de la mesa con ojos desafiantes.

—En realidad es muy sencillo —explicó—. Ya estoy comprometido. Con la princesa Aimada de Sarthe.

La embajadora Sarany se quedó boquiabierta. Lilibet parecía anonadada; sena Anessa, vindicada. Kel sintió como si se le hubiera quedado la mente en blanco por un momento. ¿Cómo podía Conor haber hecho eso? O, siendo sincero, ¿cómo podía Conor haber hecho eso sin que Kel lo supiera?

—Ahí tenéis —soltó Anessa—. El contrato ya ha sido firmado.

—¿Conor? —inquirió Lilibet, con voz urgente—. ¿Es una broma?

—No —contestó Conor—. No es ninguna broma.

Lilibet se volvió hacia Anessa.

—Es muy probable que no sea vinculante —le dijo—, dado que ni el rey ni yo sabíamos nada al respecto.

La sonrisa de Anessa se agrió. Resultaba evidente que no sabía que Conor había realizado ese acuerdo en secreto, sin el beneplácito del rey o la reina, aunque Kel se imaginaba que lo negaría si se lo preguntaban.

—Mi querida reina Lilibet —replicó—. El príncipe Conor no es un niño. Puede tomar sus propias decisiones. Tenemos su firma, su sello, y ya hemos entregado el pago de la dote.

Esas palabras destellaron como rayos ante los ojos de Kel. ¿Qué había dicho Beck? ¿Sobre lo de haber cobrado en oro sarthiano?

—¡Diez mil coronas! —exclamó, y luego apretó los labios; no había tenido la intención de decirlo en voz alta.

Pero Anessa estaba pavoneándose.

—Veis —dijo—. Incluso su primo lo sabe.

—Fausten —siseó Sarany, con los labios rojos sangre retorcidos en una mueca—. Eres un traidor mentiroso.

El rey miró a Fausten, luego a la embajadora malgasi y frunció la frente. Pero el legado Jolivet... Jolivet miró directamente a Kel y, por un momento, este se sintió traspasado por su desaprobación. A ojos de Jolivet, Kel no solo debería haber sabido los planes de Conor, sino también tendría que haber sido capaz de hacerlos fracasar.

Fausten comenzó a temblar.

—Yo no sabía...

—Lo juraste —lo cortó Sarany—. Dijiste que todo estaba en orden, que Markus estaba de acuerdo, que el matrimonio iría adelante.

Fausten miró a Conor con auténtico odio.

—Nadie sabía que el príncipe iba a hacer eso. Nadie podía haberlo previsto. *Cza va diú hama...*

«No ha sido mi culpa.»

Markus giró la cabeza pausadamente. Era como observar la cabeza de una estatua chirriar en un lento círculo imposible, soltando polvo de granito al hacerlo.

—Tú dijiste que nada era inesperado, Fausten. Dijiste que todo estaba allí, en las estrellas, si se sabía cómo leerlas. Me dijiste que estabas seguro.

«¿Seguro de qué? —se preguntó Kel—. ¿Del matrimonio, o de algo más que eso?»

Fausten pareció haberse encogido, como una abeja asustada.

—No es justo —gimió—. No podría haberlo sabido. He hecho todo lo que me pedisteis...

—Tú —siseó Sarany con desagrado—. Tutor de medio pelo que pensaste que podías enriquecerte metiéndote en política. Ya nos ocuparemos de ti. —Miró a Conor. Sus ojos estaban tan muertos como las joyas que tenía por ojos la araña de su anillo—. ¿No romperéis el contrato con Sarthe?

—No lo haré —replicó Conor—. He dado mi palabra.

Sarany hizo una mueca. Se levantó de la silla, mirando al rey.

—Vuestro hijo os ha traicionado —afirmó—. Y ha traicionado a su propia naturaleza. No merece unirse a la gran Casa Belmany. —Barrió la estancia con una mirada de desprecio—. Ofrecimos esta alianza por la profunda relación que creíamos haber forjado con la Casa Aurelian cuando Markus residió en nuestra Corte. Ahora veo que nuestra confianza era inmerecida.

—Lo que nos ofrecéis no es ningún favor —replicó Markus, y había una luz en sus ojos que Kel no había visto en muchos años—. Es solo para vuestro beneficio, siempre vuestro beneficio. Fausten me mintió por orden vuestra. Y, sin embargo, os comportáis como si tuvierais derecho no solo a un lugar en mi mesa, sino también en mi sangre. Enjaularíais a mi hijo como me enjaulasteis a mí.

—¿Enjaularos...? —comenzó Sarany, con los ojos ardiéndole de furia, pero se contuvo. Irguió la espalda—. Ya veo que las estrellas os han hecho perder la cabeza. Resultáis lamentable, Markus —dijo fríamente—. La Casa Belmany tiene mejores perspectivas que vos y vuestro disipado hijo.

Se volvió en redondo y salió de la sala. Sus guardaespaldas, que habían estado esperando en la puerta junto con la Guardia del Castillo, se apresuraron a seguirla.

—¿Disipado? ¡Que grosera! —exclamó sena Anessa, bastante contenta. Pero si realmente estaba contenta, era la única. Conor estaba sentado inmóvil, siguiendo con el dedo el borde de su copa. Lilibet tenía los labios apretados. El rey volvía a tener la mirada perdida. Y Kel estaba deseando poder hallarse en cualquier otro lugar de Dannemore.

—Sena Anessa —comenzó Lilibet—. ¿Os importaría excusarnos? Creo que ya nadie está de humor para seguir comiendo.

Cortés después de haber ganado, Anessa se alzó e inclinó la cabeza.

—Naturalmente. Comprendo que los asuntos de familia son complicados, Alteza, y los de Estado son igualmente delicados. Pero estoy segura de que conseguiremos solventar estas cuestiones de un modo satisfactorio para todos, muy pronto.

Se marchó, mientras unas ruedas de carruaje sonaban sobre la grava del exterior. Sin duda, la delegación malgasi.

Kel notaba claramente los avambrazos por encima de las muñecas, con las cuchillas ocultas debajo. Esa noche no le habrían servido para nada. Había habido peligro, pero no el tipo de peligro que unas dagas hubieran podido solventar.

—Padre —comenzó Conor, dejando su copa sobre la mesa—. Puedo explicar...

Pero el rey desvió la mirada. Se puso en pie, con los ojos fijos en Fausten, que se había quedado inmóvil en su sitio, como una mariposa clavada a un tablero.

—¿Ha habido alguna verdad en todo lo que me has dicho? —exigió saber el rey, con voz ronca—. ¿Puedes leer las estrellas? ¿Te hablaban? ¿O solo estabas recitando un guion que la Corte de Malgasi te había escrito?

—N... no —susurró Fausten—. Estaba escrito..., puede que no pase ahora, pero eso no significa que no pase nunca...

Markus estrelló el puño sobre la mesa y Fausten retrocedió encogido.

—¡Mentiras! —exclamó el rey—. Sarany te ha llamado traidor. Ella creía que le eras leal..., porque lo eras. Todo lo que me has estado diciendo es lo que los malgasi querían que yo creyera. Eso es traición. Irás al Truco. Allí reflexionarás sobre lo que has hecho.

El terror destelló en el rostro de Fausten. Kel no pudo evitar sentir lástima de él, aun recordando que Fausten lo había amenazado a él con el mismo castigo. Era una terrible ironía, y no una de la que pudiera disfrutar.

—No, no, siempre os he sido leal. De no ser por mí, habríais muerto en Malgasi de pequeño. Yo les hice entender cómo podrían beneficiarse, si os dejaban ir...

—Silencio. —Markus chasqueó los dedos, haciéndole un gesto a Jolivet, quien se acercó rápidamente a la mesa flanqueado por dos guardias del castillo. Fausten parecía haberse encogido sobre sí mismo, como un ratón bajo la mirada de un águila. No protestó cuando Jolivet ordenó a los guardias que lo arrestaran; lo sacaron a rastras de la sala, con su elaborada capa arrastrando por el suelo como la cola de una serpiente muerta.

Kel notó un calor agrio en el estómago; sintió ganas de vomitar. Trató de captar la mirada de Conor, pero parecía absorto, sumergido en sí mismo, como cuando se había hecho aquel gran corte en la mano en el Caravel.

—Nunca me he fiado de Fausten —aseguró Lilibet—. Un hombrecillo horrible. —Miró a su esposo con una especie de desconcierto; Kel no pudo evitar preguntarse qué pensaba realmente Lilibet. ¿Se alegraba de que a Markus se le hubieran abierto los ojos en cuanto a sus sueños sobre las estrellas? ¿Acaso esperaba que fuera a regresar, a hablar con cordura de nuevo, como había hecho esa noche? ¿O esperaba otra cosa?—. Los malgasi no deberían haber empleado a Fausten para intentar distorsionar tu voluntad, querido —continuó—. Pero la situación no es desastrosa. Una princesa de Sarthe es una elección perfectamente razonable para Conor...

El rey no parecía oírla. De repente, agarró a su hijo del mentón, obligándolo a mirarle directamente a los ojos.

—Piensas que eres tu propio amo —le espetó—, pero no es así. Creía que lo sabías. De todos modos, ahora lo aprenderás.

Dejó caer la mano. Kel se puso en pie, pero Conor, con la piel enrojecida por la fuerza ejercida por su padre, negó con la cabeza levemente. «No. Quédate.»

—Jolivet —llamó el rey—. Coge a mi hijo. Ya sabes lo que tienes que hacer.

—Chana debe de estar encantada de que finalmente la ayudes con el festival —dijo Mariam.

Estaban en el dormitorio de Mariam. Sentada sobre un montón de cojines, la joven estaba bordando un micromosaico de perlitas sobre un vestido azul marino que se extendía a su alrededor como un charco de agua. Lin, en la mesita de trabajo de Mariam, estaba cumpliendo la promesa que le había hecho a Chana Dorin: anudaba cuidadosamente los paquetitos de hierbas con cintas, creando los saquitos de buena suerte que las jóvenes disponibles llevarían la noche del Festival de la Diosa.

—¿Qué quieres decir con «finalmente»? —se mofó Lin—. Tenía pensado ayudar. Es mi último Tevath.

—Tenías pensado esconderte en el jardín de los fármacos hasta que Chana se hartara. Solo aceptaste porque te hacía sentir culpable. Lo sé porque haces una mueca horrible cada vez que terminas uno de eso paquetitos.

—Es que se me da muy mal —explicó Lin, compungida—. No estoy acostumbrada a no hacer bien las cosas. «Porque solo tratas de hacer las cosas que crees que se te dan bien», dijo una vocecita en su cabeza—. Ya estoy temiendo el Baile de la Diosa. Ya sabes que no soy muy grácil —dijo en voz alta.

Parte de la ceremonia del festival requería que las chicas disponibles, todas las mujeres solteras entre los dieciséis y los veintitrés años, participaran en un baile ritual, silencioso y complejo. En realidad era muy bonito: de niñas en la Casa de las Mujeres, todas las semanas se dedicaban a practicar los fluidos movimientos. Lin estaba segura de que podía hacerlo incluso con los ojos vendados, totalmente de memoria. Lo que no quería decir que le fuera a hacer justicia.

—No seas ridícula, bailas bien —replicó Mariam—. De todas formas, tu abuelo estará contento, ¿no? Ahora que os lleváis mejor, estoy segura de que estará orgulloso...

—No va a venir —la cortó Lin—. Este año, el Tevath cae en la misma fecha que el Día de la Ascensión. Celebran un gran banquete en Palacio, al que Mayesh debe asistir. Ni siquiera estará en el Sault.

—¡Oh! —exclamó suavemente Mariam—. Lin...

Pero antes de que pudiera decir nada más, llamaron a la puerta. Cuando Lin fue a abrir, se encontró a Chana Dorin, con una expresión de preocupación.

—Hay alguien esperándote en las puertas, Lin —informó.

—¿Un paciente? —preguntó Lin. Pero claro que debía de ser un paciente, ¿quién si no? Empezó a darle vueltas a la cabeza. No esperaba ninguna urgencia, ningún bebé a punto de nacer. Tendría que coger su botiquín, cambiarse de ropa si tenía tiempo. Llevaba un vestido corriente, verde primavera, algo desgastado en las mangas y el bajo. Hacía años que lo tenía.

Los ojos de Chana se posaron en Mariam, y volvieron a Lin.

—Sí, un paciente —dijo, aunque Lin se quedó confusa, ¿a qué venía esa mirada? Y su confusión aumentó cuando Chana la sacó de la habitación y le colocó un zurrón en los brazos, mientras le echaba un chal por los hombros—. Tendrás que darte prisa —dijo—. Todo lo que necesitas debería estar aquí dentro.

—Chana —siseó Lin, mientras se colgaba la cinta del zurrón al hombro—, ¿de qué va esto? ¿A qué viene tanto secretismo?

Chana le dirigió una mirada sombría.

—Deberías culpar a tu abuelo. Ahora vete, corre.

Lin se apresuró, sintiéndose un poco resentida. ¿Culpar a su abuelo? Entonces, muy probablemente todo ese asunto estaba relacionado con Palacio. ¿Habría enfermado Kel? ¿Habría resultado herido de nuevo? Todo era muy raro.

En la puerta, encontró a Mez, con Levi Ancel, un joven simpático que se había criado en la Casa de los Hombres con Josit.

—Tienes una vida muy excitante —comentó Mez, mientras ella cruzaba la puerta. Mez se reía, pero Lin se inquietó un poco por dentro. Que la llamaran de Palacio una vez había captado la atención del Maharam. Que pasara dos veces...

Entonces vio a Kel, y todas esas preocupaciones de desvanecieron. Él estaba a la sombra de los muros del Sault, cerca de la vieja cisterna. Al menos, parecía no estar herido, pero apenas podía distinguir su silueta, como un dibujo emborronado. Lin se inquietó inmediatamente.

—Kel. —Se acercó a él para que no la pudieran oír, pero no tanto como para dar que hablar; sospechaba que Mez y Levi aún estaban observándola con avidez, desde la puerta. Él iba elegantemente vestido en seda y lino, todo en tonos ceniza pálido, humo y hollín oscuro. Su chaqueta tenía el forro plateado, con las mangas abiertas, como marcaba la moda, para mostrar la camisa de seda cruda que llevaba debajo. No llevaba su talismán—. ¿Estáis bien?

Sus pupilas estaban más dilatadas de lo que deberían, y apretaba los labios con fuerza.

—No soy yo. Es él.

Ella lo miró desconcertada. Era una noche calurosa; el aire se sentía denso y pesado. Podía ver las luces del Mercado Roto en la distancia. La luna colgaba en lo alto, como un penique de cobre, amarillenta en el borde.

—Te refieres a...

—Conor —dijo él, en voz baja.

Ella casi dio un paso atrás.

—Kel, Conor me prohibió ir a Palacio. Si queréis un médico ashkarí, podemos encontrar a otro.

—No. —Tenía los ojos como enloquecidos—. Tenéis que ser vos, Lin. Os lo pido. Si no sois vos, no será nadie.

«¡Nombre de la Diosa! —Lin sabía la respuesta antes de darla—. Porque un médico no debe preguntar si el paciente es amigo o enemigo, un local o un extranjero, ni a qué dioses venera.»

—Muy bien —dijo—. Iré.

Kel se relajó, visiblemente aliviado.

—Debemos darnos prisa. —Indicó el carruaje negro que esperaba en la carretera—. Os lo explicaré de camino.

Una vez dentro del carruaje, ella se tranquilizó. Al menos, Mez y Levi no los estaban observando. El interior estaba ricamente tapizado, amortiguando las sacudidas mientras rodaban sobre los baches de la Ruta Magna. Al otro lado de la ventanilla, el resplandor de las antorchas de nafta creaba un efecto de desenfoque suave sobre los monumentos. Las tiendas y los puentes, los balcones y los adoquines se disolvían en una indefinida mezcla de gris y negro.

—¿Estáis seguro de esto, Kel? —preguntó Lin—. Vos no oísteis al príncipe Conor cuando me ordenó salir de Marivent. Estaba muy furioso.

—Estoy completamente seguro. —Sintió un tirón en el músculo de la mejilla—. Sois muy hábil. Muy hábil, y lo puedo decir por experiencia. Pero hay algo más que eso. Vais por petición expresa de Lilibet, porque sois la nieta de Mayesh. Ella cree que no tendrá que preocuparse de que le contéis a alguien lo que habéis visto.

—¿Lilibet..., la reina? —Lin estaba anonadada—. Kel, me estáis asustando un poco. Si el príncipe se ha herido a sí mismo haciendo alguna tontería, seguro que no puede ser...

—No se ha herido solo. Lo han azotado.

Lin se recostó en el asiento, boquiabierta.

—¿Quién azotaría al príncipe de Castelana? ¿Ya los han metido en el Truco?

—Ha sido una orden real —contestó Kel, con voz neutra—. Tenía que ser azotado.

—No lo entiendo.

Kel la miró con una especie de sufrimiento. El ángulo del carruaje indicó a Lin que habían comenzado a ascender la Colina. De repente, sintió la desesperada necesidad de saber qué había pasado. Sin duda nadie azotaría al hijo de la Casa Aurelian con auténtica severidad. El cuerpo del príncipe heredero era casi sagrado. Era preciado, irreemplazable.

—Conor —comenzó Kel— ha enfadado a su padre. El rey

ha considerado que debía hacerle comprender su deber. Ordenó al legado Jolivet azotarlo hasta que quedara inconsciente.

Lin apretó los puños para que no le temblaran las manos. La historia parecía increíble. El modo en que Mayesh siempre había descrito al rey Markus, distante, soñador, estudioso, no parecía corresponder en absoluto con ese comportamiento.

—Y el legado... ¿accedió a hacerlo?

—No tenía elección —contestó Kel, reticente—. Jolivet nunca ha aprobado del todo el comportamiento de Conor, ni la forma como vive su vida; y el mío tampoco, por extensión. Nos considera un par de holgazanes, pero le tiene cariño a Conor. No quería hacer lo que hizo.

—¿Había pasado esto alguna otra vez antes? —susurró Lin.

—No —respondió Kel. Se pasó las manos por el pelo, inquieto—. Estábamos en la galería. Conor había hecho enfadar a todo el mundo. ¡Infiernos! No creo que hubiera nadie que no estuviera furioso, pero aun así... El rey hizo que Jolivet lo llevara al Hayloft, la sala donde entrenamos. Yo también fui; nadie me detuvo. Y Lilibet fue corriendo después, pidiéndole a Jolivet que parara, pero las órdenes del rey están por encima de todas las demás. Solo que había pasado mucho tiempo desde que había dado alguna. —Se le aceleró la respiración—. Pensé que sería simbólico. Un azote o dos sobre la chaqueta, para hacerle ver que se había equivocado. El rey ni siquiera estaba allí, pero Jolivet debía cumplir sus órdenes. Las conocía, y creo que las conocía desde hacía tiempo. Hizo que Conor se arrodillara. Lo azotó sobre la camisa, hasta que esta se fue deshaciendo como papel mojado. —Hizo un ruido seco, de náusea. Apretó los puños con fuerza—. Cinco azotes, diez, luego perdí la cuenta. Se acabó cuando Conor perdió la consciencia. —Miró a Lin—. No había nada que yo pudiera hacer. Se supone que soy el escudo de Conor, su armadura. Pero no había nada que yo pudiera hacer. Les dije que me azotaran a mí en su lugar, pero Jolivet ni siquiera pareció oírme.

Lin notó un sabor metálico en la boca.

—El legado tenía las órdenes del rey. No podíais hacer que las desobedeciera. Kel, ¿dónde está el príncipe ahora?

—En nuestro dormitorio —contestó Kel—. Jolivet lo llevó allí. Igual que me llevó a mí, cuando llegué a Marivent.

—¿Se discutió a qué médico llamar? —Lin podía ver el resplandor blanco de Marivent, creciendo en las ventanillas, como si se estuvieran acercando a la luna.

—Nadie en Palacio debe saber lo que ha pasado. La reina tenía incluso miedo de llamar a Gasquet, porque la noticia se extendería rápidamente por la Colina. Que el rey había azotado a Conor. Que había desacuerdos en la Casa. Que Conor había sido humillado.

—No veo nada humillante en eso —repuso Lin—. Si hay algo humillante, es el comportamiento del rey.

—Las familias de los fueros no lo verán de esa manera. Lo verán como una debilidad, una grieta en los cimientos de la Casa Aurelian. Le hablé a la reina de vos, de que me habíais curado antes, de que erais la nieta de Bensimon. De que vos no hablaríais. Así que aceptó que fuera a buscaros. Ella es marakandí; tienen una gran fe en los médicos ashkaríes.

—No lo sabré —dijo Lin—. No sabré qué puedo hacer hasta que lo vea.

Sabía, aunque no lo dijo, que los azotes por sí solos podían matar a un hombre. Pérdida de sangre, *shock*, incluso daños en los órganos internos. Pensó en Asaph, y la vertiginosa caída por los acantilados hasta el mar. ¿Entendían ellos, la reina, el legado, incluso el rey, lo que habían hecho? Sin duda nunca habían visto las cicatrices del látigo, esa fea huella de dolor y trauma que dolía hasta mucho después de que las heridas se hubieran curado.

—Lo sé —repuso Kel, mientras pasaban bajo la Puerta Norte—. Pero si no fuerais vos, Lin, no habría nadie más. Ningún otro médico que pudiera atenderlo...

«No soy la mejor —pensó Lin—, solo la única.»

Pero no se enfadó. ¿Cómo podría? Estaba tan claro en el rostro de Kel que ahí había más que obligación, más que la obediencia que se le había instilado durante años de entrenamiento. No importaba que ella estuviera convencida de que, en su lugar, ella estaría resentida con el príncipe Conor, que quizá incluso lo odiaría. Ella no estaba en su lugar. No podía entenderlo.

El carruaje se había detenido en el patio del Castel Mitat. Kel abrió la puerta, saltó al suelo y se volvió para ayudarla a bajar.

—Venid —dijo—. Os llevaré hasta él.

Suleman pasó sobre las murallas de la ciudad y penetró en la tierra de Aram. Y la encontró desierta. Muchos de sus estupendos edificios, sus templos y bibliotecas, sus jardines y mercados, yacían en ruinas, pero aunque vio mucha destrucción, no vio muerte: la gente de Aram no estaba, la ciudad y las tierras habían quedado deshabitadas. Adassa había contenido a los hechiceros el tiempo suficiente para que su gente escapara. Furioso, Suleman ascendió a la torre de Balal, con su piedra ardiendo como una llama. Y cuando llegó a lo alto se encontró a la reina esperándolo. Parecía que apenas podía tenerse en pie. Se había debilitado como una vela que ha ardido hasta el final del pábilo. Él supo que ella se estaba muriendo, que había usado todo su poder, el poder de su piedra y luego su propio poder, para contener a los enemigos de su gente. —¡¿Qué has hecho?! —gritó él—. Has ennegrecido la tierra y tu ciudad yace abandonada. ¿Adónde ha ido tu gente? —Han escapado —contestó—. Más allá de donde puedas alcanzarlos. Pero Suleman solo negó con la cabeza. —Nada está más allá del alcance de los hechiceros, y cuando hayas muerto, apresaremos a tu gente y los convertiremos en esclavos por todas las generaciones. No has ganado nada. Y Adassa se sintió desesperada.

Relatos de los Hechiceros-Reyes,
Laocantus Aurus Iovit III

Capítulo diecisiete

Lo primero con lo que se encontró Lin cuando entró en los aposentos del príncipe fue el olor de la sangre. Cobriza y brillante; no sangre vieja, sino reciente.

Kel, junto a ella, se tensó. Lin no estuvo segura de si fue por la sangre, esparcida por el suelo, incluso se podían apreciar las huellas de botas en un charco medio seco, o por el hecho de que la reina Lilibet estuviera allí, sentada tiesa como un palo en una silla junto al lecho de su hijo; su falda verde estaba manchada de sangre y suciedad en el bajo. Alrededor del cuello, las muñecas y la frente, llevaba esmeraldas engarzadas en oro; relucían como los ojos del Rey Trapero.

Y, sobre el lecho, la forma tensa e inmóvil del príncipe. Las cortinas de gruesos bordados de damasco no estaban echadas, y Lin pudo verlo yaciendo bocabajo sobre la colcha, con la cabeza sobre los brazos cruzados. Aún llevaba unas elaboradas calzas de terciopelo y botas de cuero suave; las gemas resplandecientes que llevaba en los dedos y en las muñecas contrastaban con la extensión desnuda de su espalda, desgarrada a tiras ensangrentadas.

Pudo sentir que estaba consciente, aferrándose a ello, quizá, medio aturdido, pero Lin notó que él sabía que ella estaba allí, aunque no se movió cuando se le acercó. Lin notaba sus propios latidos en la punta de los dedos, repicando las palabras: «La reina. La reina». Sin embargo, al mismo tiempo, su mente se había centrado, enfocada en el príncipe, en sus heridas. Su formación de médica se superpuso a todo lo demás, y le prestó la distancia emocional suficiente para hacer lo que se requería.

Vio que sobre la mesilla de noche junto a la cama había jabón, vendas y toallas. También una jofaina plateada para lavarse las manos. Alguien lo había preparado todo para su llegada. Bien hecho. ¿Dónde colocaría las cosas de su zurrón? Sobre la cama, decidió: era muy grande, e incluso el príncipe, que no era un hombre pequeño, ocupaba solo una parte.

La reina le acarició suavemente el pelo a su hijo, y los anillos de sus dedos destellaron entre los oscuros rizos mojados. Luego se puso en pie y bajó los pocos escalones de la tarima donde se hallaba el lecho; se acercó a Lin y Kel.

—Una mujer —dijo Lilibet, mirando a Lin de arriba abajo como si se tratara de un caballo en el Mercado de la Carne—. He conocido a muchos médicos ashkaríes; me trataron durante toda mi niñez; pero nunca había visto a una sanadora hasta ahora.

—¿Será eso un problema, Alteza? —preguntó Lin.

—No. Si fuera un problema, no te habría hecho llamar. —De cerca, Lilibet Aurelian era hermosa de un modo que exigía atención. No había nada trivial en su belleza. Era una belleza que parecía hecha de piezas brillantes, como una titilante tesela que se hubiera juntado para formar algo inquietantemente magnífico: un gran arco o un castillo con altos chapiteles—. Como mujer, habrás trabajado el doble de duro para llegar a donde estás. Eso me complace. Aquí tienes dos tareas. Asegurarte de que esas heridas no se infecten o derramen veneno en su sangre. Y hacer lo que puedas para que no le queden demasiadas cicatrices.

—Haré lo que pueda, como habéis dicho —contestó Lin. Miró la espalda del príncipe, llena de verdugones del látigo—. Pero quedarán cicatrices. Casi indudablemente.

La reina asintió secamente.

—Entonces, no perdamos más tiempo. A los médicos ashkaríes no les gusta estar rodeados y ser molestados mientras trabajan; eso lo sé. Kellian, acompáñame. Esperaremos abajo mientras ella atiende a mi hijo.

Y se marcharon, dejando a Lin un poco asombrada. Por lo general tenía que esforzarse mucho más para sacar a la familia de la habitación. Se había esperado estar, como Lilibet había dicho, rodeada de gente incordiando mientras trabajaba. Mentalmente se había preparado para ello. Pero estaba sola con el príncipe Conor, y eso era mucho más raro.

No podía negar que tenía miedo. De él, de la situación. Ella era tan pequeña ante todo lo que representaba el Palacio y sus ocupantes. Pero también, durante cincuenta años, su abuelo había ido a Marivent casi todos los días al salir el sol. Había hablado con esa gente, trabajado con ellos y para ellos, exigido su concentración, incluso su respeto. Y aunque ella no era Mayesh, tenía sus propias habilidades. ¿Acaso el *Libro de Makabi* no decía: «La habilidad de un médico le hará alzar la cabeza; y se alzará ante los nobles»?

Se obligó a calmarse y subió los escalones hasta la enorme cama. El príncipe seguía sin moverse, pero su respiración se aceleró. Era irregular; parecía desgarrarse en cada inspiración, como una prenda rasgándose en un gancho. Lin dejó su zurrón, se lavó las manos rápidamente y se volvió hacia la cama. Lo primero que debía hacer era limpiarle la sangre de la espalda, para ver claramente a qué se estaba enfrentado. No iba a ser fácil, dado su estado.

Se sentó junto a él, y el colchón se hundió ligeramente bajo su peso. Se dio cuenta de que no le habían quitado la camisa. Había quedado destrozada por los latigazos, y aún había jirones empapados de sangre colgándole de los brazos y la cintura.

Con mucho cuidado, comenzó a limpiarle la sangre de la piel con una toalla húmeda. El cuerpo del príncipe se tensó, la espalda se arqueó. Se le entrecortó la respiración del dolor.

Entonces habló, y el sonido la sobresaltó.

—Debes de estar disfrutando con esto —dijo él, volviendo la cabeza hacia un lado para no hablar directamente hacia el colchón—. Debe de complacerte.

Su voz tenía fuerza, más de la que ella se habría esperado. Como médica, le complacía, pero también había amargura, aguda como el veneno. Quizá fuera esa amargura lo que lo mantenía alerta. La fuerza llegaba desde lugares inesperados.

Lin ralentizó el movimiento de su mano.

—¿Limpiar sangre? ¿Por qué iba a gustarme?

—Porque... ¡ah! —Hizo una mueca de dolor y se incorporó apoyándose en el codo. Los músculos del brazo se le hincharon bajo la seda rota y ensangrentada—. No te gusto. Ya hemos hablado de eso.

—Si no me queríais como médica, podríais haber protestado —repuso ella.

—No tenía ganas de discutir con mi madre. No es algo con lo que disfrute ni en los mejores momentos, y no llamaría a este el mejor momento.

Él torció la cabeza y la miró por encima del hombro. Tenía los ojos brillantes de fiebre; las pupilas, visiblemente dilatadas.

«El *shock*», pensó Lin.

—Os podría dar morfí...

—No. —Cerró los puños agarrando las sábanas—. Nada de morfílico. Quiero sentirlo todo.

Con suavidad, ella continuó limpiándole la sangre, haciendo cada vez más visibles las heridas.

—Si estáis haciendo esto para demostrar que sois muy valiente, debería deciros, con toda sinceridad, que esta es la parte más fácil de la cura. Estas heridas tienen mala pinta. No tardaréis mucho en estar gritando como una gaviota agonizante.

Él emitió un sonido sordo que podría haber sido una carcajada.

—No estoy tratando de impresionarte a ti, nieta de Mayesh. Quiero sentir el dolor para recordarlo. Para poder seguir estando furioso.

Era una respuesta más interesante de lo que se había esperado.

Había limpiado la mayor parte de la sangre; la toalla estaba empapada de rojo. Podía ver más claramente los furiosos latigazos entrecruzándose por toda su espalda. Trocitos de seda blanca estaban incrustados en los largos cortes.

Pensó que Jolivet había hecho eso antes. Había sabido mantener los latigazos altos sobre la espalda, sobre los omóplatos del príncipe, evitando así dañar los riñones.

Aun así, resultaba incongruente, casi grotesca, esa destrucción de lo que claramente había sido tan hermoso. Su forma, sin ropa, era todo líneas limpias, perfecto como un dibujo en un libro de anatomía mostrando la forma humana ideal. Fuertes hombros, descendiendo hacia una estrecha cintura. Los pantalones se deslizaban sobre sus caderas. La nuca formaba una curva delicada. Rizos negros, empapados de sangre y sudor se le pegaban a la piel.

Cogió un tarro de *theriac,* un ungüento transparente que calmaría el dolor y prevendría la infección.

—Cuando era niña —comenzó mientras cogía un poco con los dedos—, estaba enfadada con Mayesh. Nos había separado a mi hermano y a mí, después de la muerte de nuestros padres. Creía que sus responsabilidades aquí, en Marivent, le impedían cuidarnos.

Comenzó a extenderle el ungüento por la espalda. La piel era cálida al tacto, suave donde las laceraciones no le habían desgarrado la piel.

—Continúa —dijo él. Había vuelto la cabeza para poder mirarla mientras ella hablaba. Lin pudo verle la cara. Tenía los ojos manchados de kohl, como si hubiera llorado lágrimas negras—. ¿Estabas enfadada con Bensimon?

—Sí —contestó ella—. Porque no me hacía ningún caso, veis. Estaba ocupado aquí, en la Colina. Estaba tan furiosa que solía golpear cosas y romperlas. Cortinas, bufandas. A otros niños. —Le extendió el ungüento con todo el cuidado que pudo sobre la celosía de cortes, que parecían dibujarle en los hombros las plumas de unas alas—. Sin embargo, toda esa furia nunca sirvió para nada. Nunca cambió la situación. Nunca lo trajo de vuelta.

—¿Bensimon hizo eso? —El príncipe parecía realmente sorprendido—. Nunca pensé en él como alguien que pudiera descuidar una responsabilidad.

«Nadie quiere ser una responsabilidad —pensó Lin—. Quieren ser amados.»

Pero no iba a decir una cosa así, y menos a él. Dejó el ungüento y comenzó a sacar amuletos del zurrón.

—Bueno, pues me he vengado de él por ti —dijo el príncipe, en voz baja. Su voz era más áspera de lo que Lin la recordaba; aunque se podía esperar que alguien padeciendo sonara diferente—. Aunque no era mi intención. Cuando llegue a Marivent mañana, y descubra que lo he echado todo a perder, se desesperará.

«¿Lo hará? No estoy segura de que pueda sentir desesperación», quiso decir Lin, pero se contuvo. No estaba segura de si aún seguía creyendo eso. Había sacado los amuletos: talismanes para curar, para la pérdida de sangre. Talismanes para prevenir la infección. Lo ayudarían, pero las cicatrices... Iban a quedarle unas cicatrices terribles. Como grandes marcas de garras, para siempre atravesándole la espalda.

«Para siempre estropeando su belleza», dijo una vocecita en un rincón de su cabeza, pero esos no eran los pensamientos de una médica. Su cerebro de médica decía otras cosas. Que debería emplear *lapis infernalis*, para asegurarse de que no volviera a sangrar, aunque el *lapis infernalis* empeoraría las cicatrices. Que esas cicatrices causarían dolor, la tensión y la desfiguración de la piel. Podría no volver a moverse bien, en toda su vida.

—Vuestra madre —dijo ella—. Parecía insistente en que no tuvierais cica...

Él soltó una carcajada e hizo una intensa mueca por el dolor que le causó.

—Un príncipe marcado es un escándalo —explicó—. Se flagela a los criminales, no a los príncipes. Mi padre está furioso porque lo he decepcionado; ha escrito las palabras de su decepción sobre mi espalda con sangre. Pero cuando la sangre se haya lavado, habrá cicatrices que requieran explicación. Mi madre no quiere tener que dar esa clase de explicaciones.

«¿Crees que solo es vanidad por su parte? Quizá ella tampoco quiera ver algo hermoso, algo que ella ha hecho, desfigurado. Quizá tema el dolor que las cicatrices producirán. O quizá tengáis razón, monseigneur, y solo tema la posible vergüenza.»

—Creo que es por cuestiones prácticas —dijo él, y tragó aire—. Tus manos...

—Lo siento. —Lin estaba poniendo todo el cuidado que podía, pero sentía que el estómago le daba vueltas cada vez que lo tocaba. Pensó que no debía sorprenderse. Aunque se suponía que todos los pacientes debían ser iguales, no podía olvidar que tenía las manos sobre un príncipe. La sangre que se mezclaba con el ungüento sobre su piel era sangre real.

Apartó las manos, solo un momento, y lo sintió. Un dolor punzante y caliente en el pecho, como la picadura de una avispa. Justo donde el broche prendido en su túnica le rozaba la piel.

Le pareció ver la imagen de la Piedra-Fuente tras los párpados, como le había pasado la noche que había curado a Kel. El humo moviéndose en su interior, como el vapor que se alzaba de la superficie del agua de un pozo. Y oyó el susurro, en su cabeza. Pero ya no era un susurro. Era más fuerte que eso. Una voz, severa, sin género, inidentificable. La voz de la propia piedra.

«Úsame.»

—Estaos quieto —dijo ella, con voz distante, y le puso el primer amuleto sobre la piel. Mientras lo hacía, se colocó la mano izquierda sobre el pecho, donde estaba el broche enganchado en el interior de la chaqueta.

«Sana», pensó. Pero era más que un pensamiento. En su interior, vio claramente la palabra flotar de nuevo a través del humo de la piedra, pero esa vez se fracturó en sus partes componentes, en letras que eran números, en una ecuación tan compleja y tan simple como una estrella.

Algo palpitó bajo su mano izquierda, como el latido de la sangre en el corazón. Parecía temblar en su palma, desenrollando hilillos por sus venas. Abrió los ojos.

Nada había cambiado. Los verdugones rojos seguían atravesando la espalda del príncipe; los bordes de los cortes, tan rabiosos y viscerales como antes. Se enfadó consigo misma. Lo que fuera que pensaba que estaba haciendo no había funcionado.

Aun así, no acababa de decidirse a usar *lapis infernalis*. Sacó más amuletos, el metal frío entre sus dedos. Comenzó a colocarlos, uno tras otro, sobre las heridas de la espalda.

Mientras lo hacía, él permaneció en silencio. En ese momento, cuando los talismanes tocaron su piel, hizo una mueca de dolor y se arqueó ligeramente en la cama. Lin podría haber deslizado la mano por el hueco que había quedado entre los músculos apretados del estómago del príncipe y la sábana de abajo.

No sabía por qué había pensado eso. Él estaba rígido, esperando el contacto del frío metal.

—Estoy segura de que Mayesh no se desesperará cuando se entere de lo sucedido. No podéis haber causado tanta desgracia como para merecer esto.

Él ahogó una carcajada. El sudor había comenzado a acumulársele en el hoyuelo de la columna, en la base del cuello.

—Oh, os sorprenderíais. No soy bueno para muchas cosas, pero —hizo una mueca de dolor— causar la ruina es una de ellas. Y la mala planificación. En eso también soy muy bueno.

Ella colocó el siguiente talismán.

—Podríais contarme lo ocurrido —propuso ella—. Quizá no sea tan malo como pensáis.

Él se relajó levemente. Seguía tenso, pero su cuerpo parecía estar menos rígido.

—Supongo que podría, ya puestos. Difícilmente me adularíais, o me diríais que soy brillante, y que solo he tomado la mejor decisión, como harían Falconet o Montfaucon.

—Creo que he dejado muy claro —repuso ella— que no lo haré.

Él bajó la frente hasta apoyarla en las manos apretadas. Cuando habló, lo hizo casi sin entonación.

—Prosper Beck —comenzó—. Le debía mucho dinero. No importa por qué, solo que me sorprendió enterarme, y que era una deuda legal. Me había gastado el dinero. Se lo debía. —Hizo una mueca de dolor, soltó una palabrota, mientras ella le colocaba un talismán sobre un corte especialmente profundo en el hombro—. Pude enviarle varios mensajes. Pensé que me pediría intereses. Pero, en lugar de eso, comenzó a exigirme que hiciera cosas por él.

—¿Lo sabía Kel?

—No. Los favores me los pidió mientras Kel se estaba recuperando. Y no quería preocuparlo. Al principio, no le hice caso a Beck, pero él sabía más que yo. Finalmente, hice lo primero que me pidió. Parecía bastante inocuo. Consistía simplemente en poner un emético en una botella de vino y dársela a Montfaucon y a Roverge. Se pasaron la noche vomitando, pero supusieron que se debía a la borrachera. Sin duda no era la primera noche que alguno de ellos se la habían pasado vomitando.

—¿Y Beck lo supo? —Colocó el siguiente talismán.

—Lo sabía. Y me envió otra petición. Que matara a Asti. Mi caballo. Pero eso... no pude hacer eso. —Había un tono defensivo en su voz, como si pensara que Lin lo juzgaría por su estúpida sensiblería. Pero, de hecho, era lo que hasta el momento más le había gustado de él—. Me di cuenta de que nunca acabaría. Que seguiría pidiéndome cosas, algunas estúpidas, otras brutales, otras humillantes. Supe que tenía que devolverle todo el dinero inmediatamente. Acabar con todo ese asunto. Fui a ver a la embajadora de Sarthe. Lo acordamos en secreto: yo me casaría con la princesa de Sarthe a cambio de una dote en oro, pagada por adelantado.

Lin lo escuchaba anonadada. No esperaba algo de unas consecuencias tan inmensas. ¿Una unión secreta entre Castelana y Sarthe? Habría mucha gente en la ciudad que odiaría esa idea; muchos despreciaban Sarthe con toda su alma.

—La princesa... —comenzó ella.

—Aimada. Ya la conocía; es lo bastante agradable y sensible. Creo que no esperará mucho de mí.

Parecía exhausto. El dolor era agotador. Lin lo sabía; agotaba el alma además del cuerpo. Pero había algo más en su voz. Una fatiga que hablaba del fin de las expectativas. Si él había querido algo más que un matrimonio fruto del chantaje, ahora ya no lo tendría.

—Diez mil coronas —dijo, casi somnoliento—. El precio de un príncipe, al parecer. Me doy cuenta de que he sido un idiota; no hace falta que me lo digáis. Debería haber acudido a Bensimon. Pedirle su consejo. Contarle la verdad.

Lin le colocó el último talismán en la espalda.

—No os diré que habéis tomado buenas decisiones —dijo ella, apartando las manos—. Es evidente que no.

—¡Por todos los infiernos! —masculló él a sus puños.

—Pero si hubierais acudido a Mayesh, él se lo habría contado a vuestro padre. Y os hallaríais en la misma situación, o una muy similar.

Entre el negro de sus pestañas y el más negro aún del khol, sus ojos eran de un color plata brillante.

—Pero ahora no tendría que casarme. Que es algo que no quiero hacer.

—Pero de todas maneras ibais a tener que casaros por cuestiones de Estado, ¿no es así? La gente como vos no se casa por amor.

—Has escuchado a demasiados cuentacuentos —masculló él.

—¿Me equivoco?

Él entrecerró los ojos.

—No.

«Aimada. Ya la conocía», había dicho él. Aimada. Un nombre bonito. Lin no se la podía imaginar, o solo como una especie de dibujo de una princesa con una corona de cintas en un libro de cuentos.

Se puso en pie y fue hacia la jofaina de plata. Tocó la superficie del agua con las manos ensangrentadas, e hilillos rojos fueron desprendiéndose de sus dedos.

—Esperad —pidió el príncipe.

Se volvió para verlo, la barbilla apoyada sobre los brazos doblados. Los talismanes relucían en largas líneas sobre su espalda, como las escamas de un dragón.

—Tomaré el morfílico —continuó él—, pero tendréis que dármelo, porque no puedo moverme.

Lin no le preguntó qué le había hecho cambiar de opinión. Sacó una amapola de morfílico de su zurrón y fue a la cabecera de la cama. Tuvo que hacerse espacio entre las almohadas de terciopelo, apartándolas a manotazos como si fueran gatitos curiosos, para poder arrodillarse a la altura de su cabeza.

Cogió varios granos de la amapola, pero vaciló. Normalmente, le colocaba los granos al paciente en la lengua. Lo había hecho con Kel, sin pensar. Pero, en ese momento, dudó; había algo en el hecho de tocar al príncipe de un modo tan familiar, tan íntimo... Él la miró a través de las largas pestañas negras. Ella pudo verle las motas de sangre en los pómulos, un morado creciéndole en la mejilla. La estaba esperando. Esperando el alivio del dolor que ella podía ofrecerle. Lin se armó de valor y le puso la mano bajo la barbilla, frotándole los granos de morfea en el centro de su carnoso labio inferior.

—Tenéis que tragároslos —susurró.

Él se pasó la lengua por el labio inferior. Tragó. Alzó la mirada hacia ella con una sombría luz en los ojos.

—No deberíais tenerme lástima, ¿sabéis? Tened lástima de la que tiene que casarse conmigo.

Lin sabía que el morfílico tardaría unos momentos en hacer efecto. Era mejor distraerlo.

—¿Por qué iba a teneros lástima? Yo también dudo que me case por amor. O incluso que me case. —Se metió la amapola en el bolsillo del vestido—. Soy una mujer y soy médica. Ningún hombre ashkarí respetable querría casarse conmigo. Soy demasiado peculiar.

—¿Peculiar? —Esbozó una mueca de asombro—. No creo haber conocido nunca a una mujer que se describa como peculiar.

—Bueno, pues lo soy —repuso ella—. Soy huérfana; eso ya es bastante raro. Pedí que me permitieran formarme como médica; también peculiar. Solo tengo una amiga. No participo en la mayoría de los bailes o festivales. Oh, y cuando era pequeña, era un terror. Empujé a Oren Kandel desde un árbol. Se rompió el tobillo. —Sabía que esos nombres, esas palabras, no significaban nada para el príncipe, pero no le importaba. Estaba hablando por hablar, para tranquilizar y aliviar. Los ojos del príncipe parecían estar perdiendo el foco, su respiración se hacía más pausada. Cuando se le cerraron los ojos, le contó su reunión con el Maharam. Su esperanza de encontrar el libro de Qasmuna en el Shulamat, cómo él se había negado y cómo, al salir, ella había dado una patada a la cuidadosa pila de basura que Oren había estado barriendo.

—Eso es muy propio de vos —dijo él, somnoliento—. Parecéis tener un problema para contener vuestro temperamento.

—¿Creéis sensato hacerme enfadar cuando tengo un zurrón lleno de agujas y cuchillos? —repuso ella, en el más dulce de los tonos.

Inmediatamente se preguntó si él se enfadaría; era tan difícil saber hasta dónde se le permitía la familiaridad, hasta dónde el humor. El rey Thevan, el abuelo del rey actual, una vez había hecho ejecutar a un actor por representar una obra satírica sobre él.

Pero el príncipe solo sonrió cansado.

—¿Y ahora qué? Supongo que el morfílico no tardará en hacerme efecto.

—Sí. Deberíais descansar. —Vaciló un instante—. Debería quedarme con vos esta noche —dijo finalmente—. Para asegurarme de que los talismanes están funcionando y que no vuelve a haber sangrado.

Él se quedó muy quieto.

—Ninguna mujer ha pasado la noche en esta habitación —dijo—. Nadie lo ha hecho, excepto Kel y yo mismo.

—Si preferís que me vaya, podría ver si Kel o la reina...

—No —la cortó rápidamente—. Marcharos sería una irresponsabilidad por vuestra parte. Podría sangrar hasta morir.

—Ojalá la Diosa lo evite —contestó ella, un poco tensa. Bajó de la cama, dejándolo rodeado de almohadas y con la espalda que parecía un mapa en rojo y plata. En la puerta se detuvo y se volvió para mirarlo, solo una silueta ensombrecida sobre la cama.

«Sana.»

Se hizo susurrar la palabra en la cabeza. Alzó la mano para tocar el broche una vez más, luego la dejó caer y salió al pasillo.

Se encontró a la reina de pie justo al otro lado de la puerta del dormitorio del príncipe, con las manos unidas a la altura del pecho. Las esmeraldas le titilaban en el cuello. No parecía haber estado moviéndose, o haciendo nada que no fuera estar totalmente inmóvil en el centro del pasillo. Era desconcertante. ¿Y dónde se hallaba Kel?

—He enviado a Kellian a descansar —dijo la reina, como si le hubiera leído el pensamiento a Lin—. Estaba agitado. En situaciones como esta, prefiero la calma.

«¿A descansar adónde?», pensó Lin.

Pero, claro, seguramente había docenas de dormitorios en

un lugar como ese. Sintió una punzada de preocupación por Kel, que sin duda estaría tumbado despierto y solo en la oscuridad, preocupado por su príncipe.

—Médica —dijo la reina, un poco áspera—, decidme cómo está mi hijo.

«¿Y os si dijera que ha muerto? ¿Me lanzarían desde los acantilados, como comida para los cocodrilos, como hicieron con Asaph? ¿Y qué pasaría si os preguntara por qué habéis permitido que lo azotaran, por qué no lo habéis impedido? ¿Realmente no había nada que pudierais hacer?»

Lin se tragó con fuerza sus pensamientos. Eran tan inútiles como sentir pánico al ver una herida.

—No hay daño muscular o interno —contestó tranquila—, y el sangrado se ha detenido. Eso es lo más importante. Le he colocado talismanes sobre las heridas para que le ayuden a curarse.

—¿Y las cicatrices? —preguntó la reina—. ¿Quedará muy mal?

—No podré saberlo hasta la mañana, cuando retire los talismanes. —Lin se armó de valor—. Es posible que queden algunas... marcas.

La expresión de la reina se tensó. El corazón de Lin le dio un vuelco, pero la reina Lilibet le habló con calma.

—Y vos, muchacha, ¿tenéis hijos?

—No he recibido esa bendición, no —contestó Lin; era su respuesta programada siempre que alguien le preguntaba. No se molestaba en explicar que: «No tengo marido y no sé si quiero hijos». Nadie que se lo preguntaba era realmente tan curioso.

—Hay una cosa que debéis saber sobre los hijos —dijo Lilibet. De cerca, se veía claramente que el príncipe había heredado la belleza de su madre: tenía su cabello negro y su boca carnosa, en contraste con esos huesos finos, casi demasiado afilados—. Los hijos te hacen vulnerable. Puedes tener todo el poder imaginable, pero si no puedes mantenerlos a salvo del mundo y de sí mismos, nada importa.

Lin inclinó la cabeza, sin saber qué debía decir.

—Esta noche debo quedarme con el príncipe. Quiero asegurarme de que continúe estable.

La reina asintió. Mientras Lin se volvía hacia la puerta del aposento real, la reina le volvió hablar inesperadamente.

—Y si llegáis a tener hijos, médica...

Lin volvió la cabeza para mirarla. Lilibet no la estaba mirando a ella, sino que tenía la mirada perdida, como recordando algún momento pasado.

—Si tenéis hijos, aseguraos de tener más de uno.

Cuando regresó junto al príncipe, esté ya estaba dormido. Se sentó en la silla que la reina había dejado libre antes. Esa era la tarea de la médica que requería de más paciencia, y en la que, a veces, una se hallaba más cerca de la Diosa, pensaba Lin. Estar sentada junto a un paciente mientras este dormía toda la noche, esperando a que le bajara la fiebre, a que hubiera un cambio en su estado. Sujetando el *alor* del paciente, su fuerza vital, con la mente, para que permaneciera atado al cuerpo.

Claro que había veces en que no funcionaba, y la muerte llegaba por la noche, como un ladrón, para robar el trabajo de la médica. Pero Lin prefería pensar que la muerte no era siempre el enemigo.

Sacó del zurrón las páginas copiadas del libro de Qasmuna. Había conseguido traducir la mayoría de las palabras y colocar las páginas en una especie de orden. Se dijo que leerlas de nuevo, sin duda, le clarificaría más sus preceptos. Estudiaría unas cuantas frases, y luego comprobaría cómo estaba el príncipe. Estudiar unas cuantas más, comprobar otra vez. De esa manera planeaba pasar la noche.

Pero le costaba concentrarse en las palabras. Era tan raro, estar en esa habitación, sola con el príncipe Conor. Ese dormitorio, donde él había crecido, donde Kel había crecido. ¿Cómo habría sido su infancia?, se preguntó. ¿Se habrían sentado en el suelo para jugar a los castillos? Josit solía hacer peleas de broma con sus amigos, igual que los cachorros. ¿Lo habrían hecho ellos también? ¿Habrían hablado sobre lo que significaba que Kel fuera el Guardián de Espadas, o habría sido una parte tan integrada en sus vidas que no había habido necesidad de hablar de ello más de lo que habrían necesitado hablar de que el sol volvería a salir al día siguiente?

Había libros en la mesilla de noche; Lin los había visto cuando había ido a lavarse las manos. El príncipe había sido una presencia en su vida desde siempre, sin embargo, nunca se había preguntado si leería libros o no. Si esos servían de muestra, le gustaban las historias de viajes y aventuras. Pensó en que si estuviera despierto, le podría leer en voz alta, algo que les resultaba relajante a muchos pacientes. Pero el príncipe estaba profundamente sumido en el sueño del morfílico y el *shock*, con los ojos moviéndosele rápidamente bajo los manchados párpados.

Lo había odiado durante muchos años. En ese tiempo, no había pensado en él como alguien que leyera, o cuyos dedos se curvaran ligeramente al dormir. Alguien que tenía una constelación de pecas sobre el hombro. Alguien que tenía una línea blanca en una de las cejas; ¿una cicatriz o una marca de nacimiento? Alguien cuya boca perdía el rictus de crueldad al dormir. Se preguntó si aún lo odiaba, y se dijo que eso no importaba esa noche. Él seguía siendo su paciente.

Se quedaría con él, como su médica; estaría despierta hasta después de que la última guardia de la noche hubiera pasado.

Durante la noche, Lin se durmió y, mientras lo hacía, soñó que era otra persona. Un hombre, subiendo la alta ladera de una montaña.

Los caminos hacía tiempo que se habían desmoronado, y solo quedaba la roca, agrietada e irregular. Tenía las manos con cortes sangrantes, pero seguía adelante, siempre hacia arriba, porque estaba cumpliendo las órdenes del rey, y regresar con las manos vacías significaría la muerte.

Ya casi había alcanzado la cima cuando encontró la entrada a una cueva. Respiró aliviado. La profecía no había resultado ser falsa. A cuatro patas se arrastró hasta meterse en la oscura fisura; el polvo y la gravilla le irritaban las manos ensangrentadas.

No sabía cuánto tiempo llevaba arrastrándose cuando lo vio. Oro, todo de oro, y de un brillo que le hería los ojos. «Hi nas visík!», gritó en malgasi. Y en ese momento supo que se había quedado ciego, que nunca volvería a ver nada excepto esa luz, ese fulgor, y que no lamentó perder la vista, solo extendió las manos hacia el ardiente...

Por la mañana, Kel regresó a los aposentos reales. Después de que Lilibet le hubiera ordenado que se marchara, había ido al pequeño dormitorio azul al final del pasillo, donde dormía cuando Conor estaba con una chica, aunque las chicas nunca se quedaban a pasar la noche.

Había tratado de forzar el sueño. Había visualizado un lugar tranquilo: el barco en el mar, el mástil balanceándose bajo un viento lento, cargado de sol; espuma blanca sobre el mar. Pero nada de eso le había calmado. Había continuado viendo, una y otra vez, el látigo alzándose y azotando a Conor, la sangre manando de su espalda. Conor estremeciéndose sin hacer ni un ruido.

Finalmente, había caído en un sopor negro y sin sueños, y solo se había despertado cuando la luz del sol había entrado a raudales por la ventana, que daba al este, y había convertido el dormitorio sin ventilación en un horno.

«Conor.»

Estaba de pie y saliendo al pasillo antes de acabar de sacarse el sueño de la cabeza.

Más o menos, se había esperado que Lilibet estuviera allí, pero el pasillo estaba desierto, fantasmal. Lo cruzó rápidamente y entró en el dormitorio que compartía con Conor. Allí, la luz era más suave, y cubría con un pálido resplandor dorado el extraño panorama que encontró su mirada.

Lin estaba dormida en la silla junto al lecho de Conor, con los brazos agarrando el zurrón como un niño abrazando la almohada. El lecho de Conor estaba vacío, un enredo de sábanas, barro y sangre. Destellaba como salpicado de lentejuelas. Mientras Kel se acercaba, incrédulo, vio que las lentejuelas eran talismanes curativos ashkaríes, desparramados por toda la colcha.

—Lin. —Le meneó el hombro, y ella se despertó sobresaltada; el zurrón se le resbaló de las manos. Él lo cogió antes de que se diera contra el suelo, y lo tiró sobre la cama—. ¿Dónde está Conor?

Ella se frotó los ojos, parpadeando. Una buena cantidad de pelo rojo se le había escapado de las trenzas y se le rizaba formando un halo de ardientes mechones alrededor del rostro.

—¿El príncipe? —Miró hacia la cama vacía—. Estaba ahí, al amanecer, estaba ahí, lo miré... —Dijo algo más, un lío de palabras en ashkarí, mientras se le marcaban arrugas de preocupación.

Entonces, la puerta del tepidarium se abrió y Conor entró en el dormitorio.

Iba descalzo y sin camisa, con una toalla al hombro. Unos pantalones sueltos de lino ceñidos a la cintura. Era evidente que se había lavado, porque tenía el pelo húmedo y el rostro limpio de sangre y khol.

—¡Conor! —exclamó Kel. Estaba furioso... con Conor, por no preocuparse de sus heridas. Con Lin, irrazonablemente, por quedarse dormida. Y, detrás de la furia, había desconcierto. Había visto las heridas de Conor; ¿cómo había conseguido levantarse de la cama, y mucho menos cruzar andando toda la habitación?—. ¿Qué estás haciendo? Deberías...

Conor se llevó un dedo a los labios, como para indicarle que se callara. Había un brillo en sus ojos, casi travieso. Kel y Lin intercambiaron una mirada de perplejidad. Lin parecía acabar de ver a un fantasma. Había verdadero temor en sus ojos; la ansiedad de Kel aumentó.

—Príncipe Conor —comenzó Lin, con la voz ligeramente temblorosa.

Conor se apartó la toalla del cuello y se volvió, dándoles la espalda. Kel oyó el grito ahogado de Lin, que se llevó la mano al pecho, justo sobre el corazón.

La espalda de Conor era una ancha y lisa extensión de piel tensada sobre músculo flexible. No quedaba ninguna marca, ni siquiera una cicatriz sanada. Ninguna señal en absoluto de que alguna vez había sido azotado.

Y en ese momento de gran desesperación de la reina, su magia pareció flaquear. Ya no podía seguir conteniendo a los ejércitos en las llanuras. Las murallas comenzaron a astillarse, y mientras los enemigos de Aram las atravesaban, la ciudad comenzó a arder. Todo eran llamas: el cielo, los ríos y las tierras de Aram, el propio palacio. Pronto, Aram solo sería cenizas. Se dirigió a Suleman. —No me has dejado otra opción —le dijo. Las llamas ardían en los ojos de él. —¿Qué puedes hacerme? Siempre seré más poderoso que tú, mientras exista la magia. —Pero ahora —dijo Adessa— ya no habrá más magia. Y extendió los brazos con toda la fuerza que le había donado su gente, con el poder de cada palabra que habían sacrificado en su nombre. Llegó más allá de las estrellas, y liberó la Gran Palabra de Poder, sin la cual ningún hechizo podía lanzarse, y la arrojó al vacío. Y ella misma la siguió hacia el vacío, porque el poder de la Palabra era tal que consumió todo aquello de ella que era mortal. La reina ya no era la reina; era la magia en sí misma, y la magia había desaparecido.

Relatos de los Hechiceros-Reyes,
LAOCANTUS AURUS IOVIT III

Capítulo dieciocho

Era el día de la llegada de la princesa sarthiana a Castelana, y Kel deseó no haberse sentado con las familias de los fueros. Sus sillas se habían colocado sobre la plataforma elevada en medio de la plaza Valerian, y Kel no podía evitar sentir que todos los que se habían reunido allí para ver la llegada de la princesa los estaban mirado con curiosidad: desde Montfaucon, resplandeciente en un jubón de brocado amarillo con rayas verticales de seda negra; a Charlon y su padre, ambos ardiendo de furia, y a Gremont, vestido elegantemente, pero dormido, como de costumbre, y roncándole a la luna.

Falconet, sentado junto a Kel, lucía terciopelo azul oscuro y una expresión de complacencia. Kel recordó las palabras de Polidor Sardou durante la última reunión de la Cámara de la Esfera a la que había asistido. Parecía haber sido hacía mucho tiempo. «Joss, tu hermana está casada con un duque sarthiano. No eres objetivo en este asunto. Una alianza con Sarthe seguramente beneficiará a vuestra familia.»

Como siempre ocurría con Falconet, las cosas beneficiosas parecían caerle del cielo. Saludó con la mano lánguidamente a la gente en la plaza, claramente no molesto por la atención, antes de dirigirse a Kel.

—¿Y cómo está nuestro amigo en común, el príncipe? —murmuró—. He oído poco de Conor desde que se supo la noticia de su afortunado compromiso. Pero, claro, no ha pasado tanto tiempo, ¿verdad?

La expresión de Falconet era de una leve curiosidad, pero su mirada era traviesa. Kel no creía que fuera una clase de travesura maliciosa, pero era evidente que Falconet encontraba la situación entretenida, como era habitual en él.

—No —murmuró Kel en respuesta—. Solo ha pasado una quincena. —A él mismo le costaba creerlo; le parecía una vida entera, y no solo dos semanas, desde que el compromiso de Conor se descubrió. Pero ya había llegado el día en que la princesa Aimada debía llegar a la plaza Valerian y ser presentada a las gentes de Castelana; faltaba menos de una hora.

Incluso Conor parecía anonadado por la rapidez con que todo se había arreglado. Sena Anessa, claramente furiosa de que el rey y la reina no se mostraran más complacidos con los planes matrimoniales de su hijo, había dejado Marivent con una oscura determinación en los ojos. Durante las semanas siguientes, cada día había traído un nuevo torbellino de acontecimientos: arreglos para la llegada de la princesa, para su ceremonia de bienvenida, para la redacción de los contratos entre Sarthe y Castelana. Cada día, guardias reales de ambas cortes galopaban de un lado al otro del Paso Estrecho con mensajes en la mano. ¿La boda debía celebrarse en el interior o el exterior? ¿Cuántas damas de compañía requeriría la princesa sarthiana? ¿Cuán bien hablaba el castelaní? ¿Necesitaría un profesor? ¿Prefería decorar ella misma sus aposentos o que lo hiciera la reina Lilibet por ella?

Con cierta reserva, Kel le había preguntado a Conor si eso significaba que había llegado la hora de que se mudara a sus propios aposentos en el Castel Mitat. Los ojos de Conor habían ardido por un momento antes de contestar.

—¿Para qué molestarse? La mayoría de las parejas casadas mantienen habitaciones separadas. No veo por qué tienen que cambiar las cosas.

—Porque —había dicho Kel— necesitas un heredero, Conor. Y eso significa...

—Conozco el proceso. —El tono de Conor era seco—. Supongo que es cuestión de preguntarle a Aimada si desea que ese proceso tenga lugar en sus aposentos o en los míos. De cualquier manera, no parece haber razón para pensar en tu traslado, al menos de momento.

Así que Kel había dejado el tema, esperando que si tenía que ser expulsado de la habitación que compartía con Conor, al menos lo avisarían con tiempo suficiente para recolocar sus enseres. Comprendía el deseo de Conor de que las cosas no cambiasen, pero los deseos de Conor a menudo estaban enfrentados a lo que resultaba práctico.

Mientras tanto, Lilibet se había dedicado a calmar a las familias de los fueros, que, como era de esperar, estaban furiosas por el compromiso inesperado de Conor. No todos se habían presentado en la plaza para la recepción oficial de la princesa. Falconet estaba ahí, y los Roverge; Cazalet, siempre político, también había asistido, al igual que Gremont, Montfaucon y Uzec. Lady Alleyne estaba conspicuamente ausente, como lo estaba Raspail, furioso por el rechazo de Kutani. También se notó la ausencia de Esteve y Sardou.

Incluso la gente de Castelana parecía un poco perpleja. Después de años de agradable especulación sobre quién sería su próxima reina, les parecía que las cosas se habían decidido con una decepcionante falta de fanfarria. Se agolpaban detrás de las barreras que los separaban de la plaza central, donde una alfombra azabache se había extendido sobre las losas, y un pabellón cerrado con cortinas y cubierto de asfódelos había sido levantado como un refugio temporal donde el príncipe heredero podía, sin ser visto, esperar la llegada de su prometida. Pero la gente demostraba más curiosidad que entusiasmo. En general tenía el aire de un viajero que, después de una noche de borrachera, se despierta con la sospecha de que le han robado, pero no está seguro de qué.

Tampoco ayudaba el desprecio que muchos castelaníes sentían hacia Sarthe, el mismo que el resto de los países guardan para sus vecinos más cercanos, igual que Shenzhou despreciaba Geumjoseon, y Malgasi odiaba Marakand.

Al otro lado de la plaza, cerca de la escalera de la Justicia, se encontraba un grupo de agitadores vestidos con trajes improvisados, confeccionados con retales de viejos uniformes militares: chaquetas deshilachadas y chacós con insignias deslustradas, e incluso un apolillado aunque voluminoso abrigo de almirante; el grupo gritaba: «¡Muerte antes que la unión con Sarthe!». Un tipo alto y pelirrojo gritó: «¡El único sarthiano bueno es el muerto! ¡Colguémoslos a todos a las puertas del Cadalso!», mientras agitaba ante sí un estandarte hecho a mano en el que el león de Castelana se abalanzaba sobre el águila de Sarthe.

Charlon Roverge, medio dormido bajo el brillante sol, vitoreó con poco ánimo.

—Charlon —dijo Kel—, no estamos de su parte. Estamos de parte de Conor, y por tanto apoyamos su unión con Sarthe.

—No puedo evitarlo —bostezó Charlon—. Me dejo llevar fácilmente por el entusiasmo.

Falconet le lanzó un guante justo cuando se creó un pequeño revuelo entre los guardias que rodeaban los escalones que subían a la plataforma de los aforados. Un momento después la plataforma osciló y Antonetta Alleyne apareció, con aspecto ansioso.

Kel notó un tenso calor en el pecho, como si se hubiera tragado un ascua ardiendo. Los colores pastel y los metros de encaje de Antonetta habían desaparecido. Su vestido era de seda, de un intenso color violeta, con apliques de encaje negro, a través de los cuales se podían captar tentadores destellos de piel. Se le ajustaba al cuerpo antes de abrirse sobre las caderas en forma de trompeta; la línea del cuello creaba una sorprendente V de blanca piel en contraste con la tela negra. Llevaba el pelo suelto, un río de oro oscuro, sin necesidad de ningún adorno más allá de su color.

Alrededor del cuello refulgía su camafeo, el corazón tallado colgándole entre los pechos. Kel apartó la mirada; no quería pensar en Prosper Beck en ese momento, ni quería mirar directamente a Antonetta. (Bueno, una parte de él sí quería, pero no era la parte a la que normalmente permitía mandar sobre su voluntad.)

—Alguien —murmuró Montfaucon, inclinándose sobre el respaldo de la silla de Falconet— quiere mostrarle a Conor lo que se va a perder.

Antonetta alzó la barbilla. Estaba sola; a lady Alleyne no se la veía por ninguna parte. Antonetta avanzó muy decidida por el pasillo central de la plataforma y, para sorpresa de Kel, se sentó a su lado. Las faldas se extendieron a su alrededor, cayendo sobre el regazo de Kel en pesados pliegues de seda.

Joss, al otro lado de Kel, le dedicó una sonrisa a Antonetta.

—Veo que los gustos de lady Alleyne han sufrido algún cambio.

Antonetta sonrió con afectación. Aunque quizá esa fuera una descripción poco amable, pensó Kel, pero no: Antonetta estaba mirando a Joss con una supuesta sonrisita adorable en los labios. Definitivamente afectada.

—Gracias por fijarte, Joss —respondió ella—. Eres realmente muy amable.

Falconet sonrió de medio lado antes de volverse para comenzar una conversación con Montfaucon. Tras ellos, Kel podía ver a Charlon contemplando a Antonetta con ojos ansiosos.

—Kel —murmuró Antonetta. La sonrisita había desaparecido; tenía los puños sobre el regazo—. No te importa que me siente a tu lado, ¿verdad? Puedo confiar en que tú no me comerás con la mirada.

Al instante, Kel se sintió avergonzado. Había querido mirar a Antonetta, había querido llenarse los ojos con ella. Un rizo travieso se le había quedado atrapado en la cadena del colgante; Kel tuvo que contenerse para no liberar el sedoso mechón de su prisión.

Sentía calor, picores y vergüenza, como si volviera a tener quince años, ofreciéndole un anillo hecho de hierba en la fresca sombra del Jardín Nocturno. Entonces, se había perdido en fantasías; no se había dado cuenta de lo poco que tenía que ofrecer. Recordó la noche del debut de Antonetta, después del baile, tumbado despierto en la habitación que compartía con Conor.

—¿Crees que te casarás con Antonetta? —le había preguntado, con voz tensa—. Es lo que quiere su madre.

Conor había bufado.

—Claro que no. Para mí, Antonetta es como una hermana.

En aquel momento, Kel había sido demasiado espontáneo. Conor se había mostrado amable con él, pero ese era Conor; Kel no tenía intenciones de volver a ser tan espontáneo.

—Conozco a tu madre —dijo, mirándola—. Sé que ella no ha elegido ese vestido.

—Mi madre —comenzó Antonetta, enredando los dedos en la tela de la falda—. Mi madre padeció una especie de «episodio» al oír que Conor se iba a casar con la princesa sarthiana. Tiró varios jarrones y un busto tallado de Marcus Carus. Luego me dijo que estaba cansada de vestirme y que podía ponerme lo que quisiera, porque ya no importaba. —Algo como un destello de auténtica diversión animó su mirada—. Me lo ha hecho Mariam. Parecía encantada de haberse liberado de las instrucciones de mi madre.

—Supongo que es por eso por lo que lady Alleyne no ha venido hoy —comentó Kel—. ¿Acaso no sabe que se está arriesgando a cierta controversia con la casa real?

—Sí lo sabe. Está en casa tumbada en una habitación oscura; me ha enviado en representación de la Casa Alleyne, para salvar las apariencias. Nadie podrá decir que no asistimos a la bienvenida de la princesa, no, porque yo estoy aquí en su nombre.

Kel bajó la voz.

—Eso parece cruel —dijo—. Sean cuales sean los planes de tu madre, ¿acaso no sabía lo que sentías por Conor?

Antonetta lo miró directamente. Las gotas de amapola en los ojos les habían dado forma de lágrimas a sus pupilas. Kel recordó a Lin diciéndole con su habitual franqueza: «Le gustas a Antonetta». Le había costado ocultarle a Lin su reacción: la tensión de los músculos, la aceleración del corazón. Se había sentido así hasta que besó a Lin, lo que a la fuerza le había devuelto al presente.

Y, en ese momento, ahí estaba Antonetta, sentada a su lado, oliendo a aceite de lavanda. Le resultaba familiar, como si hubiera retrocedido en el tiempo hasta una de las muchas fiestas en las que se habían sentado juntos en las escaleras de arriba, observando a los adultos y cotilleando sobre ellos. Le resultaba raro, parecía que ella volvía a estar en su vida, pero no era algo en cuya duración pudiera confiar. Y aunque ella quizá no hubiera cambiado tanto como decía, sí que se había convertido en alguien diferente de la persona que había sido a los quince años. Les había pasado a todos. Y Kel no estaba seguro de conocer a la nueva Antonetta.

—Eso fue solo error mío —repuso Antonetta. Se llevó la mano al cuello y por un momento jugueteó con su colgante. Parecía de un oro más intenso sobre el tono rosado de su piel—. No de ella.

Kel se dijo a sí mismo que, la próxima vez que viera a Lin, le diría que era una idiota.

Un criado con librea verde pálido subió a la plataforma y le susurró algo a Montfaucon, quien anunció: «El carruaje de Aquila ha sido visto cruzando el Paso Estrecho. No tardará en llegar».

Hubo un pequeño revuelo entre las familias de los fueros. Antonetta frunció el ceño.

—¿Sabes por qué el príncipe tomó esta decisión tan de repente? Parecía tan reacio a casarse, y ahora... —Hizo un gesto hacia la plaza llena de flores, las banderas de Sarthe y Castelana envolviendo los leones ante la Justicia—... ¿esto?

Kel sabía muy bien que más oídos, aparte de los de Antonetta, estaban esperando su respuesta.

—Creo que Sarthe le hizo una oferta que era imposible rechazar.

Joss soltó una carcajada; todos los demás guardaron silencio. Charlon y su padre continuaron mirando furiosos hacia la plaza. Kel deseó poder ver a Conor, pero la reina y el príncipe seguían dentro del pabellón, con las cortinas adamascadas completamente cerradas. La Guardia del Castillo se había colocado alrededor del pabellón formando un cuadrado; en el interior del área vigilada, Kel pudo entrever a Jolivet y Bensimon, sumidos en una conversación. Cerca se hallaba el carruaje real, lacado en oro para un acontecimiento real, con la insignia del león rojo a ambos lados.

Todo eso inquietaba a Kel. En ningún momento se había hablado de que él acompañara a Conor en la ceremonia de bienvenida, o de que apareciera en su lugar. Incluso el legado

Jolivet parecía opinar que eso era algo que Conor debía hacer solo, sin ningún Guardián de Espadas que se interpusiera entre él y el mundo. Había un aspecto ceremonial, casi religioso, en ese acontecimiento.

—Vas a conocer a tu futura reina —le había dicho Lilibet a su hijo—, y debes mostrarte como quien eres, la encarnación de la Casa Aurelian, su sangre y sus huesos. Esta historia puede que haya comenzado con mentiras, pero no puede continuar con fingimientos.

Al menos, había guardias del castillo por todas partes. Algunos, en ropa de calle, se habían mezclado con la multitud para informarse de qué hablaba la gente y prevenir cualquier tipo de violencia. A lo largo de los tejados de los edificios de la Justicia y el Convocat, se hallaban agachados arqueros de élite, armados con flechas de punta de acero.

Kel se preguntó si, en otras circunstancias, el rey podría haber hablado a favor de la presencia del Guardián de Espadas; después de todo, la propia existencia de Kel en Marivent había sido idea de Markus. Pero desde la noche de la desastrosa cena de Estado con Malgasi, y lo que había sucedido después, el rey se había confinado en la Torre de la Estrella. Kel había ido allí una noche, preguntándose si podría hablar con el rey, ahora que Fausten estaba encerrado en el Truco, pero las puertas estaban custodiadas por el Escuadrón de la Flecha, y Kel se había dado la vuelta, no muy convencido de que sirviera de algo tratar de hablar con Markus. Era fácil imaginar que todos sus desvaríos sobre deudas se debían a lo que fuera que Fausten le había estado metiendo en la cabeza respecto a Malgasi, y no por nada relacionado con Prosper Beck.

A Kel se le hacía raro que Fausten, que había sido una presencia constante junto al rey desde que Kel podía recordar, estuviera en el Truco, y que nadie, ni Bensimon ni Jolivet, ni los guardias del castillo de menor grado, como Manish o Benaset, pareciera saber qué estaba pasando con él. Kel y Conor, desde lo alto de la Torre Norte, habían visto una única luz iluminando la ventana más alta de la prisión, pero no habían visto a nadie entrando o saliendo. Conor insistía en que, seguramente, el rey debía estar planeando usar a Fausten como peón en sus futuros tratos con Malgasi, pero Kel tenía sus dudas.

Kel no había olvidado la mirada en los ojos del rey, fría e inhumana, cuando había ordenado que llevasen a Fausten al Truco, y luego que azotaran a Conor. Kel no había perdonado a Markus por ese castigo; que Lin hubiera podido curar completamente a Conor no excusaba las acciones del rey, aunque Kel se guardaba ese pensamiento para sí.

Lin, Conor y él habían acordado que era mejor mantener en secreto el gran trabajo de Lin. Esta, pálida por la sorpresa, había preferido que nadie más que ellos supiera que había sido ella la que había curado al príncipe durante la noche, y Conor quería evitar el alboroto que podría desencadenar ese asunto; cuanta más gente supiera de la curación, razonaba, más gente se enteraría de los azotes. Así que Lin le había vuelto a vendar el torso a Conor, y durante una semana había fingido andar con rigidez antes de abandonar el engaño, demostrándole a Kel que, por lo general, la gente considera las heridas y la enfermedad incómodas y desagradables, y se alegraban de tener la posibilidad de olvidarlas. Y, ciertamente, los pocos que conocían la verdad, Jolivet, Bensimon y Lilibet, no hicieron ninguna otra pregunta.

En ese momento, Antonetta le dio un ligero codazo a Kel al entrar tres brillantes carruajes en la plaza, acompañados de un resonar de clarines: un gran cabriolé real flanqueado por otros dos más pequeños. Falconet saludó con la mano a la multitud vitoreante, que se había animado con la promesa del espectáculo. Algunos aplaudían. Por un momento, Kel pensó que había captado un destello de dedalera detrás de las barricadas. Alzó una ceja, aunque, claro, Ji-An no era la única persona en la ciudad que lucía el color violeta. Aun así, se preguntó si Andreyen Morettus estaría por ahí en alguna parte, observando. Sospechó que sí.

La Guardia del Castillo comenzó a apartarse para permitir que el carruaje real se detuviera delante del pabellón. Jolivet parecía estar dando órdenes, mientras que Bensimon se acercaba al pabellón, y se inclinaba entre las cortinas hacia el interior; un momento después, las cortinas se abrieron y Conor salió a la alfombra de azabache.

Montfaucon silbó entre dientes con reticente admiración. Era cierto, pensó Kel, que a menudo se podía saber cuán desgraciado se sentía Conor por la espectacular manera en que se vestía. Ese día, la desesperación de Conor había tomado la forma de un chaleco de ante con botones de zafiro. Bajo el chaleco llevaba una camisa de seda; sobre él, una chaqueta de alamares dorados con un alto cuello bordado. Los pantalones tenían un corte ajustado para poder cubrirlos con altas botas negras; los puños de encaje blanco caían como espuma de mar sobre sus manos, que lucían anillos en cada uno de los dedos. La corona que le rodeaba los rizos negros era de oro, con rubíes incrustados en la banda.

Otro intento de ovación se alzó entre la multitud. Les complacía la belleza de su príncipe. Era un motivo de orgullo. Volvieron a vitorear cuando Lilibet surgió para colocarse junto a su hijo, con porte real y la larga melena negra trenzada con esmeraldas.

Conor se puso firme cuando la puerta del carruaje sarthiano se abrió. Kel sintió una mezcla de dolor y orgullo: Conor estaba enfrentándose a las consecuencias de sus actos con la cabeza bien alta. Al mismo tiempo, Kel odiaba que estuviera ocurriendo, incluso mientras una joven bajaba del carruaje sarthiano.

Era alta, con una larga melena castaña, sujeta por un aro de bronce. Vestía una túnica negra ajustada y pantalones; una espada dorada, a salvo en la vaina, le colgaba de la cadera.

Antonetta hizo un sonido de perplejidad.

—Una princesa muy inusualmente vestida —comentó.

—Esa no es la princesa, Ana —explicó Falconet, indolente—. La reconozco de la Corte en Aquila. Esa es Vienne d'Este, de la Guardia Negra.

La Guardia Negra. Kel había oído hablar de ellos. Eran una unidad de élite, casi mítica, del ejército de Sarthe que reunía información para su rey. También eran asesinos entrenados, algunos de los mejores del mundo, aunque este hecho nunca se admitía en público.

Vienne se apartó cuando la puerta del carruaje volvió a abrirse y apareció sena Anessa, llevando a una joven de la mano.

No una joven, se corrigió Kel. Una niña. No podía tener más de once o doce años, con el fino pelo castaño atado a la espalda con cintas, y un modesto vestido de encaje, cubierto por un pichi de terciopelo. Alrededor de la frente llevaba una fina diadema de oro.

La diadema de una princesa.

La multitud se había quedado en silencio. Roverge se inclinó sobre su asiento.

—¡Vaya! —exclamó—. Es muy baja.

—Por todos los infiernos —masculló Montfaucon, cuando los clarines sonaron de nuevo y sena Anessa le presentó la niña a Conor.

Incluso en la distancia, Kel pudo ver la sonrisa en el rostro de Anessa cuando Conor y Lilibet se quedaron paralizados de la impresión.

—¡Bueno, joder! —exclamó Falconet.

—Joss —siseó Kel—, ¿qué es esto? ¿Qué está pasando?

—Esa no es Aimada —indicó Falconet. Kel nunca lo había visto tan molesto—. Esa es su hermana pequeña, Luisa. Una princesa, sí, pero no sé si llega a los doce años. —Meneó la cabeza—. Cabrones tramposos. Han cambiado a una hermana por otra.

Antonetta parecía anonadada; todos los demás, claramente furiosos.

—¿Cómo es posible? —quiso saber Cazalet, con el rostro, normalmente beatífico, fruncido de furia—. ¿Nadie ha revisado el contrato de matrimonio? ¿No lo ha examinado Bensimon? Nunca hubiera cometido un error así...

—Puede que no importe lo que diga el contrato —soltó Montfaucon—. El lenguaje de esos documentos tiene más de cien años. Podría proveer que se pudiera ofrecer una sustitución, en caso de muerte o enfermedad de la primera princesa.

—Te aseguro —dijo Falconet— que Aimada d'Eon no está muerta.

—Podría ser impura. O incluso estar preñada —sugirió

Uzec, y luego se encogió de hombros ante la mirada feroz de Falconet—. Solo era una idea.

—Esta es una provocación pública deliberada —afirmó Benedict Roverge—. Una humillación planificada. Están tratando de forzar la mano de la Casa Aurelian, tratando de iniciar un conflicto, incluso una guerra...

—La guerra con Sarthe solo ocurrirá —intervino Antonetta—, si Conor lo permite. Todo depende de cómo la reciba.

Kel vio que los otros la miraban sorprendidos. Sintió un destello de irritación, ¿realmente esperaban que Antonetta soltara estúpidas risitas en cada momento de su existencia? Antonetta, por su parte, cerró la boca, apretándola en una fina línea.

—¿Cómo puede recibirla? —soltó Benedict. Hizo un gesto hacia el retablo inmovilizado del centro de la plaza: Anessa, presentando a la niña, que parecía intentar soltarse. Conor, tan inmóvil como una estatua—. Es una niña, y esto es un insulto.

—Antonetta tiene razón —repuso Falconet—, que no es algo que yo diga a menudo. Es cuestión de salvar las apariencias. No puede rechazarla delante de toda la gente.

—¿Así que nos abofetean, pero no podemos devolverles la bofetada? —replicó Benedict—. ¿Qué estrategia es esa? ¿Cómo puede ser eso justo?

—Y tampoco es justo hacer que la niña pague por esto —repuso Antonetta—. Esa pobre niña.

«Basta.» Kel se levantó y saltó por encima de la barandilla de la plataforma, aterrizando casi encima de un sorprendido guardia. Echó a correr entre los muchos músicos que rondaban por ahí, y las chicas con sus cestas de flores, todos vacilantes, sin saber muy bien qué hacer. Cuando llegó al cuadrado de alfombra negra, uno de los guardias del Escuadrón de la Flecha lo detuvo.

—Déjale pasar —ordenó Jolivet. Su angosto rostro carecía de expresión, pero Kel pudo ver la furia contenida en sus ojos. Mientras cogía a Kel por el brazo, Jolivet miró hacia el estrado. Kel se volvió y vio que, una a una, las familias de los fueros estaban abandonando la plaza. Primero los Roverge, luego

Cazalet, guiando al parpadeante Gremont, e incluso Joss Falconet, hasta que quedó solo Antonetta, lealmente inmóvil, junto a Montfaucon, el cual, sospechaba Kel, solo quería ver qué iba a suceder.

Jolivet guio a Kel hasta Conor. Kel era medio consciente de Bensimon, al lado de la reina, informando cortésmente a la princesa Luisa de que ese era el primo del príncipe, que se había acercado a saludarla.

Kel llegó junto a Conor, y le puso la mano en el brazo. Se lo notó rígido bajo la tela de la chaqueta. Parecía clavado en el sitio, como si el cuerpo se le hubiera vuelto de hierro o cristal. No miró a Kel, pero se apoyó ligeramente en su mano, como si su cuerpo reconociera un tacto familiar.

—Hazle una reverencia —susurró Kel.

Conor le lanzó una rápida mirada. Kel pudo sentir su rabia recorriéndole el cuerpo, pero sabía que tenía que contenerse. Pasara lo que pasara, fuera cual fuera el modo en que se ocuparían de la traición de Sarthe, ese no era el momento ni el lugar. Roverge estaba en lo cierto cuando mencionó que eso podía provocar una guerra.

Vienne d'Este le había puesto la mano en el hombro a la princesa, en un gesto protector. (También estaba mirando mal a Conor, por lo cual Kel no podía culparla.) Luisa d'Eon era torpe; se hallaba en esa complicada edad entre la encantadora niñez y la belleza adulta. No compartía el cabello pelirrojo tan poco frecuente de su hermana, sino que el suyo era de un castaño lacio y apagado; tenía los hombros huesudos. Miraba a Conor con la boca ligeramente abierta, como si este le hubiera encantado.

Kel sintió una terrible compasión en su corazón. Sabía que no serviría de nada; su compasión no la ayudaría. Nadie podía ayudarla. Era un peón en un juego de los castillos que abarcaba países enteros.

—Puedes encargarte de Sarthe más tarde —le murmuró a Conor al oído, hablando en marakandí; dudaba mucho que Anessa lo hablara, y estaba seguro de que Luisa no—. La niña no tiene ninguna culpa. Si apenas es mayor de lo que era yo cuando vine a Palacio. Sé amable.

Conor no respondió, no miró a Kel, pero sí que avanzó un paso, cubriendo finalmente el espacio entre los dos grupos: los sarthianos y los castelaníes. Hizo una elaborada reverencia hasta los pies de Luisa. Si era un poco excesivamente elaborada, un poco excesivamente incisiva, la niña no lo notó. Esbozó una brillante sonrisa de oreja a oreja, y aplaudió. Cuando sena Anessa le susurró algo, se apresuró a devolverle la reverencia, entonces Bensimon se adelantó para ofrecerle algo a Luisa.

—*Un regàlo dal Prìnçipe* —dijo, para indicar que el presente procedía de Conor. Hubo unos tenues vítores entre la multitud, aunque aún había mucho merodeo confuso tras las barricadas. Al menos, esto era normal: las reverencias, el ofrecimiento de regalos. Sena Anessa tenía una sonrisita burlona. Kel deseó soltarle una patada.

Luisa abrió la cajita y pareció encantada al encontrar un broche con la forma de un león, con ojos de rubí.

—*Che beo!* —exclamó. «Bonito.»

Kel miró a Vienne d'Este. Con su suave piel color oliva y el rizado cabello castaño, parecía mucho más adecuada para representar el papel de princesa que su pupila.

—¿Habla castelaní? —preguntó, señalando a Luisa.

—No lo habla —respondió sena Anessa—. Pero es buena estudiante y aprenderá rápido.

Conor miró a Anessa con una sonrisa cortés.

—¿Qué has hecho, zorra? —le dijo con una expresión amable en el rostro, y una voz tranquila.

Anessa inhaló ofendida. Sin darse cuenta de nada, Luisa sonrió alegremente a Conor, y pareció más aliviada que otra cosa. Era evidente que había temido encontrarse con un horrible príncipe extranjero, y que en vez de eso se había encontrado con alguien salido de un cuento de hadas, elegante y atractivo en brocado y seda.

«Eso que se lleva, al menos», pensó Kel, sin mucho ánimo. Durante un tiempo, se iba a considerar afortunada.

—Monseigneur Aurelian, aceptasteis casaros con la princesa Aimada de Sarthe —dijo Anessa, con frialdad—. Os informo de que a las princesas de Sarthe se les ponen muchos nombres al nacer. La mayoría nunca se usan, pero, aun así, son oficiales. Aquí, por ejemplo, tenemos a la princesa Luisa Estella Matilde Aimada d'Eon. Lo que cumple con los requisitos del contrato.

Soltó la palabra *contrato* como si fuera una maldición. Tras ella, Kel vio escabullirse a Bensimon, y se preguntó adónde podría estar yendo.

—Esto es una venganza —dijo Lilibet. Sus ojos eran esquirlas de hielo negro—. Pero mi hijo no rompió la promesa que te había hecho.

—Mintió por omisión —comenzó Anessa, y entonces, tarde, los músicos comenzaron a tocar. De repente, el aire se llenó de música, y Luisa, que había comenzado a parecer preocupada, se echó a reír encantada cuando dispararon los cañones de flores, uno a uno, y mil flores, de colores violeta y dorado, rosa brillante y escarlata intenso, volaron por el aire y rodaron como un torbellino.

Llovieron pétalos. La multitud vitoreaba. Bensimon regresó de su peregrinaje a los músicos, y Jolivet, el Escuadrón de la Flecha y él, comenzaron a acompañar a varios aristócratas y diplomáticos a sus carruajes.

—¿Deseas regresar con el príncipe? —Era Jolivet, aparecido junto a Kel. Los surcos en sus mejillas, alrededor de la boca, parecían haber sido tallados a cuchillo.

Kel negó con la cabeza.

—No puedo. He venido sobre Asti. Lo llevaré de vuelta.

—Tienes suerte —murmuró Jolivet. Un momento después se había metido en el carruaje real con Conor y Lilibet; este comenzó a dirigirse fuera de la plaza, seguido por la flota más pequeña de los carruajes azul cielo de Sarthe.

El gentío había comenzado a dispersarse. Aún había pétalos revoloteando en el aire cuando Kel cruzó la plaza, buscando a Manish, con el que había dejado a Asti. Se notaba atontado, con un ligero pitido en los oídos: todo ese asunto no había ocupado mucho tiempo, quizá media hora, y sin embargo había puesto patas arriba incluso las frágiles expectativas de lo que iba a ser su futuro, y el de Conor.

Encontró a Asti donde lo había dejado, junto al Convocat. Manish, con una capa negra encapuchada, sujetaba las riendas. Le resultó raro; Kel recordaba que el joven mozo de establo llevaba la librea roja de Palacio y, además, hacía demasiado calor para que una capa resultara confortable. Entrecerró los ojos, centrando la mirada, y la mano se le fue hacia la espada que le colgaba de la cadera. Justo en ese momento, el «mozo» se echó la capucha hacia atrás y quedó al descubierto una melena negra, recogida con horquillas de peonías.

Ji-An esbozó una media sonrisa.

Kel suspiró.

—Me había parecido veros entre la gente. ¿Debería preguntar lo que le habéis hecho a Manish? Si lo habéis matado, me enfadaré mucho. Siempre me deja entrar por la Puerta Oeste.

—Por supuesto que no lo he matado. Lo soborné —contestó Ji-An, indignada—. No estoy loca, a diferencia de cierta gente que va por ahí envenenándose a sí misma.

—¿Habéis sobornado a mi mozo solo para tener la oportunidad de insultarme? —preguntó Kel—. Porque mi día ha sido ya suficientemente horrible.

—Ya me he dado cuenta —repuso Ji-An, con el aire de alguien en posesión de algún cotilleo excelente. Kel no tuvo la energía para decirle que eso era más que un simple cotilleo, que eso era la vida de las gentes, y que dudaba que a ella le importara cómo estaba siendo su día—. De todas formas, ya han pasado quince días desde que estuvisteis en la Mansión Negra. Ningún mensaje, tampoco. Como si hubierais desaparecido.

—No tenía ni idea de que os importara.

—Y no me importa —aseguró Ji-An—. Pero al Rey Trapero sí. Lo último que supimos fue que ibais a hablar con Prosper Beck. Y luego... nada.

Kel se pasó una mano por su alborotado pelo.

—Beck no tenía nada interesante que decir.

—Lo dudo mucho —replicó Ji-An, seca—. Y Andreyen querría juzgar la situación por sí mismo. Creo...

Kel se tensó, casi esperando que ella dijera: «Creo que Prosper Beck te ofreció la oportunidad de hacer algo para él, a cambio de información, y tú te lo estás pensando».

—Creo —acabó ella— que os habéis implicado tanto en los acontecimientos tan... sorprendentes del príncipe, que os habéis olvidado completamente de nosotros, ahí abajo en la ciudad.

—Tal vez sí. Pero es mi deber —suspiró Kel—. Tengo que volver a Palacio. ¿Le podéis llevar un mensaje a Andreyen?

—No —contestó Ji-An, y se movió ágilmente para bloquearle el camino a Asti—. Necesita veros cara a cara.

—No tengo tiempo para ir hasta la Mansión Negra...

—Por suerte —lo cortó Ji-An—, no tendréis que ir. El carruaje del Rey Trapero está a la vuelta de la esquina.

—Claro —masculló Kel—. Claro que lo está.

Las cosas habían cambiado, fue pensando mientras seguía a Ji-An, que aún llevaba a Asti, rodeando el Convocat hasta la carretera que corría tras él. Había un conocido carruaje de un negro reluciente con ruedas escarlatas, que tiempo atrás le habría inquietado. En ese momento solo se sintió cansado del mundo mientras Ji-An abría la portezuela y lo invitaba a entrar.

Allí encontró a Andreyen esperándolo. El Caballero Muerte en un traje negro, con un bastón de mango de plata y una aguda mirada verde. Kel pensó que era raro que Andreyen llevara siempre ese bastón a todas partes, aunque, por lo que él sabía, el Rey Trapero no lo necesitaba para nada.

—Bueno —comenzó este—. Sin duda, Sarthe ha elegido un método único para vengarse de tu príncipe.

Kel soltó aire.

—Supongo que no debería sorprenderme. Vos siempre sabéis demasiado.

El Rey Trapero soltó una risa apagada.

—Solo trozos del rompecabezas. Los he juntado yo mismo. Muy astuto por parte del joven príncipe Conor pactar un acuerdo con Sarthe para que le proporcionara el oro necesario para saldar sus deudas. Tiene suerte de que Markus parezca haber perdido todo interés por las cosas mundanas, de lo contrario, podría enfrentarse a un castigo no solo de Sarthe.

Kel observó el rostro del Rey Trapero, pero no parecía estar escondiendo nada, no le estaba dando un segundo sentido a sus palabras. Sintió una oleada de alivio: al parecer, los azotes que Conor había recibido seguían siendo un secreto bien guardado.

—Lo sé muy bien —repuso Kel—. Pero dudo que Ji-An haya venido a buscarme porque queréis hablar de Sarthe.

—Cierto. Quiero saber de Beck. ¿Os llevó Jerrod hasta él? ¿Qué os dijo?

—Sí que hablé con él —respondió Kel, cauteloso—. No creo que tenga nada que ver con el peligro que el rey os comunicó en su carta.

Los ojos de Andreyen destellaron.

—Entonces, ¿Beck os ha puesto de su lado?

—No. —Kel suponía que debería sentirse asustado. Sabía que Andreyen era más que una fachada amistosa y ligeramente despistada; lo había visto aquí y allí, en los momentos en que el Rey Trapero había bajado la guardia. Pero estaba demasiado tenso y cansado para sentirse asustado—. Llevo quince años observando a los nobles de la Colina —le recordó—. No se diferencian de vosotros, los criminales. Están los intrigantes y los conspiradores, los que están dispuestos a unirse a un plan por su propia conveniencia, y luego... luego están los oportunistas. Beck es un oportunista.

Andreyen movió la mano sobre el pomo del bastón.

—Continúa.

—No sé de dónde ha salido Beck —explicó Kel—. Pero puedo deciros que no es un noble. Cometí varios errores deliberados mientras hablábamos de los nobles en la Colina, y ni los notó ni le importaron. Alguien como él no sacará ningún beneficio real de hacer el tonto con los negocios de la Colina. Beck quiere tener garitos de juego y prostíbulos en el Laberinto. Admite abiertamente que alguien importante lo financia, pero no le interesan sus objetivos finales.

—Alguien importante —repitió Andreyen—. ¿Alguien de Palacio?

—De la Colina, en cualquier caso. Alguien que ha metido a Beck en negocios y lo colocó en la posición de jugar con la deuda de Conor.

—¿Y qué creéis que pensaba conseguir con eso? No simplemente ganar un poco de intereses, estoy seguro.

—Creo que pretendía humillar a la Casa Aurelian, y ponerlos en una tesitura en la que tendrían que rogar al Consejo de los Doce.

—O podría ser un intento de hacer salir a Markus —sugirió Andreyen—. De obligarlo a actuar.

—No creo que ninguno de esos resultados le importe a Beck —repuso Kel—. Diría que dice la verdad cuando afirma que tiene un patrocinador en la Colina que quiere causar problemas a los Aurelian. Y no porque confíe en él, sino porque tiene sentido.

—Pero ¿por qué decíroslo? —planteó Andreyen, y sus finos dedos tableteaban sobre el bastón. Miraba a Kel de esa manera suya tan inquietante, como si pudiera ver a través de él.

«Porque quiere algo de mí. El collar de Antonetta.»

Kel mostró su expresión más neutra, más adecuada para la Corte.

—No me da la sensación de que el hombre que lo financia le caiga demasiado bien. Considera que ahora que tiene su propio dinero, ya no necesita un patrocinador, pero dudo que este comparta su opinión. Creo que confía en que yo descubra quién es ese patrocinador y le cause problemas, quizá hasta conseguir que Jolivet lo calle para siempre. Entonces, Beck se vería libre de cualquier obligación.

—Ya veo —repuso Andreyen, y Kel tuvo la desagradable sensación de que Andreyen sí que veía, y mucho más de lo que Kel deseaba que viera—. ¿Y qué vais a hacer ahora?

—Buscar al patrocinador —contestó Kel—. Beck no me dio ninguna pista, pero quizá él o ella cometa algún error.

Intentó parecer neutro y creíble; años de práctica le habían proporcionado un rostro perfecto para jugar a las cartas, pero los ojos del Rey Trapero eran como cuchillas que atravesaban el frágil edificio que él había creado para protegerse. Aun así, no mencionaría ni a Antonetta ni su collar. No soportaba la idea de exponerla a la penetrante mirada del Rey Trapero.

—Quizá el rey intuyera una traición procedente de la Colina. O del patrocinador de Beck, o de Fausten.

—¡Ay! —exclamó Andreyen sin fuerza—. ¡Tantas opciones! Si no Beck, entonces el patrocinador de Beck. Si no el patrocinador misterioso, entonces el tutor malgasi. —Hizo rotar el bastón con la mano—. ¿Entiendo que no habéis vuelto a intentar hablar con Markus sobre su carta de advertencia?

—El rey es inaccesible —respondió Kel—. En eso, tenéis que creerme. Además, tengo la sospecha de que el peligro del que habló era algún tipo de sueño febril que Fausten le había hecho tragar con sus mentiras sobre las estrellas.

—Pero el Consejo no le es leal, ¿no es así? No excepto cuando hay algún provecho que sacar. Merren siempre tiene un ojo en el viejo Gremont; al parecer ha estado asistiendo a un buen número de reuniones sospechosas en el distrito del Laberinto. Quizá pudierais charlar con él al respecto.

—Artal Gremont dejó un buen lío a su espalda cuando huyó de Castelana —explicó Kel—. Ahora que ha vuelto, lo más seguro es que el viejo Gremont quiera limpiar su imagen. Además, ¿qué os importa a vos lo que beneficie a Palacio?

Andreyen lo miró fríamente.

—Soy un hombre de negocios, Kel, como cualquier comerciante en los Caminos Dorados. Me beneficio con la estabilidad que surge cuando la maquinaria de Castelana funciona sin trabas. Puede que haya fallos en el sistema, fallos de los que me aprovecho, pero la alternativa es el caos, y el caos es el enemigo de los negocios. El caos puede serle provechoso a Prosper Beck, pero no a mí.

—No es mi trabajo ayudaros a sacar provecho —replicó Kel.

—Entonces, quizá pensad en cuál es vuestro trabajo —dijo Andreyen—. No solo lo que es ahora, sino lo que será. Ahora protegéis al príncipe, pero cuando sea rey, seréis el jefe del Escuadrón de la Flecha. Seréis el legado Jolivet. Y vuestra tarea será, como fue la suya, ir al orfanato y seleccionar entre los asustados niños al siguiente Guardián de Espadas. Vuestro sucesor. Y eso matará una parte de vuestro ser.

Kel puso la mano sobre la puerta del carruaje, con la intención de abrirla, pero no consiguió decidirse a hacerlo. El brillo del sol en el exterior parecía clavársele en los ojos.

—Os digo que no podéis proteger a vuestro adorado Conor sin mi ayuda —aseveró el Rey Trapero a su espalda.

«Lo mismo que dijo Beck, o algo muy parecido.»

—Nunca antes he necesitado vuestra ayuda —dijo Kel—. Ni la necesito ahora.

—Entonces, quizá es con Fausten con quien deberíais hablar —indicó Andreyen.

—Fausten está en el Truco. Nadie puede entrar mientras él esté prisionero.

—Alguien sí —replicó el Rey Trapero—. Y creo que eso ya lo sabéis.

Kel volvió la cabeza para mirar a Andreyen, que lo contemplaba a través de las tinieblas con una mirada fría y dura. Carecía totalmente de empatía, o de la descuidada simpatía que tan a menudo portaba como un disfraz.

—Me estáis pidiendo demasiado —dijo Kel—. Hay cosas que no estoy dispuesto a hacer.

—¿Por mí o por la Casa Aurelian?

—La Casa Aurelian es mi obligación —contestó él—. Por un momento, parecía que nuestros objetivos coincidían. Ahora creo que ya no. Tenéis razón en lo de que los nobles no son leales, pero eso no es nada nuevo. Protegeré al príncipe como he hecho siempre; si hay asuntos más profundos en la Colina que os intrigan, tenéis vuestros propios espías. No me necesitáis.

—Entiendo —repuso el Rey Trapero—. Entonces, ¿este va a ser el final de nuestra conexión?

—Preferiría —contestó Kel con sumo cuidado— que esto no significara la enemistad entre nosotros. Solo que nuestros negocios parecen haber concluido.

—Quizá —repuso el Rey Trapero a media voz, y si a Kel no le acabó de gustar su tono, no pudo decir nada; Ji-An estaba llamando a la puerta del carruaje. Cuando el Rey Trapero la abrió, ella hizo un gesto hacia la plaza.

—Ha comenzado una pelea —explicó—. Parece que el grupo anti-Sarthe está creando problemas. Los Vigilantes llegarán en cualquier momento.

—Muy bien. Aquí ya hemos acabado —dijo Andreyen con

calma, aunque Kel pudo ver que su mente distaba mucho de estar tranquila—. Kel ya se iba.

Kel bajó del carruaje. Ji-An tenía razón, claro; pudo oír un griterío apagado procedente de la plaza Valerian acercándose. Sonaba como las olas de la marea creciente. Ji-An le entregó las riendas de Asti; el caballo le rozó el hombro a Kel con el morro, claramente confundido por la situación.

—Entonces, ¿os volveremos a ver? —preguntó ella.

—Si me entero de algo interesante. Eso aún está por ver. —Kel le acarició el cuello a Asti mientras Ji-An se alejaba, regresando al carruaje del Rey Trapero.

—Kang Ji-An —la llamó él, sin ser capaz de evitarlo. Ella se quedó inmóvil, pero no se volvió.

—¿Qué habéis dicho?

—¿Qué es eso que he oído sobre un baño de sangre entre las familias nobles de Geumjoseon? ¿De una chica que saltó la tapia del jardín y mató a toda una familia, y luego se escapó en un carruaje negro?

Ji-An siguió sin moverse. Era como si Kel estuviera mirando una estatua tallada en obsidiana: pelo negro, capa negra. Sin volverse, ella le contestó sin la más mínima burla o humor.

—Si volvéis a mencionarme eso, os mataré.

No dijo nada más; se subió al pescante del cochero, y dejó a Kel mirando cómo el carruaje desaparecía calle abajo.

Al desaparecer la Gran Palabra, todas las obras de la magia se deshicieron. Suleman gritó con fuerza, desesperado, mientras su cuerpo se convertía en polvo, porque la magia lo había mantenido vivo mucho más allá de la duración de una vida humana. Y lo mismo pasó con los otros Hechiceros-Reyes, también se convirtieron en polvo, y sus obras fueron destruidas. Las grandes criaturas mágicas que ellos habían creado, los dragones, las mantícoras y los caballos alados, todos ellos desaparecieron como humo en el aire. Sus armas de guerra se convirtieron en cenizas, y sus palacios se derrumbaron, y los ríos que habían creado con magia se secaron. Islas se hundieron bajo el mar. Los magos trataron de pronunciar el Gran Nombre de Poder, pero no fueron capaces. Todos los libros que habían contenido el nombre tenían ahora un espacio en blanco en su lugar. Y eso fue la Fractura.

Relatos de los Hechiceros-Reyes,
LAOCANTUS AURUS IOVIT III

Capítulo diecinueve

Las llamas lamían los costados de la torre de piedra. Alrededor todo estaba ardiendo. Podía ver los restos de la gran ciudad, a trescientos metros por debajo. Ahora todo era piedra ennegrecida y bosque petrificado por el fuego.

En lo alto, las estrellas. Titilando, intactas, quemaban pero no se podían quemar. Ella ansiaba alcanzarlas, y encontrar eso que sabía que flotaba en el vacío. La Palabra.

Pero él ya casi estaba ahí. Estaba escalando los muros de la torre, aferrándose como una sombra a la piedra irregular. Ella tenía que esperar. Hasta que estuvo ahí, con su resplandeciente piedra incrustada en la cruz de su espada.

Entonces, ella lo vio. Un movimiento en el borde de la torre, donde la piedra se encontraba con el cielo. Dos manos pálidas, flexionándose y agarrándose. Alzó su gran cuerpo hasta que se lanzó sobre el borde, y se quedó de rodillas con todo a sus espaldas: el cielo alzándose, la cuidad caída. Lo oyó sisear su nombre mientras se ponía en pie, con la mano en el pomo de la espada, y su larga melena negra ocultándole el rostro, aunque aún le podía ver los ojos. Aún, lo conocía. Siempre lo conocería...

—¿Lin?

Lin se despertó sobresaltada, y sintió un agudo dolor recorriéndole la mano. Parpadeó mirando a Merren Asper, que se hallaba sentado frente a ella en su mesa de trabajo en la Mansión Negra, con las pálidas cejas alzadas.

—¿Te has dormido? —preguntó él.

Lin se miró la mano; había estado aferrando su broche, y el filo se le había clavado en la piel, dejándole unas leves marcas rojas. Se lo metió en el bolsillo y trató de sonreír a Merren, que estaba removiendo una espesa mezcla negra en su pipeta. Las imágenes de su sueño aún le rondaban en la mente: sombras y fuego.

—Últimamente, no he dormido mucho —dijo, como disculpándose. Y era cierto. Cuando dormía, la acosaban sueños extraños. A menudo se hallaba en lo alto de la torre de Balal y miraba hacia las llanuras ardiendo. Una y otra vez vio al Suleman del sueño acercársele, y se sintió sacudida por un deseo tal que se despertaba con el cuerpo dolorido.

A veces soñaba que volaba sobre las montañas con la forma de un cuervo, y observaba a un viejo lanzar libros al mar. No había vuelto a tener el sueño que había tenido en Palacio, en el que se había metido en una cueva a mitad de la ladera de una montaña y había visto una luz feroz y cegadora. Le había preguntado a Mariam el significado de las palabas *«hi nas visik»*, y se sorprendió cuando Mariam le dijo lo que querían decir: «Tú eres real».

—Es una especie de expresión de incredulidad —le había explicado Mariam—. Como si no pudieras creer lo que estás viendo. ¿Cómo había sido capaz de reproducir palabras malgasi en sus sueños cuando no las conocía despierta? Pero no pudo pensar mucho en ello. Desde la noche que había curado al príncipe heredero, y de una manera tan cuidadosa que parecía que nunca lo hubieran azotado, toda su mente se había centrado en el modo en que había parecido ser capaz de usar la piedra de Petrov (no, no debía llamarla así; ahora era su piedra) para lograr algo más allá de lo que nunca antes había conseguido. Más allá de cualquier cosa que hubiera oído que lograba la gematría.

Aún recordaba la imagen que se le había aparecido en la cabeza mientras se hallaba junto al lecho del príncipe Conor: el remolino de humo en el interior de la piedra, la aparición de aquella única palabra: *sana*. Podía notar el latido de la piedra en su mano.

Y aún podía notar cómo la piedra se enfrió en su mano. Desde aquella noche, había perdido todo el color y la vida. Se había vuelto lechosa, de un color gris soso, como una perla apagada. Pusiera como la pusiera, ya no podía ver la profundidad de la piedra, ni la insinuación de palabras.

Lo había intentado de nuevo, con Mariam, a pesar del cambio en la piedra; le pidió que se tumbara como lo había hecho el príncipe y que se concentrara en los talismanes curativos que Mariam llevaba al cuello y en las muñecas. Pero no había pasado nada. La estaba volviendo loca. ¿Por qué había funcionado con el príncipe heredero y no con Mariam? Y también había funcionado con Kel, ahora lo sabía, acelerando su curación, aunque no de un modo tan impresionante como lo había hecho con el príncipe Conor. Aún recordaba la sensación que tuvo cuando la piedra quería que la usara, la quemadura que le había dejado en la piel después de tratar a Kel. Sin embargo, nunca había vuelto a hacer algo similar con otros pacientes, aunque ella siempre la llevaba cuando hacía sus rondas.

No lo entendía. Y aún seguía sin encontrar la única cosa que tal vez pudiera ayudarla a entenderlo: el libro de Qasmuna.

Durante las últimas dos semanas, Lin se había paseado por toda Castelana buscándolo. Se había encontrado con varios charlatanes desagradables que le habían prometido que tenían el libro, o algo parecido, pero nunca había sido el auténtico, solo estúpidos «libros de hechizos» enganchados con cola, llenos de salmodias y rimas para «despertar el amor» y «realzar la belleza», sin ninguna mención en absoluto a cómo poder realmente acceder a la magia, cómo extraerla de sí misma y conservarla, para que pudiera ser usada sin matar al practicante.

Esa mañana, la necesidad la había obligado a restarle un tiempo a esa búsqueda: el Etse Kebeth estaba lleno de niñas y mujeres preparándose por el Tevath, y había sido imposible usar la cocina para ocuparse de sus curas y remedios. Así que había ido a la Mansión Negra, donde Merren se había mostrado muy complacido de tener compañía en su taller. Este alzó la mirada cuando les llegó desde fuera el ruido de unos apagados vítores, y arrugó la nariz en una momentánea confusión.

—Está pasando algo, ¿no? —preguntó—. ¿Se está casando el príncipe?

—Casándose no —contestó Lin, amablemente. Había llegado a considerar a Merren como un sabio despistado. Amaba sus pociones y venenos, sin embargo parecía contemplar el resto del mundo a través de un ingenuo velo de confusión—. La princesa de Sarthe, con la que va a casarse, llega hoy. La están recibiendo en la plaza Valerian.

—¡Oh! —exclamó Merren, alegremente, y siguió removiendo su negro brebaje.

Lin había pasado entre la multitud de camino a la Mansión Negra; la muchedumbre se fue espesando como una cobertura de crema mientras ella se acercaba al centro de la ciudad y a la plaza Valerian, donde el príncipe heredero recibiría ese mismo día a su prometida sarthiana.

Tendría que haber sido un día de fiesta. Lin aún recordaba a su madre contándole la llegada de la joven princesa Lilibet a la ciudad, treinta años atrás. La multitud se había apiñado a lo largo de ambos lados de la Ruta Magna, lanzando vítores mientras un carruaje abierto entraba en la ciudad. Después de haber conocido a la reina Lilibet, Lin podía imaginársela mejor como su madre la había descrito: la melena negra al viento, los labios pintados de rojo como barniz, una capa de seda verde sujeta a los hombros desnudos, con esmeraldas en las que ardía un fuego verde y más esmeraldas ardiendo en su corona. Los ciudadanos de Castelana habían lanzado flores rojas de granada y tulipanes de un lila intenso, las flores de Marakand, a su paso mientras gritaban: «*Mei bèra!*». «¡La más hermosa!»

Entonces habían estado orgullosos de la mujer que iba a ser su nueva reina, de la belleza y el fuego que portaría a su ciudad. Pero nada de ese orgullo se respiraba ese día. Unos cuantos balcones lucían ramitos de lirios, la flor de Sarthe, pero el ambiente general parecía... bueno, *desconcierto* parecía ser la mejor palabra para describirlo.

La noticia del compromiso parecía haber caído sobre la ciudad como una tormenta. Lin había oído algo sobre ello en el Sault, donde las actividades de la familia Aurelian solo se consideraban interesantes si afectaban a los ashkar. El príncipe Conor no era su príncipe; simplemente era un personaje importante en Castelana. Su príncipe era Amon Benjudah, el Exilarca, que en ese momento se hallaba recorriendo los Caminos Dorados con el Sanhedrin.

Sin embargo, Lin se había enterado de todo por sus pacientes, sobre todo por Zofia, que parecía tenerle una manía personal a Sarthe.

—¡Qué decepción! —había gruñido, agitando un viejo catalejo—. Qué desperdicio. Un príncipe tan atractivo, y tener que casarse con alguien tan soso.

—Eso no lo sabéis —había dicho Lin—. Quizá la princesa sea una persona interesante.

—Es de Sarthe. Todos son sosos, o tramposos, o ambas cosas —había afirmado Zofia, muy segura, y su opinión parecía ser compartida por la población en general.

Algunos de los pacientes de Lin se habían quejado de que ese matrimonio daría a Sarthe un punto de apoyo demasiado firme en Castelana; que se aprovecharían del acceso al puerto, que insistirían en que todos adoptaran sus modas y llevaran sombreros incómodos.

Lin los había escuchado, asintiendo distraída, y pensando en el príncipe.

«No deberíais compadecerme a mí. Compadeced a la que se tenga que casar conmigo.»

Y sí que compadecía, un poco, a la princesa Aimada d'Eon. Pero aún compadecía más a Conor Aurelian, que, como poco, se sentía totalmente incómodo. Siempre había pensado que no se compadecería de él, aunque se cayera a un pozo y se quedara atascado dentro, pero, en ese momento, ahí estaba ella, sintiendo una punzada de pesar cada vez que pensaba en él, lo cual ocurría demasiado a menudo.

No había vuelto a saber nada de Palacio desde la mañana en la que Kel la había despertado y ambos habían visto al príncipe Conor sano y sin un arañazo. Kel le había enviado una nota unos días después dándole las gracias, junto a un libro sobre cristal de la Fractura, que justo estaba leyendo. Le había dicho que la reina Lilibet había quedado muy complacida con su trabajo y que el príncipe Conor estaba sanando como era de esperar.

Ella sabía que era un mensaje un poco en clave. Lin había esperado ansiosamente a ver si Mayesh o Andreyen le mencionaban la milagrosa curación de Conor. Cuando ninguno le dijo nada, se vio obligada a admitir que parecía que su plan había funcionado: de los pocos que sabían que el príncipe había sido azotado, ninguno se había enterado de que se había recuperado en una noche. Y, a medida que iban pasando los días desde ese extraño suceso, Lin comenzó a sentir cada vez más como si aquella noche hubiera sido arrancada de la línea continua del resto de sus días. Se hallaba de algún modo junto a ellos o a su sesgo, como si fueran los recuerdos de la vida de otra persona que, de algún modo, ella fuera capaz de examinar.

Le parecía casi imposible que ahora compartiera un secreto con el príncipe heredero y su Guardián de Espadas que nadie más que ellos tres conocía. Mariam sabía que Lin había sido llamada a Palacio, claro, igual que Chana, pero Lin les había contado que solo había sido para tratar a un sirviente que se había quemado la mano, y si Mariam no la creía, se lo callaba. No le había dicho a nadie lo de los azotes, o de lo rara que había sido toda esa noche. Escuchar al príncipe hablándole, contarle sus propios secretos, incluso tocarlo, como una sanadora, claro, pero aun así con gestos de una intimidad sorprendente, haberle rozado los labios con el pulgar...

El recuerdo le cortó el aliento, justo cuando Merren alzaba la mirada: el Rey Trapero había entrado en la sala. Se movía con un silencio felino, como si las suelas de sus zapatos estuvieran acolchadas. Lin había comenzado a acostumbrarse a él rondando por la Mansión Negra, entrando y saliendo a menudo del taller para ver qué estaban haciendo Merren y ella. Nunca los molestaba o insistía; parecía más interesado en simplemente satisfacer su curiosidad que en buscar algún tipo de resultado.

Sin embargo, ese día no se lo veía muy bien, con el rostro cansado y pálido, en contraste con su pelo negro y el negro aún más intenso de su chaqueta. (Vestía como siempre: una levita negra, pantalones negros ajustados, relucientes botas de ónice.) Iba seguido de Ji-An, que estaba tirando de un pálido pétalo que se le había enredado en el pelo. Esta saltó al taburete junto a Lin.

—He visto a nuestro amigo hoy en la plaza.

Merren alzó la mirada.

—¿Kel?

Ji-An se volvió para mirarlo.

—Sí, y a la mitad de las familias de los fueros, y claro, los Aurelian. Todos estaban allí para dar la bienvenida a la princesa sarthiana que será la próxima reina de Castelana.

Ji-An sonreía como alguien que supiera un secreto.

—Ji-An, ¿ha pasado algo? —preguntó Lin.

—Otro matrimonio sin amor entre monarcas desalmados para consolidar el poder —dijo Merren alegremente—. Al menos, ¿es atractiva? El populacho responderá mejor a todo este lío si al menos se les asegura una reina con glamur.

Lin se armó de valor. Había una parte de ella que no quería oír nada sobre la hermosa Aimada d'Eon, lo atractiva, lo elegante...

—Es una niña —contestó Ji-An, divertida.

Merren pareció desconcertado.

—¿El príncipe aceptó casarse con una niña?

—Aceptó casarse con una princesa de Sarthe —explicó Andreyen—. Que según parecían estar todos de acuerdo, iba a ser Aimada. Pero...

—Pero no era ella —lo interrumpió Ji-An—. Han enviado a su hermana pequeña en su lugar. De unos once o doce años. Las caras que se les han quedado a las familias nobles y a los Aurelian han sido impagables.

Lin metió la mano en el bolsillo y cerró el puño alrededor de la piedra en su funda. Había descubierto que sujetar su peso frío la calmaba.

—El príncipe —preguntó—. ¿Qué ha hecho?

—Lo único que podía hacer —respondió Ji-An—. Seguir la

corriente. Pero primero se quedó allí quieto como una plancha durante un rato. Kel tuvo que espabilarlo. Luego se comportó muy bien.

—Muy listo, Kel —murmuró Andreyen—. Eso era, claro, lo único que se podía hacer. Un interesante movimiento por parte de Sarthe. Queda por ver si harán algo más para mostrar su enfado.

—Duro con el príncipe. —Merren frunció el ceño—. Ese desalmado cabrón monárquico —añadió.

—¿Mi abuelo —preguntó Lin, lentamente— estaba también allí?

—¿El consejero? —contestó Ji-An—. Sí, claro. Tampoco parecía muy contento. Supongo que Palacio tiene por delante un día de cabriolas diplomáticas.

—De algún modo se las arreglarán. Siempre lo hacen —repuso Merren, mientras alzaba su pipeta con el oscuro líquido. La miró un momento antes de lamerlo pensativo.

—¡Merren! —chilló Ji-An—. ¿Qué estás haciendo?

Este alzó la mirada, con sus ojos azules muy abiertos.

—¿Qué? Es chocolate —dijo—. Tenía hambre. —Alzó la pipeta hacia ellos—. ¿Queréis probarlo?

—Seguro que no —respondió Andreyen—. Huele a malas hierbas mojadas. —Frunció el ceño—. Lin. Demos un paseo. Desearía hablar contigo.

Tanto Merren como Ji-An miraron curiosos mientras Lin, intentando ocultar su sorpresa, porque por muy cortésmente que sonara seguía siendo una orden, se levantó para hablar con el Rey Trapero.

Este esperó a estar lo suficientemente lejos del taller para que no los oyeran, antes de comenzar a hablar. Lin escuchaba el apagado golpeteo de su bastón sobre las alfombras marakandíes mientras caminaban. Lo encontró relajante.

—Se murmura que alguien más en Castelana está buscando el libro de Qasmuna —explicó—. Y he oído que con una gran dedicación.

—¿Justo ahora? —preguntó Lin—. ¿Desde que yo he comenzado a buscarlo?

Él asintió.

—Los rumores dicen que están ofreciendo una pequeña fortuna.

—Lo siento —dijo Lin—. Si he estado buscando demasiado torpemente, si he despertado un interés que no debería haberse despertado...

—En absoluto. —Andreyen le restó importancia a su preocupación con un gesto—. Por mi experiencia sé que a menudo resulta útil suscitar interés. Quizá quien quiera que sea que está buscando el libro se ha puesto nervioso al oír hablar de tu búsqueda. Quizá esos nervios lo lleven a delatarse o a revelar lo que sabe.

La sonrisa que él dibujó alivió sobremanera a Lin, al ver que no estaba en la lista negra del Rey Trapero ni se interponía entre él y lo que deseaba.

—El chatarrero con el que hablé en el Laberinto me dijo que lo había comprado un «individuo de discernimiento» —dijo Lin—. Quizá ese individuo ha difundido que el libro está en venta, despertando así el interés de otros por comprarlo.

—Quizá —repuso Andreyen—. Admito que no conozco los entresijos de la compraventa de libros antiguos. Un ambiente muy cruel, según he oído. —Abrió la puerta que conducía a lo que Lin ya sabía que se llamaba la Gran Sala, con su enorme chimenea y sus cómodos muebles. Resultaba evidente que era una habitación que se usaba mucho; alguien había dejado un libro bocabajo sobre el brazo de un sillón y una bandeja con galletas a medio comer sobre una mesita—. Sin embargo, por lo general, siempre me entero cuando alguien en Castelana tiene algo interesante o ilegal que vender. Esta vez, solo he oído hablar de la persona que quería comprarlo.

—Pero ¿nada sobre su identidad?

El Rey Trapero negó con la cabeza.

—Podría pedir permiso para volver a buscar el libro en el Shulamat, pero el Maharam dejó su posición muy clara —dijo Lin.

El Rey Trapero cogió el cuenco de plata para encantamientos del estante junto a la chimenea. Lin sintió una especie de picor cuando él lo tocó, un deseo de decirle que lo dejara, que era un objeto muy preciado para su gente. Pero sería una hipócrita si lo hiciera; sin duda su relación actual con el Rey Trapero, con todo lo que este representaba, habría horrorizado al Maharam y al Sanhedrin mucho más. Se preguntó si el Rey Trapero habría empleado a alguien ashkarí antes. Parecía como si supiera más que la mayoría sobre lo que pasaba dentro de las paredes del Sault. Pero, claro, a él le interesaba saber cosas, y cualquier ashkarí que trabajara con él en secreto arriesgaba su lugar en la comunidad. Como estaba haciendo ella.

—Hay ciertos hombres que —comenzó Andreyen, mirando el cuenco—, cuando se hallan en una posición de poder, caen en el error de la inflexibilidad.

—Tú estás en una posición de poder —afirmó Lin.

El Rey Trapero dejó el cuenco y sonrió de medio lado.

—Pero soy muy flexible. Sobre todo en lo que se refiere a la moralidad.

Antes de que Lin pudiera responder, se escuchó un alboroto fuera de la sala. Oyó a Ji-An protestar, y luego las puertas se abrieron de golpe para dejar pasar a un hombre conocido, y furioso. Cabello cobrizo, ojos negros, vestido como el hijo de un mercader. Lin lo reconoció al instante: el hombre que había estado allí la primera vez que ella había ido a la mansión. Que había querido...

—¡Mi pólvora! —gritó el hombre—. Tenía que haber llegado hace dos días. He sido paciente...

—¿Irrumpiendo así en mi casa, eludiendo a mi guardia? —replicó Andreyen, entrecerrando sus ojos verdes—. ¿A eso le llamas paciencia?

—Mis disculpas —dijo Ji-An, que había entrado en la sala detrás del hombre y se mantenía en alerta, con la mano medio metida en la chaqueta—. No lo podía detener sin matarlo, y no estaba segura de que quisieras eso.

—Innecesario, Ji-An —contestó Andreyen—. Es grosero pero inofensivo. Ciprian Cabrol, si quieres hablar conmigo, te sugiero que pidas una cita.

—No tengo tiempo —protestó Ciprian—. Quedan cuatro días para el Día de la Ascensión.

—Sorprendente noticia —se burló el Rey Trapero—. Siempre me he dicho que debería aprenderme mejor las fechas de las fiestas importantes. —Se cruzó de brazos—. Estoy en una reunión, por si no lo ves.

Ciprian Cabrol lanzó una única mirada a Lin.

—Irrelevante. Es ashkar, ¿a quién se lo va a contar? Mi pólvora...

Andreyen puso los ojos en blanco.

—Ciprian, estamos hablando de pólvora de Shenzan. Sin duda entenderás la importancia de trasladarla con mucho cuidado. Los barcos de Roverge seguirán en el puerto otras dos semanas.

¿Los barcos de Roverge? Lin notó que se le abrían los ojos de la sorpresa. Los Roverge eran una de las familias de los fueros; resultaba peligroso estar a malas con ellos.

—Pero tiene que ser pronto, el Día de la Ascensión —insistió Cabrol—. Al dar la medianoche. Todos los nobles estarán reunidos en ese banquete. Roverge y el cabrón de su hijo estarán allí. Necesito que vean mi venganza escrita en fuego por todo el cielo. El puerto brillará como si las luces de los dioses hubieran regresado; como si su magia aún ardiera sobre las aguas.

—Eso es sorprendentemente poético —murmuró Ji-An.

—Estás haciendo mucho teatro con todo esto —replicó Andreyen, con desaprobación.

—Dice el hombre que va por ahí en un carruaje negro con las ruedas pintadas del color de la sangre —espetó Ciprian—. La teatralidad tiene su objetivo. Después de lo que nos hicieron, echar a una familia de su hogar por atreverse a montar un pequeño negocio de tinta...

—No era un negocio tan pequeño —replicó Andreyen—. La verdad, me sorprende que, después de lo que pasó, tu familia y tú sigáis aún en Castelana. Los Vigilantes...

—Por ahora, mi familia está en Valderan —explicó Ciprian—. Aquí solo estoy yo. Y estoy seguro. —Miró furioso—. Espero tener esa pólvora mañana por la mañana —dijo, y salió a grandes pasos de la habitación. Pasado un instante, Ji-An lo siguió, sin duda para asegurarse de que fuera directo a la salida.

—Este asunto con Cabrol y la flota de los Roverge —comenzó el Rey Trapero. Miró a Lin con ojos insondables—. No es una información que puedas compartir. ¿Lo entiendes? Ni con nadie del Sault, ni con Mayesh Bensimon. Cabrol es grosero y descuidado, pero es un cliente. Y tengo cierto interés en que consiga lo que quiere.

—Una pregunta —dijo Lin—. ¿Habrá gente a bordo de esos barcos?

—No —contestó Andreyen—. Todo el mundo estará en la ciudad, celebrando el Día de la Ascensión. Y se hallan anclados a medio camino de Tyndaris. Además, esa noche es vuestro Tevath, ¿no es así? ¿Vuestro Festival de la Diosa? Los tuyos y tú estaréis a salvo en el Sault.

—Soy sanadora —replicó Lin—. Tendría problemas para guardar un secreto si supiera que este causaría heridos o muertos, tanto si las víctimas fueran ashkaríes como si no. Pero las flotas de la nobleza castelaní no son de mi incumbencia. Además —añadió, pensando en voz alta—, si se lo dijera a alguien, ¿cómo iba a explicar de qué modo me he hecho con esa información sin revelar cosas que no quiero que se sepan?

—Como tu relación conmigo.

—Debes de conocer a mucha gente que no quiere que se conozca su relación contigo —comentó Lin.

—Sin duda, y diría que lo llevamos muy bien. Mientras tanto...

—Ya sé —lo cortó Lin—. Sigo buscando el libro.

Más tarde, cuando ya había salido de la mansión y se dirigía de vuelta al Sault, miró hacia el puerto, una franja azul en la distancia. Qué extraño sería si Ciprian Cabrol conseguía llevar a cabo su plan de locos y, en algún momento durante el Festival de la Diosa, la luz dorada de sus explosiones iluminara el cielo sobre el puerto.

Pero eso era ser ashkar. Pasara lo que pasara en el interior del Sault, siempre estarían rodeados de *malbushim*, de sus maquinaciones y sus locuras. Si Cabrol conseguía poner en práctica su plan, aunque Lin tenía sus dudas, sería lo más excitante que habría pasado en un Tevath en unos doscientos años.

Al regresar a Marivent, Kel se encontró con que Conor, Lilibet, Bensimon y Jolivet se hallaban encerrados en la Galería Brillante con los delegados de Sarthe. Oyó gritos al otro lado de la puerta. Intentó acercarse, pero Benaset lo apartó.

—No es lugar para ti, Anjuman —dijo—. Jolivet me dijo expresamente que me asegurara de que no te acercaras. Ve a divertirte a otro lado.

Kel se puso furioso, pero se contuvo. Se dirigió al Castel Mitat para pensar; además, al menos se podría cambiar la maldita chaqueta de terciopelo con la que llevaba todo el día asándose. (El deseo de Lilibet de que él representara a Marakand llevando terciopelo y brocado pocas veces resultaba práctico, teniendo en cuenta la realidad del tiempo atmosférico de Castelana, y ese había sido un día deprimentemente hermoso, con el cielo arqueándose en lo alto como una bailarina vestida de satén azul, y el mar como un inmaculado cristal verde azulado.)

Se esperaba encontrar vacío el patio del Castel Mitat, pero no lo estaba. La pequeña princesa, Luisa, se hallaba allí, jugando alrededor de la fuente alicatada. Kel y Conor habían hecho lo mismo de niños; en los días calurosos, era una buena manera de refrescarse. El recuerdo le causó una punzada de dolor; por su antiguo yo, por Luisa en ese momento.

Con ella se hallaba su guardaespaldas, Vienne d'Este. A esta no parecía molestarle el calor. Caminaba junto a Luisa mientras la niña hacía botar una pelota contra la estatua de Cerra en el centro de la fuente, cogiéndola y riéndose cuando le salpicaba agua.

Ambas se volvieron para mirarlo: Vienne, con una fría suspicacia, recorriéndolo con la mirada («Así que llevas una daga en las botas —pensó él—; conozco tus trucos, guardaespaldas, aunque no adivinarías por qué los sé»), mientras que Luisa le sonrió y luego frunció el ceño, hablando en un rápido sarthiano.

—*Mì pesave che xéra el Prìnçipe, el ghe soméja tanto.*

—Por un momento ha pensado que erais el príncipe —tradujo Vienne—. Dice que os parecéis mucho a él.

—*Cosin* —dijo Kel, dirigiéndose a Luisa.

Luisa sonrió mostrando sus separados dientes.

—*Dove xélo el Prìnçipe? Celo drìo a rivar o azogar con mì?*

Vienne recogió la pelota de la fuente, donde la había dejado caer Luisa.

—El príncipe no puede venir ahora, querida, tiene asuntos que atender. Estoy segura de que preferiría estar jugando aquí.

«Eso seguramente es cierto —prensó Kel, seco—, aunque no de la forma que tú piensas.»

—Soy Kel Anjuman —se presentó Kel—. Estoy a vuestro servicio y, claro, al servicio de la princesa.

Hizo una profunda reverencia, lo que pareció encantar a Luisa. Vienne, con la pelota roja en las manos, parecía menos encantada.

—Bien —comenzó—. Si realmente deseáis ayudarnos...

Kel alzó una ceja.

—Los aposentos que se nos han asignado están decorados para alguien mucho mayor que Luisa —explicó, muy estirada—. Si pudierais buscar algunos juguetes viejos, quizá, o algo con lo que pudiera entretenerse, eso sería de gran ayuda.

En su rostro se veía que no solo era la guardaespaldas de la princesa, sino que amaba a la niña como si fuera su hermanita. Le pasó la pelota a Luisa, que bailaba alrededor de la fuente. El bajo de su pichi estaba empapado de agua y barro.

«Sé lo que es querer a alguien y haber jurado protegerlo —quiso decir Kel—, alguien que tiene mucho más poder que tú, pero a quien no puedes salvar de las consecuencias de ese poder.»

Pero Vienne solo pensaría que estaba loco. Al menos, Luisa parecía totalmente inconsciente de la tormenta política que rugía a su alrededor; una que tenía que ver con el hecho de que su llegada había sido una decepción; de que no era a quien se esperaba.

Kel prometió ver qué podía hacer, y se fue pesadamente hacia sus aposentos, cargado con un gran cansancio.

Esa noche, la luna era azul. Una luna poco corriente, de la que se decía que auguraba la llegada de acontecimientos confusos. Kel, de pie en la Torre Oeste, la observaba alzarse, tiñendo el cielo de un índigo más profundo, y el mar, de lapislázuli en movimiento. Incluso las velas de los barcos en el puerto parecían estar teñidas de azul, como vistas a través de las lentes tintadas de Montfaucon. El serio e importante encuentro en la Galería se alargaba; Conor aún no había regresado. Lilibet parecía complacida de que Conor hubiera sido arrastrado a su mundo de las negociaciones y los intereses internacionales, evidentemente contenta de tenerlo a su lado. Kel podía imaginarse lo que debía de estar sucediendo: Bensimon y Anessa se estarían gritando el uno al otro por lo que había pasado, sobre los puntos contractuales y los detalles. Jolivet y senex Domizio, dispuestos a hablar de guerra. Pero, claro, eso solo eran suposiciones. Lo que sabía seguro era que el rey no estaba presente. La luz brillaba en la ventana de la Torre de la Estrella, y de vez en cuando salía humo por la chimenea.

No estaba seguro de si debía estar sorprendido o enfadado consigo mismo por estar sorprendido. ¿Qué otra cosa se podría haber esperado, teniendo en cuenta que el rey no había ido ni siquiera a la plaza Valerian a recibir a la princesa? Durante muchos años, Palacio había fomentado una historia: el rey era un filósofo, un astrónomo y un genio. Su estudio de las estrellas lo conduciría a descubrimientos que pasarían de generación en generación, aumentando la gloria de Castelana. La habían fomentado tan intensamente que hasta Kel se la había creído, porque era más fácil creérsela que cuestionarla.

Ahora suponía que Conor nunca se la habría creído, pero tampoco había hecho ningún comentario al respecto. Había permitido que Palacio jugara a que el rey era sensato, aunque excéntrico. Pero la presencia de Fausten en el Truco, que en ese momento Kel veía alzándose sobre la noche como una lanza de acero azul oscuro, lo contradecía. No podía evitar oír la voz de Andreyen: «Quizá sea con Fausten con quien debas hablar».

Pero Fausten estaba en el Truco, y a nadie se le permitía la entrada en el Truco, excepto a los guardias del Escuadrón de la Flecha y a la propia familia real.

A fin de cuentas, Kel suponía que lo hacía porque estaba cansado de sentirse inútil, cansado de imaginarse lo que estaba pasando en una sala a la que él no podía entrar. Entre gente, excepto una persona, que no lo querrían allí. Y porque ya no confiaba en el rey. En su última aparición, había enviado a Fausten al Truco, y había hecho azotar a su propio hijo. De no ser por Lin, Conor aún seguiría en la cama, y estaría marcado para siempre. ¿Qué más podría hacer Markus, y por qué, y cuándo?

Se suponía que él debía proteger a Conor a cualquier precio. Y si eso significaba protegerlo de su propio padre, entonces esa era la situación en la que se hallaba.

«Soy el escudo del príncipe. Y soy su armadura indestructible. Sufro para que él nunca tenga que sufrir.»

Como en un sueño, Kel bajó la escalera de caracol y fue al armario de su habitación. Pero no al suyo sino al de Conor.

Se vistió de negro. Pantalones de lino, túnica de seda y chaleco ajustado. Avambrazos bajo las mangas. Botas negras bajas y, naturalmente, su talismán colgado del cuello. Finalmente, sacó una sencilla corona de su caja de terciopelo negro. Colocársela en la frente fue como cometer un crimen, algo imperdonable, aunque lo había hecho docenas de veces antes.

Pero no sin que lo supiera Conor. Nunca sin que lo supiera Conor.

Salió del Castel Mitat, y se encontró el patio vacío, aunque la pelota roja de Luisa estaba flotando en la fuente como una granada hinchada de agua.

La luna azul proyectaba una atmósfera fantasmal sobre Palacio mientras Kel recorría los jardines y las verjas, más allá de las puertas cerradas de la Galería Brillante, más allá del Pequeño Palacio, hasta el Castel Pichon, donde se habían preparado los aposentos de Luisa. El viento había arreciado, y portaba el aroma a eucaliptos y un cargamento de hojas secas y tallos de flores sin hojas.

Tiempo atrás, Conor y él se escabullían del Castel Mitat en noches como esa. Hacían una incursión en la cocina de dom

Valon en busca de tartas y pastas; se bañaban en el estanque reflectante del jardín de la reina. Se apiñaban en alguno de los templetes junto al acantilado con una botella de brandy sisada de las bodegas y fingían que les gustaba. Fingían estar borrachos, soltando risitas, hasta que se emborrachaban de verdad y tenían que guiarse el uno al otro hasta su habitación antes del amanecer, ambos demasiado borrachos para sujetar al otro, aunque lo intentaban de todas formas.

Recordaba a Merren diciendo: «Cuando lo oí, pensé que era una broma, eso del Guardián de Espadas. ¿Quién haría eso?». Kel sabía que, por ley, su lealtad debía ser hacia la Casa Aurelian, pero en realidad se la debía a Conor. Conor, la única persona que sabía en realidad cómo era la vida de Kel, cómo se conformaban sus días... y, a cambio, él conocía a Conor igual de bien. De hecho, nadie conocía a ese Conor excepto él: el príncipe adolescente que solo podía tomar un poco de brandy antes de comenzar a vomitar, que lloró cuando su caballo (un corcel bayo que odiaba a Kel) se rompió la pata y Jolivet tuvo que cortarle el cuello. Que se preocupaba por que el mundo fuera tan grande que nunca podría verlo todo, aunque nunca había estado más lejos de Valderan.

El Truco se alzó ante los ojos de Kel: una aguja negra azul de mármol, clavándose en el cielo. Deslizó el talismán por la cadena que llevaba al cuello para que quedara justo encima del cuello abierto de la camisa. Se acercó a la puerta principal del Truco, dos medias lunas de madera recubiertas de bandas de hierro. Fuera de ellas se hallaba un grupo de tres guardias del castillo; estaban sentados ante una mesa plegable, jugando a *yezi ge*, un juego de cartas de Shenzan.

Se pusieron en pie en cuanto vieron a Kel acercarse, palideciendo.

—Monseigneur —dijo uno, claramente el más valiente—. Estábamos... todo ha estado tranquilo, ningún sonido procedente del prisionero...

¿De qué tendrían miedo?, se preguntó Kel. ¿De que él, Conor, se estuviera asegurando de que habían mostrado presteza en el cumplimiento de sus deberes? Estaban vigilando a un débil anciano en una prisión de la que nunca nadie había escapado.

Kel intentó imaginarse a un Conor que interrumpiera su propia tarde para bajar al Truco y gritar a un grupo de guardias por entretenerse estando de servicio. No lo consiguió.

—Caballeros. —Contuvo el impulso de inclinar la cabeza educadamente; los príncipes no se inclinaban ante los soldados—. He venido a ver al prisionero. No —alzó la mano—, no hace falta que me acompañéis. Prefiero ir solo.

Mientras desaparecían, después de acompañar a Kel a la entrada de la prisión, este tuvo que ocultar una sonrisa. Qué fácil había sido. Y le resultaba agradable, como siempre, cubrirse de poder como si fuera una capa de invulnerabilidad sacada de una historia de algún cuentacuentos. El truco estaba en impedir que le gustara demasiado.

«Era un riesgo calculado», pensó, mientras comenzaba a subir los escalones de la torre. Al hacerse pasar por Conor, siempre existía el peligro de que los guardias chismorrearan sobre esa visita y que algún otro habitante de Palacio indicara que Conor se había hallado en alguna especie de reunión diplomática. Pero apostaba a que los cotilleos sobre Sarthe y la nueva princesa resultaban los suficientemente jugosos para distraerlos de cualquier otra cosa. Kel había estado no hacía mucho en el Truco, pero solo durante el día. La estrecha escalera de caracol que estaba ascendiendo se encontraba cubierta de espesas sombras, y solo la iluminaban los quinqués que había de vez en cuando, proyectando formas arácnidas sobre las paredes de piedra.

Cuando llegó a lo alto, lo encontró igualmente oscuro. Solo había una lámpara. Por suerte había ventanas en lo alto de los muros, a través de las cuales se colaba una pálida luz de luna azul, haciendo que las barras de cristal de la Fractura de las celdas brillaran como si estuvieran talladas en ópalos.

Avanzó por el estrecho pasillo hasta hallar la celda de Fausten. Era la única que tenía la puerta cerrada, aunque, por un momento, Kel pensó que estaba vacía. Luego se dio cuenta de que lo que había tomado por un montón de harapos en un rincón era el antiguo consejero del rey, sentado hecho un ovillo contra la pared.

Llevaba la misma ropa que el día que los guardias se lo habían llevado a rastras de la Galería Brillante, solo que estaba mugrienta, la constelación cosida a su capa era ahora un montón de cuentas brillantes esparcidas por el suelo de la celda. El hedor a orina y sudor rancio era intenso. También había algo más bajo él, un olor metálico como de sangre seca.

Reticente, Kel se acercó a la celda. Ya no estaba pensando en intentar no disfrutar tanto del poder; se estaba preguntando a sí mismo cómo había llegado a pensar que podría hacer eso.

Fausten alzó la mirada, su pálido rostro era una mancha entre las tinieblas. Parpadeó.

—Mi-mi señor —tartamudeó—. Mi rey...

Kel se tensó.

—No. No el padre, sino el hijo.

En el rostro de Fausten destelló por un instante una mirada astuta.

—Conor —susurró—. Siempre os he tenido cariño, Conor.

Una leve náusea le retorció el estómago a Kel.

—¿Tanto cariño como para venderme a los malgasi sin decirme una palabra de cualquier trato que se hubiera hecho?

Los ojos de Fausten destellaron, como los de una rata, en la semioscuridad.

—Yo no os vendí. Yo no sacaba ningún provecho de todo eso. Vuestro padre hizo el trato, hace mucho tiempo.

—Pero ¿por qué? —preguntó Kel, y cuando Fausten no contestó, añadió—: Mi padre me habló hace tiempo de un peligro. Un peligro terrible que creía que se cernía sobre Castelana y sobre mí. Pero no quiso decirme de qué se trataba.

—¿Por qué me lo preguntáis a mí? —inquirió Fausten—. Solo soy un viejo, encerrado en una prisión injustamente. Lo único que siempre he querido ha sido proteger a vuestro padre. Ya sabéis que yo no pertenezco a este lugar.

—Lo sabría mejor si contestaras a mis preguntas —replicó Kel—. ¿El peligro que mencionó mi padre era algún tipo de maquinación de la Corte Malgasi?

—La Corte Malgasi —repitió Fausten, con desprecio—. Solo pensáis en política. Hay fuerzas en juego mayores que los poderes terrenales.

—Por favor, ahórrame tu cháchara sobre estrellas —replicó Kel—. Ya he visto lo mucho que ha ayudado a mi padre.

—Vuestro padre —repuso Fausten, con una voz hueca. Se puso en pie, inseguro. Se acercó a las barras, con pasitos delicados, como si estuviera buscando un camino entre las flores. Aunque, sin duda, ahí no había ninguna flor—. Siempre he sido leal a vuestro padre —afirmó, agarrándose a las barras de cristal de la Fractura—. La Corte Malgasi era un lugar muy frío. Cuando vuestro padre estuvo allí, solo era un niño, un niño en acogida, un tercer hijo al que nadie hacía caso. Estaba abierto a cualquier voz que lo sedujera. Y lo sedujeron.

—¿Quién lo sedujo?

Los ojos legañosos de Fausten fueron de un lado a otro.

—*Atma az dóta* —murmuró—. No fue culpa mía. Solo hizo lo que le pidieron.

Atma az dóta. «Fuego y sombras.»

—¿Qué hizo mi padre?

Fausten negó con la cabeza.

—Prometí no decirlo.

—Algo malo —aventuró Kel, bajando la voz—. ¿No es así?

Fausten emitió un sonido inarticulado.

—Lo que no entiendo —continuó Kel, a media voz—, es por qué, si mi padre cometió alguna terrible transgresión en Malgasi, la embajadora Sarany estaba tan decidida a que yo me casara con Elsabet.

—La hija de Iren —dijo Fausten. Sus ojos se movían de un lado al otro—. Iren era tan hermosa... pero el fuego la dejó, se le apagó la luz, y fue solo furia. ¿Por qué quería que os casarais con Elsabet? Por la misma razón por la que Iren dejó vivir a vuestro padre. Porque valora vuestra sangre, vuestra sangre Aurelian.

Bueno, claro. Toda familia noble valoraba el Linaje Real. Kel tuvo ganas de apretar los dientes de frustración.

—Fausten. Si no me dices cuál es el peligro al que se refería mi padre, entonces no puedo hablarle en tu favor. Si me ayudas, bueno, entonces quizá pueda convencer a mi padre de que lo que hiciste fue en su beneficio. Que no eras solo un títere en manos de los malgasi, manipulándolo al antojo de ellos.

Fausten lanzó un grito ahogado.

—No es tan simple —replicó—. Nada es tan simple. —Miró directamente a Kel—. El peligro no es la Corte Malgasi. Está mucho más cerca.

—¿En la ciudad? —preguntó Kel.

—En la Colina —respondió Fausten—. Hay algunos que querrían ver destruida la Casa Aurelian. Pensé que una unión con la Corte Malgasi podría evitarlo. Son fuertes, implacables. Quizá presioné demasiado al rey. Quizá...

—Quizá deberías habérmelo dicho —lo cortó Kel—. Esperabas que no tuviera voluntad propia. Ese fue tu error.

—Mis errores son muchos —admitió Fausten.

—Enmiéndalos ahora —insistió Kel—. Dime quién es el peligro en la Colina.

—Mirad a los que tenéis cerca —contestó Fausten—. Mirad a vuestro Consejo. A los nobles. Mirad a vuestro Guardián de Espadas.

Kel se quedó helado hasta los huesos.

—¿Qué?

Había una luz artera en los ojos de Fausten, como diciendo: «Ahora sí que he captado vuestra atención, ¿verdad, príncipe heredero?»

—Mi Guardián de Espadas me es leal —afirmó Kel. Era consciente de la terrible ironía de la situación, pero se lo tragó; no podía vacilar ante Fausten. Solo empeoraría la situación.

—Os es leal ahora. Un día tendréis algo que él deseará tanto como para traicionaros por ello. Y entonces lo odiaréis. Lo odiaréis tanto como para desear su muerte.

—Pero qué...

—Envidia. La envidia es un gran veneno. Os lo habría dicho antes, si hubiera creído que me escucharíais...

—Basta. —La paciencia de Kel se quebró como una ramita—. Es fácil ver que estás intentando manipularme. Intentando separarme de mi Guardián de Espadas, para que ponga mi confianza en ti, como hizo mi padre. ¿Crees de verdad que podría creerte ahora sobre nada de lo que dices ver en las estrellas? ¿Tan estúpido eres?

Fue demasiado; había presionado con demasiada fuerza. El hombrecillo lanzó un gritito y se hizo un ovillo sobre el sucio suelo, agarrándose las rodillas contra el pecho y rodando sobre las cuentas rotas. Nada de lo que Kel hizo o dijo pudo calmarlo.

Y para ser justos, Kel estaba deseando marcharse. Alejarse del hedor del Truco, de las palabras que le zumbaban en la cabeza: «Vuestro Guardián de Espadas os traicionará. Y entonces lo odiaréis. Lo odiaréis tanto como para desear su muerte».

Y así fue como el tiempo de los Hechiceros-Reyes llegó a su fin. Aunque la gente de Dannemore se alegró de liberarse de la tiranía de esos reyes y reinas, esa libertad tuvo un alto precio. La tierra había sufrido una gran devastación, y a la Fractura le siguió una época de oscuridad, en la que la gente, con una rabia justiciera, se abalanzó sobre todo artefacto de magia que pudo encontrar y lo destruyó. La única magia que continuó existiendo en Dannemore fue la gematría de los ashkar, porque esta no requería la Palabra. Pero la oscuridad no iba a cubrir el mundo para siempre. Antes de la Fractura, la gente se había alejado de los dioses, prefiriendo adorar la magia y a aquellos que la practicaban. Pero ahora, Lotan, el Padre de los Dioses, colocó a Marcus Carus, el primer emperador en el trono Imperial, y este puso bajo su mando a todos los reinos que guerreaban entre sí y los unió, y creó los Caminos Dorados que recorrían todas las tierras del Imperio e incluso más allá, hacia el este, penetrando en Shenzhou y Hind. Y, ahora, la benevolencia del emperador brilla por toda la tierra: la justicia ha reemplazado a la tiranía y el comercio a la guerra. ¡Alabado sea el emperador, y las tierras sobre las que preside, que nunca serán divididas!

Relatos de los Hechiceros-Reyes,
LAOCANTUS AURUS IOVIT III

Capítulo veinte

Kel pasó un mal momento cuando llegó a los aposentos que compartía con Conor y vio que el príncipe había regresado de su reunión. Había poca luz; las lámparas que Kel había dejado ardiendo se habían apagado casi todas. Un fuego en la chimenea proporcionaba algo de iluminación, como hacía la luz azul de la luna, que llenaba la habitación de un resplandor fantasmal.

Pero la puerta del tepidarium estaba cerrada, y Kel oyó el sonido del agua. Rápidamente, fue al armario y se quitó las ropas de Conor. Con manos temblorosas, retornó la diadema de oro a su lecho de terciopelo. Cerró la puerta del armario, y para cuando Conor salió del tepidarium, él ya se había cubierto con una túnica de dormir y unos pantalones.

Conor salió parpadeando, aún con la ropa que había llevado durante todo el día, aunque le faltaba la chaqueta forrada de piel. Se había echado agua en la cara, y tenía el pelo mojado, y su pesada corona de oro, con rubíes y todo, le colgaba de un dedo.

—Kel —saludó.

No pareció sorprendido de verlo. No parecía más que cansado. Kel no recordaba la última vez que había visto a Conor con un aspecto tan exhausto. Este comenzó a cruzar la estancia hacia Kel, luego pareció pensárselo y se tumbó en uno de los divanes, dejando caer la cabeza sobre los cojines.

Se lo veía agotado, con sombras azuladas bajo los ojos, las botas desabrochadas, el esmalte azul de las uñas convertido en un mosaico de grietas. No se movió, pero siguió a Kel con la mirada cuando este cruzó la sala y se sentó frente a él.

Kel recordó un tiempo cuando los dolores y las tensiones de Conor se podían calmar con un viaje a la enorme sala de juegos del Castel Mitat. Allí habían construido muros con piezas de construcción, y habían hecho un fuerte, y había habido una Guardia del Castillo de juguete y muñecos. Habían jugado con Falconet, Roverge y Antonetta hasta un día que Falconet había hecho algún tipo de comentario sobre ser demasiado mayor para ese tipo de tonterías y, al día siguiente, el fuerte ya no estaba, había sido reemplazado por una sala llena de elegantes divanes y almohadones de seda.

Antonetta había llorado. Kel recordaba haberle cogido la mano; los otros se habían burlado de ella, pero su dolor por los muñecos desaparecidos, que habían sido auténticos personajes, con sus nombres e historias, era un reflejo del dolor que él también sentía, pero que la voluble tristeza de Antonetta le había permitido mantener oculto. Solo más tarde se había preguntado si se había equivocado dejando que ella cargara con las burlas por lo que él también había sentido. Supuso que había sido castigado por ello: al final, había sido ella la que le había dicho que ya era hora de que él creciera de una vez.

—Me preguntaba dónde estarías —dijo Conor—, cuando he regresado.

Kel vaciló, pero solo un momento. No había tenido la intención de mantener en secreto sus actividades nocturnas, pero ya no tenía elección.

«He ido a ver a Fausten, disfrazado de ti, y ha dicho que te traicionaré. Que te quitaré algo importante y tú me odiarás.»

Quizá Conor se riera quitándole importancia, lo más seguro era que hiciera eso, pero a menudo se reía precisamente de lo que en realidad más le molestaba. Las palabras de Fausten le estaban carcomiendo como ácido. ¿Qué le podrían hacer a Conor, sobre todo en ese momento?

—Estaba dando un paseo por los patios —contestó—. No me dejaban entrar en la galería.

—Bensimon no ha dejado entrar a nadie en la galería. Roverge ha intentado entrar por la fuerza, pero Jolivet ha hecho que el Escuadrón de la Flecha lo sacara.

—Eso no le habrá gustado nada —repuso Kel.

—Seguramente no. —Conor sonó como si no le importara ni una cosa ni la otra.

—Con —dijo Kel a media voz—. ¿Has comido? ¿Al menos has bebido algo de agua?

—Creo que había comida —contestó Conor, vagamente—. Nos han traído cosas. Y había mucho vino, aunque senex Domizio se debe de haber bebido la mayor parte. Me ha llamado *buxiàrdo fiol d'un can,* lo que no creo que hubiera hecho de estar sobrio. Estoy bastante seguro de que significa: «mentiroso hijo de perra».

—¡Cabrón! —exclamó Kel, con los dientes apretados—. Tú no has mentido. Tú hiciste un trato, y lo mantuviste. Los mentirosos son ellos...

—Kellian —comenzó Conor. Muy pocas veces empleaba el nombre completo de Kel; en ese momento lo hizo con una voz que parecía dolorida—. Lo sé.

—¿Y no hay ninguna manera de salir de esta? —preguntó Kel.

—No hay ninguna manera de salir de esta. Los sarthianos se mantienen firmes. Yo acepté casarme con una princesa de Aquila con el nombre de Aimada; no había ninguna especificación diciendo que debía ser su primer nombre. —Conor esbozó una sonrisa tétrica—. Al final, Anessa seguía insistiendo en que esto era simplemente una transacción, un matrimonio entre reinos; nunca había habido ninguna intención de que fuera un asunto de amor. A fin de cuentas, qué importa, repetía una y otra vez. Y que si yo aceptaba a Luisa, tendríamos la gratitud y la alianza de Sarthe, mientras que si la hacía regresar, tendríamos la guerra.

—Ya hace tiempo que quieren la guerra —comentó Kel—. Quizá esto solo sea una excusa para comenzarla.

—Quizá —repuso Conor a media voz—. No soy un buen

príncipe de Castelana. Y dudo que llegue a ser un buen rey. Pero no puedo traer la guerra a mi ciudad a sabiendas. Supongo que hasta yo tengo límites. O quizá solo estoy siendo egoísta. —Se frotó la frente, donde la corona que había llevado todo el día le había dejado una marca roja—. Si hubiera sido más listo, quizá podría haber evitado lo que pasó en aquella cena, con la mujer malgasi. Pero, de todas formas, Anessa estaba allí. Vio lo lejos que está nuestra casa de tenerlo todo en orden. —Le lanzó una mirada a Kel—. Si me lo preguntas, te diría que ese fue el momento en que a Anessa se le ocurrió este plan. No quería entregar a Aimada a una casa en caos. Es la joya de su corona. Pero Luisa... Para ella, Luisa vale menos.

Kel no dijo nada. No parecía haber nada que decir.

—Supongo que, al menos, hay un pequeño consuelo —continuó Conor—. Pasará mucho tiempo antes de que este sea un auténtico matrimonio. Quizá diez años. —Sonrió de medio lado—. Así que no hace falta que te cambies de habitación. Aunque supongo que si mi padre muere, y tú reemplazas a Jolivet, exigirás tus propios aposentos. Unos bien elegantes, me imagino.

—No me importan nada mis elegantes aposentos —soltó Kel, malhumorado. Hacía mucho tiempo que no veía a Conor tan desanimado.

De nuevo pensó en Antonetta, todos esos años atrás. Y pensó que ella no había llorado por los juguetes perdidos; había llorado por todas las cosas que iban a cambiar y que no quería que cambiasen.

Se levantó y fue a sentarse junto a Conor; los cojines hundiéndose bajo ellos, sus hombros chocándose. Conor vaciló un momento antes de apoyarse totalmente en él, dejando que Kel aguantara todo su peso, el peso de su cansancio, de su desesperación.

—Las familias de los fueros se van a enfurecer —dijo Kel.

Notó que Conor se encogía de hombros.

—Que lo hagan. Ya se acostumbrarán. A final, siempre saben lo que les conviene.

Kel suspiró.

—Me pondría en tu lugar en esto también, si pudiera.

Conor apoyó la cabeza en el hombro de Kel. Su pelo le cosquilleaba en el cuello; era un peso muerto, como un niño dormido.

—Lo sé —contestó—. Sé que lo harías.

La hora de la Tercera Guardia ya había llegado cuando Mayesh Bensimon regresó al Sault. Lin, sentada en el porche de su abuelo, lo observó avanzar por el Kathot, con la cabeza gacha, el pelo blanco bajo la luz azul de la luna.

Lin se dio cuenta de que él aún no se había fijado en que ella estaba allí. No sabía que hubiera alguien observándolo. Lin no pudo evitar recordar una noche hacía dos años. Había sido a la hora de la Tercera Guardia, igual que en ese momento, y Josit y ella habían estado caminando junto al muro sur, que bordeaba la Ruta Magna y el clamor de Castelana al otro lado. El aire había arrastrado los sonidos de la ciudad: los pasos apresurados y el tráfico rodado de las carreteras, los gritos de los vendedores ambulantes, alguien cantando borracho a pleno pulmón.

Ambos se habían sobresaltado al oír el crujido de hojas de la puerta de hierro; ¿por qué se abrían tan avanzada la noche? Y aún se sobresaltaron más un momento después cuando Mayesh las cruzó, alto y delgado con su túnica gris de consejero. Lin pensó que nunca había visto a su abuelo con un aspecto tan cansado. Su rostro parecía haberse fundido en profundas arrugas de dolor y agotamiento mientras la puerta se cerraba tras él con un estruendo que resonó en la noche.

Lin y Josit habían permanecido entre las sombras del muro, sin que Mayesh los viera. Lin se había preguntado por qué estaría sufriendo, qué le habría preocupado tanto en Palacio ese día. ¿O sería simplemente el pensar, como todas las noches, que por mucha ayuda que fuera para el Linaje Real de la Colina, él seguiría pasando todas las noches de su vida tras unas puertas cerradas?

Pero Josit y ella no se habían acercado a él, ni se lo habían preguntado. ¿Qué iban a decirle? En verdad, él era casi un desconocido para ellos, en todos los sentidos.

Lin no estaba muy segura en qué estaba pensado en ese momento. Había ido allí por lo que había pasado en la plaza; Ji-An había dicho que Mayesh había estado allí, y ella sabía que su abuelo no habría tenido un día agradable. Mayesh se jactaba de planear y controlar, pero lo ocurrido era algo que estaba totalmente fuera de su control, e iba en contra de sus planes.

«Podría darme noticias del príncipe —le dijo una vocecilla en la cabeza—. De cómo está reaccionando. Si está bien.»

Se dijo con firmeza que esa era una voz a la que no debía escuchar, y centró su atención en Mayesh, que había llegado a mitad de la escalera de su casa antes de detenerse. Sin duda la había visto, sentada en su silla de palisandro.

—Lin —dijo él. Era casi una pregunta.

Ella se puso en pie.

—Estaba preocupada por ti —repuso.

Él parpadeó lentamente.

—Por un momento, he pensado que eras tu madre —dijo él—. Solía esperarme, aquí, cuando volvía tarde de Palacio.

—Supongo —repuso Lin— que ella también estaría preocupada.

Mayesh guardó silencio durante un largo momento. El aire de la noche era suave y le revolvía el pelo a Lin, cubriéndole las mejillas. Sabía que tenía el pelo de su madre, los mismos mechones rebeldes de los que ella había tirado de niña.

—Entra —dijo Mayesh finalmente, y pasó ante ella hacia la puerta principal.

Hacía años que Lin no entraba en la casa de su abuelo. No había cambiado mucho, por no decir nada. Seguía estando bastante vacía, con muy pocos muebles. No había ni desorden ni suciedad. Sus libros estaban cuidadosamente alineados en los estantes. Una página enmarcada del *Libro de Makabi* colgaba de la pared; siempre le había sorprendido, ya que nunca había pensado en él como en un hombre religioso.

Mayesh se sentó ante su sencilla mesa de madera y le indicó que se le uniera. No había encendido ninguna lámpara, pero la luna iluminaba lo suficiente para ver.

—Veo que has oído lo que ha pasado —le dijo, una vez Lin estuvo sentada—. Supongo que como todo el mundo.

—Bueno —repuso ella—, todo el mundo en la ciudad. Quizá aún no todos los del Sault. A mí me lo dijo un paciente.

—Suponía que te complacería —dijo él—. No sientes ningún cariño hacia los habitantes de Marivent.

«Debe de complacerte.» Eso le había dicho el príncipe, cuando le había visto las heridas. Le había dolido un poco, y también le dolía en este momento.

—Estaba pensando en ti —explicó ella—. Eres el consejero por una razón. Representar a los ashkar ante el trono. El Maharam hace su trabajo aquí, en el Sault, y por tanto lo ven y lo valoran. Tú haces tu trabajo en la Colina, y por tanto eres invisible. Estaba empezando a creer que...

—¿Que qué? ¿Que podría estar haciendo algún bien al Sault? ¿Que al proteger la ciudad, también protejo a los ashkar que viven en ella?

—Humm —repuso ella—. No tengo por qué alabarte, si vas a hacerlo tú mismo.

Él soltó una seca carcajada.

—Perdóname. Puede que haya olvidado cómo aceptar el reconocimiento.

—Entonces, en la Colina, ¿no te aprecian?

—Me necesitan. Pero no creo que lo piensen muy a menudo, más de lo que piensan en la luz del sol, o el agua, o cualquier otra cosa sin la que no pueden estar.

—¿Te molesta?

—Es como debe ser —contestó él—. Si pensaran mucho sobre cuánto me necesitan, podrían comenzar a sentirse molestos con mi presencia. Y a considerar: ¿solo les molesto yo? ¿O todos los ashkar? Malgasi no es el único ejemplo, ya sabes. No es el único lugar del que nos han echado, después de que nos creyéramos a salvo. —Negó con la cabeza—. Esta es una charla demasiado triste. Hoy estoy decepcionado, sí, y enfadado, pero sobreviviré. Castelana sobrevivirá. Una alianza con Sarthe no es algo tan terrible.

—Así que es cierto —repuso ella—. ¿Le han traído una niña al príncipe, y ahora debe casarse con ella?

—Aún no —explicó él—. Ella vivirá en el Pequeño Palacio, y allí recibirá lecciones, y seguramente verá al príncipe solo ocasionalmente. Pasados unos ocho años, se casarán. Resulta extraño, pero la mayoría de los matrimonios reales son raros. Son los países los que se casan, no la gente.

—Pero estás decepcionado —dijo ella. Sabía que buscaba una respuesta a una pregunta que no había formulado, y que no podía formular: «¿Cómo está el príncipe?». Este ya se había resignado a una cosa, y ahora debía enfrentarse a otra muy distinta.

—Conmigo mismo —contestó él—. Debería haber visto las señales. Lo que Conor hizo fue por desesperación. Le avergonzaba acudir a la Tesorería para conseguir lo que necesitaba, así que ideó este plan a medio cocer con Sarthe... —Meneó la cabeza—. Pero no ha sido debidamente aconsejado. Jolivet le enseña a luchar, y yo trato de enseñarle a pensar, pero ¿cómo se aprende a ser rey? De tu antecesor. Y si esto no puede darse... —La miró. Ella no le veía los ojos claramente, solo el reflejo azulado de la luna—. ¿Has podido pensar en mi sugerencia?

—¿Sobre lo de considerar que el Sault es demasiado pequeño? —preguntó Lin. Apoyó los codos en la mesa; Chana Dorin se habría enfadado—. Si eso era una sugerencia, tendrás que ser más claro con lo que quieres decir.

—No me irrites, Lin. La embajadora de Sarthe me ha tirado una bandeja hoy, y ya soy un viejo.

Ella sonrió en la oscuridad.

—Muy bien. Me preguntas si me gustaría ser consejera después de ti. Y...

«Y sí, me gustaría, pero ser la consejera del rey en el que se va a convertir el príncipe, estar con él todo el día todos los días, es una idea que me debería repugnar. Si no me repugna, ¿no es eso una razón para no serlo?»

—He trabajado muy duro para ser médica —concluyó ella—. No creo que lo pudiera dejar para ser la consejera de la Casa Aurelian, y no sé cómo podría ser ambas cosas.

—Creo que podrías —repuso él—. Cuando dije que eras el mejor médico del Sault, no fue solo porque obtuvieras las mejores notas en los exámenes.

Lin no había pensado que él conociera sus notas. ¿Quizá Chana se las hubiera comentado?

—Es porque siempre te estás retando a ti misma —continuó

Mayesh—. Has superado tantas barreras que se habían colocado para detenerte, y por experiencia puedo decirte que, una vez consigas superar un desafío, querrás otro. Los ansiarás.

Y Lin se dio cuenta de que tenía razón, aunque no totalmente como él creía. Magia. Eso era lo que ansiaba. Devolver la luz a la piedra de Petrov, sentir ese latido de nuevo, esa oleada de poder a través de sus venas.

«Si fuera la consejera de Marivent, ¿qué podía tener a mi alcance? El libro de Qasmuna seguro. Y otros como ese. Nada les está prohibido a los que tienen suficiente poder...»

—La Casa Roverge da una fiesta de bienvenida mañana —dijo Mayesh—. Iba a ser para recibir a la princesa Aimada. Llevan dos semanas preparándola, y no tienen intención de cancelarla ahora; así que será por la princesa Luisa. Igual que Palacio está preparando sus festividades para el Día de la Ascensión, solo que, en vez de eso, le llamarán una celebración de la unión de Sarthe y Castelana. No creo que cambien ni la decoración.

—La Casa Roverge —dijo Lin lentamente—. ¿Tienen el fuero de los tintes? —Mayesh asintió—. He oído rumores sobre ellos —añadió, recordando lo que había oído sin querer en la Mansión Negra—. Que hace poco aprovecharon su influencia para echar de Castelana a una familia de mercaderes de tinta. Al parecer, les molesta incluso la mínima posibilidad de competencia. Pero seguramente eso no está en realidad en el espíritu de los fueros, ¿no?

Mayesh resopló.

—El beneficio es lo que está en el espíritu de los fueros —replicó—. Pero sí, los Roverge son especialmente despiadados en su búsqueda de provecho. Incluso los otros nobles los miran con cierta desconfianza. Y en cuanto al trato que le dieron a los Cabrol, fue horrendo, y yo que ellos me preocuparía por una posible venganza.

Lin sintió como si estuviera conteniendo la respiración. Si le dijera a Mayesh lo que sabía..., pero no podía; su charla con el Rey Trapero lo había dejado claro. Le había dicho que no diría nada sobre los planes de Cabrol, y sabía que si lo hacía, él lo consideraría una traición. Además, la idea de intentar explicarle a Mayesh cómo sabía lo que sabía la ponía enferma.

A fin de cuentas, no era un asunto ashkarí; los Roverge eran *malbushim*, y parecía que habían hecho cosas horribles. Una parte de ella deseaba poner ese puzle a los pies de Mayesh y que lo resolviera él. Pero eso no sería justo para él. Cuanto menos supiera sobre todo ese asunto, mejor.

—¿Te preocupa esa venganza, *zai*?

Él negó con la cabeza.

—De eso se tienen que preocupar los Roverge. Yo me preocupo de los asuntos de la Casa Aurelian, y del lugar de los ashkar en Castelana. Hasta ahí llegan mis obligaciones.

Lin sintió una punzada de alivio. No solo su abuelo parecía totalmente desinteresado en una posible venganza contra los Roverge, sino que realmente no quería saber más. Pensó que formaba parte de ser ashkar: siempre había una capa de algo parecido al cristal entre ellos y los haceres del resto del mundo.

—Si son tan desagradables —dijo, con tanta ligereza como pudo—, ¿debemos ir a su fiesta?

Mayesh soltó una risita.

—Pocas veces las fiestas tienen que ver con quien las da —contestó—. No asistirá mucha gente, solo las familias de los fueros y la invitada de honor. Será una buena oportunidad para que los observes a todos. Para hacerte una idea de cómo sería trabajar entre ellos. Acompáñame, puedes darme tu respuesta después.

Una fiesta en la Colina. De niña, Lin se había obligado a sí misma a no querer seguir a Mayesh a la Colina para ver qué hacía, para ser parte de su vida y su trabajo. Pero ahí estaba él, ofreciéndole lo que ella se había dicho que jamás le pediría, y no solo se lo ofrecía, sino que se lo pedía.

—Pero —comenzó ella, y supo que estaba a punto de decir que sí— no tengo nada que ponerme para una fiesta en la Colina.

Por primera vez esa noche, su abuelo sonrió.

—Consúltalo con Mariam —respondió él—. Creo que descubrirás que sí.

Después de la Fractura y la destrucción de Aram, Judah Makabi fue nombrado Exilarca, el líder de los exilados ashkar, que se habían quedado sin hogar. Él condujo a los ashkar hacia el oeste, donde vagaron por las tierras salvajes durante generaciones y, en todo ese tiempo, Makabi permaneció joven, y no murió, porque la bendición de la reina estaba con él. Siempre que se asentaban en un nuevo lugar, y los habitantes de ese lugar se enteraban de que practicaban la gematría, los hostigaban y los expulsaban, porque, en los días oscuros después de la Fractura, la magia se consideraba una maldición. Los ashkar comenzaron a inquietarse. «¿Por qué debemos vagar? —se preguntaron—. Nuestra reina ha desaparecido, y nuestra tierra también, ¿por qué debemos seguir practicando la gematría, que nos señala como parias?»

Libro de Makabi

Capítulo veintiuno

—¿Estás seguro de esto? —preguntó Kel.

—¿Seguro de qué? —respondió Conor, apoyando la bota contra la pared interior del carruaje cuando este dio una fuerte sacudida.

La reciente lluvia había dejado los caminos de la Colina llenos de agujeros. Kel hubiera preferido, y con mucho, recorrer la corta distancia hasta la residencia de los Roverge a lomos de Asti y Matix, pero Luisa, al parecer, no sabía montar a caballo. Que Conor llegara sin ella sería contrario al protocolo, así que tenían que ir en carruaje. Cuando Kel miró por la ventanilla, pudo ver el carruaje lacado de los D'Eon siguiéndolos, como un leal moscardón azul.

—¿Seguro de mi atuendo? Nunca he estado más seguro de nada en mi vida —añadió Conor.

—No hablo del atuendo —replicó Kel—. Aunque ahora que lo mencionas, es un poco excesivo.

Conor sonrió con ferocidad. Había decidido, por razones que se le escapaban a Kel, asistir a la fiesta vestido como la encarnación masculina de Turan, el dios del deseo. (Al que normalmente se lo representaba vestido de plata y oro. Turan podía aparecer como mujer, hombre o en forma andrógina, dependiendo del humor del dios y las necesidades de la situación.) Las calzas de Conor y la levita eran de pesada tela de oro, con hilos de plata forrados de seda para contrastar. Tenía los párpados pintados de plata y más polvos brillantes le cubrían los pómulos. Fijándose, se veía que los puños y el forro de la levita estaban bordados con figuras humanas ocupadas en lo que, eufemísticamente, se podría calificar de «actos de amor». Al sastre que se le había encomendado la labor, fuera quien fuese, se había entregado a ella con una creatividad entusiasta. Ninguna posición aparecía más de una vez. (Kel pensó que Conor tenía suerte de que la reina hubiera declinado la invitación, aduciendo jaqueca.)

—No tengo dudas sobre mi atuendo —dijo Conor—. El Hierofante siempre se queja de que la familia real no honra suficiente a los dioses. Sin duda estará complacido.

Kel pensó en la cara torva del Hierofante y resopló.

—Sabes que no será así —dijo—, pero no me refería a eso. Solo..., pobre Luisa. No está preparada para los buitres vestidos de seda que habitan en la Colina.

—¿Alguien lo está? —Conor se encogió de hombros—. A ti te lanzaron a ellos cuando solo tenías diez años. Y te las arreglaste.

—No me presentaron ante ellos como su futuro gobernante —señaló Kel—, sino como un primo huérfano de Marakand, a quien podían compadecer. No se compadecerán de Luisa.

«La odiarán como un símbolo del menosprecio de Sarthe.»

—Hablando de Marakand —dijo Conor—, hay un dicho que mi madre siempre se asegura de que no se me olvide. «Al chacal que vive en las selvas de Talishan solo lo pueden atrapar los perros de Talishan.» Creo que significa —añadió— que no puedes derrotar a lo que no conoces.

—Y no puedes ganar si no juegas —repuso Kel—. Luisa es demasiado joven para jugar a los juegos de las familias de los fueros.

—Pero no es demasiado joven para ver el tablero en el que juegan —replicó Conor. Sonrió, y los ojos le destellaron bajo los párpados plateados—. No voy a dejar de ser como soy o de hacer lo que hago por un compromiso que no se convertirá en matrimonio hasta dentro de siete u ocho años. Si Sarthe insiste en que Luisa se quede en Castelana todo este tiempo, más vale que comiencen a comprender el mundo en el que ella vivirá, y la gente con la que se relacionará.

—¿Y quizá así vean los beneficios de dejarla terminar su niñez en Aquila? —aventuró Kel; era más una pregunta que una afirmación, pero Conor solo sonrió y miró por la ventanilla mientras el carruaje se detenía en el patio de los Roverge.

La casa del fuero de los tintes ocupaba una posición codiciada en la Colina, construida la mitad sobre el acantilado, con una vista hacia la Colina del Poeta. El monte Cicatur se alzaba detrás de la Academia, con su ladera atravesada por brillantes venas de cristal de la Fractura. El sol se estaba poniendo, mientras bajaban de los carruajes, y volvía el cristal de la Fractura del color del cobre. Para Kel, parecía como si un rayo hubiera atravesado la montaña y se hubiera congelado, un feroz recordatorio de una fuerza de largo tiempo atrás.

La casa en sí era tan magnífica como se podía esperar y mucho más del estilo del viejo Imperio que del de Marivent. Altas columnas soportaban un techo arqueado, y a la gran puerta delantera se accedía por medio de una amplia escalinata de mármol. Había estatuas de los dioses alineadas en el borde del tejado, mirando hacia abajo con benevolencia: Aigon, con su carro marino; Cerra, con su cesta de trigo; Askolon, con las herramientas de la forja. Mucho tiempo atrás, también había estado la estatua de Anibal, el dios del inframundo, pero algún Roverge del pasado la había retirado, considerándola conductora de la mala suerte. El resultado, pensó Kel, quedaba un poco raro: doce dioses podían estar distribuidos uniformemente, pero once parecían de algún modo un poco disparejos.

El patio delantero estaba lleno de carruajes, y los lacayos uniformados con la librea verde azulada de los Roverge se ocupaban de los caballos. Varios de ellos lanzaron miradas disimuladas a Conor; en parte por quien era y en parte por la pura luminosidad de su atuendo.

Enseguida se les unieron los de Sarthe. Sena Anessa y senex Domizio eran educados pero poco sonrientes, y vestían su patriótico azul. Vienne d'Este, aún más sombría con su uniforme de la Guardia Negra, parecía tan torva como si estuviera asistiendo a su propio funeral y no a una fiesta. Luisa, que lucía un vestido acampanado cubierto de encaje, volantes y cintas, parecía encantada con el aspecto de Conor de un modo que sus acompañantes claramente no compartían. Señaló a Conor y luego a la estatua de Turan en el tejado, y le mostraba las manos, entusiasmada, agitando los dedos.

Conor la miró confuso.

—Puedes hablar con él —le dijo Vienne amablemente—. Habla sarthiano.

Luisa sonrió. Mientras iban en grupo hacia la puerta principal, ella le explicó que le gustaba el color que Conor llevaba en las uñas, pintadas para parecer espejos de plata, y que quería las suyas del mismo color.

—Bueno, eso es muy fácil —respondió Conor, que nunca negaría a otro la oportunidad de experimentar con la moda—. Mañana mismo podemos enviar a un maquillador al Castel Pichon.

—Eso no sería apropiado —dijo sena Anessa con frialdad, y Luisa arrugó el rostro. Sin embargo, antes de que la situación se tensara, los lacayos de la puerta los vieron, y pronto se pusieron en fila para ser anunciados a medida que iban entrando en la casa: Conor delante, luego Luisa (con Vienne a su lado), luego Kel y los embajadores.

Gritos y vítores recibieron la entrada del príncipe, pero se apagaron al entrar Luisa, que no se despegaba de Vienne.

—*Ostrega! Xe tanto grando par dentro* —susurró. «¡Ostras, qué lugar más grande!»

Y, ciertamente, la planta baja de la mansión Roverge era un gran espacio, dominado por una pared de ventanales que daban a una terraza de piedra y a la ciudad más abajo. Habían sacado casi todos los muebles, por lo que el espacio parecía incluso mayor. Lo que quedaba era un templo a la adoración de los tintes: telas de brillantes colores cubrían los mullidos divanes repartidos por la estancia y colgaban como gasas de las barras de las cortinas. Era evidente que se había dado más consideración al impacto que a la armonía. Los textiles exhibidos eran una brusca combinación de bermellón intenso y azul, brillantes mostazas y verdes, anaranjados y violetas. Los sirvientes que recorrían la sala con bandejas de vino helado se sumaban al festival de colores: iban vestidos de color azul índigo, amarillo gamboge, naranja amapola, rojo bermellón, verde veneno y pálido coral.

Kel oyó a sena Anessa murmurando que le dolían los ojos. Era mucho que asimilar, pensó él, pero también era una demostración de poder: un recordatorio a los sarthianos presentes que al establecer una alianza con Castelana, también la establecían con las familias de los fueros, y cada una de ellas era un feudo por derecho propio. La fiesta podía tener el aspecto de un carnaval, pero el mensaje era claro: «Cuidado con nuestro reino».

—¿Sena Anessa? ¿Senex Domizio? —Una de las sirvientas se acercaba a su grupo, con la cabeza respetuosamente agachada. Llevaba un viso de seda rojo, del tipo que las mujeres nobles usaban bajo sus trajes como una capa entre la cara tela de sus vestidos y la piel. Tenía los brazos y las piernas al descubierto, excepto por un par de medias blancas de encaje. Si hubiera estado en la Ruta Magna, los Vigilantes la hubieran arrestado por escándalo público—. Sieur Roverge ansía el honor de tener una audiencia con vos.

Los dos embajadores intercambiaron rápidos murmullos en sarthiano. Mientras tanto, la chica alzó la mirada, y Kel se sobresaltó al darse cuenta de que la conocía. Y, de hecho, la conocía muy bien.

Era Sila. Su pelo rojo trenzado alrededor de la cabeza, los labios lacados de un profundo escarlata. Le guiñó el ojo y volvió a recomponer su rostro con una expresión de neutra corrección.

Conor le dio un codazo a Kel.

—Mira —dijo en voz baja—. Roverge debe de haber vaciado el Caravel.

Kel miró, y se maldijo en silencio por su previa falta de observación. Todos los sirvientes iban tan escasos de ropa como Sila: las mujeres en ligeros visos, los hombres en apretadas calzas y vaporosas camisas, y todos eran cortesanos. Reconoció al joven que había ido diciendo la buenaventura la última vez que había estado en el Caravel. La noche que Kel había conocido al Rey Trapero.

La breve reunión acabó, y los embajadores sarthianos se alejaron sin decir palabra, siguiendo a Sila por la estancia hacia un receso, donde Benedict Roverge regía desde un sillón de brocado violeta. Vienne, al verlos marchar, meneó la cabeza, incrédula.

—¡Oh, esos idiotas! —exclamó—. Siempre con su propio interés por delante, nunca el de Luisa...

—Oh, hola, hola —canturreó una alegre voz. Antonetta avanzaba hacia ellos, y Kel nunca se había sentido tan aliviado de ver a alguien. Iba vestida con un traje ajustado de seda verde azulada, con un atrevido escote en la espalda. La melena se le soltaba de las horquillas enjoyadas que debían sujetarla, y algunos tirabuzones sueltos le caían sobre las mejillas y le rozaban los hombros desnudos. Cuando se inclinó para sonreír a Luisa, Kel vio el destello de su colgante de oro, balanceándose en la cadena—. ¿Tú eres la querida princesita? —dijo, en un sarthiano aceptable—. Estás preciosa.

—Veo que la madre de demoselle Alleyne ya no le elige la ropa —dijo Conor, en voz baja, mientras Antonetta le entregaba una brillante horquilla a Luisa (con Vienne observándola entretenida)—. Una gran mejora, diría yo.

Kel sintió un tenso cosquilleo en la piel. Antonetta se volvió alegremente hacia Kel y Conor.

—Bien —dijo—, ¿por qué no dejáis que me la lleve por ahí, y haga las presentaciones? Conozco exactamente a las chicas a las que debería conocer y, la verdad, no creo que vosotros podáis decir lo mismo. —Se volvió hacia Vienne—. Chicos —dijo—. Son tan poco hábiles.

Vienne parecía anonadada, como si la idea de que le pidieran que considerara al príncipe de Castelana y a su primo unos «chicos» fuera demasiado para ella.

—Luisa es un poco tímida...

—Oh, no os preocupéis, lo único que tiene que hacer es sonreír, y si no puede hacerlo, simplemente todos supondrán que es una intelectual —dijo Antonetta, en un tono alegre que se contraponía al cinismo de sus palabras—. Ay, juro que he visto una bandeja de dulces por aquí en algún sitio, pasteles deliciosos y cosas así; estoy segura de que uno de esos semidesnudos sirvientes llevaba una. Venid, lo encontraremos.

—Interesante —dijo Conor, cuando Antonetta se alejó, con Luisa cogida de la mano. Vienne las siguió, aún atónita—. Me pregunto si Ana ve algo de sí misma en esa niña. Ella tampoco tendrá mucho que decir sobre con quién se casa. Puede que Ana sea caprichosa, pero se parece lo suficiente a su madre para ser una fuerza de la naturaleza cuando lo desee.

Como Conor ya no estaba con los sarthianos, los invitados comenzaban a acercarse disimuladamente; Cazalet estaba acechando, sin duda ansioso por noticias sobre cualquier nuevo acuerdo comercial con Sarthe, y un grupo de jovencitas de la nobleza se hallaban no muy lejos, lanzándole miradas a Conor. Como la princesa de Sarthe había resultado ser una niña, la posición de amante del príncipe heredero estaba claramente abierta durante, al menos, los próximos ocho años.

«No es caprichosa», pensó Kel, pero no lo dijo.

—Diría que disfruta salvando a la gente —fue lo que sí dijo—. Al menos, así era antes. Recuerda que siempre quería liderar las expediciones de rescate cuando jugábamos a los piratas. Incluso salvó a Charlon cuando lo enterramos en aquel agujero.

—Eso sí fue divertido —dijo Conor—. Ven, parece que nos llaman. Y tengo un plan para esta noche.

Se encaminaron hacia Montfaucon, Joss y Charlon, que les hacían gestos desde un diván de seda de color azul aciano.

—¿Y qué plan es ese? —preguntó Kel.

—Quiero emborracharme hasta olvidarme totalmente de quién soy.

Habían llegado al sofá azul. Joss estaba estirando entre las telas, mientras que Montfaucon y Charlon estaban apoyados contra el respaldo. Joss se deslizó hacia un lado, un movimiento que causó una marea de almohadones de colores, e hizo sitio a Conor y Kel.

—Veo que te has librado de la niña —dijo Charlon, que vestía un traje a rayas amarillas y negras que le hacía parecer una abeja gigantesca. Hablaba cuidadosamente, lo que significaba que estaba un poco ebrio, pero aún no tanto como para arrastrar las palabras.

—¡Excelente! —exclamó Montfaucon, que no estaba nada ebrio. Su oscura mirada recorría la sala con una incansable curiosidad; su postura decía: «Estoy esperando a que pase algo interesante»—. Ahora podremos divertirnos.

—Pensaba que ya estábamos divirtiéndonos —repuso Joss. Cogió una copa de vino de la bandeja de un sirviente que pasaba. Abrió la tapa de su anillo, dejó caer tres gotas de zumo de amapola en el líquido rojo pálido y se lo pasó a Conor.

—Bebe —indicó—. Imagino que hace ya tiempo desde la última vez que has estado... —Se detuvo, como buscando la palabra adecuada—. Tranquilo.

Conor se miró sus propios dedos, acabados en plata, rodeando el tallo de la copa. Kel se preguntó si estaba dudando, pero pareció que no. Un instante después, se había acabado el contenido, y se lamía una gota caída en el pulgar.

Charlon había llamado a otro sirviente. Montfaucon y Falconet cogieron sendas copas; Joss miró a Kel, señalando su propio anillo.

—¿Y para ti?

Kel rechazó las gotas de amapola, y solo aceptó el vino. Una cosa era beber junto a Conor (siempre con cuidado, siempre menos que él) y, además, era una especie de camuflaje; rechazar el vino solo provocaría preguntas. Pero las gotas de amapola hacían que el mundo pareciera un sueño, como si todo estuviera ocurriendo a cierta distancia, tras una pared de cristal. Como Guardián de Espadas, lo dejarían prácticamente imposibilitado.

Conor suspiró y se relajó sobre los cojines.

—Siempre estás ahí en mis momentos de necesidad, Falconet.

Joss sonrió. Una de las sirvientas se acercó vestida con un viso de seda color azafrán y unas medias índigo. Cuando se inclinó para recoger la copa vacía de la mano de Conor, Kel reconoció a Audeta, la chica con la que estaba Conor cuando rompió la ventana en el Caravel.

No parecía guardarle ningún rencor.

—Señores —dijo, sonriéndoles a todos—. Domna Alys organizará una fiesta en el Caravel esta noche hasta el amanecer. Desea que os invite en su nombre. —Miró a Kel—. Sila espera especialmente veros allí, sieur Anjuman —añadió, mientras se apresuraba a marcharse, con los pies cubiertos por las medias, insonoros sobre el suelo de mármol.

—Y Anjuman conquista, sin haber hecho gran cosa —soltó Charlon—. Como de costumbre. —Había un cierto tono de envidia en su voz.

Kel se imaginó que tampoco le habría gustado mucho que Conor alabara a Joss; se lo veía molesto.

Kel alzó su copa en dirección a Charlon.

—Quizá hayamos olvidado darte las gracias, Charlon —dijo—, por una gran fiesta.

—Sin duda —murmuró Conor. Estaba medio hundido entre los cojines, con los ojos entrecerrados. Las gotas de amapola parecían haberle hecho efecto, atenuando el brillo de todos los colores, mezclándolos como pinturas bajo la lluvia—. Habrá quien diga que organizar una fiesta para una niña y llenarla de cortesanos como sirvientes resulta altamente inapropiado, pero tú no. Tú te has adelantado, como un auténtico visionario.

—Gracias. —Charlon parecía contento.

—Joss, acaso... —comenzó Montfaucon después de soltar un bufido.

—Espera. —Falconet alzó una mano lánguida—. ¿Quién es esa? ¿Con el consejero?

Confuso, Kel volvió la mirada y vio que Mayesh acababa de entrar en la estancia, con el mismo aspecto de siempre en su túnica gris y el pesado medallón. Junto a él estaba Lin.

Tuvo que parpadear para convencerse de que era ella. Llevaba un vestido de terciopelo color azul índigo, sobre el cual su pelo parecía una corona ardiente. El vestido no se ajustaba a la moda del momento, que consistía en pesadas faldas enganchadas hacia atrás para mostrar una columna más estrecha de material de contraste. Era todo del mismo terciopelo, con unas cuantas hebras plateadas, y el bajo ondeándole alrededor de los tobillos como olas. El corpiño se ceñía con fuerza a su cuerpo, marcando sus curvas y haciendo que la parte alta de sus pálidos pechos sobresaliera de la línea del escote. No llevaba ninguna joya que él pudiera ver, pero la falta de adornos solo parecía acentuar la delicada inclinación de la clavícula, la línea del cuello, la curva de la cintura donde uno podía colocar la mano al bailar.

—¿Es esa la nieta de Bensimon? —oyó Kel decir a Charlon, en un tono sorprendido—. Es atractiva. No se parece mucho a él.

—Si con eso quieres decir que no tiene una larga barba gris, Charlon, es que eres un gran observador, como siempre —se burló Joss. Entrecerró los ojos—. Interesante que Bensimon haya decidido traerla esta noche. ¿Es su primera visita a la Colina?

—No —contestó Conor. Se había incorporado y estaba inclinado hacia delante, con la mirada fija en Lin. Mayesh se la estaba presentando a lady Roverge, mientras ella asentía cortésmente. La mayoría de las mujeres de la fiesta llevaban el pelo recogido en alto, sujeto con horquillas brillantes como las de Antonetta. Lin lo llevaba suelto, y le caía por la espalda en rizos de color rosa—. Creo que ha estado en Marivent.

Montfaucon, alerta ante cualquier matiz, miró al príncipe de reojo. Conor seguía mirando a Lin, con un leve fuego en sus ojos grises. Kel solo lo había visto mirar así antes cuando odiaba a alguien, pero no tenía ninguna razón para odiar a Lin. Ella lo había curado, lo había atendido, había pasado la noche sentada junto a él. Los tres compartían un secreto. Lo último que Kel recordaba que Conor le había dicho sobre Lin era que estaba en deuda con ella.

Antonetta había ido junto a Mayesh con Luisa y Vienne. Parecían estar presentándose. Luisa sonreía tímidamente y se movía nerviosa; Kel no pudo evitar pensar que Conor se había equivocado al decir que Kel se las había arreglado bien en la Colina de niño. Lo había hecho, pero había sido una rata de alcantarilla procedente de las calles de Castelana, acostumbrado a mentir, luchar y conspirar para poder sobrevivir. Luisa no tenía ninguna de esas capacidades.

Lin se inclinó para decirle algo al oído a Luisa, y su cuerpo se movió grácil.

—Me pregunto si Mayesh me presentaría a su nieta —dijo Joss.

—Seguramente no —contestó Conor, seco—. Conoce tu reputación.

Joss rio, sin molestarse.

—Nunca se acostaría contigo, Joss —dijo Montfaucon—. Va contra sus leyes yacer con los que no son de su gente.

—La fruta prohibida es la más dulce —replicó Joss, animado.

—¿Quién habla de fruta? —soltó Charlon—. Lo que estoy mirando es su culo. Y no está prohibido mirar.

—Pero puede que no sea aconsejable —repuso Montfaucon—. A no ser que quieras que Bensimon te mate.

—Es un viejo —dijo Charlon, con un toque de desdén—. He oído que saben todo tipo de trucos, esas chicas ashkaríes —añadió—. Cosas que ni siquiera conocen en el Caravel...

—Ya basta —lo cortó Conor. Tenía los ojos medio cerrados; Kel no podía distinguir si seguía mirando a Lin—. El atractivo de una cara nueva sin duda os causa un extraño efecto, ¿no? Hay cien chicas aquí que deberíais encontrar más interesantes.

—Dime una —replicó Joss, y mientras Conor comenzaba a contar nombres con los dedos, Kel se levantó y fue a donde se hallaba Lin junto al consejero.

Lin vio levantarse a Kel e ir hacia ella cruzando la estancia llena de gente; cuando llegó a su lado, Mayesh ya se había alejado. Se había excusado diciendo que la gente más joven, los de más o menos la edad del príncipe, estaban ahí, en la sala principal. Aquellos con los que quería hablar, los diplomáticos, los mercaderes y los titulares de los fueros, estaban en su mayor parte en las salas traseras, bebiendo y apostando dinero en juegos de azar.

Lin no protestó. No serviría de nada; su abuelo hacía lo que quería y siempre lo había hecho. Pero sí que era un alivio ver a Kel. Él le sonreía con esa sonrisa que siempre parecía tener un punto de reserva. Lin sospechaba que tenía algo que ver con estar siempre representando un papel, y no poder ser nunca totalmente él mismo. Toda sonrisa tenía que ser sopesada y calculada, como las mercancías de venta en el mercado.

—No esperaba veros aquí —dijo él, haciendo una inclinación sobre su mano. Era una bonita costumbre, pensó ella. Él lucía muy apuesto y elegante en un frac de terciopelo verde oscuro, con botones dorados con forma de flores. Verde marakandí, pensó Lin, para el primo marakandí del príncipe.

—Mi abuelo pensó que sería una buena idea que supiera algo de la gente con la que pasa sus días.

Kel alzó las cejas.

—¿Y no se queda para presentaros a esa gente?

—No creo que os sorprenda oír que él piensa que para enseñar a los niños a nadar hay que tirarlos en aguas profundas —contestó ella.

—Y estas sí que son aguas profundas —repuso Kel.

Ella le siguió la mirada y se dio cuenta de que estaba observando a Antonetta Alleyne, que estaba espléndida en una creación verde azul de Mariam. Seguía con la princesita de Sarthe, Luisa, y su guardiana, la mujer alta y elegante con el pelo brillante. A Lin no le sorprendió. En el poco rato que había estado con Antonetta había aprendido que esta era alguien a quien le gustaba estar al mando de la situación, sobre todo cuando se trataba de cuidar a la gente.

—Esa es la niña que se va a casar con el príncipe —dijo Lin. No era una pregunta. Ya le habían presentado a Luisa. Había resultado raro ponerle una cara a la historia: el truco de Sarthe, una princesita que nadie quería—. Esa pobre niña.

—Espero que vuestro corazón se apene por ambos —repuso Kel, a media voz.

Lin miró al príncipe, que no se había movido de su asiento desde que ella había llegado. Por un momento se había preguntado si se acercaría a saludarla, pero rápidamente había descartado esa idea. Él estaba entre amigos; un trío cuyos nombres le había dicho Mayesh cuando habían entrado en la sala. Falconet. Montfaucon. Y Roverge.

Roverge. La familia en cuya casa y fiesta se hallaba; la familia que había llevado a los Cabrol a soñar con la venganza. Había creído que no le importaría estar en esa casa y saber que los Roverge se enfrentaban a la destrucción de una parte de su flota, pero la verdad era que se sentía inquieta. Sin embargo, le resultaba imposible decir nada; además ¿quién la iba a creer si lo hiciera? ¿Quién era ella? Una insignificante médica del Sault.

No era nadie. Ni tampoco había ningún motivo por el que el príncipe fuera a dejar sus asuntos para ir a saludarla. No queriendo mostrar que se le había ocurrido pensar tal cosa, solo lo miró de reojo. Destacaba sobre el resto: entre el brillante arcoíris de colores, él lucía oro y plata, los tonos del metal. Como una espada de acero, pensó ella, en medio de una exhibición de flores de colores.

—Cuesta apenarse por un príncipe —replicó Lin, y podría haber dicho más, que el propio príncipe le había dicho que no debía sentir lástima por él, que en lugar de eso debía compadecerse de su futura esposa; pero, en ese momento, el compañero pelirrojo del príncipe, Roverge, el hijo de la casa, saltó del sofá en el que había estado sentado y avanzó hacia el centro de la sala.

Justo allí había un biombo, decorado con un dibujo de garzas en pleno vuelo. Al acercarse el joven Roverge, el biombo se deslizó hacia atrás, dejando expuestos a los músicos que habían estado tocando toda la tarde. Junto a ellos había dos filas de lo que Lin supuso que eran cantantes, cogiéndose las manos. Llevaban zapatillas doradas y lo que, en un primer momento, Lin creyó que era una suave tela de oro. Pero cuando la luz del fuego de la chimenea cayó sobre ellos, escondiendo y revelando con su proyección, se dio cuenta de que no era una tela sino pintura. Estaban desnudos, hombres y mujeres por igual, cubiertos de los pies a la cabeza con pintura dorada, que imitaba, sobre su piel, los pliegues ajustados de la seda.

Un murmullo se extendió por la sala. Los invitados alargaron el cuello para verlos mejor. Vienne d'Este acercó a la princesa más hacia sí, esbozando una mueca de enfado.

Se había hecho el silencio, y todos observaban; Charlon

Roverge hizo una floritura con la mano, y los vocalistas pintados de oro comenzaron a cantar.

Era una melodía grave y dulce. Un *auba,* una canción que quería evocar la separación de los amantes al amanecer.

—Bueno —dijo Kel en voz baja—, al menos cantan decentemente.

—¿Y alguien notaría lo contrario? —susurró Lin.

Kel sonrió levemente.

—Os sorprenderíais —contestó—. Hace falta mucho para impresionar a este grupo, o incluso para intrigarlos.

—Ya veo —repuso Lin. Lanzó otra mirada de reojo al príncipe, que miraba a los cantantes, pero sin demasiado interés—. Eso es... bien triste.

La canción acabó. Hubo unos cuantos aplausos suaves. Charlon Roverge lanzó una mirada al otro lado de la sala; estaba mirando a su padre, Benedict, que parecía estar observando el entretenimiento con una intensidad peculiar. Lin pensó que ambos tenían cierto aspecto desagradable, y recordó a su abuelo diciendo que incluso los otros nobles de la Colina desconfiaban de ellos.

—Esta noche —comenzó Charlon, lo suficientemente alto para que su voz resonara en las paredes—, anunciamos el inicio de una nueva alianza. Entre Castelana y su vecino más cercano, el honorable país de Sarthe.

A Kel se le erizaron los pelos del cogote. No hubiera podido explicar por qué, pero le incomodaba la situación; no le gustaba que Charlon diera el discurso de bienvenida, en vez de Benedict. No le gustaba el tono de su voz. Las palabras eran lo bastante correctas (Kel hubiera apostado las diez mil coronas de Prosper Beck a que Benedict había obligado a su hijo a memorizarlas), pero había una expresión en el rostro de Charlon que Kel conocía y detestaba. Una especie de actitud presuntuosa.

—Sin duda —continuó Charlon—, la prisa y la ansiedad de Sarthe por consolidar esta unión, que nos ha sorprendido a todos, debe hallarse en las muchas ventajas que ganarán ambas tierras cuando nos unamos gracias a un matrimonio político. Sarthe, por ejemplo, tendrá acceso a nuestro puerto. Y nosotros...

Dejó la frase colgando. Hubo unas cuantas risitas inseguras; Kel vio a los embajadores sarthianos, a cierta distancia, lanzando puñales por los ojos.

—¿Acaba de insinuar que Castelana no saca nada de este matrimonio? —preguntó Lin en un susurro.

Por un momento, Kel se preguntó si debía correr hasta Charlon y tirarlo al suelo. Podría aducir una terrible ebriedad. Seguramente se granjearía algunas simpatías; dudaba de que hubiera alguien en esa fiesta que no hubiera querido golpear a Charlon en algún momento.

Pero eso no detendría las cosas, y lo sabía. Conor era el único que podía impedirlo, y este permanecía en silencio, con los brazos extendidos sobre el respaldo del sofá, mirando fijamente al frente.

—Bueno —continuó Charlon con una sonrisa—, nosotros tendremos la oportunidad de aprender más sobre el arte y la cultura de Sarthe. ¿Quién entre nosotros no ha admirado su música, su poesía?

Hubo un murmullo confuso. Si eso pretendía ser un insulto, no era muy bueno. Incluso senex Domizio parecía más desconcertado que enfadado.

—Con este espíritu —prosiguió Charlon—, por favor, princesa Luisa d'Eon, acercaos.

Luisa miró a Vienne; había reconocido su nombre y se daba cuenta de que lo que estaba pasando tenía que ver con ella. Vienne le dijo algo en voz baja, y juntas se acercaron a Charlon, en el centro de la sala. Luisa hizo una reverencia, y las cintas del pelo se movieron ligeramente.

—Princesa —dijo Charlon, en un forzado sarthiano—, un regalo para vos.

Y del bolsillo interior de su chaqueta sacó una fina caja de oro. Se la entregó a Luisa, que parecía no saber muy bien qué hacer.

—Por ejemplo, todos hemos oído —continuó Charlon, mientras Luisa intentaba abrir la caja— que la princesa de Sarthe, Aimada d'Eon, es una consumada bailarina. Aunque ella no está aquí, los buenos embajadores de Sarthe nos han asegurado que su hermana Luisa es igual de hábil en ese campo. De hecho, nos han asegurado que son ambas tan buenas que podrían intercambiarse.

—Por todos los infiernos —masculló Kel.

Luisa había abierto la caja, y sacado su contenido. Ceñuda, abrió un negro abanico de encaje con los extremos lacados en oro.

—Creo que vuestra hermana tiene uno igual —prosiguió Charlon, sin molestarse con el sarthiano mientras miraba a la niña con cierto desprecio—. Entonces, sin duda sabréis qué hacer. —Retrocedió unos pasos—. Bailad para vuestra Corte, princesa.

—Debe de estar bromeando —susurró Lin—. Es solo una niña, y tímida...

—No bromea —repuso Kel, muy serio, mientras los músicos comenzaban a tocar.

Mientras la canción se animaba, rápida y dulce, la sala estalló en vítores:

—¡Bailad! ¡Bailad! ¡Bailad!

Luisa miró a su alrededor, insegura. Los invitados debían parecerle como una gran mancha de chaquetas brillantes y vestidos, de gestos rápidos y rostros ansiosos, pensó Kel. Pudo ver a Antonetta entre la gente; se cubría la boca con la mano, como anonadada.

Kel miró a Conor. No se había movido, pero Kel vio que había cerrado el puño contra el costado, y recordó lo que le había dicho en el carruaje: «Si Sarthe insiste en que Luisa se quede en Castelana todo este tiempo, más vale que comiencen a comprender el mundo en el que ella vivirá, y la gente con la que se relacionará».

Vienne intentó atraer a Luisa hacia ella, pero sena Anessa, mirándola desde el otro lado de la estancia, negó con la cabeza, advirtiéndola. Vienne dejó caer los brazos. Kel podía imaginar lo que los sarthianos estaban pensando. Solo era un baile, y correr a intervenir solo hubiera remarcado lo niña que era Luisa, lo inadecuada para su posición en ese lugar. Y, después de todo, ellos eran los que la habían puesto en esa situación.

Luisa comenzó a bailar, de un modo inseguro y torpe: dio una vuelta en redondo, con el abanico agarrado entre las manos. No seguía el ritmo de la música, solo se movía ciegamente, y, bajo el resplandor parpadeante de la luz del fuego, Kel pudo ver el brillo de las lágrimas en sus mejillas.

Notó a Lin tensarse a su lado. Un instante después estaba cruzando la sala, con las faldas agitándose a su alrededor; apartó a la gente hasta llegar a donde se hallaba Luisa, temblando, y le puso las manos sobre los hombros.

—Ya basta —dijo, y su voz se alzó sobre la música—. Esto es ridículo. Parad.

La música se detuvo de inmediato. El repentino silencio fue como un jarro de agua fría; de golpe, Lin se sintió increíblemente expuesta, el centro de una sala llena de extraños observándola. ¿Dónde estaba Mayesh? Lo había estado buscando con la mirada desde que Charlon Roverge había comenzado a hablar, pero no lo había visto entre la gente.

Luisa lanzó un gritito, dejó caer el abanico, se apartó de Lin y corrió hacia su guardiana, Vienne.

«Bien —pensó Lin—. Que vaya donde se sienta segura.»

Miró a Charlon, que la contemplaba con una expresión que le recordó a Oren Kandel, un chico resentido y molesto cuyo juego había sido interrumpido por una chica en la que casi ni se había fijado antes.

Lin vio aliviada como Vienne, acompañada de Kel, se llevaba a Luisa de la sala. Pasara lo que pasara a partir de ahí, a la niña no la atormentarían más.

Un silbido burlón cortó el silencio. Lin vio a Joss Falconet observándola divertido.

—Charlon —dijo—, parece que la nieta del consejero cree que tiene el derecho de interferir en el entretenimiento de la noche. ¿Vas a consentirlo?

Le hizo un guiño a Lin, como diciendo: «Es solo para divertirnos, solo un juego, ya sabes».

Ella no le devolvió la sonrisa. Claro que él creía que esos juegos eran divertidos; la gente como Falconet eran los jugadores, no los peones en el tablero.

Charlon miró a su padre, como en busca de ayuda, pero no pareció encontrarla.

—No —dijo con voz ronca—. Voy... —Carraspeó—. Nieta

del consejero —comenzó de nuevo—, nos habéis privado de nuestra diversión esta noche. ¿Con qué sugerís que la reemplacemos?

De repente, Lin sintió el impulso de abofetearlo. De abofetear a todos los que estaban en la sala. Un puñado de terriers, privados de la rata a la que estaban haciendo pedazos.

—Tomaré su lugar —contestó Lin—. Yo bailaré.

La sala se removió. Oyó reír a alguien: lord Montfaucon, casi seguro. Se alegró de que Kel hubiera salido. Era el único que la hubiera mirado con compasión, y Lin no creía que hubiera podido soportarlo.

—En serio —intervino Roverge, y mientras la miraba, ella pudo ver una mueca de desprecio en su rostro—. ¿Y qué sabéis del baile sarthiano, chica ashkarí?

—Deja que baile.

Se hizo el silencio en la sala. El príncipe Conor seguía tumbado sobre los cojines de su sofá, como si estuviera totalmente relajado. De hecho, parecía medio dormido, con los párpados pesados. Los polvos de plata y oro destellaban sobre su piel marrón claro, en los puntos en que los ángulos de su rostro captaban la luz.

—Deja que lo haga —repitió el príncipe—. Al menos tendremos algo con lo que entretenernos.

Lin lo miró. En ese momento, no pudo ver nada del joven cuyas heridas había curado, el que le había dicho con amargura: «Diez mil coronas. El precio de un príncipe, al parecer. Me doy cuenta de que he sido un idiota; no hace falta que me lo digas».

Tenía el rostro inexpresivo, un muro; sus ojos eran estrechos arcos de plata bajo los párpados plateados. Junto a él, Falconet la miraba con curiosidad, expectante. El rostro del príncipe no mostraba ni eso.

Charlon se encogió de hombros, como diciendo: «Lo que desee el príncipe». Hizo una señal, y los músicos escondidos tras el biombo comenzaron a tocar. A Lin le pareció que la melodía había cambiado. Ya no era amable y juguetona, sino lenta y oscura, con alguna nota brillante de vez en cuando atravesándola como un rayo de luz que se clavara en la oscuridad de una calle sin iluminar.

Aunque quizá fueran solo sus nervios, pensó Lin, mientras Charlon, después de recoger el abanico que Luisa había dejado caer, se lo ofrecía a ella con una exagerada reverencia. Luego se apartó, con los ojos entrecerrados. Lin sabía que estaba muy molesto con ella. Le había estropeado su juego.

Y quería que ella se lo compensara. Todos querían. Sus únicos aliados, Kel y su abuelo, no se hallaban en la sala. Supuso que podía salir corriendo. Huir de la Casa Roverge. Tampoco creía que fueran a perseguirla con los perros.

Pero, en ese caso, ellos ganarían. La Colina, Palacio, ganarían. Y ella solo habría conseguido permanecer apenas unas horas en ese ambiente enrarecido antes de ser avergonzada y derrotada.

Alzó la barbilla. Abrió el abanico de golpe, mostrando el brillante encaje, salpicado de hilos relucientes. Solo sabía un baile. Nunca se había molestado en aprender ningún otro, nunca se le había pedido que aprendiera otro. Y nunca se había sentido agradecida por haber aprendido el Baile de la Diosa. Nunca hasta ese momento.

Dejó que la música, aunque fuera muy diferente de la música del Sault, la inundara. Comenzó a moverse, sujetando el abanico como, en el baile, las chicas del Sault sostenían sus lirios. Se volvió, dejando que el cuerpo se dejara llevar por los movimientos del baile, y la sala alrededor se convirtió en una mancha borrosa y desapareció. Ahora se encontraba en Aram, y la tierra estaba invadida. Los ejércitos se enfrentaban en las llanuras arrasadas, bajo un cielo siempre oscuro. Los rayos atravesaban las nubes en lo alto. El fin estaba cerca.

Bailó su terror y su excitación. Bailó el aullido del viento a través de las murallas rotas de su reino. Bailó la quema de la tierra y la tenue luz roja del sol.

Él se acercó, el Hechicero-Rey que antaño había sido su amante. El hombre en el que había confiado por encima de todos. Lo deseaba con una ferocidad que parecía superar al fuego, a la tormenta. Bailó esa ferocidad: su corazón roto, su anhelo, la pasión que aún sentía.

Entonces, él le rogó que se detuviera. Que no fuera tonta; que destruir la magia lo destruiría a él, a quien ella amaba, y la destruiría a ella también. Lo único que él deseaba era a ella, le dijo. Dejaría de lado todo lo demás: la magia, el poder, el reinado. Ella era todo lo que él necesitaba.

Pero no se podía confiar en él.

Lin bailó los últimos momentos de Adassa: su desafío, su poder, que se abría como una flor de fuego. Bailó el estremecimiento del mundo al ser despojado de la magia, extrayéndose de la tierra, las rocas y el mar. Bailó el dolor de la Diosa al entrar en la oscuridad. El mundo cambió para siempre, su amante perdido, su gente esparcida.

Y, finalmente, bailó los primeros tenues rayos de sol que estallaban en el horizonte oriental. El sol alzándose por fin, después de meses de oscuridad. Bailó el comienzo de la esperanza, de la gloria del desafío. Bailó...

Y la música paró. Lin también paró, volviendo de nuevo al presente. Jadeaba, totalmente falta de aliento; sentía las gotas de sudor deslizándose entre sus pechos, le picaban los ojos. Notó los ojos sobre ella: todos en la sala la observaban. Charlon estaba boquiabierto.

—Bueno —comenzó a decir—, ha sido...

—Muy interesante —concluyó el príncipe. Tenía los brazos estirados sobre el respaldo del sofá; los ojos recorrieron a Lin con una especie de curiosidad divertida. De repente, ella fue totalmente consciente de que tenía el pelo pegado a las sienes y la nuca, y el vestido húmedo del sudor—. Siempre he oído que los ashkar no eran buenos bailarines, así que, teniendo en cuenta esto, se podría decir que ha sido aceptable.

Un murmullo se extendió entre los invitados; unas cuantas risitas nerviosas. El príncipe sonreía, una sonrisita fría, y, de repente, Lin lo odió tan profundamente que fue como si volviera a estar en su visión, en la torre, ahogándose con el humo. Todo su cuerpo pareció arder con el odio que le despertaba su arrogancia, su desdén. Porque era evidente que él la veía como un divertimento, como un juguete.

Y lo odiaba porque era guapo, era amado y perdonado, hiciera lo que hiciera. Siempre sería deseado. El mundo entero lo deseaba. Lin notó un violento temblor en las manos, totalmente contrario a sus instintos de sanadora: por primera vez desde que había sido una niña enfadada, quería golpear, rascar y arañar. Estropearle la bonita cara, arrancarle esa sonrisita de suficiencia.

Ahogando un grito, tiró el abanico negro. Este golpeó el suelo y fue a parar a los pies del príncipe.

—Espero —dijo ella, con la voz temblándole de rabia— que hayáis sido recompensado por vuestra falta de diversión. Porque, como habéis dicho, no soy hábil, y no tengo nada más de mí que ofrecer.

Captó una expresión de sorpresa cruzando el rostro del príncipe, e inmediatamente después se dio media vuelta. Apartó a Charlon Roverge, y salió a grandes pasos de la sala. Su abuelo tenía razón. Esa gente eran monstruos. Que ardieran todos sus barcos.

—Lin. Lin. Detente.

Era la voz del príncipe Conor. Él la había seguido, a través de los retorcidos corredores de la mansión de los Roverge. No podía creer que la hubiera seguido. ¿Quizá pensaba arrestarla, por tirarle el abanico negro? Un asalto a la realeza, lo llamarían sin duda.

Se volvió para quedar ante él. Había salido corriendo de la sala principal sin saber muy bien hacia dónde iba; lo único que había pensado era en salir, en alejarse. Alejarse de las risitas, de la gente que la había visto bailar, de la expresión en el rostro del príncipe.

Pero él la había seguido. Y en ese momento la alcanzaba en una de las salas desiertas e interconectadas que parecía ocupar la parte delantera de la mansión, cada una decorada en un color diferente. Esa era azul y negra, como un hematoma. Un quinqué brillaba en lo alto; la llama hacía saltar chispas del anillo central, de la corona. Él pareció cernirse sobre ella, recordándole de nuevo lo alto que era. De cerca, Lin vio que tenía el cabello despeinado, y el kohl negro y plata de los ojos se había corrido formando una sombra luminosa. Sus ojos eran del tono exacto de la alpaca oscura.

—¿Qué estás haciendo aquí, Lin? —le preguntó él con una voz cargada de furia controlada—. ¿Por qué has venido?

Incluso en medio de su rabia, la pregunta la dejó pasmada.

—Después de todo —replicó—, ¿eso es lo que queríais preguntarme? Ya sabéis que Mayesh es mi abuelo. Ya sabéis que él me trajo...

Él desdeñó sus palabras con un gesto rápido y seco del brazo.

—Eres médica —masculló entre dientes—. Curaste a Kel. Me curaste a mí. Me he mostrado agradecido. Pero ahora vienes aquí, así...

Conor posó la mirada sobre su vestido. Ella sintió como si la tocara; el feroz peso de sus ojos sobre el escote del vestido, la clavícula, el cuello. Siempre había considerado el desprecio y desagrado como emociones frías, pero en ese momento parecían ardientes, radiando desde él. Si no estuviera furiosa, hubiera estado asustada.

—¿Ah? —espetó ella—. Queréis decir que tendría que saber cuál es mi lugar. Quedarme en el Sault, no atreverme a pensar que podía ser bien recibida, o al menos admitida, en la Colina.

—¿No lo entiendes? —Él la cogió. Ella se tensó inmediatamente, mientras los dedos enguantados de él se le clavaban en los brazos. Pudo ver que no era borracho lo que estaba. Su expresión siempre había sido impenetrable, pero en ese momento Lin veía demasiado en su rostro. El anhelo claramente reflejado en él, el ansia de insultarla, de denigrarla—. Este lugar —dijo entre dientes—, la Colina... estropea las cosas. Cosas que son perfectas tal como son. Tú eras sincera. Este lugar te ha convertido en una mentirosa.

—¿Vos os atrevéis a llamarme mentirosa? —Lin podía oír el fuego en su voz—. La última vez que os vi, hicisteis un bonito espectáculo de lo culpable que os sentíais. De cómo os habíais metido en esta situación, de cómo debía compadecer a vuestra prometida. Creía que os referíais a que debía compadecerla por la situación en la que os encontrabais, pero en realidad os referíais a que debía compadecerla por el modo en que planeabais tratarla.

—Enternecedor —replicó él, en voz baja— que creas que tengo planes.

Ella alzó la mano y le agarró la muñeca. Terciopelo suave, encaje fresco y, debajo, el calor de la piel.

—Quizá no tengáis planes. Quizá vuestro único objetivo sea comportaros como un cabrón egoísta que trata a su futura mujer de un modo abominable.

Él la agarró más fuerte.

—El comercio en la ciudad es con oro, chica ashkarí. Pero el comercio en la Colina es con crueldad y susurros. Si la princesa no lo aprende de mí y los míos, lo aprenderá de tutores peores.

—Así que sois cruel por necesidad —soltó ella, con una voz cargada de sarcasmo—. No..., por amabilidad. ¿Y cuál es vuestra excusa para humillarme a mí?

—No tengo ninguna excusa. —Lo tenía tan cerca que Lin podía respirar el aroma que desprendía su ropa: una mezcla de especias y agua de rosas. Como un caramelo *loukoum*—. Solo quería verte bailar.

Ella echó la cabeza hacia atrás para mirarlo directamente. Él tenía los labios ligeramente manchados del rojo del vino. Ella recordó colocarle las gotas de morfílico en la lengua, el suave calor de su boca sobre los dedos de ella.

—¿Por qué?

—Bailar es bajar la guardia —contestó él, y había una crudeza en su voz que la hizo creerle. Creía lo que estaba diciendo; de hecho, odiaba decirlo—. Pensé que te vería sin ese muro que te has construido alrededor, como las murallas del Sault. Pero estabas más lejos que nunca. Lo único que he visto es lo poco que querías de mí —añadió, y había un desprecio en su voz que iba dirigido totalmente a sí mismo—. Desde el momento en que te conocí, nunca has querido nada de mí. Eres y tienes todo lo que necesitas. —Inclinó la cabeza; su aliento le agitó el pelo. El aroma de vino y flores—. No me miras como si yo tuviera algún poder sobre ti.

Ella lo miró asombrada. ¿Cómo podía él pensar eso? Poder... él lo tenía todo. Estaba blindado en poder. Lo llevaba puesto, como sus brillantes anillos, como la fuerza de su cuerpo, el destello de la corona circular sobre sus oscuros rizos.

—¿Y eso hace que me odiéis? —susurró ella.

—Te dije que te mantuvieras lejos de mí —repuso él—. De Marivent; dejé muy claro que no te quería allí... —Alzó la mano, lentamente, casi como si no quisiera creer lo que estaba haciendo. Se la puso en la mejilla, una mano suave pero callosa en la punta de los dedos. Ella seguía agarrándolo por la muñeca. Notaba su pulso acelerarse. Imaginó su corazón, tan frenético como el de ella, empujando la sangre—. No te quería —susurró con aspereza, y la besó.

Le cubrió la boca con la suya ferozmente, separándole los labios con un duro golpe de lengua. Ella se retorció para alejarse, o tuvo la intención de hacerlo. De algún modo, él la había estrechado contra sí, y ella le arañó en los hombros, clavándole las uñas. Él gimió cuando ella se aferró a él, casi rompiéndole la tela de la chaqueta, y no era simple odio lo que Lin sentía, sino traición. Él le había gustado, la noche que lo habían azotado. Ella había estado desprevenida. Y, entonces, esta noche él se había comportado así, provocando esa emoción en ella.

Él le había puesto la mano derecha en el pelo, enredando los dedos en su espesor. Él la besó y la besó como si pudiera sacarle el aliento y llevarlo a sus propios pulmones. Ella le mordió el labio inferior con fuerza, y notó el sabor de la sangre, como sal sobre la lengua. Se arqueó contra él, hacia el agudo dolor que, de repente, era todo lo que deseaba.

Él le acarició el cuello con la mano libre, y sus dedos encontraron el borde del escote del vestido, donde sus pechos se alzaban presionados bajo la tela. Ella le oyó contener el aliento, y no estaba preparada para el penetrante dolor de deseo que la atravesó. Nunca había sentido nada igual. Quizá solo en sus sueños de humo y fuego, donde todo ardía.

Se oyeron unos pasos en el corredor. Lin notó que el príncipe se quedaba inmóvil contra ella, la dureza de su cuerpo hecha piedra de repente. Ella se notó arder las mejillas y se apartó de él, deslizándose por la pared; por la Diosa, ¿y si era Mayesh, buscándola? Se alisó el vestido, a toda prisa, pero los pasos en el corredor desaparecieron.

Nadie iba a entrar en la sala.

Miró al príncipe.

—Lin —dijo, y dio un paso hacia ella.

Ella se apartó con una mueca. No pudo evitarlo. Aún le temblaban las piernas, y el corazón le latía como un pájaro asustado. Nunca en su vida había estado más cerca de perder el control. Una parte de ella, la parte que no podía cuestionar ni entender, había querido llevar la mano de él hacia sus pechos, hacia esa parte entre ellos que nadie salvo ella había tocado nunca. Había deseado que él la tocara más y más profundamente.

Era una locura, y resultaba de lo más vergonzoso darse cuenta de que era tan vulnerable como cualquiera a las tentaciones que siempre había considerado tontas y superficiales: la belleza, el poder, la realeza. Era cierto lo que el príncipe había dicho. La Colina estropeaba las cosas, y ese era el camino que llevaba a ello.

Él la había visto esbozar una mueca, apartarse. Ella no captó el momento en que sus ojos se endurecieron, como esquirlas de diamante. Solo oyó la distancia en su voz, mientras él retrocedía un paso y decía, con una fría calma: «¡Aigon! Debo de estar más borracho de lo que pensaba».

La flecha en el estómago de Lin se hundió más, una punzada de dolor. Alzó los ojos hacia él.

—Mi abuelo me trajo aquí porque pensaba que me podría interesar relevarlo en su puesto algún día. Quería que supiera cómo sería estar entre los que llaman hogar a la Colina, trabajar entre ellos. Ahora lo sé. Lo sé y espero no regresar jamás.

Salió de la habitación, sin mirar atrás.

Kel había llevado a Vienne y Luisa a una pequeña salita en la que lady Roverge a veces recibía visitas por la mañana. La primera vez que Kel se había emborrachado había sido en esa salita; Charlon había descubierto el alijo secreto de aguardiente de cereza de su madre, y fueron haciendo turnos hasta vomitar. Incluso Antonetta.

Por aquel entonces, tendrían la misma edad que tenía Luisa: doce años. Creyéndose adultos, pero aún muy niños. Kel sospechaba que Luisa no se consideraba adulta, y seguramente era mejor para ella. Era evidente que odiaba haber sido el centro de atención en la reunión, y estaba mucho más contenta allí, acurrucada en el sofá con Vienne, que le leía en voz alta un libro ilustrado con historias de los dioses, que iba traduciendo al sarthiano sobre la marcha. Pareció notar la mirada de Kel y lo miró, mientras le acariciaba el cabello a Luisa; le sonrió.

—No hace falta que os quedéis —dijo—. Es suficiente con que nos hayáis traído hasta aquí para alejarnos de esa... gente. —Puso los ojos en blanco—. Ya son bastante malos en la Corte en Aquila, pero vuestros nobles de aquí son aún peores...

Kel sonrió, pese a sí mismo.

—Bastardos —concluyó ella, educadamente.

—Yo tendría cuidado con eso. Aquí son muy puntillosos con sus linajes —comentó Kel. Sabía que debía regresar a la fiesta, sabía que debía unirse a Conor, asegurarse de que no bebiera más del vino con gotas de amapola de Falconet. Sabía que debía ver cómo estaba Lin, aunque estaba seguro de que esta podría manejar a Charlon. Pero había algo calmado y agradable en esa salita, algo que le recordaba a los tiempos tranquilos de su niñez, los momentos de descanso entre los estudios y el entrenamiento, cuando Conor y él se tumbaban ante la chimenea de su habitación, planeando sus futuros viajes.

—¿Y no lo son en Marakand? —preguntó Vienne. Lo miró con curiosidad—. Perdonad. Sé que sois un noble, pero parecéis ser más como yo que como ellos.

—Oh, os lo aseguro —contestó Kel—, soy como ellos. Bueno, quizá no tan estúpido como Charlon...

Vienne negó con la cabeza.

—Tengo la sensación de que no solo acompañáis a vuestro primo, el príncipe. Lo protegéis, cuidáis de él, como yo de Luisa. Y sin embargo esta noche lo habéis dejado solo para ayudarnos. Por eso, os estoy agradecida.

Tenía razón. Había dejado a Conor y, más aún, ni siquiera lo había pensado. Había querido proteger a Luisa, contra algo a lo que él se había ido acostumbrando tanto, que dudaba que, unas semanas atrás, lo hubiera notado si quiera. Le resultaba más fácil pensar en Montfaucon y los otros como los amigos de Conor, descuidados pero inofensivos, la clase de gente que lanzaba tartas desde las torres. Pero el descuido podía ser un cuchillo, afilado por el aburrimiento como el acero por la piedra de amolar, convirtiéndose en crueldad. Conor no lo vería. No querría pensar que sus amigos fueran crueles, o que no quisieran lo mejor para él. Conor tenía muy poca gente en su vida en la que pudiera confiar, y los conocía desde hacía tanto tiempo...

—Aquí estás. —Antonetta había aparecido en la puerta, sonriendo, aunque sus ojos mostraban inquietud—. Kellian, sieur Sardou ha estado buscándote.

—¿Sardou? —Kel se quedó perplejo; ni siquiera podía recordar la última vez que había hablado directamente con el señor del fuero del cristal.

—Parece que tiene algo que decirte. —Antonetta indicó su perplejidad encogiéndose de hombros—. La verdad es que esta fiesta es de lo más extraña.

Kel no podía decir que no estuviera de acuerdo. Saludó con la cabeza a Luisa y Vienne y se marchó con Antonetta.

—¿La niña está bien? —preguntó Antonetta, que iba delante de él hacia la fiesta. Kel pudo oír el sonido creciente mientras se acercaban, como una marea rugiendo a lo lejos—. Supongo que es bueno que los niños olviden las cosas tan rápido. Me pregunto si realmente ha llegado a entender lo que estaba pasando. —Hizo su ruidito de impaciencia, que Kel supo que iba dirigido hacia sí misma—. Debería haber parado a Charlon...

—Lo hizo Lin —dijo Kel—. No pasa nada, Antonetta.

Las sandalias enjoyadas de Antonetta repicaban sobre el suelo de mármol.

—Ha bailado, sabes.

Kel se detuvo de golpe. Estaba en un amplio corredor que acababa en un ventanal biselado, con vistas a la ciudad.

—¿Lin ha bailado?

—Dijo que bailaría en lugar de Luisa, y lo hizo. Pero no era realmente un baile sarthiano, era...

—Lin —repitió Kel—. ¿Ha bailado?

Antonetta asintió.

—Espabila, ¡ya te he dicho que lo ha hecho! Pero no ha sido como ningún otro baile que yo haya visto antes. Era como... estaba hermosa, pero estaba retando a todos a pensar que era hermosa. Era como si el baile dijera: «Querrías tocarme, pero perderás la mano si lo haces». Ojalá supiera bailar así. —Antonetta suspiró—. Seguramente lo estoy explicando mal. Parece que no me crees.

—No es incredulidad, es sorpresa —respondió Kel, mientras Antonetta abría una puerta y la atravesaba con confianza. Él la siguió a un estrecho pasillo de piedra. Unas cuantas vueltas más, con la luz cada vez más tenue a medida que las lámparas iban escaseando, y Kel se golpeó la espinilla contra algo sólido y cuadrado.

—Oh, vaya —dijo Antonetta—. Parece que nos hemos perdido.

Kel casi se echó a reír. Era ridículo. Toda la velada había sido ridícula. Se hallaba en un espacio de techo bajo, lleno de cajones de madera, algunos con la orden de embarque, laboriosamente escrita y clavada a ellos. El suelo era de piedra húmeda, y las telarañas se agitaban como banderas blancas de rendición en los rincones. Una única vela fijada a una pared ofrecía la poca luz que había.

Se apoyó en una pila de cajones de transporte. Contuvieran lo que contuvieran, era pesado; no se movieron.

—Quizá no sea tan malo estar perdidos —dijo—. Si no quieres volver a la fiesta inmediatamente, lo entenderé.

Antonetta se apoyó en los cajones a su lado. Su colgante y su cabello brillaban en la oscuridad.

—Pensaba que me afectaría más que Conor se fuera a casar —explicó lentamente—, pero lo único que siento es pena por esa pobre niña. Y el modo en que la han tratado...

«Conor tiene sus razones para hacer lo que hace», pensó Kel. Pero no quería pensar en Conor en ese momento, algo inusual en él.

—No te sorprendas —fue lo que acabó diciendo—. Conocemos a esa gente, y cómo son. No tendrán piedad porque Luisa sea una niña.

Algo destelló en el fondo de los ojos de Antonetta, una luz, algo afilado. Si era un recuerdo, no era agradable, y ella no dijo nada al respecto.

—Tú has sido buena con ella —continuó Kel—. Más de lo que me esperaba. Y fuiste buena al traerme a Lin, cuando estaba herido, aunque no te lo reconociera. Sé que ocultas tu intelecto con toda intención. Pero ¿por qué tienes que disimular también tu bondad?

—Bondad y debilidad son gemelas, o así se ve en la Colina —contestó ella—. Recuerdo hace mucho cuando Joss era bueno. Cuando Conor era bueno. Ya no. Es una defensa además de un amaneramiento.

—Conor —comenzó a decir Kel, lentamente. Por lo visto iba a tener que pensar en él, quisiera o no—. Si crees que no es bueno, ¿por qué querías casarte con él?

—No estoy segura de que la bondad sea relevante para una princesa. Y como todos los príncipes que apenas se han enfrentado a grandes conflictos, él aún no entiende que ser de la realeza es bien fácil. Es gobernar lo que resulta difícil.

—Profundo —repuso Kel—. Pero no es una respuesta. Y ser de la realeza no es tan fácil.

—Tú siempre lo defiendes —repuso Antonetta—. Es cierto que siempre he sabido que se casaría por conveniencia, no por amor. Y supongo que pensé: «Entonces, ¿por qué no conmigo?». Verás, casarme con él me hubiera proporcionado algo que realmente quería.

Kel se preparó mentalmente.

—¿Y qué es?

—El fuero de la seda —contestó ella, sorprendiéndolo. No lo estaba mirando, lo que le permitió a él contemplar la curva de su cuello, donde la luz parpadeante de la vela la acariciaba—. Ya sabes que no puedo heredarlo de mi madre. Pasará a manos de mi marido cuando me case. Pero si mi marido fuera el rey...

—No podría adquirir el fuero —acabó Kel, comprendiendo.

—Exacto, y yo seguiría controlándolo.

—¿Ha sido este tu plan desde siempre? ¿O el de tu madre?

—preguntó Kel, recordando aquella lejana fiesta en que ella le había dicho por primera vez que tenía la intención de casarse con el príncipe.

—Mi madre siempre ha querido que sea reina —respondió Antonetta—. Pienso que cree que sería una especie de adorno para el nombre Alleyne. Yo quiero el fuero de la seda. Supongo que nuestros deseos convergían.

—No te creía tan interesada en el poder —dijo Kel.

Antonetta se volvió para mirarlo, con tal rapidez que el pelo le voló en mechones dorados alrededor del rostro.

—Claro que estoy interesada en el poder —respondió con vehemencia—. Todo el mundo está interesado en el poder. El poder nos permite marcar nuestro propio rumbo, tomar nuestras propias decisiones. Y mira mis otras alternativas, Kellian. Son pocas y limitadas. Siento que se cierran sobre mí como las paredes de un laberinto. —Tiró del colgante que llevaba al cuello—. Eso es lo que resulta fascinante de ti. No pareces querer nada en absoluto.

—Claro que quiero cosas. —Su voz le sonó áspera a él mismo. Se dio cuenta de que se estaban apoyando el uno en el otro. Estaban tan cerca como lo habían estado hacía todos esos años, detrás de la estatua en la presentación en sociedad de Antonetta. Cuando él se había dado cuenta de lo lejos de él que ella se había ido.

Pero, en ese momento, ella se acercó más a él. Deliberadamente. Un poco y otro poco, hasta que la cabeza de ella estuvo justo bajo la barbilla de él. Kel notó el calor de su cuerpo, olió el embriagador aroma de su perfume mezclado con su piel. El vestido se ceñía a su cuerpo, acentuando sus pechos y marcando la cintura y la cadera.

Ella alzó la mirada hacia él. Parecía nerviosa, y sin artificios, sin afectación. Le puso una mano sobre el hombro. Suavemente, pero Kel sintió el calor recorriéndole todo el cuerpo. En medio del golpeteo en los oídos, la oyó decir su nombre: Kellian, y, sin poder evitarlo, él extendió la mano para tocarla.

Su mano encontró el hueco de la cintura. Notó una fila de botones forrados de seda contra la palma mientras la colocaba justo sobre la curva de la cintura, como si pretendiera bailar con ella. Sentía la seda bajo los dedos tal y como se la había imaginado, aunque su imaginación se había quedado corta en el calor que emanaba, al estar en contacto con la piel, y en el dolor que él sentiría al tocarla, una presión en el fondo de la garganta, en el vientre. Los ojos se le entelaron. Solo pensaba en atraerla más hacia sí.

Y entonces ella hizo una mueca de dolor.

—Ana..., ¿estás bien? —Kel apartó la mano, con cierta torpeza.

—No es nada —contestó ella, pero había palidecido. Si había algo que Kel reconocía bien, era el dolor.

—Te has hecho daño —afirmó Kel, con un ligero zumbido en los oídos—. Antonetta, dime..., ¿alguien te ha hecho daño?

—No. No. No es eso.

—Dime qué es —insistió él—. O iré a buscar a Lin para que te mire.

Antonetta puso morritos del mismo modo que lo había hecho de pequeña cuando ellos no le habían dejado jugar a ser el jefe del Escuadrón de la Flecha, para darles órdenes a todos.

—Oh, de acuerdo —contestó ella, y se retorció, como si tuviera alguna extraña convulsión. Kel tardó un instante en darse cuenta de que se estaba desabrochando la fila de botoncitos que recorría el costado del vestido, desde debajo del brazo hasta la cintura—. Mira.

Se volvió para que él pudiera ver su costado desnudo a través de la seda abierta, la suave curva de su cintura que se perdía bajo la tela que le cubría la cadera. Sobre las costillas tenía un pequeño corte irritado, una línea de rojo intenso sobre la pálida piel.

Kel reconocía el dolor. También reconocía las heridas de espada.

—Eso lo ha hecho una espada —dijo—. ¿Cómo?

—Práctica de esgrima —contestó ella—. Me encantaba entrenar con la espada cuando era niña; quizá lo recuerdes, aunque no pasa nada si no. Tuve que dejarlo cuando dejamos de ser amigos y mi madre empezó a dictarme todo lo que tenía que hacer. Me dijo que nadie querría casarse con una chica que pudiera blandir una espada. Pero lo echaba de menos, y a veces, ahora, voy a la ciudad disimuladamente a entrenar. Mi madre no sabe nada. Pero cuando entreno, todo lo demás desaparece: la presión por casarme, la etiqueta, ser una Alleyne. Solo soy Antonetta, que está aprendiendo a luchar.

—¿Puedo tocarlo? —preguntó él.

Ella pareció sorprendida un momento, antes de asentir con la cabeza. Él le delineó el corte suavemente con la punta de los dedos; tenía la piel caliente, pero no ardiente. Por lo tanto no había fiebre ni infección. Solo una línea escarlata, una marca incongruente en el contexto de la seda y la suavidad.

Se le estaba calentando la sangre de nuevo. Se dijo que no fuera un salvaje, que ella estaba herida. Y, sin embargo, su piel era como la seda sobre la que su familia había construido su imperio. No quería dejar de tocarla.

—Habla con tu modista —dijo él—. Lin es discreta. No se lo dirá a nadie. Pero tienes que vendártelo. Mientras tanto, lávatelo con miel y agua caliente. Cuando he estado herido...

—¿Te han herido muchas veces? —preguntó ella, mirándolo con sus grandes ojos azules.

Kel se quedó paralizado. Había estado a punto de meter la pata: ella estaba hablando con Kel Anjuman. Un perezoso noble menor de Marakand, que vivía de la amabilidad de la Casa Aurelian, y que no tenía ningún motivo para tener multitud de cicatrices. Hacía años, Antonetta le había dicho que hiciera algo con su vida. Pero él tenía más vida de la que ella sabía. Le había molestado que ella mostrara un falso rostro al mundo. Sin embargo, nunca había reconocido hacer lo mismo. Se había acostumbrado tanto a mentir que ya era parte de él; era lo primero. Todo lo que le había contado a ella, incluso cuando era cierto, tenía una mentira en su seno.

Lady Alleyne había estado en lo cierto todo el tiempo, pero no por los motivos que ella creía. No existía un futuro para él con Antonetta. No existía un futuro para él con nadie.

Ella pareció notarle el cambio en el rostro. Apartó la mirada, mordisqueándose el labio y agitando las manos, nerviosa.

—Deberíamos regresar —dijo ella—. ¿Me ayudas con el vestido?

Él no quería hacerlo. Le resultaba peligroso estar tan cerca de Antonetta. Incluso en ese momento, el ansia de abrazarla era abrumadora; la sentiría suave y cálida; la cogería por la cadera cubierta de seda, la atraería hacia sí. Detendría el dolor de su corazón y de su cuerpo con una sensación tan potente que borraría todo pensamiento.

No. Él no era Charlon; él podía controlarse. Podía comportarse como si nada le preocupara, como si no tuviera ninguna debilidad hacia ella. Había representado papeles más difíciles.

Se centró en la fila de botoncitos que requerían su atención, y fue pasándolos por los pequeños ojales de seda, tratando de no pensar en Antonetta. Ella permaneció muy quieta, apoyándose en los cajones que tenía delante; cuando Kel alzó la mirada, vio la etiqueta de uno de ellos destellar blanca en medio de la penumbra.

Antonetta lo miró, volviendo la cabeza.

—¿Va todo bien?

—Perfectamente. —Mientras se ponía en pie, le atusó el enmarañado pelo alrededor de los hombros; su mano le rozó el cierre de la cadena de oro en la nuca—. ¿Crees...?

—¿Qué? —Ella se volvió hacia él, con el rostro despejado, inquisitivo.

Kel notó náuseas en el estómago de deseo y culpa.

—Podría hablar con Conor —contestó—. Incluso con Mayesh. Ver si hay algún modo de proteger tu fuero para que puedas quedártelo, incluso si no te casaras.

Ella le sonrió, iluminando la oscuridad.

—No es necesario. Aún no se me han agotado las ideas. —Miró alrededor de la estancia—. Me he dado cuenta de que... Sí sé dónde estamos. Vamos.

Él la siguió fuera de la estancia. Una serie de corredores serpenteantes los llevó de nuevo a la fiesta, donde se encontraron con una peculiar situación. La sala, con sus sofás y vaporosas cortinas, estaba casi vacía: las puertas de la terraza estaban abiertas de par en par y los invitados se hallaban fuera, apiñándose contra la barandilla de piedra.

—Debo encontrar a Conor —dijo Kel.

—Sardou puede esperar —coincidió Antonetta, y Kel se

metió entre la gente. El aire de la noche era fresco, y los aromas de los diferentes perfumes se enfrentaban en una guerra olfativa. Al acercarse a la barandilla, se dio cuenta de por qué estaban allí los invitados. Abajo, al pie de la Colina, se había congregado una multitud. Kel podía ver poco bajo la luz de las antorchas, pero reconoció sus estandartes improvisados: el león de Castelana abalanzándose sobre el águila de Sarthe.

Su cántico se alzó, tenue por la distancia pero audible, como el trueno sobre las montañas: «¡Muerte a Sarthe! ¡Mejor sangre que una alianza con Sarthe!».

Pero Kel no podía concentrarse en Sarthe, o cuestiones de incómodas alianzas entre países. En la estancia con Antonetta había visto una de las etiquetas de las cajas de Roverge destellar ante él. «Vino del Mono Cantante.» No había olvidado ese extraño nombre. La misma marca de vino, la misma clase de cajones, que había visto en el despacho de Prosper Beck.

¿Tendrían los Roverge alguna conexión con Beck? ¿Podría ser que Benedict fuera su patrocinador? Era una conexión muy débil, pero suficiente para llevar a Kel a hacer lo que hizo después.

Pero en ese momento abrió la mano izquierda y miró el medallón guardapelo de oro que tenía en la palma. Antonetta ni siquiera había notado que se lo había sacado del cuello. El mismo asco por la culpabilidad lo invadió al mirarlo. Eso era lo que Beck le había exigido, por lo que había sacrificado el poco sentido del honor que le quedaba. De repente, la idea de entregárselo a Beck sin saber qué había dentro le provocó náuseas. Sabía lo que Beck le había dicho, pero no tenía ninguna razón para confiar en él; ¿y si contenía algo que podía dañar realmente a Antonetta o su reputación?

Sin pensarlo dos veces, lo abrió. Y miró. No había nada dentro, solo un marco vacío en miniatura, donde podría colocarse un pequeño cuadro o ilustración. Seguramente Beck no le había encargado esa tarea solo para que consiguiera un medallón vacío, ¿o sí?

Sin embargo... El medallón se notaba extrañamente ligero en su mano, para ser un objeto hecho de oro. Pensó en el fondo falso del armario de Conor, donde escondían las gotas de amapola, y apretó con fuerza el marco de oro con el pulgar.

Con un clic, este se deslizó hacia un lado y dejó al descubierto un espacio hueco. En su interior había un redondel hecho con algún tipo de cordel oscuro y basto, ligeramente gastado...

El corazón pareció detenérsele dentro del pecho. Era un anillo. Un anillo hecho de hierba, de larga hierba clara que crecía en el Jardín Nocturno. Era el regalo que le había hecho a Antonetta muchos años atrás, antes de que su madre le advirtiera que se alejara de ella. Antes de que Antonetta cambiara.

Cerró el medallón de golpe, con la cabeza dándole vueltas. Alguien se le acercaba por detrás; se volvió, intentando cambiar su expresión de perplejidad a una de leve curiosidad.

Era Polidor Sardou, enfundado en un jubón de brocado teñido de un color brillante.

—Los manifestantes solo dicen lo que todos piensan —comentó. Parecía pálido, enfermo, con ojeras—. Lo que ha hecho Sarthe es un insulto. —Miró más allá de Kel, hacia los embajadores de Sarthe, que se hallaban con Mayesh. Senex Domizio parecía impasible, pero sena Anessa estaba claramente furiosa—. Y la Casa Aurelian lo tolera.

—La Casa Aurelian no tiene otra opción. —Entonces, Kel vio a Conor saliendo de la casa. Sonreía, aparentemente despreocupado, y no estaba solo. Con él iba Sila, su pelo rojo brillaba como una llama encendida—. ¿Queríais hablar conmigo? —preguntó Kel, mientras se guardaba el medallón en la manga.

—Bueno. Siempre hay opciones —repuso Sardou—. He oído que os marchasteis de esa farsa de ceremonia de bienvenida en la plaza. Entonces mostrasteis vuestra lealtad.

Kel miró sorprendido a Sardou. «Mostrasteis vuestra lealtad.» ¿Lealtad a quién? Nunca se le había ocurrido que dejar la plataforma podía interpretarse como algo diferente de lo que había sido: un deseo de ir con Conor. Pero era evidente que alguno lo había visto como un acto de indignación.

—Si alguna vez deseáis comentar —comenzó Sardou— posibles opciones..., presiones que se podrían ejercer, quizá, en ciertos lugares, por las que este matrimonio —dijo la palabra con desprecio— se podría... disuadir...

Kel no pudo evitar pensar en Fausten.

—Hay algunos que querrían ver destruida la Casa Aurelian —dijo en voz baja.

Sardou se echó atrás.

—¿Destruir la Casa Aurelian? No tengo tal objetivo. Lo que deseo es reforzar sus puntos más débiles.

Kel lo miró entre las sombras cambiantes de la oscuridad. Sabía que debía quedarse, presionar a Sardou, intentar descubrir más. Pero sintió una repentina repulsión por todo aquello: el Rey Trapero, Prosper Beck, las mentiras que le había contado a Conor, lo que acababa de hacerle a Antonetta, el hecho de haber mirado dentro del medallón.

Antonetta lo llevaba puesto desde que era niña; fácilmente podría haber puesto el anillo dentro hacía años y después haberlo olvidado totalmente. Pero eso no cambiaba el hecho de que, seguramente, él era la última persona que ella hubiera querido que supiera que lo guardaba ahí. No podía sacarse de encima la sensación de haber violado más que su confianza. Y luego estaba Prosper Beck. ¿Por qué un gran señor del crimen tendría ningún interés en un resto seco de un enamoramiento largo tiempo olvidado?

«Pero ¿realmente largo tiempo olvidado? —le susurró una vocecita en la cabeza—. ¿Acaso el corazón no te ha dado un vuelco al ver el anillo escondido? ¿No significa nada para ti el hecho de que lo haya guardado durante tantos años?»

Kel tenía mucha práctica en no hacer caso de esa vocecita, la que quería saber más de él de lo que era práctico o conveniente. Apartó esos pensamientos y se centró en Sardou.

—Recordaré lo que habéis dicho —repuso con cuidado—. Como las palabras de un hombre leal que desea proteger a su príncipe y a su rey.

—Sin duda.

Kel se alejó un paso.

—Pero debo marcharme. Conor debe de estar buscándome.

La sonrisa de Sardou se volvió frágil.

—Claro.

Kel notó los ojos de Sardou sobre él mientas abandonaba la terraza y volvía a entrar en la mansión, donde encontró a Antonetta conversando con una de las cortesanas de brillante vestimenta. Se volvió para sonreírle.

—¿Todo bien? —preguntó Antonetta.

—Sí, pero estira la mano —contestó él, y cuando ella lo hizo, le dejó el medallón en la palma—. Se te ha caído esto.

—¡Oh, qué bonito! —exclamó la cortesana, inclinándose hacia él—. ¿Qué guardáis dentro?

Kel sintió que el estómago le daba un vuelco cuando Antonetta abrió el medallón.

—Nada, ¿por qué? Es una baratija bonita, pero no guardo nada en ella. Simplemente me gusta que la gente crea que tengo secretos.

Esa noche, Lin volvió a soñar con la torre. Esta vez, no tuvo que esperar a que llegara Suleman; ya estaba allí, en el borde de la torre, con las nubes tormentosas fusionándose a su espalda. Cuando fue hacia ella, Lin vio el brillo parpadeante de la Piedra-Fuente en la empuñadura de la espada que le colgaba al costado del cinturón.

Él le tendió los brazos, y esta vez, por primera vez, ella le permitió que la acercara. Que la tumbara, de modo que ambos yacían sobre la áspera superficie de lo alto de la temblorosa torre. Cuando él se tumbó sobre ella, Lin se sintió aliviada. Lo había deseado tanto; lo había amado, y el amor no desaparecía cuando florecía el odio. Al contrario, su odio parecía alimentar su pasión, como si estuviera regando una planta monstruosa con agua venenosa.

Se rasgó el vestido por delante, desnudando su piel ante el tormentoso cielo. Él le besó los pechos desnudos y ella se arqueó hacia él. Noto el calor de la boca de él sobre la piel, lo único cálido en un mundo de flamas distantes y viento helado. Se aferró a él, apretándolo contra ella, más y más, mientras bajaba la mano para agarrar la empuñadura de la espada.

La desenvainó con un único gesto, y se la hundió en la espalda mientras lo rodeaba con las piernas. Y cuando él ahogó un grito, ella no supo si era de placer o dolor, solo que podía sentir la sangre derramándose sobre su piel desnuda, ardiendo escarlata como el ojo de la tormenta...

Generaciones después, la gente de Aram encontró un tranquilo lugar donde asentarse. Comenzaron a construir sus casas y a criar a sus hijos allí, hasta que el rey de una tierra vecina oyó que empleaban la magia, y se presentó ante ellos a la cabeza de un ejército, diciendo: «Si me juráis fidelidad y empleáis la magia a mi favor, no os mataré». Y el más joven de los ashkar dijo: «Vale la pena, por la paz». Pero Judah Makabi recordaba a su reina, y recordaba también lo que había pasado cuando los reyes emplearon a su gente como herramientas para hacer magia. Y, desesperado, se marchó del asentamiento y se metió en una cueva en la montaña. Y le gritó a su reina Adassa, tan largo tiempo desaparecida: «¡Siempre te hemos sido fieles, oh, reina! ¿Morimos en tu nombre o entregamos nuestra lealtad a otro?». Y fue entonces cuando Adassa se le apareció a Makabi en una visión.

Libro de Makabi

Capítulo veintidós

La luz del sol despertó a Kel; se colaba a través del cristal de la ventana y le caía directamente sobre los ojos. Se dio la vuelta, gimiendo. Parecía que, a pesar de sus buenas intenciones, la noche anterior había conseguido beber el alcohol suficiente para despertarse con resaca.

Se sentó, con las sábanas enrolladas en la cintura. Por el ángulo de la luz pudo calcular que sería sobre el mediodía. Miró hacia la cama de Conor, pero las cortinas estaban bien cerradas. Si Kel tenía una buena resaca, la de Conor debía de ser el doble de mala, como mínimo.

Después de que Antonetta mostrara su medallón vacío, Falconet había aparecido y se había llevado a Kel, diciéndole que tenía que acompañarlo a la sala donde Charlon se había desnudado y dejaba que los cortesanos le pintaran el cuerpo de oro; el grupito que se había reunido para contemplar la escena estaba apostando si Charlon sería capaz de aguantar el fuerte olor de la pintura o si por el contrario se quedaría inconsciente. Conor también estaba allí, esbozando una sonrisa dura y reluciente; le había puesto una copa de vino azul a Kel en las manos, y este recordaba poco de lo que había pasado después.

Miró el techo. Como un cosquilleo en el fondo de la garganta o como un diente dolorido, la idea del medallón de Antonetta era una molestia que no podía ignorar, igual que no podía ignorar los zumbidos que le daba la cabeza. El anillo de hierba escondido dentro, ¿por qué lo guardaba y, además, tan cerca de sí? ¿Era una señal de que ella echaba de menos su amistad tanto como él? ¿Un recuerdo entrañable de un tiempo pasado? ¿Habría guardado el anillo allí hacía años y luego se habría olvidado de que estaba allí?

¿O era alguna otra cosa? Pensó de nuevo en lo que le había dicho Lin: «Le gustas a Antonetta». Y luego: «Antonetta no me conoce. No como soy realmente».

Y luego estaba el asunto de Prosper Beck.

¿Por qué lo había enviado Beck a conseguir, con bastante riesgo, un medallón que no contenía nada en su interior excepto un aro de hierba seca? ¿Sabría algo Beck sobre el fondo falso, o todo ese asunto solo habría sido algún tipo de prueba? ¿Sería que otro se había hecho con el contenido? Pero había sido evidente que Antonetta esperaba encontrar el medallón vacío. ¿Habría sacado ella misma el contenido? Si había algo que había aprendido durante esas últimas y extrañas semanas, era a no subestimar a Antonetta como ella quería que se la subestimara.

Salió de la cama; después de todo, solo una persona podría deshacer ese nudo. Y podía poner cualquier excusa para justificar su ausencia en Marivent como la necesidad de dar un paseo para despejar la cabeza. Quizá se detuviera en las cocinas y le pidiera a dom Valon una ración de su cura para la resaca, antes de dirigirse hacia la ciudad. Tal vez pidiera una ración extra de vinagre blanco. Después de la noche anterior, Kel sentía la necesidad de limpiarse por dentro y por fuera.

Kel se estaba poniendo unos pantalones de lino cuando oyó ruido desde detrás de las pesadas cortinas de terciopelo que protegían el lecho de Conor. Una mano pálida abrió ligeramente las cortinas y una pierna claramente femenina la siguió.

Así que había una chica en el lecho de Conor. No sería la primera vez. Kel cogió una camisa mientras una figura delgada y vestida de blanco se deslizaba entre las cortinas, cerrándolas cuidadosamente tras ella. La joven soltó aire y sacudió la cabeza, haciendo que una cascada de pelo cobrizo cayera sobre sus hombros y, por un momento, a Kel se le paró el corazón.

«¿Lin?»

Seguramente hizo un ruido, porque ella pegó un pequeño bote y se volvió. Al verlo, sonrió.

—Ah —dijo. Estaba envuelta en una sábana blanca; le colgaba hasta los pies descalzos—. Mira que encontrarte aquí. —Lo recorrió con la mirada, esbozando una sonrisa pícara; él seguía sin camisa—. Aplaudo tu elección de atuendo.

—Sila —suspiró él. Era alivio mezclado con sorpresa, y algo de enfado consigo mismo: ¿cómo se le había ocurrido que pudiera ser Lin? Le había dejado muy claro varias veces que no sentía un gran aprecio por Conor—. ¿Qué estás haciendo?

—Me parece que es evidente. Estoy buscando mi ropa.

Kel señaló. El vestido rojo que llevaba la noche anterior estaba tirado sobre una silla junto al lecho de Conor.

—Vaya, muchas gracias, sieur Anjuman. —Al parecer, no le importó que Kel estuviera presente, dejó caer la sábana y salió de entre los pliegues blancos como una sirena de la espuma del mar. Kel se sonrojó un poco, no porque ella estuviera desnuda, sino porque su cuerpo le era muy conocido. Lo había memorizado como el que se aprende una composición musical, sus ritmos e inflexiones, la vibración de sus notas bajas, el trino agudo de su rango alto.

Sila se puso el vestido rojo y comenzó a atarse los lazos de delante. Miró a Kel con los ojos entrecerrados.

—No te importa, ¿verdad? —preguntó—. Hace tanto tiempo que no te veo. Suponía... y él es el príncipe heredero.

En algún punto en la distancia, fuera del dormitorio, Kel oyó risas. Una niña jugando. Se apretó los ojos con los dedos como si pudiera contener el dolor de cabeza.

—No me importa —contestó—. Te ha tratado muy bien, supongo.

Ella metió los pies en sus zapatillas de satén rojo y cruzó la habitación hacia él.

—Perfectamente bien —indicó, y lo besó en la mejilla—. Pero gracias por preocuparte por mí. —Inclinó la cabeza hacia un lado—. Y, ahora, ¿hay algún lugar por el que pueda salir discretamente?

Kel buscó una camisa blanca mientras le daba indicaciones para llegar al Sendero del Mar y le explicó lo que debía decirle a Manish en la puerta. Ella desapareció en un torbellino de pelo rojo y satén más rojo aún. Kel no sabía por qué se había imaginado que era Lin. Esta era alta, mientras que Sila era bajita; el pelo de Lin era caoba oscuro, con mechas de cobre más claras, mientras que el de Sila era brillante como la pintura escarlata.

Pero Lin había estado en la fiesta la noche pasada, y él había pensado que había algo en el modo en que Conor la miraba..., pero podría haber sido simplemente rabia. Conor se sentía amargamente desgraciado esos días. Lo suficientemente desgraciado para que Kel no pudiera enfadarse con él por lo de Sila.

Ya con las botas y la camisa, y después de pasarse los dedos por el pelo para domarlo, Kel pensó que Sila era libre. No había pagado para reservarla exclusivamente para sí. Aun así, Conor lo sabía... Lo sabía.

Aunque Kel no hubiera podido decir qué era lo que sabía exactamente. Las risas se hicieron más fuertes, mientras Kel bajaba la escalera y salía al patio. Estaba vacío excepto por Vienne y Luisa, que estaba subiéndose a uno de los muros como si fuera un gateador. Vienne se hallaba bajo ella, con los brazos extendidos, cubierta por su uniforme de la Guardia Negra, y con aspecto de estar mucho más cómoda que la noche anterior.

—*E si te scavałca 'ł muro, alora, cosa fatu, insemenia?* —dijo Vienne en sarthiano. «¿Y si te caes del muro, entonces, qué, insensata?»

Luisa alzó la mirada y vio a Kel. Sobresaltada, perdió el equilibrio y cayó del muro; Vienne la atrapó mientras Luisa reía sin parar. A Kel le había preocupado que Luisa pudiera estar acosada por recuerdos de la noche anterior, pero parecía haberse recuperado. La niña soltó una risita mientras Vienne la dejaba en el suelo, luego corrió hacia Kel y comenzó a hablarle en sarthiano tan rápido que él a duras penas la entendía.

—Se alegra de veros —tradujo Vienne, seca—, y quiere que sepáis que tiene un tablero de castillos preparado en sus aposentos, por si queréis jugar.

—*Me piasarìa zogar, 'na s'cianta* —dijo Kel, y hubiera dicho más, pero Vienne se le adelantó.

—Luisa, *cara* —le dijo, sin brusquedad pero con firmeza—, ve a coger flores para el príncipe marakandí.

Luisa corrió por el patio en busca de flores. Era un día fresco para Castelana, soplaba un ligero viento procedente del océano y sacudía los pétalos de las flores.

—Sois su nueva persona favorita —comentó Vienne. El sol se reflejaba en su cabello color castaño. Kel se fijó en las armas que portaba: una espada corta al costado, y casi seguro dagas en las botas—. No os preocupéis; el cargo conlleva muy pocas responsabilidades.

—Ah —repuso Kel—. Bueno, Conor se la volverá a ganar. Siempre lo hace.

—En realidad no importa, ¿verdad? —dijo Vienne—. Tanto si a ella le gusta él como si no, este negocio seguirá delante.

—Supongo. —Kel notaba como si la cabeza le fuera a estallar bajo el calor del sol—. Aun así, quiero pedir disculpas. A vos, y a ella. El comportamiento de Conor anoche... no suele ser así.

—*Verità?* —murmuró ella—. Os diré que, como guardaespaldas, estoy entrenada para observar a la gente. Vigilar sus reacciones.

«Eso no es algo que me sea ajeno», pensó Kel, pero mantuvo los ojos abiertos y la voz neutral.

—¿Y anoche alguien reaccionó de un modo extraño?

—Nadie reaccionó de un modo extraño —contestó Vienne—. A nadie pareció sorprenderle el comportamiento del príncipe.

—¡¿De verdad?! —exclamó Kel—. Normalmente no va vestido como el dios del amor, ni bebe tanto. Aunque —admitió ante la expresión de duda de Vienne— vestirse de dios del amor es el tipo de cosas que le gusta hacer, y a menudo bebe cuando se siente desgraciado.

Vienne meneó la cabeza lentamente.

—Y vos sois su primo, ¿no es así? Así que no creo que me respondáis con sinceridad si os pregunto una cosa.

—Haré lo que pueda —repuso Kel, cauteloso.

—¿Va a ser cruel con ella? —Miró a Luisa, que en ese momento estaba ocupada asesinando tulipanes—. Me refiero a cruel de verdad, no solo negligente. Necesito saber qué esperar para estar preparada.

—No —contestó Kel, a media voz—. Puede ser descuidado y caprichoso, pero no es cruel por naturaleza.

Vienne asintió lentamente, pero Kel no estaba totalmente convencido de que lo creyera.

—Está enfadado y resentido por la situación —continuó Kel—. No es culpa de la princesa Luisa, pero Conor está decepcionado. Y siente que ha sido humillado públicamente. No es culpa de la princesa ser solo una niña, pero...

—Pero es solo una niña —replicó Vienne, con un rastro de sonrisa—. Cree que esto es una especie de juego romántico, o una aventura, como las historias de un cuentacuentos.

Se volvió inquieta a mirar a su joven protegida, que se había quedado absorta leyendo la inscripción del reloj de sol.

—No sabe todo lo que esto implica —continuó Vienne, con una voz grave y apasionada—. Su infancia. La libertad de tomar sus propias decisiones, de elegir su propio camino, de amar a quien quiera amar... todo eso. Enamorarse, la belleza y el dolor de ese sentimiento, será algo que nunca experimentará, y ella ni siquiera lo sabe.

—Excepto la infancia, todo eso también le ha sido arrebatado a Conor —repuso Kel—. Y él sí lo sabe.

Por un momento, hubo una expresión en los ojos de Vienne como si lo entendiera, como si simpatizara con él, con Conor. Quizá no supiera que él era el Guardián de Espadas, pensó Kel, pero sí entendió que ambos eran cuidadores, cada uno a su manera.

—¿Y qué hay de vos? —preguntó Kel—. No puedo imaginar que esto sea lo que hubierais elegido para vos. Sois la guardiana de la princesa, así que esto es una especie de exilio. ¿Creéis que, dentro de unos años, después de que se casen, podréis regresar a Aquila?

Ella miró más allá de él, y entrecerró los ojos mirando hacia el sol.

—No regresaré a Sarthe a no ser que Luisa lo haga. No solo soy su guardiana; he jurado protegerla mientras viva. Allí donde ella vaya, yo iré. Es mi vocación. Supongo que es difícil de entender.

—En realidad no —repuso Kel—. Lo entiendo perfectamente.

Luisa llegó corriendo hasta ellos, con sus brillantes rizos meciéndose.

—Mirad, he cogido un pájaro, ¡un pajarito bonito! —gritó en sarthiano. Y, ciertamente, entre sus manos se hallaba un pajarito rojo con marcas amarillas en las alas.

—Un tangara escarlata —dijo Conor—. Es una especie de criatura de la suerte por aquí, porque sus colores son los de Castelana.

Kel alzó la vista, sorprendido; no había oído a Conor salir del Castel Mitat, lo que no era habitual. Normalmente estaba más conectado a Conor.

Luisa soltó un gritito ahogado, y el tangara escarlata salió volando de entre sus manos. Al parecer no estaba tan decepcionada con Conor como Kel podría haber pensado. Él llevaba una chaqueta de terciopelo negro con alamares dorados y una cantidad casi excesiva de encaje en los puños y el cuello, del que pendía un colgante: dos pájaros repujados en oro que sujetaban un rubí entre ambos.

—*Maravejòxo* —suspiró Luisa. Vienne, muy disimuladamente, puso los ojos en blanco.

—Princesa Luisa —saludó Conor, pasando al sarthiano—. Imagino que os complacería ver el jardín de mi madre. Es mucho más grande que este, y tiene pavos reales.

Luisa parecía encantada. Vienne seguía mirando a Conor muy fijamente, a lo que este no prestaba atención. Kel vio que Conor no tenía intención de disculparse por la noche anterior.

—Kellian —dijo—, ¿le mostrarás a lady Vienne dónde está el jardín de la reina? Lo haría yo mismo, pero hoy tengo una cita en la ciudad.

¿Una cita? Kel no estaba al corriente de eso, pero no le podía preguntar por ello en ese momento, delante de Vienne, lo que, sin duda, había sido la razón por la que Conor había elegido ese momento para anunciar sus planes. Kel le lanzó una dura mirada a Conor, pero este parecía totalmente inocente, con los grises ojos muy abiertos.

—Benaset me acompañará —le informó Conor a Kel, lo que pareció su modo de tranquilizarlo. Y sí que era un poco tranquilizador; había un límite a la cantidad de problemas en los que Conor podía meterse con la mano derecha de Jolivet vigilándolo—. Y creo que mañana por la noche es el gran banquete, ¿no? Daremos la bienvenida a nuestra princesa el Día de la Ascensión. —Se volvió hacia Vienne—. Confío en que Luisa tenga todo lo que necesita.

Luisa, al entender la palabra *princesa* y su propio nombre, le sonrió.

—Tendríais que preguntárselo a las doncellas de mi señora, pero creo que está bien preparada, sí. Confío en que el banquete será más... apropiado... que el entretenimiento de anoche.

La sonrisa de Conor no cambió.

—Oh, sin duda —contestó—. Mi madre lleva semanas preparándolo, y todo lo que ella hace es extremadamente apropiado. No creo, lady Vienne, que podáis encontrar nada parecido a una sorpresa en la Galería Brillante. O, al menos —añadió mirando hacia atrás mientras salía del patio—, espero que cualquier sorpresa que haya sea agradable.

—No me sorprende que demoselle Alleyne decidiera cuidar de la princesita —dijo Mariam. Se hallaba sentada en la cama de Lin, envuelta en un chal. Estaba pálida, pero tenía color en las mejillas, que, Lin sospechaba, era causado por su excitación con la explicación de Lin de la fiesta en casa de los Roverge. Por eso Lin se lo estaba explicando, a pesar de sus reservas—. Es mucho más amable que la mayoría de esas señoras de la Colina. Eso es lo que tiene ser costurera —añadió—. Eres prácticamente invisible para los nobles, y olvidan que estás observando lo que hacen. —Se inclinó hacia delante—. ¿Y qué pasó después de que Roverge le dijera a la niña que bailara? ¿Lo detuvo el príncipe?

Lin suspiró para sí. Estaba descalza y con un sencillo vestido gris. Al volver de la fiesta la noche anterior, se había frotado el rostro hasta sacarse el último resto de pintura, y casi había roto su bonito vestido índigo en su prisa por quitárselo. Se había ido a la cama aún furiosa, y había soñado... Bueno, apenas podía recordar lo que había soñado. Había sido una versión del sueño que últimamente tenía con frecuencia, sobre los últimos momentos de la Diosa, solo que este había acabado de un modo muy diferente a los demás. Sabía que solo era un sueño, nada más, y la historia de los últimos momentos de Adassa era bien conocida por todos los ashkar, pero se había despertado temblando y cubierta en sudor, con la piel tan caliente que había tenido que sentarse frente a la ventana abierta durante casi una hora antes de poder tumbarse de nuevo.

Lo único que quería era olvidar esa noche, pero Mariam estaba ansiosa por oír los detalles, y Lin quería hacerla feliz.

—Bueno, no fue él, para serte sincera —contestó, y al instante se sintió un poco culpable. Mariam solo quería oír lo que era alegre o escandaloso, o ambas cosas—. Pero otra persona se ofreció a bailar en su lugar, así que la noche pudo continuar.

—¿Y quién fue? ¡Oh, no importa!, de todas formas no recuerdo a la mitad de esos nobles —exclamó Mariam, alegremente—. Aunque parece una fiesta totalmente inapropiada para una niña de doce años. Cuando yo tenía doce años, lo único que me interesaba era hacerles jugarretas a los chicos en el Dāsu Kebeth.

Lin rio al recordarlo, pero se puso seria enseguida.

—La cuestión es que los nobles castelaníes estaban esperando a una princesa de veinte años, y simplemente no se molestaron en cambiar sus planes. Supongo que sería como aprobar lo que Sarthe ha hecho. Mañana hay algún tipo de banquete de bienvenida, por su celebración del Día de la Ascensión, que no será más que discursos en un idioma que Luisa no habla. Se aburrirá horriblemente.

Mariam frunció el ceño.

—¿Vas a ir al banquete? —Al ver la cara de sorpresa de Lin, añadió—: Pensaba que Mayesh querría llevarte a más acontecimientos en la Colina...

—No —aseguró Lin. Pensó en la silenciosa vuelta a casa en el carruaje desde la mansión de los Roverge, con la mirada de Mayesh fija en ella, esperando claramente algún tipo de reacción por su parte, algún veredicto sobre la fiesta. Pero ella había guardado silencio hasta que llegaron al Sault. Finalmente, bajo la sombra de la puerta, le había dicho: «Ya te diré si creo que tiene algún sentido que regrese a la Colina».

Él no le había preguntado nada, se había limitado a asentir y la había dejado ir.

—No iré al banquete, no te preocupes —dijo Lin—. Es la misma noche que el Tevath.

—No pasa nada si prefieres ir a la fiesta.

—Mari —dijo Lin, muy seria—. Prefiero estar en el Festival de la Diosa, contigo. Es nuestro último año.

—Es que tengo la sensación de que has entrado en una historia maravillosa —repuso Mariam, con una sonrisa que contenía una pizca de tristeza—. Una fiesta con las familias de los fueros. El mismísimo príncipe estaba allí. En el relato de un cuentacuentos, tú ya estarías prometida con él en secreto.

«En vez de eso, me besó, luego me apartó y dijo que debía de estar borracho —pensó Lin—. De lo más romántico.»

—En el relato de un cuentacuentos, eso significaría que estaría a punto de ser raptada por unos piratas para que él pudiera salvarme —replicó Lin, molesta—. Mari. El príncipe es *malbushim*. Incluso si no fuera el príncipe, yo no podría... Él no es como nosotros. Habrás notado —añadió— que ninguna de las chicas en los relatos de los cuentacuentos, incluso si son campesinas, son ashkar.

El color en las mejillas de Mariam floreció, y Li se sintió culpable. ¿De qué servía decirle a Mariam que se enfrentara a la realidad cuando los sueños y las esperanzas de algún gran acontecimiento eran lo único que tenía para apoyarse?

—Mari, lo siento...

Llamaron a la puerta de Lin. Las dos mujeres intercambiaron una mirada sobresaltada.

—Seguramente será Mayesh —aventuró Lin, mientras se ponía en pie; fue descalza hasta la puerta y la abrió.

En el umbral se hallaba Oren Kandel, con el aspecto de estar asistiendo a su propio funeral. Con él se hallaban dos guardias del castillo, con su librea roja, ambos entrecerrando los ojos por el brillante sol. Y entre ellos se hallaba el príncipe Conor Aurelian, todo vestido de terciopelo negro, y con una corona circular de oro. Lin abrió la boca por la sorpresa, pero no emitió ningún sonido. Acababa de ver al príncipe la noche anterior, pero él había estado en su propio mundo, en su zona segura, entre la gente de la Colina. Pensó en la capa del príncipe, de brocado blanco y dorado, y en la tinta metálica alrededor de los ojos. En ese momento, iba vestido más moderado, cierto, pero eso aún significaba muchos anillos relucientes, pintura dorada en las uñas... y esa corona. Qué él estuviera allí, en el Sault, mirándola tranquilamente en su propio portal, significaba que la realidad debía de haberse doblado sobre sí misma por la mitad. No le podía encontrar ningún otro sentido.

—¿Oren? —susurró Lin, casi pesarosa; sin duda era un día triste si tenía que pedirle a Oren Kandel que le explicara lo que estaba viendo con sus propios ojos.

—El príncipe de Castelana está aquí para verte —masculló Oren.

Eso, pensó Lin, era la cosa más inútil que le podía haber dicho. A su espalda, oyó un gritito. Claro; Mariam estaba mirando desde la puerta de su dormitorio.

De hecho, no solo Mariam. Los vecinos de Lin habían comenzado a salir a la calle, y tenían la mirada clavada en su casa. Mez y Rahel, cogidos de la mano, observaban boquiabiertos desde su propia puerta, y Kuna Malk, con su bebecita sentada sobre la cadera, estaba de puntillas en su porche para ver mejor.

Por primera vez, Lin miró al príncipe a los ojos. Los de él eran del tono de las nubes, indescifrable.

—Si buscáis a mi abuelo, el consejero Bensimon —dijo ella—, no se halla aquí, mi señor.

Antes de que el príncipe Conor pudiera responder, se oyó

un repique de rápidos pasos y Mariam apareció junto a Lin, con las mejillas enrojecidas.

—¡Monseigneur! —exclamó esta—. Soy Mariam Duhary, y sería el honor de mi vida coser una capa para vos...

—¿Eres quien le hizo a Lin el vestido de anoche? —preguntó el príncipe, hablando por primera vez. Algo dentro del pecho de Lin pegó un brinco cuando pronunció su nombre, *Lin,* no *domna Caster*. Era familiar, demasiado familiar. Vio que Oren también lo notaba, y fruncía el ceño—. Kel me lo dijo. La amiga de Lin con una aguja.

Mariam resplandecía.

—¿Lin habló de mí con él?

—Claro que sí. Eres muy hábil. —Había una auténtica calidez en su tono, y aunque Lin sabía que era fruto del entrenamiento, seguía siendo emotivo—. Me gustaría hablar con Lin un momento a solas. Es un asunto de Estado.

Consiguió decirlo como si le estuviera pidiendo permiso a Mariam. Esta resplandeció aún más y asintió.

—Claro, claro —dijo y salió corriendo por la escalera de bajada de la casa de Lin casi chocando con Oren al final.

—Nosotros vigilaremos, monseigneur —dijo Benaset. Él también descendió los escalones, mientras los guardias echaban a Oren. Este pareció haber decidido que lo mejor para demostrar su valor era fingir que su intención siempre había sido escoltar a Mariam de vuelta a la Casa de las Mujeres. Por suerte para él, Mariam estaba de tan buen humor que no lo rechazó.

Rahel y Mez saludaban enérgicamente a Lin agitando la mano, pero ella no tuvo oportunidad de devolverles el saludo, de haberlo querido. En cuanto Benaset se fue, el príncipe cerró la puerta de la casa de Lin a su espalda, dejando la sala en tinieblas. Lin se preguntó si debía ir y cerrar las cortinas de las ventanas, pero no, eso simplemente haría que se dispararan los cotilleos aún más, y tampoco se podía ver nada a no ser que alguien se acercara y pegara la nariz al cristal.

—Ese hombre que nos ha guiado hasta tu casa —comentó el príncipe, mientras pasaba lentamente la mirada por la sala— ¿tiene un perro?

—¿Oren? —Lin quería envolverse con sus propios brazos. Se sentía extrañamente expuesta, como si el príncipe pudiera verla al completo. Y, en cierto modo, no se equivocaba. Ahí estaban los libros que le quedaban, su arrugado vestido sobre el respaldo de una silla, la bandeja de su desayuno aún sobre la mesa. Expuesto a su mirada, como un cadáver en una mesa de anatomía—. ¿Un perro? No, ¿por qué?

—Me preguntaba si se le habría muerto recientemente. Parece la persona más deprimente que he conocido.

Lin no estaba segura de si debía sentarse o seguir de pie. Se decidió por apoyarse contra la pared. Era, de una forma poco habitual, consciente de sus pies descalzos, de la sencillez de su vestido, de su pelo sin trenzar. Sueltos, los rizos cobrizos le caían hasta media espalda.

—Ese es Oren. Él es así. Siempre lo ha sido. ¿Qué estáis haciendo aquí, monseigneur?

—No me llames así —dijo él, con bastante brusquedad, y ella tragó aire. ¿Se comportaría como la noche anterior? ¿Se mostraría raro, medio furioso e impredecible?—. Preferiría que me llamaras Conor. Como hace tu abuelo.

Ella se lo quedó mirando.

—No puedo hacerlo. No soy de sangre real o noble, sería demasiado —«íntimo»—... demasiado familiar. ¿Y si alguien nos oyera?

—Familiar —repitió él, torciendo los labios al decirlo—. He venido, domna Caster, porque entiendo que anoche puede que os alarmara al besaros. No lo recuerdo bien —agitó una mano, como si quitara una telaraña—, pero os aseguro que no había ninguna maldad ni significado en ello. Beso a mucha gente.

Lin se sonrojó. No le había mencionado esa parte de la noche a Mariam; de hecho, no le había explicado gran parte de lo que había pasado: ni Luisa llorando, ni su propio baile, ni sus palabras enfadadas, ni la furia del príncipe Conor cuando la había seguido fuera de la sala. Y, sin duda, nada de lo que había sucedido después.

—Espero de todo corazón —replicó ella— que no hayáis perdido toda vuestra mañana viniendo aquí para decirme algo que yo ya sabía.

Algo destelló en los ojos de Conor. No era enfado, aunque ella podría habérselo esperado. Era algo como una perplejidad apasionada, como si estuviera tratando de resolver una ecuación y no lo consiguiera.

—Muy bien —dijo—. Tenéis razón. No he venido aquí solo para disculparme por haberos besado.

Ella lo miró directamente. Eso siempre parecía marcar una diferencia, pensó Lin: cuando podía mirarlo a los ojos, cuando podía hacer que él la mirara y la viera. No creía que mucha gente buscara su mirada. La mirada estudiada de un miembro de la realeza podría descubrir cualquier tipo de secreto; podría inquietar, podría recordarle a un miembro de las familias de los fueros, que aunque eran casi tan poderosas como los dioses, no lo eran.

Sus miradas se encontraron y se mantuvieron unidas. En la penumbra de la sala, los ojos de Conor parecían ser lo más brillante ante ella, excepto por la corona, un anillo de fuego.

—Entonces, ¿por qué estáis aquí, príncipe Conor?

Él sacó algo de la chaqueta. Algo cuadrado, que parecía un paquete marrón arrugado.

—La otra noche me llamaste cabrón egoísta —dijo—, pero ¿un cabrón egoísta te regalaría esto?

Le tendió el objeto. Ella se dio cuenta de que era un libro, con la cubierta de cuero estropeada y gastada. Cuando lo cogió, con las manos ligeramente temblorosas, reconoció el título, medio borrado, en el lomo.

Las obras de Qasmuna.

—¡Ooh! —exclamó. Comenzó a hojearlo con frenesí, a pesar de notar lo finas que eran las hojas, y frágiles, al tacto. Palabras, tantas palabras, y dibujos... de piedras que se parecían a la suya en diferentes estados de resplandor, y columnas numeradas, que podrían ser instrucciones...

—Supongo que debería habérmelo esperado —dijo el príncipe, seco—. Tu abuelo tampoco me ha agradecido nunca nada.

Lin se obligó a apartar la mirada del libro, al recordar de repente lo que le había dicho Andreyen: «Se murmura que alguien más en Castelana está buscando el libro de Qasmuna. Y he oído que con una gran dedicación».

—¿Erais vos quien ha estado buscando esto por toda la ciudad?

Seguía aferrando el libro contra su pecho, como una niña con su nuevo juguete favorito. Vio un amago de sonrisa en la boca de Conor.

—He puesto Castelana patas arriba buscándolo —admitió—. Y finalmente lo encontré en la colección de un mercader que lo había encontrado en el Laberinto. Estaba a punto de llevárselo a Marakand, donde los coleccionistas ofrecen grandes sumas por este tipo de cosas. Lo convencí de que conseguiría más dinero vendiéndomelo a mí.

—Pero... ¿por qué lo habéis hecho? ¿Y cómo sabíais que lo quería...?

—Lo mencionaste. Aquella noche en Marivent.

Y era cierto, recordó que la noche que lo habían azotado, ella le había explicado todo sobre el libro, el Maharam, el Shulamat...

Solo que no había pensado que él la estuviera escuchando. Pero, al parecer, así había sido. Algo caliente le creció en el corazón. Gratitud... Pero nunca se había sentido cómoda con la gratitud, y en ese momento le surgió bordeada de pánico.

—Pero ¿qué os importa —repuso— que lo estuviera buscando? No necesito que me paguen, ya os lo he dicho antes...

Él ya no sonreía.

—Si —dijo—. Rechazaste el anillo que te ofrecí por curar a Kel. No aceptaste nada por curarme a mí. Pero eso no significa que no esté en deuda contigo. Y odio tener deudas.

Ella se irguió, sabiendo que debía de verse ridícula, descalza, con el pelo todo enredado, y obstinada.

—¿Y qué diferencia hay? Sois un príncipe; se podría decir que no podéis deber nada a alguien como yo.

—Pero tú sabes que eso no es cierto. Me salvaste. Salvaste a mi Guardián de Espadas. —Dio un paso adelante, cerrando el espacio que había entre ellos. Lin no podía apartarse; tenía la mesa justo detrás—. Y mientras esté en deuda contigo, no puedo olvidarlo. Pienso en ti, en la deuda que tengo contigo, y no puedo librarme de esos pensamientos. Es como una fiebre.

—Y ahora deseáis que os cure de nuevo —repuso Lin, lentamente. Lo tenía tan cerca... no tanto como la noche anterior, pero podía ver pequeñas manchas de blanco plateado en sus ojos—. De la fiebre que soy yo misma. De vuestra deuda conmigo.

—Es una enfermedad —susurró él. Lin notó su aliento agitarle el cabello, y se le puso la piel de gallina—. Necesito recuperar mis pensamientos. Mi libertad. Deberías entenderlo, como médica. —Miró el libro que ella tenía entre las manos—. Todo el mundo quiere algo —añadió—. Está en la naturaleza de la gente. Tú no puedes ser tan diferente.

Ella apretó las manos sobre el libro. Una parte de ella, que no quería darle a él lo que quería; que, tenía que admitir, no quería ser corriente a sus ojos, deseaba devolverle el libro. Pero pensó en Mariam, en los ojos de Mariam brillando ante la idea de hacerle una capa al príncipe, y no pudo hacerlo. Sería una locura.

Dejó el libro de Qasmuna sobre la mesa. Se volvió para mirar al príncipe.

—Bien —dijo—. Lo he aceptado. ¿Significa eso que podréis olvidaros de mí ahora?

Él tenía la respiración agitada. Si hubiera sido su paciente, ella le hubiera puesto los dedos sobre la suave piel del cuello, hubiera presionado ligeramente, para notar el pulso de la sangre bajo los dedos. Le hubiera dicho: «Respira, respira».

Pero no era su paciente. Era el príncipe de Castelana, y él se inclinó hacia ella y posó los labios contra su oreja. Ella se agarró al borde de la mesa que tenía detrás, con una marea caliente recorriéndole el vientre, las piernas.

—Ya te he olvidado —dijo, con una voz que ella notó áspera contra su oreja.

Lin se tensó. Lo oyó tragar aire bruscamente, y luego se apartó dándose la vuelta. Ella se quedó agarrada a la mesa mientras la puerta se cerraba de golpe tras él.

Cerró los ojos. Oyó la conmoción en el exterior; seguramente todos los que se habían enterado de que el príncipe de Castelana había ido a visitar a Lin Caster estarían esperando en la calle, satisfaciendo su curiosidad. Se preguntó qué pasaría si les dijera que solo había ido a pagar una deuda. Dudaba mucho que la creyeran.

Kel torció bajo el arco de piedra ruinoso y bajó por la calle del Arsenal. Ya había estado antes en el Laberinto durante el día. Como las flores del Jardín Nocturno, el barrio solo se despertaba después de la puesta del sol.

La mayoría de los lugares mejoraban con la brillante luz del sol y un cielo azul en lo alto, pero el Laberinto no era uno de ellos. La fuerte iluminación mostraba todos sus dentados contornos y sus rincones sucios, sin las sombras de la noche para suavizarlos. Nobles borrachos se tambaleaban volviendo a casa después de una noche de parranda, y deteniéndose cada poco para vomitar sobre las paredes de las tiendas abandonadas. Las puertas de las casas de amapolas permanecían abiertas, mostrando los suelos vacíos sobre los que los adictos se retorcían, cuando la luz diurna los sacaba de sus sueños y los devolvía a la dolorosa consciencia. Aunque los burdeles que se alineaban en la calle seguían abiertos, había pocos clientes entrando y saliendo por sus puertas. Las prostitutas que trabajaban toda la noche se sentaban cómodamente en los balcones en túnica y bragas, bebiendo *karak* y fumando puros hechos a mano en Hind. Los puestos de comida colocados entre los edificios servían gachas de arroz de Shenzan cubiertas de pescado o fruta a los marineros que hacían cola sujetando los abollados cuencos de metal que guardaban en sus zurrones; a menudo se los veía limpiándolos cuidadosamente en las diferentes cisternas públicas.

A punto estuvo de pasar ante su destinación sin reconocerla: el almacén con las ventanas pintadas de negro al que Jerrod lo había llevado la otra noche.

Era difícil creer que esa fachada agrietada ocultara un animado cabaret en su interior, al menos durante las horas nocturnas. El lugar parecía absolutamente silencioso y desierto. Kel notó los ojos curiosos sobre sí cuando llamó a la puerta delantera. No hubo respuesta, así que probó el picaporte y descubrió que la llave no estaba echada, pero sí atascada en el marco; la madera se deformaba a menudo en esa zona, tan cerca del mar y del aire húmedo. Kel la abrió de un empujón con el hombro y entró.

El largo pasillo que recordaba estaba casi a oscuras, únicamente iluminado por puntos en las ventanas donde la pintura negra se había desprendido. Kel se encaminó silenciosamente hacia el enorme espacio principal. Estaba vacío, con las linternas de cristal, casi todas apagadas, balanceándose sobre un suelo salpicado de mesas tumbadas y trozos de muebles rotos. Fichas de nácar tiradas brillaban como lentejuelas sobre el suelo polvoriento que rodeaba la cestilla de cofa volcada.

Kel corrió escalera arriba, subiendo los escalones de dos en dos. Como se esperaba, no encontró nada. Parecía como si el almacén llevara años abandonado; la habitación en la que se había encontrado con Prosper Beck estaba totalmente vacía, incluso las cajas de Vino del Mono Cantante habían desaparecido.

Regresó abajo, pasando la mano por la pared para mantenerse orientado en la penumbra. Prosper Beck cambiaba su cuartel general de un sitio a otro con frecuencia, pero ese lugar parecía haber sido saqueado, abandonado absolutamente. Algo había pasado.

Se detuvo en la nave principal, donde un único cojín de terciopelo yacía en el suelo, con una raja en el costado que dejaba escapar un puñadito de plumas blancas. Pensó en el medallón de oro de Antonetta, brillando vacío en su mano, y una oleada de furia lo recorrió, mezclada con una frustración tan intensa que casi parecía desesperación.

Puso la bota sobre el palo del nido de cuervo, y lo empujó con tanta fuerza como pudo. Esperaba que se agitara, pero, en vez de eso, se dio la vuelta tan rápido que Kel tuvo que saltar hacia atrás para evitar que la cesta lo golpeara, antes de que se estampara en el suelo del almacén con tanta fuerza que levantó una tormenta de polvo y astillas.

«¡Beck! —Kel miró hacia arriba, a los garfios de enganche vacíos, a las ventanas interiores sin luz del segundo piso—. ¿Dónde coño estás, Prosper Beck?»

—Kel.

Kel se volvió. En el hueco de la escalera había alguien conocido vestido con el equipo negro de los gateadores. Su cuarto de máscara resplandecía, igual que sus botas. Llevaba puesta la capucha, cubriéndole gran parte de la cara, pero Kel pudo ver que fruncía el ceño.

—Jerrod —repuso Kel.

—Pensaba que te habían enseñado mejores modales —dijo Jerrod—, ahí arriba en Palacio.

—En este momento no me interesan los modales —replicó Kel—. Quiero ver a Beck.

Jerrod se adentró un poco más en la nave, mirando con interés el destrozo de la cofa.

—¿Otra vez lo mismo? Beck ha dejado claro que no deseaba verte una segunda vez. No eres tan cautivador.

—Quiero saber por qué me ha estado haciendo perder el tiempo.

Jerrod saltó sobre una mesa tumbada, y se sentó con las piernas colgando.

—No has podido conseguir el medallón de la chica, ¿es eso?

—Lo cogí —respondió Kel, de mal humor—. Pero estaba vacío.

Jerrod alzó la mirada.

—Así que echaste una miradita al interior, ¿no? A Beck no le va a gustar.

Kel vaciló. Podría mencionar el anillo de hierba, el falso fondo del medallón. Pero estaría traicionando a Antonetta, además de ser una información estratégica que aún no deseaba compartir. Si Beck no sabía lo del anillo, no había ninguna razón para ser él quien se lo dijera. Y si lo sabía, entonces ¿qué sentido había tenido todo eso? ¿Qué estaba buscando?

—A ti te importa su opinión. A mí no —replicó Kel—. Antonetta fue la que lo abrió. Y desde entonces me estoy volviendo loco. ¿Por qué me enviaría Beck a buscar un medallón vacío? Me dijo que había información en el interior... ¿Qué clase de información? ¿Es algo que tiene que ver con su madre...? —Kel se interrumpió a sí mismo, impaciente—. Y entonces se me ocurrió. Beck quiere que me vuelva loco con preguntas sin sentido. Me quiere vigilando el medallón y a Alleyne, y así evitar que busque por otra parte, alguna otra cosa que no quiere que yo descubra. Todo lo cual me ha llevado a venir aquí y preguntar: ¿qué es lo que realmente quiere?

Jerrod chocó los talones como un niño sentado en el muro del puerto.

—Bueno. No lo vas a descubrir.

—Lo veré. No puedes impedírmelo.

—Por mí puedes verlo, si puedes encontrarlo. Porque yo no puedo.

Kel se quedó quieto.

—¿Qué quieres decir?

—Quiero decir que no está. Se ha ido de Castelana.

—Estás mintiendo...

—No, no miento. —Jerrod hizo un gesto indicando la salida—. Puedes confirmarlo con tu amigo el Rey Trapero, si quieres. Estoy seguro de que estará al corriente. El Laberinto ya no es de Beck, y seguramente Andreyen querrá hacerse con él bien pronto.

Kel pensó en Mayesh.

«Qué raro. Normalmente, la gente no deja una posición de poder voluntariamente.»

—Beck estaba prosperando —dijo Kel—. ¿Por qué irse tan de repente? —Entrecerró los ojos—. Por otro lado, estaba planeando traicionar a su patrocinador, alguien importante de la Colina. ¿Acaso el patrocinador descubrió que Beck estaba esperando poder acuchillarlo por la espalda?

Jerrod alzó las manos manchadas de tiza.

—Piensas en pequeño, Anjuman. No sé quién era el patrocinador de Beck; hay alguna información que es mejor no poseer. Soy feliz en mi ignorancia. Pero sí que sé una cosa. Estás pensado en tu príncipe y en tu Casa Aurelian, como haces siempre, mientras que Beck estaba pensando en toda Castelana.

—¿Y qué sabía él de toda Castelana? El Laberinto no la representa, no más de lo que lo hace Palacio.

—Sabía que debía dejarte un mensaje —explicó Jerrod—.

Que es, por cierto, la única razón por la que he venido cuando llamaste a Beck. Porque sabía que vendrías, y me pidió que te dijera esto cuando lo hicieras. —Se miró pensativo la palma de la mano, como si tuviera un mensaje escrito ahí—. «Se avecinan problemas en la Colina, Anjuman, y Marivent no estará exenta. No tienes ni idea de lo mal que se van a poner las cosas. La sangre correrá a lo largo y ancho de la ciudad. La Colina se ahogará en ella.»

Kel notó un picor en la nuca.

—Todo un aviso, sin duda —dijo—. Pero a Beck no le preocupa mi bienestar. Este podría ser otro de los juegos a los que está jugando, ¿no es así?

Jerrod sonrió enigmáticamente.

—Hay gente a la que solo se convence con pruebas empíricas, supongo. No hace falta que hagas caso de las advertencias de nadie, Anjuman. Siéntete libre para ir jodiéndola por ahí y descúbrelo por ti mismo.

—Muy bien. —Kel se dirigió hacia la puerta. A medio camino se detuvo y se volvió; Jerrod aún seguía sentado sobre la mesa volcada, con la máscara reluciendo como una luna creciente—. Una última pregunta —dijo Kel—. ¿Por qué no me mataste? La noche que tu gateador me apuñaló. Cuando te diste cuenta de que no era Conor. ¿No te preocupó que pudiera causarte algún tipo de problema?

—Me has causado muchos tipos de problemas —replicó Jerrod—. La respuesta es sencilla. Vi a Ji-An desde el muro. Parecía interesada en mantenerte con vida, y yo no quería ir directamente en contra del Rey Trapero.

Era una buena razón, pero no acabó de convencer a Kel. Había algo en toda esa situación que le rechinaba.

—No vas a decirme nada realmente útil, ¿verdad? —añadió Kel, repentinamente.

—No —contestó Jerrod en un tono amable—. He cumplido mi última obligación con Beck. Es hora de que me busque otro trabajo. Quizá vaya a ver si tu Rey Trapero se siente generoso. Siempre puede poner a otro buen gateador a su servicio.

—No es mi Rey Trapero... —comenzó Kel, y casi se echó a reír. Estaba dejando que Jerrod lo irritara, y ¿para qué, realmente?—. ¿Sabes qué? Adelante. Le haré saber que le envías saludos.

—Y dale recuerdos al guapo envenenador, ya que estás —dijo Jerrod—. Él no es el único que está esperando a que Artal Gremont regrese a Castelana, ya sabes.

Y sonrió de medio lado.

Mientras Kel se aproximaba a la plaza Escarlata, recordó lo seguro que había estado, la última vez que había hablado con Andreyen, de que había cortado su relación, de que no le debía nada a Andreyen Morettus, el heredero del título de Rey Trapero.

Y, sin embargo, ahí estaba, sintiendo una sensación casi de alivio cuando sus pies lo llevaron por la Madriguera a la Mansión Negra. Jerrod había resultado muy convincente, pero Kel había conocido a mucha gente muy convincente. Pensó en el Consejo, todos ellos sentados alrededor de la esfera del gran reloj, ninguno de ellos de confianza, todo ellos convincentes a su manera.

Claro, y Andreyen tampoco era de fiar. Pero la clave no era la confianza, pensó Kel. La clave era saber en qué sentido podía confiar en alguien, y tratar de averiguar en qué podría mentirle. Y Kel no creía que Andreyen fuera a mentirle sobre esto.

El jardín en el centro de la plaza se veía de un verde brillante bajo el sol. Mientras Kel se aproximaba a la mansión, vio que se abría una puerta, y Merren y Ji-An, con su chaqueta de dedalera, bajaron la escalera para recibirlo. Vio a Ji-An cerrar la puerta firmemente a su espalda. Así que no iba dejarlo entrar. Aún no.

—¿No me quiere ver? —preguntó Kel cuando Merren se sentó en uno de los escalones intermedios. Llevaba una chaqueta amarilla, manchada en el puño con algo verde y de aspecto peligroso. Kel pensó en Jerrod: «Dale recuerdos al guapo envenenador».

Merren podía sentarse despatarrado, pero despatarrarse no formaba parte del carácter de Ji-An. Con la espalda muy recta, alzó un ojo mirando a Kel.

—Si quieres ver a Andreyen, no está aquí.

—Puedo esperar —contestó Kel.

—¿Todo el día? —preguntó Ji-An—. Quizá no lo hayas oído, pero Prosper Beck se ha marchado. El Laberinto está sin protección. Andreyen tiene que preparar cierta estrategia.

—Así que es cierto —repuso Kel—. ¿Beck se ha ido?

—Como una sombra en la noche —contestó Merren, alegremente—. Ha dejado a toda su gente vagando por ahí, buscando a alguien que les diga qué deben hacer.

—Y no creo que sepas nada del porqué de su repentina marcha —dijo Ji-An, mirando fijamente a Kel—. Tú hablaste con él.

—Me gustaría alardear de que le encanté tanto como para que me contara todos sus planes —repuso Kel—, pero lo dudo. Jerrod dijo que había huido porque sabía de un peligro que amenaza Castelana, pero...

—Pero no se puede confiar en Jerrod Belmerci —concluyó Ji-An.

—Humm —dijo Merren—. ¿De verdad? ¿Menos que en cualquier otro criminal? —Se volvió hacia Kel, sin prestar atención a la mirada sorprendida de Ji-An—. ¿Era eso lo que querías tratar con Andreyen? ¿Hablarle de Beck?

—Más bien para confirmar que se había ido —respondió Kel—. Andreyen acudió a mí para pedirme que averiguara cosas de Prosper Beck. Pero esa investigación parece haber llegado a su fin. Así que...

—Así que has acabado —soltó Merren—. Ahora que Prosper Beck se ha ido, ¿ya no quieres saber nada de nosotros y de la Mansión Negra?

—Creo que Andreyen espera mucho más de Kel —aventuró Ji-An, claramente consciente de que Kel la estaba observando, pero dirigiendo su comentario a Merren—. Dijo que Kel tenía mucho más que hacer en la Colina. Que no había acabado.

—Y, sin embargo —intervino Kel—, yo estoy harto de involucrarme en negocios en la ciudad y en la Colina. Mi lealtad está con Palacio. Con Conor. Nunca debería haber intentado hacer más que eso.

Merren alzó el rostro hacia el sol.

—Lo admito —comenzó, a media voz—, esperaba que

quizá supieras algo más sobre Artal Gremont. Sobre cuándo va a regresar.

Kel se preguntó por un momento si debería mencionar lo que Jerrod le había dicho sobre Gremont; pero si Artal tenía otros enemigos, dudaba que eso fuera algo que Merren no supiera ya.

—Puedo avisarte en cuanto oiga que ha regresado —dijo—. Pero eso es todo.

Pensó en Roverge, en el vino, en el medallón de Antonetta, en las peculiares insinuaciones de Sardou. Pero todo había comenzado a parecerse a perseguir sombras y nubes. Siempre habría otro noble mostrando un comportamiento sospechoso. Otro complot en la Colina, otro secreto corrupto que descubrir. Así era como siempre habían sido las cosas. El poder y el dinero, conseguirlos y mantenerlos, eran la ocupación de los reyes y los príncipes, ya fuera en la Colina o abajo en la ciudad. No eran su terreno, y cuanto más fuera en esa dirección, más lejos lo llevaría de Conor.

—Lamento —le dijo a Merren— haber intentado envenenarme delante de ti. Fue una falta de cortesía. —Merren lo miró sorprendido mientras Kel se volvía hacia Ji-An—. Y lamento haber intentado husmear en tus asuntos personales. Todos tenemos nuestros secretos y tenemos derecho a preservarlos.

Ji-An sonrió, solo el borde de una gran sonrisa, como un retazo de la luna entre las nubes.

—Un carruaje tirado por cisnes negros —dijo ella—, sí que suena glamuroso.

Kel hizo una reverencia a ambos; la clase de profunda reverencia que le ofrecería a un dignatario extranjero.

—Buena suerte —dijo— con vuestros afanes criminales. Y dadle mis recuerdos a Morettus.

Mientras salía de la plaza, era consciente de que Ji-An y Merren lo estaban observando. Se preguntó si debería haber dicho algo sobre la intención de Jerrod de buscar empleo en la Mansión Negra, pero sospechaba que habría muchos como él en los próximos días, mientras el mundo de la ciudad, y quizá sutilmente también el de la Colina, se reajustaba a la ausencia de Prosper Beck.

En la visión de Makabi, la reina Adessa se le apareció, y él supo inmediatamente que ella, a la que había conocido en otro tiempo como una mujer humana, había pasado a ser otra cosa. Se le apareció en la forma de una doncella, pero una tejida de gematría, de palabras resplandecientes y ecuaciones como cadenas de plata. Y le dijo a él: «No desesperes. Has vagado por el desierto durante demasiado tiempo, pero no careces de protección. Ya no soy tu reina, sino tu Diosa. »Mi cuerpo terrenal fue destruido, pero me he transfigurado. Os vigilaré y os protegeré, porque sois mi pueblo elegido». Y ella le mostró una espada, sobre cuya cruz estaba grabada la imagen de un cuervo, el pájaro sabio cuya forma Makabi había adoptado en una ocasión por orden de la que se hallaba ahora ante él. «Comunica a todo mi pueblo lo que os he dicho, y que demostraré mi valía ante ellos. Avanzad contra este rey intruso y enfrentaos a su ejército, y saldréis victoriosos, porque yo estaré con vosotros.» Y cuando el sol se alzó al día siguiente, Makabi marchó a la cabeza del ejército de Aram una vez más, y los aramitas resultaron victoriosos, aunque los superaban en número en proporción de diez a uno.

Libro de Makabi

Capítulo veintitrés

Kel decidió volver a Palacio por el camino largo para darse la oportunidad de pensar. Eso significaba coger el Sendero del Mar. Mientras la ciudad iba quedando atrás, Kel no podía dejar de pensar en lo que le había dicho Jerrod: «Piensas en pequeño, Anjuman. Estás pensado en tu príncipe y en la Casa Aurelian, como haces siempre».

Jerrod lo había dicho como crítica, pero para Kel había sido un alivio escuchar sus palabras. Una reafirmación de sus intenciones, que eran proteger a Conor. Su lugar era al lado de Conor, y tanto el Rey Trapero como Prosper Beck habían tratado de romper esa lealtad y ese deber para sus propios fines. Su proximidad al príncipe siempre resultaría atractiva para los que buscaban algún tipo de ventaja; deseó que le hubieran enseñado a protegerse contra ese tipo de ataque del mismo modo que le habían enseñado a protegerse contra espadas y dagas.

No se había dado cuenta de que había un fallo en su armadura: no el deseo de involucrarse en los asuntos de la Colina, sino más bien el deseo de estar cerca de la gente que lo conocía, que sabían cómo era realmente, no como el falso primo de Conor, no como una armadura que a veces mostraba el rostro del príncipe, sino como Kel, huérfano, observador, Guardián de Espadas. Era una necesidad que nunca había sabido que tenía. Y que era peligroso tener.

Había llegado a la parte donde el sendero se curvaba alrededor de la ladera de la colina, dejando oculta la ciudad. A Kel siempre le impresionaba la belleza de esa parte del camino, donde la verde colina caía directa hacia el mar. Ese día el océano era un tapiz azul oscuro, salpicado de pequeños botes. Surcaban caminos blancos en el agua, con Tyndaris alzándose tras ellos, sus torres eran como los dedos de una mano saliendo del agua. El aire sabía a sal y a promesas.

Entonces, pensó en Vienne, y en cómo había dicho que él protegía a Conor como ella hacía con Luisa. Como si hubiera notado alguna cualidad en él que traicionara su auténtica labor; una cualidad que Falconet y los otros, a pesar de todos los años que hacía que lo conocían, nunca habían observado.

El camino se hacía cada vez más cuesta arriba, los últimos cuatrocientos metros hasta Marivent, y Kel pudo ver los acantilados emerger y, muy por encima de él, la sombra de las murallas. Y luego, bajo el camino, apareció un extraño panorama. Una plataforma de madera voladiza sobre el mar sobresalía de la colina. El Sendero del Mar continuaba por encima de ella y el espacio que quedaba debajo del camino formaba un hueco, lo que significaba que la plataforma debía emerger de un agujero excavado en la montaña. Kel no recordaba haber visto antes esa plataforma, pero sin duda no podía haber aparecido sin más.

Hubo un destello de rojo y oro, los uniformes de la Guardia del Castillo, brillantes como llamas. Dos de ellos aparecieron sobre la plataforma, como si simplemente hubieran salido de la montaña. Sujeto entre ellos había un hombre tratando de liberarse, con los brazos atados a la espalda. Su pelo era una maraña de suciedad, y su barba desaliñada tenía restos de sangre. Tenía el rostro amoratado y los ojos medio cerrados por la hinchazón, pero llevaba una elegante capa, bordada con pequeñas cuentas que brillaban bajo el sol. Cuentas que formaban la forma de las constelaciones: el León, el Harpa, los Gemelos.

Era Fausten.

Debían de haberlo arrastrado hasta allí desde el Truco. Quizá se había herido tratando de liberarse de los guardias.

O tal vez se había mostrado sumiso, y aun así lo habían golpeado.

Los guardias hablaron entre ellos en voz baja; el viento del mar apagaba el sonido, en cualquier caso. Kel podía oír su propia respiración, agitada, pero nada más.

Se agachó detrás de un arbusto de tomillo. Podía tratar de subir o bajar arañando el camino, pero eso lo dejaría aún más a la vista desde la plataforma de abajo. Ahí estaba oculto, y su ropa verdosa se camuflaba sobre el verdor de la colina.

Su vista, directa hacia abajo, era clara. Casi deseó que no lo fuera. Fausten parecía resistirse, aunque no emitía ningún sonido. Soltó una patada a una de las barandillas, y luego se quedó inmóvil, mientras sus aterrados ojos iban de un lado a otro cuando una nueva figura apareció en la plataforma.

El rey Markus. Parecía muy grande, recortado contra el sol, con su corona de oro brillando sobre su claro pelo. Llevaba la capa sujeta al hombro con un pesado broche de plata, y tenía las manos, como siempre, cubiertas con guantes negros. Un paso por detrás apareció Jolivet, con la postura rígida y el rostro inexpresivo.

Para sorpresa de Kel, los guardias del castillo inmediatamente soltaron a Fausten, que cayó de rodillas. Ambos guardias desaparecieron en el interior de la montaña. Jolivet se quedó a unos cuantos metros, como manteniéndose a distancia: un testigo más que un participante.

Markus cogió a su consejero por la parte delantera de la capa y lo hizo ponerse en pie. Lo acercó hacia sí, y sobre el ruido del mar y el graznido de las gaviotas, Kel lo oyó gritar en malgasi: «*Miért árultál el?! Tudtad, mi fog történni. Tudtad, hony mi leszek...*».

«¡¿Por qué me traicionaste?! Sabías lo que iba a suceder. Sabías en qué me convertiría.»

Fausten negaba con la cabeza.

—¡Vuestra medicina! —gritó, respondiendo no en malgasi sino en la lengua de Castelana—. Solo yo puedo prepararla. Si me matáis, vuestra enfermedad empeorará. Sabéis lo que se avecina, mi señor, vos sabéis lo que se avecina...

El rey rugió de furia. Agarró a Fausten, alzándolo. Fausten

gritó, una y otra vez, sonidos agudos que semejaban el grito de las gaviotas. Kel vio que Fausten iba descalzo. Pateó la madera con los pies, dejando rastros de sangre.

Pareció durar eternamente, pero Kel sabía que seguramente solo habían sido unos cuantos segundos. Fausten forcejó mientras el rey, inexorablemente, avanzaba hasta el borde de la plataforma. Sujetó al hombre con sus manos enguantadas en negro, lo levantó como si no pesara más que un par de botas y lo tiró por encima de la barandilla.

Fausten cayó, precipitándose hacia el mar como un pájaro surcando el cielo.

Su cuerpo golpeó las olas. Hubo una silenciosa salpicadura, y luego apareció su cabeza, un punto negro cabalgando el movimiento del agua. Parecía estar gritando mientras el mar se revolvía alrededor. Una sombra negra se alzó bajo él y a Kel se le subió el estómago a la boca. Un nudoso verde oscuro se alzó a través del añil; una enorme boca se abrió, cubierta de dientes descoloridos y afilados. Incluso a esa distancia, Kel imaginó que podía ver los ojos de esa cosa: amarillos, rodando mientras cerraba la mandíbula; la sangre palpitando a través de los dientes como cuchillas. Un largo grito, un último e inútil chapoteo, y una gran mancha escarlata se extendió sobre la superficie del océano.

El cocodrilo desapareció con el movimiento de las olas. La cabeza de Fausten seguía flotando sobre el agua, el muñón ensangrentado del cuello separado del cuerpo. Luego, la sombra bajo el agua giró de nuevo y la cabeza también desapareció bajo el agua.

Todo parecía distante, como si estuviera sucediendo en otro lugar. Kel clavó los dedos en la tierra. Lo único que podía oír era el viento entre las ramas del arbusto y su propia respiración agitada. Observó al rey sacudirse las manos enguantadas y caminar de regreso a la montaña.

Un momento después, lo siguió Jolivet, que había observado la escena sin moverse en ningún momento, un testigo silencioso. Cuando Jolivet estaba a punto de desaparecer, alzó la mirada, como alertado por algún movimiento. Sus ojos se encontraron con los de Kel. Eran esquirlas de hielo, fríos y muertos.

«Serás el legado Jolivet —le había dicho el Rey Trapero—. Y tu tarea será, como fue la suya, ir al orfanato y seleccionar entre los asustados niños al siguiente Guardián de Espadas. Vuestro sucesor. Y eso matará una parte de vuestro ser.»

Un instante después, Jolivet se había ido. Hubo un profundo gruñido desde el interior de la montaña, un repicar de ruedas y poleas. La plataforma comenzó a retroceder, deslizándose hacia el interior de la Colina; en segundos, había desaparecido, junto con cualquier prueba de que algo fuera de lo normal acabara de pasar. Mientras Kel se ponía en pie, vio que incluso la superficie del mar donde Fausten había muerto volvía a ser lisa, una extensión calmada de seda azul verde.

Kel reanudó el camino hacia Marivent. Se sentía adormecido, como si le hubieran dado una dosis de morfílico. Cuando se tuvo que detener a medio camino de las murallas para vomitar entre los arbustos de romero y lavanda, se sorprendió más que otra cosa. Ni siquiera se había dado cuenta de que sintiera náuseas.

Debió de parecerle lo suficientemente normal al guardián de la puerta, que lo dejó entrar con una palabra amistosa. Kel se detuvo en el patio del Castel Mitat para echarse agua en la cara. El corazón se le aceleró mientras subía hacia los aposentos que compartía con Conor.

Este se hallaba sentado en el banco de la ventana. Alzó la mirada cuando Kel entró. Había algo en él que parecía diferente; estaba sonriendo, y había un auténtico alivio en esa sonrisa, como si se hubiera quitado un peso de encima. La última vez que Kel recordaba haber visto a Conor sonreír así había sido antes de haberse enterado de lo de Prosper Beck.

Kel odió tener que romper esa expresión. Pero Conor tenía que saberlo; no era algo que pudiera ocultarle.

—Con —dijo, con una voz más áspera de lo que se esperaba—, tengo que contarte algo. Se trata de tu padre.

Era la Segunda Guardia, y no había luna suficiente para leer; Lin, con un suspiro, se levantó para encender las lámparas. Había estado sentada en la cocina toda la tarde y hasta el comienzo de la noche, traduciendo el libro de Qasmuna y realizando cuidadosas anotaciones.

No en el libro original, claro. No se atrevería a escribir en él y, además, las páginas estaban sueltas del encuadernado, y el papel era muy frágil por el paso del tiempo, casi deshaciéndose bajo sus dedos.

Con las lámparas brillando, Lin regresó a la mesa y a su taza de *karak* frío. Claro que había pasajes que aún no entendía, así que planeaba llevar el libro al día siguiente a la Mansión Negra; seguro que entre los falsificadores y los ladrones que Andreyen empleaba habría alguno que fuera capaz de traducir callatiano. Sospechaba que Kel podría hacerlo, si llegara el caso.

Había muchos pasajes en el libro sobre cómo se empleaba la magia para curar. El primero de ellos coincidía con lo que ella había aprendido sobre las Piedras-Fuente: los magos, en el pasado, habían sido capaces de emplear el poder de las piedras para curar, pero estaban limitados por el poder que ellos mismos podían gastar sin morir. Los que eran capaces de almacenar la energía de las piedras podían hacer mucho más. Cuando Suleman (el desleal, el traidor) creó piedras que podían contener energía ilimitada, la capacidad de sanar también se hizo prácticamente ilimitada.

«Si un hombre caía en el campo de batalla —escribía Qasmuna—, llegaba el hechicero sanador y hacía que se alzara para seguir luchando; incluso si sus heridas no se podían curar, él seguiría luchando.»

Era una imagen estremecedora, e impresionó a Lin. Incluso tuvo que levantarse y recorrer su dormitorio antes de regresar al libro. Todo poder podía emplearse para el mal, se recordó. Pero ella no haría eso. Solo quería curar a Mariam. Sin embargo, su piedra parecía muerta, y así había sido desde que la había empleado para curar a Conor. Y aunque había aprendido que existía una manera de poner su propio poder en la piedra, de imbuirla de nuevo de fuerza, no había averiguado cómo hacerlo.

Según Qasmuna, como Lin iba leyendo trabajosamente, el asunto era una cuestión de vínculo. Una Piedra-Fuente necesitaba estar vinculada a su poseedor por medio de una serie de pasos. Algunos parecían sencillos, mientras que otros empleaban palabras que, incluso con su diccionario, Lin aún no lograba entender. También había lugares en el manuscrito que Lin encontró en blanco; supuso que eran secciones en las que la propia Palabra había sido escrita, y que habían desaparecido cuando la Diosa la hizo desaparecer del mundo.

De todas formas, tenía suficiente información para intentar vincularse a su piedra, y ¿por qué no en ese momento? ¿Por qué esperar?

Clavó los ojos en la página que tenía ante ella, y cogió la piedra, encajada en su base de plata, en la mano. Se llevó la mano al pecho, como el libro indicaba, y como había hecho instintivamente cuando había curado al príncipe Conor, y cerró los ojos.

En la oscuridad de los párpados, se imaginó la piedra como su corazón. La imaginó colocada en el interior de su pecho como una joya, como si fuera una parte viva de sí misma. Una que palpitaba al ritmo de los latidos de su corazón.

Durante un instante, notó el viento en el pelo y olió el aroma del humo. Vio la cumbre de la torre de Aram, y a Suleman, poniéndose en pie, con su piedra palpitándole en el pecho...

Abrió los ojos. El corazón latía casi dolorosamente, como si hubiera estado corriendo a toda velocidad hasta no poder más y tener que agacharse, jadeando sin aliento.

Le dolía la mano. La abrió y contempló la piedra en su palma. Seguía siendo pálida, lechosa como un ojo ciego, pero ¿no parecía haber algo moviéndose en ella en ese momento? Un remolino, en lo más profundo, como el primer humo que se alza de un fuego; un susurro en el fondo de su cabeza.

«Úsame.»

Un fuerte golpeteo en su puerta. Lin se puso en pie de un salto, y cubrió el libro de Qasmuna con el mantel, para ocultarlo.

—¡Lin! —Una voz conocida—. Soy Chana. Mariam...

Lin abrió la puerta de golpe. Chana Dorin se hallaba en el umbral, con su amplio rostro fruncido de preocupación.

—Es malo, Lin—dijo, contestando a la silenciosa pregunta de Lin—. Ha estado tosiendo sangre. Y la fiebre...

—Ya voy. —Lin dejó caer la piedra en el bolsillo de su túnica, cogió su zurrón, y metió los pies en un par de zapatillas bordadas que Josit le había traído de Hind. Siguió a Chana hacia la noche, con el corazón golpeándole en el pecho mientras corrían por las oscuras calles del Sault.

Encontró a Mariam en la cama en el Etse Kebeth, sacudida por una tos incontrolable. Sostenía un trapo ensangrentado junto a la boca, y había más trapos esparcidos encima de la colcha. Estaba pálida como el lino almidonado y empapada en sudor, pero incluso así consiguió mirar mal a Chana.

—No deberías... haber molestado a Lin... Estoy bien —dijo casi sin voz—. Estaré... bien.

Lin subió al lecho de Mariam, abriendo el zurrón.

—Calla, cariño. No hables. Chana..., una infusión, con matricaria y corteza de sauce. Rápido.

En cuanto Chana salió, Lin envolvió a Mariam en un chal, a pesar de las protestas entre toses de esta, que decía no tener frío. Había manchas de sangre en la barbilla y el cuello de Mariam, rojo negruzcas.

—Siempre es peor por la noche —dijo Mariam, ronca—. Se... se va.

Lin quiso gritar de rabia, aunque sabía que no era con Mariam con quien estaba furiosa. Lo estaba con la enfermedad. La sangre en los trapos estaba salpicada de espuma: provenía del fondo de los pulmones de Mariam, portando aire dentro.

—Mari —preguntó—. ¿Cuántas noches? ¿Cuánto tiempo?

Mariam apartó la mirada. El sudor le relucía en la brusca división de las clavículas. La habitación olía a sangre y enfermedad.

—Solo cúrame lo suficiente para ir al Festival —dijo ella—. Después de eso...

Lin le cogió la delgada muñeca. Se la apretó con cuidado.

—Déjame probar una cosa —susurró—. Sé que no paro de decir eso. Pero creo que esta vez podemos tener una auténtica oportunidad.

Parte de ella sabía que era algo terrible seguir pidiéndole

eso, seguir dándole esperanzas para luego aplastárselas. Pero la voz en su cabeza era intensa: «Ahora tienes el libro. Estás tan cerca... No puede morir ahora».

Mariam consiguió sonreír débilmente.

—Claro. Cualquier cosa por ti, Linnet.

Lin metió la mano en el bolsillo y sacó la piedra.

«Úsame.»

Sujetándola con una mano, colocó la otra con la palma abierta sobre el corazón de Mariam. Notó a Mariam mirándola mientras ella dejaba que su mente se alejara rodando hacia ese espacio de humo y palabras, donde las letras y los números flotaban relucientes sobre el cielo como las colas de los cometas.

«Sana —pensó, imaginando la palabra en todos sus diferentes componentes, y luego en su totalidad, mientras las piezas de gematría flotaban, uniéndose para formar un concepto, revelando la verdad de lo que el lenguaje había sido formado para ocultar—. Sana, Mariam.»

—¡Oh! —exclamó Mariam, rompiendo el silencio, y la sombra de la palabra desapareció de la visión de Lin. Mariam había puesto una mano en el hombro de Lin, y sus enormes ojos oscuros estaban muy abiertos—. Lin..., lo noto diferente.

—¿Ha desaparecido el dolor? —preguntó Lin, sin atreverse a albergar esperanzas.

—No totalmente..., pero es mucho menor. —Mariam respiró; su aliento aún era superficial, pero mucho menos rasposo que antes.

Lin cogió el zurrón.

—Deja que te examine.

Mariam asintió. Lin sacó su fonendo y auscultó el pecho de Mariam; los preocupantes chasquidos y burbujeos habían desaparecido. Lin oyó un ligero silbido cuando su amiga inhaló profundamente, pero al menos podía inhalar profundamente. Había ganado algo de color en el rostro, y las lunas de las uñas ya no estaban azules.

—Estoy mejor —dijo Mariam, cuando Lin se incorporó—. ¿Verdad? No curada, pero mejor.

—Eso es lo que parece —susurró Lin—. Si lo intento de

nuevo, o lo intento de otra manera... Tengo que examinar los libros de nuevo, pero, Mari, creo...

Mariam la cogió de la mano.

—Estoy lo suficientemente bien para ir al Tevath, ¿verdad? ¿Dure lo que dure esto?

Lin contuvo el impulso de asegurarle que claro que eso iba a durar. No podía estar segura, y sabía que no debía aumentar las esperanzas de Mariam de un modo irrazonable. Pero su propia esperanza parecía apretarle el pecho por dentro como una burbuja de aire. Durante tanto tiempo nada había servido para ayudar a Mariam; haberla ayudado, aunque solo fuera un poco, parecía una razón para ser optimista.

Y más que eso. Parecía una razón para creer que todo lo que había hecho, todas las decisiones que había tomado con la intención de curar a Mariam, ¿quizá hubieran sido las correctas? Sabía que había llegado al límite de lo que podía hacer con los conocimientos que había recopilado. Pero aún quedaba mucho por aprender del libro de Qasmuna...

—¿Lin? —Chana apareció en la puerta, con cara de disculpa—. No me aclaro con la infusión, Lin, ¿podrías mirar...?

Lin sintió una oleada de impaciencia. Chana sabía perfectamente cómo hacer una infusión de corteza de sauce. Se metió de nuevo el broche en el bolsillo y siguió a la mujer a la cocina, donde el agua hervía sobre el fuego.

—Chana, ¿qué...?

Chana la miró directamente.

—No es la infusión —siseó, apartando de un gesto la pregunta de Lin—. Acabo de oírlo. El Maharam está en tu casa. Con Oren Kandel. Están registrando tus cosas.

—¿Ahora? —Lin se sintió mareada. Esperaba algún tipo de reacción del Maharam a la visita del príncipe Conor, pero creía que la llamarían al Shulamat, o quizá incluso la abordara en la calle y la reprendiera en público. Pero que el Maharam entrara en una casa privada sin permiso hacía pensar en una situación que él creía que podía ser extrema.

—Debo irme —dijo sin aliento, y salió corriendo, seguida por la mirada preocupada de Chana. Lin corrió por el Sault, maldiciéndose por no haber ocultado el Qasmuna con más cuidado. Podría habérselo llevado con ella, en vez de simplemente dejarlo en la mesa bajo un trapo de cocina. Había sido tonta, descuidada. Temblaba de ansiedad mientras cruzaba el Kathot, donde se habían preparado unas largas mesas para el festival del día siguiente por la noche. Braseros de plata cargados de incienso colgaban de los árboles, y el aire estaba impregnado con el olor de las especias.

Cuando llegó a su casa, vio que la puerta estaba abierta de par en par, y la luz amarilla de las lámparas se proyectaba en la calle. Había sombras detrás de las cortinas. Corrió al interior, y sintió que el corazón se le caía a los pies.

Como se había temido, el Maharam se hallaba junto a la mesa de la cocina, de la que habían retirado el trapo. Oran Kandel se encontraba con él, muy satisfecho de sí mismo; su sonrisa se ensanchó al ver a Lin entrar en la cocina.

Sobre la mesa, como un cuerpo a punto para el cuchillo de autopsias, estaban todos sus libros: el tomo del Qasmuna, claro, y las páginas que el Rey Trapero le había dado. Incluso la colección de libros de medicina y hechizos, la mayoría inútiles, que había comprado hacía tiempo en el mercado o en Lafont, estaban ahí; todo lo que había recopilado en su esperanza desesperada de encontrar respuestas entre sus páginas.

Lin alzó la barbilla.

—*Zucham* —saludó. El término formal para el Maharam; significaba «Aquel que comunica la Palabra»—. Esto es un honor. ¿A qué debo esta visita?

El Maharam dio un golpe en el suelo con su cayado, haciendo que Lin se estremeciera.

—Debes creer que soy un completo estúpido —contestó él, con frialdad. Lin nunca lo había visto así: la furia en su rostro, la indignación. Ese era el hombre que había sentenciado a su propio hijo al exilio por sus estudios de lo prohibido. Lin sintió una cuña de hielo clavársele en la espalda—. El príncipe de Castelana entrando al Sault, nuestro lugar sagrado, porque tú lo has invitado...

—Yo nunca lo he invitado —protestó Lin—. Ha venido por su propia voluntad.

El Maharam negó con la cabeza.

—Tu abuelo, por muy mal que se pueda hablar de él, nunca ha hecho sentir a los ciudadanos de Palacio que tenían el derecho de entrar aquí. El príncipe heredero de Castelana no hubiera entrado marchando hasta tu puerta si no le hubieras dado a entender que podía hacerlo.

—No he hecho tal cosa...

—¿Desde cuándo te regala libros? —preguntó el Maharam de repente. La rabia en su voz era como una llamarada. Oren parecía estar relamiéndose como un gato después de sorber la leche derramada—. Acudiste a mí, pidiéndome permiso para ver los libros del Shulamat, pero mi respuesta no te satisfizo, ¿es eso? ¿Así que actuaste a mis espaldas, desafiando la ley?

—¿La ley? —A Lin le temblaba la voz—. La ley dice que, por encima de todo, importa la vida. La vida de nuestra gente importa, porque si desapareciéramos, ¿quién recordaría a Adassa? ¿Quién abriría la puerta para que regresara la Diosa?

El Maharam la miró con frialdad.

—Dices esas palabras, pero no tienes ni idea de lo que significan.

—Sé lo que significa ser médica —respondió Lin—. Si se nos ofrecen los medios para salvar una vida humana, debemos aceptarlos.

—¿Tú hablas de la ley? ¿Tú, a quien nunca le ha importado? —espetó el Maharam, y por un momento Lin vio un destello del desprecio que sentía por Mayesh, y supo que él la odiaba en parte por eso. Por ser sangre de su abuelo. Por, al igual que Mayesh, encontrar el Sault demasiado pequeño para sus deseos y sus sueños—. Estos libros quedarán confiscados. Y cuando el Sanhedrin regrese, expondremos este asunto ante el Exilarca...

—*Zucham* —llamó Oren, con voz ronca.

Lin se volvió y vio a Mayesh agachándose para pasar por la pequeña puerta. Se preguntó si acababa de regresar de Marivent; llevaba la túnica de consejero, con el medallón brillándole en el pecho. La luz de las lámparas le recortaba profundas sombras bajo los ojos.

—¿El Exilarca? —dijo, con voz bastante tranquila—. Eso parece excesivo, Davit. No es más que un malentendido.

El Maharam lo miró con desprecio.

—¿Un malentendido? —Con un gesto de la mano, indicó todos los libros que había sobre la mesa; Lin vio a su abuelo pasar la mirada del Qasmuna al Maharam, con una extraña expresión en el rostro—. Al menos uno de ellos data de la época de la Fractura. Solo la Diosa sabe qué tipo de magia prohibida detalla...

—Dudo que Lin haya tenido tiempo de echarle ni siquiera un vistazo —repuso Mayesh. Hablaba con una calma total. Calmado como exigía su trabajo, calmado ante las crisis durante las cinco décadas que había servido a Palacio—. Es, como he dicho, un malentendido. La llevé a Marivent para consultarle sobre unos temas médicos, como ya sabes, y el príncipe, en agradecimiento, cogió ese volumen de la biblioteca de Palacio y decidió regalárselo. Creía que era un tomo sobre medicina que ella podría aprovechar. Hubo un error, pero sin intención; no puedo imaginarme que tú, Maharam, puedas pensar que es una sabia decisión echarle en cara ese error al príncipe castigando a la persona que él quería honrar.

El Maharam apretó los dientes.

—No es nuestro príncipe —afirmó—. Nuestro príncipe es el Exilarca, Amon Benjudah. Conor Aurelian no tiene ninguna autoridad aquí.

—Pero sí fuera de estos muros —replicó Mayesh—. Y fuera de estos muros está el mundo entero. Hubo un Sault en Malgasi, como ya sabes. La reina Iren Belmany derribó las murallas y apresó a todos los ashkar del interior. Por la palabra de la ley, es cierto que la Casa Aurelian no tiene ninguna autoridad aquí. Pero, en la práctica, los que tienen el poder pueden hacernos lo que quieran.

Clavó los ojos en los del Maharam; Lin no pudo evitar notar que había algún tipo de comunicación entre ellos, de la que Oren y ella estaban excluidos; y que se estaba discutiendo algo más que el momento presente.

—Entonces, ¿qué recomiendas, consejero? —dijo el Maharam, cargando de desprecio la palabra—. ¿Se queda con los libros y la ley se va a pedir justicia?

—En absoluto. Los libros deben ser confiscados, y se revisarán cuando llegue el Sanhedrin, si así lo deseas. A Lin no le importará. Para empezar, ella nunca pidió ese libro. —Mayesh se dirigió a Lin, y el significado de su mirada era inconfundible—. No te importa, ¿verdad?

Lin tragó saliva. Pensó en la sangre de los trapos sobre el lecho de Mariam, en las manchas de sangre en sus manos. Luego en Mariam diciéndole que el dolor había disminuido. Lo que le había hecho no la había curado para siempre, lo sabía, pero con solo unas cuantas horas leyendo el libro de Qasmuna, había hecho más de lo que nunca antes había conseguido; había ayudado a Mariam usando la magia. Renunciar a esa oportunidad era más amargo que el sabor de la sangre. Pero sabía lo que debía decir.

—No —susurró—. No... me importa.

Hubo un momento de silencio. Finalmente, el Maharam asintió.

—La ley está satisfecha.

—¡¿Eso es todo?! —exclamó Oren—. ¿Solo le vas a quitar esos estúpidos libros? ¿No va a ser castigada? ¿Exiliada?

—Vamos, vamos, joven —dijo Mayesh—. No te sobreexcites. El Maharam ha hablado.

—Pero...

—Lin es joven, Oren —dijo el Maharam—. Ya aprenderá. La ley también puede ser clemente.

«Clemente», pensó Lin, con amargura, mientras el Maharam le ordenaba a Oren que reuniera los libros. Al final, formaban una pila tristemente pequeña, con la que Oren, mirándola furioso, salió por la puerta. El Maharam se entretuvo un momento más antes de salir también. Lin se dejó caer sobre la silla de la cocina, sin fuerza en las piernas. De repente, estaba temblando; todo el cuerpo sacudiéndosele de frustración. Era tan injusto, tan tan injusto...

—Podría haber sido mucho peor, Lin —le recordó Mayesh—. De no haber estado yo aquí, y si el Maharam no hubiera estado de un humor generoso...

—¿Un humor generoso? —estalló Lin—. ¿Eso era generoso?

—Para él. Siente un odio especial por todo este tipo de cosas, incluso por la idea de tener un interés en la medicina que no es ashkarí. En cuanto a la magia, estudiarla... —Negó con la cabeza—. Nunca te hubiera dejado conservar esos libros, y podría haber hecho algo peor.

—Se supone que debemos salvar vidas —susurró Lin—. ¿Por qué eso es algo que no parece entender?

—Lo entiende perfectamente bien —contestó Mayesh—. En su cabeza, está sopesando la vida de uno contra la vida de muchos. Si los *malbushim* creyeran que estamos practicando los conocimientos prohibidos...

—Para empezar, ¡ha sido el propio príncipe de los *malbushim* el que me ha dado el libro!

—¿Crees que Conor tenía la más remota idea de lo que te estaba dando? —preguntó Mayesh. No parecía enfadado, solo cansado—. Te lo aseguro, él ni siquiera ha pensado en ello; nunca ha tenido que hacerlo. Rechazaste lo primero que te ofreció, así que ha querido ofrecerte algo que sabía que no podrías rechazar. Era un desafío, y él quería ganar. No le gusta perder.

Lin se quedó mirando a su abuelo.

—Lo conoces muy bien —dijo—. Supongo que es porque pasaste con él cada uno de los días de su infancia, lo que no hiciste conmigo, ni con Josit.

Eso era un golpe bajo y lo sabía. Él permaneció impasible, pero los ojos se le oscurecieron.

—Conor Aurelian es peligroso —afirmó, mientras se dirigía a la puerta. Ya en el umbral, se volvió para mirarla—. De un modo que él mismo ni siquiera entiende, es peligroso. Acertaste al rechazar el primer regalo que te ofreció. Deberías haber rechazado también este.

Cuando la batalla hubo acabado, y la victoria se aseguró con sangre, el pueblo de Aram cayó de rodillas en agradecimiento. Y ante ellos apareció una cierva blanca, y les habló con la voz de Adassa: —En un tiempo, en otra tierra, yo fui vuestra reina, pero ahora soy vuestra Diosa. Vosotros sois mi pueblo. Ya no seréis aramitas. En su lugar, seréis conocidos como los ashkar: el pueblo que aguarda. Pues llegará un tiempo en que se necesitará a los ashkar. Debéis reservaros, debéis continuar hasta ese día. Debéis convertiros en un pueblo que incluya a todas las naciones, para que si una comunidad ashkar es destruida, las otras sobrevivan. Debéis estar en todas partes, aunque ninguno de estos lugares será un hogar. —Pero ¿qué será de vos, oh, Diosa? —gimió Makabi—. ¿Dónde estaréis?

—Estaré a vuestro alrededor y con vosotros, mi mano en vuestro hombro para guiaros, y mi luz os dirigirá. Y un día, cuando llegue el momento, volveré a vosotros encarnada en una mujer ashkar. Seré de nuevo vuestra reina, y nos alzaremos en paz y gloria. Y, entonces, la Diosa ascendió a los cielos, y al hacerlo, tomó la mano de Makabi y lo llevó con ella, y le dio su espada a su hijo, al que llamó Benjudah, hijo de Judah, el siguiente Exilarca. Todos los exilarcas desde ese día en adelante serían descendientes de Makabi, llevarían el nombre de Benjudah y portarían la Espada del Anochecer, el regalo de la Diosa. Así, una nueva era amaneció sobre los ashkar.

Libro de Makabi

Capítulo veinticuatro

Lin miraba fijamente la pared mientras Chana Dorin la ayudaba a meterse en su vestido del festival. Le ardían los ojos por la falta de sueño, pero no había llorado. Ni siquiera después de que Mayesh se hubiera ido la noche anterior y se hubiera quedado sola en su casa. Ni cuando miró los escasos restos polvorientos de papel antiguo que era cuanto quedaba del libro de Qasmuna. Tampoco durante las largas horas de la noche en que se dedicó a culparse a sí misma. ¿Cómo había sido tan estúpida para pensar que la visita del príncipe pasaría desapercibida? ¿Que el Maharam no investigaría? ¿Que Oren no la habría espiado?

Había vuelto a intentar crear una chispa dentro de la piedra, usando su propia visualización y energía. No había funcionado. La piedra no había emitido más que un débil parpadeo, y ella se había agotado tanto que se había quedado dormida con la cabeza apoyada en la mesa de la cocina.

Mientras dormía, soñó. El sueño parecía real, como lo habían sido todos desde que poseía la piedra, pero sin embargo no soñó con la torre y el desierto, la última batalla de Aram. En su lugar, soñó con el puerto de Castelana y el cielo sobre él pintado con fuego blanco. Y, en su mente, oyó las palabras de Ciprian Cabrol, aunque no con la voz de este.

«Necesito que vean mi venganza escrita con fuego en el

cielo. El puerto brillará como si hubieran vuelto las luces de los dioses. Como si su magia aún ardiera en las aguas.»

Cuando se despertó en la madrugada, notaba como si tuviera los ojos llenos de arena. Al ir a echarse agua en la cara, pensó en Mariam, en el Maharam y en su sueño. El germen de una idea había empezado a tomar forma en su mente. Quizá sí que hubiera una forma de recuperar el libro de Qasmuna.

—Para ya —le dijo Chana, mientras movía las manos con eficacia en la melena de Lin—. Puedo oírte maquinar.

—Yo también —coincidió Mariam. Estaba sentada en su cama, en ropa interior, con el vestido extendido sobre la baranda. Cuando Chana acabase con Lin, empezaría con ella: ajustarle el vestido, trenzarle el pelo en un elaborado recogido con flores. Eso era lo que hubieran hecho las madres de Lin y Mariam antes del Festival de la Diosa, si tuvieran madres. Chana había llenado ese hueco los años anteriores, igual que había llenado otros muchos—. No es culpa tuya, Lin. Me gustaría decirle al Maharam lo que pienso realmente de él por quitarte así tus libros. Pero esta noche es el festival, y no podemos permitir que nos arruine la diversión.

Se interrumpió debido a la tos y Lin se volvió, ansiosa. Había llegado al Etse Kebeth, con las primeras luces, para ver a Mariam, que, para su alivio, había dormido toda la noche y se encontraba mucho mejor.

«—Días buenos y días malos —había murmurado Chana mientras acompañaba a Lin al interior de la casa—. Este es uno de los buenos, alabado sea el Nombre.»

Mariam hizo un gesto para tranquilizarla.

—Estoy bien —protestó y, de hecho, parecía mejor de lo que había estado últimamente. Lin sabía por qué y solo rezaba para que el efecto de la pequeña magia que había hecho mantuviera a Mariam al menos durante esa noche y hasta el día siguiente—. Solo estoy enfadada. El Maharam nunca le habría hecho eso a uno de los médicos hombres.

Lin solo les había contado a Chana y a Mariam lo imprescindible, que el Maharam le había confiscado algunos de sus libros de medicina procedentes de tierras extranjeras. Por palabra expresa de la ley, estaba prohibido estudiar magia no ashkar, pero Mariam tenía razón al decir que era una ley que apenas se observaba. ¿El Maharam le habría quitado el resto de sus libros si no hubiera estado tan enfadado por el de Qasmuna? No podía asegurarlo, pero sentía la ira en el estómago, fría y dura. Rabia... y una resolución que crecía por momentos. Después de todo, el Maharam había insistido en que acudiera al Tevath. Y eso haría, con toda la parafernalia que la ocasión requería.

—Listo. —Chana le dio una palmadita en la cabeza—. Estás guapa.

Lin se miró en el espejo: el mismo reflejo que había visto cada año desde que había cumplido los dieciséis: una chica con un vestido azul, el pelo rojo recogido en una gruesa trenza, flores de manzano artísticamente entretejidas con las trenzas para que pareciese que crecían en ellas. Se quitaría aquellas flores del pelo, una a una, durante el Baile de la Diosa, y las tiraría al suelo hasta que ella y todas las demás chicas bailaran sobre una alfombra de pétalos.

—Me toca. —Mariam salió de la cama, sonriendo. Cuando ocupó el lugar de Lin frente al espejo, llamaron a la puerta. Era Arelle Dorin, la hermana pequeña de Rahel. Llevaba ya el vestido azul del festival, el pelo a medio trenzar, y las mejillas rojas de emoción.

—Mez dice que hay un paciente tuyo en la puerta —le dijo a Lin—. Parece algo importante. Toma, no te olvides de llevar una de estas contigo —añadió, entregándole una bolsita de hierbas con un pequeño lazo azul—. ¡Al fin y al cabo, las has hecho tú!

Tras prometer a Chana y a Mariam que volvería pronto, Lin salió hacia la puerta del Sault. El día era brillante y cálido, el viento soplaba hacia el mar. Llevaba el aroma de las flores, presente en todo el Sault: rosas en cestos que colgaban de las ramas de los árboles y las ventanas, lirios entretejidos en guirnaldas colocadas en las puertas. El Kathot estaría aún más espectacular con flores, pero Lin lo evitó: el día del festival se suponía que las jóvenes casaderas no podían entrar a la plaza hasta que se hubiera puesto el sol.

En las puertas había más flores. Lirios y rosas, como marcaba la tradición (pues la Diosa había dicho: «Yo soy la rosa, y el lirio de los valles»), pero también flores que crecían de forma natural en Castelana: lantanas brillantes y lavandas de un púrpura apagado. Mez llevaba una guirnalda de hojas de higo en el pelo y sonreía a Lin mientras se acercaba.

—No sé quién es —dijo, señalando—. No se ha bajado del carruaje.

Era una calesa gris sin decoración, el tipo de transporte que se podía alquilar si se disponía de cierto dinero, pero no el suficiente para poseer un carruaje propio. El conductor era un anciano de aspecto aburrido que no movió un músculo mientras Lin, toda ataviada, avanzaba para llamar a la puerta de la calesa.

Se abrió un poco, solo lo suficiente para que Lin viera quién la esperaba. Un momento después, había entrado en el vehículo y cerrado la puerta tras ella.

—Vos —susurró—. ¿Qué estáis haciendo aquí? ¿No tenéis un banquete al que ir?

Conor Aurelian alzó las cejas.

—No hasta más tarde —contestó él—. ¿Solo tienes ese vestido?

—¿Solo tenéis una copia de ese libro que me disteis? —replicó Lin.

Conor, que hasta ese momento estaba hundido en una esquina del carruaje, se enderezó, y la miró con lo que parecía genuina perplejidad. Iba vestido de una manera sencilla que Lin no le había visto nunca, con pantalones grises y una chaqueta de lino negro con hebillas de plata de arriba abajo. No llevaba ni diadema ni corona; podía haber sido el hijo de un mercader, de no haber tenido uno de los rostros más reconocibles de toda Castelana.

—¿Estás descontenta con el libro? —Fruncía ligeramente el ceño. Se rascó el cuello, y ella se dio cuenta de que no llevaba ninguno de sus anillos habituales. Pudo ver la forma de los dedos, largos y delicados, con las palmas ligeramente callosas. ¿No podía tener nada feo?—. Dijiste que era el que estabas buscando...

—No estoy descontenta con el libro. —Respiró hondo—.

Hoy, vuestro Día de la Ascensión, es también un día importante para mi gente. Es el día del festival de nuestra Diosa. No debería estar aquí con vos; debería estar en el Sault. Así que, decidme, monseigneur..., ¿por qué estáis aquí? ¿Necesitáis algo de mí?

Se sentó muy recto. Se inclinó hacia ella. La recorrió con la mirada; tenía que darse cuenta de lo agitada que respiraba Lin. Como si hubiera corrido varios kilómetros.

—Quería hacerte una consulta. Como médica. Como alguien que sé que guardará un secreto.

Un repentino cansancio recorrió a Lin. Más preocupaciones, pensó, más secretos que no podía contarle a Mariam, ni a nadie del Sault. Sin ninguna consideración de lo que le pesaran, o lo que podían acarrearle. Ella no era más que una herramienta útil: una médica que ni quería, ni podía, hablar.

—¿Estáis enfermo? —le preguntó.

Él negó con la cabeza. Tenía ojeras, tan oscuras como el lino que vestía. La hicieron pensar en velas y poesía, en noches largas estudiando libros antiguos, aunque ya sabía que no se debían a eso. Probablemente estuviera de resaca.

—¿Qué creéis que es la locura? —le preguntó—. ¿Se trata de una enfermedad, o es, como creen muchos castelaníes, una debilidad o corrupción de la sangre? ¿Hay algo, alguna medicina, que pueda tratarla?

Lin vaciló.

—Podría haberla —dijo—. No creo que la locura, como la llamáis, sea una corrupción. A menudo es una herida creada por una mente dañada. A veces sí que es una enfermedad. La mente puede estar enferma, igual que puede estarlo el cuerpo. Pero la medicación... nunca he oído que se pueda tratar una enfermedad de la mente con medicinas.

—Pero podría haber algo en esos libros tuyos —sugirió—. Todos esos volúmenes que poseen los ashkar, a los que no tenemos acceso...

«Esos libros tuyos.» Era como si la helada bola de rabia en su estómago se derritiera en presencia de él, enviando heladas esquirlas de ira por sus venas.

—No tengo libros —replicó ella.

Él enrojeció y los ojos se le oscurecieron hasta parecer peltre.

—No juegues conmigo —pidió—. Lo que te pregunto es importante.

—¿Alguien se está muriendo? —inquirió Lin—. ¿O está gravemente enfermo?

—No, pero...

—Entonces tendrá que esperar hasta otro día. —Lin se acercó a la puerta del carruaje.

—Detente. —Parecía furioso—. Lin Caster...

Ella se volvió hacia él.

—¿Vais a darme la orden real de quedarme y hablar con vos de cualquier cosa que deseéis discutir? ¿A pesar de mis deberes, de mis responsabilidades? —«¿De mi única oportunidad de recuperar lo que es mío?»—. ¿Se trata de eso?

—¿Tengo que hacerlo? —replicó él, con una voz tan oscura como el jarabe amargo—. ¿Después de que te consiguiera ese libro? ¿De verdad eres tan desagradecida?

Lin se miró la mano, que permanecía en la manija de la puerta del carruaje. Se sintió ajena a ella, como si no le perteneciera. Como si estuviera contemplando su cuerpo desde fuera.

—Ese libro —dijo, con voz neutra—. Sí, me lo trajisteis. Entrasteis al Sault con un grupo de guardias del castillo, asegurándoos de atraer toda la atención posible, de tener todos los ojos fijos en vos, y me lo trajisteis.

—Fue un honor —replicó él. Había algo en su voz que ella no supo identificar. No era enfado, lo cual habría esperado, sino otra cosa—. Os estaba honrando. Como vuestro príncipe...

—Conocéis a mi abuelo desde hace muchos años —dijo ella—, pero seguís sin ver o entender a su pueblo. Vos no sois mi príncipe. Sois el príncipe de Castelana. Una ciudad en la que no vivo; una ciudad en la que tengo prohibido vivir, a no ser que me mantenga tras una muralla. Vos vinisteis a la parte de Castelana en la cual yo estoy en casa e hicisteis recaer en mí el peor tipo de atención. Podíais haberos limitado a mandar un mensajero con el libro, pero no, teníais que pavonearos, demostrar que estáis siendo magnánimo con alguien que está muy por debajo de vos. —Le tembló la voz—. Y en cuanto os fuisteis, el Maharam vino, me quitó el libro y lo confiscó, porque venía de vos. Y ahora...

Se detuvo antes de poder decir: «Y ahora voy a perder a Mariam. A menos que...». Las lágrimas que no había derramado la noche anterior amenazaban con presentarse en ese momento; los ojos le ardían de forma dolorosa, pero no iba a llorar delante de él. Desde luego que no.

Se inclinó hacia la manija de la portezuela del carruaje y tiró de ella. Comprobó, con horror, que estaba atascada. Notó que se quedaba paralizada cuando él se inclinó sobre ella, con la mano enguantada deslizándose sobre la suya para coger la manija. Pudo notar su fuerza, el arco esbelto de su cuerpo.

Él no se había movido para abrir la puerta. Ella estaba dentro del círculo de su brazo: podía sentir la ruda suavidad de su chaqueta de lino contra ella. Oyó su agitada respiración. Y supo que él quería tocarla. No pudo evitar recordar el beso en la mansión Roverge; incluso en ese momento, a pesar de la profundidad de su rabia y su desesperación, sabía que quienquiera que los hubiera interrumpido había sido lo único que la había salvado de hacer cualquier cosa que él hubiera querido esa noche. Ella también lo había deseado.

—Pensé —susurró— que ibais a olvidarme. Olvidarme del todo.

—No puedo. —Su voz sonó tensa—. Es una enfermedad. Lo cual es irónico, ya que tú eres médica. Si tuvieras algún remedio que pudiera hacerme olvidarte...

—No existe tal cosa —replicó ella.

—Entonces, estoy condenado —dijo él— a pensar solo en ti. En ti, que me consideras una persona despreciable. Un monstruo vanidoso que no es capaz de dejar de presumir, y con ello, te ha causado pesar.

Lin miró la manija de la puerta del carruaje. Parecía crecer y encogerse, mientras se le nublaba la vista.

—Pienso que sois una persona corrompida —murmuró ella—. Puesto que toda vuestra vida os han dado lo que queríais, y nunca os han dicho que no, no veo que pudierais ser de otra forma. Supongo que no es culpa vuestra.

Hubo un breve silencio. Él apartó el brazo del cuerpo de ella, moviéndolo de forma rígida, como si estuviera recuperándose de una herida.

—Márchate —indicó él.

Ella forcejeó con la manija y casi se cayó cuando la portezuela por fin se abrió. Saltó a la calle, y lo oyó gritar, ronco, pero no era más que la llamada al conductor del carruaje. El vehículo partió, con la puerta abierta bamboleándose. Asomó una mano, cogió la puerta y la cerró; el carruaje se desvaneció entre el tráfico del Gran Camino del sudoeste.

Con el corazón desbocado, Lin volvió hacia la puerta, donde la aguardaba Mez. La miró preocupado.

—Estás horriblemente pálida —observó—. ¿Era alguien muy enfermo?

—Sí —contestó Lin, y le pareció que resonaba, a cierta distancia de donde se hallaba—, pero creo que lleva enfermo mucho tiempo.

—Bueno, no dejes que eso te estropee el festival —le dijo, amablemente, y se dio una palmada en la frente—. Casi me olvido. Hoy estás muy solicitada, Caster. Alguien te ha dejado esta nota, antes.

Le entregó un pliegue doblado de pergamino, sellado con cera. Lin le dio las gracias y se alejó, mientras pasaba el pulgar bajo el sello para romperlo. Cuando abrió la nota, vio una caligrafía apretada y conocida. El Rey Trapero.

Recordad, manteneos alejada del puerto esta medianoche. Nunca se sabe dónde puede acabar una chispa perdida. A. M.

Arrugó la nota en la mano. No se había olvidado de la pólvora de Ciprian Cabrol. Era el momento de mandarle una nota al Rey Trapero para decirle que había conseguido el libro de Qasmuna, y aunque se lo habían quitado, tenía un plan para recuperarlo.

Cuando Kel se despertó, Conor ya no estaba en la cama, algo inusual, pues siempre era Kel el más madrugador. Aun así, había pasado una mala noche, dando vueltas y vueltas al despertarse de un sueño en el que Fausten gritaba, y la sangre se extendía por la superficie del océano.

Ya era casi mediodía, y un rápido vistazo por la ventana informó a Kel de que los preparativos para las festividades de esa noche estaban en marcha. Frunció el ceño: sastres, zapateros, joyeros y el resto, llegarían en breve para asegurarse de que Conor estuviera impecable. Aunque era posible que a Conor no le apeteciera nada ir al banquete, sería raro que se perdiera la oportunidad de que se ocuparan de cada detalle de su atuendo. Sin dejar de fruncir el ceño, Kel se vistió y se fue en busca del príncipe.

Miró primero en los escondites favoritos de Conor: el establo de Asti, la biblioteca de Palacio, el Jardín Nocturno; pero no lo vio por ninguna parte. Mientras caminaba por esos lugares, los preparativos del banquete se desplegaban a su alrededor. Los árboles estaban envueltos en metros de tejido azul y escarlata, y los farolillos con forma de manzanas, cerezas e higos colgaban de las ramas, aguardando su encendido nocturno. Los carritos rodaban de un lado a otro, llenos de platos de cerámica, vasos de plata y lo que a Kel le parecieron, alarmantemente, árboles enteros. Las puertas de la Galería Brillante se habían abierto, y los sirvientes entraban y salían de las cocinas y las despensas llevando de todo, desde montones de seda verde a lo que parecía ser un jaguar de tamaño real hecho de hojaldre.

Así que volvió a su dormitorio. Más tarde, desearía haberse quedado vagando por los alrededores, posiblemente hasta el día siguiente, pero en cuanto atravesó la puerta, fue demasiado tarde. Los armarios de Conor estaban abiertos y su ropa se hallaba desperdigada por el suelo. La reina Lilibet caminaba de arriba abajo, pisando de vez en cuando un chaleco bordado o un sombrero de piel, mientras maldecía en marakandí. Mayesh se había instalado en la ventana, con su arrugada cara más demacrada de lo habitual.

—Sois vos —dijo Lilibet, cruzando la habitación hacia él—. Supongo que no tenéis una explicación para esto.

Le tendió una nota doblada. Kel sabía que eso no podía ser nada bueno. Cogió el papel, con un marcado sentimiento de aprensión, y al desdoblarlo, vio la familiar caligrafía picuda de Conor. Leyó.

Querida madre:

He decidido no acudir al banquete de bienvenida de esta noche. Te aseguro que he pensado largamente sobre el asunto y en las muchas y buenas razones por las cuales debería acudir. Por favor, no lo consideres una decisión tomada a la ligera, pero no acudiré porque, francamente, no quiero hacerlo. Dejo en tus capaces manos gestionar mi ausencia. Si te supone un problema, te sugiero que canceles el banquete. Si no, opino que este puede celebrarse perfectamente sin mí. Si lo piensas bien, todo el compromiso y la ceremonia podrían tener lugar perfectamente sin mí, por no hablar del matrimonio. Mi parte la puede desempeñar, sin problema, una silla vacía.

Si quieres dar conmigo, estaré en el distrito del Templo. He oído que de vez en cuando organizan orgías y, aunque nunca he asistido a una, de repente me ha entrado curiosidad. Como poco, servirá para aprender cómo comportarme en una fiesta con muchos invitados.

Con mis mejores deseos, vuestro, etc. etc.

C.

—¡Por todos los infiernos! —exclamó Kel, olvidándose de que no debía maldecir delante de la reina—. ¿Lo dice en serio?

Lilibet le quitó la nota de la mano.

—No finjáis que no lo sabíais —mascullló—. Conor os lo cuenta todo; seguro que os ha mencionado esto también. Estoy segura de que pensó que era una broma ingeniosísima, ese niño estúpido...

—No —contestó Kel. En lo que concernía a la carta de Conor, no había nada de divertido en ella. Era sombría, sin duda propiciada por la noticia de la muerte de Fausten, aunque Kel no podía decirlo—. No creo en absoluto que Conor haga esto como una broma.

Lilibet apretó los labios hasta convertirlos en una delgada línea. Miró a Mayesh, que observaba a Kel, con una mirada que parecía penetrar en él de una forma que la de la reina no había conseguido.

—Piensa, Kel —pidió, con cierta aspereza en su profunda voz—. Tiene que haber pasado algo, para afectar así a la actitud de Conor, y tan de repente...

«No creo que él quiera que yo lo diga —pensó Kel. Mencionar la ejecución de Fausten, llevada a cabo por el propio rey—. Pero debe de pensar que no sé nada de eso, a menos que Jolivet le dijera que yo estaba allí. Jolivet me vio...»

—Consejero. Mi señora —empezó Kel—, el príncipe lleva un tiempo siendo muy desdichado. Por supuesto que sí. Eso no debería sorprenderos a ninguno de los dos. —Miró a Lilibet, que apartó la vista, mientras su mano derecha jugueteaba con las esmeraldas de su collar—. Pero se ha mostrado resignado, no rebelde. No puedo decir nada sobre esta carta. No entiendo este cambio repentino. Solo que debe de ser más infeliz de lo que todos pensábamos. —Extendió las manos; no decía más que la verdad. No sabía adónde se había ido Conor, ni por qué—. Me culpo a mí mismo.

Lilibet murmuró algo que sonó muy parecido a «yo también os culpo a vos».

—Dejadlo estar, mi señora —indicó Mayesh—, Kel es el Guardián de Espadas, no el guardián de sus emociones.

Lilibet había empezado a caminar de arriba abajo de nuevo. Llevaba un vestido de terciopelo verde oscuro, que hacía juego con las esmeraldas del collar; su pelo negro estaba recogido en espirales sujetas con laca.

—Estoy segura de que me considera muy fría —dijo, casi para sí—, como si quisiera que mi propio hijo se hallara desesperado; nunca podría desear eso. Si pudiera protegerlo de las consecuencias de este error... —Miró a Mayesh—. El rey no debe saberlo. Lo de esta noche. No estará en el banquete, pero no debe saberlo.

Su tono era frágil. Kel pensó en el rey alzando a Fausten sobre su cabeza, con la misma facilidad que si fuera un saco de plumas. Pensó en la sangre en el agua, la sombra de los cocodrilos bajo las olas.

—Lo mejor sería —apuntó Mayesh— que no lo supiera nadie fuera de esta habitación. Lo que significa que no podemos posponer el banquete. Además, Sarthe se lo tomaría como un insulto, si lo hiciéramos.

—Podríais decir que Conor está enfermo —sugirió Kel—. Seguro que tendrían que aceptar que...

—No lo creerían —replicó Mayesh—. Ya están muy al límite. El espectáculo de los Roverge la otra noche no ayudó.

—Por mucho que desee que cojan a esa ridícula niña y se vayan a casa, eso supondría dañar los últimos lazos de amistad con Sarthe —admitió Lilibet—. Si quisieran, podrían hostigarnos a placer en el Paso Estrecho, impedir todo nuestro comercio, asesinar a nuestra gente...

—Eso no ocurrirá —afirmó Mayesh—. Los planes de esta noche seguirán como están y Conor asistirá. —Su mirada se posó en Kel, que, en cuanto Mayesh había dicho que el banquete no se pospondría, había adivinado lo que iba a pasar. Podía haber protestado, lo sabía; también sabía que no le habría servido de nada—. Mi señora, llamemos a los ayudas de cámara del príncipe. Kel, coged vuestro talismán; disponemos de poco tiempo para prepararos.

Había pasado bastante tiempo desde la última vez que Kel había ocupado el lugar de Conor en un acto formal de la Corte, creía que años, pero, al menos, tenía un protocolo que seguir para esa pantomima. Kel se sumergió en él, aunque sus pensamientos estuvieran muy lejos.

Primero, fue al tepidarium, donde se frotó el cuerpo con puñados de copos de jabón de lavanda, y usó el estrígilo para afeitarse bien. (Conor nunca aparecería en público con la más mínima sombra de barba.)

Cuando Kel salió, sin nada más que el talismán al cuello, realmente parecía un Conor totalmente desnudo, los donceles del príncipe ya se habían reunido y revoloteaban a su alrededor como elegantes abejas. Le secaron el pelo, se lo rizaron y perfumaron, y le untaron las manos con loción aromatizada. Se puso la ropa que le habían preparado: una camisa de batista blanqueada, con las mangas rodeadas por hilo de oro y un collarín bordado en oro en el cuello. Un jubón hasta la cadera, de terciopelo negro con bandas de bordado dorado, pantalones del mismo material, botas de cuero labrado y una capa de brocado dorado, ribeteada con pelo de linces blancos. Un anillo en cada mano, engarzado con joyas del tamaño de huevos de chorlito: una esmeralda en la izquierda, un rubí en la derecha. Por último, le colocaron en la cabeza la diadema del príncipe: una sencilla banda dorada que siempre le dejaba una marca en la frente cuando se la quitaba al final del día.

El talismán seguía con él, oculto bajo el cuello de la camisa, invisible incluso para aquellos que sabían que lo llevaba.

Tras completar su tarea, los donceles se esfumaron como barcos desvaneciéndose en el horizonte, y los sustituyó un sombrío Mayesh. Kel miró al consejero con cansancio. Mayesh vestía el gris de los ashkar, pero su túnica era de seda, ceñida de oro, y el pesado medallón de plata de la Corte le colgaba del cuello.

Inclinó la cabeza, lacónico, en dirección a Kel.

—¿Estáis listo, entonces?

Kel asintió. El reloj de la ciudad ya había dado las siete, pero se esperaba que Conor llegara tarde; eso no importaría. Siguió a Mayesh hasta el vestíbulo y por los pasillos de la torre hasta los pasajes subterráneos que conectaban las diversas secciones de Palacio.

Solo en ese momento se permitió preguntarse dónde estaría Conor. Le había dicho a la reina que Conor había estado muy tenso los últimos días, y era cierto, pero no se le ocurría nada que hubiera podido empeorarlo más, hasta hacerlo ir a la ciudad. Conor era vulnerable en ciertos aspectos, había grietas en su armadura por donde se le podía dañar, pero Kel no podía imaginar qué podía haberlo dañado tanto como para sacarlo de Marivent en un momento tan importante. Debía de saber que, aunque la reina estuviera furiosa, al final todo saldría según lo previsto; su ausencia se cubriría, y el matrimonio seguiría, imparable, como el tiempo o los impuestos.

Salieron a la pequeña sala que había impresionado al Kel de diez años con sus numerosos libros. A esas alturas, le resultaba familiar, nada llamativa. Había más libros en la biblioteca de la Torre Oeste.

Kel pudo oír el sordo rugido de la fiesta a través de las puertas doradas que conducían a la Galería Brillante. Avanzó hacia ellas, pero Mayesh lo detuvo con una mano sobre el brazo.

—Dejadme ver vuestro talismán —dijo; enroscó un dedo en la cadena, y se lo sacó a Kel de debajo de la camisa. Pasó el dedo por los números y las letras grabadas, murmurando algo en ashkar. Kel no conocía las palabras, pero había oído a Lin murmurar algo parecido, inclinada sobre él, aquella noche en la que casi había muerto. ¿Una oración para mantenerlo a salvo o darle suerte?

Mayesh volvió a poner el talismán bajo el cuello de la camisa de Kel.

—Sé que estás preocupado por él. —Como de costumbre, solo había un «él» al que hacer referencia—. Aparta esa preocupación, de momento. Lo ayudarás mejor así.

Kel asintió. El corazón le latía a toda velocidad; podía sentirlo en la yema de los dedos, esa sensación de tensión premonitoria que tenía siempre que se enfrentaba al mundo como Conor. La última vez había sido en la escalinata del Convocat, con la multitud rugiendo en su honor. Se preguntó si esto era lo que sentían los soldados justo en el momento antes de entrar en batalla: una mezcla de miedo y una extraña euforia.

Solo que su campo de batalla era el suelo de la Galería Brillante; su enemigo, cualquiera que pudiera dudar de que él fuera Conor. Sus fortalezas no eran espadas ni *coulevrines*, sino fingimiento y una cuidadosa ofuscación. Conor no estaba allí, pero él se detuvo en la puerta por un momento, con la mano apoyada en el dintel, mientras los guardias lo anunciaban, y repitió las palabras del ritual, en silencio, en su mente.

«Soy el escudo del príncipe. Soy su armadura irrompible. Sangro para que él no sangre. Sufro para que él nunca sufra. Muero para que él pueda vivir por siempre.»

Pero, esta vez, Conor no estaba allí para decir: «Pero no vas a morir».

Quizá esa fuera la razón de la sensación de que algo no estaba bien de la que Kel no podía deshacerse, como de una telaraña pegada en el zapato, mientras entraba en la Galería Brillante. Era consciente de la presencia de Mayesh, no muy lejos, avanzando entre la gente hacia la reina; era consciente del ruido de la fiesta, un rugido de charlas intensificadas mezclado con el taconeo de las botas sobre el mármol y el entrechocar de las copas.

No había ninguna razón para la sensación de desasosiego de Kel, al menos ninguna que él pudiera ver. Sonrió automáticamente mientras los músicos en la galería, un amplio balcón de madera tallada al que se llegaba por una cascada de escalones de mármol situada en un rincón de la sala, saludaban su entrada con una floritura de arpa y violín.

En ese momento, se dio cuenta de por qué había visto carritos llevando árboles por los patios de Palacio; Lilibet había transformado el centro de la Galería Brillante en el corazón secreto de un bosque. Una ironía, pensó Kel, ya que en Castelana no crecían los bosques, ni tampoco en los desiertos y las montañas de Marakand. Y sin embargo era el bosque que cualquiera podría reconocer inmediatamente: el corazón de un cuento de princesas y cazadores, un lugar de hojas frescas, flores extrañas y trinos de pájaros.

Se habían colocado árboles vivos por toda la sala, con sus troncos y ramas pintados con barniz hasta hacerlos brillar como el suelo de madera dorada pulida. Las manzanas rojas que colgaban de los árboles eran granates tallados; los frutos rojos que crecían entre los matorrales de la vegetación, artísticamente arreglada por toda la sala, eran de lapislázuli y ónix. Las hojas desperdigadas por el suelo eran de seda verde. Había animales hábilmente tallados en *pastillage* de azúcar y coloreados con glaseado real: armiños blancos parecían corretear entre las hojas, pájaros de azúcar se hallaban posados en las ramas, y un leopardo, nativo de la isla del reino de Kutani, observaba entre las sombras, con ojos grabados en jaspe.

En el extremo más alejado de la sala, donde acababa el

bosque, la gran mesa tallada había sido devuelta a su tarima habitual. Estaba vacía, a excepción del anciano Gremont, que se sentaba, cansado, en una silla baja, y cerca de la cabecera de la mesa, la princesa Luisa. A su lado se encontraba Vienne d'Este.

Aparentemente, los sarthianos habían decidido no arriesgarse a que Luisa se mezclara con los invitados de la fiesta. Vestida de encaje blanco, con el pelo retirado de la cara con un lazo, le susurraba algo a Vienne, que ya no llevaba la ropa de la Guardia Negra, sino un sencillo vestido de seda gris con mangas rosas, a través del cual era visible el lino con hilos de plata. Llevaba el pelo suelto, una cascada de rizos color avellana. Pareció ver a Kel mirarla desde el otro lado de la habitación y le lanzó una fría mirada; él se sorprendió un segundo, hasta que recordó que ella veía a Conor.

Kel le sonrió; era lo que Conor habría hecho. Luisa, alzando la vista, le respondió sonriendo feliz. A su lado, en la mesa, el anciano Gremont soltó un ronquido y se acomodó mejor en la silla. Por un momento, a Kel le pareció oír a Andreyen Morettus susurrándole al oído: «Pero el Consejo no es leal, ¿no? Salvo cuando es conveniente. Merren siempre está pendiente del viejo Gremont; parece que ha estado acudiendo a unas cuantas reuniones algo sospechosas en el distrito del Laberinto».

Aunque era difícil imaginarse a Gremont en el distrito del Laberinto, o en una reunión sospechosa. Sobre todo si había que imaginárselo despierto. Se preguntó si la comprensible obsesión de Merren con la familia Gremont estaría perjudicando al Rey Trapero. Gremont no parecía una amenaza muy creíble, sobre todo comparado con muchos de los otros miembros del Consejo: Sardou, Roverge, Alleyne...

Entonces, buscó a Antonetta. No sabía cuándo se había vuelto la primera persona a la que buscaba al entrar en algún sitio, solo sabía que era así. No tuvo problemas para encontrarla en la galería: sus ojos dieron con ella como si los hubieran entrenado para distinguirla entre las multitudes, al igual que a él lo habían entrenado, de hecho, para captar el brillo de las armas o el mínimo movimiento sospechoso.

Antonetta se hallaba tras la sombra de un árbol cargado de dorados frutos rojos. Su vestido también era dorado, igual que sus zapatos de tacón alto. No llevaba el medallón.

El corazón pareció encogérsele bajo las capas de terciopelo y bordado que lo protegían. Ella siempre llevaba el medallón. ¿Dónde estaba y por qué había decidido quitárselo? Quería preguntárselo desesperadamente, pero sabía que no podía. Conor no habría reparado en el medallón o en el hecho de que no lo llevara: no porque no fuera observador en general, sino porque no le dedicaba ningún pensamiento a Antonetta.

En cuanto a ella, parecía, cosa extraña, tremendamente triste. Cuando alzó la vista y lo miró directamente, él vio una especie de alivio en su expresión, y algo que parecía un secreto compartido entre ambos.

El corazón le dio un brinco, y luego se le cayó a los pies. No era con él con quien compartía ese secreto; ella pensaba que él era Conor. Pero ¿qué tipo de secreto podría compartir Conor con Antonetta?

Un grupo pasó ante él, impidiéndole seguir viéndola. Se trataba de Lilibet y su séquito habitual. Derrochando ingenio y joyas, la reina se dedicaba a hechizar a la Casa Uzec, la Casa Cazalet, la Casa Raspail y la Casa Sardou con igual entusiasmo.

Kel conocía su deber o, al menos, el de Conor. Avanzó hacia el grupo de nobles, comportándose con ellos igual que Lilibet: preguntándole a Esteve por una partida de caballos que acababa de comprar, pidiéndole consejo a Uzec sobre el tipo de vino que deberían servir en el Baile del Solsticio de la próxima estación, y escuchando a Benedict Roverge enumerar las virtudes de su flota de barcos de tinte, que en ese momento se hallaban atracados en el puerto de Castelana.

Kel notaba la mirada de la reina incluso cuando esta fue a hablar con Jolivet, que vestía el uniforme de la Corte al completo, en rojo y dorado, con una faja de trenza dorada cruzándole el pecho. Este se encontraba ante una pantalla de seda pintada, lo cual no era casualidad. A Lilibet no le gustaban las demostraciones de fuerza militar en las fiestas; sentía que arruinaban el ambiente festivo. Pero el legado insistía en que hubiera guardias. Habían llegado a un acuerdo. La Guardia del Castillo, cuando se hallaba presente, permanecía escondida tras una pantalla, a través de la cual los guardias contemplaban la fiesta. Kel confiaba en que alguien les llevase comida de vez en cuando.

—Mi príncipe. Vuestra madre se ha superado con esta decoración. —Era lady Alleyne, envuelta en seda plateada, como una luna para el sol de su hija. ¿Liorada se dedicaba a seguir la moda de Antonetta? De ser así, resultaba interesante.

—Gracias, lady —contestó Kel, con una reverencia—, aunque deberíais decírselo a ella; nunca se cansa de las alabanzas a sus cualidades.

—Si una tiene cualidades, debe ser elogiada por ello. —Lady Alleyne sonrió, pero tenía los ojos fríos como los del leopardo tallado. Se inclinó hacia Kel, con voz conspiradora—. Felicidades por el feliz acontecimiento que se aproxima.

Lo que significaba: «Veo que vais a casaros, y no con mi hija. Mi resentimiento será eterno».

—Sí, enhorabuena —añadió Antonetta, que se había acercado a su madre. Llevaba una copa de un vino amarillo pálido en una mano, y el pelo, de un dorado oscuro, se le rizaba alrededor del pálido cuello y le caía hasta la seda dorada del vestido. Sonrió a Kel, aunque la sonrisa no le llegó a los ojos—. Monseigneur Conor, ¿está Kel Anjuman por aquí esta noche, por casualidad?

Kel se alegró de no estar bebiendo, pues se hubiera atragantado.

—Estoy bastante seguro de que está por algún lado —respondió—. Pero es difícil seguirlo.

—Ya sabéis que es muy popular con muchas de las jóvenes de la Colina —repuso Antonetta—. Y también con algunos de los jóvenes.

—¿Ah, sí? —Lady Alleyne pareció un poco intrigada y, en cierto modo, insultantemente sorprendida.

—He oído que su destreza en el dormitorio no tiene parangón —comentó Antonetta, con los ojos brillantes de diversión.

Kel se sintió enrojecer y, seguidamente, una aguda sensación de horror. Conor nunca se pondría rojo. Esperó que la débil luz ocultara su rubor.

«Piensa en otra cosa —se dijo—. Imagina algo relajante.» Pero su bote en el mar, rodeado por todas partes de agua azul, no aparecía.

—¡Antonetta, de verdad! —exclamó lady Alleyne, como escandalizada.

—Lo siento —se disculpó Antonetta, contrita—. ¡Solo se me ocurren tonterías! No sé por qué. Monseigneur, lord Falconet me ha enviado a preguntaros si podríais ir a hablar con él. Sé que no queda mucho para que empiece el banquete, pero parecía ansioso por comunicaros algo.

Kel recorrió la sala con la mirada, pero no vio a Joss.

—¿Y dónde está?

—En algún sitio del bosque simulado, creo —contestó Antonetta—. Os llevaré a él.

Kel sabía que si no fuera quien estaba simulando ser, lady Alleyne habría protestado; en este caso, pareció molesta de que su hija le estuviera haciendo un favor a Falconet. Pero no podía protestar, ya que era también un favor para el príncipe. Se limitó a mirarlos a ambos con suspicacia, mientras Antonetta conducía a Kel entre los árboles barnizados. El oro y la vegetación los envolvió hasta el punto de que la Galería Brillante pareció desaparecer, y ellos parecían vagar, como los protagonistas de un cuento, por el corazón del bosque.

Kel sabía que solo unas pocas capas de árboles los ocultaban, pero parecía asombrosamente real: el suelo era mármol y no tierra; las hojas caídas, seda, y los pájaros en las ramas eran mecanismos cubiertos de azúcar, pero la savia que corría por los troncos de los árboles era real, y olía a resina. Incluso le pareció ver un nido de pájaros real, sin duda transportado accidentalmente, en una de las ramas más altas.

Antonetta se apoyó contra el tronco barnizado de un roble y lo miró. A Kel... No, pensó Kel, ella estaba mirando a Conor. La expresión de su mirada era para Conor.

—No he mentido —aseguró ella—, Joss sí que quiere hablar contigo. Solo que yo deseo hablar contigo primero, y en privado.

—¿No puedes esperar? —Kel estaba acostumbrado a ponerse la altivez de Conor como una capa; pero con Antonetta, la capa parecía no sentarle bien. Le apretaba tanto en la garganta que le dificultaba la respiración.

Ella alzó las cejas, interrogante.

—¿No recibiste mi mensaje?

Kel se tensó. Si Conor había recibido un mensaje de Antonetta, no había dicho nada.

—No lo recuerdo —dijo con languidez, odiándose un poco—. Recibo muchos mensajes.

Si había pensado que eso la heriría, se quedó sorprendido; ella solo pareció molesta.

—Conor. Era importante.

Él dio un paso hacia ella. Le notaba algo diferente. Se dio cuenta de que no estaba flirteando, o usando la sonrisa que, para él, siempre era como una flecha en el corazón. Lo estaba mirando, a Conor, directamente y con calma, con una claridad teñida de frustración.

Por un loco momento, pensó: «¿Sabe que soy yo?». Nunca antes se había preguntado eso al ir disfrazado de Conor o, al menos, no durante muchos años. Nadie era capaz de ver a través del engaño. Nadie se preocupaba en hacerlo. Se había relajado en la convicción de que la gente veía lo que quería ver.

Pero la claridad de la mirada de Antonetta lo desarmó. Lo miraba como si lo conociera a fondo, y él deseaba, a pesar de saber lo peligroso que podía resultar, que fuera así. Que ella dijera «Kellian», y confesara que lo había reconocido en cuanto lo había visto. Quizá incluso, todos esos años atrás, desde la primera vez que él se había sentado a cenar en la Galería Brillante, sin saber qué pieza de cubertería coger con sus manos temblorosas.

Pero eso era ridículo; en aquel entonces, ella tenía nueve años. No podía haberlo sabido.

Pensó en el anillo de hierba. Si ella supiera quién era él, se lo podría preguntar. La cuestión había estado rondándole por la cabeza desde que había sabido el secreto del medallón, como la imagen residual de una luz brillante tras los párpados.

—Antonetta... —comenzó él.

Antonetta miró a su alrededor, como asegurándose de que nadie podía escucharlos.

—Te lo decía en la nota —le recordó ella, con tranquilidad—. Es mi madre. Quiere comprometerme con Artal Gremont en cuanto regrese a Castelana.

Kel sintió que los árboles se cernían sobre él.

—¿Artal Gremont?

Antonetta parecía abatida.

—Es bastante mayor que yo, pero una alianza entre nuestros puestos en el Consejo complacería a mi madre...

—¡Es un cabrón! —exclamó Kel—. Y no el tipo habitual de cabrón que nos hemos acostumbrado a ignorar en la Colina. Es un cabrón fuera de lo común.

—Y por eso necesito tu ayuda, monseigneur. Debe haber alguna forma de que puedas convencer a mi madre de que cambie de plan.

«Monseigneur.» Kel deseó estar en cualquier otra parte; su ridícula esperanza de que Antonetta lo reconociera a pesar del disfraz había sido solo eso: ridícula. Sabía que podía limitarse a irse de allí; Conor había hecho cosas más raras, pero más que desear irse, deseaba ayudar a Antonetta.

Aunque él poco podía hacer. Él no era él; era Conor, y debía contestar como lo haría Conor. No había nada más importante que preservar el engaño de que era el príncipe. Incluso aunque sintiera que se ahogaba al decir:

—Tu madre quiere que te cases. ¿Hay... alguna otra persona con quien desees casarte? Quizá podría intentar convencerla.

Antonetta cogió aire. A la luz del extraño bosque falso, su piel parecía moteada de sombras y oro. Kel sabía que había habido una época en la que él no la consideraba guapa, pero no podía recordar la forma de sus pensamientos de entonces.

—No —contestó ella—, si puedo, me gustaría quedarme soltera. Igual que ha hecho mi madre desde la muerte de mi padre.

—No me cabe duda de que ella te ama —repuso Kel—, pero también eres una pieza en el tablero del juego de los castillos. Pedirle que no te case es como pedirle que sacrifique a su reina.

Antonetta dio un paso en dirección a él entre las sombras que se movían. Le puso una mano en el brazo, él no pudo notarla a través del grosor del material que vestía, pero el peso de su toque conllevaba calidez.

—Eres amable —le dijo ella—. Hay muchos que dicen que no lo eres, pero yo sé que sí. Sí que puedes ayudarme.

Y, por un momento, él se permitió dejarse ir: con el peso de su mano, la expresión de su rostro, el aroma de su perfume de lavanda. Y la suavidad de su mirada, aunque supiera que estaba destinada a Conor, fuera lo que fuera lo que ella sintiera por él, atrapó a Kel; inclinó la cabeza y dejó que sus labios le acariciaran la mejilla. Ella lo miró sorprendida. Él podría besarla, su boca estaba a escasos centímetros; podría enterrarle las manos en el pelo y acercar sus labios a los de ella, y aunque el beso de ella fuera para Conor, él lo aceptaría. Eso le hizo sentirse como un mendigo, pero, en ese momento, la idea había dejado de preocuparle. Había nacido como un mendigo de las calles; no era nada nuevo para él.

Sintió el aliento cálido de ella en su mejilla. Su boca acarició la de ella; Antonetta se sobresaltó y dio un paso atrás, alzando las manos para formar una frágil barrera entre ambos. Lo miró, irónica.

—Conor —le dijo—, ¿de verdad estás borracho tan pronto?

Recuperado, él parpadeó.

—Pensaba...

—No, nada de eso —lo cortó ella, con calma—. Sabes bien lo que siento. Yo sé lo que sientes tú. No hagamos nada estúpido.

—¡Conor! —El suave sonido de las hojas de seda crujiendo rompió el incómodo silencio. Kel se apartó de Antonetta mientras una sombra se movía entre los troncos de los árboles. Era Joss Falconet.

—Gracias, Antonetta, por encontrarlo. —Le guiñó el ojo—. Hay un asunto personal que resolver, y requiero su sabio consejo.

Antonetta inclinó educadamente la cabeza.

—No tiene importancia —dijo, y aunque Kel quiso detenerla, no pudo encontrar ninguna razón por la que Conor lo haría. Ella se fue sola por entre los falsos árboles y, un momento después, Joss dirigía a un asombrado Kel hacia el centro de la sala, donde una enorme escultura de azúcar de Aquila se alzaba hacia el cielo, con todos los detalles, incluyendo una puertecilla enrejada en el muro que rodeaba la ciudad. Ondeando sobre la torre más alta había banderas en miniatura de Sarthe y Castelana.

«Humm», pensó Kel. Se hallaba ante un dilema: era muy probable que Conor mordisqueara al menos una torre, o posiblemente el reloj de la ciudad. Sin embargo, esto molestaría tanto a Lilibet como a la delegación de Sarthe. Decidió elegir la armonía sobre la verosimilitud.

—Joss, ¿tienes un asunto personal que quieres discutir?

Joss iba tan elegante como siempre. Gotas de amapola les habían dado a sus pupilas forma de alas, y un dragón azul shenzaní se enroscaba en la parte trasera de su túnica de seda, enrollando su cola de oro y cobalto sobre el hombro. Y, aun así, parecía incómodo, lo cual era lo suficientemente raro para que Kel lo notara. Bajó la voz antes de responder.

—La verdad es que me gustaría disculparme.

Kel lo miró con cierta sorpresa. Falconet casi nunca se ponía serio; ni era de los que pidieran perdón.

—¿Por qué?

—La fiesta de la otra noche. La broma de Charlon a la princesa sarthiana.

Kel miró hacia la gran mesa, donde habían colocado un plato de *sops*, un pan dulce relleno de mermelada de melocotones, peras y cerezas, ante Luisa. Ella le estaba ofreciendo uno a Vienne, que le sonreía y negaba con la cabeza.

—Luisa —dijo Kel—, su nombre es Luisa.

—Quería que supieras que no tenía ni idea de lo que planeaba Charlon con todo ese asunto del baile. Y Montfaucon tampoco, aunque creo que a él le hizo más gracia que a mí.

—Estoy seguro de que lo encontró divertidísimo —dijo Kel—, me sorprende oír que tú no.

—Pude ver que te molestaba —dijo Joss, mirándolo con

atención. Kel no se había preguntado si a Conor le había molestado o no la superficial crueldad de Charlon; había supuesto que Conor había estado demasiado amargado y enfadado por la situación para considerar los sentimientos de nadie más. Pero quizá había sido injusto. Joss era observador, en una manera en la que ni Montfaucon ni Roverge lo eran, y conocía bien a Conor—. Sabía que no te gustaba, y quería decírtelo; a pesar de lo que pueda pensar de lo que Sarthe ha hecho, a pesar de que desearía que fuera diferente, te soy leal. Soy leal a la Casa Aurelian, pero sobre todo a ti.

—¿Quieres decir —preguntó Kel— que si yo quisiera que todos los de la Colina hicierais las paces con Luisa, tú harías lo que estuviera en tu mano para ayudar?

—Sí, aunque no será fácil. Existe mucha animadversión hacia Sarthe, y mucha rabia por la jugarreta que nos ha hecho. Pero —añadió Joss, apresuradamente— lo intentaré. Soy más listo que la mayoría de ellos, e imagino que puedo convencerlos.

—Y eres modesto —añadió Kel—, eso también.

Joss esbozó una pequeña sonrisa.

—Y hay algo más que quería preguntarte —dijo—. Respecto a esa chica, la nieta de Mayesh. La que bailó en la...

Se detuvo con expresión sorprendida. Kel se dio cuenta enseguida de por qué; el anciano Gremont había llegado hasta ellos y había posado una mano frágil en la manga bordada de Kel.

—¿Podemos hablar en privado un momento, mi príncipe? —pidió.

Joss hizo una reverencia y se excusó, lanzándole una mirada a Kel que decía claramente: «Ya me explicarás luego de qué va esto».

Kel se volvió hacia Gremont, cuyos ojos escudriñaban la sala; el anciano hombre parecía claramente preocupado por que pudieran oírlos.

—En privado —repitió, y se aclaró la garganta—. Si pudiéramos hablar un momento, quizá en el exterior...

—¿Es sobre Artal? —preguntó Kel. Sabía que no debía

preguntar, pues Conor no lo haría, pero no pudo evitarlo—. ¿Va a regresar pronto?

Gremont apartó la vista.

—Bastante pronto —contestó—. Creo que en pocas semanas. Tenía asuntos que atender en Kutani. Pero no es de Artal de quien deseo hablaros —añadió, con prisa—. Es de otra persona.

—Mi querido Gremont —dijo Kel, tan amablemente como pudo—, por supuesto que estaré encantado de hablar con vos. —«¿Sobre vuestras reuniones en el Laberinto?»—. Pero que sea después de cenar. Me sería difícil escabullirme justo ahora, como estoy seguro que podéis imaginar.

Gremont bajó la voz.

—Mi señor príncipe. Debe ser pronto. Es una cuestión de confianza, ¿sabéis?

—¿De confianza? —repitió Kel, perplejo, justo cuando sonó la campana que anunciaba que se iba a servir la comida. Los invitados empezaron a dirigirse hacia la mesa alta, y un instante después Mayesh estaba junto a Kel, sonriendo educadamente a Gremont.

—Venid, mi príncipe; será mejor que terminéis vuestros saludos y os sentéis, de lo contrario, nadie comerá jamás.

Era cierto; las leyes castelaníes de etiqueta decretaban que ningún noble podía sentarse a comer hasta que no lo hiciera el Linaje Real, aunque, como Conor pensaba que la regla era estúpida, solía ignorarla.

Gremont se quedó molesto, pero Mayesh ya estaba dirigiendo a Kel hacia la mesa alta. Kel subió los escalones, deteniéndose para saludar a senex Domizio y sena Anessa. Parecieron sorprendidos cuando les dijo que estaba encantado ante la perspectiva de visitar Aquila, la Ciudad del Águila. (Al menos, pensó Kel, Conor podría sacar un viaje de todo aquel asunto.)

Mientras se dirigía a los asientos reales, parándose un momento para bromear con Charlon y Montfaucon, notó que Mayesh lo observaba desde el otro lado de la sala. El consejero estaba sumido en una conversación con Jolivet. Cierto que ambos se caían mal, pensó Kel, pero igualmente estaban unidos, al servicio del rey y en el cuidado de los secretos reales.

Le recordaron a Kel las figuras pintadas en las puertas del Infierno y el Paraíso, una representando al bien, y la otra al mal, ambas debatiendo el destino de las almas de la humanidad.

Por fin, Kel llegó a su lugar y se sentó al lado de Luisa. Vienne estaba al otro lado; Lilibet se hallaba a la cabecera de la mesa, a varios puestos de distancia, charlando con lady Alleyne. A Antonetta la habían relegado al otro extremo de la mesa, frente a Joss y Montfaucon.

Luisa miró ansiosa a Kel. Tenía mermelada de cereza en la mejilla. Kel sabía que Conor la ignoraría, pero él no era capaz de hacer eso.

—*Me scuxia* —le dijo, en sarthiano—. Disculpadme. Un príncipe tiene muchas obligaciones.

—Empezaba a preguntarme si ibais a honrarnos con vuestra presencia o no —dijo Vienne, seca, en castelaní—. Había supuesto que pasaríais esta noche igual que lo hicisteis en casa de Roverge, bebiendo y flirteando.

Antes de que Kel pudiera responder, se volvió momentáneamente imposible decir nada en absoluto pues se empezó a servir la comida. Había platos y más platos de la comida marakandí favorita de Lilibet: paloma guisada con dátiles, capones cocinados con pasas y miel, cordero con cerezas amargas bañado en sirope de granada. Junto a semejantes delicadezas estaban las recetas sarthianas: chipirones en su tinta, albóndigas rebozadas en queso seco, pollo escabechado en vinagre, *passatelli* con mantequilla de hierbas.

A lo largo de la mesa se oían exclamaciones de placer, pero lo único en lo que Kel podía pensar era en la primera vez que había estado en Palacio. La maravilla de la comida, tanta y de tal variedad, desplegándose ante él como un tapiz encantado. Cómo había comido y comido, hasta que le había dolido el estómago.

Ya no era más que comida, una fuente de sustento sin mayor emoción. Y no tenía hambre. Aunque intentaba olvidar la tensión que sentía, esta seguía ahí, enrollada en su estómago, impidiendo cualquier deseo de comer.

Se preguntó si Vienne también estaría tensa. A pesar de su ropa, a pesar de las circunstancias bastante tranquilas, ella seguía vigilando a la princesa. Deseó poder decirle que sabía lo que era aquello, pero tuvo que contentarse con repetir sus palabras.

—Bebiendo y flirteando, ¿eh?

—Bueno, sí —contestó Vienne, pinchando una pasa con el tenedor—. Era lo que estabais haciendo...

—Estaba hablando con Mathieu Gremont. Tiene noventa y cinco años —dijo Kel—, y dirige el fuero del té y el café, aunque casi nunca lo veo despierto. Sin embargo, no diría que yo estuviese flirteando. Está frágil, y semejantes actividades podrían acabar con él.

Vienne pareció un poco sorprendida, probablemente aquello fuera más de lo que Conor le había dicho nunca.

—Me refería a la otra noche...

—Pues eso fue la otra noche —puntualizó Kel. Los empleados se movían alrededor de la mesa, sirviendo de las bandejas. Kel se recordó a sí mismo que debía tomar las comidas favoritas de Conor: liebre y jengibre confitado, capones espolvoreados con canela—. Hoy es una noche distinta.

—¿Debemos esperar que sea diferente, pues? —preguntó Vienne, que intentaba animar a Luisa a comer.

—Esto me recuerda un viejo dicho callatiano —dijo Kel—. «Si buscáis fallos, los encontraréis.»

—Y a mí me recuerda a otro dicho callatiano —repuso Vienne—. «La medida de un hombre es lo que hace con su poder.»

—No era consciente —replicó Kel— que entre los cometidos de la Guardia Negra estaba el tomar medidas de la realeza. Además, si queréis que Luisa coma, no deberíais dejarla tomar un plato entero de mermelada.

Luisa, al oír su nombre, tiró de la manga de Vienne.

—¿Qué pasa? —preguntó en sarthiano—. ¿Qué estáis diciendo? No consiento que me dejéis de lado, Vienne.

—Mirad, ¿veis aquel tapiz de allí? —dijo Kel, también en sarthiano. Señaló el tapiz que colgaba del balcón, tapando las alcobas que se hallaban tras él—. Se llama el *Matrimonio con el Mar*. Es un ritual al que se somete la familia real, aquí en Castelana, para consagrarse al mar que tanto nos trae. El rey y la reina llevan anillos de oro al puerto en un barco de flores, y los tiran sobre las olas del mar. Así, sellan el amor de la ciudad por el mar, y se mantienen unidos a él.

—Parece un desperdicio de joyas —observó Luisa, y Kel rio—. Preferiría conservar el anillo.

—Pero enfadaríais al mar —se burló Vienne—. Y, entonces, ¿qué ocurriría?

Luisa no contestó; Lilibet se había puesto en pie, con una campanilla de plata en la mano. La hizo sonar, y una campanada perentoria recorrió la sala.

La música de la galería se apagó cuando Lilibet, con toda su realeza, elegante, con la barbilla alzada, posó la vista sobre los músicos. Las esmeraldas le brillaron en el cuello, las orejas, los dedos.

Si alguien se preguntaba dónde estaba el rey, sabían bien que no debían expresar su pregunta en alto. Su ausencia era algo esperado en esa coyuntura; ni siquiera los nerviosos delegados sarthianos podían sentirse insultados por ese hecho.

—En nombre de Castelana —comenzó Lilibet—, doy la bienvenida a los delegados de Sarthe, y a la princesa Luisa de la Casa D'Eon.

Luisa resplandeció; al menos había entendido su nombre. «Pobre niña —pensó Kel—, haber venido hasta aquí por el capricho de los políticos.» Era como soltar una paloma entre halcones. Estar comprometida con Conor no la salvaría. Habría voces a su favor, sin duda, pero eran muchas más las que esperaban verla caer.

—Os da la bienvenida —tradujo Kel, y Luisa sonrió. Lilibet seguía hablando: del águila de Sarthe y el león de Castelana, de la unión de la furia y la llama, y del imperio que construirían juntos para dominar tierra y mar.

Vienne se inclinó hacia una jarra de vino rosado; Kel la cogió primero y se la pasó con elegancia. Ella lo miró suspicaz.

—Parecéis diferente —dijo.

—¿Diferente de otros príncipes? —preguntó Kel, doblando los dedos llenos de anillos—. ¿Más encantador? Ah. Más guapo.

Ella puso los ojos en blanco.

—Diferente de como erais —aclaró—. No habéis sido amable con ella —miró a Luisa— en todos los días que llevamos aquí. Ahora sois todo amabilidad y bromas. Quizá vuestro corazón haya cambiado —añadió—, aunque no acabo de creerlo. Nunca he conocido a un príncipe cuyo corazón cambiara.

Luisa, harta de que sus compañeros hablaran en castelaní, dejó escapar un suspiro agraviado justo cuando Lilibet acabó su discurso.

—Debéis aplaudir al discurso de la reina —susurró Kel, y juntó las manos, aunque no era muy acorde a la etiqueta que el príncipe heredero aplaudiera. Luisa lo copió rápidamente. Los músicos empezaron a tocar otra vez, y el tañido de un *lior* llenó el vestíbulo mientras Lilibet se sentaba.

A través de las puertas de servicio situadas bajo las arcadas, salió un grupo de artistas vestidas de sedas brillantes y trenzados dorados, que empezaron a llenar la sala. Los murmullos complacidos recorrieron la mesa: eran las bailarinas, llamadas *bandari*. Recorrían los Caminos Dorados, sin afiliarse a ningún país o idioma determinados, dedicadas a su arte. Llevaban chaquetas de seda ajustadas justo hasta debajo de las costillas y pantalones de tiro bajo de seda transparente. Zapatillas de satén doradas completaban su atuendo.

Actuaban con el pelo suelto e intrincados cinturones de monedas atados alrededor de sus firmes cinturas. Se decía que una bailarina *bandari* guardaba una moneda de cada actuación y la unía a la cadena; la longitud del cinturón indicaba cuánto tiempo llevaba la bailarina realizando su arte.

La Corte de Jahan tenía su propio grupo de *bandari*, y Lilibet era una entusiasta de este arte. Aplaudió cuando las bailarinas entraron en la sala.

—¿Debo aplaudir de nuevo? —susurró Luisa; Kel negó con la cabeza. Los árboles decorativos y la vegetación se habían reacomodado para formar un espacio en el que pudieran actuar las bailarinas; él tenía una excelente vista del «escenario», puesto que las sillas frente a él estaban vacías.

—Aún no es necesario —le dijo—. Solo haced lo que yo haga, y no os preocupéis.

Se preguntó si la visión de las bailarinas la molestaría, considerando lo que había pasado en la fiesta de Roverge. Pero solo parecía encantada de verlas. De hecho, eran hermosas:

flexibles y cuidadosamente formadas como si las hubieran hecho para los movimientos gráciles. El pelo suelto, claro, escarlata, negro o castaño, les caía por la espalda.

Vienne no estaba mirando a las bailarinas *bandari*; miraba a Kel con la misma expresión perpleja en el rostro. «Tengo que dejar de ser amable con la niña», pensó él, aunque sabía por qué estaba haciéndolo: era lo que Conor había hecho por él, la primera vez que él había ido a Palacio. Mostrarle qué tenedor usar, decirle cuándo y cómo hablar. Luisa era una niña, igual que lo había sido él; no podía dejarla a la deriva.

Y, aun así, sintió un picor en la coronilla, como si la fuerza de un antiguo recuerdo le provocara escalofríos. Se dio la vuelta y vio movimiento en la parte trasera del vestíbulo. Una figura embozada había entrado a través de las puertas doradas y contemplaba la sala. Tenía la capucha subida, ocultándole el rostro, pero Kel conocía su paso, su forma de andar, como conocía el suyo propio.

Conor.

Kel no pudo hacer nada más que contemplarlo, mientras el príncipe avanzaba por la sala. Las bailarinas aún seguían moviéndose, igual que unos pocos sirvientes que llevaban cuencos de bronce con agua de rosas, al parecer requeridos para la actuación. En la galería, los músicos afinaban los instrumentos. Nadie, ni siquiera Jolivet o Mayesh, pareció fijarse en Conor, a excepción de Kel.

Durante toda su vida, Kel se había entrenado para hacer lo que Conor haría, anticipando sus acciones, suponiendo sus posibles reacciones. Conor estaba entre las sombras, pero Kel lo veía suficientemente bien. Vio que Conor estaba borracho, lo suficiente como para necesitar apoyar la mano en la pared mientras caminaba, para mantener el equilibrio.

Pero no tan borracho como para no saber dónde estaba, o lo que estaba haciendo. Caminó con determinación hacia la mesa alta, como si pretendiera ocupar su lugar en ella.

Kel no quería pensar en lo que pasaría en ese caso. Podría excusarse, pensó; podría escabullirse por el Vestíbulo de la Victoria, pero incluso así...

Conor había llegado a la altura del tapiz, y caminaba a su lado, con una mano desnuda acariciando el *Matrimonio con el mar*. Por encima de él, el rápido rasgueo del *lior* señalaba que el baile estaba a punto de empezar. Luisa lanzó una exclamación de placer cuando las lámparas se atenuaron. Pañuelos de gasa plateados y negros empezaron a caer desde una apertura oculta en el techo. La sala dejó de ser un bosque. Era la noche: el metal de las estrellas, la obsidiana del cielo. Las bailarinas, con sus brillantes galas, empezaron a moverse sobre el suelo. Kel se dio cuenta de que era la danza de las constelaciones: las bailarinas serían cometas, meteoros y asteroides. Serían el aire que se convertía en fuego entre los planetas, los brillantes e incomprensibles sedimentos del universo.

Serían una perfecta distracción.

Tras murmurarle algo a Luisa, dejó su asiento, bajó silenciosamente de la tarima, y se escabulló tras la mesa principal. Se deslizó a lo largo de la pared que se hallaba bajo la galería, con todos los sentidos alerta. La música inundaba la sala; el aire estaba lleno de relucientes pañuelos, y las bailarinas dibujaban un sendero brillante sobre el suelo. Conor se había detenido, con la espalda pegada al tapiz, para mirarlas. Kel aceleró, lo cogió por la chaqueta que llevaba bajo la capa, y lo arrastró tras el tapiz.

Un quinqué iluminaba la desnuda alcoba de piedra que había detrás del tapiz; la tela volvió a su sitio, ocultándolos, mientras Conor se resistía durante un momento.

—Con —susurró Kel—. Soy yo. Soy yo.

Conor se quedó quieto. Cayó contra la pared, mientras la capucha se le bajaba dejando su rostro al descubierto. No llevaba corona, y tenía los ojos inyectados en sangre.

—Lo siento —dijo. No arrastraba las palabras, no estaba tan borracho, pero hablaba casi en un susurro. A Kel le costaba oírlo por encima de la música—. Te he abandonado. Pensaba que los abandonaba a ellos, pero te he abandonado a ti.

Kel le habló, aún sujetándolo por la chaqueta.

—¿Qué creíste que ocurriría? Aunque supongo que no pensaste nada. Conor...

—Pensé que cancelarían la jodida fiesta —susurró Conor—. Pensé que se darían cuenta de que... Sé que esto tenía que pasar, es política, no se puede cambiar, pero todo este fingimiento, estas mentiras de que todo nos parece bien..., que todos apoyan a quien sea que va a beneficiarse: unos pocos políticos y mercaderes... —Kel lo vio tragar saliva—. No pensaba que te obligarían a hacer esto.

—Es mi deber, Conor —dijo Kel, cansado—. Mi trabajo. Finjo ser tú. Claro que me obligan a hacer esto. Y tú no deberías estar aquí.

Conor le puso las manos sobre el pecho a Kel.

—Quiero hacerlo bien —dijo—. Déjame cambiarme contigo. Saldré yo. Cumpliré con mi deber.

Kel quiso preguntarle qué había pasado, por qué se había ido de manera tan repentina y había vuelto de la misma forma. ¿Por qué en ese momento, ese día? Pero ese, desde luego, no era el momento.

—Con, estás borracho. Vuelve al Mitat. Vete a dormir. Te contaré todo lo que pase. No será gran cosa.

Conor apretó la mandíbula.

—Cámbiate conmigo.

—Lo empeorará todo —dijo Kel.

Conor se encogió con una mueca. Y, por un momento, Kel recordó el pasado, al niño con luz en los ojos, que le había preguntado, juguetón: «Entonces, ¿cómo es eso de ser yo?».

¿Cuándo se había apagado esa luz? ¿Él había notado el momento? En ese instante, los ojos de Conor parecían como moratones en su rostro y su boca tenía una tensa rigidez. Una parte de Kel quería sacudir a Conor, gritarle; la otra mitad quería quedarse ante él, protegerlo de todos los peligros del mundo. No solo de las espadas, sino también de las mentiras y la crueldad, de la decepción y la desesperación.

—Ahora puedo hacerlo mejor —insistió Conor, testarudo—. Cámbiate conmigo.

Kel resopló.

—De acuerdo. De acuerdo.

Conor se deshizo de su capa. De su chaqueta. Kel no era capaz de recordar la última vez que había visto a Conor vestido con tanta sencillez. Llevaba ropa más elegante incluso para practicar la esgrima en el Hayloft. Kel se sacó la túnica y los anillos, se quitó la corona de la cabeza. Fue un alivio no llevarla.

Se lo tendió todo a Conor, que se lo puso apresuradamente.

—Los pantalones... —requirió Conor, abotonándose los cierres de la túnica.

—No pienso quitarme los pantalones —aseguró Kel mientras se quitaba el amuleto y se lo metía en el bolsillo de la chaqueta que llevaba—. De todas formas, nadie se fija en los pantalones.

—Pues claro que se fijan. —Conor se puso el último de los anillos. La corona le brillaba en medio del pelo oscuro; Kel pensó que era asombroso, la diferencia que suponía una delgada banda de oro. Transformaba a Conor, no en lo que no era, sino de vuelta en lo que sí era—. Si no, ¿cómo vas a saber lo que está de moda? —Miró los pies de Kel—. Botas...

Pero no hubo tiempo para cambiarse ni los pantalones ni el calzado. Desde el otro lado del tapiz, un sonido interrumpió la música. Un grito, agudo y terrible, y luego otro. La música pareció tartamudear y se detuvo.

Kel se acercó al tapiz y levantó una esquina.

—¿Qué...? —dijo Conor, a su lado, y ambos se quedaron mirando: las puertas de la Galería Brillante se habían abierto por completo, y unas figuras oscuras estaban entrando. Tras ellas, Kel vio un atisbo de la noche allá fuera, el brillo de las estrellas, las luces de la Colina y, por un momento, se preguntó si todo aquello era una especie de obra de teatro, una parte del entretenimiento de la velada.

Luego vio el destello de las antorchas sobre el acero, y un guardia del castillo desplomarse con una espada clavada en el vientre. Una de las figuras oscuras permanecía sobre él, con una espada ensangrentada en la mano. Brilló otra espada, y otra, como estrellas que cayeran del cielo nocturno, y Kel se dio cuenta: no era una representación. Estaban atacando Marivent.

Maharam: Me habéis preguntado cuál es vuestra responsabilidad en cuanto al retorno de la Diosa. Me preguntáis si la miraréis a los ojos y veréis la llama de su alma. Anheláis la sabiduría y el don de la certeza, como hacemos todos. Estad tranquilo, Maharam. No es vuestra carga. El Exilarca no es un mero título que pasa a los descendientes de Makabi, es un alma lo que se hereda, y el alma del Exilarca reconocerá el alma de la Diosa cuando regrese. En este asunto no debe haber ninguna duda. Vuestra carga será otra. Pues cuando la Diosa regrese, deberéis reunir a nuestro pueblo para levantarlos con sus espadas, ya que significará que una gran amenaza ha llegado, no solo para los ashkar, sino para todo el mundo.

Carta de Dael Benjudah a Maharam Izak Kishon

Capítulo veinticinco

Cuando Lin salió a las engalanadas calles del Sault, el aire estaba cargado con la fragancia de las rosas y los lirios. Se detuvo por un momento en el escalón frontal del Etse Kebeth, ajustándose, nerviosa, el encaje de los puños y el cuello, alisando las arrugas del vestido azul. Tocó el saquito de seda que llevaba al cuello, esperando que disimulara el latido que, estaba segura, se le veía en la garganta.

Nunca había estado tan nerviosa.

La puerta de la Casa de las Mujeres se abrió tras ella, dejando salir a un grupo de mujeres jóvenes que iban riendo. Arelle Dorin le sonrió cuando el grupo pasó a su lado, de camino al festival. Su emoción era cálida y palpable; cualquier otra noche, Lin la hubiera encontrado contagiosa. Pero, en ese momento, se limitó a apretar el puño derecho. Silenciosamente, se dijo a sí misma: «Siempre puedes cambiar de idea, Lin. Hasta el último momento, puedes cambiar de idea».

La puerta se abrió de nuevo, y esa vez fue Mariam la que se unió a Lin en los escalones. Su vestido era una magnífica creación de seda shenzaní azul pálido, con los puños vueltos para mostrar un revestimiento *setino* amarillo azafrán con rayas negras. El pelo, como el de Lin, estaba recogido en una gruesa trenza entreverada de flores. En contraste con la magnificencia del vestido, su fragilidad resultaba evidente: tenía círculos rojos en lo alto de los prominentes pómulos y el rígido cuello del vestido le envolvía su delgado cuello. Pero la sonrisa que esbozó para Lin era tan alegre como siempre.

—Nuestro último festival —dijo, tomando a Lin de la mano—. Después de esto, creo que seremos oficialmente viejas solteronas.

—Bien —repuso Lin—. Una vez que una se convierte en una vieja solterona, puede dejar de esforzarse en ser encantadora.

—Estoy anonadada. —Era Chana Dorin, que se les unió en la escalera. Llevaba su uniforme habitual: una túnica gris y pantalones, y botas gruesas de jardín. Su única concesión a la importancia de la velada era un chal plateado que Josit le había traído de los Caminos Dorados—. No tenía ni idea de que estuvieras esforzándote en ser encantadora, Lin.

—Indignante —replicó Lin—, estoy indignada.

Mariam se rio, y salieron juntas hacia el Kathot, mientras Lin detallaba todas las maneras en las que planeaba dejar de esforzarse en ser «una doncella», una vez que hubiera acabado esa noche. Se vestiría solo con ropa rota, les dijo a sus acompañantes, y no llevaría más que botas embarradas. Se compraría en el mercado una rata como mascota y la llevaría con una correa de seda. Quizá se hiciera también con algunos polluelos y les pondría nombre, y le contaría a quien le preguntara que a veces se sentaba sobre los huevos para ver si los incubaba.

—Estoy impresionada —comentó Chana—. Eso es peor que tu comportamiento actual. Aunque no mucho más —añadió.

—Mira quién fue a hablar —intervino Mariam—. Tus botas siempre están embarradas, Chana.

Lin sonrió ante la desenfadada discusión, pero solo estaba atenta a medias. A medida que se aproximaban al centro del Sault, Marivent parecía cernirse sobre ellas, visible sobre la oscuridad del cielo, blanca como una segunda luna.

Lin sabía que esa noche era el banquete de bienvenida para la pequeña princesa de Sarthe; por eso Mayesh no acudiría al festival. En los años anteriores, esto habría enfadado a

Lin: que su abuelo no pudiera ni molestarse en aparecer al evento religioso más importante del año en el Sault porque su lealtad era para Marivent y no para su gente.

Pero, en ese momento, se alegraba de que no estuviera allí. No estaba segura de que pudiera llevar a cabo su plan si él hubiera estado observando.

Habían llegado al iluminado Kathot, brillante como un ascua entre restos de carbón. Los faroles de plata repujada se balanceaban entre las ramas de los árboles, y las velas ardían en copas de papel de cera coloreado sobre las largas mesas con sus manteles blancos.

Chana atravesó la multitud, tirando de Lin y Mariam. Por una vez, Lin se alegró de que la llevaran. Se sentía desnuda entre la multitud, como si se le vieran las intenciones en la cara. «Para ya», se dijo a sí misma. Toda aquella era gente conocida, caras familiares. Estaba Rahel, riendo en medio de otras mujeres casadas; cerca, Mez se sentaba a una mesa circular afinando su *lior*, rodeado de otros músicos. Además de las *narit*, mujeres jóvenes como Mariam y ella misma, todas vestidas de azul, estaban los hombres jóvenes en edad casadera, que se veían extraños vestidos con sus mejores galas. Sentados a las largas mesas, bromeaban entre ellos y bebían vino rojo púrpura en las copas plateadas que habían sido abundantemente distribuidas por los ancianos del Sault.

El festival era una celebración, se recordó Lin; se suponía que la gente estaría relajada y feliz. Se obligó a sonreír.

—Deja de hacer eso. —Mariam le sacudió el brazo—. ¿Por qué sonríes como una tonta?

Chana las llevó a un espacio bajo las higueras desde donde tenían una buena vista de la plaza. Justo frente a ellas había un espacio despejado cubierto con pétalos, pensado para bailar y reunirse. Al pie de la escalera del Shulamat se había erigido una tarima. Sobre ella se hallaba una silla de madera, hecha para la ocasión y decorada con flores, destinada al Maharam. Al final de la fiesta, la tarima y la silla se rompían y se quemaban, y el dulce aroma de la madera de almendro llenaba el aire.

—No sonrío como una tonta —susurró Lin—, solo sonrío.

—Pues no lo parece. —Mariam se hizo a un lado cuando Orla Regev, otra de las ancianas del Sault, se apresuró hacia Chana para preguntarle algo en susurros. Por lo visto, alguien había engalanado la silla del Maharam con jacintos, cuando todo el mundo sabía que debían ser rosas. Además, habían sacado el vino demasiado pronto, y muchos de los ancianos ya estaban borrachos, y también algunos de los jóvenes.

—Ay, la pobre —se compadeció Mariam mientras Orla se llevaba a Chana, y esta argumentaba que no era probable que el Maharam se diera cuenta de qué tipo de flores decoraban su silla, y que tampoco era probable que a la Diosa le importara—. ¿Por qué Orla no puede dejar que se divierta?

—Porque así es como se divierte Orla —contestó Lin, justo cuando un joven se les acercó sonriendo. Lin lo reconoció inmediatamente: era Natan Gorin, el hermano mayor de Mez, el que acababa de volver de los Caminos Dorados.

Al igual que el resto de los jóvenes del festival, vestía con algodón blanco con bordados de plata y una corona de hojas verdes de nardo en la cabeza. (Por un momento, a Lin le recordó a otra corona, una banda dorada con alas laterales, que brillaba en medio de unos rizos negros.) Tenía el pelo cobrizo y la piel morena por el sol. Sonrió abiertamente, extendiéndole a Mariam una mano decorada con los tatuajes de tinta negra de los mercaderes rhadanitas.

—Resulta que tengo un amigo entre los músicos —le guiñó un ojo a Mez—, y me han contado que el baile está a punto de empezar. ¿Me harás el honor?

Mariam enrojeció y cogió la mano de Natan. Mez saludó eso con un trino del *lior* y, un momento después, la música había empezado, y Natan y Mariam estaban bailando.

Una gran alegría superó los nervios de Lin. Miró hacia Mez, que sonreía. ¿Le habría pedido a Natan que bailara con Mariam? No importaba, se dijo Lin; Mariam era feliz por el simple hecho de estar bailando. La cara le resplandecía, y a la luz de la luna no parecía en absoluto cansada o enferma.

Otras parejas se les habían unido. Lin se apoyó contra la rugosa corteza del tronco de un árbol, permitiéndose disfrutar del momento. A su alrededor, todo eran risas y el brillo de una comunidad que se alegraba de tener una excusa para juntarse. Pero mientras miraba a Mariam, algo frío se le metió por debajo de las costillas. Una sensación de intenso temor.

«No puedes hacer esto —le dijo la voz de su cabeza—, no a todos ellos. La obstinación del Maharam no es culpa de todos. Y seguro que hay otra solución. Algo menos radical.»

Aunque aún no se le había ocurrido.

—Lin. —Esta se enderezó; era Oren Kandel, que la miraba sombrío. Realmente era muy alto. Lin se sintió como si tuviera que estirar el cuello para verle la cara, que mostraba una expresión seria. No llevaba la corona de hojas, como los otros jóvenes, y su ropa era sombría, sin bordados. Le habló tenso—. ¿Quieres bailar conmigo?

Lin se quedó demasiado sorprendida para rehusar su petición. Dejó que Oren la llevase hasta los demás bailarines, que le cogiera la mano y que la aproximara hacia sí. Olía ligeramente ácido, como a té amargo. Mientras la hacía girar torpemente entre sus brazos, ella no pudo evitar acordarse de la última vez que había bailado. Y que se había puesto en ridículo, pensó, mientras Conor la observaba con esa luz amarga en los ojos...

No, Conor no, se recordó a sí misma. El príncipe. Ella no era Mayesh, como para tutearlo. Además, él la odiaba. Ella le había dicho que estaba corrompido, y no era muy probable que él perdonase semejante insulto.

—Lin —dijo Oren, con una voz sorprendentemente amable. Por un momento, Lin pensó que él iba a decir: «Pareces preocupada» o «¿Por qué tienes un aspecto tan triste, en una ocasión tan festiva?»—. Lin, ¿recuerdas cuando te pedí que te casaras conmigo?

Lin se estremeció en su interior y se preguntó por qué demonios había pensado que Oren Kandel podría haberse dado cuenta de que ella estaba triste. Si él no hubiera tenido la perspicacia y empatía de una babosa, quizá ella no habría rehusado su oferta de matrimonio.

—Sí, Oren —respondió—, ese tipo de cosas son difíciles de olvidar.

—¿Alguna vez te has preguntado por qué te lo pedí —la

miraba con un brillo en sus oscuros ojos—, a pesar de que eres claramente inapropiada, y serías una esposa muy difícil para un hombre normal?

¿Cuál era la expresión que usaba siempre Kel? Y Merren, también. «Por todos los infiernos», pensó Lin.

—No me lo había preguntado —contestó ella—. Aunque debo confesar que ahora sí lo estoy haciendo.

—Sé que estás enfadada conmigo —continuó Oren—. Yo ayudé al Maharam a coger tus libros —«y le rogaste que me castigara aún más», pensó Lin, sombría—, pero creo que llegarás a entender, Lin, que lo que he hecho, lo he hecho para ayudarte, aunque tú no lo veas así.

—Quitarme mis libros no me ayuda, Oren.

—Ahora piensas eso —dijo—, pero es porque estás corrompida. Tu abuelo te ha corrompido con sus valores mundanos. Quiere convertirte en una mujer como esas del exterior —indicó con la barbilla hacia los muros del Sault, un gesto que parecía englobar a toda Castelana—, demasiado orgullosas, demasiado arrogantes, creyéndose mejores de lo que son. Pero yo puedo salvarte de su influencia.

—Oren... —Lin intentó apartarlo, pero él la atrajo hacia sí.

—Reconsidera mi oferta —le dijo. Los ojos le seguían brillando, pero no de felicidad. Era una mezcla de repulsión y deseo que casi mareó a Lin. Puede que le hubiera dicho que quería salvarla, pensó, pero lo que realmente quería era cambiarla hasta hacerla irreconocible. Y ella no podía evitar pensar en Conor, que, borracho como había estado, y salvaje e incontrolable, le había dicho que ella era perfecta tal y como era—. Aún deseo casarme contigo —susurró él—. Yo lo deseo..., y casarte conmigo te granjeará la estima del Maharam y de todo el Sault...

—¿Por qué? —preguntó Lin.

Oren parpadeó por un momento.

—¿Qué quieres decir con «por qué»?

—¿Por qué quieres casarte conmigo?

—¿Recuerdas cuando éramos niños y jugábamos al escondite en los jardines? Nadie lograba encontrarte nunca, pero yo siempre lo hacía. Yo siempre acababa encontrándote. Ahora estás igual de perdida, Lin. Solo yo puedo encontrarte. Ayudarte.

Una nota amarga sonó en el *lior*. Lin miró hacia allí y vio a Mez mirándola, con las cejas alzadas, como diciendo: «¿Necesitas que intervenga?».

—Lin —dijo Oren—, ¿qué estás pensando?

La chica hizo un disimulado gesto negativo con la cabeza en dirección a Mez y volvió su atención hacia Oren.

—Solo me preguntaba si esas habrían sido las palabras que Suleman usó, cuando intentaba convencer a Adassa de unirse a él y a los demás reyes. «Únete a mí y te mantendré a salvo. Te ayudaré. Sola estás perdida.» ¿No fue algo así lo que dijo?

Oren se tensó.

—Aunque —continuó Lin—, probablemente, él le dijera, al menos, que la amaba. Y tú ni siquiera has hecho eso.

La música se había detenido. Probablemente, Mez no había sido capaz de soportar más, pensó Lin, la forma en la que Oren la miraba, y ella no podía culparlo. Tampoco ella podía mirar más a Oren. Tenía el rostro crispado de enfado y los ojos duros y brillantes como piedras.

Pasó al lado de Natan y Mariam mientras se alejaba del baile. Se acercó a una de las mesas, encontró una copa plateada de vino, y bebió, dejando que el calor del alcohol le calmara los nervios. Se volvió, pero no pudo ver a Oren entre la multitud. Se permitió relajarse un poco.

Oren no era el Sault, se recordó a sí misma. La mayoría de ellos, sus amigos y vecinos, no eran así: rígidos y moralistas. Tenían empatía, como Chana. Compasión, como Mez. Sabiduría, como Mayesh. (Sí, se dijo a sí misma, era correcto pensar eso: él era sabio, y se preocupaba por hacer el bien, aunque no fuera siempre amable.) La mayoría de los ancianos no había apoyado con su voto el exilio del hijo del Maharam. Al final había sido el propio Maharam el que había dado el voto decisivo.

Mez empezó a tocar de nuevo, esta vez una canción lenta, un estribillo más dulce. Las chispas de los faroles volaban por el aire, llenándolo de luz de luciérnagas. Lin estaba acalorada por el baile y el vino, pero sentía frío en la espalda.

Se sentó a ver a los bailarines; las parejas giraban bajo los brillantes farolillos. Se dio cuenta de que no conocía todos sus nombres, no los de los jóvenes, que no habían ido al colegio con Mariam y con ella. Era casi como observar una obra, o una actuación en el Arena. Sintió cierto dolor. Aquella era su gente, sus costumbres eran las suyas. Y sin embargo, mientras una canción se fundía con la siguiente y la luna brillaba en el cielo, Lin no fue a unirse a ellos sino que se quedó sentada, como una espectadora.

—¡Lin! —Mariam corrió hacia ella, apresurada, con Natan detrás, con las manos en los bolsillos. El chico tenía una agradable sonrisa, pensó Lin, una sonrisa fácil—. ¿Cuánto tiempo llevas aquí sentada?

Lin miró por encima de los muros del Sault, hacia el reloj de la Torre del Viento que se elevaba hacia el cielo. Para su sorpresa, habían pasado algunas horas; le habían parecido solo un par de ratos. La medianoche se acercaba en el horizonte.

—Te he visto con Oren... —dijo Mariam.

—No pasa nada —se apresuró a decir Lin—. Bailamos, eso es todo. —Se volvió para sonreír a Natan—. Quería preguntarte...

—¿Si había visto a tu hermano en los Caminos Dorados? —completó Natan—. Sí, la verdad es que sí. En un caravasar cerca de Mazan. Josit tenía buen aspecto —se apresuró a añadir—. Me dijo que si volvía antes que él, os diera recuerdos a ambas.

—¿Te dijo cuándo podría volver? —preguntó Lin.

Natan pareció un poco desconcertado.

—Creo que no se lo pregunté. Pero se había comprado un mono de mascota —añadió—. A un comerciante hindí. Se dedicaba a robarle el sombrero a la gente.

Lin estaba empezando a pensar que Natan podía ser guapo, sí, pero desde luego no muy listo.

—El sombrero —repitió—. ¡Mira tú!

Mariam le riñó con la mirada, aunque ella misma parecía a punto de reírse.

—Dudo que tuviera ninguna novedad tan emocionante como las tuyas —dijo Natan—. ¿El príncipe heredero en el Sault? No creo que eso haya pasado antes.

Lin se preguntó si debía empezar a contarle a la gente que Conor había ido a verla porque tenía una terrible variante de la viruela y necesitaba tratamiento desesperadamente. Aunque eso parecía el tipo de mentira que podía hacer que el Escuadrón de la Flecha te arrestase.

—Estaba buscando a Mayesh —dijo—, eso es todo.

Mariam sonrió.

—Todo el mundo dice que va a llevarse a Lin a la Colina a una vida de lujos.

Lin pensó en la Colina. Su brillo, los colores. La forma en la que hablaba la gente, como si cada palabra estuviera bañada en ácido dulce. La forma en la que Luisa había llorado de humillación. La forma en la que Conor la había mirado mientras bailaba.

—Bueno, eso no son más que tonterías —dijo, intentando controlar la tensión que sentía en la garganta—. El príncipe, además de guapo, está comprometido y, además, nunca se casaría con una mujer ashkar.

—Es cierto que no —concordó Natan—. De ahí no se puede sacar ninguna alianza. Somos una gente sin país, y los reyes no se casan con la gente. Se casan con los reinos.

Quizá Natan era más listo de lo que ella había creído, pensó Lin.

—Sí que tenemos un país —repuso Mariam—. Aram.

—He pasado por Aram, en los caminos —contó Natan—. Es una tierra destruida. Allí no crece nada, y no hay lugares para descansar: la tierra está demasiado envenenada para que haya vida, ni siquiera durante un tiempo corto. Uno debe pasar por allí sin detenerse.

La música cesó. Lin echó un rápido vistazo al reloj de la Torre del Viento. Faltaban veinte minutos para la medianoche. El ritual de la Diosa estaba a punto de empezar.

Apenas se dio cuenta de que Natan, con un educado murmullo, se excusaba: los chicos y las chicas tenían que separarse, como requería el ritual. Los bailarines desaparecieron de la plaza y se fundieron con la multitud.

El corazón de Lin empezó a acelerarse. Podía sentir el latido en la garganta, en la espalda. Estaba empezando. La ceremonia. El Maharam había aparecido en la puerta del Shulamat.

Bajó lentamente los escalones, con su bastón en la mano, en el cual se había grabado el nombre de Aron, el primer hijo de Judah Makabi, y los números de la gematría. Llevaba su *silon*, tejido de lana azul noche, con puños y cuellos brillando con ecuaciones talismánicas escritas con cristales.

A su lado, se hallaba Oren Kandel, mirando al frente. Si vio a Lin mientras acompañaba al Maharam a su silla en la tarima, no lo demostró.

El *lior* de Mez sonó, un tañido convocador. Mariam cogió la mano de Lin, y juntas avanzaron con las otras *narit* hacia el espacio ante la tarima. Un grupo de niñas y jóvenes vestidas de azul, con el pelo lleno de flores, observaban cómo el Maharam tomaba asiento en la silla llena de guirnaldas. El hombre paseó la vista por el gentío reunido, sonriendo benevolente. Levantó el bastón y se lo puso sobre el regazo.

—*Sadī Eyzōn* —dijo. Era el nombre con el que los ashkar se designaban a sí mismos: «La gente que espera la Palabra». No lo decían ante los *malbushim*, ni ante nadie que no fueran ellos—. La Diosa es nuestra luz. Ella ilumina nuestra oscuridad. Estamos en la sombra, igual que lo está ella; estamos en el exilio, igual que lo está ella. Y, sin embargo, ella extiende su mano para bendecir nuestros días con milagros.

Alzó el báculo, que floreció de repente: de él salieron capullos y almendras, como si aún fuera la rama de un árbol. Un murmullo de asombro recorrió a la multitud. Aunque sucedía cada año, en cada Sault, en cada Tevath, en la mano de cada Maharam, siempre provocaba el mismo asombro maravillado.

—Hoy —dijo el Maharam— celebramos el más grande de los milagros de Adassa, el que cambió nuestro mundo y salvó a nuestra gente. —La voz empezó a adoptar el ritmo de un cántico, la salmodia de una historia contada tantas veces, que casi se había vuelto una canción—. Hace mucho, hace mucho en la época oscura, cuando traicionaron a la Diosa, las fuerzas de Suleman cargaron contra Aram. Esperaban una victoria rápida, pero se les negó. El pueblo de Aram, guiado por Judah Makabi, contuvo a los Hechiceros-Reyes de Dannemore, con todo su poder, durante tres largos días y tres largas noches. —La mirada del Maharam recorrió a la multitud. Aunque todos habían oído la historia incontables veces, sus ojos parecían preguntar: «¿Puedes creértelo? ¿Este milagro de milagros?».

»Y cuando por fin cayeron los muros, y los ejércitos enemigos entraron en Aram, encontraron una tierra vacía. Bajo la protección de las sombras, Judah Makabi había dirigido a su pueblo a un lugar seguro. Pero Suleman sabía que la Diosa no había acabado su trabajo.

Llegó hasta la cima de la torre de Balal, la más alta de toda Aram. Ella estaba allí, Adassa, nuestra Diosa. Allí estaba en toda su terrible gloria. Su visión era temible y hermosa en ese momento. Su pelo era una llama; sus ojos, estrellas. Suleman se acobardó ante ella, pero no pudo huir, pues su mirada lo retenía. Ella le dijo: «Vuestro esfuerzo por destruirme solo ha causado vuestra propia destrucción. El poder que esgrimís no debe usarlo ningún hombre, pues solo causa exterminio. Y ahora os quedaréis sin él».

Lin cerró los ojos, y metió la mano en el bolsillo del vestido para tocar la suave superficie de su piedra. Sí, ya conocía la historia. La conocía en su corazón, en sus sueños. Las llamas, el desierto. La torre. Era lo que había bailado, en la Colina, en aquella casa terrible llena de gente terrible. Ese momento, cuando la Diosa, traicionada por su gran amor, conseguía la victoria gracias a su propia destrucción.

—La Diosa extendió la mano —dijo el Maharam— y arrancó del mundo la Gran Palabra, el Nombre Impronunciable, y cuando ya no existió, todos los artefactos mágicos que habían sido posibles gracias a ella empezaron a desaparecer. Los Hechiceros-Reyes fueron fulminados en el lugar, pues lo único que los mantenía vivos eran sus propios hechizos malignos. Las bestias mágicas desaparecieron del mundo, y los ejércitos de muertos resucitados volvieron bajo tierra. Con el último resquicio de poder que le quedaba, mientras la torre de Balal se volvía polvo a su alrededor, Suleman quiso agarrarse a la Diosa. Pero no había nada que tocar. Ella ya se había desvanecido entre las sombras.

El Maharam suspiró. Y Lin pensó que su pequeño suspiro fuera audible era una muestra del poder de la historia, del poder de la propia Diosa. La multitud estaba así de quieta, así de silenciosa.

—Es una historia de gran valor y sacrificio —continuó el Maharam—, pero puede que os estéis preguntando: ¿por qué estamos aquí? Para quien viene de fuera es fácil decir: canta una canción de tu Diosa, pues, si es que crees en ella. Pero ¿cómo cantaremos la canción de nuestra señora en una tierra extranjera? Hemos vagado mucho tiempo, pero no nos ha abandonado. Estamos desperdigados por distintas naciones, pero no estamos abandonados. Pues ahora, construimos nuestro hogar en nuestros propios corazones, y ahí es donde aguardamos. Porque no nos ha abandonado. La Diosa regresará, y nos llevará hacia nuestra gloria.

Lo que Lin pensara del Maharam no importaba. Las antiguas palabras la seguían emocionando hasta la médula. Se tocó el colgante y los dedos recorrieron las palabras: «¿Cómo cantaremos la canción de nuestra señora en una tierra extranjera?». Entonces, ¿Castelana era una tierra extranjera? Supuso que sí. Todas las tierras eran extranjeras hasta que la Diosa los llevara de vuelta al hogar.

—Esta noche, en todos los Sault, en todas las naciones, se celebra esta ceremonia —dijo el Maharam—. Esta noche la pregunta se formula y se responde. Acercaos ahora, *narit*, y permaneced ante mí. —Golpeó su báculo floreciente sobre la tarima—. Dejad que se haga su voluntad.

Lin se encontró a sí misma moviéndose para unirse a las demás, un lento río azul ondeando hacia la tarima mientras, sobre ellas, se recitaban oraciones. Mariam avanzó entre el gentío para colocarse a su lado; había color en sus mejillas, Lin no sabía si natural o debido al colorete. Le sonrió alentadora.

«Tranquila, tranquila —le había dicho su madre, hacía mucho tiempo—; una formalidad, un ritual, no es más que eso. Cuando la Diosa regrese, ¿crees que va a esperar hasta el Tevath para mostrarse? No, se nos aparecerá en un pilar de fuego, en la lanza de un rayo. Un movimiento de su mano iluminará toda la tierra.»

No era fácil reunir a tanta gente en una fila ordenada, y solo faltaban diez minutos para la medianoche cuando el Maharam empezó con las preguntas. Lin podía oír su voz mientras las *narit* pasaban ante él, una a una, y se quedaban en la plataforma. Respondían a la antigua pregunta, con sus voces tímidas o afiladas, confiadas o interrogantes.

—¿Eres la Diosa Renacida?

—No, no lo soy.

—Muy bien, marcha.

Seis minutos para la medianoche. ¿Y si el Maharam no decía su nombre a tiempo? Volvió a tocar la piedra en el bolsillo, levemente, solo para tranquilizarse al sentirla. Alguien añadió un leño a la hoguera. Ascuas de un rojo dorado salieron volando cuando Mariam se movió para tomar su lugar ante la tarima. El Maharam la miró con amabilidad mezclada con pena: «Te dejamos estar aquí, pero solo como una formalidad. Seguro que alguien tan enfermo, tan débil, no puede ser ella».

—¿Eres la Diosa Renacida? —preguntó él.

Mariam alzó la barbilla. Su mirada era firme y clara.

—No lo soy.

Se volvió, muy firme, y fue a reunirse con las otras chicas que ya habían dado su respuesta al Maharam. Lin sintió una punzada de orgullo al ver que Mariam no había esperado a que él la despidiese. El Maharam también lo notó; cuando Lin se acercó a él, vio que su mirada era pensativa. Esa compasión cambió a otra cosa cuando vio a Lin. Su pálida mirada fue desde sus zapatillas azules a las flores de su pelo rizado.

Ella mantuvo la expresión impasible, las manos entrelazadas ligeramente ante ella. Aún sentía el latido de su corazón por todo el cuerpo. En los dedos de las manos, de los pies. En el estómago.

Faltaban cinco minutos para la medianoche.

—Lin Caster —dijo el Maharam—, este es el último año que vienes ante mí en el Tevath.

No era una pregunta, así que Lin no dijo nada. Podía sentir la mirada de todo el Sault sobre ella. No había mucho suspense. Nadie esperaba realmente una diferencia notable con cualquier otro Tevath pasado. Pero Lin... Lin sintió que las manos le temblaban como hojas. Solo la larga práctica de la paciencia que su profesión de sanadora le había enseñado le permitió mantener el semblante en calma.

—Dicen que toda la sabiduría proviene de la Diosa —dijo el Maharam. Lin oyó a alguien murmurar tras ella; era raro que el Maharam dijera algo distinto de las palabras del ritual—. ¿Crees eso, Linnet, hija de Sorah?

«Quiere recordarme que conoció a mi madre.» Lin apretó los dientes. Le temblaban las rodillas y tenía las manos sudadas.

—Sí —contestó.

El Maharam pareció relajarse por un momento.

—Querida —dijo—, ¿eres la Diosa Renacida?

Hacía mucho tiempo, cuando Mariam y ella eran jóvenes, habían nadado juntas en las piscinas de piedra de la sala de baños de la Casa de las Mujeres. Buceando, se llamaban una a la otra, para ver si podían entenderse a través de la distorsión del agua. Así fue como oyó al Maharam, como si su voz le llegara a través de ecos; como si ella estuviera no en el fondo de una piscina, sino en el fondo del océano.

«¿Eres la Diosa Renacida?»

Apretó los puños, tanto que las uñas se le clavaron en las palmas, hiriéndola.

—Sí —dijo—. Sí lo soy.

Entraban por las puertas rotas de la Galería Brillante, atacantes vestidos con restos harapientos de viejos uniformes militares, rojos y negros; los rostros inexpresivos, sin rasgos. Bajo los jirones de luz de las bamboleantes lámparas, parecían criaturas salidas de una pesadilla: gorros ajustados, las caras pintadas en blanco y negro como calaveras. Llevaban una heterogénea variedad de armas: hachas viejas, mazas y espadas. Uno blandía un estandarte sobre la cabeza: la imagen de un león dorado abalanzándose sobre un águila.

Y de pronto Kel estaba en la plaza, observando mientras la Guardia del Castillo echaba a los ruidosos manifestantes. Sus estandartes, con el león victorioso y el águila sangrando. Sus gritos, que más tarde se repetirían en la casa de los Roverge, donde las familias de los fueros los habían oído desde la terraza y se habían reído: «¡Muerte a Sarthe! ¡La sangre es mejor que la unión con Sarthe!».

En aquel momento, aún no llevaban la cara pintada, ni tenían armas; incluso parecían un poco ridículos. Ya no.

Kel se volvió, cogió a Conor por los hombros y lo metió detrás del tapiz. Se sacó la daga de la bota. No era mucho. No lo suficiente para proteger a Conor, llegado el caso. Miró hacia atrás, vio a Conor con la espalda contra la pared, y los ojos muy abiertos.

—Quédate aquí —rugió Kel—. Quédate atrás.

Dejó caer la daga y se la pasó a Conor, deslizándola por el suelo de una patada. Volvió a la galería. Habían pasado solo unos segundos y el lugar era un tumulto. La pantalla de seda de detrás de Jolivet se había caído, y la sala estaba llena de guardias. La mitad se lanzó hacia la mesa alta, apresurándose a rodear a la reina y el consejero. Vienne había puesto a Luisa tras ella. Le gritaba a la Guardia del Castillo palabras que Kel no era capaz de oír pero podía adivinar: pedía que protegieran a la princesa, que le dieran también a Vienne un arma.

Las bailarinas se habían desperdigado. Algunas se escondían entre los árboles del falso bosque. Kel pudo ver sus brillantes trajes, como luciérnagas en la oscuridad. La mitad de la Guardia del Castillo que no estaba protegiendo la mesa se había colocado en el centro de la sala, blandiendo sus resplandecientes espadas. Otro bosque falso, este de acero.

Se enfrentaron a los intrusos, y Kel pudo oler la sangre en al aire, penetrante y metálica.

El guardia del castillo al que Kel había visto apuñalar en el estómago yacía allí cerca, tumbado sobre la espalda, con la vista ciega clavada en el techo. Sobre él, un pañuelo negro y plateado colgaba de la rama de un árbol, meciéndose con el viento que entraba por la puerta abierta. Kel se agachó y rodó, deslizándose por el suelo como había hecho con la daga. Se detuvo al lado del guardia muerto. Conocía su cara: era el que le había dejado entrar en el Truco para ver a Fausten. «Que cruce la puerta sin obstáculos», pensó Kel, mientras cogía la empuñadura de la espada enterrada en el estómago del guardia. Salió con el sonido del metal rascando las costillas.

Kel se puso en pie. Ya estaba armado. Y...

—Joder —susurró. Porque Conor no se había quedado allí, ni se había quedado atrás, como Kel le había indicado. Había salido de detrás del tapiz, daga en mano, y mientras Kel lo observaba, se lanzó contra uno de los asaltantes de rostro de calavera, haciéndolo caer. Bajó con fuerza la daga y se la clavó entre los omóplatos. Cuando la sacó, la sangre brotó por su bordado dorado, como un manantial escarlata.

Kel cambió de planes, y empezó a avanzar hacia Conor. El suelo de la Galería Brillante era un hervidero de blanco, negro y rojo. El rojo de la Guardia del Castillo, el rojo más oscuro de la sangre manchando el suelo. Un calavera, porque era difícil pensar en ellos de otro modo, avanzó hacia Kel, que lo esquivó y le lanzó un golpe, enterrándole con furia la espada entre las costillas. El hombre se desmoronó, con la sangre saliéndole por las comisuras de la boca, mezclada con la pintura blanca de la cara.

Algunos de los nobles se habían unido a los guardias. Kel vio a Joss Falconet blandir su espada, una hoja delgada de plata. Montfaucon había sacado una fina daga de su puño bordado; Kel lo vio cortarle el cuello a un calavera antes de coger un vaso de vino medio lleno de una mesa cercana y apurar los restos. Charlon había entrado a matar como un toro, desarmado pero blandiendo los puños. Lady Sardou se había sacado una enjoyada misericordia del escote del vestido y la empuñaba con ferocidad.

En ese momento, Kel supo que había hecho lo correcto al ir siempre armado a las reuniones de la Cámara de la Esfera.

Pero ¿dónde estaba Antonetta? Kel estaba acostumbrado a tener la mirada puesta en Conor (al que podía ver metido en la refriega con un calavera, acuchillando a su oponente sin observar las reglas de esgrima que Jolivet les había enseñado), y tener la mirada dividida era muy confuso. Pero no podía hacer nada al respecto; Ana se había instalado en algún lugar de su cabeza, y no podía evitar buscarla. Buscar el destello de una seda dorada entre la muchedumbre...

Y allí estaba, con una daga plateada en la mano. Se encontraba cerca de las puertas, con su madre detrás, atónita, mientras Antonetta se deshacía de un calavera que se había acercado demasiado, con una patada en la rodilla y un rápido tajo en el hombro. «Esas lecciones secretas de esgrima deben de haber sido buenas», pensó Kel. El calavera se desmoronó, sangrando y agarrándose el brazo, mientras Antonetta arrastraba a su atónita madre fuera de la sala.

Unos pocos iban detrás, pero aunque lo más seguro parecía ser salir de allí, el camino al exterior estaba plagado de espadas deslumbrantes y un tremendo caos. Kel estaba aproximándose a Conor. Avanzaba despacio, pues cada paso era una pelea sangrienta. Decapitó a un calavera con un barrido de su espada, se agachó para dañar los tendones del tobillo de otro. Estuvo a punto de cortarle la garganta a un tercero. Pero una lógica vocecilla en su mente le dijo que sería mejor que algunos de ellos sobrevivieran. Habría que interrogarlos. Tenía que haber un motivo para todo aquello, uno que Kel solo podía suponer...

Y entonces llegó un chillido desde la mesa alta. Kel miró hacia allí y vio a sena Anessa tambalearse. Tenía una flecha negra clavada en un hombro. «No, una flecha no —pensó Kel, poniéndose en pie—, un dardo de ballesta...»

Anessa se desplomó, mientras la sangre le teñía la parte delantera del vestido, y Luisa gritó. Se revolvía en brazos de Vienne y de pronto se soltó, solo por un momento, pero fue suficiente. Cuando Kel se volvió a mirar, para ver de dónde había salido el primer lanzamiento, un segundo dardo silbó en el aire. Se clavó en el pecho de Luisa con la fuerza suficiente para levantar a la niña del suelo.

Se estrelló contra la pared de detrás de la mesa. El proyectil que le había atravesado el cuerpo había debido de alojarse entre dos piedras (más tarde, se descubriría que había sucedido exactamente así). Se quedó allí clavado, y Luisa, que probablemente había muerto en el mismo momento en el que el dardo la había atravesado, permaneció allí, colgada de la pared como una de esas mariposas que Kel había visto en el piso de Merren, clavada en un tablón de muestras.

Vienne soltó un terrible y agudo chillido descorazonador, y se lanzó hacia Luisa. Kel tuvo que apartar la vista; se volvió y vio el destello de un movimiento por el rabillo del ojo, a media pared...

¡La galería! ¿Qué mejor lugar para disparar una ballesta?

Kel corrió. Por primera vez en su vida, no corría hacia Conor, sino hacia otra cosa. Subió disparado los curvos escalones de mármol y desembocó en la galería, solo para encontrarla vacía de músicos. Se habían dejado algunos instrumentos, desperdigados por el suelo, y las sillas estaban volcadas, Kel supuso que a causa de la veloz huida, pero la galería estaba vacía.

Kel estaba a punto de girarse para volver al piso de abajo cuando vio la ventana.

Una ventana de guillotina al fondo de la habitación, y estaba abierta, con la cortina ondeando por la brisa. Solo Kel sabía, debido a años de conocer los edificios, que esa ventana no daba al vacío. Llevaba al tejado.

Un segundo después salía por ella. Sus botas golpearon las tejas y casi resbaló. No estaba más oscuro allí fuera que en la galería; la luna brillaba, una luna blanca que arrojaba un aura reluciente sobre la curva del tejado, iluminando los desperdigados palacios de Marivent. Y dibujando la silueta de la persona que se hallaba en sombras en el borde del tejado, contemplando la ciudad.

A sus pies, había una ballesta.

Kel gritó, corriendo entre las tejas. Más tarde, no supo decir qué había gritado exactamente. Algo como: «¿Quién sois? ¿Quién os ha pagado para hacer esto?». Algo inútil, en cualquier caso.

El asesino no se movió, ni pareció oír a Kel. Una figura delgada y alta, que llevaba lo que parecía un uniforme negro ajustado, flexible como una segunda piel. Y aun así, Kel no era capaz de saber si se trataba de un hombre o una mujer, ni su edad, o si era de Castelana o de fuera. Solo que, quienquiera que fuese, no parecía tener miedo a las alturas.

Cuando se aproximó, el oscuro asesino se volvió lentamente hacia él. Kel apenas pudo reprimir un grito. El desconocido no tenía cara; al menos, no que él pudiera ver. Solo un espacio oscuro sin rasgos. El uniforme negro, fuera del material que fuera, lo cubría por completo.

Y, sin embargo, Kel tuvo la certeza de que ese desconocido estaba sonriendo.

—Guardián de Espadas. —La voz era un leve susurro—. *Királar*. Has fastidiado mis planes, ¿sabes? Pero no tengáis miedo. Esta no es la noche en que morirás.

—¡Qué tranquilizador! —replicó Kel—. Y, sin embargo, tendrás que perdonarme si no creo que seas completamente de fiar.

Kel avanzó otro paso. No podía decir si el desconocido lo miraba. No tenía ojos, solo huecos de sombra oscura en la sombra pálida que era su rostro.

—Estáis contemplando la antesala de la historia, Guardián de Espadas —dijo el asesino—. Pues este es el inicio de la caída de la Casa Aurelian.

—¿Y tú eres el arquitecto de esa caída? —preguntó Kel, presa de la desesperación y la furia—. ¿Comprarás su destrucción con la sangre de una niña?

El asesino rio.

—La caída se halla a tu alrededor —dijo—. Pisa con cuidado.

Y, con una velocidad increíble, el desconocido cogió la ballesta y disparó. No hacia Kel, sino hacia más allá del tejado. Por un momento pareció colgar de la luna, antes de descender rápidamente hacia el suelo.

Kel corrió hasta el borde del tejado, y una náusea le retorció el estómago mientras miraba hacia abajo, esperando ver un cuerpo aplastado contra los adoquines, rodeado de sangre oscura.

Pero no había nada. Solo el patio vacío, las sombras normales, el murmullo del viento en las ramas de los cipreses. Se acercó más al borde del tejado...

«Has fastidiado mis planes, Guardián de Espadas.»

Seguro que había otro dardo preparado, uno destinado a Conor. «Muerte antes que el matrimonio con Sarthe.» Maldiciéndose a sí mismo, Kel se apresuró a deshacer el camino andado.

No se había ausentado más que unos pocos minutos, quizá menos. Pero para cuando Kel volvió a la Galería Brillante, todo había cambiado, debido a Vienne.

Más tarde se enteró de que, un momento después de la muerte de Luisa, Vienne había saltado sobre la mesa alta y se había lanzado contra un guardia del castillo; cayeron juntos al suelo, y cuando se levantaron, ella tenía la espada de él en la mano.

Con ella empuñada, atravesó el círculo de guardias, y atacó, con el cuerpo formando una sola línea con la espada, como si fuera una prolongación de ella. Cortó la garganta del calavera que estaba más próximo a ella; la cabeza salió rodando separada del cuerpo. La sangre surgió del muñón de la garganta como de un surtidor mientras el cuerpo se desplomaba despacio hasta quedarse de rodillas, balanceándose como un barco hundido. Cayó al suelo justo cuando Vienne saltaba de la tarima y entraba en la refriega, ajena a la sangre que le empapaba las zapatillas plateadas.

Fue entonces cuando Kel llegó a la galería, descendiendo a toda velocidad los escalones, con la espada manchada de sangre en la mano. Primero buscó con la mirada a Conor y lo vio junto a Jolivet. El dorado abrigo de Conor tenía una raja cerca de la zona de las costillas, y el pelaje de lince lucía una mancha escarlata de sangre.

Pero no era su sangre, no estaba herido. Había encontrado una espada en algún sitio y la sostenía en la mano. La hoja era de un negro rojizo. Y Conor contemplaba, igual que el resto de la gente, a Vienne d'Este.

Kel nunca había visto antes luchar a alguien de la Guardia Negra. La espada de Vienne se movía como un rayo disparado desde la palma de Aigon. La mujer saltaba y giraba, acabando con un calavera tras otro, dejando un rastro de sangre y entrañas tras de sí.

Era el viento del norte, el Viento de la Guerra. Era un cometa formado por frío acero. Era la dama Muerte, con una espada que danzaba.

No parecía que nadie más pudiera hacer nada. De hecho, mientras Vienne luchaba, la Guardia del Castillo dirigía al resto de la nobleza hacia el exterior, a través de las puertas rotas. La sala se vació rápidamente. Kel vio a la reina escoltada, con Mayesh; lady Gremont, con la cara pálida de la impresión, caminaba entre dos guardias. Falconet y muchos otros se negaron a que los escoltaran y salieron solos, con la cabeza bien alta, como ofendidos por la sugerencia de que aquel fuera un asunto de la Guardia del Castillo y no suyo.

Conor había visto a Kel, desde el otro lado de la sala. Levantó una mano y le hizo señas. Kel cruzó la estancia, pasando entre los cuerpos, por el suelo pegajoso de sangre.

Oyó un gruñido. Miró hacia abajo. Vio la manga de una túnica rota y pelo gris. Una barba blanca, moteada de sangre.

Gremont.

Kel se arrodilló junto al anciano, y supo instantáneamente, aterrado, que no había nada que pudiera hacer. Tenía una daga clavada en la parte izquierda del pecho; la empuñadura se había roto y solo quedaba la hoja, una astilla ancha de acero, clavada en su cuerpo.

Era un milagro que siguiera respirando. Kel le puso una mano en el hombro.

—Gremont —murmuró, con la garganta ardiéndole—. Gremont. No pasa nada.

Los ojos del anciano se abrieron. Estaban borrosos. Alzó la vista hacia Kel y le habló.

—Os dije... que teníamos que hablar. Con urgencia...

Tosió. Kel permaneció en silencio. Gremont creía que era Conor. No llevaba el talismán, pero daba igual. La sala se hallaba sumida en la penumbra y el caos, y el anciano estaba muriéndose, tenía los ojos y el pelo llenos de sangre. Era comprensible...

—No confiéis en nadie —susurró Gremont—. Ni madre ni consejero ni amigo. No confiéis en nadie de la Colina. Solo en vuestros propios ojos y oídos, porque de lo contrario la Serpiente Gris vendrá a por vos, también.

¿La Serpiente Gris? Debía de referirse al Guía Oscuro, el barquero con cabeza de serpiente que recibía a los muertos en la puerta del otro mundo y los llevaba al reino de Anibal.

—No sabía que vendría tan pronto —resolló Gremont—. Que los dioses me perdonen. No sabía cuándo vendría, que empezaría esta noche, pero lo supe. Vinieron a mí... y yo no iba a... no podría...

Su murmullo se apagó en un gorjeo de sangre. Casi paralizado, Kel apretó el hombro del anciano.

—Gremont —le dijo—. Gracias. Habéis hecho lo que debíais.

Si pensó que sus palabras confortarían al hombre, se equivocaba. Gremont puso los ojos en blanco; tiró una vez de la manga de Kel, y murió. Kel sintió el momento en el que sucedía; entre una respiración y la siguiente, se había ido.

—Que pase sin obstáculos —murmuró Kel, por segunda vez esa noche, y se puso en pie. Mientras lo hacía, no pudo evitar pensar en el Rey Trapero. Andreyen le había suplicado que hablara con Gremont. Si lo hubiera hecho, ¿habría sido todo diferente?

Se obligó a volver al momento presente. El mundo, que no sabía que Gremont había muerto, seguía su curso. Vienne luchaba contra el último de los calaveras, un hombretón con una mellada espada de bronce. Si estaba manchado de sangre, su ropa negra lo escondía, pero Vienne sí que lo estaba. La sangre le moteaba las mejillas y le empapaba el vestido. Había perdido una de sus zapatillas, y tenía el pie izquierdo manchado de sangre. Parecía un demonio de pesadilla, pero no había nada onírico en sus movimientos. Esquivó la espada del calavera, alzó la suya y, con una precisión demasiado rápida para ser igualada, le segó limpiamente la parte superior del cráneo.

El hombre cayó. Vienne miró a su alrededor, como en medio del aturdimiento, o saliendo de él. Kel la vio darse cuenta; ya no quedaba nadie con quién luchar. Estaba en la Galería Brillante rodeada solo de unos pocos guardias del castillo, el legado, Kel y el propio Conor.

Y los muertos. Sin duda, los muertos.

Se volvió para mirar la mesa. Alguien había descolgado a Luisa, gracias a los dioses, y la había tendido sobre la mesa. Se la veía muy pequeña, allí entre los platos desperdigados; su vestido de encaje blanco estaba teñido de escarlata por la sangre.

—Sena D'Este —dijo Conor. Su voz era baja y urgente. Seria—. Averiguaremos quién ha hecho esto. Descubriremos a los responsables. Sarthe será vengada. La princesa...

—Esto es culpa vuestra —le espetó Vienne. Dijo las palabras con mucho cuidado, como si cada una fuera un esfuerzo—. Ella no habría estado aquí, si no fuera por vos. No debería haber estado aquí.

—No —admitió Conor—. No debería. Pero eso no ha sido cosa mía.

Pero Vienne se limitó a negar con la cabeza, con los ojos muy abiertos.

—Es culpa vuestra —insistió. Y, alzando la espada, cargó contra Conor.

Jolivet gritó. Los guardias del castillo corrieron hacia Vienne. Conor no cogió su espada; parecía demasiado asombrado.

Hubo un destello plateado. El acero chocó con el acero; Kel se había puesto entre Vienne y Conor. Ni siquiera recordaba haberse movido; estaba en un sitio y de pronto estaba en otro, delante del príncipe, con su cuerpo y su arma entre Conor y una espada.

—Kel Anjuman —dijo Vienne, tensa—. No os lo diré dos veces. Apartaos de mi camino.

Él la miró.

—Es como habéis dicho. Yo lo protejo a él, como vos hacíais con Luisa.

La expresión de Vienne se suavizó. Por un momento, Kel pensó que quizá lo hubiera oído, pero la espada de la mujer se volvió una mancha plateada en su mano y Kel se tambaleó, bloqueando el ataque. Le pitaban los oídos mientras ella lo obligaba a retroceder; era cuanto podía hacer para defenderse. Lo habían entrenado, lo habían entrenado muy bien, pero no era Vienne. Lo llevaría hasta la pared, y allí lo mataría. No podía hacer nada.

Oyó a Jolivet hablar.

—No podéis. Es de la Guardia Negra, Conor, moriréis. Conor...

Kel dio un paso atrás, y otro. Estaba ya a poca distancia de la pared que había tras él. Vienne levantó la espada...

Y se alzó en el aire, como si estuviera sujeta por cuerdas. Salió despedida y la espada se le cayó de la mano.

Kel oyó a Conor reprimir un grito ahogado.

—Padre —dijo.

Allí estaba Markus. Parecía cernirse sobre Vienne como un gigante, mientras ella rodaba hacia un lado y se ponía en pie. Markus vestía una sencilla túnica negra, pantalones y unos guantes negros le cubrían las manos; iba desarmado. Kel miró hacia las puertas; Mayesh estaba allí. Debía de haber ido a buscar al rey. Pero ¿por qué...?

Vienne, con los ojos ardiendo en un fuego casi sagrado, blandió su espada hacia el rey.

Con un movimiento tan rápido que pareció un borrón, Markus se le acercó y cogió la espada con la mano. No debería haber sido posible, ni siquiera aunque sus quemaduras fueran duras como el cuero, la espada debería haberle cortado la mano en dos, pero había cogido la espada como si fuera un arbusto, y se la lanzó, devolviéndosela. Ella se tambaleó. Conor dijo algo, Kel apenas lo oyó; sonó como: «No puedes», aunque no podía estar seguro, ni había tiempo de preguntar. Markus había cogido a Vienne y, con la misma facilidad con la que había levantado a Fausten, la alzó del suelo y la tiró contra la pared de piedra.

Kel gritó. Nunca olvidaría el sonido de los huesos quebrándose cuando el cuerpo de Vienne se estrellaba contra la pared. La mujer se desplomó sobre el suelo mientras Jolivet se apresuraba a su lado, con la espada alzada. Se agachó a su lado y le comprobó el pulso en el cuello. Negó con la cabeza.

—Está muerta —dijo, y se quitó la capa escarlata con bordado de oro. Cubrió el cuerpo con ella y se puso en pie.

Kel se quedó sorprendido. Aquello era lo que haría un soldado por un camarada caído en el campo de batalla. Quizá se tratara de respeto por la Guardia Negra, o por la propia Vienne. Kel miró al rey esperando una reacción, pero este se hallaba ante Conor, con la mano tocando la capa que había sido dorada y una mirada suspicaz.

—Tu sangre —dijo, brusco—. ¿Esta es tu sangre, niño?

Kel miró a Mayesh, como diciendo: «Qué forma más extraña de preguntarle a alguien si está herido». Pero si Mayesh pensó lo mismo, no dio ninguna muestra de ello. Se limitó a observar la escena, con las manos entrelazadas y la expresión imperturbable.

—No —dijo Conor, tenso. Todo en él gritaba que estaba deseando alejarse de su padre, pero Markus no parecía darse cuenta—. No me han herido.

—Bien. —Markus se volvió hacia Jolivet—. La reina. Mi esposa. ¿Dónde está?

Si Jolivet estaba sorprendido, solo lo mostró con un ligero parpadeo.

—En el Cubo, mi señor. Que es donde vos deberíais estar —añadió, volviéndose—. Monseigneur Conor...

Conor alzó una mano.

—¿Están todos muertos? ¿Los atacantes?

—Sí —contestó Mayesh, que seguía en la entrada—. La mujer de la Guardia Negra se aseguró de ello. Ya no respira ninguno.

Conor estaba pálido. La sangre del rostro resaltaba como si fueran moratones.

—¿Y los sarthianos?

—También están muertos.

—¿Esto provocará una guerra con Sarthe?

—Sí —volvió a contestar Mayesh—. Muy probablemente.

Conor retuvo la respiración.

—Eso no debe preocuparnos ahora, consejero —masculló Jolivet—. No sabemos si habrá otro ataque. Debemos llevar a la familia al Cubo.

Mayesh se limitó a asentir, pero los guardias del castillo no habían esperado por él; ya habían entrado en acción. Algunos rodearon al rey; un par flanquearon a Conor. Kel hizo lo que pudo para permanecer al lado de este mientras los dirigían fuera de la sala.

Fue un alivio estar fuera. Kel no se había dado cuenta de lo intenso que era el hedor a sangre y muerte en el interior de la galería hasta que respiró el aire de la noche, frío y limpio. Le pareció que podría bebérselo como agua.

Las estrellas brillaban en lo alto, un brillante calado. Mientras cruzaban el patio, Kel apartó a un irritado guardia del castillo y se colocó al lado de Conor. Estaban atravesando el jardín entre dos patios. Los farolillos de colores aún brillaban entre las ramas de los árboles, aunque las velas que se alineaban en el camino de piedra habían sido volcadas por pies que corrían. Estaban aplastadas sobre la hierba, pegotes de cera rota.

De pronto, Conor se detuvo y se agachó junto a la pared. A la luz de las estrellas, Kel pudo ver cómo le temblaban los hombros. Estaba vomitando, que era algo que Kel había visto antes, aunque no por esas razones. Por pena o impresión, o más que eso.

Conor se puso en pie, y se limpió la boca con una manga. Tenía moratones en la cara y un corte en la mejilla que quizá necesitase puntos.

Puso la mano en el brazo de Kel. Este no pudo evitar recordar, esa misma noche, a Conor apoyando la mano en la pared de la galería, mientras caminaba, para no perder el equilibrio.

—Fui tan desagradable con ella —dijo Conor. Su voz era baja—. La niña.

«Aún no es capaz de decir su nombre.»

—Los sarthianos la usaron como peón —repuso Kel, con calma. Podía ver al rey delante de él, caminando entre Jolivet y otro guardia del castillo, con su ancha espalda inamovible—. No fue culpa tuya.

—Sí que lo fue —replicó Conor—. Pensé que estaba siendo muy listo. Que los impresionaría: a Jolivet, a mi madre, a mi padre. A Bensimon. Actué a sus espaldas por vanidad y orgullo, y ahora ese orgullo lo ha pagado otra persona, con su sangre. Esto —hizo un amplio gesto con la mano—, este desastre lo he provocado yo. Yo tengo que arreglarlo.

—Intentaste hacerlo todo tú solo —dijo Kel en voz baja—. Ninguno de nosotros debería hacer nada solo. —Cogió a Conor por la solapa—. Ve al Cubo. No puedo ir contigo, lo sabes. Pero quédate allí con tus padres mientras se revisan y se limpian los terrenos. Es lo mejor que puedes hacer por todo el mundo.

«Porque hay algo que debo hacer. Algo que debería haber hecho antes. Un camino que debería haber tomado, una forma de protegerte de la que no puedo hablar. Que no puedes conocer.»

Los ojos de Conor reflejaron la luz de las estrellas.

—Ella me dijo que yo estaba corrompido —dijo—. ¿Crees que lo estoy?

—Nada que no pueda arreglarse —contestó Kel, y entonces llegó Jolivet, y Conor se fue con él, atravesando la hierba para unirse con su familia mientras los guardias del castillo los escoltaban hacia el Cubo. Mayesh se quedó un momento más, mirando al cielo, como si deseara ser capaz, como el rey, de encontrar una respuesta en las estrellas.

—Las otras familias de los fueros —dijo Kel, cuidadoso— ¿están bien? Los Alleyne...

—Antonetta ha vuelto a su finca. —Mayesh lo miró con frialdad—. No ha sufrido ningún daño. Al igual que las otras familias de los fueros. Esta noche estarán bien protegidos por los guardias —añadió—, igual que los Aurelian, por supuesto. ¿Y dónde estarás tú?

—Yo no estaré a la vista —dijo Kel, apartándose del consejero—. No te preocupes por mí.

—No creo que lo estuviera —repuso Mayesh, pero Kel ya se había ido, cruzando rápidamente el césped hacia la Puerta Norte. Avanzó hacia las sombras, lejos de los guardias que patrullaban los oscuros terrenos. El aire olía a madreselva y a sangre. Mientras caminaba, bordeó la miscelánea que los nobles, los bailarines y los sirvientes habían perdido en su huida de la Galería Brillante: un pálido guante en el camino, como una mano cortada; la cadena de un colgante; un granate tallado en forma de manzana; un frasco de gotas de amapola; una copa de cristal aplastada, brillando como el rocío entre la hierba.

Una náusea lo recorrió mientras atravesaba el patio vacío en el que esa misma tarde habían estado jugando Vienne y Luisa. Pasó bajo la arcada, y se abrió camino entre la fila de guardias del castillo que rodeaban el perímetro interior de Palacio. Algunos lo miraron, pero ninguno le preguntó nada. No creía que tuviera respuestas si lo hubieran hecho.

Ya casi estaba en la Puerta Norte. El cielo parecía alzarse sobre él, dibujado hacia abajo como el telón pintado de un escenario. Podía ver la ciudad bajo él, sus líneas de caminos iluminados, el brillo del agua en los canales. El círculo amurallado del Sault.

No le llevó mucho llegar a su destino. Era más temprano de lo que pensaba: el gran reloj de la plaza mostraba que era casi medianoche. Y entonces, desde detrás de él, le llegó una voz.

—Kel Saren —dijo Jolivet—. ¿Adónde os creéis que vais?

«Sí. Sí, lo soy.»

Lo que siguió a las palabras de Lin fue un silencio que ningún océano podría haber disimulado. Lin no miró a ningún lado, mantuvo la vista clavada en el Maharam. Su arrugada mano apretaba el báculo de madera de almendra, y los nudillos le sobresalían como si los huesos fueran a rasgar la frágil piel.

—¿Qué has dicho, niña?

—He dicho que sí —repuso Lin. Se sentía extrañamente ligera. Había saltado del acantilado; ya no podía agarrarse a la tierra para apoyarse. Iba en caída libre, y eso suponía un alivio que no se había imaginado—. La Diosa ha regresado, en mí.

Empezaron los murmullos, se alzaron y se extendieron por toda la multitud reunida. A Lin le pareció oír hablar a Chana y luego la asustada voz de Mariam. Sintió que le dolía la garganta.

«No tengas miedo, Mari. Esto es por ti. Estoy haciendo esto por ti.»

El Maharam se enderezó en su asiento. A la parpadeante luz de la hoguera, su cara parecía una máscara.

—Entiendes las consecuencias —dijo con un hilo de voz seca— de mentir en esta situación.

Lin no estaba segura; por lo que sabía era algo que nunca se había intentado o considerado antes.

—No estoy mintiendo —contestó. Le mantuvo la mirada—. En nombre de la Diosa, y de Aram, os lo digo de nuevo: soy la Diosa Renacida. Ella está dentro de mí.

El Maharam se puso en pie. Parecía luchar por encontrar las palabras. El ruido entre la multitud había crecido, como un gimoteo zumbante en los oídos de Lin.

—Si dice que es la Diosa, debemos tratarla como tal; esa es la Palabra —dijo Chana, con una voz inesperadamente firme.

Más murmullos. Lin fijó la vista en el reloj de la torre. Sus manos se movieron hacia delante.

Tres minutos.

«La campanada de medianoche. Todos los nobles estarán reunidos en ese banquete. Roverge y su hijo podrido estarán allí. Necesito que vean mi venganza escrita en fuego en el cielo.»

—Debe ser puesta a prueba. —Fue Oren Kandel, con la voz temblando de rabia reprimida—. Hay que convocar al Sanhedrin, Maharam.

Pero el Maharam seguía mirando a Lin, con las líneas que le rodeaban la boca marcadas y ásperas.

—¿Por qué este año, tu último año en el Tevath? Durante cinco años, has tenido la oportunidad de revelarte como la Diosa. ¿Por qué has estado, ha estado, en silencio?

—La Diosa llega cuando llega. —Fue Mariam. Tenía la cabeza alta, e ignoraba las miradas de los que la rodeaban—. Ha esperado a que nosotros estuviéramos preparados, no a que lo estuviera Lin.

El Maharam habló, ronco.

—La Diosa no se reencarnaría en la forma de alguien que abraza la blasfemia...

Las manecillas del reloj se movieron. Faltaba menos de un minuto.

—Os lo demostraré. —Lin abrió los brazos. La seda y el tintineo de las cuentas, el clamor de su traje, el viento en sus oídos—. La Diosa regresa en la lanza de un rayo —dijo—. Con un movimiento de su mano, ilumina la tierra.

Silencio. Lin pudo oír su propia respiración. Sintió el peso de todos los ojos sobre ella. El terror, el que no se había permitido sentir hasta ese momento, le oscureció los límites de la visión. Qué locura, apostarlo todo al plan de un extraño, podía haber pasado cualquier cosa desde que había oído aquello a escondidas en la casa del Rey Trapero.

Podían exiliarla, como al hijo del Maharam. Podía perderlo todo: su familia, su gente, su poder de sanar...

La luz llegó primero. Un estallido de oro que se extendió por el cielo, y luego otro, y otro, una guirnalda de flores de fuego. Un momento después, el sonido, amortiguado por el agua y la distancia. La pólvora prendiendo, el tintineo del metal y la madera cuando los barcos estallaron.

«Dos buenas toneladas de pólvora pura. Los barcos arderán hasta la línea de flotación antes de que cualquier embarcación más pequeña pueda alcanzarlos.»

Un brillo como la puesta de sol cayó sobre los muros del Sault, perfilando a los Shomrim, siluetas negras recortadas en un cielo dorado.

Lin bajó los brazos. El Maharam se hundió en su asiento, mirándola maravillado.

Las campanas de alarma de la ciudad habían empezado a sonar. Los Vigilantes estarían apresurándose por las calles en dirección a los botes del puerto. En la Colina, los nobles estarían contemplando la tremenda ruina del puerto. Kel lo vería. El príncipe lo vería. No pensarían en ella; aquello no tenía nada que ver con ella, al menos no allá fuera, en el gran mundo.

Lin pudo oír, remotamente, las voces de uno de los Shomrim, que había bajado de las murallas: seis buques de la flota de Roverge eran cascarones, y ardían en llamas sobre la superficie del mar. Había pasado de pronto, y no había habido ningún ataque; simplemente habían empezado a arder.

Por primera vez desde su anuncio, Lin se permitió mirar a los reunidos en la plaza. A su gente. Vio a Mariam, con la mano sobre la boca. A Natan, que sacudía la cabeza. A Mez, con expresión preocupada. A Chana, muy derecha, con los ojos brillantes. Y a Oren, que la miraba con absoluto horror y repulsión.

—Arrodillaos —dijo Chana Dorin, con la voz dura como el acero—. *Sadī Eyzōn*, arrodillaos ante la Diosa electa. Arrodillaos —dijo, y lo hicieron, cayeron de rodillas alrededor de Lin; jóvenes y viejos, asombrados y maravillados, con el fuego que venía del puerto jugueteando en sus caras. Hasta Oren, con la cara imbuida de ira, se puso de rodillas.

Lin apenas soportaba mirar. Chana, Mariam, Mez; nunca había deseado o imaginado que se arrodillaran ante ella. Se sentía mareada, y sobre todo al imaginar lo que Mayesh diría cuando volviera y averiguara lo que había hecho. Se cruzó de brazos, tragando bilis mientras el Maharam se ponía de pie, cansadamente.

—Venid, entonces —dijo, y Lin pudo oír en su tono la furia, la incredulidad, la impotencia. Si Davit Benezar, el Maharam de Castelana, no había sido un enemigo antes de esa noche, desde luego acaba de convertirse en uno—. Dejadme llevaros, Diosa, al Shulamat. Allí hablaremos de lo que sucederá a continuación.

Kel se volvió.

Tras él, en el camino que llevaba a la Puerta Norte y hacia la ciudad, estaba Jolivet. Kel pocas veces había visto al jefe del Escuadrón de la Flecha desarreglado. Desde el primer momento que Jolivet había ido a buscarlo al orfanato, incluso durante las sesiones de entrenamiento en el Hayloft, a Kel le había parecido un soldado heroico en la plaza de una ciudad. Mandíbula cuadrada, ojos siempre fijos a media distancia y postura erecta.

Dado lo que había pasado, en ese momento aparecía sorprendentemente compuesto, aunque la faja dorada de la chaqueta del uniforme estaba rota y manchada de sangre. Un corte en la garganta le había manchado de sangre el rígido cuello de la camisa. Llevaba la espada desenvainada en la mano izquierda.

—Da igual —dijo Jolivet, acercándose más a Kel. Los guardias del castillo que estaban en el portón apartaron claramente la vista de ellos, lo que Jolivet hacía no era asunto suyo—. Sé exactamente lo que estáis haciendo.

«Lo dudo.»

—Supongo que creéis que me dirijo al Caravel, o algún otro sitio donde olvidar lo ocurrido esta noche...

—No —contestó Jolivet—. Creo que os dirigís a la Mansión Negra.

Kel sintió como si tuviera cables por dentro de los huesos y de la sangre, y de repente se los hubieran apretado extraordinariamente. Le hizo falta toda su disposición, todo el entrenamiento que el propio Jolivet le había dado, para mantener la compostura. Se limitó a mirar a su alrededor, preguntándose si algún guardia del castillo podría oírlos. Parecía que no; todos miraban hacia la Galería Brillante, la ruina del banquete de esa noche.

—Bueno, sé que protestaréis —dijo Jolivet—, y alegaréis que estoy siendo ridículo por hacer tal acusación y asunción. Pero no quiero perder el tiempo. El Palacio mantiene vigilado al Rey Trapero. No estamos dentro de la Mansión Negra, pero sabemos bastante. Si ahora os inventáis alguna excusa, solo estaréis haciéndonos perder el tiempo.

—Así pues, ¿me estáis llamando traidor? —Los cables que Kel imaginaba parecían estar presionándole el corazón—. ¿Soy el próximo en ir al Truco... y luego a los cocodrilos, como Fausten?

Jolivet sonrió con frialdad.

—Os vi allí, en el camino, aquel día —dijo—. Me pregunto si visteis vuestro propio destino reflejado en el del astrónomo.

—Me conocéis de toda la vida, Jolivet —dijo Kel—, ¿creéis que mi sitio está en el Truco?

Un viento proveniente del océano se había levantado. Levantó la tierra del sendero en pequeños remolinos a los pies de Kel.

Jolivet habló con brusquedad.

—No solo os conozco, os he moldeado. Mi objetivo siempre ha sido convertiros en la mejor armadura que el príncipe pudiera tener, la defensa más fuerte. Lo consideraba en términos de combate, siempre: que lo protegeríais con vuestra espada, permaneceríais entre él y las flechas. Pero he acabado comprendiendo que esto es Castelana. El peligro es más sutil de lo que podía haber imaginado el que inventó el oficio de Guardián de Espadas.

Kel lo miró, suspicaz.

—No estoy seguro de entender lo que decís.

—Hay una diferencia —explicó Jolivet— entre saltar entre el príncipe y una espada, y saber de qué barrio puede venir el peligro, saber que la espada puede no llegar a desenvainarse. Sabía que os había entrenado para defender al príncipe, pero también es cierto que tiene vuestro amor y lealtad. Yo soy leal al rey; Bensimon, a Palacio. Solo vos ponéis a Conor sobre todas las demás cosas.

—Entonces ¿estáis diciendo —preguntó Kel, apenas capaz de creer lo que oía— que entendéis por qué me he reunido con el Rey Trapero? ¿Por qué he pensado en aceptar su oferta de cooperación?

Kel pensó que quizá aquello no fuera más que una trampa. Quizá Jolivet estaba buscando que él confesara. Pero si Jolivet sabía la verdad, y pretendía dañarlo con ella, ya era demasiado tarde para cambiar nada.

—Entiendo que dejasteis que Conor fuera al Cubo sin vos porque creíais que el Rey Trapero podría tener información sobre lo que ha sucedido aquí esta noche que fuera más útil para proteger a Conor que vuestra presencia a su lado.

—Entonces, si no tenéis ninguna objeción a que vaya, ¿por qué me lo decís? ¿Qué sabéis del asunto?

—Siempre ha habido lazos entre Palacio y la Mansión Negra —explicó Jolivet—. Yo quiero que esos lazos permanezcan firmes. Si vais a continuar vuestra alianza con el Rey Trapero, deseo saber todo lo que averigüéis, todo lo que estéis investigando. Lo que ha pasado esta noche no pudo haber ocurrido sin la implicación de alguien de la Colina. Sin instrucción, sin ayuda, estos asesinos no podrían haber atravesado los muros de Marivent.

—Y vos queréis que averigüe cómo lo hicieron.

—No puedo obligaros a hacerlo —contestó Jolivet—. Pero vuestra posición es única, Kel Saren. Pertenecéis a Palacio, y a la vez no, y lo mismo con la ciudad. Estáis en un lugar intermedio, y creo que solo desde ese lugar privilegiado se puede ver claramente quién está atacando a la Casa Aurelian. Quién los quiere fuera.

Kel pensó en el asesino del tejado. «Este es el principio del fin de la Casa Aurelian», pero antes de poder decidir si aquello era algo que debía mencionarle a Jolivet, el cielo sobre ellos se volvió del color del fuego.

Kel se volvió y vio que media docena de barcos en el puerto habían estallado en brillantes brotes de fuego. No se habían incendiado simplemente; había oído el estallido de la pólvora al detonar, saltando hasta el cielo para decorar las nubes con cadenas ardientes.

Jolivet se había vuelto hacia el puerto, y Kel pudo ver las llamas reflejadas en sus pupilas.

—¿Otro ataque? —preguntó Kel.

—No en Castelana —contestó Jolivet—. No, esto es venganza, pura y simple. Sabía que Cabrol tenía planeado algo así, pero no cuándo ni cómo lo haría. —Se volvió para mirar a los guardias del castillo, que estaban saliendo al césped y miraban boquiabiertos a los baluartes donde los barcos ardían como velas flotantes en el agua. El aire ya llevaba el olor a salitre—. Id —dijo Jolivet, abruptamente—. Bajad a la ciudad antes de que el caos os lo impida. Yo trataré con los guardias. No sois el único que pensará que esto es otro ataque.

Y se alejó de Kel sin más palabras.

El trayecto hacia la ciudad fue como algo salido de un sueño. Kel había hecho ya medio camino de bajada por la colina cuando las campanas de alarma empezaron a sonar, un estruendo implacable que le sacudía los huesos. En el puerto, los barcos seguían ardiendo con llamas de gran altura, iluminando un cielo que se había vuelto de color mermelada.

Largas espirales de nubes negras, formadas por humo y yesca, se rotaban hacia ese cielo. Bajo esa asfixiante capa, Kel llegó a la ciudad y encontró la Ruta Magna difícil de transitar, pues los ciudadanos salían de sus casas, señalando, admirados, hacia el puerto. Sus voces se alzaban en un murmullo clamoroso:

—Seis barcos, por lo que dicen. Quizá diez. Todos hechos pedazos mientras estaban anclados.

—La flota de Roverge. Destrozada entera. Podrían perder su fuero.

—¿Y quién se lo quedaría?

—Tú no, pedazo de alcornoque, así que para qué preguntas. Eso son cosas de los nobles. Que se apañen ellos.

—Un tipo sabio —murmuró Kel, bastante seguro de que nadie lo oiría sobre el estruendo. De hecho, nadie le prestaba la más mínima atención, aunque a él le parecía que no era una visión habitual. Un joven sucio, vestido de terciopelo y seda ensangrentados, caminando medio aturdido por el Gran Camino del sudoeste.

Por suerte, en ese momento, Kel no era lo más interesante en Castelana. En muchos kilómetros a la redonda.

Alguien había hecho saltar por los aires la flota de Roverge. Muy probablemente, la familia Cabrol. Kel pensó en Benedict. En Charlon. Era su oro el que ardía en el agua. Vaciando las arcas de la Casa Roverge, dejándolos vulnerables. A su alrededor, todo eran voces excitadas que describían la escena del puerto: «Seis buques ardiendo hasta la línea de flotación, y poco queda salvo ascuas ardientes a la deriva formando manchas aceitosas de líquido multicolor: piscinas de azafrán, índigo y rubia atrapadas por olas y agitadas hasta formar una espuma brillante. Pequeños botes pilotados por oficiales de la patrulla de vigilancia urbana buscan entre las agitadas aguas los posibles restos de la fortuna Roverge. La luz de sus faroles ilumina restos del naufragio: un barril flotando en el agua, más allá un saco roto derramando cochinilla...».

En circunstancias normales, el ataque a la flota de Roverge habría ocupado por completo el pensamiento de Kel. Conor y él habrían discutido el asunto hasta bien entrada la noche acompañados de vasos de *pastisson* verde, emborrachándose más y más hasta que nada de lo que dijeran tuviera sentido.

Pero esas no eran circunstancias normales.

Se encaminó hacia el oeste. Sentía la presencia de Marivent, sobre él, como una estrella blanca en su hombro, brillando justo en el límite de la Colina. Desde donde él estaba, en la ciudad, no se veía rastro alguno de que hubiera problemas en Palacio: su fría calma blanca brillaba como un contrapunto al caos de las calles. Se imaginó a Antonetta, quitándose su ensangrentado vestido dorado, mirando cómo los sirvientes se lo llevaban, para que su visión no volviese a molestar a los Alleyne.

Aunque él sabía que Antonetta sí recordaría lo sucedido. No era de las que olvidaban, por mucho que la Colina adorase olvidar todo lo que era problemático.

Ya estaba bien de pensar en Antonetta. En ese momento, su misión no era ella. No podía decir en qué momento había decidido, antes de salir de Palacio, que su misión era buscar al Rey Trapero. Quizá cuando Gremont, a punto de morir, le había rogado que no confiara en nadie; quizá en el momento en el que el oscuro asesino del tejado le había dicho que el peligro estaba por todas partes. Quizá en el instante en el que el rey le había sacado a Vienne la espada de la mano.

Podía haber sido en cualquiera de esos momentos, o debido a la suma de todos, cuando Kel había pensado: «No puedo hacer esto yo solo». Y luego, cuando había visto a Jolivet, se había temido que todo se estropeara. Que lo encerraran por traidor, y lo peor habría sido que Conor se quedaría desprotegido ante cualquier amenaza que pudiera presentarse.

Pero ¿qué era lo que Jolivet había dicho? «Pertenecéis a Palacio, y a la vez no, y lo mismo con la ciudad. Estáis en un lugar intermedio.» Kel siempre había sabido que no pertenecía a ningún grupo. Ni al de Palacio, ni al de aquellos con los que había crecido en el orfanato. Ni al de la ciudad ni al de la Colina. Siempre había pensado que eso constituía una debilidad. Qué extraño que le hubieran hecho falta el legado Jolivet y el Rey Trapero para darse cuenta de que eso podía ser su mayor fortaleza.

Para cuando llegó a la Mansión Negra, se sentía casi borracho de cansancio. Se había imaginado que subiría los escalones y llamaría a la puerta escarlata, pero no hizo falta. La puerta roja estaba completamente abierta, y el Rey Trapero se hallaba en lo alto de los escalones, contemplando la ciudad.

Por supuesto, no estaba solo. Los guardias con la librea de la Mansión Negra flanqueaban la escalera. Avanzaron para detener a Kel cuando este se acercó y uno de ellos hizo ademán de cogerle la espada, pero el Rey Trapero alzó una mano.

—Dejadlo pasar —dijo, y Kel subió los escalones hacia él. Al acercársele, vio cómo los ojos del Rey Trapero mostraban sorpresa cuando reparó en la sangre que le cubría la ropa.

—¿Así que ha ocurrido algo? —preguntó—. ¿En Marivent?

Kel se detuvo en el escalón previo a la entrada donde se hallaba el Rey Trapero. Al mirarlo, se dio cuenta de que, durante todo el camino por la Colina, se había preguntado si Morettus ya se habría enterado del ataque antes de que Kel se lo contara. Pero, por su asombro, resultaba evidente que no. Por primera vez, Kel sabía algo antes que el Rey Trapero, pero no le reportó ningún placer.

—Intentasteis avisarme —dijo Kel—. Me dijisteis que hablara con Gremont. Debí haberlo hecho. Ahora es demasiado tarde.

—¿Ha muerto? —preguntó Andreyen.

—Ha habido muchas muertes —contestó Kel—. Pero vos lo sabíais. Sabíais que habría sangre.

Los ojos de Andreyen brillaban. El cielo nocturno estaba cargado de nubes, grandes columnas de vapor negro atravesadas por fuego naranja.

—Esperaba que no fuera así —dijo—. Pero no eran más que esperanzas.

Kel tomó una profunda bocanada de aire lleno de humo, teñido del ácido del fuego.

—Quiero dejar clara una cosa —dijo—. No trabajaré para vos. Nunca lo haré. —Se detuvo—. Pero sí trabajaré con vos.

Andreyen se quedó pensativo.

—Sabéis que no me beneficia deciros esto —dijo—, pero preferiría que no se os ocurriera después y os preocupara.

—¿El qué? —preguntó Kel, cansado.

—Al trabajar conmigo en secreto, secreto de cara a Palacio, podéis morir. Y sería una muerte ignominiosa. Ningún miembro de la Casa Aurelian sabría que habrías muerto cumpliendo vuestro deber, y cuando os enterrasen, no sería al lado de vuestro príncipe.

—Lo sé —repuso Kel—. Pero moriré haciendo lo que deseo.

Andreyen casi pareció sonreír.

—Bien, en ese caso —dijo—, entrad. Tenemos mucho trabajo que hacer.

Nota de la autora

Dannemore no es un lugar real, pero se basa en localizaciones reales que conocemos. El lenguaje que se usa en Castelana es el occitano, una lengua romance que se hablaba hace mucho tiempo en el sur de Francia. El lenguaje de Sarthe es el veneciano, un dialecto del italiano. El malgasi y el ashkar son lenguajes inventados: el malgasi lo creó Nicolás M. Campi, y el lenguaje normal ashkar lo creó Matthew AbdulHazz Niemi. (Hay solo unas pocas palabras puramente hebreas que se usan en el Alto Lenguaje de los ashkar: Sanhedrin, Shomrim, *malbushim*.) Muchos de los títulos de los libros que Lin examina en el mercado son títulos de antiguas guías de viaje reales. La gente lleva muchísimo tiempo viajando y queriendo escribir sobre sus viajes. Muchos de los libros médicos de Lin también son reales.

Agradecimientos

Me siento agradecida y en deuda con la ayuda y el apoyo de mucha gente. Mi marido, Josh; mi madre y mi padre; mi familia política: Jon, Melanie, Helen y Meg. Mis compañeros críticos, Kelly Link y Holly Black, y mi equipo, que tanto me anima: Robin Wasserman, Leigh Bardugo y Maureen Johnson. Mis ayudantes, Emily, Jed y Traci. Mis superagentes, Suzie Townsend y Jo Volpe, y todo el mundo en New Leaf. Mi editora, Anne Groell, ¡largo sea su reinado! Los equipos en Del Rey y en Pan Macmillan. Heather Baror-Shaprio y Danny Baror. Y Russ Galen, que fue el primero en ver algo bello y prometedor en un primer esbozo.

Muchísimas gracias también a Margaret Ransdell-Green (*conlanger* y lingüista para el kutaní), Grancesco Bravin (traductor de veneciano), Michael Shafranov (traductor de hebreo), Melissa Yoon (lectora de sensibilidad), Patricia Ruiz (lectora de sensibilidad) y Clary Goodman (investigadora sobre brujería).